你在我的右手边

张慕水 / 著

世界知识出版社

图书在版编目（CIP）数据

你在我的右手边 / 张慕水著. — 北京：世界知识出版社, 2019.1
ISBN 978-7-5012-5949-6

Ⅰ. ①你… Ⅱ. ①张… Ⅲ. ①长篇小说—中国—当代
Ⅳ. ①I247.5

中国版本图书馆CIP数据核字（2019）第022218号

责任编辑　刘　喆
责任出版　赵　玥
责任校对　张　琨
选题策划　邢海燕
封面设计　王薯聿

书　　名　你在我的右手边
Ni Zai Wode Youshoubian

作　　者　张慕水

出版发行　世界知识出版社
地址邮编　北京市东城区干面胡同51号（100010）
网　　址　www.ishizhi.cn
电　　话　010-65265923（发行）　010-85119023（邮购）
经　　销　新华书店
印　　刷　北京欣睿虹彩印刷有限公司
开本印张　710mm × 1000mm　1/16　27 1/2印张
字　　数　580千字
版次印次　2019年4月第一版　2019年4月第一次印刷
标准书号　ISBN 978-7-5012-5949-6
定　　价　59.80元

序

曾经有人问过我，青春是什么？我思考很久后说，青春应该就是同桌吧！她看起来离你很近，但是你并不了解她，她看起来美丽无比却又浑身带刺，她让人难以琢磨却又忍不住去偷偷怀念……

窗外的斜阳打过你的发梢，微风刚好，你眼中带笑。那时的我们穿着自认为全世界最丑的校服，小心翼翼地藏着最青涩的心事。你不经意地坐在我的右手边，却是我青春回忆里最美好的陪伴。我将喜欢化作黑火药埋藏于腹中，只是偶然一瞥，便将爱火点燃，绽放出青春最绚烂最耀眼的瞬间，我想这是我以为的永远。

谁不曾在机场等一艘船，谁不曾将自己困在一段时光里，却总也逃不过流年……经历过失去的人更懂得珍惜，或许是因为品尝过后悔的滋味吧！后来我才发现，其实，对未来的珍惜，何尝不是对过去的补偿呢？

把青春写在纸上，只为让思念比岁月更漫长。正如作者结尾所说，这个世界上最珍贵的爱情，或许就是，当我抬头，你就在我的右手边……

愿真爱不被辜负！愿青春化茧为蝶！愿你永远都在我的右手边！

王葆青

目

录

第一章　江湖告急

“训导处报告，训导处报告，高一８班单求胥同学在校期间侮辱师长，殴打同学、收取保护费，纠结闲散人员与兄弟学校械斗，个人感情处理不当，严重违反了校纪校规。经校委会研究决定，给予该同学开除处分。高考临近，望大家专注学习，不要拖班级后腿，用最崭新的自己，迎接人生的又一次重大转折！”

单求胥背着书包从校园里穿过，被撕碎的书本纸片伴随着他的足迹从操场一直延伸到校门口。站在校门口，单求胥回头看着夏日雷雨前乌云密布天空下的校园，有一种刑满释放的快感。他将书包里最后一本英语课本拿出来，用力地撕了个粉碎。

“耶，解放了！”雷声隆隆中，单求胥奋力将碎纸片连同书包扔向了空中。书包在空中打了个转儿落了下来，一同落下来的还有那本伴随了他五年的日记本。单求胥头也不抬地将日记本还有书包接在了手里。看着日记本上有些生锈褪色的密码锁，单求胥小心地把它放进了书包中，头也不回地笑着离开了。

这已经是单求胥第五次被开除了，按照单求胥自己的话说：“我不是一个好学生，但是，我不承认我是一个坏学生，因为好与坏从来都是相对的！”

虽然广播里说单求胥侮辱师长，但是事实却是这样的。

黑板上写着填空测试题，而单求胥不幸被语文老师叫到了讲台上。

“《纪念刘和珍君》作者（鲁迅），原名（）。”看着黑板上的题目，单求胥抓耳挠腮，毫无头绪。

“鲁迅原名，这么简单的问题都不会？我只提示这一次，鲁迅，原名姓周。”

看到别的同学都已经把题目做完下来了，单求胥趴在黑板上还是没有下来的意思，语文老师手握教鞭不耐烦地提示了起来。

单求胥恍然大悟，很快填了一个“周迅”，走了下来。

伴随着众人的哄堂大笑，语文老师忍不住大喊道：“鲁迅原名是周树人，树人，不是周迅！单求胥，你脑子是不是被驴踢了？”

“那你下手还不轻点。”面对语文老师的斥责，单求胥不以为然。在很多人看来，单求胥甚至是故意为之。

“你、你说你和猪到底是什么关系？啊？”

“师生关系啊！”单求胥的每一次回答都恰到好处，都让同学们差点笑出六块腹肌。

语文老师被气得发抖，指着门外大喊着：“给我出去！回去喊家长过来！”

伴随着众人的捧腹大笑，单求胥从口袋里潇洒地掏出了梳子，梳了梳头发，朝着门外走去。这就是广播里单求胥侮辱师长的典型案例，但是单求胥认为，即使勉强算是，那也是语文老师有错在先。

至于广播中所说的收取保护费，其实也是误会，真实的情况是，单求胥看到三个坏学生收取别人的保护费，因为看不惯，就教训了那三个人。为了让那三个坏学生长长记性，他就让他们把自己兜里的钱掏出来，作为补偿还给受害者。谁承想，当几名坏学生被教训得鼻青脸肿，跪在地上，颤颤巍巍地从口袋里掏出零花钱上缴给单求胥的时候，正好被年级主任抓了个正着。几个坏学生赶紧反咬一口，任凭单求胥怎么解释，年级主任都不相信，毕竟跪在地上的才是受害者，这在谁看来都合情合理。

至于训导处所说的械斗问题，应该是存在的，只不过所掺杂的个人感情问题，就有些说不清楚了。

一年一度的友谊篮球赛例行举办，单求胥作为篮球队的主力自然不甘落后，可是在比赛的过程中，作为红方的单求胥团队遭到了蓝方对手不正当的人身攻击，使红方队员们一个个受伤惨重，眼看着蓝方队员对抗时肘击队友，而裁判却没能发现，单求胥实在是忍无可忍，愤怒地走上前去，同对方撕扯起来。一时间，双方队员纷纷围了上来。

看到蓝方队员气焰十分嚣张，比赛过程中屡下黑手，单求胥更是怒火中烧。最终，蓝方队员用卑鄙的手段赢得了比赛，而单求胥却将蓝方队员悄悄地约到了校外的小胡同里。

“我朋友觉着你们根本不够资格和他打，让我来摆平你们几个！”看到众人在小胡同里说说笑笑，单求胥独自一人从胡同尽头走了出来，拦住了众人。

“朋友，什么朋友？”面对单求胥奇怪的语言表达，对方一头雾水。

“就是约你来这里的朋友。”单求胥尽量压低了声音，说了起来。

“喂！你装什么装，刚才不就是你约我来的吗？就只换了身衣服而已！”看到单求胥装腔作势，蓝方队员终于忍不住喊了出来。

“啊？这都被你认出来了啊！”

“……”看到眼前“中二癌”晚期的单求胥，蓝方队员竟然不知道该说什么好。

“让他杵在那里吧，就一神经病，不用管他！吃饭去，走走走！”

蓝方队员压根就没把眼前孤军奋战的单求胥放在眼里，显然，他们低估了单求胥的决心与实力。单求胥猛喊着，孤身冲进人群，同对方打了起来。伴随着胡同里的阵阵哀号，蓝方队员的衣服、鞋子等被单求胥一一扒光，和篮球一起飞起在了胡同上方。

没多会儿，久经沙场的单求胥便摆平了众人，面对球场上故意挑衅的蓝方队员，单求胥自然是特殊照顾。其他队员的衣服都被撕成一缕一缕的，满身都是抓痕倒在了地上，但是眼前靠在电线杆上的队员，却被单求胥撕得只剩下了一条卡通小鸡的内裤……看到队员身上一条条鲜红的抓痕，单求胥一个高抬腿“壁咚”了上去，将对方卡得死死的，动弹不得。

看到空中的篮球落下，单求胥头也不抬地单手接住，奋力地砸向了蓝方队员。

“大侠饶命！我错了，大侠！”眼看着篮球朝着自己打了过来，蓝方队员立马灰了下来。

“请你记住，我不是一个人在战斗！I'm not alone! You know?”单求胥说着，将篮球奋力地砸在了旁边的校园围墙上。

“嗯嗯嗯，呜呜呜……”蓝方队员手捂着内裤吓得呜咽了起来。

可是令所有人都没想到的是，本就破烂不堪的校园围墙在篮球的猛烈冲击下竟然轰然倒塌。围墙后面的一排女生刚好正在上排球课，你能想象得到？地上全是衣衫不整裸露不堪的蓝方球员。电线杆上，单求胥正在“壁咚”一位只穿了一条卡通小鸡内裤的男人……啧啧，那画面，简直辣得众人直捂眼睛，众女生更是大喊大叫着四下逃窜。

“单求胥，那是男孩子，你不要乱来！”

看到年级主任大喊着跑了过来，单求胥无奈地摇摇头。光着屁股倒在地上的蓝方队员们颜面尽失，捶地流泪。换作以前，单求胥还打算解释几句，看到眼前的画面，单求胥索性朝着操场上的众女生，潇洒地来了一个飞吻，转身便离开了。

谎言被重复了一千遍，便成了真理。单求胥被误会的次数多了，便也成了渣男。这便是单求胥被学校开除的问题所在。

学校不远处的垃圾处理场，苍蝇横飞，脏乱无比。单求胥背着书包走到了这里，停了下来。为了避免被老师查抄课桌，单求胥将自己所有重要的宝贝都转移到了这里。既然都被开除了，那就索性全都带回家好了。

看着“严禁吸烟，爆炸危险”的牌子，单求胥朝着东北方向，数着走了五十步，然后在一堆乱石下面挖了起来。看到百宝箱里自己的玩具和小说完好无损，单求胥心情大好。

“说我玩这些拖班级后腿，真是可笑，班级又不是狗，还分什么前腿后腿的。”单求胥边说着边拍了拍手起身离开。

雷声逐渐密集了起来，疾风将地上的白色垃圾袋吹起飞过单求胥的眼前。单求胥刚准备离开，却发现不远处，一排黑色轿车开了过来，单求胥停下脚步。六辆黑色轿车包抄过来，将单求胥堵在了中间，车上很快下来一帮人，清一色的西装革履，戴着墨镜，气势汹汹。很快，车门打开，走下来一位戴着墨镜叼着雪茄的中年男人。

“老大！”两边小弟纷纷鞠躬敬礼。

雷声越来越大，雨点吧嗒吧嗒地落了下来。风吹过单求胥的头发，单求胥面色沉重。中年男人的手只是稍微一抬，众人便才起身。中年男人看了看周围的垃圾山，又看了看眼前的单求胥。

“唉，是福不是祸，是祸躲不过啊！”单求胥心里想着便朝着中年男人走了过去。

单求胥走到中年男人面前对视了起来，中年男人嘴里不断冒出白色的烟雾弥漫在二人眼前。单求胥突然伸手将中年男人嘴里的雪茄取下，朝垃圾山上甩了出去，左右众人纷纷围了上来，中年男人摆手示意，众人方才退后散开。

雪茄引爆了垃圾堆里的沼气，伴随着“轰”的一声爆炸，漫天飞舞的纸片、垃圾袋从天上伴随着雷雨飘了下来，众人就这么站在雨里一声不吭地对峙着。

“爸，吸烟有害健康，你没看到旁边的牌子吗？严禁烟火！”眼看着雨越下越大，对峙了一会儿过后，单求胥终于忍不住先开了口。原来，眼前的中年男人正是单求胥的父亲，单父的全名叫单雄信，是单氏集团的总裁，单氏集团更是全国首屈一指的大型跨国企业。

“叫我父亲大人，我跟你讲了多少回了，叫爸一点威严都没有。”

“好了好了，父亲大人！明明是企业家，非把自己搞得像黑社会一样。”

“胥胥，这可是你让我这样做的，我还不是为了在你同学面前给你面子。”

“父亲大人，我只是在小学的时候说过一回好不好，自己想耍酷非得把理由推到我头上。”

“呶，承认就好，说到底还不是因为你。”

“嘁！”

单求胥说着随手将书包扔给了随从老季，老季是单氏集团的高层骨干，也是单总的得力干将，平日里在公司是左右手，自打单总离婚后老季更是与单总形影不离，私下里就是管家加保姆般的存在。

“季叔，勋章一枚，麻烦帮我保存起来。”单求胥说着从衣服上取下了一枚校徽递了过去。

“好的，少爷。”老季接过单求胥衣服上的校徽打开一个收集簿，里面已经有十几枚校徽。

“老季，这是胥胥的第几枚高中校徽了？”单父忍不住问道。

“单总，这是高中阶段的第五枚校徽了。”

“胥胥，高中你都读了五年了，连个毕业证都拿不到，你这样下去让我很难做啊！”单父忍不住抱怨道。

“怨我啊，说好了只读三年，三年之后又三年！我早就告诉你了，我想去的是美国，现在的我简直糟透了！”单求胥说着脸色大变地坐进了车里。单父无奈地摇摇头，示意大家上车。

车队行驶在高楼大厦间繁忙的马路上，单父手里拿着酒杯，摇来摇去，琥珀色的红酒在杯里和空气发生着微妙的化学反应。单求胥一言不发地看着窗外，雨滴从窗前汇聚成股慢慢流下。

“胥胥啊，我天天听你说美国教育、欧洲教育什么的，西方的教育有啥好的？过度放纵学生的所谓的个性，忽略了未成年人的自制力。”尴尬让等红绿灯的时间显得格外漫长，单父举起酒杯一饮而尽，终于忍不住先开了口。

“你算是说对了，国内的教育对学生的个性简直就是抹杀与摧残！”

“摧残，骄傲的放纵就不是摧残吗？”

“说好了读完三年就让我出国，言而无信！亏你名字里面还有一个‘信’字，我跟你没有什么好讲的！”

“好好好，我知道你想去美国，可是你总得有张高中毕业证吧，老是三番五次被开除，你还有理了是不是？”

“我有努力啊，我帮助别人有错吗？”

“帮助别人，有你那种帮法的吗，众目睽睽之下，‘壁咚’男同学，衣服都……唉！校长还有老师们都跟我讲清楚了，你都二十多了啊，别人家的孩子都大学毕业了，你高中还没读完！”

“再转一次学呗，大不了从头再来。”单求胥躺在车后座上，一副死猪不怕开水烫的样子。

看到对话无法正常进行下去，单父将杯子递给了老季，老季想了想说：“少爷，是这样的，刚刚公司的股东大会经过了认真讨论，决定进军欧洲市场。”

“国内的事情都忙不完，又要去欧洲，忙得完吗？”

“国家正在强大，民族正在复兴，作为中国梦的一分子，我们也打算撸起袖子加油干不是！”

“行了，别铺垫了，有话直说吧！”看到老季拐弯抹角，单求胥直言不讳。老季尴尬地看了看单总，单总不得已接着话茬说了下去。

“对，你季叔说得没错，这是一场没有硝烟的战役，我希望你能踏踏实实在学校再待一年。”

“什么？再待一年？”听到单父这么讲，单求胥急了，“父亲大人，你这是想让我留校当老师吗，说好的出国呢？”

“少爷，因为你之前实在是太出名了，作为脑残一族……”单求胥看了一眼老季，老季赶紧调整措辞，“少爷，作为新新人类一族的代表，市里的报纸都登了好几次了，作为教育问题的典型，你成功地成了公众人物，所以现在出国的问题很复杂。”

“花点钱给中介不就行了嘛！”

“少爷，要是换作以前这一点问题都没有，可是关键就是大使馆那边已经注意到你了，树大招风啊！”

“现在全市都联合拒收我了，我去哪儿再读一年？”

看到单求胥的语气有所缓和，单父接过话茬说：“这个你放心，你季叔已经联系到了他之前的一位朋友，是校长。”

“父亲大人，全国都在反腐，你们这样不好吧！”

“根本不是你想的那样，一中是有名的重点高中……”

“什么？一中？”未等单父讲完，单求胥像是触电了一般从座位上弹了起来。一中这所高中在单求胥眼里简直就是魔鬼般的存在，听到这里，无所畏惧的单求胥眼里已经充满了惶恐。

在单求胥眼里，一中的众学生就如同敢死队一般，扎着“必胜”二字的头巾低头做题。如果有谁受不了这种节奏，分分钟都可以从窗户一跃而下，即使这样，其他同学丝毫都不会感到什么意外，继续专心地埋头做题。也正因为如此，一中的所有教室被加上了栅栏，以保障学生的安全。除了骇人的教室氛围，学生就连上厕所都是拿着书去的！去食堂的场面像是万人马拉松，铃声一响，千万人奔命似的跑向食堂，去晚了就要挨饿！吃饭的速度必须如同奔赴战场打仗，毫无吃相可言！在那里没人跟你攀比吃喝玩乐，唯一攀比的只有成绩！

“正因如此，一中的升学率位居全市第一，全市所有家长削尖了脑袋都要抢着让孩子去，胥胥，没想到吧！你季叔帮你疏通这层关系真的是很不容易啊！”看到单求胥慌张的样子，单父有一种莫名的成就感。

“父亲大人，您没开玩笑吧，那种抹杀人性的学校是人待的地方吗？您省省心吧，打死我我也不会去的！放我下车，我死也不去！放我下车！不要啊！”单求胥脸贴在玻璃上挣扎着要下车，司机一脚油门，汽车加速穿过城市街道来到了单氏集团的商场门口。

一中会议室这边，毛校长正召集各年级主任和相关部门开会讨论单求胥的转学事宜。毛校长虽然已经五十多岁了，但是说起话来依旧铿锵有力。毛校长简单介绍完单求胥的情况之后，各位与会人员纷纷低头不语，面色沉重。

“要不是我惜才如金，我也不会贸然同意此事。正所谓，有教无类。何况，这位单同学曾经也很优秀嘛，各位主任，你们应该要对孩子们有信心啊！”看到众人不语，毛校长打着圆场。

“毛校长，据我所知，单求胥可不是孩子了啊，他已经复读了五年，这足以说明问题。”年级主任忍不住说了出来。

“毛校长，这么大龄的学生本身就很难管理，你放到哪个年级呢，一年级的话绝对就成为霸王了，三年级的话很容易影响升学率啊！”

“就是就是……”两位年级主任说完后，众人纷纷附和。

“既然高一和高三都不合适，那就高二年级嘛。”看到没人支持，毛校长摸着发白的胡子茬儿，观察着与会的每个人。

“校长，高二正是学生们情窦初开的时候，听说这个单求胥长得很帅，家里又很有背景……”在场的一位女教师提出了自己的担心，众人又小声地议论了起来。

毛校长看了看众人没有松口的意思，只得将目光看向了郝主任。郝主任是高二年级主任，也是毛校长的心腹，如同老季之于单总般的存在。收到毛校长的信号后，郝主任咳嗽两声站了起来。

“是这样的，这是单求胥的照片，这位同学外号‘球蛋’，颜值来说连校长的十分之一都不到，也就算是勉强能看，估计女孩子们不会喜欢长得这么丑的人吧！我调取了他之前所在的五所市重点高中的学籍档案，除了一些问题少年都会犯的错误，里面未曾提及早恋问题。”郝主任拿着一张单求胥的照片给大家看了一圈儿，面对如同明星般帅气的照片，很多女教师无奈地摇摇头。

“郝主任，未曾提及并不代表没有啊！”个别女教师还是忍不住说出了自己心中的担忧。

郝主任放下照片，严肃地说：“为此，我专门打电话回访了之前几个学校的班主任。正如我所说，这么低的颜值，已经经过了五所学校的无数次考验，这一点请诸位放心就好。”

“可是……”面对几乎可以称霸一中颜值巅峰的单求胥，女教师似乎心有不甘。

未等女教师说完，正在喝茶的毛校长将茶杯扣上盖，“咣当”一声放在了桌子上，众人停止了议论纷纷朝校长看了过去。

“各位主任，老师们，一中一直自诩是间自由开放的学校，为了教育事业的改革我们也在不断探索付出着，为何大家对这么一个其貌不扬的学生讳莫如深呢？”

“校长，我还是认为，颜值的问题有待商榷。”女教师说。

“学校教育改革的一千万资金缺口，上面一直未能批下来，我请问在座的各位有谁能够解决？”看到问题迟迟得不到解决，毛校长只好抛出了撒手锏。果然，此言一出，众人沉默着低下了头。

“谁还有意见，现在就可以提出来。”看到众人不吱声，毛校长说完又看了一眼郝主任。

“那行！要是大家没有意见，我建议大家鼓掌通过吧！”郝主任一人在那儿笑着鼓起掌来，其他老师则纷纷站起来离开。郝主任朝毛校长尴尬地看去，毛校长则微笑着给了郝主任一个认可的眼神，毕竟事情还是零异议通过了。

肖露是商场的主管，得知单总要来，早已准备好了列队迎接。车停下后，单求胥被迫跟着单父走进了商场。听到单父说捐了一千万给学校后，单求胥几乎惊掉了下巴。

“一千万？父亲大人，您疯了吧，我值一千万吗？我最少不得值一个亿啊！”

“单总好！”肖露跟随众人穿过商场，一排排的服务员纷纷鞠躬行礼，单父则头也不回地径直走了下去。

“若不是你这么作，我也不会发疯。再说，为了祖国的教育事业，一千万也算值了。”

“可是，父亲大人，您还没和我商量啊！”

“没商量了！你若是再不能顺利毕业接班，按照公司章程，家族的股份就要被迫转让，你不同意也得同意！”

单总回到了办公室，不紧不慢地喝着茶水。单求胥坐在沙发上，手里拿着协议认真看了起来。单求胥边看边叹气，单父手里玩弄着单求胥的几张信用卡，时不时盯着单求胥看两眼。

“甭叹气了，既然没什么异议就赶紧签吧！”

“父亲大人，非得这么正式吗？”

“白纸黑字，童叟无欺，出来混要讲信用。”

“嘁，你该不会在合同里藏着什么霸王条款吧？”

“当然没有！胥胥，我再问你最后一次，你是自愿的吗？”

“当然！这么好的学校，我为何不去？”面对单父的质疑，单求胥表现得正义凛然，从容不迫。

“嗯，有你这句话我就放心了，你们都下去吧。”单父说完，朝着单求胥身后的一排保镖招了招手，众人方才收拾起自己手里的家伙离开。架在单求胥脖子上的大刀刚拿走，单求胥便迫不及待地转了转僵硬的脖子，喘了口气。

单求胥无奈地签字后，将合同递给了老季，老季接过看了看朝着单父点了点头。

“胥胥，我就是欣赏你这种识时务的眼光。”

“父亲大人，字也签了，也识时务了，您应该把我的零花钱给我了吧？”

“哦，不好意思。呶，想买什么，随便刷，千万别客气。”单父说着将手里的信用卡递给单求胥，单求胥擦了擦汗，将信用卡放到了兜里。

“父亲大人，您这些都是从哪儿学的啊，我真是越来越摸不透您了。”面对方才黑社会毒品交易般的场面，单求胥着实被吓到了。毕竟两把牛刀架在自己脖子上，不出汗才怪！最令单求胥感到害怕的是，自己的资金来源，所有的信用卡都被单父收回。没有了资金来源，单求胥简直就是寸步难行，这对于单求胥来说是万万不能的。处于危难之中，人就不得不学会变通，所以，协议，就这么自愿地签了下来。

“电影啊！对了，老季，《教父》的光盘给我买了没？”

“单总，已经买了，顺便还买了《美国往事》。”

“得！我明白了，原来都是演员……”听完老季和单总的对话，单求胥才明白，刚才如此专业的场景正是出自父亲对黑帮电影的致敬与模仿。

“胥胥，那我们走吧。”单父说着从座位上起身披上了衣服。

“去哪儿？”单求胥惊讶地问。

“一中啊，人家那边都在等了。”

“父亲大人，您用不着这么急着把我送进去吧，我可才刚刚出来啊！”

“看清楚合同，童叟无欺，即日生效。”

“霸王条款啊！行！我就知道你会来这个，算你狠，出来混总是要还的！”

三人刚要出门，办公桌上的电话响了起来，单父眉头一皱接了起来。

“喂，张主任，您好！什么？好好好，我马上到！”

接完电话后的单父长舒一口气，对着老季说：“老季，你先带胥胥去一中，我先去政府那边处理点事情，随后就到。”

“好的，单总！”

单父走到门口突然转身回来，用手指着单求胥说：“喂，有什么不满就直说。”

“没有啊，父亲大人，我哭得很开心啊！”

看到单求胥一脸生无可恋的样子，单父方才满意地出门走了。

自打郝主任得知毛校长要将单求胥安排到高二年级的那一刻起，他就知道非高二8班莫属，为什么？因为高二 8 班是全年级倒数第一的渣子班，只有这样，才能不影响整个年级的成绩。

极品班级需要极品的学生，高二 8 班的每个学生个个智商极高，就是没一个将心思用在学习上的。极品学生当然需要更加极品的班主任，李德亮就是这样的人。别的班主任都是现场抓开小差的同学，越快越好，但是李德亮却别出心裁——用相机拍照，而且是胶卷相机。用李德亮的话来说，那就是给各位自首的机会，只要照片洗出来之前，都可以找自己承认错误。你还别说，这一招还真的就能吓唬住那些有贼心没贼胆的同学。如此一来，李德亮就在语文组教研室里大肆吹嘘自己管理有方、不怒自威的高大形象。

这一次，李德亮挎着一个竹篮子，脖子上挂着照相机，朝高二 8 班大摇大摆地走去。教室的门悄无声息地被李德亮慢慢推开一道缝儿，透过李德亮五百度近视镜的镜片，一双小眼睛射出道道寒光扫描着班里的每一个学生。看到没什么大的问题，李德亮迅速推开门，举着相机"咔嚓咔嚓"扫了一圈。众人早就习以为常，所以面对突如其来的状况并不感到丝毫意外，甚至毫无新意。但是，看到李德亮挎的竹篮子，大家方才意识到大难临头了！

王元鹅坐在教室最后一排靠近窗子的最角落里，津津有味地读着小说。在这个极具安全感的角落里，王元鹅虽然不爱学习，但是酷爱文学。无论讲台上讲的是天文地理还是语文外语，王元鹅通通都在做着同样的事情，那就是看小说。没有老师会走到最后一排最靠里面的这个角落里，除非、除非老班大扫荡！

没错！李德亮的竹篮子就是扫荡缴获战利品时用的！

"糟了糟了，大意了大意了！"王元鹅心想着，打算偷偷把小说转移到桌洞里。

"王元鹅，别动！都别动！我挨个检查！谁动我先检查谁！"一切都没能逃过李德亮的眼睛，他用余光密切扫描着班里的一举一动。

从靠近门口的一排开始，小说、手机、零食，游戏机纷纷落入了李德亮的竹篮里。李德亮一行行走过来，战利品几乎装满了整个竹篮。任何人想搞小动作掩护，李德亮都会迅速走上去按住，将该同学的宝贝没收。

"哼，跟我玩儿偷梁换柱，嫩了点儿！出去，三圈儿！回来测心跳，都说了别动，还跟我耍花样，哼！"李德亮晃了晃篮子里的宝贝以腾出更多的空间。

"这本小说我可才看了一半儿啊，再被收走，这个月的生活费就要没了！耶稣哥、佛祖，保佑我啊！"王元鹅深知李德亮的手段，眼巴巴看着李德亮朝着自己一步步靠近，除了在心里祈祷，好像没有什么更好的办法。

郝佳琪是班里的班花，坐在教室中间的位子足以证明她成绩优异，除了是班里的"千年老二"，她还是高二年级主任郝东来的女儿。不要以为学习好的就不会开小差，此时摆在她桌子上的全是各种化妆品还有小镜子。虽然李德亮马上就要走过来，但是她却丝毫没有慌乱，在桌洞里用手机迅速按下了快捷键，拨通了校园混混吴长鸣的救援电话。

第二章　冤家路窄少爷很坏

吴长鸣是一中有名的混混，外号“长鸣”，自称“鸣人”。不过他出名的方式并不是因为多么强大，欺负过谁，他只做生意，无关暴力。没人知道也没人想知道他是哪个年级哪个班的，但是大家都知道，你给他钱，他就能帮你解决一些问题。不！是很多问题！

阿呆和阿瓜是长鸣的小弟，跟着长鸣虽然没有多拉风，但是好在有吃有喝。电话响起的时候，吴长鸣正坐在一中的教学楼楼顶用废旧桌椅凑起来的躺椅上晒着太阳。阿呆将手里的黄瓜用铅笔刀削成薄片小心地贴在长鸣脸上，阿瓜则拿着折扇，给长鸣扇着风。

“老大，电话。”看到电话一直响个不停，阿呆拿过来看了看。

“正忙着呢，不接不接！”

阿呆看了看，递给了阿瓜，阿瓜看了看，想了想说：“老大，是郝佳琪。”

郝佳琪是吴长鸣暗恋的对象，但凡郝佳琪的事儿，吴长鸣格外放在心上。听阿瓜说完，吴长鸣一激动，摔在了地上，仓皇爬起往楼下跑去。眼看着李德亮马上要走到自己身边了，郝佳琪紧张地朝门口望去。

“都高二了，你们看看自己的状态，一个个的，偷偷摸摸在这儿看小说，有本事光明正大地看！我们班的倒数第一怎么来的？啊！离得开各位的努力吗？考试要能拿出这股劲儿，早都上北大清华了！”李德亮说着，掀着前面同学的书本，拿着压在课本下面的小说还有桌洞里的小玩意儿。

“My God，赶快发生地震吧，要不来个导弹误射，把楼炸了也行啊！”看着李德亮一步一步往自己这边挪动，王元鹅的额头上都渗出了汗珠。

郝佳琪低着头假装在本子上写写画画，着急得不行。李德亮看了看低着头的郝佳琪刚要走过去，吴长鸣咣咣咣地敲起了门。

“李德亮老师，郝主任找您！”吴长鸣上气不接下气，脸上还挂着几片干透了的黄瓜片。

“你啥时候成了郝主任助理了，每次我检查的时候郝主任都找我，省省吧！”面对吴长鸣的伎俩，李德亮有些怀疑，毕竟，上当也不止一次了。

看到李德亮不上当，吴长鸣有些吹胡子瞪眼，但却又无可奈何。阿呆紧张起来，拽着吴长鸣的袖子，吴长鸣转头看时才发现，郝主任已经走到了面前。

“郝主任好！”三人赶紧立正向郝主任行礼。

“哟，演技升级了，不但感情投入，这次还加入了不少细节呢！哎，我觉得这明显是有内奸啊！就为了拯救你们的这些宝贝，你们是煞费苦心呢！我这是正常的教学管理，郝主任能插手吗，他就是插手，能管得了我吗？别说是郝主任，就是毛校长来了，我也不怕！”李德亮说完看了看郝佳琪，走了过去。

郝主任站在门口敲了敲门，李德亮不理会，郝主任继续敲了下去。

“你再敲门信不信我把你手……”李德亮生气地转身，看到郝主任站在门口。

“李老师，打算把我手怎么着？”郝主任将吴长鸣脸上的黄瓜片撕了下来，看着李德亮。

场面一度尴尬极了，李德亮努了努嘴，不知道说什么好。郝主任转身朝向混混三人撒起气来：“你们这三坨，手里拿着黄瓜干吗！”

“郝主任，熬夜学习有黑眼圈儿，用来敷眼的。”面对郝主任的斥责，吴长鸣久经沙场，机智应对。

“就你们还熬夜学习，老黄瓜刷绿漆，给我装什么嫩，该干什么干什么去！”郝主任指桑骂槐，李德亮赶紧将竹篮放到了讲台上，笑着走了出来，混混三人见状赶紧溜走。

郝主任打了个手势示意李德亮出去说话，李德亮笑着点了点头。走出教室前李德亮对众人咬牙切齿地说：“一个个的都给我保持原样，回头我接着查！”

门一关，门口的同学就将窗子上贴上纸挡了起来，李德亮看不到教室里面的情况，但是面对郝主任又不能折回，只好听着教室里面众人手忙脚乱的声音干着急。

大家纷纷走到窗边将小挂钩拉起，将各自的书包吊了下去，如此一来，万事大吉。正当王元鹅返回来打算处理自己的众多小说之时，窗户上的纸掉了下来。众人闪电般复位，踏踏实实地假装学起习来。看到李德亮在门外脸色由笑变严肃再变僵硬，王元鹅刚要把书藏起来，李德亮便开门走了进来。发现众人一动不动，坐在那里，李德亮拎着篮子挨个翻了下去。

“哎，我还真就奇了怪了！”一路下来翻不到东西，李德亮挠了挠头，面色凝重。直到翻到最后一个王元鹅这里，李德亮依旧是颗粒无收。

“王元鹅，你站起来！”李德亮不想就这么便宜了众人，打算拿王元鹅开刀。

“啊？老班，我学习呢。”

“少废话，站起来！”

看到李德亮不依不饶，王元鹅只好心不甘情不愿地站起来。李德亮将王元鹅桌洞里还有桌子上里里外外翻了两遍，都未能发现什么宝贝。

“跳两下！”

王元鹅很不情愿地跳了两下，身上也未能落下什么东西来。

“不对啊，王元鹅，我刚刚在后门明明都看到你在看小说了。”

“老班，我是爱看小说，但是你也不能平白无故地冤枉我啊，一无凭二无据的，你也不能莫须有不是。我刚才看的是语文课本，我预习呢，《蜀道难》，呶！”

面对李德亮的质疑，王元鹅百般辩解。

“书名我都看见了，你还是乖乖交出来吧！”

“老班，你那是日理万机产生的幻觉，我真没看！”

李德亮将篮子放在地上，趴在桌子底下往上瞅，里里外外地又将桌洞翻了个遍后，依旧一无所获。

“你再跳跳看，跳得猛点！”

“哟哟哟，‘动次大次’，哟哟哟，够猛吗，老班！”看到李德亮没有罢休的意思，王元鹅只好抽风似的跳了起来。

“停停停，我算是看出来了，会变戏法了啊！行！你们真行！”看着王元鹅摇头晃脑，众人大笑，李德亮不得不就此作罢。

李德亮走到讲台拿着篮子里的东西怒视众人，看到众人低头不语，李德亮拿起黑板擦敲打了起来。

“我一再强调，玩物丧志，你们就是不听，毕业后总有你们后悔的那一天！一会儿有个捐赠仪式，大家赶紧去操场集合。陈喆，你是班长一定要组织好！”

“好的！那大家赶紧吧！”陈喆立马组织了起来，陈喆是王元鹅的发小兼邻居，人长得帅，学习成绩也是没得说，虽然在年级排名靠后了点，但是在班级里是千年老大，每次都考第一的那种人。因为李德亮是按照考试成绩排座位，所以陈喆属于那种稳坐教室中间的优等生。

众人都走了出去，看到李德亮站在讲台上一直盯着自己，王元鹅只好站起身走了出去。王元鹅刚一出去，李德亮便赶紧走过去搬起桌子看了又看，但是依旧未能找到任何有价值的线索。

“我就纳了闷了，刚才明明看到了啊，奇了怪了！”

李德亮打死都不会想到，他所看到的那些宝贝，此时都被大家用绳子挂在了窗户外面，而这个主意便是吴长鸣想的。吴长鸣三人站在楼下，看到挂在窗户墙外的一件件物品，得意地笑了起来。

烈日炎炎，一中操场上很快就集合了除高三年级的学生。众人站在台下，主席台后方的条幅上写着：“饮水思源，热烈欢迎季总莅临我校！”

“哎，鹅姐，刚才你把书藏哪里了？”林昆终于忍不住问了起来。

看到王元鹅白了一眼林昆瘦弱的身板，没有要回答的意思，牛福笑着将零食递了过来，问：“对啊对啊，我明明没看到你‘放卫星’啊，简直就是变魔术啊！”

林昆和牛福是同桌，林昆瘦高，牛福矮胖，简直就是一相声组合。作为班里学渣的代表，二人的座位当然也是最后一排，紧挨着王元鹅的最后一排。

王元鹅拿了一根虾条吃了下去，心情大好。她环视了一周，发现李德亮没有在附近，便用力吸气，咬着牙瞪着眼将书从衣服底下拿了出来递给二人。

“先帮我拿着。”

二人看着王元鹅一本一本地从肚子上还有背上掏出来六本小说，不禁目瞪口呆。

“唉，求知的路上荆棘丛生啊！”王元鹅说了一半儿瞪着眼睛看着二人。

“好好学习，不卑不亢。”林昆无奈地接着说了下去。

“毕业后才有资格接管集团。鹅姐，您这话都说了两年了，也没见您爸来过。”牛福说完不禁抱怨了起来。

“哎，找打是不是！是不是！”王元鹅说着拍打了起来，“大人物哪能是你随便见到的，给你脸了是吧！”

王元鹅咬牙切齿，怒目圆瞪，举起手中的书本打算打过去，旁边的同学用诧异的眼光看着王元鹅。

“看什么看，有种放学别走啊，嘁！”王元鹅一副盛气凌人的样子引来众人的目光，看到众人看自己，王元鹅神气地将胸前的两条小辫儿甩到身后，林昆则巴结着给王元鹅按起了肩膀。

没错，羊角辫儿，圆形眼镜，瘦小的身板，这就是王元鹅，外号“大鹅”“鹅姐”。据说人如其名，比如叫高大强的同学，以后真的会很强一样，王元鹅一有机会就给别人科普。

“我告诉你们，鹅是什么都不怕的，知道为什么吗？因为特殊的眼睛构造，任何东西在鹅的眼里都会被缩小几千倍，所以，我是从来不把任何人放在眼里的，你们最好不要惹我！”

话虽这么说，但是从来没有人见过王元鹅的父亲，王元鹅也就这么一直特立独行了很多年，直到，遇到了生死冤家——单求胥！

此时的单父跟政府那边谈完事情紧急赶往学校参加捐赠典礼，一向了解单求胥的他惴惴不安地对司机说：“小李，学校那边半小时后开始，你把握好时间。”

“好的，单总。您系好安全带。”司机小李猛踩油门，穿梭在车流之间，一辆普通的轿车硬是让小李开出了跑车的感觉。

伴随着手机铃声响起，汽车到了一中门口。单总赶紧推开车门，走到了墙根，想吐却吐不出来。

“喂，老季啊，我刚到，你们到哪儿了？”

“单总，胥胥不见了！”老季焦急地说。

“什么?!”

“刚才胥胥说要回家换衣服，结果我上楼时发现他从窗子逃跑了！”

“什么时候的事情？怎么不早说！”

“我也是刚发现。”

“你别管了，赶紧来学校吧，一会儿还得以你的身份去交接。”

“好的，单总。”

挂掉电话后，单父赶紧给单求胥打了过去，好在单求胥接了电话。

“胥胥，你去哪儿了？都什么时候了，还临阵脱逃，出来混要讲信用！”

“爸……”

“叫父亲大人！”单父怒不可遏。

“父亲大人，您先别发火啊！我正在去学校的路上呢，怎么就临阵脱逃不讲信用了？”

“你季叔都跟我说了，你这是在对自己不负责任！是在逃避！”

“父亲大人，我也没说不去啊，你等我会儿，一会儿我准时到行不行？”

“你知不知道季叔已经让校长安排你作为学生代表上台讲话了，媒体电视台都来了，以前丢人是丢在家里，这次你可千万别给我捅娄子！”

“知道了，知道了！父亲大人，我准时到就是了！”

伴随着一阵紧急的刹车声，老季迅速打开车门朝着墙根处跑了过来，未等单总打招呼，老季“哇”的一声便吐了出来。

众人落座，捐赠仪式也准时开始。看着毛校长在台上念着发言稿，单父看着时间，不时朝着校门口的方向扫去，但是依旧未能发现单求胥的身影。

“金秋送爽，丹桂飘香，在这充满收获和喜悦的季节，让我们再次用热烈的掌声感谢季总为母校的教育事业所作出的巨大贡献！”

伴随着热烈的掌声，毛校长讲完话走到了主席台前，礼仪小姐将捐款一千万元的牌子交给老季，并由他递到了毛校长手中。众媒体的长枪短炮一阵狂拍，闪光灯一阵狂闪。

单父是个低调的人，他之所以以老季的身份来捐款，是希望大家不要将他的身份与单求胥联系到一起。老季激动地走到了演讲台上，打开单总写好的演讲稿念了起来。

“知识改变命运，我希望我们的同学们能够意识到这一点，你们所浪费的今天，是昨天死去的人奢望的明天！你们所厌恶的现在，是未来的你回不去的曾经！希望同学们把握住今天的时光，创造出明天的辉煌！”

热情的掌声几次打断了老季的演讲，王元鹅不屑一顾地摇了摇头，翻看着手里的小说。演讲结束后，主持人冯莹走上前去接过了话筒。

“无私的人最伟大，感谢季总真挚而又热情的演讲！海纳百川有容乃大，学校将会投入更多的资金探索教育改革之路，为此，我们有请新生代表，高二8班的单求胥同学上台发言！”

单父看了看手表，看了看左右，依旧未能发现单求胥的身影，老季左顾右盼赶紧起身离席前去寻找。

看到台下议论纷纷，单求胥依旧未能出场，冯莹转身看了看校长，校长点了点头。

“好的同学们，今天的捐赠典礼就先告一段落，接下来……”

未等冯莹说完，巨大的轰鸣声从天空中传来，一架直升机从主席台后面的楼上飞了下来。冯莹抬头看去，直升机带来的巨大风浪将冯莹的裙子差点掀起。

单求胥确实没有食言，他按时到达了一中，只不过，是用最拉风、最张扬的方式！单求胥开着直升机吃着雪糕，得意地笑起来。

“人还真多，要不就停在操场后面吧！”单求胥吃完最后一口雪糕，将墨镜戴上，操纵直升机朝着操场后面的空地飞去。

直升机飞过头顶，王元鹅合上书本推了推眼镜抬头看了上去。一滴冰冰的水滴落到了王元鹅脸上，王元鹅还没反应过来是雨还是什么别的东西的时候，一根雪糕棒“啪”的一下从天空中落下来贴在了王元鹅脸上。牛福和林昆二人忍不住哈哈大笑，王元鹅怒视二人，二人只好捂着嘴强忍着。

王元鹅气愤地把雪糕棒从脸上拿下来，雪糕棒上却写着：“我喜欢你！”

“鹅姐很生气！”林昆递过来一张纸巾。

“后果很严重！”牛福说完，二人又忍不住捂着嘴笑了起来。

“这是谁干的，我要‘杀’了他，‘杀’了他！”王元鹅咬着牙，看向了操场后方。

看着直升机落在了地上，单父颇为无奈地摇摇头，自己低调安排的捐赠典礼，因为单求胥的直升机已经变得毫无意义。

“果然是个刺儿头，现在的年轻人真是要上天啊，唉！”郝主任看着直摇头。

“唉，半路杀出个程咬金！人生几多风雨，哀民生之多艰哪！我就知道郝主任找我准没什么好事儿！”李德亮盯着操场的直升机。

直升机停在操场上，单求胥戴着墨镜嚼着口香糖背着书包从飞机上走了下来，身后两个大块头保镖西装革履戴着墨镜跟随。如此拉风的场景，众人恐怕只有在好莱坞电影中才能看到，单求胥在全校师生面前狠狠地秀了一把。

“哇，好帅哦！”

“天哪，是我们学校的吗？真的好 man 呢！”

学生人群中让出了一条道，单求胥朝着主席台得意地走去。面对颜值逆天的单求胥，人群中的女生发出阵阵感叹，唯独王元鹅怒火中烧。

“嗯，嘴角有雪糕的痕迹，这根雪糕棒肯定是他的，浑蛋！”王元鹅仔细观察着，看着单求胥一步步地朝自己走了过来。

“哇，帅哥，好棒哦！”郝佳琪忍不住喊了出来，单求胥侧头朝着郝佳琪看了一眼。

“我最看不惯这种自以为是的‘装帅范儿’了！”王元鹅心里想着，将脚一伸，单求胥猝不及防，被绊倒在了地上。倒下的瞬间，单求胥却只看到了王元鹅的鼻孔。未等单求胥看清楚是谁绊的自己，后面两个保镖一不留神顺势压了过来。就这样，单求胥一手精心策划的出场，被王元鹅的一脚彻底扭转成了一出喜剧。

得知单求胥要来高二 8 班，众人回到教室议论纷纷，王元鹅则不为所动，依旧在角落里看着自己的小说。听到大家安静了下来，王元鹅赶紧抬头看了过去。李德亮带着单求胥微笑着走了进来，单求胥则面无表情板着脸站在一边。

“同学们，我建议大家再次用热烈的掌声欢迎新同学的到来！”

单求胥站上讲台，头顶上甚至还有棵杂草。看到众人鼓掌，王元鹅依旧看着小说。单求胥一眼便注意到了教室最角落里的王元鹅，因为只有她的位子旁边是空的，自己估计也只能坐在那里了。

“有哪位同学愿意和单求胥同学一桌呢？”

李德亮还未说完，除了王元鹅，班里几乎所有女生都举起了手，当然还有一个男生，那就是林昆。看到林昆长得秀气，单求胥不禁有些打怵。

“好的，大家都把手放下吧，王元鹅，你把你的位子收拾一下。”

“啊！什么？老班，可是我并没有举手啊！”听到老班要把单求胥安排到和自己一桌，王元鹅一万个不情愿。

“我知道你没举手，我不是征求你的意见，我这是在命令，赶紧收拾！”

“啊，苍天！”看到班里只有自己旁边一个空位子，王元鹅生无可恋地将头仰向了后面。

看到王元鹅露出的两个鼻孔，单求胥不禁回想起自己在操场上跌倒时的仰望。

“可恶，原来是她！”单求胥恍然大悟，心里愤愤不平。

“单同学，过去吧，从今天起，高二 8 班就是你家，努力加油吧！”

王元鹅将靠在外面一侧座位上的书本拿到一边，将桌子上的一盆仙人球放到了窗台上。

单求胥吊儿郎当地走到王元鹅旁边坐了下来，林昆隔着牛福，朝单求胥兴奋地打招呼，单求胥愤怒地掰断了手里的铅笔，一脸冷漠。看到对方对自己有误会，林昆不禁噘着嘴冷静了下来。

“好，这样整个班级就完整了，我再次强调一下规矩。识时务者为俊杰，唯以成绩论英雄，大家认真学习吧！”

单求胥刚打算把书包放到桌洞，却发现桌洞里满满的都是王元鹅的书，单求胥看着王元鹅示意她拿走，王元鹅极不情愿地把书拿出来，放到了自己早已快塞满的桌洞里。

“大家一定要拿出吃奶的劲儿，给我好好学习，认真对待！”

面对李德亮的加油打气，单求胥不以为然地随口说了一句：“吃奶的劲儿，吃奶能有多大劲儿。”

单求胥刚说完，王元鹅惊讶得书都掉在了地上。如此目中无人，这也太让人匪夷所思了。单求胥低下头，捡起书本，上面写着王元鹅的名字，忍不住笑了起来。

“玩我鸟，这也太夸张了吧，哈哈哈！喂，你叫玩我鸟啊？”单求胥咧着嘴笑着将书递给王元鹅，在王元鹅的怒视之下，单求胥只好忍住了笑。

“王元鹅，玩拆开念，我鸟合起来念，以后给我记清楚了！”王元鹅接过课本，跟单求胥小声解释了一遍。

透过王元鹅毛毛躁躁的头发，单求胥看到了窗台上的仙人球刚好重叠在王元鹅头顶，像一个大大的脓包，单求胥又忍不住笑了起来。在单求胥看来，王元鹅就是一个带刺儿的柴火妞，不过这个柴火妞第一天就让“久经沙场”的他感受到了一股强大的杀气。

或许是有感而发，或许是无心而言，李德亮随后说出了一句多年以后让所有人都难以忘怀的话。

“同学们，不要小瞧你们的同桌，每一次调座位，都足以改变你们一生。”

“嘁！”面对李德亮的故作腔调，众人十分不领情。

“单求胥，你还有什么疑问吗，没有的话我就先回办公室了。”看到大家很不给面子，李德亮觉得安排得差不多了。

“我有一件与学习无关的事情，不知道该不该问。”单求胥看了看窗台，认真想了想，站了起来。

“什么事，问吧！”

“为什么大家都把书啊，篮球啊挂在窗户外面呢？”单求胥说着用手指向了窗外。

单求胥刚一说完，所有人都屏住了呼吸，教室里安静极了，哪怕一根羽毛掉在地上，都能把众人惊到。

“这人真是太坏太坏了！”看到单求胥一脸无辜的样子，王元鹅心里愤怒到了极点。

“哦……”而此刻，李德亮终于明白了大家的“魔术”，李德亮的眼睛眯成了一条直线，嘴角绽放出了这学期以来最灿烂的笑容。

众人唉声叹气，恨得咬牙切齿，李德亮一边走着，一边将挂在窗户外面的绳子拉上来，将“宝贝们”放到了竹篮里。看到众人纷纷看着自己，单求胥也感受到了来自大家的愤怒，只好踏实坐下。

“告诉你们，少给我耍花样！天不藏奸，天不藏奸啊！咦，这是什么啊，还挺沉！”面对最后一根绳索，李德亮慢慢提上来。但是让李德亮大吃一惊的是，绳子的尽头赫然拴着一只狗，李德亮大叫一声差点没站稳。

“天呢，这是谁的汪星人？谁的，谁！有考虑过狗的感受吗，真当学校是你家了啊！”李德亮被吓得不轻，愤怒不已。

李德亮擦了擦汗走上讲台，将狗放到篮子里，众人忍不住笑了起来。

“我再给最后一次机会，好！没人承认是吧，行！”李德亮把狗放在地上，狗径直朝着王元鹅跑了过去。

“去去！别过来，别过来啊！”看着阿黄朝着自己跑过来，王元鹅不禁瞪着阿黄往回赶，可是狗哪懂这些，阿黄径直跑到了王元鹅脚下蜷缩了起来。

“王元鹅，给我站起来！人证狗证俱在，你还有什么好说的？不好好学习，在教室里养狗！成何体统！”

“老班，你误会了！我没在教室里养狗！”

“误会？刚才我把绳子拉上来的时候我都凌乱了，你吊它下去的时候有考虑过我的感受吗，你养个仙人球就算了，整个狗算什么！”

“老班，真不是我养的！”

“不是你养的，难道是我养的，都跑过去找你了，你还有什么话说！”

“老班，真不是我养的，我住校的嘛，生活费连自己都养不起，养不起这条狗。”

“不是你养的它为什么找你？”

就这样，李德亮与王元鹅唇枪舌剑地辩论了起来，王元鹅充分发挥了自己的语文强项，死不承认，在辩论了接近半个小时后，李德亮终于还是妥协了。

“行了行了，不是你养的就不是你养的吧！这次我就不予追究了，你最好别骗我，否则，后果很严重！”

“嗯，真的没骗你，真不是我养的，是我在门口捡的。”

王元鹅说完微笑着推了推眼镜，李德亮哑口无言，众人再次大笑。

“咬文嚼字！王元鹅，给我写五千字检查！用议论文的文体来写，题目就是《论狗的自我修养》，学习不用功，净给我拖班级后腿！一个个的都给我竖起耳朵听好了，你们现在念的书就是以后数的钱，赶紧给我认真复习！”李德亮说完提起狗还有篮子里的东西走了出去，教室里立马安静了下来。

林昆示意单求胥赶紧趴下，单求胥正在纳闷，咔嚓咔嚓几下闪光灯亮起，李德亮迅速开门杀了个回马枪。这是李德亮一贯的招数，按李德亮的话来讲，这叫出其不意，对众人来说早已烂熟于心。

“对了，差点忘了。”李德亮拎着东西回到教室，将狗放到了桌子上问道，“陈喆，你是不是丢钱包了？”

“啊？”陈喆摸了摸口袋，幸好钱包还在，“老班，我没有丢，钱包在这儿呢。”

“那不对啊，这钱包里面的照片明明就是你啊？”

“啊，可是我的钱包确实在这儿啊！”

明眼人一下子都能够看得出来，那明显是一个女生的钱包。

“糟了，糟了糟了，什么时候丢的啊！我怎么才发现啊！糟了，这可怎么办啊，我的生活费啊！”看到李德亮手里的钱包，王元鹅赶紧翻看桌洞才发觉那正是自己的钱包。

“陈喆，你确定不是你的？”

“老班，我确定。”

“嗯，那就好，这是在女厕所捡到的，不是你的就对了。”

众人突然安静，大眼瞪小眼，看着李德亮，李德亮回过味儿来赶紧解释说：“当然也不是我捡的，你们英语老师交给我的。”

听李德亮说完，众人方才喘了一口大气。

“都给我严肃点！敢问这是哪位女同学丢的啊？还有陈喆的照片。”李德亮看向众人，众人一脸平静，单求胥来之前，班里几乎所有女生都喜欢陈喆，所以大家也不知道到底是谁。

“没人要啊，那里面的生活费可就要充公做班费了啊，不要后悔啊！”

“坏了坏了，卡住了！”王元鹅的头卡在了桌洞里，正手舞足蹈地往外拔，怎么也拔不出来。慌乱间，王元鹅只得拍单求胥的腿寻求帮忙。

“真没人要吗？行！别后悔！”李德亮说着便提起篮子打算走了出去。

王元鹅的头卡得紧，一直拍单求胥，单求胥搞不明白，只好举手说：“老班！”

“单求胥，还有什么疑问吗？”

“钱包！”

“钱包怎么了，你刚来学校，肯定不是你的嘛。”

单求胥被王元鹅抓得龇牙咧嘴，心里想着：“不就是要个钱包吗，至于这么激动吗。”

“不是我，是她的！”单求胥指向了王元鹅，众人纷纷回头看了过去。

“王元鹅，是你的钱包吗？”

“不是，不是我的！”王元鹅在桌洞里奋力挣扎着大喊着，可是大家议论纷纷，根本听不见。王元鹅头抽不出来，只好用力抓了一把单求胥的腿，单求胥疼得撕心裂肺。

“是，是的，她刚才掐我了，可能不大好意思说！”单求胥说完，众人哈哈大笑。

“浑蛋，脑子进水了吗，有哪个女生愿意承认这种事情！没时间解释了！”万般无奈下的王元鹅只好抱起课桌站起来，虽然桌子上的东西哗啦啦掉了一地，但是王元鹅的头依旧埋在课桌里。

“老班，不是，肯定不是我的！”王元鹅透过桌洞里的小孔朝着大家喊着。

李德亮放下手里的狗和篮子，认真又严肃地走上讲台。

“没事儿把头放桌洞干啥？”显然，李德亮对王元鹅的回答并不是很满意。

“呃，嗯，老班，课本里有一篇文章叫作《装在套子里的人》，我这是在感受作者那种压抑的感觉，没想到卡住了，嘿嘿嘿……”

“契诃夫的文章你现在都看了？同学们，语文学习，还是要多看看王元鹅同学，提前预习。王元鹅，你坐下吧。”李德亮拿着钱包厉声厉色地说，“同学们，我一再强调，千万不要早恋，你们现在谈的那以后都是别人的老婆！”

“别人的老婆呢，想想都很刺激。”林昆听完不禁跟牛福在下面开起小差来。

李德亮走到门口，用力将门关上说：“关上门，可就是一家人了，你们要是敢在班里早恋，那就是乱伦！”

面对李德亮的这一番言论，大家早都习以为常，但是着实把单求胥惊到了。自打空降到这所学校几个小时，单求胥一度觉得自己的脑子进水了，他觉得自己仿佛来到了一个精神病院，因为身边的每个人都很极品，就连班主任也变得那么不可思议了起来。

虽然大家的东西因为单求胥的好奇而被李德亮没收，但是大家都没怎么计较，毕竟花点钱给吴长鸣就能再次拿回来。但是王元鹅就不一样了，冤家路窄这句话在二人身上得到了完美的体现。

王元鹅脑袋卡在桌洞里，越着急越热，越热卡得就越紧，所以，牛福和林昆二人扶着王元鹅来到了楼顶吹风降温。为了表示诚意，单求胥去劳动器材室借来了锯条，打算将课桌锯开。

“哎，你们轻点，别把我脑袋给挤坏了！”听到“刺刺啦啦”的钢锯声，王元鹅心里有些紧张。

“这脑袋要是挤了就好了，我看是进水了，要不然闲着没事儿往里钻个什么劲儿。”

单求胥边锯边笑着说了起来。

“姓单的，你少给我说风凉话，要不是你，我也不至于这样，还有，你凭什么认定那钱包是我的！”

“凭什么？都鸵鸟钻沙顾头不顾尾了，哥是过来人，别跟我整那些没用的。”

“姓单的，你可算惹错人了，我爸可不是一般人，马上我就让你知道，花儿为什么这样红！”王元鹅说着张牙舞爪地在空中乱抓了起来。

“哎，差不多就行了，别嘚瑟了，越嘚瑟越紧，那啥，你俩把桌子拉住了。”

看到桌子锯得差不多了，单求胥吩咐牛福、林昆二人拉着桌子腿，让王元鹅自己往外撤。

“来，我喊一二三，你们俩使劲儿。”单求胥指挥着，“一、二、三走！一、二、三走！”

“浑蛋，我的脖子都要断了，你俩慢点！”看着王元鹅撒欢儿似的又蹦又跳，单求胥无奈地摇摇头。

“喂，你俩拿稳了。”未等牛福、林昆反应过来，单求胥将王元鹅从身后腾空抱起，用力往外一拔，终于将王元鹅的头拔了出来。

“妈呀！”伴随着王元鹅的一声大喊，牛福、林昆二人抱着桌子倒在了地上，单求胥连同王元鹅也顺势倒在了地上。

单求胥倒在地上，看着王元鹅顺势倒了过来，王元鹅从黑黑的桌洞里出来，一时间适应不过来刺眼的光线，眼前白茫茫一片，只得顺势倒了下去。看到二人即将接吻，牛福和林昆张大嘴巴，林昆更是抓住牛福的大腿，将牛福抓得龇牙咧嘴。

王元鹅即将要吻上单求胥的那一刻，逐渐看清楚倒在地上的单求胥，王元鹅害怕地将嘴唇咬在了嘴里，心想绝不能让眼前这货占了便宜。没想到，单求胥赶紧一个快速转身滚到了一边，王元鹅则结结实实地吻在了地上，吃了一嘴的尘土。

“哎哟，吓我一跳！问题解决了，我先撤了啊，鸟人！”单求胥起身拍了拍尘土，赶紧离开了。

林昆和牛福倒在地上，抱在一起，看着王元鹅从地上缓慢爬起来。王元鹅用手撣掉满脸的尘土，深深地吸了一口气。

“喂，我没毁容吧，脸没事儿吧？”

看到林昆、牛福忙点头，王元鹅方才松了口气。看到单求胥已经离开，王元鹅猛地起身朝着单求胥扑过去，牛福、林昆二人赶紧爬过去一人一条腿拉着王元鹅。

“别拉我，别拉我！单球蛋，我砍‘死’你！竟然喊我鸟人！放开我，让我砍‘死’他！”王元鹅面目狰狞，死命挣脱着牛福和林昆的束缚，单求胥只顾着自己走远。

“姓单的，我要‘杀’了你！给我松开，我要‘杀’了他！”王元鹅怒不可遏，牛林二人见状只得松开手，王元鹅一脸蒙，盯着二人，挤眉弄眼示意牛福、林昆二人再拉住她。

牛福和林昆对视着叹了口气，一人一条腿抱着王元鹅，王元鹅又凶了起来。

“别拉我，单球蛋，有种别走，你给我等着！”

第三章　斗智斗勇血战到底

自从踏入高中校门的那一刻起，王元鹅从来没有被任何同学欺负过，她甚至是欺负别人的主儿，牛福、林昆就是受害者。虽然自己已经当着众人的面儿巧妙地解释过了，但是她喜欢陈喆的消息却还是在班里一度又流传了起来，这让王元鹅的自尊心受到了极大的挑战。为此，摆平极品同桌单求胥成了王元鹅心中的头等大事。

读了五年高中的单求胥，大大小小的事情都遇到过，愣是没遇到过敢正面对抗自己的敌人。面对眼前矮自己一头多的王元鹅，单求胥压根就没放在眼里，此时的单求胥只想着如何逃离一中这所"精神病院"。

单求胥上完厕所出来，看到王元鹅在远处靠着墙盯着自己。单求胥不屑一顾地从她身边走过，没想到王元鹅一把薅着单求胥的领带，将单求胥"腿咚"到了墙角。由于二人之间身高差有些大，王元鹅的脚跟勉强搭在了单求胥的肩膀上。

"单球蛋！"

"拜托，是单求胥好不好，伍子胥的胥，鸟人，你不识字啊！"

"你知不知道，就因为你，全班同学都知道我喜欢班长陈喆！"

"啊，这会儿承认是你的钱包了啊！"

"哪有，那根本不是我的，我怎么会做这么幼稚的事情。"王元鹅突然羞涩不安起来，气势也弱了很多。

"拜托，都吃了三天泡面了，再吃下去脑子就废了。"

"你管得着吗，我愿意！"

"成，我管不着，那把脚拿走可以吧，王元鹅同学！"

看到陈喆从远处走来，王元鹅松开单求胥转身离开。看到单求胥一脸无奈，林昆、牛福赶紧凑了上去。

"单求胥，你没事儿吧？"林昆紧张起来。

"我还能有啥事儿，一弱女子。"

"你摊上事儿了，她可不是什么弱女子。"林昆紧张兮兮地说。

"啥啊，能有什么事儿？"

"你知不知道，王元鹅的爸爸可不是一般人。"看到单求胥没有意识到问题的严重性，牛福担心地补充道。

“真的假的？”

“没错，你已经惹到她了，后果将不堪设想。”牛福一脸严肃。

“既然是那么跩的人，怎么会喜欢陈喆那样的人，嘁，没品位！”

“萝卜青菜各有所爱，你还是少惹她比较好。”林昆幽幽地说。

“就是，就是。”牛福随声附和。

“看你俩的意思，被她欺负过？”

“何止是欺负！”林昆说着摇了摇头。

“简直就是虐待啊！”牛福更是长叹一口气。

“看这俩货呆头呆脑的，收来当小弟也不错。”单求胥心里想。他一把搂过二人肩膀，说道：“至于吗，一柴火妞就把你们俩吓成这样？我单求胥混迹江湖多年，如果两位兄弟信得过我，我愿意帮你俩逃离苦海。”

王元鹅掉头走了回来，远远地叉着腰看着三人，林昆、牛福赶紧转过身。

“喂，你俩在那儿嚼什么舌根子呢！”王元鹅朝着牛福、林昆二人大喊。

“没、没什么……”林昆回答。

“该干什么干什么去！”

“哦……”牛福说完便同林昆唯唯诺诺地离开了。

“厉害了，我的姐！虽然是个柴火妞，但是如此霸气的个性激发了我强烈的斗志。读了五所高中，看来终于遇见对手了！”面对王元鹅如此强大的气场，单求胥心想，不禁刮目相看。

“喂，鸟人，你听着，我要向你宣战！”这是单求胥一贯的手法。

“喂，别走啊！你到底敢不敢，我在向你宣战呢！”看到王元鹅将两条辫子甩到了身后转身走了，单求胥大喊起来。

王元鹅如此目中无人的霸气与嚣张让单求胥简直有一种相见恨晚的感觉，单求胥的眼中流露出了欣赏的神色。看着王元鹅夸张的步伐，单求胥忍不住跟在后面邯郸学步起来。

楼道里窗户前挤满了想来一睹单求胥真容的女生，单求胥走过门口朝众女生打招呼，众女生激动不已，醉倒一片。

“嘁，忸怩作态，自以为是！”王元鹅不屑地走进教室。

直到王元鹅走到座位上，才看到众女生送来的礼物已经堆满了整张桌子。

“喂，是谁这么无聊，赶紧给我拿走！”王元鹅伸手去摸小说，情书撒了一地，两个桌洞里也满满全是情书。

单求胥站在门口看着王元鹅，一脸得意。陈喆转头看到撒在地上的众多情书，不屑一顾。

单求胥得意地看着王元鹅，开始解扣子。面对单求胥突兀的举动，王元鹅吓得不轻。

“你、你要干吗？”

单求胥挨个将白色短袖校服的扣子解完，猛地将衣服敞开，吓得王元鹅捂着脸尖叫了一声。单求胥脱下衣服的举动也吓坏了众女生，只不过，单求胥里面还穿了一件背心，背心下肌肉毕现，单求胥将礼物情书统统放到了衣服里面。

“哇，好 man 哦，好大的胸肌，好有安全感……”众女生在门口往里看着。

“嘁，有肌肉就了不起啊！”听到众人议论纷纷，王元鹅心里瞧不起眼前这些女生，在王元鹅心里，只有陈喆才是集美貌与智慧为一体的真男人。

单求胥走到门口将情书还有礼物撒在了楼道里，潇洒地转身走了回来。

“谢谢各位美女抬爱，虽然大家都不是很熟，但是早恋耽误学习，我对女孩子不感兴趣！”

“嘁，装什么装！”王元鹅斜瞅了一眼，继续看起自己的小说来。

“哦，当然，我对男同学也没兴趣！”见林昆看着自己，单求胥赶紧补充了一句。

单求胥拒绝接受女生情书和礼物的行为被李德亮在远处偷偷看到，这让李德亮心里踏实了不少，毕竟，这么高的颜值会对班里甚至学校的女生造成巨大的杀伤力，这是任何一个班主任都不想看到的。

上课铃响起，单求胥看着窗外，王元鹅则继续埋头看小说。李德亮走到后窗上看了一圈儿便离开了。

“不会吧，刚才老班看单求胥的眼神竟然有些许欣赏，无语了。唉，不过能够躲过这些糖衣炮弹也是真的够厉害。这厮该不会真喜欢男的吧？不行，我得写封诅咒信给他！”王元鹅心想着拿出本子写了起来。

教室走廊里，英语老师冯莹同李德亮迎面擦肩而过，二人微笑着点了点头。

冯莹外号“灭绝师太”“万年冰山”，虽然三十多岁不能算老，身材与样貌也是一流，但这不重要，重要的是冯莹的脾气绝对是一中数一数二的暴躁，没有人敢在她的课堂上造次，她要是瞪你一眼，虽然不能怀孕，但是绝对会让你在炎炎夏日脊背发凉！

伴随着一阵冷风吹过，教室里马上安静了下来，冯莹怒视教室一圈儿，将书本狠狠地摔在了桌子上，讲桌上震起的粉尘在阳光的照射下飞扬而起。

“Now,class begin!”冯莹的嗓音极具穿透力，几位胆小的女同学甚至被吓得一哆嗦。

“Stand up!”冯莹话音刚落，陈喆便紧接着站了起来。

“Good afternoon,teacher Feng!”众人喊声震天，这让单求胥大为意外。

“Sit down. Today we will learn new lessons, everyone, please turn to page 30.”冯莹一口气下来，没说半句中文。

“Teacher，可不可以不用全英文啊，有点听不懂！”面对眼前严肃的冯莹，单求胥不管三七二十一，站起来提出了自己的意见。整个教室鸦雀无声，众人纷纷回头看向了单求胥。

“果然是初生牛犊不怕虎，愣头青一枚啊，灭绝师太都敢顶撞。”王元鹅心里想着，这次单求胥肯定要出丑了。

“好吧，这位同学请坐，大家翻到课本第三十页。”面对单求胥的刁难，冯莹坦然接受，继续讲了下去。

“不会吧，灭绝师太也惯着他，这不是她的风格啊！”王元鹅简直不相信自己的眼睛。

看到冯莹应了单求胥，众人唏嘘不已，单求胥得意地坐下，看着眼前吃惊的王元鹅。王元鹅仿佛看到了单求胥的脸上写了四个大字：少见多怪！

眼前这个大魔头的手段，让王元鹅不禁觉得自己的确是遇到对手了。单求胥不仅在过道泼水不让穿凉鞋的女老师走过来，而且还在地上放贴双面胶的白纸防止男老师走过来。除此之外，每个老师都对他印象深刻。

比如生物课上，生物老师面对人体结构图提问：“人体最硬的部分是什么？”

单求胥给出的回答是：“脾气！”

再比如政治课上，政治老师问：“犯罪分子被定罪判刑的最根本原因是什么？”

单求胥的回答是：“被抓住。”

化学老师问：“钢是由什么组成的？”

单求胥二话不说走到黑板旁用粉笔写下了“钅+冈”，化学老师哑口无言，像吃了苍蝇，大家越是笑，单求胥越是得意，所以每节课老师提问，大家都将目光投向了他。

本以为单求胥会给李德亮一些面子，毕竟是班主任，谁承想，单求胥依旧一视同仁，没放过他。

当李德亮要求听写成语的时候，单求胥自告奋勇同陈喆 PK 了起来。

看到二人一起站在黑板前面，李德亮不禁说了一个：“狼狈为奸！”

众人都没有要动笔写的意思，纷纷看着单求胥要耍什么花样。果不其然，单求胥在众目睽睽之中写下了“狼被围奸”。

这让语文老师李德亮大跌眼镜，同时也让王元鹅更加忍受不了这种目中无人的狂徒，为了划清界限，王元鹅将仙人球放到了桌子中间。

眼看着单求胥在班里越挫越勇，王元鹅加快了自己的诅咒信计划。

这一天，李德亮在黑板上抄写诗词，单求胥则穿着轮滑鞋趁机在班里滑行一圈儿又一圈儿。每次李德亮有所察觉的时候，单求胥总是一本正经地坐在位子上。

就在单求胥又一次从座位上离开滑出去的时候，王元鹅将诅咒信小心翼翼地放到了单求胥书包里。但是恰恰就在这时，意外发生了！作为班长，陈喆十分看不惯单求胥的挑衅行为，在单求胥滑过陈喆身边时，陈喆轻轻伸出了脚。单求胥猝不及防，猛地朝前倒向了王元鹅桌子底下。失去平衡的单求胥只好随手乱抓，王元鹅慌忙把信往回撤，但是却被单求胥一把抓住，还没明白过来怎么回事的单求胥便倒在了地上。伴随着王元鹅惊恐万分的眼神，桌子上的仙人球滑落了下来。

“不要……啊……”伴随着一声惨绝人寰的长啸，仙人球实打实地“亲吻”在了单求胥帅气的脸上，就这样，单求胥第一次栽倒在了王元鹅手里。

伴随着一阵阵撕心裂肺的哀号，单求胥躺在校医院的床上，四肢被五花大绑了起来，看着全是红点点的脸，护士忍不住笑着拿镊子将刺一根根拔掉。

“哎，同学，别动，忍着点，就最后几十根了。”

“啊！哎呀呀……”

看着单求胥红肿变形的脸，林昆和牛福在一边忍不住捂着嘴笑了起来。

因为钱包被老班李德亮拿走了，所以王元鹅只好顿顿泡面度日了。看着别的同学大鱼大肉，又看了看自己桌子上的泡面，王元鹅不禁长叹一口气，用叉子将泡面挑得老高，慢慢吹了吹，吃了起来。可是，透过根根弯曲的泡面，王元鹅分明看到了一具木乃伊站在了讲台上正瞅着自己。没错！单求胥的脸上被缠满了绷带，只露着两只眼睛和一张嘴。牛福和林昆搀着单求胥朝自己走了过来。

“虽然分分钟都能够感觉到单求胥有种想掐死我的冲动，但是看他现在的状态，谅他也不能把我怎么样。”想到这里，王元鹅若无其事地吃起泡面来。

单求胥一瘸一拐地走到王元鹅面前，眼中充满了怒火。

“啪”的一声，单求胥从屁股口袋里掏出信将信封甩在了王元鹅面前。看到王元鹅仍淡定地吃着泡面，单求胥打开信，慢慢读了起来。

“单求胥，你就是个不折不扣的王八蛋、大浑球！你目无法纪，侮辱师长，个人感情处理不当，严重违反了校纪校规！拖了班级后腿，你最好踏踏实实上课，否则我诅咒你，出门被车撞，下楼滚楼梯，吃饭被噎死……”

“咳咳……”读到这里，王元鹅不禁被泡面噎住咳嗽了起来。

“谁干的，给我站出来！”单求胥将信拍在了桌子上，指桑骂槐。

看到王元鹅还在装蒜，单求胥冷笑一声，拿起信又重新走回到了讲台上说：“出来混，就要光明正大，偷偷摸摸算什么，不承认是吧，那就别怪我不客气了！”

单求胥说着从衣服里掏出一本日记，王元鹅看到着急地翻看自己的桌洞。

“糟了，浑蛋，拿我日记！”王元鹅腹诽。

“今天我真的是太不小心了，班主任拿着我的钱包问是不是我的，我竟然说不是，天哪，我是不是疯了！”单求胥打开日记本当众念了出来，表情极为风骚。

“浑蛋，看来是逼我了！”王元鹅将嘴里的泡面一口气吸溜完，愤怒地看着单求胥，可是单求胥完全不为所动，继续念了下去。

“那可是我全部的生活费啊，只因为里面有我最喜欢的……”

未等单求胥念出“陈喆”二字，“啪”的一声，一只白色球鞋飞过来准确无误地砸在了单求胥的脸上。由于单求胥满脸的纱布，鞋子竟然挂在了那里。

“单球蛋，你听好了，我要跟你宣战！”王元鹅大吼着。

单求胥用手拿下球鞋闻了闻，嘿嘿傻笑着看着王元鹅，心里想着，终于可以名正言顺地大战几回合了。

自打正式宣战，二人总是小心翼翼的，生怕陷入对方的圈套里，即使如此，仍然是防不胜防。

这天上体育课，王元鹅去拿排球，单求胥还有牛福、林昆三人，远远地看着她笑，正当她想有什么不对的时候，却发现自己的双手已经被牢牢地粘在了排球上。看到王元鹅束手无策的样子，头绑绷带的单求胥哈哈狂笑了起来。王元鹅气不过，用脚将地上的另一个排球朝着单求胥奋力踢了过去。排球朝着单求胥的脸准确无误地飞去，牢牢粘住了。

中午吃饭的时候，单求胥也是紧紧跟在王元鹅身后伺机行动。王元鹅将餐盘放下才发现自己拿的一双筷子不直，便起身回去另取。单求胥看到机会到来，赶紧偷偷摸摸地从口袋里掏出芥末放到了王元鹅的汤碗里。

看到三人一脸坏笑盯着自己，王元鹅用手小心翼翼地摸了摸凳子和桌子，看到没有被涂抹万能胶，王元鹅方才放心坐下，吃了起来。

直到王元鹅喝了一口汤立马喷了出去，单求胥方才开怀大笑拍起了桌子。但是此时的王元鹅却朝着单求胥一声冷笑，眼也不眨地全部将汤喝了下去。一脸蒙的单求胥直到吃完饭才发现，原来自己早已落在了王元鹅布下的陷阱中，自己的裤子已被王元鹅涂好的万能胶牢牢粘住。看到三人窘迫的样子，王元鹅哈哈大笑，单求胥奋力起身离开，屁股上的一整块布料彻底分了家，在众目睽睽之下，单求胥露出的内裤上分明写着"必胜"二字。

就这样，第一回合王元鹅赢得了彻底的胜利。从未输过的单求胥很不服气，心里策划着第二回合的战斗。

看到三人尾随自己，王元鹅背着书包不紧不慢地走进厕所里。郝佳琪从厕所里走出来凑到单求胥的耳朵边说了几句悄悄话，单求胥便得意地提着水桶走了进去。看到一具木乃伊似的男生走了进来，众女生吓得四散而逃。

"一、二、三、四、五！就是这个了！"单求胥按照郝佳琪提供的消息数到第五个，奋力将水泼了进去。

令单求胥万万没有想到的是，此时的王元鹅早已有所准备，早在女生尖叫着逃出去的时候，王元鹅就从书包里拿出了雨伞，一桶水倒进来，丝毫没有沾湿王元鹅哪怕一根头发。

虽然单求胥是破坏大王，调皮捣蛋满肚子坏水，但是王元鹅从小被欺负到大，也是积累了丰富的作战经验。看到王元鹅轻松地背着书包从厕所门口走出来，单求胥脸上的笑容瞬间僵住了，他甚至不敢相信自己的眼睛。

令单求胥没想到的是，王元鹅从陈喆那里得知了单求胥的消息后，连帽子都没戴就冲进了男厕所里。听到厕所里的男生大喊大叫，在蹲大号的单求胥压根不明白发生了什么。直到他看到王元鹅的那双打了补丁的白色球鞋出现在自己跟前，单求胥方才不紧不慢地从腰里掏出了一把小雨伞打了起来。

"嘁，老套，泼，可劲儿泼！"

无知限制了单求胥的想象力，王元鹅从书包里拿出一串炮仗，点燃扔了进去。伴随着噼里啪啦的鞭炮声和一阵惨绝人寰的惨叫，过了好一阵子，单求胥才一瘸一拐地从厕所门口走了出来。单求胥满脸乌黑，头发直冒青烟，手里的伞也只剩下凌乱的骨架。

王元鹅推了推眼镜，哼了一声便大摇大摆地消失在了围观的人群中。

就这样，第二回合，王元鹅又一次取得了胜利。单求胥怎么也没想到，眼前又黑又瘦的王元鹅竟然把自己整得如此狼狈不堪。连败两局之后，单求胥只得小心翼翼了起来。

王元鹅走进教室，刚一开门，门上的垃圾桶就掉下来扣在了王元鹅的头上。看到王元鹅终于被自己作弄了一回，单求胥拍着桌子，夸张地笑起来，头上的绷带让单求胥的脸又疼了起来。看着单求胥一副哭笑不得的样子，王元鹅镇静地将垃圾桶拿了下来。

单求胥上厕所回来，远远看到王元鹅在角落里盯着自己，不禁朝着门上小心地瞅去。单求胥一心提防着门上有没有垃圾桶，却忽略了地上全是布好的老鼠夹。成功开门的单求胥得意地看向王元鹅，摊开双手耸了耸肩。可是单求胥刚迈出一步就被老鼠夹夹到了脚，看到单求胥已经扭曲变形的脸，王元鹅的嘴角方才绽放了一丝笑容。

单求胥跳着走到座位上，一屁股坐下，将老鼠夹用力拨开，瞪着王元鹅，王元鹅装作若无其事的样子。单求胥双手伸进桌洞，却不曾想，桌洞里已经有两个巨大的老鼠夹等待着他。伴随着巨大的一声惨叫，单求胥又一次来到了校医院，这次包扎的则是手和脚。

毫无疑问地，第三回合，王元鹅又赢了。

为了能够方便活动，医生给单求胥配了一副拐。单求胥头上、手、脚缠满了绷带，走到教室门口，却看到王元鹅将脚放到了自己椅子上靠墙看小说，单求胥愤怒地喊着，冲了过去。

"玩我鸟，你给我……唔唔唔……"未等单求胥说完，缠在门框两边的胶将单求胥的嘴彻底堵了上来。

看到王元鹅拿出一个苹果吃了起来，单求胥强忍着心中的怒火，咬牙切齿地说："鸟人，明天早八点早操时间学校垃圾场见，我要和你一决雌雄，有种你就来！"

"怕你啊，嘁！"王元鹅翻了翻手里的小说。

王元鹅压根就没把单求胥的话当回事儿，毕竟单求胥每次都说得挺狠的。第二天早晨，王元鹅正在宿舍做美梦，却被一阵阵敲门声惊醒。王元鹅睡眼惺忪，看了看闹钟已经八点了。

"同学，开门，我们来检修电器！"电工师傅拿着宿管的钥匙没能打开门，便知道门被反锁了。

"糟了糟了，闹钟怎么没响呢，我明明记得穿衣服起来去上课了啊！"王元鹅赶紧起床穿衣打开门。

"糟了糟了，明明都在教室读了一早晨英语了，这幻觉也未免太真实了。"

电工师傅把背着的绿书包放到了桌子上，拿了个凳子开始检修宿舍里的电风扇。

王元鹅急急忙忙刷完牙，拎起书包往外跑。

“师傅，一会儿帮我把门带上！”

“好的！”

王元鹅刚跑出宿舍大门没多远，却发现单求胥三人拄拐站在那里，恶狠狠地看着自己。直到此时，王元鹅才明白原来昨天单求胥所说的一决雌雄果然是真的。想到这里，王元鹅不禁有些害怕了起来。

“单球蛋，你、你……你要干吗？”

“要啊，哈哈哈……哈哈哈……”看到王元鹅被自己吓到，单求胥放肆地笑着，嚣张不已。

“咳，单求胥，一日同桌百日恩，大家相识一场也是难得的缘分……”

“打住！怎么，屄了啊？在班里，我好男不跟坏女斗，那是给你面子，出来混，总是要还的嘛！”

“我……我……我爸可不是一般人！”

“没关系，我爸穷得只剩下钱了，一点点医药费还是赔得起的，哈哈哈！”

“喂，你们两个，才几天，就成了帮凶了！”看到单求胥不依不饶，王元鹅只得转而求林昆和牛福帮忙。

“鹅姐，真不是这样，我们也不想领医药费啊！”看到单求胥正盯着自己，林昆只好顺水推舟。

“就是啊鹅姐，我们都是被威逼利诱的啊！”牛福也显得很无奈。

“浑蛋，威逼利诱，我看威逼没有，利诱了不少吧，看你口袋里装的那些零食，都快掉出来了！”看到二人谎话连篇，王元鹅气愤不已。

话音刚落，林昆、牛福就赶紧将装满零食的口袋使劲儿塞了塞。

看到自己无论怎么嬉皮笑脸地求情，单求胥都不给面子。不得已之下，王元鹅只得笑着抱着书包低头打算走过去，单求胥横加阻拦，王元鹅只得又退了回去。

“别逃避了，鸟人！来吧，决斗开始吧！”单求胥将拐杖愤怒地扔到了一边。

“咣当”一声，一个扳手从王元鹅的书包里掉了出来。王元鹅一头雾水，低头去捡，谁承想，又从书包里掉出了一把锤子！原来，电工师傅的背包和王元鹅的一模一样，王元鹅一着急拿错了书包！

王元鹅打开包一看，里面家伙什儿一应俱全。画风突转，王元鹅手里拿着锤子不禁看着单求胥笑了起来。

王元鹅拿着锤子和扳手一颠一颠地，朝单求胥走过去，单求胥有些慌了神，林昆和牛福见状不妙拔腿就跑，单求胥一瘸一拐站在那里被吓坏了，他咽了口唾沫刚想转身就走，被王元鹅大声呵斥住。

“等会儿！给姐转过头来！”

“嘿嘿嘿，鹅姐，一日同桌百日恩，大家相识一场也是难得的缘分。”

王元鹅走过来将单求胥身边的拐杖拎起来，扔得老远，围着单求胥打量了起来。看着王元鹅手里的扳手左手倒右手地颠来颠去，单求胥一头冷汗。

“你爸穷得只剩下钱了，对吧？”

“也不是，为了增加气势，稍微、稍微有点夸张……”

“夸不夸张我不管，你刚才说的，一点点医药费肯定付得起了？”

“鹅姐，你别冲动，有话好好说，有话好好说……”

“一步，两步，三步……”王元鹅二话不说转身大步朝着外面数着走去。

走了十几步之后，王元鹅将书包往地上一扔，小跑着朝着单求胥冲了过去。

“贱人，接招吧！”

李德亮接到林昆、牛福二人的报信，火速赶来，刚走到空地的一侧，便看到王元鹅助跑几步，腾空一脚将单求胥踹翻。

“训导处报告，训导处报告，高二 8 班王元鹅同学和单求胥同学上课无故迟到，目无法纪，打架械斗，严重违反了校规校纪，特记大过处分一次，大家引以为戒！”

伴随着回荡在校园里的处分报告，王元鹅还有单求胥被叫到了校长室。

瘦弱的王元鹅站在那里，高大魁梧的单求胥拄着拐从头到脚基本上缠满了绷带。毛校长听完李德亮的解释，显然不太相信。毕竟，要让不在场的人接受王元鹅把单求胥暴揍这个事实并没那么容易。

“李亮老师，你刚才说……”

“校长，是李德亮，不要缺德……”

“哦，德亮老师，你刚才说是这位鹅姐打的这位蛋哥对吧？”

“是这样的，校长，若不是我亲眼所见，我也不敢相信。”

“毛校长，是他先欺负的我……”看到李德亮有些不明真相，王元鹅赶紧解释。

“Shut up!”看到王元鹅不知好歹，李德亮赶紧制止。

“鹅同学，很显然，事情有些复杂了，你先休息会儿，一会儿蛋同学的父亲来了，你再向他解释清楚就好。”校长说完走到座位上拿起茶杯喝起茶来。

吴长鸣躺在楼顶上贴着黄瓜，晒着太阳，听到单求胥的通报不禁有点吃惊，坐了起来。

“哎，这个叫单球蛋的真有那么大能耐？才来没两天就被全校通报了，想我来学校那么久了都没被通报过，他是不是太抢我风头了？”

“老大，要不要教训教训那小子？”阿呆边说边将黄瓜片切好贴在吴长鸣的脸上。

“就是就是，简直不把我们一中三少放在眼里！”阿瓜给吴长鸣捏着腿，一激动用力地拍了一下吴长鸣的大腿。

“哎，你！轻点！你们懂个屁，我是爱才之人，走，去会会他，他若从我最好。”

“老大，若是不从呢？”阿瓜赶紧将吴长鸣的裤腿拉下来。

“若是不从，如同此瓜！”吴长鸣拿过阿呆手里的黄瓜用手斩了两次才斩断。

单父一行人刚一走进校长室，就把王元鹅吓了个半死。自己一直吹牛说自己的父亲厉害，谁承想，眼前单求胥父亲的打扮才是不折不扣的大佬。

“单总，你好，过来了。”看到单父走进来，毛校长赶紧走上前去打招呼。

“我儿子呢？”单父扶着打着石膏的单求胥望了一圈并没有看到单求胥。

“单总,您扶的这位就是。”看到校长、王元鹅目瞪口呆,李德亮赶紧走上前去尴尬解围。

“什么，我还以为是标本，怎么成这样了？”单父摘下了墨镜递给了随从，绕着单求胥还有王元鹅二人转了一圈。

“王元鹅，你现在可以把事情跟单总讲清楚了！”

听李德亮说完，单父走到王元鹅跟前盯着王元鹅看了半天。单父来势汹汹，王元鹅吓得小声哭了起来。

“我不想听过程！你们俩听好了，我只想问，最开始是谁的责任，我只给三秒时间！”

单父转身背过去，王元鹅索性放开嗓子嘤嘤嘤地哭了出来，看到眼前的王元鹅被吓坏，单求胥一脸得意，看着单父。

“三、二、一！”单父言语颇为严厉。

“单总，我觉得问题应该是这样……”眼看着事情有些棘手，毛校长走上前去调解。

“我打……”未等毛校长说完，单总腾空飞起一脚，锃亮的皮鞋划过王元鹅，映衬出了王元鹅惊恐的眼神，缓缓滑向了单求胥的脸。

大家眼看着单求胥的表情由坏笑慢慢变为惊恐，单总的大脚重重踢在了单求胥的脸上，单求胥猝不及防应声倒地！看到单父一脸轻松的样子，毛校长、李德亮、王元鹅、老季，在场的每一个人无不目瞪口呆。

第四章　姜是老的辣

单父的举动着实把众人吓到了。冲着不分青红皂白就对单求胥飞起一脚这事儿，王元鹅就已经佩服得五体投地了。

“爸！”遍体鳞伤的单求胥趴在地上，发出了杀猪般的号叫。

“别喊我爸！”单父接过老季点燃的雪茄狠狠地嘬了一口。

“父亲大人，明明不是我的错啊！”

“我告诉过你多少次，做男人要有担当！你怎么可以让一个女孩子在你面前哭！”看到单父确实没有踢错人，众人方才松了口气。

“父亲大人，我……”

“别说了，你刚才的表现让我很失望！”

父子之间的一番对话让在场的所有人佩服不已，李德亮和王元鹅赶紧将单求胥扶起，单求胥将王元鹅甩开。

“你有没有考虑过，为什么你每次被开除，都没有同学肯出来送你？”看着单求胥一脸不服气，单父劈头盖脸训斥起来。

“他们只是怕被我拖累罢了……”果然，被单父一脚踹过之后，单求胥的气势明显弱了下来。

“荒谬，我看你根本就是无能，根本就没有交下朋友。”

单求胥拧着头赌气地坐在了沙发上，一言不发。

“不服气是吧，不服气你现在就打电话给你朋友，看看有谁能够帮助你，现在就打！”看到单求胥一声不吭，单父言辞更加激烈起来，“你要是能找到三个人来帮你，今天就算我输！”

“父亲大人，你也太小瞧我了，别说三个人，就是三十、三百人我也能喊来！”果然，单求胥还是忍不住拍案而起。

“来来来，打，来啊！”单父将手机从老季手里拿过来递了过去。

看到父子二人一时半会儿消停不下来，毛校长还有李老师便也坐了下来，眼看着一场好戏就要上演。

“父亲大人，你会输得很惨的，等着吧！”单求胥一边说着一边拨通了电话，为了证明自己，单求胥还故意开了免提。

“喂，猴孙啊？”为了避免尴尬，单求胥先开了口。

“哎哟，老大，好久不见，最近去哪个学校了？上回你帮我那大忙，我还没请你吃饭呢，改天有空我一定要大摆筵席。”

听猴孙说完，单求胥得意地看看单父还有众人。

“猴孙，别改天了，就现在吧！”

“啥，不是……老大，你那边有啥情况是咋地？”明显地，猴孙嗅出了一丝异样。

“我现在这会儿有点事儿，你过来帮我个忙，站一下走就行。”

“咳咳，喂，喂，老大，信号不好啊，喂喂！”

“嘟嘟嘟……”看到电话被挂掉，单求胥十分尴尬。王元鹅擦了擦眼角的泪水，忍不住扑哧笑了出来，单求胥没好气地看着王元鹅继续打。

“八戒啊，我是……”

“老大，真是想死你了，怎么才给我打电话！走了也不说一声，是不是没拿我当兄弟，是不是，是不是？”八戒嗲声嗲气的，单求胥还有众人浑身起鸡皮疙瘩，“哎，你说走之前也不跟兄弟说一声，害得兄弟们想送你都没找到你人。”

“八戒，别整没用的，我就问你一句，是兄弟不？”

“老大，瞧您说的，拜把子的兄弟嘛！”

“这么着，你带几个兄弟过来，我这儿有点事儿……”

“嘟嘟嘟……”八戒更直接，未等单求胥说完就挂了。王元鹅又笑了，氛围逐渐尴尬起来。

“都是一帮狐朋狗友，靠谱才怪！”王元鹅心里想着。

“这个一定是不小心挂掉的，我再拨过去……”单求胥脸上挂不住，思前想后拨了回去。

“您好，您拨打的电话已关机，请稍后再拨……”

虽然满头都是绷带，但是王元鹅依旧能够感受到单求胥额头上已经流汗不止了。看到大家鸦雀无声，单求胥只好认真翻了翻通讯录，信心十足地拨过去。

“老大老大，想死你了……”

“老沙，打住打住，别跟我来这一套，就一句话，是不是兄弟？”经过两次寒暄过后，单求胥显得很没有耐心。

“老大，听你那边情况紧急啊，你是不是出啥事儿了？”

“你就说是不是兄弟？”

“应该，可能，大概算……是吧，怎么了，单求胥？”

“敢直呼我姓名，老沙，你死定了！”听到老沙的称谓直接从老大换成了单求胥，单求胥气愤地挂掉了电话。

三个电话都打完后，单求胥没了一点底气，看着通讯录里面各种兄弟，单求胥翻来翻去不知道该打给谁。

“下一个是不是该打给唐僧了？”单父质问道。

单求胥翻看着通讯录，最后像泄了气的皮球似的放下了手机。

“打啊，怎么不打了，把赤脚大仙、如来佛祖、玉皇大帝都叫来，要不然三百人都不够！”单父在一边添油加醋了起来。

“虚伪，太虚伪了！平时都称兄道弟的，关键时刻没一个敢站出来的！”单求胥终于忍不住发起牢骚来。

“不要整天为那些兄弟感情所陶醉，真正的朋友是需要用心去交往的，要走心，走心，懂吗？”

“和这个没关系……”

“怎么没关系，物以类聚，人以群分，你交的是狐朋狗友，那就说明你本身也不是什么好鸟！”

单父一席话说完，王元鹅分分钟怀疑单求胥到底是不是亲生的。包括毛校长还有李德亮在内，从没有见过哪个父亲这样不给孩子面子，更何况单求胥还是不折不扣的富二代。

“我不管，我要转学！”单求胥自知理亏，一屁股坐在沙发上。

“来之前，合同都签了，你自己都说了是自愿的，我可没有强迫你。”

“父亲大人，国内的学校真的不适合我，我要去美国……”单求胥的口气几近哀求。

“这样吧，你要是不服气，我们可以补一份协议，你要是能在一中交到三个真心朋友，男女不限，但都得有，任何时候找我，即刻兑现。”

看到单父眼中流露出的慈爱，王元鹅不禁又哭了起来。

“怎么了，王元鹅？”认真看戏的李德亮看到王元鹅又哭了起来，赶紧拿着纸巾递了过来。

“有爸真好，我想我爸了……呜呜呜……”王元鹅蹲在地上抱头痛哭起来。

李德亮深知王元鹅的家庭背景，一个农村丑小鸭与一个身在福中不知福的富二代，相比起来，实在是让人感慨。正如李德亮经常挂在嘴边的那句话：得不到的永远在骚动，得到了的永远骚不动啊！

单求胥闷不吭声，毛校长看了看单父笑着点头称赞。

“怎么，尿了？就当着你同桌的面，你就说敢不敢跟我签！”

“签就签，谁怕谁！”想到没有更好的办法，单求胥不得已答应了下来。

“这样的家长，真的是不多了。”看到事情顺利解决，毛校长笑着站起来同单父激动地握手。

“毛校长，犬子让您见笑了。”

单父回头看了一眼老季，老季赶紧将合同拿出来放到了单求胥面前。

“父亲大人，原来你早都准备好了……”

“不要在意这些细节，既然没异议，那就签了吧。”

姜果然还是老的辣，看到单父高超的手段，王元鹅不禁佩服得五体投地。

单求胥认真地看完合同后，拿起笔签了字。

“毛校长，李老师，鹅同学，麻烦你们三位做个见证吧。”老季拿着合同交到每个人手里逐个签了字。

“犬子年幼无知，还得烦请学校多多教育。李老师，你大可放心，我不是那种溺爱子女的家长，有什么问题你尽管放心大胆去管理。这是我的名片，有问题随时给我打电话。”单父将名片递给了李德亮。

“鹅同学，这张给你。”

看到单父将名片递给了王元鹅，单求胥分分钟感受到了来自卧底的巨大压力。如此一来，王元鹅随时便可以打电话给单父告状，自己再也不能随心所欲了。

“单总，有您这句话，我就踏实了。”李德亮认真看完名片，小心地放进了兜里。

“你大可放心，我已经给犬子买了所有的保险，该怎么整就怎么整，就算是出了人命，保险公司也会赔我一大笔钱的，哈哈哈！”

面对单父的一番言论，连单求胥都听傻了，场面一度尴尬了起来。王元鹅甚至一度对人生产生了怀疑，虽然自己的父亲从小就离开了，至今下落不明，生死未卜。但是看到眼前的单求胥，王元鹅突然没有那么想念父亲了，摸着手里的名片，她甚至有点同情单求胥。若不是人多不方便，王元鹅真想大声问上一句：“这，是您亲生的吗？”

伴随着被护士拆下来的绷带，王元鹅与单求胥之间的争斗总算是暂时平息了，可是单求胥这边的麻烦却一点都没有少。

看到单求胥走进了厕所，吴长鸣三人迅速将厕所门控制起来，来往之人均被跟班阿呆、阿瓜呵斥赶走。清场完毕后，吴长鸣大摇大摆地走进厕所，机灵的阿呆赶紧将厕所门反锁了起来。

单求胥上完大号后冲完水，把伞收起来后，一瘸一拐地走了出来。吴长鸣二话不说就走上前，眼看着吴长鸣的脸和自己的脸要贴上了，阿瓜赶紧从身后拉住了身体前倾的吴长鸣。

看着眼前的三人，单求胥的第一反应就是：“该不会是那鸟人派来找碴儿的吧？”

看到单求胥手里的伞，吴长鸣心里的反应是：“没想到上厕所还打伞，简直太有个性了！老这么沉默下去也不太好，我得……”

正在吴长鸣打算开口说话的时候，单求胥忍不住放了个屁。

“听口音，不是本地人吧……”吴长鸣借题发挥，信手拈来。

“对，转学过来的。”面对吴长鸣尴尬的开场，单求胥只能以不变应万变。

“哎，我就纳闷了，你凭什么就那么跩？刚来三天就被全校通报批评，你知不知道，你再被通报三次就要被开除了。”吴长鸣故意压低了声音，显得心狠手辣，很老到的样子。

“是吧，我求之不得啊！”在单求胥看来，眼前瘦弱的吴长鸣根本不是那种校园霸王级别的人物，充其量就是一个会做生意的小混混吧，所以单求胥并没有觉得有什么威胁。不过听吴长鸣说完，单求胥恍然大悟，既然如此，还交什么真心朋友，原来只需要犯三次错就可以离开了。想到这里，单求胥开心地绕开三人打算离开。但是他明显小瞧了吴长鸣找碴儿的决心，吴长鸣很快就退后一步挡在了他面前。

“哎，等会儿，我看你很有魄力，颜值也勉强可以，你若从我，我保你在学校安全，如果……有半个不字……”

“怎样？”

吴长鸣没有立即回答单求胥，他拿出手机，对着单求胥冷酷的脸拍了张照片后认真地看了看。

“真帅，要不……做壁纸吧……”吴长鸣心想着就将单求胥的照片设为了壁纸。

“阿瓜，告诉他！”

“过不了这个学期！”

听到阿瓜憨憨的声音，单求胥差点没忍住笑了起来。

“真的吗，那就太感谢了！”在得知对方想收编自己之后，单求胥放心大胆地绕开三人的纠缠潇洒离去，留下了呆若木鸡的三人。

王元鹅走到座位上，看到仙人球身上的刺全被人拔掉，气不打一处来，原本像刺猬一样的仙人球，突然光秃秃的，像个绿色的包子。

“啊，是谁干的！是谁？”王元鹅拍着桌子，怒视林昆和牛福，二人大眼瞪小眼一言不发。

“木棍，你告诉我，是谁？”王元鹅知道林昆胆小，伸手上去薅起林昆的衣领按在了墙上。

“鹅姐，君子动口不动手，我……我真不知道！”林昆嘴上说着不知道，手上却指向了单求胥的空位子。

“死球蛋，要不是看在你爹的面子上，我今天非扒了你皮，抽了你筋不可！”想到单求胥还没回来，王元鹅一把将林昆甩回了座位上。

这一节课上语文，李德亮拿着课本正往教室走，却被郝主任小跑着追了上来。

“李老师，你等会儿，有个事儿，我得跟你透露一下。”

“郝主任？什么事儿，您说。”

“学校最近通过了新的人事改革，以成绩考核为主。”

“改就改呗，反正我们班每次都是倒数第一，大不了我年终奖不要了，反正每年东扣西扣的到手里的也没几个子儿。”

“这次改革的力度前所未有，成绩倒数第一的班级不但会被问责，还要停薪留职！”

“有这么严重？”

“是啊，这次改革的目的是刺激部分教师不要懒政不作为，李老师，你现在的处境很危险啊！”

“郝主任，这是不是有点针对我啊，学校每年分给我的都是渣子班，我没法带啊！”

“李老师，连续那么多年倒数第一，也是难为你了，这个教学吧，要走心，要不然一旦停薪留职可就意味着丢饭碗了。”

“唉……”

郝主任说完便转身走了，李德亮明知道这次改革的直接对象就是自己，但是除了长叹一声，仿佛一时间又没有什么别的方法。想到郝主任是毛校长的亲信，郝主任在这个时候给自己带话过来，肯定是毛校长的意思。原本就是倒数第一的班级，又调来一个单求胥，眼看着期末考试近在眼前，想到这里，李德亮的胸中燃烧起了一团无名怒火。

单求胥小心地绕过横在门口的胶带，又胆战心惊地看上看下，确认没有危险过后，方才踮着脚尖朝着讲台走去。原本假装在看书的王元鹅看到单求胥没能上当，将书放在了课桌上。

陈喆在黑板上写下“本节课检查背诵《蜀道难》”，王元鹅站起来刚打算去门口将机关撤走，却发现李德亮怒气冲冲地拿着语文课本已经走了进来。

“啊……”伴随着一声惨叫，李德亮猝不及防，被拦在门口的胶带粘住眼睛摔倒在了地上。

“糟了，糟了……”王元鹅见状赶紧撤回到座位上。

李德亮慢慢起身撕开被胶带缠住的脸，班里鸦雀无声，单求胥则趴在桌子上抑制不住地笑着。

“要死了，要死了……”王元鹅心想着，手心里都攥出了汗。

李德亮憋着怒火将胶带用力拉开，伴随着“刺啦”的一声，李德亮脸都变了形。李德亮奋力将书本摔在桌子上，大喊：“这是谁干的？是谁！给我站起来！”

众人从来没看到李德亮发过这么大的火，一个个纷纷把头低到了桌面上。王元鹅本想主动承认错误，看到这架势，也吓得赶紧把头埋在了书本里，伺机观察着。

“不敢承认是吧！这是严重的不尊重人民教师的行为！要严肃处理！”李德亮唾沫星子横飞，拿着黑板擦狂敲讲台，仿佛即将到来的教学改革是这个桌子发起的一样。

“唉，撞枪口上了，怎么办，怎么办啊！”王元鹅吓得伏在桌子上，如坐针毡。

“哎，鹅姐，咋了？害怕了啊，不敢说啊？要不我帮你啊。”单求胥朝着王元鹅做着鬼脸，嬉皮笑脸了起来。

“我再给最后三秒，三、二，单求胥，你给我站起来！”看到单求胥满面春光迫不及待的样子，李德亮终于找到了靶子。

“我？”看到李德亮喊自己，单求胥龇牙咧嘴地笑着，站了起来。

“站起来！”

看到李德亮一脸严肃的样子，单求胥不得不收敛了笑容，站了起来。

“我从进门开始，就看到你在那儿笑，你笑什么，有什么好笑的?!”

“没、没笑……”看到李德亮脸上的胶带印儿，单求胥还是没能忍住，嘴上虽然说着没笑，但是身体还是出卖了他。

“嬉皮笑脸！油腔滑调！我问你，这是谁干的！”

“老班，我说了，你该不会落井下石吧。”

“我是那种人吗？”

李德亮话音刚落，班里嘘声一片。没错，李德亮就是这种人。

看到大家对自己颇有微词，李德亮只好强忍着怒火问了下去：“坦白从宽，你告诉我是谁干的，我不追究你的责任！”

“糟了糟了，新来的不懂老班的套路，老班就是言而无信的那种人，死球蛋肯定会举报我的，我还是先自首吧，好歹能留个全尸！唉，英雄末路啊！”听到李德亮闪烁其词，王元鹅看着单求胥。

王元鹅有气无力地打算站起来，却被单求胥压在了座位上。正在王元鹅吃惊之余，单求胥嘴角闪过一丝坏笑。

“老班，是我。”

“什么？单求胥竟然在给我顶包？不会吧！”看到眼前的单求胥，王元鹅几乎不敢相信自己的耳朵。

“老班，是我粘在那里的。”所有人都知道这是王元鹅干的，所有人也知道二人是死对头，听到单求胥说出此话，大家都愣住了。

“不会吧，单求胥怎么会……套路，这一定是套路，他绝对在酝酿着一个更大的阴谋！”王元鹅心里反复提醒自己。

“我就知道是你！单求胥，天堂有路你不走，地狱无门你闯进来！”李德亮猛地将黑板擦摔在了桌子上，愤怒不已。

“老班，你刚才说的，不追究我责任的嘛！”

面对单求胥的机智，连王元鹅都不禁佩服三分。可是，他们明显低估了李德亮的决心。李德亮看了单求胥几秒后，从口袋里掏出了一沓照片。

“没错，胶带这个事儿就算是有个交代了。这是上周的照片，我特意放大了，大家看一下，是谁在不学习，是谁！”

李德亮将照片传阅给大家，照片上简直就是单求胥的各种搞怪表情包。

“我之所以用摄影艺术的方式抓违纪生，就是想给某些人主动承认错误的时间，某些人倒好，不以为耻，反以为荣！单求胥，你能不能把心思用到学习上！你看看人家陈喆，比你优秀那么多都还在努力地学习，你有什么理由不努力！”

陈喆无奈地摇摇头，一副得意的样子。王元鹅知道李德亮醉翁之意不在酒，所以她眉头紧锁，生怕出什么问题。

“既然比我优秀的人都那么努力，那我努力了又有什么用。”面对李德亮的批评指责，单求胥将积累了五年的怼老师的经验发挥到淋漓尽致。

“无可救药，无药可救！”李德亮哑口无言，他愤怒地边说边从讲台上走了下来，“整天除了睡觉就知道玩个破篮球！”

说着李德亮将单求胥挂在桌子边上的篮球网袋拎了起来。

“没收！只有学习成绩好的才有资格玩！”

李德亮极为强硬，单求胥想争夺，却被李德亮直接朝着窗户外面甩了出去。

“就没见过你们在成绩上这么下功夫！”李德亮发着牢骚走到了讲台上，气消得差不多了，打算撤退。没想到，扔篮球的举动却将单求胥彻底激怒了。

“成绩！成绩有什么用！我玩篮球是因为我喜欢，成绩不会跟随我一辈子，但是我的爱好却会陪伴我一生！”单求胥情绪激动，慷慨陈词，“国学博大精深，你的教学毫无特色，我根本就没有学习的欲望！”

“成王败寇，弱肉强食！这才是特色，以成绩论英雄，这才是特色！”看到单求胥当着众人的面喷自己，李德亮气急败坏。他看了看黑板上写的“蜀道难”三个字，气急败坏地说：“《蜀道难》，你学了不下五六遍了吧，你背过了吗，读都读不顺吧?!”

在王元鹅看来，李德亮完全是被单求胥气昏了，因为《蜀道难》这篇课文下节课才开始学，哪来的五六遍之说呢?

“那又怎样？”面对李德亮的指责，单求胥义愤填膺。

“你要是能倒着背下来，清华北大任你选，这才叫特色！懂吗？”

单求胥不服气地打开课本，翻到了《蜀道难》这一页亮给大家说：“上来就是照着课本念一遍，然后来一句理解并背诵全文当课后作业，这就是你所说的特色？我们根本不理解，考试还偏偏让我猜作者的心情，作者当时什么心情重要吗？有谁在乎过我们学习时的心情！”

面对单求胥的质疑，众人看在眼里，听在心里。牛福和林昆更是私下里对单求胥竖起了大拇指。

“来，你来，你来讲，我感受下你的心情，来！”看到单求胥没有服软的意思，李德亮索性将单求胥拉到讲台上，自己走到单求胥的位子上坐了下来。

单求胥哪在讲台上讲过课，看到台下黑压压的一片正瞅着自己，单求胥闭上眼睛沉默了几秒好让自己冷静下来。

“讲啊！”李德亮依旧不依不饶。

看到李德亮气得发红的脸，单求胥拿起粉笔，在黑板上写了三个字：进化论。

“大家都知道达尔文的进化论，但是大家知不知道我们和猴子有什么区别？”

面对如此奇怪的问题，众人笑了起来，李德亮有点纳闷，因为他不知道单求胥到底想讲什么。

“猴子有毛……”看到众人沉默，林昆首先回应了起来。

“手心没毛，我们紧张的时候手心会出汗，因为在远古社会，遇到敌人需要防御，手心出汗可以把树枝握得更牢。婴儿喜欢睡摇篮，是因为我们的祖先睡在树上，风吹树枝动……”

“够了，我让你讲课就是为了普及这个？考试就让你考这个？”看到单求胥东扯西凑，李德亮赶紧拍案而起打断了他。

“老班，我并不是在教大家知识，我只是在教您如何去教学。”看到大家对自己深深的认可，单求胥更加激动起来，“教育的关键不在于枯燥的理论，而在于与时俱进，老一套的东西，不再适合我们，更不适合当下这个时代！”

“好！”林昆忍不住喊了出来，大家纷纷鼓掌叫好。一时间，口哨声，拍桌子声混合在一起沸腾了起来。

“安静！像你这样的学生我真是少见！”李德亮声嘶力竭地说。

“像您这样的老师我见多了。”

“你……像你这样，不好好学习，以后能干什么！”李德亮被单求胥气得浑身发抖。

“当老师啊！”

单求胥一说完，众人又忍不住哄堂大笑了起来，看到二人一唱一和地说起了相声，王元鹅听完也忍不住笑了起来。

林昆激动不已，戳了戳牛福说：“哎，牛二，这老大，我跟定了！”

“嗯嗯嗯，我也是，太有魄力了！”牛福也是头一次遇到这种不惧权威的刺儿头，一下子觉得自己有了靠山。

“单求胥，你的字典里有没有尊重这两个字！”李德亮几乎到了崩溃的边缘。

“老班，我压根就没有字典。”单求胥说完将粉笔放在嘴边像抽烟一样嘬了一口便拔腿跑了出去。

伴随着众人的又一次哄笑，李德亮终于忍不住离开座位朝着单求胥冲去，只不过，等李德亮冲到讲台，单求胥早已溜之大吉了。

颜面尽失的李德亮也不管什么得不得体、合不合适了，朝门外愤怒地大喊：“单球蛋，你就是坨狗屎！”

然而，令所有人都没想到的是，单求胥偏偏此时又溜回来，扒着门口贱兮兮地对李德亮说：“我知道，你吃定我了。”

单求胥说完又溜走了，只留下了身后经久不息的笑声和浑身颤抖的李德亮。

“训导处报告，训导处报告，高二 8 班单求胥同学目无法纪，歧视教师职业，第二次记过处分，并罚清扫体育器材室一个学期，特此警告，特此警告！”

听着校园里回响起处分自己的通报，单求胥蹲在了校门口，开心地吃起雪糕来。混混吴长鸣还有阿呆、阿瓜逃课出来，发传单赚点零花钱，听到单求胥又一次被全校通报，吴长鸣心里十分不是滋味。在单求胥看来，自己已经被通报了两次，再被通报两次，他就可以被一中开除了。如此一来，全市就再也没有能容得下他的高中了，他便可以顺理成章地实现自己的愿望——去美国！

看到吴长鸣拿着传单盯着自己，单求胥索性掏出钱包走了过去。同单父签订的交友协议中规定必须是有男有女，阿呆、阿瓜只能是两个男生，在一番讨价还价后，吴长鸣决定忍辱帮单求胥联系一名“杀马特”少女。一女二男，一人一百块管盒饭，当然，这是吴长鸣这里的价格，戏演完了，吴长鸣负责给发工资。

单求胥带着三人来到了单父办公室，面对着眼前的一女二男，单求胥极为自信。

“胥胥，才三天的时间，你就交到了真心朋友，而且还是三个？”面对眼前的三个群演，单父极度怀疑，单求胥的脑子是不是进水了，要不然哪来的自信？

“何止是真心，我们的友情简直可以拿命来换，你们说对不对？”面对父亲的质疑，单求胥心中有数，他早都在来之前将三人培训好了，该说啥，不该说啥，全在单求胥的掌握之下。

“对对对！”得到了单求胥的眼色，三人连连点头。

“你们三个当真是单求胥的朋友？”单父忍不住从座位上站起来走了过来。

“叔叔，我们肯定是，错不了！”其中那名“杀马特”少女甚至有些不耐烦。

“那好，真正的朋友是可以做任何事情的，你们可懂？”

“当然，就是让我上刀山，下火海，我也在所不辞！”根据单求胥的约定，临场发挥好了，可酌情根据台词量增加五十到一百元不等。看到女孩自己加台词，阿呆脑袋灵活些，自告奋勇表演了起来。

看到三人的表演，单求胥心里相当满意，暗自给三人竖起了大拇指。

“你们可要想清楚，如果说你们不是真心交往的话，我可就不客气了！”单父说着从办公桌里掏出了一把枪，把消声器拧了上去。

“塑料的，闹着玩的。”看到三人被单父的架势吓得脸色惨白，单求胥笑着提醒几人。

“跑什么？”看到阿呆、阿瓜拿起书包拔腿就跑，单求胥一把抓住二人追了过去。

阿瓜擦了擦脸上的汗哀求道：“老大，这活儿接不了，你爸太吓人了！”

“你们不用害怕，我说过了，那都是假的，吓唬你们玩儿呢。”看到二人经不住恐吓，单求胥赶紧安抚二人。

“老大，我觉得，这不是怕不怕的问题，玩好了，吃一份盒饭，玩不好，得把命搭进去！我看我们还是回去发传单吧！”阿瓜松开单求胥的手，执意要走。

“得得得，瞧把你们吓的，我佣金加倍。”

“老大，加多少倍都干不了，订金你到时候跟鸣人要，我们先回了。”“杀马特”少女见状也将钱拿了出来塞到了单求胥手里。

“唉，尿蛋！”看到三人经不起考验狼狈逃窜，单求胥功亏一篑。

看到单求胥一副垂头丧气的样子，单父笑着走过来问道：“胥胥啊，你知道朋友的朋字怎么写吗？”

“愿赌服输，甭跟我绕弯子，想说啥您就直说吧！”

“两月为朋，你才去了三天就交到了知心朋友，可能吗？人在江湖，一定要脚踏实地，别老想走捷径，你这种侥幸心理是极为可怕的，老季，送客！”

话音刚落，单求胥就被老季开车送回了学校。被学校通报，被父亲驱逐，单求胥失落地在校外的胡同里徘徊，天色黑了下来，但是他就是不想回教室。黑暗幽深的小胡同里，单求胥孤独的背影被路灯拉得很长很长。但是，塞着耳机听音乐的单求胥丝毫没有发现，此时，一个黑影已经跟了上来。

“别动，打劫！”一个健壮的黑人手持利刃抵住了单求胥的腰。

“大哥，你在学校旁边打劫，有市场吗？”面对劫匪，失落的单求胥丝毫提不起兴趣来。

“我玩的就是刺激，不图钱！”

“不图钱你翻我口袋干什么？”

“我在打劫，你能不能严肃点配合一下？”劫匪边说边摸索着翻了起来。

“我已经很配合了，也就是今天本少爷心情不好，要是以前，要配合的应该是你。”

“哎，我说，你出门就带一毛钱？”劫匪搜完单求胥全身，却只搜出一毛钱，十分不满。

“穷货，没钱别出门啊，丢人！”劫匪将钱丢到单求胥面前，骂骂咧咧地就离开了。

“你给我站住！你说谁穷货呢？”一天到晚下来，受气不说，到最后还被劫匪埋汰，单求胥的倔脾气一下子上来了。

“一百块钱都不给我，说的就是你！咋地！”

“有种你别走，我现在就打电话给你借！”单求胥将书包往地上一摔，拿出手机打起电话来。

“哎，年轻人，别太天真，这年头，能借钱给你的朋友能有几个？哎，你该不会是想报警吧！”

“谁报警谁孙子，你给我听好了，我今晚还真就不让你白干！”单求胥说着开了免提给唐僧拨了过去。

“老大，猴孙、八戒、老沙他们都跟我讲了，说你打电话给他们了，他们信号不好……”电话一接通，唐僧便娓娓道来。

“唉，你知道就好，唐僧，这些年来你没少蹭我吃喝吧，我之所以没给你打……”

“喂，喂，喂，怎么回事儿啊这是？这什么手机啊，一到借钱的时候就没信号！”

“嘟嘟嘟……”

“哈哈哈……这、这演技也太浮夸了吧！”未等单求胥明白过来，劫匪已经笑得蹲在了地上。

“你严肃点！你现在正在打劫好不好！”

“好好好！我配合，我配合！”黑人劫匪忍住站起来扶着墙偷笑。

“喂，赤脚大仙！”

“喂，如来？”

“玉皇大帝，我……”

“嘟嘟嘟嘟……”

看到一连几个电话都是失败的，劫匪忍不住又笑出了声来：“哈哈哈哈，金用火试，人用钱试，兄弟，你混得也太差了，你看我的。”

劫匪实在看不下去了，拿起手机，拨通了一个号码，为了显摆自己，劫匪故意开了免提。

“喂，黑风怪啊！”

“别废话，忙着呢！”虽然劫匪的普通话有非洲口音，但是黑风怪显然是个中国通，普通话极好。

“黑风怪，借我点钱。”

“别废话，多少？”

“数额有点大。”

“别废话，要多少，时间地点！”

“一百，一中旁边胡同。”

“嘟嘟嘟……”

看到对方直接挂掉了电话，单求胥也忍不住笑了几下。

“哎，兄弟，你可别笑，等着吧，不用十分钟，钱就送来了。”

“我还真就不信了，你说平时都对我又敬又爱的，关键时刻咋都六亲不认了呢？”看到劫匪也是性情中人，单求胥不仅没有感到害怕，反而有一种惺惺相惜之感。

“兄弟，我没猜错的话，你要么有一个爹，要么有一个干爹，人家敬的爱的要么是你爹，要么就是看你钱多人傻。”劫匪年长单求胥七八岁，直言不讳。

单求胥没有承认，他岔开话题道：“没想到你的普通话讲得这么好。”

很快，黑风怪便戴着头盔骑着摩托车送来了一百块钱。白龙马接过钱，走到单求胥面前说：“看到没，这才叫兄弟，你那些啊，都是狐朋狗友。哥们儿，回去好好学习，这一百块钱算我借你的，改天再来还我，我先撤了。”

白龙马说完，跳上黑风怪的摩托车，一个油门便无影无踪了。

看到眼前发生的一切，还有手里实打实的一百块钱，单求胥失落极了。此时的他才真正想起父亲所说的话来，他果然没有真正的朋友。

“唉，难道我人品真的有这么差吗？”单求胥看了看手里的钱，攥成一团扔了出去，“连毛贼都瞧不起我，那我就交几个朋友给你们看看！”

单求胥不愿服输的劲儿一上来，决定再回学校待一段时间，好让父亲输得心服口服。走了几步之后，他叹了口气又转身回头将地上的一百块钱捡了起来。

第五章　勇闯黑老大禁地

来到班里的这几天，单求胥发现，确实没人质疑过王元鹅的身份，林昆和牛福更是深信不疑。单求胥心想，若是王元鹅的父亲真的很了不得，自己以后的日子岂不是很难过，知己知彼，百战不殆，既然决定在学校里待一段时间，那就很有必要查一查王元鹅的底细。

“哎，你们知不知道，王元鹅家住哪里？”看到王元鹅一根一根地将仙人球上的刺用胶水粘了回去，单求胥不禁佩服得五体投地。

“这个我俩还真不知道，只是听说她和陈喆是邻居，陈喆应该知道！”林昆说。

单求胥因李德亮一战成名，特别是牛福和林昆更是对他俯首称臣。单求胥听完只是稍微看了陈喆一眼，林昆便扭捏着走到陈喆的身后给陈喆捏起肩膀来。

林昆捏了好一阵子，陈喆方才开口说道：“林昆，今天天气不错啊？”

“嗯，不错。”

“你看天边的那片云，像不像我上个月借你的十块钱？”

“你这人咋这样啊！我给你捏了多少回了，你还惦记那十块钱！”看到陈喆有所准备，林昆用兰花指戳了一下陈喆的头。

“得了吧，你上完厕所洗手，回来跑我这儿擦干，你以为我不知道是吧？”

“嘁，好心当作驴肝肺，我问你，王元鹅家住哪里？”

面对林昆的“化骨绵掌”，陈喆没一点脾气，因为他若是不说，按照林昆的性格，绝对不会轻易松手的，想到这里，陈喆只好指着窗外说：“就在那块云下面。”

单求胥果真说到做到，放学之后，硬是拉着牛福、林昆去王元鹅老巢一探究竟。云朵下面，乡村路口，一辆出租车停住，三人从车上走下来看了看，四周全是荒郊野岭。

按照出租车司机师傅的话说，里面纵深太大，怕进去倒不出车来，所以就让三人多走几步。可是三人愣是走了一个钟头都没见一个人影。骄阳似火，蝉鸣阵阵，三人走在农村偏僻的土路上，分分钟有种倒在地上睡过去的冲动。

“我觉得王元鹅肯定在骗我们，大人物的女儿哪有住在这种地方的？”单求胥越走越觉得不对劲儿。

“对啊，老大，要不我们先别往前走了吧，我都快累死了！”话还没说完，牛福就一屁股坐在了地上。

“来都来了，咱们得一探究竟才行啊，要不然天天坐一块，低头不见抬头见的，我怕是要吃大亏的。”单求胥说着就将牛福从地上拉了起来。

“老大，你看前不着村后不着店的，咱们总不能就这么一直走下去吧！”林昆抱着路边的杨树，有气无力地看着单求胥。

“没事儿，一会儿有便车，咱们可以搭顺风车嘛！同志们，冲啊！”单求胥说着打了鸡血似的往前跑了出去。

也不知道走了多久，路的尽头还是路，依旧没有看到村子。烈日当空，单求胥累得一屁股坐在了地上，他一度怀疑是不是被出租车司机给害了。

林昆拄着棍儿累到不行，牛福因为胖，储存的能量多些，尚能坚持。

“不走了，打死我我也不走了！”原本兴致勃勃的单求胥连说话的力气都没有了，他躺在地上，呆呆地看着天上的白云一朵朵飘过。

“你们别灰心，一会儿无论什么车从这儿过，只要是屁股冒烟的，我要是不蹭上车，我誓不为人！”单求胥信誓旦旦。

“他要是不停车，我就躺马路中间不起来！”林昆说着也躺了下来。

“对，就在这儿等，打死都得蹭上车……”牛福说完都差点累得睡了过去。

阳光伴随着白云从树叶间飘过，三人躺在地上足足睡了半天。要不是一阵汽车喇叭声将三人惊醒，估计三人一觉能睡到晚上。喇叭声一直响个不停，三人赶紧激动地爬了起来。

“停车！”风吹过，伴随着一片树叶从三人眼前落下，三人几乎同时举起了手。

看到三人没有让开的意思，司机师傅赶紧来了一个急刹车，伴随着刹车声的是一阵急促的猪叫声。为什么会有猪叫声？没错，横在三人眼前的正是一辆拉猪的货车。

“车里已经满了，没地儿了。”看到三人要搭车，师傅探出头来解释。

“不行，我们一定要上车！”单求胥异常坚定地朝司机喊。

“要么从我们身上压过去，要么就让我们上车！”林昆更是斩钉截铁。

司机师傅没说谎，前面驾驶室里坐了两个抓猪工人，加上自己已经满满当当的了。看到牛福都躺在了车前面，司机师傅和抓猪工人商量了几句点了点头。

自己选择的路，跪着也要走完。伴随着一路颠簸，三人终于不用再顶着烈日走路了。搭上了顺风车，很快就会到达团结村了。但是，此刻，单求胥的心依旧忐忑不安。因为，就在刚才，他和牛福绑架了林昆。

林昆的手被反绑，嘴上塞着衣服，支支吾吾地想说话说不出来。牛福则一脸无奈，单求胥更是一副生无可恋的表情。三个人平时在宿舍都说自己有洁癖，但是直到此刻，单求胥才发现，林昆才是正宗的洁癖症患者。看到自己要和猪坐在一起，林昆打死都不肯上，一脸惊恐的神情好像是要把他拉到屠宰场。没办法，单求胥只好和牛福一起将林昆绑了起来扔上了车。

路况极差，一个大坑开过去，车猛地一颠，单求胥紧紧抱住跟前的母猪，猪叫，三人也一起叫了起来。

拉猪车急刹车，三人一个趔趄撞得猪吱吱直叫。

司机师傅下车走到了后面说：“小伙子，再往前走几公里就到团结村了。前面不顺路，我只能帮你们到这儿了。”

“谢谢师傅！”单求胥说着便在司机师傅的帮助下把林昆扶了下去。

“公交车只有早晨六点钟跑一趟，其余时间路上除了我基本上没车的，遇到了我啊，算你们走运。”

“谢谢，谢谢您！”

看着拉猪车走远，林昆仍被绑手脚一直叫唤个不停，单求胥赶紧拿开林昆嘴里的衣服，林昆张嘴就吐了。单求胥和牛福蓬头垢面地闻了闻自己的衣服，也都转身吐了。

“大鹅的套路实在是太深了，我们还没开始战斗呢，就已经溃不成军了。”单求胥吐完擦了擦嘴。

“老大，我觉得你说得没错，大人物肯定不会住在这里。”最憨厚的牛福对此产生了深深的怀疑。

“真的是太变态了，我竟然和猪一起坐车！呃，呕……”林昆说了一半又接着吐了起来，“不过感觉还蛮刺激的，快给我解开！”

牛福赶紧将林昆手脚松绑，看到单求胥一直扶着树酝酿，牛福想过去说点什么，被单求胥制止了。单求胥刚想开口说话便“哇”的一声转过身又吐了起来。

“老大，没事儿吧？一会儿我们怎么走啊？”牛福走上前去，不停拍着单求胥的后背。

“从昨晚开始，我这辈子从来就没这么狼狈过，不行了，打死我我也不去了！这个样子去见鸟人，一点气势都没有！”一番折腾下来，单求胥几乎到了崩溃的边缘。

“老大，还有几公里了，总不能前功尽弃啊！”这个时候，林昆反而来了兴致，对他而言，这场华丽的冒险充满着天马行空般的刺激，谁也不知道下一刻会发生什么。

“不去了，就算雷劈死我，我也不去了！”单求胥两眼一抹黑索性又躺在了地上。

就在单求胥决定放弃的那一刹那，一阵拖拉机的声音传来。

“老大，快看，是王元鹅！”林昆显得有些兴奋了起来。

“木棍儿，牛二，真的是对不住你俩了，你俩也别骗我了，想去你们自己去，我是不会起来的！什么车我也不上了！”虽然确实听到了拖拉机的声音由远及近，但是单求胥着实没了兴致。

伴随着一阵紧急的刹车声，一个熟悉的声音在单求胥耳畔响起。

“你们在这儿干什么?！”

没错，这就是王元鹅的声音，单求胥猛地坐起来回头望去。看到王元鹅霸气地开着手扶拖拉机，单求胥张大了嘴巴。不过三人狼狈的样子也让王元鹅大吃一惊。牛福、林昆赶紧朝手扶拖拉机后斗看去，只有一些农具和化肥，换句话说，只要没有猪，就已经让二人泪流满面了。

“鹅姐，呜呜呜……”犹如看到了亲人一样，牛福和林昆哭着就躺进了手扶拖拉机的后斗里。

“喂，你们这是从粪坑里爬出来是咋地，这么臭！”

看到王元鹅凶神恶煞般骂自己，单求胥鼻子一酸，眼泪忍不住掉了下来。

那么大老远都能找过来，王元鹅着实佩服起三人来。有朋自远方来，不亦乐乎。既然来了，也不能立马赶走不是？就这样，虽然极度不情愿，王元鹅还是将三人拉回了家里。因为衣服全都沾满了猪粪，王元鹅只好买了三个大的黑色垃圾袋给三人套在了头上，自己则在一边帮三人洗衣服。

王元鹅家里没有别人，偌大个农家院子，平日里只有奶奶一人居住，在相互介绍完之后，三人便对院子里的黄瓜架子下了毒手。

三人穿着黑色大塑料袋坐在院子里吃着黄瓜，王元鹅则将洗过的衣服晾晒在了院子里，奶奶坐在躺椅上，不紧不慢地摇着扇子，微笑着看着远道而来的客人。

“哎，奶奶，我们算是被那出租车司机给坑惨了，走了一中午前不着村后不着店的，要不是见到了王元鹅，估计我们今晚要饿死在路上了！”

“对对对，嘿嘿嘿……”看到单求胥自来熟，林昆、牛福吃着黄瓜在一边附和着。

看到三人围坐在奶奶周围，王元鹅心里只有这几个字：丑人多作怪！

单求胥吃完想再拿一根，没想到手还没碰到黄瓜，就被伸过来的一根棍子压住了。单求胥抬头看去，王元鹅不知何时叉腰站在面前，两个鼻孔让他想起刚去学校那天的窘态。

“说吧，有什么阴谋？”

看到王元鹅一副凶神恶煞的样子，牛福和林昆都愣住了，单求胥嬉皮笑脸了起来。

“鹅姐，别啊，一日同桌百日恩，我这不是来看看你嘛！”单求胥说着将棍子缓缓从手上拿开。

王元鹅将棍子在空中旋转了一圈儿，甩在了单求胥的太阳穴上，说：“少跟我嬉皮笑脸的，再不跟我说实话，小心我让你断子绝孙！”

说话间，王元鹅的棍子便从太阳穴飞快地划过胸口，游到了塑料袋下面。

“鹅姐，我就是想来看看奶奶，没啥阴谋，嘿嘿嘿！”看到王元鹅不好对付，单求胥只好打感情牌。

“贱人，到底说不说！”王元鹅依旧不依不饶，声色俱厉。

“小鹅，快放下，怎么对同学这么没有礼貌！”奶奶虽然不明白到底是什么原因，还是制止了王元鹅的鲁莽行为。

“奶奶，你别管，他们不是什么好人！”面对毫不知情的奶奶，王元鹅没打算花时间去解释，毕竟不是一两句话能说得清楚的。

“来者皆是客，不得无礼！”看到王元鹅还是不依不饶，奶奶严肃了起来。

“就是就是，鹅姐，同桌一场，相煎何太急嘛！”看到奶奶为自己说话，单求胥嬉皮笑脸起来，将棍子挪到了一边。

“奶奶……”王元鹅显然心里不服气，但是又不能说啥。

“好了好了，你们的事儿回学校再说，来了就是客人。”

看到奶奶示意王元鹅以礼相待，单求胥总算舒了口气。因为中午没有吃午饭，想不到肚子竟然咕咕叫了起来。

王元鹅做梦也没想到，平日里的死对头单求胥，竟然跑到自己家门口来。她更不相信的是，自己竟然为三人洗了衣服，而且还要做饭款待。要不是奶奶坐在一边择菜，她一定以为自己疯了。

王元鹅家里做饭用的是土灶，看到王元鹅烟熏火燎地生火，单求胥没见过这阵势，凑在门口，兴致勃勃地看了起来。

“哎，你！”王元鹅被烟熏得直咳嗽，看到单求胥呆萌地蹲在门口，王元鹅不禁火大。

“我怎么了？”看到王元鹅满脸是灰，单求胥努力克制住，不让自己笑。

“家里盐没了，你去对面小卖部看看有盐没。”

“我就这么去啊？”

“怎么着，还想要八抬大轿抬你去是咋地？”王元鹅说着，拿着烧火棍子就打算戳单求胥。

看着冒着火星的烧火棍，要是真戳上来，穿在身上的黑色塑料袋岂不是要破一个大洞。单求胥赶紧躲闪道：“哎哎哎，鹅姐，为啥不叫他俩去？”

“他俩身上没你有块儿，你出去比较有面子，行了吧？”

“我去，我去我去！”听到王元鹅夸自己，单求胥接过王元鹅手里的钱，捋了捋身上的黑色塑料袋，就跑了出去。

王元鹅这边翻炒着菜，牛福在院子里劈柴，林昆则负责将柴火搬到柴房。没多会儿，单求胥屁颠屁颠地跑了回来，嘴里吃着，手里拿着一包辣条。

“鹅姐，我去看了，超市里有盐。”

“盐呢？”看着单求胥手里只有一包辣条，王元鹅不禁有些纳闷。

“在超市啊，你不是让我去看看有没有吗，我看了，有！”

“滚！去把盐给我买回来！！”王元鹅的一嗓子不亚于河东狮吼，看到王元鹅手里的烧火棍换成了菜刀，单求胥赶紧转身跑了回去。

“气死我了！什么脑子！牛二，你去仓库帮我取点米淘一淘！”不管单求胥是真没听懂还是故意气人，总之，他的目的达到了，王元鹅被他气得浑身发抖。

“哦。”牛福接过王元鹅手中的碗，赶紧朝仓库走去。

牛福打开仓库门，冷不丁地吓了一跳，里面全是鞭炮，墙上挂满了玉米。

“我说呢，果然有问题，没想到在这儿还藏了一个军火库。”牛福嘟囔着找到米袋子舀了些米走出去。

“鹅姐，你家咋那么多炮仗啊，该不是你爸私藏的军火吧？”牛福笑着将淘好的米递了过去。

“哪有什么军火，都是我舅舅过年的时候批发的烟花，没卖完就放我家了。”王元鹅说完将米下锅。

“真的吗？那能放几个玩玩不？”听到这里，林昆不禁来了兴致。

“童叟无欺，money 给我！”王元鹅伸出手朝林昆要钱。

“那还是算了，我现在连内裤都不剩了，哪有钱啊！”林昆看了看晾在院子里的衣服，叹了口气。

好的厨师永远都会把握住两点，第一点是精湛的厨艺，第二点是知道客人什么时候最饿。饭菜备齐，三人两眼直冒金星。碗筷刚一发完，单求胥、牛福、林昆就狼吞虎咽了起来。

“好吃，太好吃了！来，奶奶，您多吃点。”单求胥吃着不忘讨好奶奶。

“你们都是小鹅的同学啊？”看着单求胥挺会来事，奶奶也开心地聊了起来。

“对，同班同学，同一排。”牛福嘴里塞得满满的还不忘插话。

“我还是王元鹅的同桌呢！”看到牛福套近乎，单求胥不甘示弱。

“小鹅，看看你同学多好，从那么大老远的市里跑来找你玩，你吃完饭就先带他们出去转转，农活留着让你舅回来干就是了。”奶奶看起来格外开心。

“嗯嗯嗯……”王元鹅只顾点了点头，嘴上虽然不说话，但是心里却早已有了打算。

“进城的汽车一天早晨就一趟，天色不早了，你们今晚就都住这儿吧，明天一起回去就是。”奶奶说着便往单求胥的碗里夹了点菜。

“嗯嗯嗯，谢谢奶奶！”单求胥笑着，大口吃着饭。

听到单求胥打算留宿，王元鹅气不打一处来。看着王元鹅眼里冒火，单求胥赶紧转移话题。

“哎，鹅姐，愣着干啥，快吃啊，菜真香，嘿嘿嘿！”

看到三人狼吞虎咽，王元鹅却一点胃口都没有，奶奶的脸上却绽放出了幸福的微笑。

单求胥起身盛饭，却看到橱柜上方的相框里有一张王元鹅小时候的合影，单求胥忍不住取了下来看。照片中王元鹅站在前方，身后被另外一个小男孩抱着，像兄妹俩。

单求胥拿到饭桌上问奶奶：“奶奶，这是谁啊？”

“这个啊，是小鹅。唉，时间过得可真快，一晃十几年过去了。”奶奶接过照片，因为老花眼，所以将照片放得老远。

“你给我！谁让你随便动我东西了，辣条堵不住你嘴了是吧！赶紧吃！”看到单求胥拿着自己的照片看，王元鹅一把夺了回来。

单求胥尴尬地笑了笑，埋头吃起饭来。王元鹅起身将照片放回原处，盛饭时却发现锅里面早已干干净净了，最后一碗饭全都足份地盛到了单求胥的碗里。看到单求胥碗里的米饭足份到冒尖儿，王元鹅无奈地放下碗，端着锅出去了。

“鹅姐，多煮点，还没吃饱呢！”单求胥笑着大喊。

“对对对，我刚刚半饱！”牛福将碗里最后一粒米吃完，眼巴巴地看着王元鹅。

王元鹅瞅了牛福一眼，牛福赶紧低下头假装吃起饭来。

吃完饭，奶奶优雅地点燃一支烟，一边抽着一边朝门口的躺椅走去。单求胥看到后赶紧追上去制止。

“奶奶，您都这么大年纪了，饭后吸烟有害健康！”

“我平时也不抽，今儿个就是高兴。”

“您啊，还是别抽了，我陪您聊会儿天吧。”单求胥说着将烟从奶奶手里夺下来掐灭，随手往旁边一扔。

王元鹅端着洗碗盆，眼看着烟头飞进了仓库。

“不——要——啊！”牛福大吼着冲向了二人。

“快——卧——倒！”看到林昆傻不拉几地站在库房门口，王元鹅将洗碗盆往旁边一扔，飞起一脚将林昆踹倒在地。

奶奶和单求胥转过身，看着抱头趴在地上的三人，有点诧异，好一阵子过后，仓库也没有爆炸。

“你们干什么？神经病啊，一个个的。”三人行为甚为怪异，弄得单求胥有点紧张。

“球蛋，我问你，你烟头掐了没？”王元鹅起身拍了拍身上的尘土，一脸严肃。

“掐了啊！怎么了这是？”不知道仓库有烟花爆竹的单求胥还是蒙在鼓里。

“唉！虚惊一场！”牛福此时才从地上爬起。

“不是，这，你们咋了这是？”因为牛福不会骗人，单求胥料到肯定有什么自己不知道的事情要发生。

看到眼前的单求胥脸色发白，王元鹅觉得这是一个吓唬单求胥的好机会。王元鹅将洗碗盆甩给牛福，走上前去，一把抓住单求胥的衣领道：“这个仓库是我爸的军火库，炸药的威力能够把我们都送上西天。”

“哈哈哈，别开玩笑，什么军火库，你以为演电影呢，咋和我爸一样，上瘾了还。”听王元鹅这么一说，本来紧张的单求胥忍不住笑了起来。

因为就在王元鹅让他出去买盐的空儿里，单求胥早已经跟小卖部老板打听了个明白。据小卖部老板说，王元鹅的父亲确实混过社会，不过那都是十几年前的事情了，后来王元鹅父亲惹上了江湖是非，就下落不明了，村里人都说这个人肯定早都不存在了，要不然不会十几年都没有消息。

“老大，鹅姐没骗你，里面真的全是军火！”看到王元鹅抓着单求胥的塑料袋都已经拉长变形了，单求胥更是没有相信的意思，牛福不禁郑重地强调了一次。

见林昆也点了点头，单求胥的表情方才紧张了起来。

看到王元鹅和同学们闹腾了起来，奶奶早已走到门口的躺椅上睡了起来。

“鹅姐，我有……”单求胥想扒开王元鹅的手，却被王元鹅死死地攥住。

“有什么有，你个天杀的，我真就纳闷了，这么远的地方你也能找来，阴魂不散了你！快说，这次潜伏，有何居心！”

“鹅姐，我有话要说……”

“放！”

“我刚才是掐了，但是烟头好像没灭。”

听单求胥说完，此时的王元鹅后悔极了，她不应该将时间浪费到同单求胥的争论上，而是应该进门将烟头取出。众人朝仓库惊恐地看去，伴随着门里冒出来的一缕青烟，“轰”的一声，火光冲天，房子被引爆。

王元鹅只听到耳朵里“嗡”的一声便吓得躲进了单求胥怀里，牛福、林昆二人早已抱头趴在了地上。

仓库中的玉米在高温高压下被炙烤，绽放出雪白的爆米花飘散在空中。奶奶睁开眼，微笑着抬头看天，一颗雪白的爆米花落在了奶奶的鼻尖。

漫天飞舞的爆米花像雪花般飘落，单求胥搂着王元鹅，犹如身处童话世界般美好。看到怀里满是爆米花，二人不禁抬头看向了天空。此时，王元鹅嘴角露出了少女的喜悦，单求胥则紧张兮兮地瞥向王元鹅。

七彩的烟花弹射向空中，众人仿佛沉醉在一场烟花盛会中。

“不知道为什么，我突然很想抱紧眼前的这个女孩，我想治愈她心中的伤痛……”得知王元鹅家庭的真实情况，单求胥心里想着，不禁将王元鹅搂得更紧了。

而王元鹅此时也被巨大的冲击波吓傻了，耳鸣声伴随着雪花般的爆米花落下，此时她竟忘记了是在单求胥的怀中，宽阔的胸怀让她感觉自己仿佛依偎在父亲的怀里。

两个火星分别落在牛福和林昆身上，黑色塑料袋衣服瞬间被烫破了一个洞，二人大叫着从地上爬了起来。

王元鹅此时方才回过神来，看到自己依偎在单求胥怀中，二人对视后，王元鹅怒火中烧，提起拳头大喊着朝单求胥挥去。

“啊……打！”王元鹅一拳打在单求胥眼睛上，单求胥应声倒地。直到此时，大家才发现，单求胥的背后早已被大火烧了个精光。

王元鹅在手扶拖拉机前拿摇把儿用力将车启动，三人换好衣服站在身后。

“鹅姐，带我们随便逛逛就行了，不用开车，刚吃完饭，坐车有点儿颠。”单求胥眼圈儿被打青，三人呆呆地看着王元鹅，她用力摇动着，拖拉机启动起来。

“哪来那么多废话，赶紧滚上车！”

做贼心虚，毕竟刚刚把人家仓库给炸了，面对王元鹅的一脸怒气，三人面面相觑，坐在了车后面。

“鹅姐，咱这是去哪儿啊？”单求胥弱弱地问。

“从哪儿来，回哪儿去！”王元鹅说着将三人的书包扔了过来。

就这样，王元鹅开着手扶拖拉机，载着三人。牛福兜里满是爆米花，一边走一边吃着往回走。

“鸟人，我家里也有几辆跑车。我谁都不服，打心里就服你。我突然觉得，开跑车不算啥，能开这个才是真牛。哎，你这车是几缸的啊？我觉得越野性能很强，充满肌肉感！”

听到单求胥在自己耳边唠叨个不停，王元鹅开到三人下车的十字路口，来了一个急刹车，单求胥一个趔趄，撞在了王元鹅身上。

“少给我扯那些没用的，趁着我爸没回家赶紧滚蛋，要是让我爸看到家里被炸了，你们一个都别想活！”王元鹅怒视三人，示意三人下车。

牛福和林昆吓得赶紧跳下车，单求胥若有所思地死死抓住扶手不想下车，王元鹅从身后拿出榔头般的拖拉机摇把儿，在单求胥眼前亮了亮，不得已之下，单求胥只好依依不舍地下了车。

看到王元鹅忙活着倒车，单求胥拿出手机，对着王元鹅喊了一声：“喂，鸟人！”

“干什么！”王元鹅不耐烦地回头怒视。

就在王元鹅凶神恶煞的一瞬间，单求胥迅速按下快门，照片上王元鹅一脸黑线，面目狰狞。

雪白的云彩从天上飘过，王元鹅开着手扶拖拉机，嗒嗒嗒地很快消失在了视野中。单求胥、牛福、林昆三人走几步路后瘫坐在了路边，单求胥心事重重，牛福从口袋里掏出爆米花不停吃着。

“不行了，打死我我都不走了，吃撑了，太累了！”牛福边吃边坐了下来。

“这还有十几里地呢，老大，要不等会儿蹭个车吧。”林昆擦了擦满头的大汗也坐了下去。

“哎，你说我们捅了这么大的篓子就这么走了，会不会不太好？”想到王元鹅家里的情况，单求胥不禁有些担心。

“不是我们，是你好不好！”林昆显然对单求胥的说法有些不服气。

“就是就是，幸好王元鹅他爸不在家，要不然我们真就糟糕了！”牛福显然心有余悸。

“喂，男子汉就是要敢做敢当啊！就算王元鹅他爸回家，那又能怎样？我来承担所有责任好了，你们有没有想过，我们走了，大鹅怎么办！”单求胥说着说着竟然有些激动起来。

“也对哦，家里被炸成那样，王元鹅回家不得哭死。”林昆说完叹了口气。

“那……老大，你的意思是？”虽然牛福有些害怕，但是还是得随大溜。

回想起单父在校长室踢自己那一脚，单父的话又一次回响在了单求胥的耳边：“我告诉过你多少次，做男人要有担当！你怎么可以让一个女孩子在你面前哭！”

单求胥从牛福手中抢过一粒爆米花嚼了起来，香喷喷的爆米花在单求胥口里绽放，让他感觉如同徜徉在开满鲜花的草原。

“嗯，真香，好吃好吃。”单求胥吃过很多爆米花，但是从来没有吃过这么香的。

“给我！”

看着单求胥张着手问自己要，牛福不解地问：“什么啊？”

“爆米花啊！”

“没、没了，刚才那就是最后一颗了。”

单求胥将牛福的口袋翻了个遍，叹了口气。

“牛二，木棍，你说咱们仨是不是兄弟？”

面对眼前笑嘻嘻的单求胥，林昆和牛福显然有些不买账。看到二人没回应，单求胥咬着牙瞪着眼攥着拳头，又问了一遍：“是不是？”

“当然是好兄弟，老大，有话好好说，别冲动。”林昆贱兮兮地将单求胥扬起的拳头按了下去。

“做男人要有担当，我们不能让一个女孩子回去一个人收拾烂摊子！”单求胥慷慨陈词。

“老大，我觉得，你说得太对了！”牛福随声附和。

“对对对，老大，你说吧，我们回学校后怎么帮她？”林昆见状赶紧顺坡下驴。

单求胥咬着牙对着林昆说：“房屋损失费我来赔，现在咱们仨就回去把战场打扫干净，然后把爆米花收集起来，拿到班里帮忙卖掉。”

“这……这个……”牛福、林昆二人十分不情愿。

“有什么意见吗？”单求胥凶神恶煞，咬牙切齿，攥紧了拳头，眼珠子只差一点儿就瞪了出来。

“老大，我俩是很想回去，可是没车啊，你看这前不着村，后不着店的。”牛福将单求胥的胳膊死死抱住。

“就是就是，奶奶不也说了，一天就一班车，要是有车的话我俩没话说啊，对不对，牛二？”

“对对对！嘿嘿嘿……”

“唉，要想富先修路啊！”听到这里，单求胥也觉得有理，他长叹了一口气。无计可施的单求胥躺在了路中间陷入沉思，牛福、林昆也躺了下来，看到天上的云彩，三人各自心里想着各自的心事。伴随着一阵熟悉的喇叭声，拉猪的车从远处驶来，单求胥打了鸡血般地从地上坐起来，看着身边的二人。听到车后面的猪叫声，牛福、林昆二人爬起来拔腿就跑，牛福身上私藏的爆米花也散落一地。

“想跑？给我回来！”单求胥抓住二人。

就这样，在拉猪师傅的帮助下，单求胥将牛福和林昆二人五花大绑地扔到了车后斗里面。拉猪车晃晃悠悠地颠簸在路上，单求胥一人微笑着坐在车斗里面，抱着一头猪抚摸着看着天上飘过的心形白云。

望着眼前的一堆废墟，王元鹅捡起一颗爆米花放到了嘴里。嘎巴一声，王元鹅的瞳孔都放大了数倍。

“这个味道……”

王元鹅蹲在地上，又捡起了一颗放到嘴里，伴随着嘎巴一声脆响，回忆将王元鹅拉回到了小时候。

没错，爆米花的味道就是小时候第一次吃的味道。据说，人类的味蕾具有记忆效应，把所有第一次接触过的味道都刻在了记忆神经里。而王元鹅第一次吃爆米花，就是小时候陈喆给她的。

那时候两个人还是村里的邻居，陈喆的父亲在市里做生意，家庭条件要好很多。王元鹅一个人在家门口玩跳皮筋，陈喆跑了过来。

“小鹅，我爸给我买了爆米花，给你尝尝。”

“吉吉哥，爆米花是什么啊？”面对眼前的新鲜玩意儿，王元鹅显然觉得奇怪。

“我爸说，就是压力特别大的棒子粒儿，想的事情太多了，头就爆炸了，特别香，你快尝尝！”陈喆说着，将爆米花递到了王元鹅面前。

王元鹅脏兮兮的小手拿了一颗吃进了嘴里，嘎巴一声，爆米花好吃到让小鹅哭了起来。

“小鹅，你怎么哭了，谁欺负你了，你告诉我！”看到王元鹅哭了起来，陈喆走上前去像大哥哥一样地搂着王元鹅安慰了起来。

“吉吉哥，我也想要爸爸！呜呜呜……”

“小鹅，你不用怕，你爸爸在外面做大生意，总有一天会回来的，那时候你就会有吃不完的爆米花了！”

“他要是不回来了怎么办？”

“叔叔要是不回来了，我来保护你！别想那么多了，想那么多头会像爆米花一样爆炸的。呶，多吃点！”

“嗯！”面对着陈喆递过来的爆米花，王元鹅破涕为笑，二人坐在门槛上，开心地吃了起来。

望着眼前满地狼藉，王元鹅的眼泪不禁掉了出来。一晃十几年过去了，王元鹅还是没能等到父亲回来的消息。

“爸，你到底去哪儿了？我真的好想你！”王元鹅蹲在地上，眼泪扑簌簌地落了下来。

“小鹅，你同学呢？”看到王元鹅自己一个人回来，奶奶不禁问了起来，仿佛眼前的大爆炸没发生过一样。

“他们找猪玩儿去了。”

“啥？猪有啥好玩的，真搞不懂你们年轻人。”奶奶不紧不慢地就要拿笤帚。

“奶奶，不用，我来收拾就好。”王元鹅怕奶奶看见，赶紧转身抹了抹眼泪。

“对，奶奶，我们收拾就行了！”

一个既熟悉又讨厌的声音传来，王元鹅转身却看到单求胥三人蓬头垢面地站在那里。唯一不同的是，刚洗完的衣服又变得满身猪屎味儿。

“真找猪去了啊？你们这些小伙子！唉……”看到单求胥拿着笤帚，牛福和林昆拿着铲子站在那里，奶奶惊讶地说。

就这样，三人的衣服被王元鹅再次丢进了水盆里。王元鹅负责洗衣服，三人穿着黑色垃圾袋做成的衣服，热火朝天地打扫了起来。

王元鹅洗衣服洗得满头大汗，在夕阳的映衬下，脸色绯红。单求胥几人用心地将爆米花分装在食品袋里，看到三个人满脸都是灰，只露出了洁白的牙齿，王元鹅用手擦了擦头上的汗，忍不住哈哈大笑起来。

一个火星将单求胥的塑料袋衣服烧焦，牛福赶紧往下拉，塑料袋被扯断，王元鹅大叫着转过头。看到黑色塑料袋被拉断，单求胥只好将塑料袋下拉遮羞，穿着齐胸短裙装也不耽误工作。

待到王元鹅将衣服洗完，晾晒在院子里，门口早已堆满了一包包的爆米花。单求胥从灰炭里拎出一只烧焦的老鼠，异常的香味让三人不禁闻了起来。

看到三人垂涎欲滴的模样，王元鹅一脸嫌弃，待到王元鹅再转头看时，发现三人嘴里正嚼着，王元鹅捂着嘴吓跑，差点吐了出来。看到王元鹅中计，三人相互对视，哈哈大笑起来，又从旁边抓了一把爆米花塞进了嘴里。原来，老鼠一直在地上，只是三人的恶作剧。

看着眼前的工作收拾得差不多了，单求胥走到了墙角的一辆二八大杠自行车前。最早的时候，自行车也是上牌照的，单求胥看了看车前面的牌号，用手擦了擦尘土，念了出来：“784……”

“784533，这可是我爸十几年前的大件，村里当时只此一辆！哼！”面对单求胥的一脸好奇样，王元鹅言语间透露出了自豪。

“厉害厉害！”单求胥说着摆弄起来。

“哎，别乱动，这个原装锁没钥匙，锁上了可就打不开了！”看到单求胥要动车子锁，王元鹅赶紧制止。

“哦。”

天色很快就黑了，伴随着蛐蛐儿的叫声，萤火虫在院子里飞来飞去。单求胥坐在凉席上躺着看天上的星星，牛福、林昆、王元鹅三人坐在凳子上吃西瓜。

“我真没想到陈喆竟然和你是发小。”单求胥百思不得其解，毕竟同一方水土长大的人，差别竟如此之大。

“从小学到初中，我俩都是一起上学的。”明显地，经历了一番劳动，几人之间的关系缓和了很多，至少，能够平心静气地对话了。

“那他为啥搬走了呢？”

“有钱了呗，家里做生意赚了些钱，就住城里了。”

“他以前也这样吗？”

“是啊，他一直学习很好的。”

“我不是说这个，我是说人品。”

看到单求胥问到了点儿上，王元鹅吐了几枚西瓜子，说：“自打进城后，是变了点儿，不过也还好……时间不早了，明天还得早起赶早班车呢，你们仨确定在这儿睡？”

“无比确定，我要星月夜，我要感受下凡·高先生当年的感觉。”看到牛福、林昆想往屋里跑，单求胥一把将二人搂过来躺在了凉席上。

“都别走，今晚你俩就陪一下凡·高先生。”看到二人还是想挣扎回屋，单求胥恶狠狠地掐了二人一把。

王元鹅摇了摇头，进屋拿了盘蚊香，将炮仗的引线放到了蚊香中间。

单求胥看到了，吓得不轻，道：“哎呀，鹅姐，这样好危险的！”

“闹钟！早班车错过了就到不了学校了，明天早晨注意着点！”王元鹅说完便回屋了。

看到王元鹅屋子里的灯灭，单求胥转头看天。在他眼里，漫天的星辰刹那间变成了金色的玉米粒儿，一颗颗慢慢绽放出雪白的爆米花。白天王元鹅依偎在自己怀里的一幕又在单求胥脑海中上演了无数遍。

看到林昆用手指在天空中比画，牛福忍不住问了起来：“木棍，你在干吗？”

“爱情大魔咒，听过没？”

“什么爱情大魔咒？”

“就是用手指连起星星写下喜欢人的名字，那个人便会喜欢你。”

“真的假的，我试试，我试试！”牛福说着便在天空中比画起来。

单求胥听了没吱声，悄悄用手在天空中比画了起来。

单求胥刚画了三横一竖，就被牛福和林昆琢磨了起来。单求胥索性收手，看着二人比画起来。眼看着林昆要写自己的名字，单求胥吓得赶紧将林昆轰到了一边，将牛福拉到了中间。牛福更是夸张，为了吓唬二人，在天空中写下了灭绝师太冯莹的名字。不过，这着实将单求胥还有林昆吓了一跳。

三人间的嬉笑怒骂透过窗户传到了王元鹅的枕边，王元鹅无奈地摇摇头，伸出手来在天空中写下了“陈喆”二字。

夜色逐渐温柔了起来，奶奶床头的收音机里的评书终于说完，传来了童声版《虫儿飞》的乐曲：

黑黑的天空低垂

亮亮的繁星相随

虫儿飞
虫儿飞
你在思念谁
天上的星星流泪
地上的玫瑰枯萎
冷风吹
冷风吹
只要有你陪
虫儿飞
花儿睡
一双又一对才美
不怕天黑
只怕心碎
不管累不累
也不管东南西北

地上的蚊香一点点燃烧着，将蚊虫驱赶。夏夜，伴随着院子里的虫儿奏鸣曲，大家纷纷睡了过去，只有萤火虫不知疲倦地挑着灯笼飞来又飞去，飞去又飞来。

第六章　把老班逼上梁山

不知道是因为折腾了一天实在太累了，还是山坳里的夜色格外安宁，这一夜，单求胥睡得格外香甜。伴随着引信“刺刺”的燃烧声，众人几乎以最快的速度尖叫着起床。此时的王元鹅早已将饭菜做好，看着三人吓得缩成一团，王元鹅随手将晾干的衣服扔了过去。

“是烟花，不是爆竹，赶紧吃饭！”

王元鹅说完，三人方才松了口气，三人刚打算穿衣服，“烟花”却“砰”的一声炸了起来。王元鹅从屋里走出来挠了挠头，说：“不好意思啊，拿错了。”

回到学校后，单求胥同王元鹅的关系明显融洽了许多。单求胥不再打扰王元鹅看小说，王元鹅自然也不会找单求胥的麻烦。甚至，有时候，二人会彼此帮助，逃过各科老师的监控和惩罚。

趁着化学老师拉起窗帘燃烧着各种金属，示范什么是焰色反应之际，牛福还有林昆悄悄摸到了讲台上，偷了半瓶硝酸银溶液还有半块金属钠。看到单求胥睡了整整一节课，林昆不禁将金属钠用卫生纸包了包扔了过去。

“铁的活泼性比银要高，所以能置换出银来，同样的，铝也可以，钠非常活泼，遇到水就会发生剧烈反应，所以用的时候一定要注意！”化学老师说完便响起了下课铃。

“什么呀这是？”单求胥睡眼惺忪地拿起来看着。

“金属钠。”林昆笑着指向讲台。

“唉，上厕所。”单求胥听了一句半句，说着就将钠放到口袋里，看到牛福在摆弄硝酸银溶液，单求胥不禁两眼放光。

“喂，那是不是硝酸银？”

“嗯嗯嗯，刚才上课那会儿，我和木棍偷的。”

“给我，快，给我！”

看到单求胥吹胡子瞪眼索要，牛福极不情愿地递了过去。单求胥从座位上拧了一根生锈的铁丝，扔进了瓶子里。

“鸟人，等着吧，我要发财了。”单求胥拿着小瓶子，在王元鹅眼前得意地晃了晃。

“幼稚！”王元鹅翻着小说，爱搭不理。

“我先去趟厕所，你帮我暂时保管啊。”说着，单求胥便将小瓶子放进了王元鹅的桌洞里，走了出去。

去过王元鹅家一趟，单求胥上厕所也不用带伞了，他踏踏实实地冲完水，将口袋里的垃圾统统扔进了厕所里的废纸篓。

“奇怪了，右眼皮怎么老跳？”单求胥摸了摸口袋，撕了一块白纸片贴在眼皮上。

“让你白跳！嘿嘿！”说完，单求胥看了看手里的钠，想起了化学老师说的那句话：“钠非常活泼，遇到水就会发生剧烈反应，所以用的时候一定要注意！”

“嘁，我还就不信了，能有多剧烈？”单求胥随手将金属钠扔进厕所，转身打算走出去。

伴随着“轰”的一声，一阵白烟，金属钠遇到厕所坑里的水产生了巨大的能量，爆炸了！单求胥连同厕所门一并被炸了出来。

医务室的人赶来用担架抬着单求胥走出去的时候，单求胥满脸是灰尘，头发直冒烟。看到另一个担架队又跑了进去，单求胥赶紧拉着护士的袖子说：“护士，就我自己受伤了，不用再去了。”

“同学，你那一层就你没错，可是郝主任在楼下厕所呢！”

“郝、郝主任，楼、楼下厕所？”单求胥听完直接晕了过去。

单求胥躺在校医院病床上正打着点滴，却看到郝主任也被抬了进来。相比之下，郝主任的情况严重了许多，毕竟，你能想象得到，在楼下一层的厕所……

单求胥吓得赶紧举着点滴夺路而逃，一口气跑回了教室。

林昆拿着点滴站在一旁，单求胥披着外套，吃着棒棒糖看着化学课本。

“钠，非常活泼，遇水会发生剧烈的反应。啊，原来如此！”单求胥合上课本，看了看牛福。

牛福赶紧澄清道：“老大，当时我也没认真听讲，你可别怪我，我真不是故意的！”

“就是啊，老大，当时我俩只顾着去偷硝酸银了！”林昆赶紧补充。

“唉……这都是小事儿，主要是郝主任当时就在楼下一层上厕所，你们说我该咋整？”

“嘘，小点声。”

看到牛福嘘声，单求胥赶紧抬头看，问：“老班没来啊，嘘什么嘘？”

“老大，你不知道吗，郝佳琪是郝主任的女儿，你别让她听到。”牛福赶紧说道。

“啊……”说到这里，单求胥分明看到郝佳琪正回头看着自己。

自知郝主任这关难过，单求胥索性主动出击，找到郝佳琪套起近乎来。郝佳琪本来就对单求胥有好感，面对单求胥的软磨硬泡，终于算是答应帮单求胥在郝主任面前求情。

不过从郝佳琪这里，单求胥还有意外的收获。首先，单求胥知道了郝佳琪也要出国，其次就是学校要搞教学改革，为了提高高考升学率，从高二开始，学习不好的学生会被勒令退学，当然是以软暴力的形式。如此一来，以单求胥为首的最后一排，很快就会受到牵连。为了表示诚意，单求胥从请喝一杯奶茶变成了请吃一顿大餐。而结果就是，陈喆帮郝佳琪作弊，郝佳琪却将拿到的答案转而传给单求胥。按单求胥的说法，这叫“螳螂捕蝉，黄雀在后”。一个小小的考试作弊，愣是让单求胥上升到兵法的级别了。

月考如期而至，单求胥的头又开始痛了起来。单求胥也没有想到，一个月竟然过得这么快。

“听力考试现在开始，你将听到以下内容：Excuse me? Can you tell me how much the shirt is? Yes, it's nine fifteen. 你将有五秒钟的时间将正确答案标在试卷上……”

伴随着喇叭里传来听力考试的录音，单求胥在考场上不耐烦地看着讲台还有四周认真备考的同学们。

陈喆气定神闲地用铅笔小心地勾画着记号，提前做题。监考老师走到跟前，用手指敲了敲桌子，陈喆笑嘻嘻地又放下了铅笔。

王元鹅还在削铅笔，林昆、牛福一副慵懒的表情望着单求胥。

“衬衫的价格为……”喇叭里传来了永久不变的声音。

每当单求胥坐在英语考场，听到这里的时候，他都想站在世界的巅峰大声呼喊：“九镑十五便士！”

“所以你选择B项，并将其标在试卷上。现在你有五秒钟的时间阅读第一小题的有关内容……”喇叭里传来的声音让单求胥格外紧张。

头疼、心慌、手心出虚汗，一切的症状单求胥都具备。没错，这就是——考试综合征！看到很多人翻阅卷子，单求胥的头开始晕了起来，每个人答题涂卡的声音仿佛被放大了几百倍，在单求胥的脑海中回响，额头上已经渗出了汗珠，单求胥看着眼前的题目不知所措。

“老师……”

郝佳琪举手示意，单求胥猛地清醒过来，朝郝佳琪点头示意。

“什么事？”

“我要上厕所。”

“好，去吧。”

郝佳琪终于出手了，此时的单求胥看着窗外的鸟儿，在草稿纸上画了一个熊猫图案，郝佳琪回来坐下了。

眼看着时间还有半个多小时，单求胥也举手说：“老师，我肚子痛！”

“快去快回！”

单求胥一个箭步冲了出去，这是他们约定好的。因为二人距离远，郝佳琪提前将答案带出来，放在厕所中间的瓦片下面。单求胥在得到消息后出来将答案带回去。

一切如期进行着，单求胥走到了厕所中间，掀开瓦片，果然看到了郝佳琪给自己留下的答案。但是意外总是让你措手不及，正当单求胥打算往回走的时候，他的肚子真的痛了起来，他甚至后悔自己刚刚欺骗老师自己肚子痛。在单求胥看来，说的慌往往很快会得到上帝的惩罚，如果刚才自己说个别的理由上厕所的话，自己或许就不会这样。

看到距离考试结束还有二十分钟，单求胥不禁站在厕所门口犹豫了起来。但是很快，单求胥就走进了厕所。

屋漏偏逢连阴雨，正当单求胥打算赶紧回去“一展宏图”的时候，却发现厕所的纸没了。

上厕所没纸这种情况，单求胥也经常遇到。一般来说，单求胥会有三种方式来处理：第一种，找人借；第二种，就是印式功夫，用手；第三种，则是单求胥的专利发明，以不变应万变，只要蹲一个小时以上，就可以提起裤子直接走人了。为啥？蹲那么久都干成渣了！可是，此时距离考试结束只有十分钟的时间了。

单求胥懊恼地抱着头，看着手里的纸条哀叹：“人生自古谁无死，有谁拉屎不用纸啊！为何现实总是如此残酷！上帝为你关上了语文的窗，同时，顺便带上了数学的门，塞上了物理的排水口，还堵死了化学的下水管道，就连英语的狗洞，都给你拿水泥砌上了，但他却留了一张纸条，让我分分钟怀疑人生，没有退路。”单求胥看着手里的纸条，含泪朝身后甩了过去。

单求胥垂头丧气地靠在窗边，看着众人从考场走出来议论纷纷。

对于阅人无数的单求胥来讲，考试就是一面照妖镜，从每个人的嘴里就能知道这人考多少分。

若是有人说：“我一点儿都没复习呢！”

在单求胥看来，这类人往往会考80分。

“什么？我昨天才开始复习呢！”

82分。

“唉，真不好做！”

85分。

“我差点没做完！”

90分。

“最后一题我差点就做出来了！”

95分。

看到一名考生笑而不语，单求胥认为最可怕的还是这种人，笑而不语没存在感的，多半要考98分。

王元鹅走出来大喊：“哎呀，有好几道大题，我都做过一次了，遇到了还是不会！”

60分。

牛福说：“这回我稳了！”

林昆附和：“我也是！”

别看他们说得斩钉截铁，这种人在单求胥看来往往都是59分。

“唉，我真不想活了！”陈喆唉声叹气地从教室出来，郝佳琪在一边安慰着。

单求胥看了又看，有些琢磨不透。坦白讲，对于陈喆这种情况，单求胥也是第一次遇到，他也不太好判断，陈喆到底是什么水平。不过接下来的一句话，让他想死的心都有了。

郝佳琪安慰道："我觉得你做得挺好的呀，不都做完了嘛！"

陈喆无比悔恨地说："是都做完了，但是这次竟然比上次多花了五分钟时间交卷，五分钟啊，唉……"

听陈喆说完，单求胥真忍不住想走到距陈喆一厘米的地方喷上他一个小时。有时候，现实就是这样，无形的炫耀最为致命。

很快成绩就出来了，而李德亮总会在第一时间拿着成绩单为大家调位子。调位子的规则就是，所有人都出去，按照成绩自由选择。不过这些对于最后一排的学生们来讲，几乎没什么压力，顶多就是挨几句骂而已。

"这次考试成绩出来了，变化不大，整体很差，但是我们依旧还是要兑现承诺，老规矩！"李德亮说完，大家纷纷走了出去。

"第一名，依旧是陈喆。"

王元鹅开心地跑到了后门，扒着窗户，看着陈喆坐回到教室中间的位子上。看到陈喆嘚瑟的样子，单求胥一脸不屑。

"第二名，依旧是郝佳琪。"

看到郝佳琪坐回陈喆前面的位子，王元鹅却开心不起来。

"等着吧，总有一天我一定会坐到中间那里，哼！"王元鹅心里暗暗下着决心。

同学们陆续坐满，李德亮看了看最后站在墙根处的单求胥、王元鹅、牛福和林昆，欲言又止。

"王元鹅，虽然你语文成绩是我们班最好的，但是你偏科也太严重了，别的科目啊，你得加把劲才行，不要让别的老师认为自己的课教得没我好，明白了吗？"

"嗯嗯嗯！"面对李德亮的自夸，王元鹅连连点头配合。没错，王元鹅每次就是凭借这个免于被喷。

李德亮摆了摆手，王元鹅点了点头，朝教室最角落自己的位子走去。可是，剩余三位就没那么好的运气了。

"你们这三坨，不想念就赶紧回家！在这儿浪费时间，浪费感情，浪费生命，浪费资源！我真想问，你们和猪到底有什么关系？"

"师生关系。"这是单求胥本想脱口而出的词语，但是想到自己还要忍辱负重，完成同父亲的赌约，到嘴边的话硬是让他咽了下去。

就这样，李德亮将三人喷了整整一节课的时间，方才放三人回到原位上去。要不是李德亮喉咙干了，估计李德亮能喷至少两个小时。

虽然李德亮将学习成绩极差的单求胥、牛福、林昆狠狠地批评了一番，但是在年级主任郝主任这里，依旧不能算合格。月考结束后，郝主任便将所有班主任喊了过来，主要目的就是希望各班班主任能够动用一切手段，将差等生的成绩提高。若是不能完成，那就只能采取"Plan B"了。

按照郝主任的话来讲："在我的眼里，我见不得别人学习成绩差！"

所以，成绩差的要么被撵回家了，要么就是留级了。

在李德亮看来，每次都说改革改革，但是每次又都以成绩论英雄，这让教学改革根本就没法推进。

郝主任在会上滔滔不绝，讲了很久。李德亮则在笔记本上认真地记着画着。看起来李德亮比谁都认真，事实上，一会儿的工夫，他就画了一幅《萧何月下追韩信》。

散会后，郝主任单独将李德亮叫住，郝主任头戴着绷带，什么都没说，只是递给了李德亮一张小纸条。得知这是从毛校长手里递过来的，李德亮着实被吓出了一身冷汗。

面对手里的纸条，李德亮五味杂陈。没错，平日里，李德亮下了夜班之后，回家路上往往会捎带着载客，一来二去，生意慢慢好了起来。毕竟，与人方便与己方便，没想到，事情竟然被举报到了校长那里。

李德亮回到教室将纸条往桌子上一拍。

"竟然玩儿阴的！啊！偷偷写小纸条向校长举报我，还有没有'仁义'二字，有没有？"

说到仁义二字，众人唏嘘了起来。

"我给你们念念！"李德亮拿起纸条，读了起来，"高二8班，李德亮老师，压迫学生，请校长明察。我压迫你们了吗，我有吗？"

"没有……"众人异口同声，笑着回答。

"没有还说！"

其实纸条上还写着："另外，李德亮老师有开夜车的行为，请校长明察！"李德亮想了想没有读下去。

看到牛福、林昆二人在下面嬉笑打闹，李德亮将二人点名提到了讲台上。

"到底还有没有廉耻心？还有没有！不自觉是吧！上次和我说的啥？保证杀进倒数前十！说话不算话是吧，当我是软柿子啊！丑话我已经说到了前头，你不仁就别怪我不义，明天把家长给我请来！"

单求胥、牛福、林昆三人蹲在校门口的街边书摊看小说，同时商量着对策。在单求胥看来，要是真的把父母喊过来，凭借牛福和林昆二人的学习成绩，又加上在学校不安分，父母估计分分钟都把二人拖回家了。

"你俩这办法能行得通吗？"商量了半天，单求胥不禁质疑道。

"能行，从小学到现在，我每次开家长会，都是花钱雇人去的。"林昆胸有成竹。

"只是去和老班说几句话而已，站着就能把钱挣了，多简单的事儿。"虽然牛福没有这么做过，但是想必也不难。

"简单？这个是送礼好不好，是需要演技的，要走心才行，你以为是个人都能演戏啊，真正的演员是与生俱来的。"对此，单求胥显然有着不同的看法。

书摊老奶奶看着《演员的自我修养》，听到三人的对话不禁把老花镜拉了下来，问道：

“哎，帅哥，你们觉得我怎么样？”

书摊老奶奶姓李，一看就有天生的演员气质，只和三人搭了几句话，就奠定了演员的资格，因此三人都没了顾虑。

因为不知道效果如何，所以三人决定，先让脑袋机灵的林昆去试水，如果能蒙混过关，牛福再去。林昆买了礼品提着，李奶奶冒充家长，二人说着笑着就从楼梯上去来到了李德亮办公室门口。

“请进……”

听到老班拉长的声音，林昆赶紧收敛了笑容，推门进去。

“老班……”为了配合叫家长的沮丧，林昆的表情好像被家长轮流“伺候”了一百遍，一副无辜受气的样子。

李德亮一个人坐在办公室，正跷着二郎腿改作业，回头看了看拎着一篮鸡蛋还有礼品的林昆，大吃一惊，猛地从座位上站起来。

“你这是干啥？”李德亮犹若惊弓之鸟，十分紧张。

“老班，我爸还有我妈都在外面出差，这是我奶奶。”说完，林昆赶紧给李奶奶递眼色。李奶奶站在那里，气定神闲。

“好强大的气场，老班果然被震住了，姜还是老的辣！”林昆心里不禁得意了起来。

“老班，有什么事情，你直接跟我奶奶讲就好了。”

李奶奶往前走了两步，林昆心里暗自高兴，心想好戏即将开始。

“妈，您怎么来了？”

“什么？妈？”林昆直接被吓了个屁滚尿流，手里的土鸡蛋掉在了地上，碎了一地。

李奶奶走到门后，大骂了起来：“你就这样为人师表？逼学生来送礼？”

“妈，绝对没有的事儿啊！”

“不琢磨怎么提高教学质量，为了升学率，赶差生走是不是！”

“妈，不是你想的那样，你怎么掺和进来了？”

“不是我想的这样，是哪样？”

“唉，妈，那我不也是身不由己嘛！”

“有教无类，我是怎么教育你的？你上学的时候比他们强多少？气死我了！”李奶奶生气地挽了挽袖子，抄起门后的扫帚就冲了过去。

“妈，你一定要冷静，母亲大人，你听我解释！哎呀！”李德亮见状不对，赶紧抱头求饶。

看到李奶奶拿着扫帚在屋里追打着班主任，林昆直接吓傻了，戏剧性的反转让他不知道该怎么演下去才好。

“哎、哎呀……母亲大人，您别动手啊，哎呀……”

“从教多年，我看你是忘了初心了，我帮你长长记性！”

“哎呀……哎呀……还愣着干什么，赶紧帮忙啊！林昆！”

二人围着林昆在屋里转来转去，看到李德亮大喊求救，林昆方才回过神来。

眼下情况着实太复杂，林昆心想："三十六计，还是走为上吧！"

"啊，老班，您忙，我先回了！奶奶，款不用退了！"林昆夺路而逃，留下了嗷嗷大叫的李德亮。

回到教室，林昆赶紧交代战况。大家听完后，简直不敢相信自己的耳朵。

"你亲眼看到的？"单求胥问。

"我亲眼看到的！"林昆极为严肃。

"你亲眼看到班主任挨揍了？"

"我亲眼看到的！"

"你亲眼看到班主任被他妈拿着扫帚在办公室暴揍了？"单求胥追问了一遍又一遍。

林昆的回答总是那句："我亲眼看到的！"

在得到确认后，单求胥往桌子上一拍说："好！"

"你们当时是没看见！姜还是老的辣，下死手，招招毙命啊！"林昆边说边摇头。

王元鹅担心地问："你们这么捅马蜂窝，会不会惹上什么麻烦啊？"

"唉，反正我提的蛋都碎了，谋事在人，成事在天了。说实话，我爸妈也是老师，三百六十行，行行不容易啊！"

没错，林昆的父母也是老师，但是心血却都付出给了他们的学生。林昆的父亲甚至不知道林昆已经读高中，有一次过节竟然将林昆的初中班主任请到家里来吃饭，这让林昆头疼不已。

看到林昆唉声叹气，单求胥鼓励道："是福不是祸，是祸躲不过。不就是考进班里倒数前十嘛，你俩好好用用功不就结了。"

林昆将单求胥的手甩到一边，道："说起来倒轻松，你要是能把《蜀道难》倒着背下来，我就能考进清华北大。"

单求胥撇撇嘴，道："说的也是，老班就会瞎扯，谁信谁真傻！"

"老班来了，老班来了！"牛福看到窗边闪过一个人影，赶紧报信，众人闻讯而坐。

李德亮额头上贴着创可贴走到讲台上，目光扫视了一圈后，落在了林昆这里，林昆吓得将头埋在了书本中。

看来，林昆走后，李奶奶还是同李德亮乱斗了一番。

办公室里，李奶奶拿着扫帚坐在座位上，李德亮在一边罚站。

"阿亮啊，做教育不能违背初心啊，当年意气风发、一腔热血的那个小伙子哪里去了？"

"妈，咱们国家是在倡导教育改革，可是眼下还不是以成绩论英雄嘛！"

"这就是你不上进的理由？不是我打击你，我听过你讲的课，毫无特色，根本都没有让学生求知的欲望。"

想到这里，李德亮摸了摸头上的创可贴，两个创可贴在额头上组合成了一个闪亮的“二”字。为了震慑三人，李德亮故意走到后排看了一圈，看了看几人，方才走上讲台。

“咳咳，有哪位同学去过四川，举手我看一下。”

看到只有单求胥还有郝佳琪二人举手，李德亮笑了笑接着说：“放下吧，翻到课本第36页，《蜀道难》课后研讨与练习。”

众人翻开书本，单求胥一脸狐疑，总觉得今天李德亮有什么不对劲，甚至是有种不祥的预感。

“第一题，朗读并背诵这首诗。”

李德亮刚一说完，众人纷纷唉声叹气了起来。

“第二题，说说全诗为什么反复咏叹‘蜀道之难，难于上青天’。”

看着众人心不在焉地提不起一点兴趣，李德亮突然将书本狠狠地摔在了课桌上。

“同学们！我和你们一样也没去过蜀地，我也感受不到李白哥哥反复咏叹‘蜀道之难，难于上青天’时候的心情！”

看到李德亮不按套路出牌，众人纷纷傻了眼。虽然没有闻到酒气，但是大家一致认为，李德亮应该是喝多了，要不然他怎么可能说出这种话来。

“哎，你说老班是不是要搞事情啊？”单求胥戳了戳王元鹅。

王元鹅翻了翻手里的小说，推了推眼镜，鄙夷地抬起头，看了看单求胥说：“我哪知道，是有那么一点儿不正常。”

李德亮看了看单求胥接着说：“上次单求胥同学说我的教学毫无特色，我回去也反省了下，我的教学方法确实存在很大问题，亟待改进。这篇文章是历届学生的背诵难题，单求胥同学，你很有才华，也去过蜀地，你准备准备，下节课就由你先给大家讲解一下！”

“啊！”不祥的预感终于变为了赤裸裸的现实，单求胥猛地站了起来，“什么……我……老班……”

看到单求胥有些语无伦次，李德亮笑着说：“你别担心，讲不好没关系，啊，只是一次实践性的探究，坐下吧！”

牛福、林昆、王元鹅目瞪口呆，看着杵在原地的单求胥。看到李德亮关门而去，单求胥无奈坐下。

“枪打出头鸟啊，这简直就是赤裸裸的报复！”单求胥愤愤不平。

在单求胥看来，李德亮这是翻旧账，就因为之前自己怼他，让他下不来台。为此，他专门找机会报复自己。

一下子从学生的身份变成了老师，单求胥满面愁容。让他和老师作对，单求胥经验丰富，但要是正儿八经地讲课，还真是把他难住了。身单力薄，单求胥自知无法胜任，只好放下一切身段死皮赖脸地求起王元鹅来。

“鹅姐，你才高八斗，学富五车，那么枯燥的课文，你上次都用英文翻译了，那时候咱们可还没学到这节课，你就稍微给我点建设性的意见呗，啊，建设性的！”说着，单求胥低三下四地给王元鹅捏起了肩膀，王元鹅歪着头瞅了瞅单求胥，单求胥满脸堆笑。

看到单求胥好话说尽，寸步不离地缠着自己，王元鹅只得答应了下来。王元鹅看过的小说听过的故事，足够全班同学的阅读量总和。这种命题式表演，在王元鹅看来，那根本就是小菜一碟。论内容，没人拼得过李德亮，但是论形式的话，没有哪个老师能够比得上王元鹅的想法。

学校的改革，郝主任的施压，李奶奶的鼓励，多方面的压力将李德亮逼上了改革的梁山。面对改革试水的第一课，单求胥携手小伙伴们认真准备了起来。

角色分工是这样的，王元鹅为李白，单求胥为李黑，牛福饰演樵夫，林昆则执意饰演侠女。古装衣服都是单求胥打电话委托老季从剧组借来的高档货，四人穿上之后，仙气飘飘，羡煞众人。

上课铃响，单求胥四人手持宝剑拉风地从楼道的尽头走了出来。强大的气场将所有人瞬间秒杀，上课铃声仿佛一瞬间被震碎，众人站在走廊两边直接看傻了眼。

四人站在台上，台下的同学议论纷纷。李德亮坐在最后一排单求胥的位子上也是眼前一亮，他做梦也没想到单求胥果然还是有些想法。

第一个要表演的节目是双簧，单求胥和王元鹅负责双簧部分，牛福和林昆负责表演部分。

单求胥朝着众人一笑蹲了下去，牛福和林昆也走到了台上准备了起来。

“噫吁嚱，哎呀妈呀！学习之难，难于上青天！”看到王元鹅夸张的表情，传来的确是单求胥的声音，加上牛福和林昆二人夸张的表演，众人不禁被逗得哈哈大笑了起来。

“高一到高三，读来何茫然！学习一千一百天，不与外界通人烟。西方传来鸟英语，可以让人读疯癫！”

看到课文被王元鹅如此改编，众人纷纷大笑了起来，李德亮想笑，迫于威严，忍着让自己不笑出来。看到林昆和牛福在台上销魂地演绎着生离死别，有的女生甚至笑出了眼泪。

“周考月考壮士死，然后化学物理相钩连。上有函数方程之艰难，下有 Tiger、Pig 来阻拦。年级第一尚不得过，倒数前十空茫然。求学路盘盘，一步一折双腿残。扪心自问为何难，无奈低分把家还！”

“好！”表演结束，众人鼓掌叫好。

按照约定，集体节目算是结束了，看到大家热血沸腾，台上几人更是有了信心。牛福和林昆一番表演过后累得大汗淋漓，二人还有王元鹅走到了台下站到了一边。接下来的则是单求胥私下里悄悄准备的个人秀，就连王元鹅、牛福、林昆也不知道他到底准备了什么。

单求胥从讲桌底下搬出打碟机还有移动音箱，为了不影响隔壁班级，单求胥特意将门关了起来。

“Rap 版《虞美人》。希望大家一起嗨起来！”单求胥脖子上戴上大金链子，戴起了墨镜，拿起话筒就打了一段B-Box，精湛的口技让众女生为之疯狂。

“哟哟哟……”在嘻哈的节奏中，李德亮不得不站起来伸出双手配合着大家一起摇摆。

“问君能有几多愁，几多愁几多愁！”单求胥说完将话筒怼到了李德亮嘴边，自己另一只手张在耳朵上闭着眼睛假装听不到的样子。

“哟哟哟……”众人纷纷起哄。李德亮不得已清了清嗓子喊了出来：“恰似一江春水向东流！”

“哦耶，恰似一江春水向东流，向东流！东流！”单求胥走到讲台上，脖子上夹着话筒，用力地打着碟。

伴随着一阵有力的节奏，单求胥拿起话筒道：“大家将课本合起来，跟我唱！”

“春花秋月何时了！Come on!”单求胥说完将话筒朝向大家，众人像打鸡血般，跟着单求胥背了起来。

两遍过后，单求胥起了个头，大家纷纷伴着节奏背了起来。

整个过程前后不到五分钟，看到每个人都熟练地背诵了《虞美人》，李德亮甚至觉得有些意外和欣喜。

“OK, all right,Game over!”音乐结束，众人沸腾了起来。

单求胥大汗淋漓地走下台去，看到王元鹅拿出了吉他走了上去，众人纷纷安静了下来。

王元鹅坐在凳子上抱着吉他，试了几次音之后，开始弹奏起自己写的谱子来。只是连单求胥也不知道的是，王元鹅自己准备的节目也是《虞美人》，只不过，单求胥的是说唱，王元鹅的是指弹。

一曲前奏下来，整个世界仿佛都安静了下来。王元鹅的指弹琴声，有着穿透人心的力量。看着王元鹅沉醉的弹奏，单求胥连大气都不敢喘一口。

“春花秋月何时了，往事知多少？小楼昨夜又东风，故国不堪回首月明中……”

王元鹅的指弹琴声哀怨而又婉转，仿佛李煜附体，让人心中不由得产生了一种凄凉之感。王元鹅完全沉浸其中，伴随着吉他的阵阵共鸣，王元鹅不禁想起了陈喆对自己说的那些话。

“我告诉你，郝佳琪在学校里认了很多哥哥，还经常同别人在一起拉拉扯扯的，你最好还是……”

“Shut up! 我说了，我的事不用你管，你还是管好你自己吧！”

“是不是我好好学习，你就不讨厌我了？”

王元鹅的眼泪都落了下来，可是陈喆连头也没回，就径直离开了。

想到小时候陈喆对自己的承诺，想到后来陈喆对自己的种种指责与中伤，王元鹅的眼泪忽地掉落了下来。

“雕栏玉砌应犹在，只是朱颜改。问君能有几多愁？恰似一江春水向东流……”

王元鹅的歌声里分明有了些哭腔，见王元鹅情绪有些失控，单求胥紧张起来，他想走上前去，却又不忍心打断她。

王元鹅唱完后并没有停下来，而是将感情化作了吉他音乐，继续弹了下去。一曲吉他指弹，听得众人心里酸酸的。

或许是有所触动，或许是李德亮压抑了太久，看着王元鹅掉着泪弹奏着《虞美人》，李德亮站起来走上前去，他拿起林昆手里的剑抚摸着，表情严肃，林昆和牛福吓得抱成一团。

此时的李德亮眼中亮晶晶的，闪烁着从未有过的光芒。他用衣袖擦拭着剑，神情专注而认真，这一刻李德亮仿佛剑圣附体。待到剑被擦拭一遍，李德亮闭上眼睛，用两根手指轻弹了一下。

伴随着剑体抖动发出的微弱的嗡嗡声，李德亮深吸了一口气。

此时的王元鹅一惊，弹奏结束，但是眼前二人的状态，谁也不敢鼓掌，甚至连呼吸都变得不均匀了起来。

“多么好的一群孩子哪！他们让我想起了当年师范毕业那会儿，那时候的世界，每一刻都是崭新的。唉，但是我不能鼓励他们这么做……”李德亮紧闭双眼，心里回想着自己当年的青春岁月。

看到李德亮拿着剑紧闭双眼，王元鹅红着眼，安抚下自己的情绪，弹奏了一首《千千阙歌》。经典而又熟悉的旋律，将李德亮的思绪带回到了大学时代，甚至更久……

随着落在地上的一滴晶莹的泪，李德亮睁开眼舞起剑来。伴着眼前的一阵白光，李德亮眼前的时空都不存在了，他仿佛穿过了茫茫岁月，置身一片竹林里。

单求胥刚想上去说什么，却被李德亮转身拿剑指着喉咙，吓得说不出话来。此时，单求胥才发现，原来李德亮现在是闭着眼睛的，他仿佛进入了梦游的状态。

李德亮身处竹林，身着古装，拿起地上的一坛酒，痛快地喝了起来。

李德亮仿佛李白附体，高超的剑术让众人情绪彻底沸腾了起来，尖叫声、鼓掌声、拍桌子声不绝于耳，但李德亮却完全沉醉在自己的世界，毫无察觉。

“跟我念，噫吁嚱，危乎高哉！”

单求胥拍了拍牛福和林昆，三人走下讲台回到了座位上，众人纷纷拿起课本跟着李德亮念了起来：“噫吁嚱，危乎高哉！”

“蜀道之难，难于上青天！”李德亮依旧身处竹林，他把酒舞剑，似醉非醉，好不快哉。

“蜀道之难，难于上青天！”众人如同打了鸡血般，跟着号叫了起来。

“蚕丛及鱼凫，开国何茫然！”李德亮用尽浑身感情与力气，众人发疯似的朗读。

琅琅的读书声不仅让隔壁两个班级的老师无法讲课，甚至飘荡在了偌大的校园里。

操场上，郝主任跟随校长例行校内检查，听到了振聋发聩的读书声。

“郝主任，身体痊愈了吗？”

“毛校长，刚拆完绷带，医生说没事儿了。”

正当毛校长打算接着讲下去的时候，一阵微风吹过来，传来了众人的读书声：“蚕丛及鱼凫，开国何茫然！”

“尔来四万八千岁，不与秦塞通人烟！”李德亮的声音带着醉酒般的嘶哑。

毛校长受到了触动，停下认真地听起来：“你听听这振聋发聩的读书声，是青春的力量啊！郝主任，你是不是跟李德亮说什么了？”

“没、没啊，毛校长，我能说啥，我估计是您的竞聘改革起作用了。”

“我好久都没听到这么振奋人心的读书声了。”毛校长动情地望着教学楼，长舒一口气。

“郝主任，你短信通知各班班主任，马上赶到高二 8 班，现场观摩学习。”

“好，我这就发。”

郝主任赶紧拿出手机，在群里编辑信息：所有班级班主任，三分钟内赶到高二 8 班现场观摩学习！

郝主任抬头看了看教学楼，读书声依旧不绝于耳，看着毛校长激动的眼神，郝主任按下了发送键。众老师纷纷回复，郝主任方同毛校长一起激动地朝着教学楼走去。

第七章　令狐冲与吸星大法

竹林中，落叶飘飘。李德亮身着古装，持剑把酒，众人身着古装围观，拍手叫好，冯莹站在人群中注视着。

“剑阁峥嵘而崔嵬！”李德亮说完拿起酒坛朝着嘴里倒了起来。

“好！”围观众人拍手称快。

“一夫当关，万夫莫开！”李德亮醉意朦胧，几近达到诗仙李白的境界。

“亮亮！”冯莹身着一袭红装拿着宝剑，在人群中含情脉脉地喊。

李德亮一个筋斗空翻，来到冯莹面前，倒仰着身子喝了起来，深情地注视着冯莹。未等冯莹开口说话，李德亮一把将冯莹从人群中拉了过来。

冯莹在李德亮怀里转来转去，舞姿曼妙而潇洒。

“亮亮……”冯莹拔剑和之，翩翩起舞，刀剑乒乓。

“所守或匪亲，化为狼与豺！”冯莹的剑术助长了李德亮的雅兴，“朝避猛虎，夕避长蛇！”

“磨牙吮血，杀人如麻！”李德亮越舞越快，“锦城虽云乐，不如早还家！”

“蜀道之难！”最后一招，李德亮将冯莹用手托起在空中，冯莹轻盈地在空中转了一个圈，李德亮剑法加快，朝着冯莹落下的方向刺去，冯莹轻轻落在了李德亮的剑上。

“难于上青天！”李德亮用剑将冯莹再次弹起，冯莹失去重心在空中翻滚，李德亮将剑一扔，飞身上去，一把将冯莹抱在了怀里。

“侧身西望长——咨——嗟！”一套剑法结束，李德亮也终于吟完了全文。

“好！”看到冯莹躺在李德亮的怀里，二人四目相对，众人纷纷鼓掌起哄。

望着冯莹深邃、紧张、跳动的眼神，李德亮激动而又深情。他拿起了酒壶咕咚咕咚地喝了个痛快。

“亮亮……”冯莹的语气中带着些许无奈与埋怨。

“莹莹……”李德亮激动地回应，迫切而又强硬。

“亮亮……”

“莹莹……”

“亲一个！亲一个！”

众人鼓掌起哄，看到冯莹温柔地闭上了眼睛，李德亮闭上眼睛凑了过去。

若不是“啪”的一记响亮的耳光，李德亮恐怕要铸成大错了。这一耳光犹如晴天霹雳，从李德亮所处世界的天空传来。

李德亮眼前的世界渐渐消失，眼中的亮光也慢慢暗淡了下来，之前的一片白光消散不见，原先的竹林还有古装的人群刹那间消失得无影无踪，取而代之的是高二8班的讲台，还有一中所有的语文老师。

李德亮用眼角的余光看了看周围，讲台已经被自己踹翻在地，而挤在门口的众多人群也变成了高中语文组的所有老师们。直到这时，李德亮方才战战兢兢地发现自己手里举着的不是酒坛，而是王元鹅的那盆仙人球，而躺在自己怀里的人也不是冯莹，而是郝主任！

看着李德亮左手怀抱郝主任，右手托举着仙人球，打算强吻郝主任，众人惊愕不已。而此时，怕是只有旁观的群众方能解释真相了。

真实的情况是这样的。李德亮忘情地舞剑吟诗，接到通知后的老师们纷纷围满了高二8班。看到李德亮舞着舞着将自己的仙人球拿走当作酒坛，王元鹅方才意识到李德亮是入戏太深了。正所谓酒不醉人人自醉，虽未喝酒，但是只拿着仙人球却让李德亮癫狂不已。

看到毛校长的脸色由红变白，郝主任赶紧上前阻止，可是李德亮毕竟有剑啊！看到郝主任嚷嚷个没完，李德亮一个筋斗翻到郝主任面前，倒仰喝酒，注视郝主任，喝完酒后一把将其拉了过去。方才梦幻中的表演一分不差地实施在了郝主任身上，所以看到郝主任在李德亮怀里转来转去，不仅班里同学，就连众多语文老师也激动了起来。

郝主任虽然拿起教鞭同李德亮比画，但根本不是李德亮的对手。伴随着一阵令人眼花缭乱的剑法，李德亮一把将郝主任拉过来斜躺抱在怀里，而郝主任却被李德亮锁得死死的，毫无招架之力。

“喂喂喂，李德亮，亮亮！”眼看着形势有些不对劲，郝主任赶紧挣扎。

“莹莹……”

“亮亮！”

“莹莹……”

看到李德亮的头越压越低，众人边拍桌子边喊：“亲一个！亲一个！”

李德亮闭眼压下去，眼看着情况不可收拾，也前来观摩学习的冯莹拨开人群，走上前去，“啪”的一记响亮耳光甩在了李德亮脸上。

这便是刚才的现场还原，看到李德亮睁开眼，郝主任从其怀中慢慢挣扎着挪出来。

“莹莹，毛校长，我……”冷风吹过，李德亮猛然惊醒。

看到李德亮恢复了理智，毛校长转身离开。看到怀里的是郝主任，李德亮瞳孔放大，手一滑，仙人球朝着郝主任的脸落了下去。

“我……”未等郝主任说完第二个字，伴随着众人的一阵惊呼，仙人球便落在了脸上。和单求胥同样的遭遇又一次重演，郝主任赶紧被郝佳琪扶着去了医务室。

很快，李德亮便被传唤到了校长室。陪同站在一边的是冯莹，面对像犯错孩子似的李德亮，冯莹一脸黑线。

“李老师，你说的舞剑是教育改革，我可以懂。但是你能不能给我解释下，为何抱着郝主任，而且在众人面前做那种羞羞的事情？”李德亮解释完后，毛校长考虑了片刻，终于开了口。

“毛校长，您别误会，我绝对三观取向正常！当时只是为了艺术创作，教学生如何有感情地朗读课文。”

“哦，有感情朗读……那抱着郝主任喊莹莹是怎么一回事？”

面对毛校长一针见血的质疑，李德亮赶紧瞥了冯莹一眼，脑子飞快地转着想着。

“毛校长，您别多想，诗仙李白不只会吟诗，其实他还是一名功夫了得的剑客，我当时拿剑之后觉得李白附体，忽然想起了《笑傲江湖》里的女侠任盈盈，所以豪气顿生……”

“豪气顿生就做羞羞的事情？”

“不……不是，毛校长，你想，任盈盈的对手应该就是令狐冲嘛……”

“令狐冲喜欢做羞羞的事情？”面对李德亮，毛校长穷追不舍，大有刨根问底的意思。

“毛校长，您说得不太准确，令狐冲擅长的是易筋经还有吸星大法……对！吸星大法！没错……”

“那郝主任苦修十几年的武功岂不是全被你给吸走了？”

毛校长喝了一口茶看着李德亮说：“李老师啊，我看得出来，学生们对你的教学方法很感兴趣，但是这么做是不是有点难度太大了？我本想让大家学习推广，可是，据我观察，这种改革不具备普及性啊！”

“毛校长，那我回去琢磨琢磨改进一下……”

“别琢磨了，还是想想怎么把成绩提上来吧，成绩提上来了，天天演古装剧都行，要不然这么下去，我怕你练完吸星大法，再去琢磨葵花宝典。”

看到毛校长将李德亮的教学改革一口否定，冯莹终于忍不住说：“毛校长，令狐冲一向不按常理出牌，你也看到了，今天学生的反应确实异常兴奋，马上就要期末考试了，反正他的班级历来都是倒数第一，何不放手一试，让‘令狐冲’用成绩‘笑傲江湖’呢？”

“冯老师，不是我不肯，江湖恩怨无休无止，我只是怕其他门派有异议。”

“毛校长，您多虑了，光凭吸星大法恐怕是搅不动一中这个大江湖吧？”

看了看微笑的冯莹还有紧张的李德亮，毛校长拿起桌子上的剑，拔剑出鞘，转过身背对着二人忖度着。

“令狐冲！看剑！”一道寒光闪过毛校长的眼睛，毛校长猛地回头将剑朝李德亮扔过去。

就这样，在冯莹的帮助下，李德亮不仅免于处罚，而且还得到了毛校长的特赦。手持“尚方宝剑”的李德亮，脖子里挂着相机，一摇一晃地朝高二 8 班走去。

到了班级后门，李德亮探出头，往里瞅了两眼，看到众人在那里自觉地看书，甚至连单求胥也没有在睡觉，而是抓耳挠腮地在那儿做题。

“这还差不多，同学们，一场暴风雨即将来临了！”李德亮心里想着，朝前门走去。

就在李德亮前脚刚一离开后门，牛福赶紧报信儿：“令狐冲回来了！只有十秒钟！”

牛福紧紧盯着墙上的钟表，心里默默数着：“十、九、八、七……”

紧接着，班里就是一番骚乱，有的赶紧将零食藏匿，靠在窗边的同学甚至直接将小人书朝窗子外面扔了出去。

“四、三、二、一！”

伴随着牛福准确的计时，时间仿佛在刹那间按了暂停键，众人纹丝不动地等待着李德亮的闪光灯还有快门声。教室门被轻轻推开一道缝儿，李德亮的相机被高高举起。“咔嚓咔嚓”，一阵狂闪过后，李德亮满意地扣上了相机盖，走到了讲台上。

李德亮将手里的“尚方宝剑”放到了讲台上，正当他打算开口讲话的时候，单求胥带头吹了一记响亮的口哨。紧接着，众人掌声雷动，尖叫声、鼓掌声躁了起来。

王元鹅放下小说大喊着：“令狐冲！令狐冲！”

“令狐冲！令狐冲……”牛福、林昆见状赶紧声援，拍着桌子喊了起来。

“令狐冲！令狐冲！”众人的情绪被带动，一同拍着桌子喊了起来。

李德亮被突如其来的鼓励搞得羞涩起来，退也不是，进也不是。

“反正郝主任是彻底得罪了，脸也丢出去了，横竖都是死，还不如死得好看点。”李德亮心想着，本已走到了门口，又折返回来走上了讲台。

此时的李德亮犹如印第安酋长附体，身着羽毛服饰，脸上涂着油彩，他从腰间拔出宝剑，高举在头顶，对着众人喊道：“Today,we fight for freedom!”

就这样，伴随着癫狂般的众人，李德亮对郝主任的一招吸星大法，开启了一中教学历史上谁也想不到更不敢想的疯狂改革。

郝主任满脸绷带，带着电工师傅来到了高二 8 班门口，在众人的围观中，电工师傅将原来的牌子卸下，换上了一块崭新的牌子。

众人围着牌子看，王元鹅忍不住念了出来：“高二 8（实验）班！”

就这样，李德亮的班级从渣子班摇身一变成了实验班。实验班的意思是，老师讲课可以不拘一格，于是乎，各种辣眼睛的画风争相上演。

看着讲台上梦露打扮的英语老师，单求胥咽了口唾沫。为了一堂课，冯莹不仅做了发型，还专门买了一身与梦露同款的白色裙子。

在单求胥看来，或许，天天授课的老师们比坐在下面的同学们更压抑。毕竟，同学们每天都在面对新的知识，而老师们却日复一日年复一年地讲着同样的内容。

冯莹仿佛梦露附体，她左手握道具话筒，远远地推到了身后，右手在黑板上急速写着。

“It…is…”

写到这里，冯莹猛然转身，将话筒拉到嘴边，狠狠地喊："Baby!"

众人被带有神经质的"梦露"惊呆，陈喆咽了口唾沫，牛福则紧紧地抓住了林昆的大腿。总之，所有人的反应跟随着"梦露"变得疯狂了起来。

"Baby! Baby one more time!"冯莹唱了一句，紧接着学了一声公鸡的打鸣声，说道，"Rooster!"

"Rooster!"众人看着课本上的新单词表，异口同声，跟着念起来。

冯莹看着众人，严厉地质问："鸡叫呢？"

不得已，众人跟随着冯莹又学了一遍鸡叫。

"Right! Next, goose!"

"Goose!"

"大鹅！"

"到！"冯莹解释单词意思，没想到王元鹅本能地站了起来。

看到冯莹一头雾水，尴尬几秒后，众人哈哈大笑了起来。

吴长鸣几人，还有其他班级众学生，站在门口围观，冯莹夸张的教学风格让众人直流口水。

"啊……啊，我打啊……啊……我打……"下课铃声刚一响起，扈极硬便身着李小龙经典黄色战服，耍着双节棍，从走廊尽头走了过来。

扈极硬模仿李小龙的神态吼叫着，在黑板上写下：170—180 次 / 分。

"啊哦，我打，我……我打，啊，哦，打，啊……"扈极硬奋笔疾书，粉笔甚至都断了几次，他绷紧身子斜视众人，目光凶狠而坚定。

"打篮球，最高心率不能超过 180 次 / 分！"

众人吓得畏畏缩缩，本能地往后排靠在了一起。

你以为只有文化科目可以这样上课？大错特错，数学老师的教学改革更是惊为天人。

数学老师拿着扩音器，搬了一大堆生活用品，还有一个衣架的促销衣服。王元鹅和郝佳琪分别拿着粉笔，在黑板两端等待着数学老师出题。

"每箱饮料 6 听，如果其中有 2 听不合格！ 2 听不合格！不合格免费送！免费送！请问质检人员随即抽取出 2 听，不合格产品的概率多大？"数学老师几乎一气呵成地说完。

众人听完赶紧拿起笔，在草稿纸上画着。陈喆眉头紧锁，单求胥边算边抬头看。伴随着一排排的公式被王元鹅和郝佳琪写下，教室里只有笔尖摩擦草稿纸的沙沙声。

$P=P(A1)+P(A2)+P(A3)=8/30+8/30+2/30=0.6$

王元鹅扔掉粉笔头的同时，陈喆也举起了手，只不过，在数学老师的眼中，王元鹅还是略快一点。

数学老师看了看王元鹅，拉起王元鹅的手，将锤子一敲，举在空中。

"成交！"

说完，数学老师将桌子上的两听饮料交给王元鹅，王元鹅开心地走了下去，郝佳琪一脸黑线，走下了讲台。

“第二题，准备好了吗？”数学老师激动地拿着喇叭喊着。

看到王元鹅领到了奖品，众人分外眼红，毕竟，这是白得的！牛福、林昆满头大汗拿笔准备着。

“商场大促销！商场大促销！原价15元的卫生纸，打8.5折，满30打9.5折，买50打9折送价值3元的纸杯一包，再买纸杯打半折，满80打8折！请问，某人花了60块钱买的是什么？”

看着大家都在低头算题，数学老师奸笑着点了点头，拧开一瓶矿泉水喝了起来，心想：“想薅我的羊毛，没那么容易，可劲儿算吧，等这道题算出来，估计马上就要下课了。”

看到台下大家抓耳挠腮的样子，数学老师冷笑着说：“先算完的同学可以直接将物品带走啊，东西都是我自己掏钱买的，千万不要跟我客气。”

正当单求胥还有王元鹅紧张地解着方程式的时候，牛福微笑着站了起来。直到牛福微笑着径直走上去，大家才反应过来，牛福算出答案来了。

看到学习垫底的牛福走了过来，数学老师惊讶地说：“牛、牛、牛福同学，你可别乱来，这道题很难的！”

牛福犹如战神附体，自信地微微一笑，朝着桌子上的物品伸出手去。

数学老师用凌厉的眼神死死盯着牛福的手，看到牛福先拿了四包卫生纸，四包纸杯，数学老师已经抓狂。

“这不可能！这绝不可能！牛福同学，这可是全国奥赛题啊！”

但是牛福确实解出来了，牛福的算法很简单，他甚至没有动笔，因为，就在几天前，他刚刚去超市买了这些。看到牛福将东西一件件拿走，数学老师有点舍不得，同牛福争执了起来，但最终还是被牛福夺走。

“唉，我的钱买的……我的钱啊！”数学老师懊恼地看着桌子上所剩不多的物品。

实验班的教学方法太过风骚与前卫，在一中校园里引起了轩然大波。为了尝试自己新的教学方法，甚至有很多老师主动请缨前来听课。为了缓解课程少的问题，很多老师甚至组合到一起上一节课。

改革的成果激发了每一位老师，李德亮也不惜花重金购买了教具。

扈极硬正在给别的班级上体育课，却发现李德亮穿着海边渔民的服装，拎着鱼桶从身边走过。

“老李，今天这身打扮是上什么课啊？”扈极硬看完了不禁心痒痒。

“海明威，《老人与海》。”

扈极硬点了点头，竖起了大拇指，李德亮大摇大摆地走远。

扈极硬上完课，回到教学楼，在楼道遇到穿着鲁迅服装造型的李德亮。扈极硬看到指了指，刚要张嘴，李德亮便先开口道：“鲁迅的《祝福》。”

扈极硬正在食堂吃饭的时候，李德亮穿着妇人装，将琵琶放到一边，坐下拍了拍扈极硬的肩膀。

“老扈啊！”

“老……老李，你……你吓死我了，我还以为是个女的！”

“怎么样，我这兰花指标准吗？”

“老李，我在吃饭，你能不能别恶心我，你这还真是越来越拼了啊，哎，这异装癖有瘾是咋地？”

“你懂个啥，我这是讲……”

“《琵琶行》，白居易！就你有文化，嘁！”

“可以啊，老扈！”

“同是天涯沦落人，相逢何必曾相识。瞧不起谁呢！”扈极硬说着，翘起了兰花指，戳了一把李德亮，李德亮呆住。正如传言所说，男人要是骚起来，还真就没女人什么事儿了。

改革的好处是，不仅白天大家能够享受知识带来的快乐与癫狂，晚上回到宿舍，大家也纷纷模仿了起来。在模仿中，众多知识点被一遍遍地重复记忆着。很快又到了考试的日子，单求胥躺在床上，看着窗外的星空，不禁用手在星空中比画了起来。可是每当单求胥写完三横一竖，便又叹气放下了手。

第二天早晨，为了提前克服考试综合征，单求胥早早来到考场，一人坐在考场中间，慢慢等待了起来。根据这段时间的努力学习，单求胥有理由相信，自己应该能够应对大部分题目了。所以，这次单求胥主动拒绝了郝佳琪的好意，决定不再作弊。

考试开始，众人陆陆续续走了进来。因为之前的高二 8 班是有名的渣子班，考试作弊那是无所不用其极，所以为了验证教学成果，毛校长故意调换了两位凶神恶煞的监考老师。

铃声响起，两位监考老师监视着下面众考生，就连屋里的监控也转动了起来。

单求胥听到了答卷声音，有些头脑发蒙，看着眼前的题不禁头疼了起来。

由于陈喆对之前晚交卷非常懊恼，这次陈喆提前完成，一雪前耻。陈喆交卷没多会儿，郝佳琪便也交了卷子。只不过，让监考老师始料未及的是，考试开始不过四十多分钟的时间，其他同学们陆陆续续交上了答卷。不一会儿，班里的考生只剩下了单求胥、牛福和林昆。

“这不科学啊！”监考老师走到别的考场，发现考场基本上都是坐满的，回到自己的考场有些不敢相信。

答完最后一题，牛福朝单求胥和林昆笑了笑，交卷离开。单求胥满头大汗，见整个考场只剩下林昆和自己，更加着急起来。因为林昆和单求胥坐在教室对角线上，相隔甚远，二人之间不可能抄袭，所以监考老师索性打起瞌睡来。单求胥熬到了铃声响起，还不曾停笔，最后被监考老师强行把卷子收了去，林昆则不知何时趴在桌子上睡了过去。

等待让单求胥备受煎熬，看到校园公告栏里面公布了各班成绩，单求胥赶紧走上前去观看。

单求胥从最底下的一排开始看起，牛福问道："我第几？"

单求胥说："第二。"

"我呢？"林昆拍了拍单求胥的肩膀。

单求胥说："第一。"

当然，这些都是按倒数排的。看到成绩依旧没什么起色，牛福问道："那王元鹅呢？"

"没有啊！"单求胥挨着倒数往上找，找了几遍都没找到。

"唉，太没有戏剧性了，白努力了！"说着，林昆走到了一边花坛上坐了下来。

"这次王元鹅连成绩榜都没进，她肯定考得很惨啊！"牛福忧心忡忡，这么一来的话，她很快就会被老班赶走的。

单求胥独自坐在一边，林昆赶紧问道："老大，你考了多少？"

"倒数第十，唉……"单求胥说着双手抱头，显得十分焦躁。

"天呢，进步飞快啊！"面对单求胥的成绩，林昆觉得非常满意。

牛福挠了挠头说："可惜啊，王元鹅竟然没上线，我记得当时她明明很快交卷走了的，难不成她交的是空白卷啊？"

面对二人的担心，单求胥十分失落地说："不……她考了第一……"

林昆推了一下单求胥，撒娇地说："讨厌，人家才是第一！"

"正数！"

"啊?！"听单求胥说完，牛福、林昆二人赶紧又跑回公告栏看了起来。

二人挤到成绩榜旁，先是从倒数第一往上捋，一直到最顶端，赫然发现王元鹅的名字写在了第一名的位置。

三人低着头，失落地走在校园里，三个小伙伴第一次学到了人类行为学的重要一课：你的朋友不及格，你会感觉很失落；你的朋友考第一，你会感觉更失落！

成绩出来后，李德亮更是名声大噪，高二 8 班一跃从年级倒数第一攀升到了年级第五。面对如此大的进步，校长特意颁发了奖牌给高二 8 班。本是挂在墙上的奖牌，让李德亮挂在了自己脖子上，围着校园几乎走了三圈儿。李德亮逢人就故意亮出奖牌，假装很谦虚的样子，众人则不得不恭维几句，李德亮假装谦虚的心理得到了极大的满足。

成绩出来就是排位子的时候，众人依旧站在门口，只不过，这次的第一名是王元鹅。

班级又一次选座位，班主任脖子上挂着硕大的金色奖牌，说道："第一名，王元鹅同学！大家鼓掌！"

单求胥趴在后窗紧张地看着，伴随着众人的掌声，王元鹅走到了陈喆前边郝佳琪的位子坐了下来。

"敢抢我的位子，咱们等着瞧！"话虽未说出口，但是郝佳琪脸上的鄙夷与愤怒说明了一切。

“第二名，陈喆！”

陈喆回头看了看郝佳琪，回到了自己的位子上坐了下来。

“第三名，郝佳琪！”

看到自己的位子被抢，郝佳琪只得坐到了陈喆的身后。

因为被领导表扬，所以李德亮并没有对最后倒数几名同学发难。而单求胥也选择坐回了自己原来的位子上，只是，此时的同桌换成了班里最丑的一名女生。按照李德亮的话来讲，那是提防单求胥的颜值所带来的副作用。

丑女花痴般地盯着单求胥，单求胥则欲哭无泪。

看到众人落座，李德亮拿起脖子上的奖牌说：“同学们！看见了没？金牌！”

“嘁……”看到李德亮的眼睛笑得眯成了一条缝儿，众人看着李德亮的嘚瑟劲儿不以为然。

“怎么着，不信？”说着，李德亮拿起金牌用力咬了一口，结果金牌被咬了一个大坑，眼看不好收场，李德亮尴尬地解释说：“镀金，镀的，不过，这个不重要，重要的是，这次考试我们班的整体成绩由倒数第一成为正数第五，进步之大前所未有，这么多年来是大家的努力成就了今天历史性的一刻！”

李德亮的眼眶甚至有些湿润，情到深处一度哽咽了起来。

“我感谢大家，感谢你们在我最失落的时候没有放弃，没有放弃我，感谢你们！”

李德亮说完给大家来了一个九十度鞠躬，众人鼓掌。

“哈，哼，啊……”为了掩饰落下的泪，李德亮将头高高扬起，调整着自己的情绪。

“今天的你我，怎能重复昨天的故事，这一张旧船票，能否登上你的客船……”李德亮调整完嗓子突然唱了一段《涛声依旧》，正在众人不解之时，李德亮强行压着自己激动的情绪，从桌洞里掏出一沓船票。

“同学们！这是学校给我们的奖励，暑假免费海岛夏令营的船票！”

人群躁动起来，看到众人高兴地议论，李德亮脸上显现激动的神情。

“现在……我正式宣布……”

众人激动地望着李德亮，李德亮用力将船票抛向空中大喊：“放假喽！”

众人跳跃欢呼，陈喆抢到票后高兴不已，他激动地拍了拍王元鹅的肩膀，给王元鹅看，而此时单求胥却纹丝不动地坐在那里，投来了不屑的目光。

看到一向不搭理王元鹅的陈喆主动和王元鹅搭起话来，单求胥气不打一处来。他将陈喆约上楼顶，二话不说，抓住陈喆的衣领按在了墙上。

“王元鹅正在努力学习，我希望你不要打扰她！”听单求胥说完这些，陈喆心里方松了一口气。

“嗐，我以为是什么事儿呢，我就是逗她玩玩，再说了，她喜欢我是她的自由，你管不着，我更没办法。哎，不是我说，你的品位真的很差，竟然喜欢王元鹅！”

“你个人渣，亏你和王元鹅还是发小！”

“哟，有钱就是了不起，连人家底细都摸清了啊，你有那心思用在学习上啊，倒数第一！”

看到陈喆酸溜溜地讽刺自己嚣张不已，单求胥狠狠地抓住了陈喆的衣领扬起了拳头。

“怎么，想打我啊？来！冲这儿，使劲儿打！”陈喆指着自己的头挑衅，单求胥想了想又放了下来。

“哼，打你玷污了我拳头！你不就学习成绩好嘛，装什么装？”

“我就是学习好，怎么着！坐在最后一排不服气啊，有本事你考第一来抢我位子啊！”虽然面对吴长鸣一帮人，陈喆吓得屁滚尿流，但是面对实力更为强大的单求胥，陈喆反而嚣张了起来。

单求胥抓住陈喆的手慢慢松了开，看到单求胥尿了下来，陈喆反而来劲道：“尿了啊？刚才那嚣张劲儿呢，一到比学习就尿了？嘁！”

“说吧……赌注是什么？”面对眼前的陈喆，单求胥努力控制着自己的情绪。

“你说了算，省得让别人以为我欺负你。”

单求胥看了看炎炎夏日说：“好，谁要是输了，穿羽绒服一天。”

陈喆拍了拍身上的尘土，举起手指摇了摇说：“三天！”

陈喆从口袋里掏出一张船票在单求胥面前亮了亮说：“看见了没？头等舱！这就是学习给我带来的快乐，你们三等舱的人是体会不到的！”

陈喆说完便嚣张地走了，在陈喆看来，自己压根对王元鹅就没有一丝好感，反而倒是单求胥自作多情了。

被陈喆得了势的单求胥心里十分不爽，他背着书包只顾着一个人往前走去，毫不知情的牛福和林昆小跑几步跟在了后面。

“老大，这是你的船票，虽然是三等舱，但是我和班里同学换了，咱们仨是挨在一起的。”牛福说着，将船票递到了单求胥面前。

“我不去，你们去吧！”单求胥接过船票，撕了个粉碎，随手抛撒在了身后。

“哎，早说我给别人啊，浪费！”牛福愣在那里十分无语。

经过一天的准备，第二天一大早众人便纷纷带上大包小包来到了码头。在李德亮的统一组织下，大家坐上了前往浅尔岛的游船。浅尔岛是一个不知名的小岛，李德亮之所以选择了这里，是因为岛上生态环境极好，原汁原味。说得直白点，就是一个荒岛，大家可以尽情享受，不用担心其他游人的骚扰。

游船开起，众人兴奋至极。牛福掐着林昆的腰在船头演绎起了《泰坦尼克号》中经典的桥段来。

“罗斯！”牛福大声喊道。

“杰克！”林昆胆小的声音略有颤抖。

“罗斯，你 jump，我也 jump！”

“I 跳了，I 真的跳了！”林昆说着张开手臂作飞翔状。

“跳吧！”

林昆双脚往上一蹬，牛福举着林昆转了一圈又把林昆放到了甲板上。

众人被牛福和林昆的表演逗得哈哈大笑，但是在王元鹅看来，只有两个字：无聊！

“就你俩闹得欢，注意安全！单求胥为啥没来啊？”李德亮走过来问道。

“他说不想来，我也不知道为啥……”牛福说。

“哪有，人家说了，要回家吃海鲜盛宴。”林昆赶紧补充。

“嗯，海鲜盛宴，听起来也还不错……”李德亮说着转身走到栏杆边上，朝着海看了起来。

王元鹅转头看向陈喆，陈喆正一个人坐在船舱里拿着英语小单词本背单词。

望着远方的海，王元鹅心情大好，风吹过头发，王元鹅不禁喃喃道：“Jack, my heart will go on!”

王元鹅闭上眼睛，尽情感受着海风拂面的温柔，心里幻想着自己同陈喆站在船头的浪漫情景。不料一个浪花打了过来，众人身上被溅了一身水，王元鹅更是满脸都被海水打湿。

“快看，是单求胥！”

不知道是哪个女生大喊了一声，王元鹅双手擦了擦脸上的水，才发现单求胥戴着墨镜，站在游艇上，从几人面前得意地驶过。

第八章　逃出荒岛

单求胥故意将游艇紧贴游船开了过去，看到溅起的浪花将众人打湿，单求胥心中不禁闪过一丝得意。

“哇，那不是单求胥吗，好帅哦！”众女生不顾被溅一身的海水，纷纷尖叫了起来。

“单球蛋，你混蛋！”看到自己湿透的衣服，王元鹅跑到船头大声朝着单求胥喊了过去。

“天哪！讨厌死了，早知道我就不上这条船了，真是的！胥胥怎么可以这样！”郝佳琪听到呼喊赶紧从船舱里跑到了甲板上。

“喂，老大！”牛福招手喊着。

“单求胥，你死哪儿去，都不喊上兄弟，太不够意思啦！你去死吧！单求胥！”林昆拼命喊着，喉咙都嘶哑了。

看到班里的游船已经越来越远，单求胥摘下墨镜，走进了船舱里。

看到单求胥换上衣服背起书包，老季问道：“少爷，我什么时候来接你？”

“季叔，你不用来接我了，夏令营结束后，我坐船和大家伙儿一起回去。”

“行，我知道了，那你到时候注意安全！”

“放心吧！户外探险是我的强项！就是把我扔到荒岛一个月，我都微微一笑，轻松面对！”

浅尔岛虽然是个荒岛，但是已经有开发商在此修建了临时的码头，单求胥走上码头，同老季招手，老季赶紧开着游艇调头，朝着来时的方向离开了。

单求胥一个人爬到了山顶，好一会儿才发现班里的游船缓缓驶来。单求胥见此，收拾好行李缓缓下山，山上的磁矿石使指南针产生了偏差，所以下山的时候单求胥绕了好远。看到天色逐渐黑了下来，单求胥只得自己拿出零食吃了一些，沿着海岸线找了去。

在李德亮的安排下，帐篷按照男女划定区域搭建在周围，众人围着火堆有说有笑。

“哎，棍儿，怪不得老大没喊咱俩，人家压根就没登岛，转了一圈儿就回去了。”牛福光着脚丫坐在沙滩上，在他看来，单求胥没有叫上自己和林昆，确实有些小失落。

“我算是看出来了，他就是想装个帅，然后又回去吃他的海鲜盛宴了。”林昆说着抓起一把沙子朝前方扔了过去。沙子被风吹了回来，林昆赶紧呸呸吐了起来。

“嗐，也没啥，今天我有项目，一会儿进帐篷，嘿嘿嘿！”牛福说着给林昆一个得意的眼神。

“Give me five，哦耶！”林昆心领神会，二人笑着击掌。

循着火光，单求胥终于找到了大部队。为了避免被发现，单求胥全副武装，趴在远处的草丛里，拿着望远镜观察。

“露营有啥好玩的？喊，老土！”单求胥放大倍率，看到王元鹅等人有说有笑，郝佳琪又唱又跳，大家鼓掌。

“唉，没劲，还真不如回家吃我的海鲜盛宴呢！”单求胥说着继续看了起来。

放大镜在远处散发着幽幽的绿光，虽然是夜里，埋伏在草丛中，但依旧看得清清楚楚。

单求胥脖子僵硬，放下了望远镜，打开水壶，喝了口水，顺便仰着躺了一小会儿。当他再次拿起放大镜，却发现海滩上只剩下了篝火。

“奇怪！人呢？人都去哪儿了？”看到原本很多的人，瞬间没了踪影，单求胥不禁害怕了起来。

原来在李德亮的带领下，大家悄悄绕到了单求胥的身后，将单求胥围了起来。看到单求胥在那儿动来动去，李德亮给了班里最胖的牛福一个手势，牛福猛地跳起一屁股坐了上去。

“妖怪！拿命来！”牛福一屁股将单求胥差点坐岔气，单求胥瞬间失去了战斗力，大家纷纷拳打脚踢一拥而上将单求胥狂揍了一顿。

“别打了，牛二！是我！是我啊，别打了，别打了！”看到牛二将自己死死地坐实在地上，单求胥只好哭喊着求饶。

“老大？”听到单求胥的声音，牛福赶紧制止大家，“别打了，别打了，自己人！自己人！”

就这样，单求胥蓬头垢面地坐在篝火旁边，像个犯错的孩子，委屈地擦着眼泪，众人围成了一圈。

李德亮递过来一壶水，看到单求胥咕咚咕咚一口气喝完，李德亮问道：“单求胥，给你票你不来，还整什么游艇，大晚上的拿着望远镜在那儿鬼鬼祟祟地瞅啥呢？”

“老班，我这是野外探险！”

“野外探险？你知不知道半夜草丛里，绿莹莹的两只眼睛有多吓人，幸好我安插了岗哨，我带那么多同学出来，我容易吗，小心脏都快被你吓出来了！”

“老班，我那是夜视功能！”

“别废话，我跟你探讨望远镜的问题了吗？既然迟到了，就得表演节目，唱歌跳舞选一样吧！”

“唱歌，唱歌，唱歌！”郝佳琪带头喊了起来。

“寻思什么呢，赶紧的！”看到单求胥坐在那儿不愿动的样子，李德亮拍了一下。

“老班，我不会啊！我就会一点 b-box！”

“不会也得唱，谁让你今天装帅来着，大家说对不对？”

“对！”中午的时候，单求胥开着游艇从众人面前嚣张地划过，包括李德亮在内的众人都心有不平，看到李德亮带头刁难，大家纷纷响应。

“行，看不惯我，故意的，你们等着！”看到陈喆和王元鹅坐一起，单求胥想了想将书包一扔，放到了地上，说，“那我就唱一首《你的脸》，五音不全啊，你们一个个的就等着受罪吧！”

月光映照你的脸

过去的事情浮现在眼前

不是不想再见面

在梦里经常看到你的脸

在眼前

你的脸

经过多少岁月不变的容颜

在从前那个夏天

回忆青涩瞬间

你灿烂美好永远的笑脸

单求胥奋力唱着，众人纷纷捂起了耳朵。令人不解的是，语文课上乐感还可以的单求胥，唱起歌来果然是让人无法忍受。在王元鹅看来，单求胥这是故意报复众人，不过看样子也不像，毕竟，谁会在全班同学面前出这么大的丑呢？

“好了，单求胥，求你了！别唱了！几十条人命呢！赶紧的，别唱了！”李德亮赶紧打断了单求胥，就这样，单求胥总算是躲过了一劫。

看到牛福和林昆在那儿捂着嘴笑，单求胥一屁股坐到了二人身上。

“死牛二，刚才坐得挺实啊，我死命挣扎都没能动一下！还有你，死木棍，你刚才喊得挺欢啊！”单求胥狠狠拧了一把牛福，瞅了一眼林昆说，“回头我再跟你俩算账！”

“我看看你野外探险都带什么了？”看到单求胥背后的一个巨大的登山包，李德亮不禁拿了过去，摆弄起来。

“哎，老班，别！”

未等单求胥阻止，李德亮就已经将包打开倒了出来。众人惊呆了，整个书包里装的竟然全是烟花！

“这都是什么玩意儿，烟花？单求胥，你探险带这么多烟花干啥？”

“这个，求救，求救用的，嘿嘿嘿……”面对李德亮的质疑，单求胥竟有些语无伦次了。

众人围过来哄抢而散，王元鹅手里拿着烟花，高兴地奔跑在海岸线上。单求胥用火把点燃烟花，郝佳琪等人吓得捂着耳朵。

烟花绽放在夜空，王元鹅驻足抬头观看，海风吹拂发丝，单求胥则在一边傻傻地看着。

王元鹅家爆炸的那一幕又一次浮现在了单求胥的脑海，王元鹅像一只受惊的小鸟一样依偎在自己的怀里。“不知道为什么，我突然很想抱紧眼前这个女孩，我想治愈她心中的伤痛……”

“好漂亮啊……”看到漫天的烟花，王元鹅笑了起来。

笑了闹了，眼看着快十点了，李德亮吩咐众人回到帐篷中准备睡觉。此时，牛福方从自己书包里拿出一只烧鸡来，这就是牛福对林昆所说的项目。

“老大，我就纳闷了，这么好吃的烧鸡，你咋就不吃呢？”

“就是啊，总比饿肚子强吧！”说完，林昆将满是油的手放到嘴里咂巴起来。

“没品位！鸡有啥好吃的？来海岛，当然要吃海鲜，而且一定要生吃！”

“为啥？不都是碳烤生蚝吗？”牛福不解地问。

“你们都是外行，海鲜讲究的是一个鲜字，生吃不但味道鲜美，而且营养价值也高，最重要的是，这样显得很 man！”单求胥说着从口袋里拔出一把匕首用舌头舔了舔。

林昆用手摸了摸匕首说：“那一定很拉风！可惜你今天下午没来，要不然班里的女生会为你疯狂的！”

单求胥收起刀，笑而不语地躺在那里拿手在夜空中比画。

林昆不屑一顾地说：“老大，你还在玩爱情大魔咒呢？那早都过时了！”

“什么？咒语也会过时？”

“那是，现在流行的是比名字笔画，用你的名字笔画数减去喜欢的女孩的名字笔画数，得到的数字就是你们两个之间的关系。”

“是吗？我赶紧算算，一、二、三、四——”听林昆说完，牛福赶紧放下手中的鸡腿。

海浪声声，海风阵阵，岸上的嬉笑声渐渐小了，没多久，帐篷里便传来了一片鼾声。

第二天一大早，单求胥便悄悄爬出了帐篷。看到李德亮在篝火旁边披着毯子睡了过去，单求胥拿起书包，悄悄溜走了。

“既然被这么发现了，就一定不能再坐三等舱回去了，否则太丢脸了！”想起自己昨晚被众人狂揍的一幕，单求胥不禁加快了脚步。

单求胥只顾回头看着李德亮往外走着，突然脚上打滑，坐在了地上。单求胥拿起来一看，是一只被遗忘的鞭炮。想到王元鹅家里点的蚊香，单求胥歪脑子一动，又偷偷走回了帐篷，将蚊香放在了鞭炮引信上。

伴随着一声炮响，李德亮从梦中惊醒，一夜未睡的李德亮拖着疲惫的身体将大家集合了起来。

“林昆、牛福，单求胥呢？”清点人数的时候，李德亮发现单求胥又不见了踪影。

“不知道啊，连书包都拿走了，估计是自己坐游艇走了吧，反正来的时候他也没坐船来。”看到单求胥偷偷溜走，林昆心头不禁泛起一阵酸意。

“哼，知难而退，还算识相！”陈喆心里想着，嘴角泛起了一丝笑容。

“什么？好讨厌！就这么溜走了！人家明明发了短信一起走的，回都不回我就走了，讨厌讨厌！”看着远处的海平面，郝佳琪一脸埋怨地想。

“那行了，大家赶紧收拾收拾，按照来时的座位依次登船！”眼看着船已靠岸，李德亮拿起电话打给了单求胥，电话中却传来对方已关机的消息。

单求胥走进丛林中穿好鞋子，一口气跑了很远很远，直到听到一声炮响，单求胥方才大笑着停下来，他甚至能够想象李德亮受到惊吓时候的样子。

“终于把他们甩掉了！对了，手机，不能让老班找到我！”单求胥拿出手机，刚打算关机，手机却不小心掉进了水里。“坏了坏了，我的乖乖……”

单求胥从水里捞起来，发现手机已经烧了电路板无法开机了。

听到游船鸣笛驶离海岛，单求胥心想：这样也好，他们肯定就联系不上我了，哈哈哈！

“糟了，没有手机我怎么联系季叔啊？”单求胥赶紧回头朝着沙滩码头跑去。

“喂，等等我啊，喂……等等我！”待单求胥跑到岸边，岸边的帐篷已经撤走，船也驶远，任凭单求胥一个人在码头上又蹦又跳地大喊着。

单求胥一屁股坐在了地上，望着空旷的荒岛，他一时间不知道怎么办才好。

众人从浅尔岛返回后，各自开始了漫长的暑假生涯。为了赚钱补贴家用，王元鹅选择去商场做临时工，负责打扫卫生。而王元鹅不知道的是，自己所在的商场正是单氏集团旗下的公司，也就是单求胥家的公司。

天空中打起雷来，商场大厅的电视里播放着暴雨的天气新闻，王元鹅站在那里边打扫着边看了起来。

“下面播报一条新闻，受到台风影响，我市附近海域将会发生大暴雨，所有渔船停止作业，进港避险，预计此次暴雨将会持续一天左右。”

王元鹅转头看了看外面风雨交加的天气，心想：幸好昨天去的浅尔岛，要是今天去的话，估计整个计划都要泡汤了。

看到王元鹅还有新招的几个人刚开始不熟悉工作，肖露走了过来对大家说：“你们几个主要负责商场的清洁工作，原则上垃圾不能存在超过半小时以上，否则会扣除相应的工资，大家记住了吗？”

“哦，记住了。”王元鹅看了看干净的地面点了点头。

“那好，大家各自忙去吧！”肖露交代完便又回去忙了。

王元鹅则紧紧盯着来往的人们，有人在她负责的区域丢垃圾，她就赶紧走上前去清扫。只干了一上午，王元鹅就累得腰酸背痛，也正是从那天起，王元鹅发誓以后再也不随地乱扔果皮纸屑了，这对于清洁工来说真的是太残酷了。看到一位打扮时尚光鲜的美女打着电话随手将卫生纸优雅地扔在了地上，王元鹅走过去，气愤地扫起来，同时在心里诅咒了这个美女二十遍。

自己动手，丰衣足食。王元鹅认为，反正闲着也是闲着，多赚些钱，除了可以给奶奶添件新衣服，还能买一些自己喜欢的东西。所以白天在商场干完活后，王元鹅在晚上就去健身房帮忙拖地。

相对商场的人，这里的人的素质要好得多，每个人都有追求，积极向上。虽然很累，但是看到大家伴随着动感的节奏跳舞，王元鹅就格外的开心。有时候，拿着拖把戴着长手套的王元鹅会偷偷跟随大家跳两下。大家看到王元鹅喜欢街舞后，纷纷将王元鹅拉进队伍练起来，但是王元鹅每次都以要拖地为由拒绝。待到众人走后，王元鹅便一个人对着镜子比画起来。

时间过得很快也很慢，在商场的时间总是很慢，而在健身房的时间却很快。想到两个月的暑假马上就要结束了，第二天就可以领到自己的薪水了，王元鹅拖完地，看到健身房没人，放下泡面一个人对着镜子跳了起来。

李德亮依旧热心肠，每次回家的时候顺便捎带几个路人，顺便挣点油费。

“慢走啊，麻烦给个五星好评啊！”客人下车，李德亮接起响个不停的电话。

“喂……您好，哪位？”

“李老师，您好，我是单求胥的叔叔老季。”

“哦，季总您好，找我有什么事情吗？”

“李老师，是这样的，我想问一下，你们的夏令营结束了没？单求胥自从上次去了海岛到现在都没回，电话也打不通，那是一个无人岛，虽然有你在，但是我还是想问一下你，确保不出问题……”

还没听老季说完，李德亮的手机便滑落在了车里。

李德亮没记错的话，夏令营第二天就下起了暴雨，之后两个月荒岛上应该没人去过。因为若是有人去过的话，单求胥应该会搭便船回来了。他赶紧喊上牛福、林昆二人，在游船码头登上了游艇。众人紧张地站在船头，朝着荒岛开去。

“李老师，你说这两个月都过去了，应该不会出什么问题吧？”老季边开船边小心地问道。

“按理说，单求胥的体质很好，岛上有一条小河，而且最近还有降雨，就说明有充足的淡水……如果他能钻木取火，捕捉海鲜来吃的话，熬过这个暑假应该是没问题的……”虽然李德亮心里十分没底，但是在老季面前，他仍然装作十分镇定的样子。其实，老季何尝不是如此。

众人都走后，单求胥一个人开始思考如何野外求生。首先他找到了一个岩洞躲雨，其次他从海边捡了很多生蚝。但是，钻木取火这块，一直未能成功。无论单求胥怎么努力，都没能擦出半个火星。就这样，单求胥只能用刀子将海鲜撬开，然后生吃了两个月。这曾经是他认为最 man 的吃法，眼下的他望着洞里堆积如山的贝壳，却不记得自己已经吐了多少回。

晴空的夜晚，单求胥躺在石头上仰望星空，伴随着一颗粉色的流星滑落，单求胥眼角的泪也流了出来。直到此时，他才明白化学老师那句话："学好数理化，走遍天下都不怕！"在这一刻，单求胥竟然无比渴望学习，在大自然面前，唯一能够武装自己的，除了知识，恐怕也没什么更好的方法了。

单求胥呜呜哽咽了起来，此时的他竟无比怀念起牛福递给自己的鸡腿来。

"我好想吃烧鸡，还有烧花鸭、烧雏鸡、烧子鹅、蒸羊羔、蒸熊掌、蒸鹿尾儿、卤煮咸鸭、酱鸡、腊肉、松仁小肚儿、晾肉、香肠、什锦苏盘、熏鸡、白肚儿、清蒸八宝猪、江米酿鸭子、罐儿野鸡、罐儿鹌鹑、卤什锦、卤子鹅……啊……神啊，救救我吧！"岛上没人，单求胥念着念着竟然激动起来，他朝着大海大声地吼了起来，可是，这些美食的名字很快便湮没到了海浪声里。

看到墙上密密麻麻的印记，单求胥数了数，终于还有两天就满六十天了，也就是说，暑假就要结束了。开学后如果自己没有去的话，李德亮应该就能发现自己被落下了，这样自己就能够得救了。孤独和苦难让单求胥开始反思起自己来，他的脾气也渐渐变得温和了起来。他也逐渐学会了同大海相处了，从最开始的愤怒，到后来的无助，再到即将离开前的享受。单求胥漫步在沙滩上，心里暗自发誓，等回到了人类文明社会，他一定重新做自己。

"我们单总问了我，我才猛地想起来，当初他不让我接，说是跟你们一起回来，后来我忙着公司欧洲并购的事情也就没问。唉……也不知道怎么样了，吓得我到现在都没敢跟单总讲……"老季一边开着游艇一边跟李德亮讲着。

"对对对，先别讲，千万别讲！唉，都怪我！我就是想反正学校报销船票，我想让大家感受下野生海岛的气息，所以找了一个最远也是人迹罕至的地方……"李德亮擦了擦额头上的汗，"对了季总，上次我记得单总说单求胥的保险买了全份儿的对吧？"

"是啊！"

"那就好……那就好……"

"我那天问你俩，你俩不是说他被接走了吗，我告诉你们，要是单求胥有什么三长两短，你们也脱不了干系！"看到林昆和牛福站在一边，李德亮撒起气来。

两个月的风风雨雨，单求胥早已蓬头垢面，衣衫褴褛。单求胥蜷缩在洞外的山头上，旁边的木棍挑着一个红色布条，没错，那是单求胥的内裤。周围全是堆成小山的螃蟹腿、海鲜壳。听到游艇的鸣笛声，单求胥蹒跚爬起，手颤颤巍巍地伸向远方，眼里噙满了泪水。

"快看！那里有只猴子在耍棍子！"林昆最先发现了山顶上的活物。

"什么猴子，你见过穿裤衩的猴子吗？"牛福赶紧拍了一下林昆。

李德亮拿着望远镜确认了身份后，激动地说："牛福，把烧鸡什么的带上，两个月没怎么吃东西，他估计肯定是饿坏了。"

“嗨，我在这里，嗨……”单求胥拿着棍子摇来摇去，看到自家的游艇即将靠岸，单求胥赶紧收拾了洞里的一些好看的贝壳装进了书包里。刚走了没几步，单求胥想了想，索性将书包扔到了丛林里。

“我在这里！喂……”单求胥几乎是光着屁股奔跑在沙滩上，好像孙悟空第一次见到唐僧一般激动。

为了尽快去医院检查身体，老季将单求胥接上游艇后赶紧返航了。面对着牛福带来的烧鸡，单求胥狼吞虎咽地吃着。

“少爷，慢点吃，别噎着！”看到单求胥没吐一根骨头，老季不禁有些担心。

“牛二，快去倒杯水，单求胥啊，慢点吃，有点腻，别噎着！”李德亮目不转睛地盯着单求胥，生怕再出什么意外。

“拉倒吧！我这辈子都想和它睡一块儿了！老班，学校教的钻木取火这事儿，不靠谱！我手上都起茧子了，还是没擦出个火星来。”单求胥说着伸出手给李德亮看。

“学校教的只是理论，主要还是靠实践，这和并不是懂得了做菜的原理都能成为大厨一个道理，不过这个钻木取火是挺考验技术难度的……”

“唉，人生啊……生死抉择往往就在那么一瞬间。我当时就犹豫了那么一会儿，回头你们就走了。你们俩也是，也不知道找我！”单求胥边吃着边埋怨二人。

“老大，你不是说不屑上那条破船吗？”牛福说着递过一瓶矿泉水。

“还说不屑与我们三等舱公民一起……”林昆酸不溜丢地补刀。

“我说过吗？”单求胥接过矿泉水喝了几口。

“对啊，你还说你自己开游艇回去嘛，所以我们都以为你早回家吃海鲜盛宴了呢，对不对，牛二？”

“嗯，嗯！”

“打住！这辈子别跟我提海鲜俩字儿，谁提我跟谁急！”

看到自己喝的是矿泉水，单求胥不禁问道：“怎么是瓶装水，季叔，净水器呢？”

“哦，少爷，船上水箱出了问题，我正在检修，所以你先凑合一下……”

“那浴室还能不能用？”

看到老季摇了摇头，单求胥吃了一口烧鸡后继续仰头喝水。“算了，回家再洗吧，烧鸡还有吗，再来一只！”

牛福怕单求胥吃得太多，赶紧将烧鸡藏了起来，可还是被单求胥硬夺了过去。

这一天，商场比往日里干净了许多，王元鹅蓬头垢面蹲在角落里不小心睡了过去。郝佳琪约陈喆还有几个朋友走在商场大厅里，还没走几步，郝佳琪便被一块香蕉皮滑倒，郝佳琪拿起看了看，恼羞成怒。

陈喆赶紧扶起郝佳琪问：“琪琪，你没事儿吧？”

“这是什么商场啊？卫生都不打扫，都把我摔疼了！”

“琪琪，你别急，我去找他们领导去！”

陈喆将香蕉皮扔在了肖露的桌子上，怒气冲冲地质问道：“我的朋友刚才在你们商场滑倒了，连个问的人都没有，你们是怎么搞的，万一爷爷奶奶来这儿摔出个好歹来可怎么办？”

“先生您好，您先不要生气，请问您是在哪里摔倒的，我去找相关区域负责人。”

看到对方气势汹汹，肖露赶紧满脸堆笑。

郝佳琪走到电脑屏幕前面指了指道：“就是这儿，别的地儿都挺干净的，就这块儿脏！”

“地都这么脏了，不好好打扫干什么去了，小李，查一下这里是谁负责！”肖露放下手头上的文件，十分生气。

“肖总，是一个叫王元鹅的学生在负责。”小李查了资料后赶紧汇报。

“学生？你们这里怎么可以雇用童工？”听到小李说完，陈喆更是抓住了小辫子。

“哦，是这样的，我们每年暑期都会招一些勤工俭学的学生，都是临时工，也符合法规程序，请谅解！”肖露笑着给陈喆解释。

“等会儿，你刚才说的是王元鹅？”郝佳琪忍不住又问了一遍。

小李又一次打开了资料簿看了看说：“对，今年暑假过来的，干了快两个月了，今天结束。”

“冤家路窄，在教室抢我的位子，这次看我怎么收拾你！”听到这里，郝佳琪心里不禁暗自开心。

“琪琪，要不就算了吧，都是同学。”听到是王元鹅工作的最后一天，陈喆不禁打圆场。

“那不行！你们商场打算怎么处理？”郝佳琪转头问向肖露。

“我们会对相关负责人做出相应的处罚，并且相关决定也尽量遵照顾客的意见，只要您肯原谅，我们的员工也会全力配合。”

“那不行，我都摔成这样了，一定要从严处理！”

看到郝佳琪不依不饶的样子，肖露不禁试探着问：“那您的意思？”

“我的要求并不高，我要她亲自跟我道歉！”

“琪琪，差不多就行了，商场那么多人，大家又都是同学……”陈喆知道郝佳琪肯定要得理不饶人，赶紧阻止。

“真的是太抱歉了，亲自跟您道歉也是应该的，请跟我来。”看到郝佳琪没有原谅的意思，肖露只好带着郝佳琪走了出去。

“哎哟，哎哟，吃多了，吃多了……”三只烧鸡下肚，单求胥摸着肚子“哎哟哎哟”地躺在沙发上。

“你就不能吃这么多，要不抠一抠？吐出来就好了。”李德亮站在一旁出主意。

“不抠！打死我也不抠！”说完，单求胥慢慢揉起肚子来。

电话响起，老季接通道：“什么？商场摔倒顾客，怎么搞的！我才出来没一会儿就这样了，谁在负责？”

听到商场有问题，单求胥示意老季，老季按了免提。

“是这样的季总，今年夏天刚招了几个勤工俭学的学生，有个叫王元鹅的，因为没能及时打扫大厅导致顾客摔倒……”

看到单求胥一时吃饱了没反应过来，老季转身说：“少爷，是王元鹅！”

单求胥摸着肚子直翻白眼，终于忍不住“哇”的一声吐了出来。

肖露杀气腾腾冲着王元鹅走去，有大妈想提醒，但是为时已晚，此时的王元鹅蜷缩在角落，甜甜地睡着。

肖露走到跟前用脚轻轻踢了一下王元鹅，道：“咳咳……”

没想到王元鹅睡得香甜，竟然毫无察觉。

看到王元鹅无动于衷，肖露大喊：“上课，起立！”

“老师好！”王元鹅本能地迷迷糊糊地站了起来。

看到王元鹅滑稽的动作，郝佳琪不禁哈哈大笑了起来。直到此时，王元鹅方才完全醒了过来。

“肖总，不好意思，我……”看到郝佳琪还有陈喆在跟前，王元鹅觉得十分难为情。

“怎么回事？”肖露厉声厉色。

“不好意思，肖总，我昨天睡得有点晚……今天有点困，就不小心睡过去了……”

“有点困？都睡了一天了吧！你过来看看你负责管理的那块区域，都脏成什么样子了！”肖露说完拉着王元鹅走到大厅中央，众人不禁围观了起来。

“对不起，肖总，对不起……”王元鹅自知犯错在先，只能不住地道歉。

“王元鹅同学，做人要讲素质讲诚信，哪怕做清洁工也得要认真对待工作！”

“对不起，对不起……”面对肖露的指责，王元鹅显得十分卑微，没办法啊，谁让自己端人饭碗呢。

“刚才，就因为你的疏忽，导致了我们的客人滑倒在地，要是有个三长两短，这个责任，你负得起吗？”

看到肖露的指责，郝佳琪添油加醋道：“就是，摔得可疼了……”

看到摔倒的顾客是郝佳琪，王元鹅只能自认倒霉。

“郝佳琪，真是太对不起了！”王元鹅不好意思地朝郝佳琪道歉，直到此时，她才反应过来，陈喆原来不是恰巧路过，而是和郝佳琪一起来的。

看到王元鹅惊愕地盯着自己和陈喆看，郝佳琪心里更加不爽了起来。

“说对不起就完了啊？平时在教室抢我位子的时候不是挺嚣张的吗？”郝佳琪倒是直言不讳。

“哼，让你再神气！”看到王元鹅服软，郝佳琪心里不禁闪过一丝胜利的喜悦。

“郝佳琪，如果你觉得道歉不够的话，我……我可以赔钱给你……”

“那倒不用了，我去的医院可是 VIP 科室，你的工资还不够我的体检费呢，我刚才摔倒了可以原谅你，但是鞋子脏了，只要你给我擦干净，我既往不咎！”

陈喆碰了碰郝佳琪，郝佳琪的头扬得老高，视而不见。

陈喆凑上前去小声地说：“琪琪，差不多行了，大家同学一场，会不会太过分了……”

看到郝佳琪趾高气扬的样子，肖露只好接着说：“王元鹅，你可以选择不执行，但是按照规定你这个月的工资将会被扣掉。”

“什么，这也太黑了吧！扣工资的话我这个月岂不是要白干了，这可是我半年的生活费啊，郝佳琪，你也太过分了！”听肖露说完，王元鹅眼神中充满了无助，王元鹅心里暗暗骂着。

“瞪什么瞪？你到底擦不擦，我时间也很宝贵的！不擦的话就等着扣工资吧！”

围观群众开始议论纷纷起来，而郝佳琪依旧一副趾高气扬的样子。

要是平时，王元鹅的暴脾气上来非得将郝佳琪暴打一顿不可，只是想到赚来的钱是要为奶奶买衣服的，王元鹅心想要不就算了，为了奶奶，也得认了。

王元鹅眼圈红红地看着陈喆，陈喆尴尬地将头转向了一边。看到陈喆没有继续帮自己的意思，王元鹅只得慢慢弯下腰。

“等一下……”

伴随着一个熟悉而又坚定的声音，围观群众让出一条道，单求胥西装革履一本正经地走了过来。不过同干净笔挺的西装成强烈反差的是，单求胥的脸没洗，头没洗。虽然造型怪异，但是依旧精神抖擞。

“单公子来了……”人群中有人嘟囔着。

单求胥的造型将郝佳琪、陈喆等人惊呆，当然也包括王元鹅。单求胥随手拿过保洁大妈手里的抹布朝着郝佳琪走去。

“放开那女孩，让我来……”

看到单求胥目光坚毅地朝自己走了过来，王元鹅缓缓起身。面对着眼前的困窘，同自己一起长大的发小选择了视而不见，被自己虐了千百遍的单求胥却突然出现，想到这里，王元鹅的泪水簌簌地落了下来。

第九章　丑小鸭秒变校花

单求胥身着西装，一脸漆黑，头发乱糟糟地从人群中走了过来，众人惊呆。单求胥从怀里掏出手绢递给满脸泪痕的王元鹅，冷酷地说：“做错了事情就要勇于承担，给我擦干你那廉价的眼泪。”

王元鹅抽泣着接过了单求胥的手绢。肖露看到几个人之间的关系有点扑朔迷离，不禁走上前去想解释什么，单求胥摆手示意。

“少爷……”肖露神情慌张地走上前去。

“你现在不需要解释，照顾好顾客本来就是我们的责任。”

“是的，少爷！”

听到肖露喊单求胥少爷，郝佳琪等人不禁有些摸不着头脑。

“少爷？难道胥胥是主管的儿子，也不对啊！”看着年纪与李德亮相仿的肖露，郝佳琪心想着。

单求胥看了一眼郝佳琪，便单膝跪在地上，拿着抹布擦起鞋来。众人纷纷拿出手机拍照，郝佳琪十分尴尬。

“胥胥……这……这家商场是……是你家的啊？”

看到单求胥默不作声，肖露笑着说：“这家商场是单氏集团旗下的子公司……”

“哇，胥胥好棒……”郝佳琪有些受宠若惊。

“嘁，神气什么，不就是一家商场的土老板吗……”陈喆对此不屑一顾。

“不单单是这家，全球18个国家的8500座连锁商场都隶属于单氏集团，这还不涉及其他产业。”虽然肖露只是轻描淡写，但是已经杀伤力巨大。

“8500家？天哪！胥胥，误……误会，都是误会！”郝佳琪吃惊地张着嘴巴，赶紧将鞋子往回抽，却被单求胥硬生生按住擦了起来。看到单求胥头也不抬地擦鞋，陈喆不屑地转身离开。

“我爸穷得只剩下钱了。”直到此时，王元鹅才想起，当初宿舍门口打架的时候，单求胥说的原来是真的。

“浑蛋！原来是纨绔子弟，为富不仁的家伙！”看到单求胥一板一眼地跪在那里，王元鹅擦了擦眼泪心想。

"哎呀，胥胥，差不多就行了，反正鞋子不脏，我刚才是开玩笑的啦！"郝佳琪打算把单求胥扶起来，但是被单求胥拒绝，单求胥认真地擦完鞋，方才缓缓起身。

"各位朋友，在此，我代表单氏集团全体员工，为所犯下的错误真诚地道歉！"单求胥看都没看郝佳琪一眼，便转过身去对大家讲了起来。

"接下来，我们将会认真地检讨与反省，同时对这位女士做出相应的赔偿。顾客利益无小事，这是我们单氏集团一贯的宗旨，希望得到大家的监督与见证！"

单求胥再次鞠躬致歉，众人纷纷鼓掌表示认可。此时，楼上一层的单父正用欣赏的目光看着一切。

"嗯，不仅瘦了，还成熟了，这夏令营确实改变了他不少啊，开始顾全大局，懂得为他人着想了！臭小子！"单父微笑着暗自点头。

郝佳琪没占到便宜，灰溜溜地同陈喆一起走了。单求胥拉着王元鹅来到了肖露的办公室，对着监控录像开始清算起来。

监控中王元鹅一点头一点头地打着瞌睡，单求胥想笑又不得不忍住。看到王元鹅站在一边，转脸凶起来。

"喂！你这是怎么搞的，来这里睡大觉，你以为公司是你家啊！"

"你凶什么凶，我一人做事一人当，落到你和郝佳琪手里算我倒霉，要杀要剐随你！装什么老大的样子，别以为你刚才那样我就会感激你！"王元鹅对此毫不领情。

"我装老大？知不知道你这样对我公司的形象产生多大的影响，后果之严重不是你所能想象的！"

"嘁，少拿这些唬我，你以为我吓大的啊！"

直到此时，王元鹅满脑子都是刚才郝佳琪逼自己擦鞋的一幕。想到陈喆转头装作视而不见，王元鹅的心也伴随着慢慢弯下的腰碎了。

"你还以为这是小事对不对？要不是我今天及时救场，你的这个行为被上传到网上，会对公司的股价造成巨大的波动，市值蒸发那都是一夜之间的事！"单求胥仍在愤愤不平。

此时的王元鹅完全没了心情，她将手套往桌子上一摔，便转身走了出去。

"哎，我还没发火呢，你横什么啊！什么态度啊你，好心当作驴肝肺，什么鸟人！我要扣你工资！"看到王元鹅莫名其妙地摔桌子走人，单求胥气愤不已。

单求胥转身坐在了椅子上，桌子上的手机收到信息，单求胥打开翻看：全市高中校花大赛。

"选美大赛！选美大赛！整天选选选，人心都坏了，长得好看又有什么用！"单求胥气愤地将手机扔到了桌子上。

看着桌子上的手机，单求胥若有所思，他平复了下心情，将手机慢慢拿起，打开相册翻看了起来。

"找到了！就是你了！"单求胥翻了半天，找到了当初王元鹅将他甩下手扶拖拉机时、回头的那一瞬间他拍下的照片。照片上王元鹅手扶着拖拉机车把，正给拖拉机调头，车头与车身几乎呈九十度直角。单求胥喊王元鹅回头时，王元鹅一脸黑线，吹胡子瞪眼，面目十分狰狞。完美的构图、完美的道具、完美的表情，单求胥看着眼前的照片不禁哈哈大笑了起来。他赶紧打开了“全市高中校花大赛”的链接，将王元鹅的资料填写好，把照片也传了上去。此时，单求胥的心里竟有一丝丝报复的快感。

健身房老板拿着计算器核算着，最终从抽屉里拿出了一沓钱，数了又数，然后递到王元鹅面前，说：“小鹅啊，这是你这个暑假赚到的工资。另外，你的服务态度得到了大家的高度认可，为此我们这个月新增了几十个 VIP 会员，这是额外的奖金，给你！”

“谢谢老板！谢谢老板！”看到老板又从抽屉里拿了一个信封给自己，王元鹅喜出望外，连连道谢。

“不用谢，这不算啥。我看你跳舞很有天分，如果有时间，我希望你可以来学习。”

看到王元鹅一脸难为情，健身房老板接着说：“放心吧，对你免费。”

一边是单求胥叫嚣着扣自己工资，一边是健身房老板暖心的帮助，看到手里的钱，王元鹅眼圈一红，忍不住哭了起来。

“怎么了，小鹅？”

“没事儿，没事儿……老板，你是好人……谢谢您”为了不让别人误会，王元鹅拿起钱赶紧走了出去。

“哎，小鹅，你的餐杯！”说着，老板拿着王元鹅泡泡面的大餐杯追了出去。

王元鹅在单氏集团门口徘徊了很久，直到天黑，她最终还是决定放弃领回自己的工资。毕竟肖露和单求胥都没有明确地说要给自己发工资，而且事后也确如单求胥所说，各大媒体都发了他下跪擦鞋的新闻。

第二天就要开学了，回家来回两趟要花路费不说，时间也不太允许了。华灯初上，王元鹅一个人孤零零地走在马路上，背包上挂着的餐杯晃来晃去。

“人和人之间的差距怎么就那么大呢？”王元鹅心中愤愤不平，“有钱人家的子女没一个好东西，郝佳琪是，单求胥更是！唉，你说我逞什么能，如果当时再忍耐一下，把工资拿到手，不就好了嘛！白辛苦这么久了，害得我今晚无家可归，无路可走，都是死球蛋害的，大烂人，我恨死他了！”

郝佳琪在屋里玩着电脑，刷着网页，看校花大赛自己的得票数。

“一千一百五十二票，第一名！嗯，还好还好，这次一中的校花肯定非我莫属了！”

学校宿舍只有第二天开学的时候才会开门，夜幕悄然降临，为了省钱，王元鹅抱着书包蜷缩在墙角睡了过去，做了个甜甜的梦。直到手上的电子表闹钟吱吱地响，王元鹅方才醒来。

“哎，忘了关了，今天又不用打工，干吗起那么早……”说着，王元鹅将手上的电子表按下去，书包上的餐杯“咣啷”一声滚落到了一边，王元鹅伸手去拿的时候，却发现一辆自行车从路边骑了过去。

行人路过朝着王元鹅的餐杯里扔了一个硬币，伴随着硬币强有力的撞击声响，王元鹅迷瞪几秒钟后，猛地坐起来。

“坏了坏了，今天开学啊……”

王元鹅猛地站起来，举起双手伸懒腰，朝着天空大喊：“啊，开……”

“开学了”三个字还没喊完，一盆水从头上倒了下来，王元鹅浑身湿透，笑容消散，气不打一处来。

“喂！是谁！有种你给我下来！我保证不打死你，你下来！”王元鹅拿着餐杯，叉着腰，骂着楼上的人，楼上窗户紧紧地关着。

“下面，让我们把热烈的掌声再次送给毛校长，感谢毛校长对我们的激励！”

众人坐在礼堂，郝佳琪还有陈喆在舞台上主持着，毛校长拿着万年不变的开学演讲稿，讲完后走下舞台。

陈喆拿着话筒，看了看郝佳琪，走上前去，道：“暑假期间，由市高中学生联合会主办的‘年度最美学生代表大赛’的颁奖仪式也即将举行，到底谁是全市最美校花呢，下面有请郝主任为大家揭晓！”

万众瞩目下，郝主任走上台，看了一眼郝佳琪，郝佳琪一脸激动与期待。

郝主任接过陈喆手里的话筒，道：“一年一度的‘最美学生代表’已经连续举办了六年，全市高中均可报名参加，按照惯例，在开学前的最后一刻根据投票数揭晓最美学生代表。”

众人全神贯注地等待着最美校花揭晓，而王元鹅此时却拿着餐杯，浑身湿透，疯狂地奔跑在路上。

“啊……开学了……开学了开学了……加油，加油，我一定要赶上最美校花揭晓，啊，拼了……”王元鹅喊叫着从一位中年人面前冲过，中年人的假发套都被跑过的风带了下来。

“那么，本次大赛的总冠军姓名已经在我手里了。”为了吊大家胃口，郝主任拿着一个信封看了看郝佳琪，故弄玄虚了起来，“在这答案即将揭晓的时候，我想再次强调下，人之美，美在心灵，大赛举办了六届，无论此次花落谁家，都希望大家理性对待。”

众人已经迫不及待，而此刻王元鹅却以百米冲刺的速度朝着学校礼堂跑去。

“嗯，加油，加油，努力，努力，奋斗，奋斗！”王元鹅满头大汗地爬着楼梯，身上的衣服早已干得差不多了。

“好，激动人心的时刻马上就要到来，大家准备好了吗？”

众人尖叫，鼓掌，看到毛校长点头示意，郝主任打开信封，几乎看都没看，笑着说：“大家盯紧大屏幕，我宣布这次的总冠军是，三……”

王元鹅终于跑到了校礼堂门口，她大口喘着粗气看了看手表，推门走了进去。

“二、一！”

伴随着屏幕上跳动的数字，屏幕上出现的却不是郝佳琪甜美可爱的面庞，取而代之的是王元鹅一脸黑线的照片！

郝主任满脸激动地说："总冠军是郝佳……啊？王……王……王元鹅同学？"

看到眼前的结果，包括郝佳琪在内的所有人都惊呆了。在所有选手中，有的长相甜美，有的会化妆，总之，大家极尽所能地展示着自己的美丽。但是王元鹅这张扮丑照竟然赢得了一万多票，将第二名郝佳琪的一千多票狠狠地甩在了后面。

"啊……"看到自己的丑照被放到了大屏幕上，王元鹅几乎是歇斯底里地大喊了出来。她分明记得这张照片是在老家的时候单求胥故意给自己拍的，也就是说，单求胥不但克扣了她的工资，还将她的丑照爆在了选美大赛网站上。

工作人员赶紧将追光灯打到礼堂后门王元鹅这里，众人纷纷回头看了过来。王元鹅惊讶地捂紧了嘴巴，手里餐杯的把儿因为剧烈的跑动掉了，餐杯滑落在地上，咣咣啷啷一路滚到舞台最前面，方才停了下来。

"糟了糟了，哪里有缝儿，哪里有缝儿啊，我真想钻进去啊！啊……"王元鹅眼前白光一闪，脑袋嗡嗡响，心里想着。

"坏了，溜吧！"王元鹅不知道该怎么好，捂着嘴轻轻转身就打算走。

"什么情况啊，这该不会是什么系统故障吧！"李德亮心想。

"不可能，琪琪怎么排在了第二名？这也能叫校花？这应该是笑话吧！"吴长鸣愤愤不平地想。

"毛校长，该不会是系统出问题了吧？"看到毛校长一言不发，李德亮转过头问了起来。

"系统能有啥问题，你没看票数在那儿吗，我看啊，是众望所归！"毛校长说着同郝主任笑了起来。

看到毛校长给自己信号，郝主任赶紧主持了下去："咳咳，正如我所说，人之美，美在心里，下面，让我们掌声有请王元鹅同学，咳咳，王元鹅同学！"

王元鹅尴尬地站在那里，额头上的发丝因为奔跑黏在了一起，王元鹅大口喘着粗气，不知道到底该怎么办才好。

郝佳琪看到王元鹅傻站在那里，走上前去说："看来我们新一届的校花还一时间适应不过来啊，大家用呐喊声给予我们的校花王元鹅同学勇气吧！"

直到此时，众人方才回过味儿来，礼堂躁动了起来，众人纷纷吹口哨起哄。

看到王元鹅站在那里，单求胥赶紧站起来用手指着自己，夸张的动作生怕王元鹅注意不到自己。

"不用说我都知道是你干的，浑蛋，等着受死吧！"想到这里，王元鹅攥紧了拳头。

场面一度尴尬，看到王元鹅还是站在那里，郝主任只好说："下面有请第六届'最美学生代表'王元鹅同学上台发表获奖感言！"

此时的王元鹅依旧在纠结到底是溜走还是勇敢面对。

看到王元鹅缺乏勇气，单求胥带头大喊："王元鹅！王元鹅！"

“王元鹅！王元鹅！”

听到众人对自己的呼喊，看到台上的陈喆还有一脸不爽的郝佳琪，王元鹅将手里的餐杯把儿放到书包里，慢慢朝着舞台走了上去。

“大家可以从大屏幕上看到，此次投票的票数，王元鹅有一万两千票之巨，而且这一票数还在持续增长。”

王元鹅的丑照成了众人讽刺各种选美活动的发泄点，全市的中学生都在疯狂地给王元鹅贡献出自己最后的选票。

王元鹅走到台下，走到毛校长还有李德亮前面，深深地鞠了一躬。

“既然是校花，肯定是有过人之处的，请王元鹅同学发表一下获奖感言吧！”看到王元鹅迟迟不上台，郝佳琪步步紧逼。

全场安静，王元鹅慢慢走到舞台中央。快走到中间的时候，王元鹅不小心踩到地上的笔，“扑通”一声滑倒在了郝佳琪面前。

全场哄笑，众人议论纷纷，王元鹅狼狈地从地上爬起，郝主任赶紧递过话筒，她抬头望向台下，台上的灯光让她眩晕。

“大……大家好……”王元鹅第一次站上舞台，面对台下乌泱泱的众人，心里怦怦直跳。

人群中，王元鹅发现了一动不动注视着自己的单求胥，单求胥笑着朝自己竖起了大拇指，这或多或少给了王元鹅信心。王元鹅闭上眼，捋了捋贴在额头上的湿湿的头发，低下头吸了口气，猛地抬起头来。

“泰戈尔在《流萤集》里面讲过一句话，‘天空没有留下翅膀的痕迹，但我已飞过’。这句话的英文是：‘I leave no trace of wings in the air,but I am glad I have had my flight.’我个人的理解是——

“我曾来过这个世界

“比萤火虫的一闪光一息风更少痕迹

“我不曾与人说起

“只因为

“我

“曾经拥有

“这次选美大赛，我无意去竞争，但是，正如郝主任所说，真正的美都应该是源自心灵的感动，若你的生活是天空，那我就是那只为梦想飞翔的鸟人！”

面对王元鹅精彩的一段获奖感言，众人全都听傻了眼，全场格外安静。

“说得好！”毛校长最先拍起手来，在他看来，注重文化修养远比这些选美大赛有意义。

看到毛校长表态，郝主任赶紧带领大家鼓掌，礼堂里掌声雷动。

“说得好啊，终于让我这语文老师扬眉吐气了一把！”看着毛校长欣赏的眼神，李德亮心里也宽慰了很多。

“喂，这个，我投的票！嘿嘿，这鸟人，还有两把刷子，小说没白看！”单求胥格外激动。

“哎，说得真好，看来我也得好好补补语文了！”牛福边说边摇着手里的鞋子。

“老大，这次王元鹅得冠军你可算立了大功了，听说奖金不菲呢！军功章有王元鹅的一半也有你的一半啊！”林昆搂着单求胥的肩膀，激动地摇了起来。

“哎，赠人玫瑰，手留余香嘛！不过，我是真没想到，大家的口味都和我一样，这回只能算是王元鹅运气好。”单求胥显得十分得意，在他看来，王元鹅应该对他感激涕零了。

“说得太好了！同学们，今年……”

“今年的大赛我们一举夺得了总冠军，为了表示祝贺，我建议大家用最热烈的掌声欢迎王元鹅同学为大家来一段才艺展示吧！”郝主任还未说完，便被掉进醋坛子里的郝佳琪打断。

“差不多就行了，都是一个班的，那么多人看着呢！”陈喆看到王元鹅尴尬地下不了台，走到郝佳琪身边耳语，郝佳琪不搭理。

“鸟人，加油！”单求胥奋力朝着舞台大声喊去，原本乱哄哄的台下，听到单求胥喊鸟人后，纷纷回头朝单求胥看了去。

“鸟人，加油！鸟人，加油！”牛福还有林昆推波助澜，众人大笑着跟着喊了起来。就这样，单求胥只用了三秒钟就让全校知道了王元鹅的这个响当当的外号。

“是时候展示一下了！”回想起郝佳琪在商场一而再，再而三地欺负自己，王元鹅将话筒递给郝主任，一直往舞台后方走去。

“王元鹅同学，我可提醒你，身后是墙，没有门缝儿哦！”郝佳琪依旧不依不饶。

众人议论纷纷，不知道王元鹅接下来到底打算干什么。

王元鹅退到舞台的最后面，闭上眼睛深吸一口气心里默数着：“一、二、三！”

在众人的注视中，王元鹅助跑几步猛地腾空而起，一个空翻翻过郝佳琪还有陈喆的头顶。

“啊……”王元鹅腾空而起的瞬间，郝佳琪吓得缩了起来。

“妈呀……”林昆紧紧抱着单求胥的肩膀。

在众人惊恐的眼神中，王元鹅稳稳地落到了台下。所有人被眼前的一幕吓傻了，很多人甚至认为王元鹅已经躺在了地上。

王元鹅起身走到最前排一位戴鸭舌帽的男同学面前，鸭舌帽男同学张着嘴，看着王元鹅走过来将自己头上的鸭舌帽取走戴上。直到王元鹅用手小心地将男同学的嘴巴合了上去，众人方才尖叫了起来。

健身房的一个多月不是白练的，王元鹅将衣服脱下来绑在腰间，露出街舞小背心，丑小鸭顿变嘻哈范儿。她自信地走上舞台，对着调音师说：“《不落的太阳》，谢谢！”

灯光暗下来，王元鹅站在舞台中间闭上眼睛，深吸一口气。伴随着动感音乐，人群沸腾了起来。

王元鹅手上系着手帕，伴随音乐打着响指，脚打着拍子。节奏起，王元鹅猛烈地舞动腰肢，跳起舞来，全场沸腾！假期遇到的种种画面闪回，伴随着欢笑与泪水，王元鹅几乎用尽了全身力气，疯狂地跳着，这一刻，舞台属于她！这一刻，整个礼堂属于她！

看到王元鹅在舞台上奋力地跳着街舞，单求胥带头在台下举起双手打着拍子。王元鹅的变化太大了，单求胥忍不住转头看向了四周的同学们。不过经历了一个暑假，单求胥方才发觉，每个人都在青春的夏日里野蛮地生长着，变化着！

看到王元鹅自信而又霸气的舞步，单求胥心想，那个内心有着伤痛的女孩应该变得坚强起来了吧！

舞到最后，王元鹅后退几步，猛地腾空而起，来了一个后空翻，像忍者一样落地结束了整个表演。

单求胥在台下迷弟般地看着王元鹅，陈喆也被王元鹅的改变所征服，似乎一中所有男生在此刻毫无疑问地爱上了王元鹅，眼前这个倔强不服输的女孩，虽然她没有打扮得花枝招展，但是，在此刻，她终于成了不折不扣的一中最美校花。众人惊叫，纷纷将帽子衣服扔向了空中。王元鹅的辛苦付出，终于在这一刻得到了所有人的认可。

暑假给正在成长中的同学们带来了很多改变，也给李德亮的教学改革带来了很多麻烦。因为树大招风，很多班的同学纷纷对自己班的任课老师不满提意见，一些教学能力差的老师便匿名举报到了市教委，面对压力，毛校长不得不叫停了改革。

开学第一课是《林教头风雪山神庙》，众人期待着林教头提枪来上课，等了半天却等来了郝主任还有学校的电工师傅。在郝主任的监督下，电工师傅将实验班的牌子摘下，换上了之前的那块。

就这样，李德亮也没了兴致，他打开酒壶喝了一口，一壶白开水硬是喝出了冷暖，喝出了酒味来。李德亮黯然神伤，他交代大家自己预习之后，便提着枪回去卸妆了。

王元鹅表演结束后便回了宿舍，因为衣服湿透，他只好同李德亮请假回宿舍换洗。走廊里空荡荡的，看到实验班的牌子被换下，王元鹅五味杂陈。她忐忑不安地朝教室走去，王元鹅的心怦怦直跳，每一步走得都异常小心。

林昆回放着王元鹅在礼堂跳舞时的视频，单求胥则遥望着教室中间王元鹅座位上堆成山的礼品，一脸焦急与不屑。这分明是他刚来班里的时候，众女生对他的待遇，如今风水轮流转，发生在了王元鹅身上。

王元鹅小心翼翼地推开门，准备蹑手蹑脚地走进教室，她恨不得能像孙悟空一样变大缩小，神不知鬼不觉地坐到自己位置上去。

可是，她还没有完全走入教室，尖叫声、掌声纷纷响了起来。

看到王元鹅朝座位走来，陈喆激动地鼓掌并朝王元鹅竖起了大拇指。在新晋校花面前，班花郝佳琪顿显黯然失色。

王元鹅小心翼翼地走过讲台，看到自己桌子上的一大堆礼物，又看了看趴在桌子上装鹌鹑的单求胥，王元鹅鼓足勇气走了过去。

看到王元鹅瞥了自己一眼，单求胥顿觉紧张了起来，他心想：“王元鹅肯定要来谢我，万一她要跟我表白怎么办？当着全班这么多人的面会不会不太好啊……”想到这里，单求胥的嘴角不禁微微上扬，忍不住偷笑了起来。

王元鹅走过自己的位子没有停下来，这让陈喆有些诧异，众人纷纷回头看去，这也让单求胥显得更加局促不安了起来。

“瞪我？什么意思，表白之前要先提示我吗？”看到王元鹅越走越快，单求胥心里嘀咕了起来。

看到单求胥忸怩作态，有些羞涩，王元鹅走了两步不禁停了下来。王元鹅的拳头攥得紧紧的，考虑再三后王元鹅转身回去坐了下来。

单求胥不禁大喘一口气，他心想：“幸好王元鹅没过来，现在表白太突然了，我都还没准备好呢！”

没等单求胥意淫结束，一只白色球鞋飞驰而来，“啪”的一声挂在了单求胥的脸上。

“单球蛋！我要跟你宣战！”王元鹅站在那里，情绪十分激动。

班里同学一头雾水，大家不明白二人之间又有什么杀父之仇没报，摸不着头脑。单求胥脸不变色心不跳地将球鞋从脸上拿下来，他贱兮兮地拿到鼻子上闻了闻，笑着对王元鹅说：“I do!”

其实，这一切都在单求胥的预料之中。毕竟爱的对立面就是恨，他清楚地知道，此时的王元鹅对他恨之入骨。只不过，经历了几次大战后的单求胥也差不多摸清楚了王元鹅的路数。

下课铃声响起，单求胥站起来刚迈开一步，却发现脚上的鞋带已经被王元鹅系住，失去平衡的他大叫一声趴在了地上，好在有胳膊作掩护，要不然十有八九门牙不保。

轮到王元鹅当值日生擦黑板，王元鹅小心翼翼地走上讲台，擦黑板之前，王元鹅特意回头看了看单求胥，单求胥努力用书挡着自己的脸，一副做贼心虚的样子。

“肯定又玩胶水那一套！”王元鹅心想着从口袋里掏出一副手套戴在了手上，单求胥一副吃了败仗的样子。王元鹅拿着被涂了万能胶水的黑板擦将黑板擦完，心里不禁觉得单求胥的把戏简直就是小儿科。直到老师进来，单求胥方才又看着王元鹅哈哈大笑了起来。原来，王元鹅的鞋已经被粘在了地上。无奈之下的王元鹅只好脱鞋走回座位。

第一局就赢了的单求胥得意地从桌洞里拿出一瓶老干妈，在牛福和林昆的注视下将雪糕插入瓶里拔出。看到雪糕上全是红油，牛福和林昆惊呆了……

“老大，这是什么吃法？”二人赶紧问。

单求胥咬了一口，又辣又凉，他大口喘着气，欲罢不能地说：“冰火九重天，哈哈……”

午饭时间，李德亮正在办公室加班批改作业，校园广播台传来了令人振奋的声音。

“接下来，高三 8 班单求胥同学要把这首歌奉献给他最敬爱的班主任李德亮老师！”

听到校园广播台播音，李德亮像是被猛地扇了一巴掌，完全蒙了！他停下了笔往窗外看去。

校园广播台的播音员继续说了下去：“感谢李老师多年来废寝忘食给我们批改作业，感谢李德亮老师日理万机还不忘亲自出题，使我们得到了宝贵的练习机会！”

李德亮头一回听到班里有人给自己点歌，甚至有些激动了起来。而教室这边，单求胥却一头雾水，因为他根本就没有点歌给李德亮。单求胥一猜肯定是王元鹅搞的鬼，但是他搞不明白，为什么王元鹅会替自己讨好老班。莫非，王元鹅认㞞了？单求胥很快就否定了，因为才刚刚开始一个回合，王元鹅不是那么容易认输的人。

李德亮放下笔，半躺在椅子上，眼圈红红的，他摘下眼镜闭上眼，享受着这难得的午后时光。

“想不到我累死累活地加班终于得到了同学们的认可，好歹算是些许安慰吧！”李德亮心想。

对李德亮的溢美之词滔滔不绝，播音员的声音持续回荡在校园：“下面就让我们一起来欣赏，歌曲是，李慧敏的《你不会有好结果》！”

李德亮半躺在椅子上，听到这里，一个趔趄摔倒在地上，差点口吐白沫晕死过去。

牛福、林昆笑着将吓倒在地的单求胥扶了起来，王元鹅这一招简直毙命，单求胥浑身有些发抖。坐在教室中间的王元鹅忍不住笑了起来，她得意地从桌洞里拿起杯子喝水，在王元鹅看来，这一招是新发明的，叫借刀杀人。

王元鹅拿着沉甸甸的杯子却发现没有水，她不禁将杯子举过头顶瞅了起来。就在王元鹅猝不及防的一刹那，一坨面粉从杯子里掉出来砸在了王元鹅脸上，王元鹅瞬间成了大花脸。直到此时，单求胥才停止抖腿，拍着桌子哈哈大笑起来。王元鹅生气地走了出去，看到门口的同学被王元鹅吓得不轻，单求胥简直笑出了眼泪。

虽然单求胥屡战屡胜，但是眼看着月考就要到了，单求胥不得不认真学习起来。毕竟，暑假前自己同陈喆打赌，输了的人要穿羽绒服的。以目前的成绩来看，只有王元鹅比陈喆的成绩高，为此，单求胥软硬兼施，将王元鹅所在考场身后的男生强制同自己换了考场。目的很简单，就是抄几眼王元鹅的答案，胜过陈喆。王元鹅屡吃败仗，怎么可能让单求胥轻易得逞。从不提前交卷的王元鹅，愣是用最快速度做完将卷子交上去走了。

结果显而易见，单求胥同陈喆比成绩这事儿确实是太草率了。单求胥穿着一件大红色的羽绒服蹲在商店门口，炎炎夏日格外扎眼。为了不让大家认为自己也是傻子，牛福和林昆远远地站在一边。

“哎，你们记不记得，小时候家里停电，小卖部都拿一条被子捂在冰棍上面。”面对众人的目光，单求胥悠闲地吃着雪糕，面不改色心不跳。

“是又怎么样？”林昆看了看单求胥的大红色羽绒服，又看了看他手里冒着白雾的雪糕。

“我研究过了，棉被可以隔绝热空气啊，夏天这么热，如果可以借鉴此方法用羽绒服来降温的话是不是会很拉风？”

看到单求胥为自己辩解，牛福终于忍不住说：“拉倒吧，还拉风呢！就你这样，热得你屎都拉不出来！老大，你没发烧吧？不会是中了什么巫术吧？”

“你懂个啥，潮流你懂吗？潮！”

看到单求胥为自己百般辩解，林昆咬了一口雪糕说：“嗯，脑袋进水，受潮的那个‘潮’……”

“没法说你们……思想境界相差那简直就不止一个层次！”看到二人对自己的行为完全不苟同，单求胥说完便转身走了，二人吃着雪糕摊手耸肩表示很不理解。

单求胥同陈喆打赌穿羽绒服的事儿，谁都不知道，没有任何人怀疑单求胥是迫于惩罚而自作自受。大家都认为单求胥要么是看修仙小说看多了，要么就是搞什么行为艺术，毕竟，大夏天的穿三天羽绒服，想想都觉得可怕。

不过，单求胥的行为艺术却意外地为自己赢得了大量粉丝，单求胥脚踏人字拖，裤子挽到膝盖，戴着墨镜、帽子，当然还有大金链子，再配上红色羽绒服，论奇葩，没有任何人能够可以与之 PK。伴随着男模般的走步，羽绒服帽子上硕大的貂毛领子随风摆动，性感极了。众目睽睽之下，单求胥就这样走进了教室，原本喧闹的课堂一下子变得无比安静，单求胥仿佛身处慢镜头中，一切焦点都集中到了自己身上。

路过教室中间的位置，单求胥将墨镜往下一拉，随手从怀里掏出一支雪糕放到了王元鹅的桌子上。对此，王元鹅二话不说直接扔进了垃圾桶。

回到座位上坐下，牛福、林昆二人立马凑了过来。

单求胥从怀中掏出一支雪糕，故作深沉地说：“你们看，从小卖部到教室有六百八十五米，我用了十分三十二秒的时间暴露在烈日中，雪糕却没有一丝一毫变化，这就是羽绒服的隔热原理。”

说完，单求胥将雪糕含在嘴里，从怀里又掏出了两根递给了二人，二人笑着接过。看到二人没有离开的意思，单求胥只好从桌洞里掏出了老干妈。

“多谢老大！嘿嘿嘿……”二人连连道谢。

看到单求胥费力地将瓶盖拧开，牛福忍不住问道：“老大，又来冰火九重天啊？”

“我也要，我也要！”林昆在一边已经有些迫不及待。

“老土，那都是过去式了，看好了啊！”单求胥说着将雪糕棒从雪糕中抽出来，将老干妈倒进了孔里面。单求胥咬了一口，那表情让人看着都起鸡皮疙瘩。

“之前那是外热内冷，现在是外冷内热。”看到二人惊讶的眼神，单求胥幽幽地跟二人解释了起来。

牛福看了看还是忍不住问：“老大，这有什么区别吗？”

“之前那个叫‘冰火九重天’，而这个，叫‘熟女的爱’！哈哈哈……”

单求胥说完仰头大笑了起来，牛福、林昆二人不约而同地竖起大拇指。

眼看着体育课一节节地被李德亮还有冯莹侵占，单求胥终于忍不住跑去找扈极硬问了个清楚明白。原来，扈极硬从来就没有不上体育课的想法，只是各科老师为了自己的教学成绩使用了不正当手段。

“扈哥，你是不知道，你不来给我们上体育课，我们都能憋死。”

“拉倒吧，你这夏天穿羽绒服都憋不死，一节课不上就能憋死了？哎，我真有点搞不懂你们了。”

“我这是求异行为。”

“求啥？”

“扈哥，动物有两种行为，一种是求异行为，一种是求偶行为。想求偶，先求异啊！别人都穿T恤，我就偏偏穿羽绒服，这才能突出自我。我就往学校这么一走，才不到三天，没人不认识我。”

“嗯，倒也有几分道理。”

“你得让人知道你的心思在这儿。动物世界里面，哪个动物求偶的时候动静能小了？当然，扈哥，我这不是为了早恋，我这是行为艺术的范畴。”

通过单求胥的一番点拨，扈极硬若有所思地点了点头。

夕阳西下，冯莹下课后走到车棚将课本放到了自行车车筐里，转身刚要走，却发现一个装扮奇特的人不知道啥时候站在那里耍酷。

扈极硬脚蹬凉拖下穿短裤，上身穿着羽绒服，戴着墨镜，整个一翻版单求胥。但是为了打造升级版本2.0，扈极硬还戴了雷锋帽和围巾。

冯莹显然受到了惊吓，她四处看了看赶紧大喊：“啊，打劫，救命啊！”

扈极硬见状赶紧拉下墨镜嘘声示意道：“冯老师，你不要激动，是我。”

扈极硬东张西望，看到没人，又赶紧戴上了墨镜。

“扈极硬……你这是？”面对眼前的火星人，冯莹显然猜不透对方的来意。

“莹莹，你小点声，别让学生们听见。”

“硬硬，你这是干什么？都多大了，还玩年轻人新潮那一套，这大夏天的，你在这儿装什么鹌鹑，有意思吗？”面对扈极硬的搞怪，冯莹极为尴尬。

“莹莹，你不觉得我这样很求异吗？”

“求异倒是没看出来，变异还差不多！”说着，冯莹便推车出来，骑上就走了。

扈极硬此时也已经热得几近虚脱，他赶紧脱了下来降温。看着地上的一堆行头，扈极硬边摇头边说道：“这也太狠了，再穿会儿真就变异了！路子不对，路子不对啊！”

午饭时间，单求胥穿着羽绒服坐在食堂里吃饭，众人纷纷驻足观看，有些人甚至掏出手机拍起照来。单求胥对此视而不见，林昆则配合着众人摆出了拍照的各种姿势，活像耍猴的猴老板。

“老大，木棍儿，我要跟你俩说个事儿……”牛福一改常态，憋了很久终于开了口。

“快说，别卖关子！”看到有人过来拍照，林昆赶紧放下筷子摆出姿势。

“我打算转学了……”

“啥？”单求胥简直受到了惊吓，牛福是自己的发展对象，没有牛福，自己便少了一个知心朋友去跟父亲兑现自己出国的约定了。在单求胥看来，这消息宛如晴天霹雳。

“我爸妈要去外面打工，家里没人照顾我，爸妈的意思是让我转到舅舅的城市继续读……”显然，牛福心里也很不是滋味。

“啥地方啊，什么学校？”单求胥穷追不舍。

“挺远的，在外市……”

“什么，外市？那你走了岂不是这辈子都见不到了！”听到这里，林昆不禁叹息了起来。

“木棍儿，哪有那么夸张，想见的话我们假期还是有机会的嘛！”显然，牛福认为林昆的话太严重了。但是，很多年后，大家才明白，别说是外市，有时候哪怕在同一座城市，一个再见之后怕是这辈子再也不会见到了。

“拉倒吧，每次我的朋友离开的时候都这么说。可是后来我发现，他们离开后压根就再也没见到过。有时候我甚至专门跑过去找他们，可是意外频出，总是聚不到一起。”林昆一脸严肃。

面对眼前突如其来的意外，单求胥不知道该怎么应对才好。在单求胥看来，自己好不容易交到了两个朋友，牛福要是走了的话，自己根本没法交差，去美国的事看来一时半会儿也要搁置了。

单求胥平复了一下心情问：“牛二，你打算啥时候走？”

“就最近吧，还没定呢，我爸妈正在帮我办理转学手续呢。”

“你走了我心里挺舍不得的，你到时候跟你爸妈商量商量多拖几天呗。”

“嗯，走之前我打算请哥儿几个一起吃个饭，到时候你俩一定得来！”

“放心，这个包我身上。”单求胥手头宽裕，朋友间请客吃饭从来都是他来买单，他也不在乎。

“老大，我可得跟你说好了，平日里也就算了，这顿饭一定要我请！”

看到牛福目光坚定，态度极为认真，单求胥停止了笑，只得点了点头说：“好！”

第十章　天下无贼

单求胥将班里所有臭味相投能够发展为知心朋友的人捋了一遍，结果所剩无几。牛福走了之后，自己的砝码几乎少得可怜。从白龙马嘲讽自己没朋友，到父亲语重心长地阐释朋友的含义，想到自己去美国的事情就这么泡汤，被无限期搁置了下来，单求胥的心情沮丧到了极点。回到教室后，他就一直趴在桌上发起呆来。此时的他迷茫不已，因为他不知道，到底什么才是真正的朋友。

其他同学都走光了，牛福和林昆走到单求胥面前说："老大，走吧，都要熄灯了。"

看到单求胥呆呆的，没反应，林昆示意牛福赶紧走。

"哎，这地上是谁的两百块钱啊？"牛福走在前面不禁大声地喊了起来。

"都什么时候了，还开这种玩笑，赶紧走吧！"因为几人经常开这种玩笑，林昆以为牛福故意以此吸引单求胥的注意。

"真的是两百块钱！"牛福说着从地上捡了起来。

想到都已经放学了，大家都回宿舍了，林昆就说："要不你就放讲桌上吧，明天谁丢了就来拿了。"

"也好……"

看着窗外的星空，单求胥不禁抬起了手，在星空中画了起来。三横一竖，单求胥刚写了几笔，灯却被人关了，看到门被人带上，单求胥不禁担心有人将自己关在了教室里。单求胥赶紧坐起来，却发现林昆从后窗一闪而过。

"林昆？这会儿了，他又回来干啥？"单求胥心想着赶紧站起身来走到了门口。果然，自己已经被反锁在了屋子里。

"唉，关就关吧，一个人倒也安静了。"单求胥打开班里的电视，连接网络，打开了电影《泰坦尼克号》准备自己一人看。待到他转身看讲台的时候，他才发现，桌子上的两百块钱此时只剩下了一百块。

"哼，为了一百块就把牛二给出卖了！这木棍儿，真是可以！真没劲，还说我不把朋友当朋友看，这世间哪有什么真心朋友，都是逢场作戏罢了！"单求胥心想着从口袋里掏出了两张自己刚取的一百块钱放到桌子上，自己则将剩下的那张皱巴巴的一百块钱放进了钱包里。

一夜思前想后，单求胥躺在教室继续回笼睡了起来。王元鹅读了一会儿书之后拿出水杯喝水，却发现自己桌洞里有一个星状玻璃瓶，王元鹅看了看之后随手放到了讲桌上。

看到李德亮风尘仆仆地赶过来，林昆赶紧奋力将单求胥从地上喊醒。

“老班来了！”伴随着牛福的一声令下，众人发疯似的读起书来。

李德亮并没有像往常一样拍照取证，而是直接走进了教室，看着跟在身后的一位女同学，大家方才意识到，肯定又出现丢钱的事情了。

果不其然，李德亮走上讲台敲了敲桌子，大家立刻安静了下来。

“昨天晚上谁是值日生？”李德亮严肃地问。

“老班，是我。”牛福说着便举手站了起来。想到昨晚捡到钱的事情，牛福认为一定是班主任要当众表扬自己了。因为早晨来到教室的时候，牛福分明发现桌子上的钱已经没有了，自己走的时候只有单求胥在，单求胥又肯定不会昧下这钱，那只能说明，钱已经物归原主了。

“牛福同学，你严肃点，别笑嘻嘻的，我问你，昨晚你走之前有没有锁门？”

显然，李德亮的语气并没有要表扬谁的意思，牛福只好说：“没、没锁。”

“为什么不锁？”李德亮步步紧逼，说话间便走到牛福身边来。

李德亮的语气变得微妙了起来，牛福和单求胥隐约觉得，钱很可能再次被盗了。牛福看了看单求胥，单求胥则紧盯着陈喆，陈喆看到单求胥看自己，不屑地转回头去。

“老班，我忘记了……”

听到牛福这么说，单求胥也松了一口气。因为无论钱是被谁拿走的，单求胥的兜里确实有桌子上的一百块钱。要是李德亮查到自己身上，自己有口也说不清了。

“那我问你，昨天晚上你有没有在地上捡到钱？”

“捡到了两百块钱，我放讲桌上了。”

此时刚睡醒的单求胥心想：“幸好我把林昆拿走的那一百块给补上了，要不然这一百块，牛福肯定要背黑锅了！”

“牛福同学，你说的是这个讲台吗？我没有找到。”

“不可能！”

看到李德亮大有要嫁祸于人的意思，牛福说完径直朝着讲台走去翻看起来。

“不对啊！我明明放到这里了啊！怎么会没有了呢？”牛福将讲桌上仅有的几样东西翻来找去。牛福找不到钱，着急地朝着单求胥看去。

“牛福同学，请给我个完美的解释！”

“老班，我明明就是放这里的！”

“你不用解释了，既然都捡到了，然后你又是最后一个走的，你找到后还给这位同学好了！”

“老班，你这是什么意思？”看到李德亮要求自己承担丢钱的责任，牛福赶紧澄清。

“什么意思？你捡到了钱，又是最后一个走的，你不知道谁知道！”

“我……”牛福想说什么，但却又不知道该怎么说才好。

“老班！我知道！”看到牛福急得满脸通红，单求胥举手站了起来。

看到单求胥胸有成竹的样子，李德亮推了推眼镜走了过去。

“单求胥，你先别讲话，我再给这位同学一次机会！不管是谁，现在承认还来得及！”

“看来是不见棺材不落泪了！单求胥，你说吧！”看到大家没什么反应，李德亮气愤不已。

“老班，说什么？”

“谁偷的钱啊！”

“老班，其实，我也不知道啊！”

“你刚才不是嚷嚷着说知道的吗？”单求胥的一番乌龙让李德亮很是无语。

“我的意思是，没准这钱是被风吹走了，或者是被老鼠拉走了，前几天我打扫卫生，亲眼看到了一只大老鼠……”看到单求胥故意拿李德亮开涮，众人忍不住笑了起来。

“单求胥！你给我严肃点！这是一起严重的经济犯罪事件，要承担很严重的法律责任的！”

“老班，反正每个人的零花钱都差不多，现在让每个人拿出钱包看一看不就是了。我敢保证，只要一看我就知道谁偷了钱。”

“你保证！你拿什么保证！”

“这您就甭管了，反正一查便知。”对单求胥来讲，这还真的不难。昨晚单求胥偷偷补回去的钱刚好是新版连号的，他只需要看一下钱上的号就知道了。

李德亮看着单求胥心想，以单求胥的品行和身份，他绝不可能偷这两百块钱，但是既然单求胥这么讲，肯定也有他的理由。

正在李德亮犹豫之时，陈喆站起来说：“老班，我觉得挨个搜身不利于班级的团结。虽然牛福同学是值日生，有一定的责任，但是我也要为这件事情负责。”

“负责？”听陈喆这么讲，李德亮不禁有些纳闷了起来。

“对，前几天，我上体育课打篮球的时候，不小心把班里的钥匙给丢了，后来我认为没什么大不了的，就自己去配了一把。想必钥匙被什么贼人捡去也不无可能，我下课后就自费去换锁。关于这位同学的钱，或许果真如单求胥所说，是被风吹走了也不一定，我建议用班费暂时弥补。”

“浑蛋，钥匙就丢得这么巧？”看到陈喆巧舌如簧，单求胥心里琢磨着。

李德亮看了看牛福和单求胥，又看了看陈喆，他并不想漏过一个坏人，但是他也不想冤枉一个好人。眼前三个人的表现都显得无比真实，李德亮只好说：“好！但是我一定要警告某些同学！现在偷钉，以后偷牛，千里之堤，溃于蚁穴，千万不要因小失大！”

单求胥仔细盯着班里的每一个人，每个人似乎都有嫌疑，但是每个人似乎又都很无辜。

单求胥心想：“为了牛福，这事儿我一定得查个水落石出才行！”

李德亮拿起讲台上的星状玻璃瓶看了看，摔门而去。

看到自己偷偷送给王元鹅的礼物被李德亮拿走，单求胥心怀不满，生气地掰下一块橡皮朝着王元鹅使劲儿扔了过去。

发现有人打自己，王元鹅生气地捡起橡皮回头找寻。待到王元鹅的目光扫视到单求胥这里时，单求胥早已从后门偷偷溜了出去。

单求胥在楼顶思索着，收到纸条后，林昆赶了过来。单求胥二话不说，直接用脚踩着林昆的肩膀，将林昆按在了墙上。

“说吧，你至少有三句话要跟我讲！”单求胥面无表情，十分冷酷。

“我……我不该偷吃你的老干妈！”林昆知道事情败露，支支吾吾了起来。

“不是这件！”

“上次请客应该轮到我掏钱……”

“也不是这件！”

“夏令营时你脸上那一脚是我踢的……”

“你！”单求胥气到不行，一拳打在了墙上，“我问你，昨晚为啥拿钱，为啥？”

“老大，你……你怎么知道的？”林昆本以为无人知晓，听完后吓了一跳。

“你听好了，我再给你一次解释的机会！”

“哦，我上次没考好，给老班送礼，还请老班他妈当群演，当时花了我不少钱，这事儿我也没敢跟家里讲……所以……”

“所以你就拿别人的钱？”

“当时我给牛二也买了一份，心想要是演得好，牛二也就不用再去了嘛！生活费都花出去了，我就想，反正都是捡到的钱，我就先借用一下……”

“借？你那是借吗！你借了多少？”

“我发誓，我就拿了一百！呶，我第一次干这个，钱在这儿我还没敢花出去呢！”

林昆说着把钱拿了出来，单求胥一把夺过钱包翻了翻，果然除了一张百元大钞，什么也没有。

单求胥从口袋里掏出自己换掉的那一张皱巴巴的一百元钱问：“剩下那一百是不是这个？”

“啊，老大，没想到是你……”

“是你！是你！是你个头！”看到林昆惊讶的眼神，单求胥用钱狠狠地砸在了林昆的头上。

“你拿走了旧的，我给换上了两张新的！你知不知道，你把牛福害惨了！君子求财，取之有道，走！”

“老大，干、干什么去？”

“敢做敢当，去找老班自首！”

“老大，我知道错了，求你了，哎哟，我肚子疼！”看到单求胥拉着自己的领子，林昆吓得脸色苍白，蹲在地上耍赖。

“要死啊，去把钱还给被偷的同学好不好！”

单求胥拉着林昆，偷偷来到了李德亮办公室，看到办公室门锁着，单求胥托着林昆爬窗子进去，将钱放到了李德亮的桌子上。如此一来，算是给丢钱的同学一个交代了。

虽然可以确定钱不是牛福偷的，但是单求胥依旧觉得自从牛福打算转学这些天里，便经常不见人影，行踪诡异了起来。为了一探究竟，单求胥伙同林昆打算跟踪牛福，查个明白。

下课铃响，牛福二话不说背起书包往外走。单求胥、林昆二人使眼色，紧跟其后。为了不被发现，单求胥特意买了胶皮面具戴在头上。

牛福反侦察意识很强，他走走停停，专门走小街小巷，单求胥戴着马头面具，林昆戴着羊驼面具，紧紧跟在身后。牛福偶然猛回头反侦察，二人迅速躲闪。牛福越是如此，单求胥越是相信牛福有问题。

走了一中午，牛福方才确认自己身后的安全，放心地朝着一个工厂门口的保安打了招呼便进去了。

单求胥摘下马头面具，抬头看到高高的烟囱。

“这是什么地方，怎么那么大的煳味儿？”林昆摘下羊驼面具嗅了起来。

“走，过去问问，我就说牛福最近怎么有点不正常，里面肯定有文章！”

“哦！”

单求胥、林昆二人走到门口，却发现这根本不是什么工厂，门口牌子上赫然挂着市殡仪馆的牌子。

一辆车紧急驶来，车上披麻戴孝的子女哭喊着打开车门，工作人员将一具尸体搬运下来。

看到二人愣愣地站在车门口，一脸茫然，工作人员走过来问道：“是家属吗？”

“不是不是……”林昆赶紧摇头，“哦，师傅，我们是来找同学的，就刚才进去那位，胖胖的……”

“哦，牛福啊！”

“对对对，就是他，请问他在这儿干吗？”

“哦，他在这儿申请了勤工俭学，已经进去工作了，要我去帮忙把他喊出来吗？”

看到单求胥一言不发，林昆赶紧戳了单求胥一下，单求胥看了看林昆说：“不用了，我们等会儿就好。”

看到院子里高高的烟囱冒着黑烟，单求胥问道：“师傅，那么高的烟囱上面怎么还有人啊！”

“时间长了烟囱里面会有灰和尸油，容易冒烟，需要定期清理。”工作人员用手遮住太阳仔细看了看说，“没错，那就是牛福。”

“什么！烟囱那么高怎么清理啊？”看着一个胖胖的身影顺着烟囱往上爬，单求胥吃惊地问。

“从上面拉一根绳子，由上往下打扫的，你们找他有什么急事吗？没事儿的话，我得赶紧去停火了，一会儿牛福该下去了。”

“没了没了，谢谢！”

工作人员看了看手表，又看了看往烟囱顶端爬的牛福，赶紧走了进去，留下了呆若木鸡的二人。

看到烟囱里的烟慢慢消散，牛福一个人坐在烟囱顶端，像一个孤独的侠客，又像一只无助的鸟儿。最终，牛福还是吊着绳子消失在了烟囱里，看到烟囱里冒出阵阵烟灰，单求胥忍不住转过身戴上了马头面具悄然离开。

单求胥就这么戴着面具一直走一直走，直到来到了海边，方才一屁股坐了下来。望着眼前的大海，林昆摘下羊驼面具放到了一边，二人沉默了好久好久。

单求胥一直在想，那么高的烟囱，里面全是烟灰和尸油，连大人想想汗毛都会竖起来的地方，牛福是怎么敢下去的。

“唉……”良久，单求胥长叹一口气。

“老大，你觉得是牛福偷的钱吗？”

单求胥摇了摇头，也只是摇了摇头。

“那咱们还查吗？”

单求胥又摇了摇头。

“老大，都没人了，可以摘下来了，胶皮味儿挺难闻的……”

说着，林昆伸手打算给单求胥摘面具，却被单求胥抓住制止了，僵持的一瞬间，林昆仿佛明白了，那一脸无辜的马头面具底下，单求胥或许早已噙满泪水，泣不成声。

“从小生活在富裕的家庭，我自认为拥有朋友，拥有金钱，拥有一切我想拥有的东西。我认为我能够改变一切甚至改变世界，可是直到今天，我才发现，有些事情，我们终究还是无能为力的……”

回想起牛福在食堂反复强调的那句话：“走之前我打算请哥儿几个一起吃个饭，到时候你俩一定得来！老大，我可得跟你说好了，这顿饭一定要我请！”

“这顿饭一定要我请！”牛福说这话的时候，眼神无比坚定。在单求胥看来，这是多么简单的一件事，在牛福这里却成了奢望。

终于，还是到了牛福请客的这一天。牛福选的餐馆很合适，虽然不高档，但是还算干净，上菜的分量也很足。唯一的不足之处就是，离学校太远。也不知道牛福跑了多少家餐馆，对比了多少次，才能找到这家性价比颇高的馆子。

走了太远的路，大家早已饿得饥肠辘辘。四人坐在小餐桌前，眼巴巴地看着菜一个个被端上来却不能吃。为啥？因为筷子都在牛福手里。

“先别着急，都给我站起来，我看看到底有没有按照我说的来。”在牛福看来，自己走之前的这顿饭无论如何也是要自己来付钱的。毕竟自打上高中以来，每次请客吃饭不是林昆请就是单求胥请，牛福需要一次机会来证明自己。

看到牛福挨个搜起身来，林昆无奈地说：“牛二，你就放一百个心吧，大家都没带钱。真是搞不懂你了，不就请个客吗，演了一次《无间道》还上瘾了是吧！”

“无间道？什么无间道？”听林昆说完，王元鹅颇感意外。

单求胥赶紧踩了林昆一脚打断话茬说：“牛二，差不多就赶紧发筷子吧，菜都凉了！”

“那就好，终于也让我踏踏实实地请大家一次，嘿嘿嘿……”说着，牛福将筷子发给了大家，众人犹如饿虎扑食般地吃了起来。一时间，谁也顾不上说话，饭桌上只剩下众人狼吞虎咽的声音。

看到王元鹅，单求胥自然不放过拌嘴的机会。王元鹅却将打赌穿羽绒服的事儿给捅了出来，一时间二人针尖对麦芒，谁也不服谁。

“哎哎哎，这可是我高中以来第一次请客，能不能都消停消停！呶，礼物，一人一份。”牛福赶紧打圆场。

看到三人想拆开看又有所顾忌的样子，牛福笑着说：“是一个八音盒，没多少钱，就当留个纪念。”

看到牛福的手指甲里甚至还有些灰尘，单求胥拿着八音盒有些哽咽了，他赶紧假装噎着了咳嗽了起来。

到底是谁偷走了那两百块钱，事到如今已经不重要了。丢钱的同学来到李德亮办公室取回了属于自己的两百块钱，大家也很快就忘了这件事。但是，王元鹅骂自己没责任心没担当的话语在单求胥脑海中始终萦绕不去。

其他对象排除掉之后，单求胥最后还是将目标锁定在了陈喆身上，因为陈喆说自己丢了钥匙，陈喆不是一个正直的人，他当时本可以不这么讲的。想到这里，单求胥决定跟踪记录陈喆一个星期的消费状况，从而再与平时做出对比，以此来还牛福清白。这一跟踪不要紧，没承想，却牵扯出了另外一件事儿。这天，单求胥从商店跟着陈喆一路来到了李德亮的办公室。

单求胥本想走可是想到既然来都来了，就索性趴在门口听了起来。

“老班，我还是强烈建议取消体育课，这样对我们来说可以有更多的时间来恶补文化课提高成绩啊！”

“我倒是想啊，就怕同学们有意见。平时大家学习压力挺大，适当活动活动还是可以的嘛！”

“原来是这个狗汉奸在兴风作浪！”听到这里，单求胥恨不得破门而入将陈喆狠狠地揍一顿。

“老班，其实大部分同学都是理解的，只是少数人玩心太重，天天不务正业，比如单……”

“陈喆，我这儿没啥意见，你去问问你们体育老师吧，扈老师同意了就上自习。”面对陈喆的要求，李德亮有意打断了他。

“好的，我这就去问。”陈喆显然得到了自己满意的结果，而这一切的根源只在于体育课上，单求胥抢了他的风头。对陈喆而言，上不上体育课都无所谓，以前他是想听到郝佳琪为自己鼓劲加油，现在来说的话，能不上就是最好。

看到陈喆一肚子坏水，单求胥就一路跟着陈喆一探究竟，结果发现，陈喆根本没去问，就径直回到了班里。

为此，单求胥赶紧跑去体育老师办公室一探究竟。

“扈哥，今天的体育课还上不上？”单求胥敲门进去，开门见山地问了起来。

“当然上啊！赶紧准备，一会儿要遛你们一千米，一会儿操场准时上课！”

“哦，好的！”得到了确定的消息后，单求胥回到了班里，等着揭穿陈喆。

下课铃响后，陈喆走上讲台，盛气凌人。

“同学们，体育老师说了，高三了，为了不耽误大家成绩，体育课一律改上语文课。”

“啊？什么？”众人听到后纷纷抱怨了起来。

陈喆摔了摔黑板擦，不耐烦地示意大家安静，单求胥抱着篮球一脸愤怒。

“安静！同学们，不要心怀不满，体育老师也是为了我们的成绩着想啊！”

“成绩、成绩！你除了成绩，还有什么！”看到陈喆欺上瞒下假传圣旨，单求胥终于忍不住一声怒吼，将篮球生气地摔在了地上。

陈喆被突如其来的一吼震住了，众人纷纷看着二人，篮球在地上弹跳了很久方才停了下来。

“怎么……不服气啊？不服气考试的时候撒气，别这个时候逞能！”陈喆稳了稳情绪，开始反击起来，只是他并不知道，这次，单求胥早已胸有成竹。

“体育老师无缘无故怎么可能放弃我们，你扪心自问刚才有没有说谎？”

“对……就是……”众人附和，陈喆有点下不了台，王元鹏则沉默不语地看着。

“体育老师当然不会放弃我们，老班也不会放弃我们啊，同学们，这都是为了大家的成绩着想啊！”陈喆的片面之词显然没有打动大家。

“你满口成绩、成绩，堂而皇之地欺骗大家，有什么资格做一班之长？我看体育课不上没准就是因为你！”

“单求胥，你不要血口喷人！是，我是看重成绩！但是你有什么资格说这些不负责任的话，没有成绩能有未来吗？”

“成绩固然重要，但不是我们高中生活的全部！如果说你用欺骗大家的手段来换取成绩，我们宁可不要！”

看到单求胥一口咬定自己骗大家，陈喆心里也大概有了数。

“呵呵，你连最基本的数学公式都不会，还谈什么德智体美？我还就明摆着告诉你！体育课就是我建议班主任不上的，你能怎么着？”陈喆此言一出，众人唏嘘，“你上体育课不就是想打篮球吗，我还真就告诉你，就你那篮球水平，我不练打得都比你强！”

“不会吧！吉吉哥怎么会骗人呢？而且是骗大家！他怎么可以这样！”看到陈喆亲口承认欺骗大家，王元鹅心里有一万个不相信，她不禁对陈喆另眼相看了起来。

看到陈喆已经将计就计，单求胥笑着说：“哎，姓陈的！我敢和你打赌，十年后，我压根记不住这些公式，但是我依旧会活得很好，最起码过得比你好！”

众人起哄，看到自己处了下风，陈喆很受刺激，他激动地说：“行，那我就跟你赌定了，十年后的今天，我们再来一中，看看谁活得更好！单求胥，别给自己难堪，想打败我先从成绩开始吧！”

单求胥拿起篮球走到讲台，从讲桌上拿起红色粉笔写下：单求胥 VS 陈喆。

“陈喆，我要向你宣战！”

陈喆一脸紧张不知道该说什么好，众人沸腾了起来。

知道单求胥因为打赌已经输了一回的王元鹅心想：“宣战？单求胥该不会是疯了吧！输了一回了还不嫌丢脸！”

“宣……宣什么战？”深知单求胥手段的陈喆显得有些紧张了起来。

“期末考试，我的成绩要是能考过你，你自动辞任班长，我来！”

空气仿佛一下子凝固了起来，王元鹅手里的铅笔滑落在地上，发出巨大的声响。若不是站在讲台上，陈喆此刻都想笑出声来。

“敢不敢？敢不敢？”看热闹不嫌事儿大，牛福、林昆带着大家起哄，众人一齐喊了起来。

“好，你输定了！”

说完，陈喆打算走下讲台，不料却被单求胥一把抓住。

“等等，你刚才好像是说你篮球比我好对吧？加一局篮球赛怎么样？”

篮球的确是陈喆很拿手的运动，看到单求胥想逞英雄，拿自己最擅长的成绩和篮球跟自己比，陈喆自信地笑道：“好啊，那我可跟你说好了，队员只能从班里的同学里面出，不能叫外援。”

“好，一言为定！请大家为我们作证，看谁能笑到最后！”

“好，我会让你输得心服口服！”

陈喆则不屑地看着单求胥，二人距离近得几乎都要抱在了一起，众人拿起手机疯狂地为二人拍照作证。

看到班里没人来上体育课，扈极硬先是给李德亮打了电话，又给冯莹打了电话，在得到二位肯定的答复后，扈极硬干脆自己走到了教室门口。看到单求胥和陈喆僵持在黑板前，扈极硬仔细看了看教室里面，确认没有其他老师后朝着二人喊道：“干吗呢，干吗呢？都不上课在这儿干吗呢！快去上课！”

“耶……”

伴随着扈极硬一声令下，众人欢呼鼓舞地走了出去，只留下不服气的陈喆愣在了那里。

操场上，大家三五成群玩着自己喜欢的游戏，单求胥则自己一人拿着篮球在角落里猛练灌篮。

“老大，老大，快过来！”

看到林昆朝自己挥手，单求胥擦了擦汗，走了过去。

“快看快看，你和吉吉国王宣战的照片已经在网上被转载了！”林昆说着将手机放到了单求胥面前。

“真的假的，我看看……”

牛福凑上去说：“老大，已经转载点赞了八千多次了啊！全校应该都知道了，这下你要一战成名了！”

陈喆一人坐在教室看书，王元鹅从远处走了进来，看到黑板的字还在，王元鹅拿起黑板擦，擦了起来。对此，陈喆一脸不屑。

“王元鹅，放着体育课你不去上，回来擦什么黑板啊！”

听到陈喆阴阳怪气的，王元鹅擦完黑板转身小心地说：“吉吉哥，你为什么要骗大家呢？”

“王元鹅，你该不会也认为单求胥做得对吧？咱们班本来就是全年级倒数第一，现在好不容易冲到了中游，我们没有理由放弃啊！我这么做是为大家着想！”

“那也是单求胥的教育改革起的作用啊！”

“得！我不跟你计较，你忙你的去吧！十年后，等你们一个个混不好了就知道谁对谁错了！”

“吉吉哥，你该不会真当真了吧？他就是一神经病，你没必要和他过不去。”

“为什么不当真，虽然他有个爹，但是我不怕！”

“吉吉哥……”

“Get out!”看到王元鹅没有停下来的意思，陈喆怒指门外。

王元鹅见陈喆顽固不化，赌气走了出去。

矛盾得以公开后，单求胥仿佛变了个人。一时间，单求胥和陈喆明争暗斗了起来。

熄灯铃响起，牛福、林昆拿着脸盆去洗漱，看到陈喆在那儿学习，单求胥也坐在床上背起单词来。灯光下，看到单求胥的头发都能挤出一桶油，闻到屋里辣眼睛的气味，林昆不禁哀求了起来。

“老大，求求你了，你就下来洗洗脚吧，都一周没洗了，赶学习也不差这几分钟啊！”

单求胥白了林昆一眼，继续读了起来。不说不要紧，林昆这么一说，单求胥顿觉头痒，他只用铅笔戳了戳头发，头发便坚挺地竖了起来。

“吉吉国王，我也求求你了，你也洗洗吧，整个宿舍的蚊子都是你俩招来的……”看到单求胥这边没作用，牛福赶紧走到陈喆这里堆起了笑脸。

陈喆头也不抬地继续做起题来，二人就是暗中较劲，谁也不能在气势上输给对方。

王元鹅躺在床上看着窗外，白天发生的事情仍历历在目。她不敢相信，陈喆会如此欺骗大家。一向很认可的人突然间变得匪夷所思了起来，反而自己认为无可救药的渣男单求胥却一次次地刷新着自己的认知。看到一颗颗闪亮的星星，王元鹅想起了自己桌洞里的那个星形玻璃瓶。舍友喃喃地说起了梦话，王元鹅长叹一口气转身睡了过去。

一如既往的早读，却从单求胥和陈喆宣战开始变得有所不同。在众人琅琅的读书声中，有两个音色格外刺耳，单求胥和陈喆的音量高出常人数倍，仿佛彼此攀登着一座高耸入云的山峰，又仿佛在高速公路上疯狂飙车。

单求胥打小就看不惯不仁不义之人，所以他决定要用成绩羞辱陈喆；陈喆则盘算着如何尽早组建篮球队，先在篮球赛上让单求胥名落孙山。没错！在众人的见证下，一场没有硝烟的战争，就这么轰轰烈烈地打响了！

第十一章 灌篮高手

有战争就有牺牲，从单求胥决定同陈喆比成绩那一刻开始，单求胥就已经有些为自己的冲动后悔了，为啥？炎炎夏日穿羽绒服还真没有什么好拉风的！

几次考试下来，单求胥总是要穿几天的羽绒服，而陈喆则总是扬扬自得地显示着自己的存在感。

“第一名，依旧是陈喆。”李德亮拿着成绩单在讲台上调座位。

陈喆看着单求胥嚣张地走到班里自己的位子坐了下来，王元鹅则看了看旁边的有些冤大头的单求胥。

“第二名，王元鹅。”

王元鹅走到教室中央陈喆前面，陈喆一脸得意，只不过，这次王元鹅并没有停留，她径直走过陈喆，坐到了最角落的位子上。

“王元鹅，我说过了，班里所有的位子你都可以随便选啊！”李德亮显然有些吃惊。

“老班，我就想坐在这里！”面对众人不解的目光，王元鹅义正词严。

“可是那是……”

“差等生的位子吗？”王元鹅拍案而起，这让单求胥十分意外，“老班，难道优等生就必须坐在中间，差等生就必须坐在角落吗？我坐在这里，就是想告诉大家，有教无类！”

“好！”单求胥忍不住一人鼓起掌来，全然无视尴尬的李德亮还有陈喆。

或许是出于对陈喆的不屑，也或许是出于对李德亮的不满，单求胥不知道王元鹅为何又坐了回来，但是他可以肯定的是，这一刻，单求胥对王元鹅肃然起敬。

经过一次次废寝忘食的努力，单求胥的成绩从倒数第十渐渐地爬升到了倒数第十五。而王元鹅的人生则像开挂一样，有时小说看多了会落到十几名，但是李德亮敲打两下过后，下一次考试她立马就能杀回前三名。

“唉，你说为啥我那么努力地学习，就是没有结果呢！”单求胥在楼顶喝着汽水，十分不解。

“老大，也不全是，你这次不就考了二十多名嘛。”

“倒数！”面对牛福的安慰，单求胥不以为然。

“就算是正数也是二十多名啊。”林昆神补刀。

“可是我明明很努力了啊，头悬梁，锥刺股，我的脚都一个月没洗了，怎么成绩就是冲上不去呢？”单求胥懊恼地挠了挠一个月都没洗过的头。

“老大，我虽然没得过第一，但是我觉得，应该是时间问题。”林昆说得一本正经，煞有其事。

“啥时间问题？”

“我爸也是老师，我记得他说过，你这段时间的努力并不会很快在考试中得到反映，持之以恒之后，会在以后的一段时间内得到爆发。”

“对对对，我有时候努力了反而考得差，所以就立马不学了，下次考试反而还考得好，我估计就是林昆所说的原因。”对于林昆的解释，牛福无比认同。

“好像有点道理……”虽然嘴上不说，但是单求胥心里已经为自己找到了安慰的理由。

“哎，老大，篮球赛快到了，你打算怎么办啊？”

“棍儿，都要期末考了，你还惦记什么篮球赛，你的心咋就这么大呢？”单求胥一副好学生的样子教训完林昆，仰头四十五度角仰望天空，喝起了汽水，牛福、林昆二人面面相觑。

“你忘了，老大，就是你和陈喆打的赌，除了考试，还要比篮球赛。”牛福小心地提示道。

“对啊，我听说陈喆已经把班里的高手收买到一起，组队练起来了。”

听到这里，单求胥猛地喷了一口盐汽水，林昆的一席话让他如梦初醒。果然一心不能二用，这段时间单求胥忙着追赶学习，竟然忘了还有篮球赛这一档子事儿。

“坏了坏了……我把这事儿忘得一干二净了！”单求胥显得有些慌乱而茫然。

“啊？刚才你跟我说那些，我还以为你早有准备呢！”林昆语气中带了些许不满。

“那队员你找好了吗？我看班里的高手都被陈喆收买得差不多了。”

“猴子呢？猴子也过去了吗？”单求胥脑子里第一个想到的人，那就是猴子。猴子全名杨小侯，身材瘦高，平日里，体育课上是单求胥的老搭档兼对手。因为爱留莫西干发型，配合他那清奇的骨骼，所以绰号叫“猴子”。

“猴子早都进了陈喆战队了，我都看见他们在一起打球很久了。”林昆说。

“那大脸呢？”

“甭想了，班里会打篮球的就那三四个人，早都被陈喆收编了。”牛福说。

“那……”单求胥想了半天，班里还真就挑不出几个能打篮球的，“那……你俩呢？”

“啥？”看到单求胥把目光瞄准了自己，二人差点惊掉了下巴。

牛福赶紧擦了擦嘴说：“老大，我俩压根就不会打篮球好不好！”

林昆说：“就是啊！再说了，就算加上我俩，那还缺俩人呢！”

“随便从班上拉两个人进来不就行了嘛！”

林昆白了单求胥一眼说道：“老大，亏你想得出来，哪有你想得那么简单，陈喆是班长，打狗还得看主人呢，谁会跟他作对来帮你啊！”

“不会吧，打个球而已，有这么现实？”单求胥顿觉二人言过其实。

牛福郑重其事地说：“这不是势利，这是实力。学习好的肯定不会和咱一起混，学习差的也得顾虑陈喆平日里打不打小报告不是。”

“那我就问你俩，干不干？”单求胥听来听去，现在组篮球队确实是有些晚了。

“我俩肯定没问题，但是你都凑不够五个人，怎么打啊？”牛福说。

“你俩打就好，剩下的两个人我来搞定。”单求胥笑着，心中有了主意。

起步晚了，就得加快训练速度。看到陈喆战队在室内篮球场热火朝天地练着，单求胥赶紧拉着牛福、林昆二人打了起来。

牛福、林昆二人从来没打过篮球，二人并不感兴趣。打了没多会儿，体力就有些跟不上了，坐在地上喘起气来。

“我来晚了……”伴随着清脆而又甜美的声音，篮球场的门被打开，光芒万丈下，一道靓影走了进来。

“……”看到身材高挑的郝佳琪穿着超大号的篮球服走过来，三人手里的篮球纷纷滑落在了地上，对面陈喆几个人的眼珠子也都差点被吸过去。

“我身上有什么东西吗？”看到大家这么看着自己，郝佳琪不禁低头看了看自己身上。

“咳咳……没有……好了，人到齐了，我们开始吧！”单求胥赶紧捞起球故作镇定地说。

“老大，你不是说找两个人吗？”林昆看了看四周笑着问道。

“对啊，咱们现在四个人也没法打啊？”牛福说着也捡起了球笑了起来。

牛福和林昆打死都没想到，单求胥竟然喊了女生来组队，虽然他们觉得没有胜算，但是好在有美女陪伴，一下子觉得练球什么的也没有那么无聊了。

“哪来那么多废话，好好练你的球！”说着，单求胥就带着大家练了起来。

其实单求胥并没有说谎，原本是五个人来着，只不过他去找王元鹅的时候出了点状况……

“鹅姐，一日同桌百日恩，你就加入我们呗！”眼看着教室里就剩下王元鹅自己在那儿看小说，单求胥乘虚而入，阿谀奉承了起来。

“扔不动，手没劲儿！”王元鹅眼皮都没抬一下，翻了一页小说，继续看了下去，看到单求胥说话极为婉转，王元鹅甚至有些恶心。

“鹅姐，别骗我了，拖拉机都能摇动，扔个篮球那不跟玩儿似的。嘿嘿嘿，说谎也不说得真一点儿。”单求胥抓住了王元鹅的漏洞，忍不住捂着嘴笑了起来。

看到单求胥没有善罢甘休的意思，王元鹅将书猛地扣在桌子上，没好气地说：“我问你，谁让你去我家修房子的？”

“嗐，我还以为啥事呢，我不是把你家柴房给炸了嘛，我一人做事一人当，你放心，请建筑队的钱都是我自己赚的。”

"嘁，别以为你偷偷把打工的钱给了我奶奶，我就会对你感恩戴德！"

"哎，我发誓！我可从来都没有这么想过！再说，那都是你应得的，应得的！"说着，单求胥从口袋里掏出一个棒棒糖，剥好递了过去。

"陈喆的球技在班里可是数一数二的，他找的队员都是高手，我都没打过篮球，怎么帮你？"王元鹅说着毫不客气地拿过棒棒糖，放进嘴里吃了起来。

"没关系啊，你可以学啊，我教你！"说着，单求胥走到讲台上拿起篮球，朝教室最后排角落的王元鹅奋力扔了过去，王元鹅准确无误地双手接住。

"那我帮了你，岂不是就和陈喆树敌了？"王元鹅边说边掂着手里的球。

"嗐，友谊第一，比赛第二嘛！瞧你草木皆兵那样儿……"单求胥说着也吃了个棒棒糖坐在了讲台上。

看到单求胥一脸贱兮兮的样子，求了自己半天，王元鹅想了想说："反正你也赢不了，看在你贿赂我奶奶的份儿上，姑奶奶我就帮你一把！"

"哎……讲究！这才是好兄弟嘛！"

"还有谁？"

"郝佳……"

"啊……"

尽管单求胥已经很小心翼翼了，但是还未等他说完，王元鹅便奋力将球朝他扔了过去。单求胥慌忙地双手去接，没想到王元鹅的手力巨大，单求胥的手被篮球打得呼呼直疼。

看到王元鹅转身从后门走了，单求胥赶紧追出去问道："哎，你去还是不去啊？"

王元鹅头也不回地走着，对单求胥伸出了中指。

"手劲儿这么大，不打篮球可惜了啊！哎哟……"望着王元鹅的背影，单求胥疼得直甩手。

就这样，单求胥的团队就由五人变成四人了。郝佳琪的加入让陈喆醋意大发，准确地说，让包括陈喆战队在内的整个篮球场上打球的男生们醋意大发，陈喆一群人故意号叫着，在一边疯狂地表演着上篮、灌篮等优美动作，以吸引郝佳琪的注意。

看着牛福、林昆有些担忧的神色，单求胥赶紧说："哎，你们别愣着了啊，我会想办法再拉一个人过来的。"

很明显，在陈喆战队面前，单求胥这边显得毫无胜算，大家纷纷没了激情。

"同志们！能不能有点信心？一切反动派，都是纸老虎！"

"啊……呀……"单求胥正说着，陈喆用一个优美的大灌篮成功地吸引了众人的目光。

"嘁，花哨！浮夸！同志们！来！我们从最基础的开始练习吧！"单求胥几乎调动了自身所有的荷尔蒙来鼓励大家，但是大家依旧没有信心。

四个人就这样围在一起，传起球来，每当单求胥将球扔给郝佳琪的时候，郝佳琪都显得十分害怕。

“佳琪，你能不能别害怕，这只是个篮球而已，又不是炸弹。要用点力，勇敢去面对，来，接住！”

单求胥做了个假动作，猛地将球扔过去，郝佳琪用手去挡，篮球却狠狠地砸在了脸上。

“啊……”

郝佳琪捂着脸，应声蹲在了地上，单求胥几人赶紧围了过来。看到郝佳琪受伤，陈喆走了几步，想了想又撤了回去，毕竟不是自己战队的事情。

“琪琪，没事儿吧？快把手拿开我看看！”单求胥趴在地上，紧张地问着。

“没事儿，没事儿！”郝佳琪用手摸索着自己的脸，担心地问道，“我鼻子没歪吧？”

“没歪，没歪！”单求胥赶紧回道。

“我下巴没事儿吧？”

“没事儿，没事儿！”

“没事儿就好，没事儿就好……”

单求胥欲言又止，牛福和林昆看着郝佳琪发紫的眼圈，愣愣地站在那里，不知道该说啥好。

看到球场上只剩下了牛福和林昆，陈喆脸上露出了满足而又得意的笑容。

陈喆本以为单求胥会有什么应对之策，现在看来，完全就是一场毫无悬念的比赛。陈喆将篮球朝着牛福和林昆二人扔过去，笑着说：“兄弟们，今天就到这儿吧，反正练不练都能赢，没必要搞得这么累，来！”

说着，陈喆伸出了手，众队员围在一起手压手大声喊道：“战神队，必胜！”

收拾完毕，陈喆带着众人潇洒离开，走到门口时却刚好与送完郝佳琪回来的单求胥迎面相遇，陈喆面露鄙夷，不屑地昂首与单求胥擦肩而过。

三人蹲在地上，球被三人滚来滚去，众人散去，球场空空如也。在一番讨论过后，单求胥认为，除了缺乏球技，最关键的是，自己的战队缺乏一个响亮的名字。陈喆的叫战神队，自己也应该想一个更厉害的名字，毕竟，气势很重要。

猛龙过江、苍鹰出击、日不落、TFBOY、F4，众人从中文想到英文，讨论了半天，硬是没能想出一个合适的名字。

“哎，我觉得 F4 挺好的，有气势。”单求胥说。

“那不行，主角光环太严重了，我们还是觉得 TFBOY 好些。”牛福和林昆极力反对，一时间三人争执不下。

“那就叫 TF4 好了——Team fighting 4。”

一个清脆的声音从门口传来，牛福、林昆赶紧起身抬头看去，单求胥也朝门口转身望去。

王元鹅身着篮球服，扎着双马尾，头上绑着发带，站在那里。

看到王元鹅突然出现，单求胥的眼中噙满了泪水，王元鹅的打扮甚至不输郝佳琪，牛福的鼻血只差一点就流了出来。

篮球在王元鹅手中熟练地运来运去。如果说之前调位子、怒怼老班时对鸟人肃然起敬，那么现在，单求胥可以说是对王元鹅佩服得五体投地，不，是感激涕零！

看到单求胥嘴角抽搐着激动地望着自己，王元鹅一个弓步，用力将球朝着单求胥抛了过去。

“球蛋，接着！”

篮球被王元鹅赋予了强大的力量，眼看着篮球像魔鬼一样，张着血盆大口带着一股妖风疾驰而来，单求胥还没有机会抬手球就已经到了脸前。

“哎呀……”单求胥应声倒地。

王元鹅小跑几步，将单求胥扶起来，单求胥摸着自己的脸，学着郝佳琪的样子，紧张地问道：“鼻子没歪吧？”

牛福笑着配合道：“没歪！”

“下巴没事儿吧？”

林昆捂着嘴说：“没事儿！”

“那就好，那就好……”

单求胥一脸纯情地看着王元鹅，王元鹅终于忍不住“扑哧”一声笑了出来。

“喂，鸟人，能不能别笑了……没见过熊猫啊，嘁！”单求胥自知自己的眼圈被王元鹅打青，只好悻悻地站起来。

“好吧，人都到齐了，我们继续训练。对了，我得强调一下，我们TF4的团队精神，那就是不抛弃，不放弃！鸟人，用英文咋说？”

“Never give in, never give up!”

“啊，对！ Never give up，来吧！”

单求胥说着伸出了手，四人叠上一起喊着：“Never give in ,never give up! TF4加油！”

扈极硬因为羽绒服事件觉得有所不甘，所以，这一天他又在车棚那里等了起来。

冯莹将书本放进车筐，倒车转身一看，扈极硬戴着马头面具，抱着吉他耍酷。

“啊……”冯莹冷不丁地看到一个人站在身后，不禁吓了一跳。

“咳咳，天王盖地虎！”为了不引起无关人员注意，扈极硬赶紧对暗号。

听到是扈极硬，冯莹不禁无奈地说：“你个二百五，大白天你干吗呢！”

“莹莹，我这是在表达一种心情。”

“什么心情，心猿意马？”

“错！大错特错！”说着，扈极硬调了调吉他，弹唱了起来，“爱上一匹野马，可我家里没有草原……”

坦白地讲，扈极硬的歌声虽然不至于到要人命的程度，但绝对能够和浅尔岛上单求胥的演唱水平有一拼。如果说从让人印象深刻、难以释怀这个层次来讲的话，扈极硬这次做到了。

练了足足一下午，可把众人累得够呛，为了表示感谢，单求胥贡献出了自己的饭卡，拉着几人朝食堂走去。不巧的是，路过车棚的时候，刚好看到了扈极硬和冯莹二人。王元鹅以为冯莹被流氓劫持，极力要去阻拦，但是单求胥却一眼认出了自己的马头套，赶紧拉住了王元鹅。

看到学生们朝着自己走了过来，冯莹赶紧制止。

“咳咳，扈极硬，你能不能别唱了！”看到扈极硬越唱越来劲，冯莹不禁眼一瞪道，“Shut up!”

“怎么了，莹莹？”扈极硬唱了半天，热得够呛，他赶紧放下吉他，打算摘头套。

“Stop! 你别摘头套，后面有学生。”

“啊？那你总得给我个答复才行啊！”眼看着冯莹推车离开，扈极硬有些着急。

“哎，冯老师，英文版也行啊！冯老师，我这张船票还能不能登上你这艘巨轮？”看到冯莹走远，扈极硬赶紧举着一个巨大的船票道具问了起来。

冯莹停下来，看着扈极硬，微笑着说：“Never give up!”

听声音也能知道，马头面具下面是扈极硬。看到冯莹说完，王元鹅不禁惊讶地说：“这都行？”

“哎，还巨轮呢，咋不说是航母呢，心真够大的。”看着扈极硬举着的船票，单求胥直摇头。

听到冯莹的答复，扈极硬高兴地摘下头套，激动地朝着冯莹喊：“冯老师，我知道了，我是不会放弃的！”

“你说冯老师也是，要不就答应，要不就拒绝，整一个‘Never give up’，多吊人胃口啊！”王元鹅有些不解。

“唉……年轻人，年轻啊……”单求胥摇了摇头，咬了一口雪糕。

正在三人不解的时候，冯莹骑上车甩下一句：“Never give up，不，给，上！”

“咣啷”一声，不仅扈极硬的吉他还有马头套掉在了地上，牛福、林昆二人的雪糕也齐刷刷掉在了鞋上。直到此时，王元鹅才明白，单求胥刚才为何一声长叹。

“竟然连这个都懂，单求胥果然是泡妞高手中的高手。”王元鹅不禁心想。

看到前方站着一位中年妇女，牛福低头走了过去。

“妈，你怎么找到学校来了……我不是跟你说好了吗……”显然，牛福妈的出现让牛福感到非常意外。

“说好什么了？都一个月了，你舅那边还等着呢！”牛福妈语气中有些责备。

“妈……我都答应同学打完篮球赛再走了。”

“打什么篮球赛，要不是因为你勤工俭学，我早就来找你了！”

“妈，就这几天行不行？”牛福语气里几近哀求。

“不行！这事儿没商量！”牛福妈的态度也十分坚决。

看到母子二人争吵起来，单求胥本想走过去，却被王元鹅拉住了。虽然不知道牛福妈跟牛福说了什么，但是看到牛福摆手示意大家先走，众人只好先去食堂打好饭，等待着。

单求胥狼吞虎咽地吃着饭，牛福则从头到尾一声不吭地坐在那里。

“哎，鸟人，没想到你慧根深厚，进步很快啊！照这个进度下去，希望还是有的嘛！”单求胥信心十足地说。

“老大……”牛福欲言又止。

“牛福，你什么情况？你妈来找你，都不带点好吃的。”单求胥笑嘻嘻地抱怨道。

“老大，明天我就要转学走了……”尽管牛福心里很不情愿，但是还是说了出来。

单求胥刚把卤蛋放到嘴里，听牛福说完，猛地站起来。单求胥急着说话，却一不小心噎住了，支支吾吾地说不出话来，赶紧拍打着林昆求救。

“老大，我……我去买水！”说着，林昆赶紧朝着窗口跑去。

单求胥满脸通红，尴尬地捂着脖子站在那里。看到单求胥已经严重缺氧翻了白眼，王元鹅攥着拳头甩了甩膀子，用力抡了单求胥一锤。卤蛋喷射到陈喆的盘子里，林昆拿着水赶过来，单求胥大喘一口气。

“没事吧，老大？”林昆赶紧将水打开，递了过来。

“有事儿！事儿大了！”单求胥着急了起来，“你知不知道，君子一言既出，驷马难追！”

“我知道……”牛福自知理亏，语气弱了很多。

“那你知不知道，我们正面临着有史以来最为严峻的篮球挑战赛！”单求胥的表情极为严肃。

“知道……”

“卤蛋？谁偷偷给我的？”陈喆拿筷子回来，看到盘子里多了个卤蛋，一脸诧异地朝四周看了看。

“知道你还现在退出！”单求胥生气地坐在桌子上，顿时没了胃口。

“嘁，大惊小怪，我还以为是啥事儿呢，就算牛福不走，你们也赢不了。”听到单求胥几人的对话，陈喆得意地用筷子叉起卤蛋打算吃。

“啊！卤蛋！”林昆看到，赶紧大叫一声，三人赶紧制止。

“哎哎哎！”单求胥着急地伸出手示意陈喆。

“别别别！”看到蛋已经到了陈喆嘴边，牛福也紧张到说不出话来。

“什么情况，该不会冲着我的卤蛋来的吧？该！谁让你们放错盘子的，我还真就不给了！”看到三人朝自己走过来，陈喆赶紧将卤蛋火急火燎地一口吃了下去。

“哎哟哎哟……”单求胥本打算过去制止，看到陈喆麻利地吞下，只得无奈地摇了摇头。

三人围在陈喆身边表情复杂，都不知道该说什么好。看到众人痛苦的表情，陈喆笑着说：“不好意思，蛋在我盘里，那就是我的。”

“可是……”王元鹅一脸忧伤，想解释，却被陈喆打断。

“没什么可是，要是你们放错了，那就不要怪我将错就错了。”

“但是……”王元鹅还是忍不住想说清楚，却被单求胥拉回到自己的座位上。

看到王元鹅不住地往那边看，单求胥说：“行了，已经到大肠了，都别惦记了。”

“牛福，不是说好了打完球赛再走的吗？”王元鹅问。

“唉……我妈今天来是喊我回去的，说我舅舅已经等了很久了……”牛福颇为无奈。

“不行！牛二，你就告诉我，TF4的口号是什么？”明明事情已成定局，单求胥还是不想面对。

“不抛弃，不放弃。”牛福说。

“那你现在在干吗？”单求胥余气未消。

“老大，我没有抛弃你们，我也没打算放弃，可是我真的有难言之隐……”面对单求胥的逼问，牛福有些为难了起来。

“难言之隐，告诉我，是不是缺钱，缺钱我借给你啊！”单求胥说。

“老大，真不是钱的事儿，我跟你说不清楚……”看到单求胥不明白自己的处境，牛福索性放弃了解释。

“兄弟之间有什么说不清楚的，你要勤工俭学就告诉我啊，我可以帮你。”

“有些事情你帮不上什么忙。”说完，牛福便转身走了。

“唉……”看到牛福静静地离去，单求胥心里十分无奈。经历了之前种种，他甚至觉得，比赛的输赢都不重要，重要的是，他不想失去这么一个朋友。他不想牛福因为别的难言之隐而离开这个团队、这个班级。但是此刻，除了坐在那里，单求胥什么也做不了。

牛福走了，单求胥也无心培训大家篮球技巧了。毕竟，篮球并不是几天能够完成从菜鸟到高手的进化的。本来胜算极小，现在牛福的退出更是雪上加霜。

“今天之前，我一直自信地以为自己比任何人都要强大。一人独闯五座学校，无论遇到什么样的人，我从来都不会输给他们。可是不知道为什么，面对牛福的离开，我却一点办法都没有。”单求胥几度失意，索性一个人来到海边，孤独地走着，心里一遍遍地审问着自己。

来到现在的班级后，一件件实实在在的事情摆在了单求胥面前，让他一次次觉得自己有一种无力感。当单求胥回到教室的时候，却发现牛福的位子已经空空如也，牛福就这样一声不吭地离开了。单求胥失望地回到位子上坐下，呆呆地望着牛福的位子。单求胥本以为他会打声招呼再走的，本以为自己不会在乎，但是，心还是忍不住有些痛了起来。

李德亮拿着相机从门缝里拍照，然后走上讲台。看到一如往常平静的班级，李德亮推了推眼镜，笑着说：“同学们，我们班牛福同学因为家庭原因转学了，他特意嘱咐我，让我代他向大家告别，感谢大家这么多年来对他的照顾与帮助。”

这时，众人回头望去，牛福的桌子旁只剩下林昆一人。除了TF4，牛福的离去仿佛谁也没有觉得什么。毕竟，坐在最后一排的学生，在与不在有什么太大的区别呢？

“唉……真是的，走了也不打个招呼……”看着空荡荡的桌面，林昆也忍不住发起牢骚来。

李德亮顿了顿，接着说：“牛福同学转去的是一所外地的省级优秀学校，同学们，这就是差距！更优质的学习环境意味着更优质的学习资源，这是好事情……”

看到李德亮借题发挥，单求胥不屑地笑笑，心想：“跟我说这些，天下乌鸦一般黑，不论去哪个学校，还不都得考试，都得用成绩论英雄。”

“虽然大家没有牛福同学的福气，但是我相信，只要大家不懈努力，结果肯定都是一样的，不说了，大家赶紧学习吧！”

“明明家里没钱，还要去读那么好的学校，牛二的父母这么用心良苦，换作我，也会离开的。唉……”王元鹅摇了摇头，继续埋头做起习题来。

“唉，牛福走了，我和陈喆打的赌可怎么办……”单求胥双手挠头，陈喆转过头看着单求胥，一脸得意。

看到陈喆小人得志的样子，单求胥一肚子气。下了课，单求胥和林昆便站在走廊里，对着来往的同学央求起来。

“同学，加入我们吧！”单求胥满脸堆笑，可是大家对此不闻不问。

“姐妹，学学打篮球吧！”林昆的号召力更是弱爆了。

“兄弟，你一定得来帮帮我啊！兄弟，别走啊！哎……”单求胥将同学换成了兄弟，可是依旧没人搭理二人。

全班同学差不多问了一遍下来，二人依旧是无功而返。众人离开，单求胥失魂落魄地趴在窗台上望着远方。

“牛二也真是的，有好的学校，说走就走了，连个招呼都不打，太不够意思了！”林昆走过来，又抱怨起来。

“人往高处走，水往低处流，人之常情嘛……”单求胥无奈地看着远方，院墙上的麻雀站成一排，嘻嘻闹闹着。

“唉，我自诩是单氏集团的接班人，现在连个自己的小团队都拉不起来，何谈管理一个企业，真是自欺欺人！”单求胥心想。

看到二人趴在窗前，陈喆故作声势地从二人身边大摇大摆地走过。

看到单求胥颓废的样子，林昆主动将剩余的队员组织了起来。

室内篮球场，郝佳琪还有王元鹅抱着篮球，剑拔弩张地对峙了起来。

林昆拉了拉单求胥的胳膊，问：“老大，都那么久了，会不会出什么问题啊？”

单求胥想了想说：“出问题也得练，这也是没办法的办法，要不然TF4怕是真要解散了！”

“那你确定她俩打不起来？”看到王元鹅的拳头攥得紧紧的，林昆也捏了一把汗。

单求胥躺在地上，倒退着，像只蠕虫一样，从二人中间蹭过，本想从中间劝和二人，没想到二人一起将篮球朝着单求胥摔了下去。

“我要跟你宣战！”二人几乎同时说出了这句话。

最惨的还要属单求胥，两个篮球不偏不倚地打在了脸上，单求胥顶着熊猫眼一脸生无可恋的样子，四仰八叉地躺在了地上。

就这样，以单求胥的熊猫眼为代价。二人终于加入了战队，只不过，每个人都有每个人的脾气，单求胥只好小心协调。

既然二人已经宣战，那么单求胥只好拿着哨子站在一边当起了裁判，林昆从器材室搬来两筐篮球，郝佳琪和王元鹅身边各一筐。

单求胥吹了吹哨子说："第一局，三分投篮，时间三分钟！"

郝佳琪与王元鹅对视，杀气足以让抱着篮球站在旁边的林昆瑟瑟发抖。

"预备，三、二、一，开始！"吹下哨子的同时，单求胥按下了秒表，林昆则负责计数。

郝佳琪与王元鹅各自投篮。王元鹅力大如牛但准头不行，篮球打到篮板上又弹了回去；郝佳琪则刚好相反，力量小到球根本扔不到篮筐边上去。

"这鸟人，还真是个女汉子，不过，她这股蛮力适合做控球后卫……"单求胥暗中观察着二人，"郝佳琪虽然力量差很多，但是准头较好，适合做得分后卫。木棍儿这二货遇事较为冷静，勉强做中锋。我做小前锋得分，唉……就差牛二来做大前锋卡位抢球了。"

想到这里，单求胥无奈地摇了摇头，看着秒表，林昆走到单求胥跟前，戳了戳单求胥，竖起了大拇指。

"老大，真有你的，两个极品死对头都能凑到一块去。"

"好了，时间到了！"虽然单求胥已经吹了哨子，但是二人仍未停下来，谁也不服谁。

"停停停！已经结束了！"看到王元鹅和郝佳琪满头大汗气喘吁吁仍不停下来，单求胥方才明白了，女人之间的战争，有时候还蛮可怕的。

"老大，你看她们这样无视规则，能行吗？"林昆担心地问。

"哎，来劲！孔子曰的好啊，唯女子与小人难养也！作吧，等她们把球扔完就不嘚瑟了，累不死她们才怪！"说着，单求胥打开一瓶可乐，走到边上，坐下喝了起来。

果然，二人将球全部扔完，纷纷累得坐倒在地上，汗流浃背地大口喘粗气。

单求胥拿着两瓶饮料走过去，递上说："各位大爷，不扔了啊？"

二人接过饮料，仰头喝了起来，汗水顺着二人的脸颊一直流到脖子里。单求胥做贼似的瞥了一眼，便赶紧站了起来。

"咳咳，郝佳琪投球进一个，王元鹅投球进一个，第一局，平！第二局，带球过人，每人三次！"

第二局开始，王元鹅头绑着手绢，手里运着球，郝佳琪挡在前面。

郝佳琪这次成功地阻挡住了王元鹅的进攻。在篮筐下，王元鹅奋力跳起投球，却被郝佳琪打手，王元鹅脚落地时失去重心，崴了一下，单求胥赶紧吹哨。

"停！郝佳琪，你打手犯规了好不好！"

"哦……"郝佳琪一脸无辜的样子。

“鸟人，你没事儿吧？”说着，单求胥指了指王元鹅的脚踝。

“哦，没事儿……”王元鹅假装很轻松的样子，事实上，她的脚踝已经有些痛了。

“落地的时候一定要注意保护脚踝。来，第三次！”

王元鹅带球撞人，单求胥赶忙吹哨制止，此时，脚痛不已的王元鹅有些不耐烦。

“又咋了？”

“大鹅，你带球撞人了，连最基本的篮球规则都无视，怎么打？”

“你站着说话不腰疼，就知道说别人！你来，来，你来一个标准的给我看看！”王元鹅心中不服气，奋力将球扔给了单求胥。

看到王元鹅还有郝佳琪对自己有成见，单求胥心想：“嘁，老虎不发威，你当我是小灰灰啊，我就给你们点颜色看看！”

见林昆幸灾乐祸地喝着饮料，站在一旁看着三人笑，单求胥怒视道：“你给我过来！”

“我？”说着，林昆赶紧凑了过来。

“饮料好喝吗？”

“老大，你、你喝……”林昆唯唯诺诺地将易拉罐递了过来，单求胥夺过饮料，跳起将饮料卡在了篮筐与篮板中间的夹缝里，转身朝着球场中间走去。

“木棍儿，你拦，我上！”单求胥弯下腰，打算进攻。

“好，来吧！”林昆大吼着张开双手，做好了防守姿势。

单求胥一脸无奈地拿起篮球，在林昆面前来了一个梦幻脚步。

“让你们看看本少爷的篮球功底……”单求胥心想着，奋力将球摔在地上弹起。

“啊！难道是弹射进篮？”林昆大喊了出来。

篮球经由地板划了一个弧线朝着篮筐奔去，单求胥也顺利地冲破了林昆的防线。

可惜的是，篮球只撞到了篮筐上，并没有进。

王元鹅嘴角笑了笑说：“我就知道这个球进不了，装什么装！”

“哇，真的好帅哦！”面对单求胥的一系列花哨动作，郝佳琪则欢喜得不行。

正当篮球错过篮筐往下落的时候，单求胥三步上篮，奋力腾空跃起，在半空中将球二次接住，灌篮而下。

单求胥稳稳地落到了地上，伴随着篮筐激烈的抖动，易拉罐被震落，单求胥接过易拉罐，仰头喝了起来。

弹射，起跳，二次灌篮，一系列动作一气呵成。三人简直看傻了，纷纷跑过来跪在地上，抱单求胥大腿。

“胥胥，你好厉害哦，我好喜欢你哦！”郝佳琪一脸喜欢的样子紧紧地抱住了单求胥的大腿。

“单求胥，你真讨厌，明明那么厉害，还隐藏自己的实力！”王元鹅更是一反常态撒起娇来。

林昆更为夸张，跪在地上三拜九叩，直喊：“老大，收我为徒吧，求求你了！”

单求胥看不惯林昆的贱样，不断地将其踢到一边，可是林昆总是贱兮兮地又爬过来，看到自己的魅力如此之大，单求胥仰天大笑了起来。

“哈哈哈……哈哈哈……”

单求胥笑得格外夸张，三人十分不解。原来，刚才发生的一切都是单求胥脑内意淫幻想出来的！

王元鹅用力将球扔给单求胥，将单求胥打醒，单求胥方才停止大笑，意识到问题。

“哼，一会儿就等着抱我大腿吧！”单求胥心想着，朝着篮筐腾空飞去，篮球划着一个抛物线落了下去，单求胥冲劲儿太强，空中难以刹车，“咣当”一声撞到了篮筐上。

“哎呀……”单求胥应声摔在地上，篮球架激烈地晃动着。看到四仰八叉的单求胥，王元鹅和郝佳琪赶紧捂着眼睛，转过头去。

“老大，小心！”看到易拉罐摇摇欲坠，林昆赶紧大喊了起来。

发现易拉罐掉了下来，单求胥方才猛地合上双腿，可是，终究还是输给了重力加速度，易拉罐狠狠地朝单求胥的命根子砸了上去。

“God!”

看到单求胥徒有其名，王元鹅索性甩开膀子转身就走了。

单求胥装帅失败，十分没有面子，王元鹅走了他也没好意思说啥，只得继续同郝佳琪、林昆练了起来。

医生笑着慢慢转动着王元鹅的脚，用力往前一推，伴随着“咔吧”一声响，错位的关节恢复了原位。原来，刚才的训练中，王元鹅果然扭伤了脚踝。

“木棍儿，哎呀……慢点慢点，哎哟……疼死我啦……”正当王元鹅系着鞋带打算离开的时候，却听到楼道里传来单求胥杀猪般的喊叫。

“糟了，单球蛋也来了，我得赶紧躲起来。”王元鹅瞅来瞅去，赶紧趿着鞋躲在了门后。

“哟，脚崴了啊？”单求胥刚一进来，医生就笑着迎了上去。

“嗯嗯，医生，刚才打球放大招，一不小心就崴了脚。”说着，单求胥躺在了床上。

“嘁，恬不知耻，那也叫放大招！”王元鹅在门后听着，心里十分不屑。

医生拿着单求胥的脚只是看了看，单求胥便疼得嗷嗷大叫。

“痛痛痛，啊……”

伴随着“咔吧”一声，单求胥的噪音便戛然而止。

“老大，怎么样了？”看到单求胥停止喊叫，林昆赶紧问道。

“咦，好了……”单求胥转了转脚踝，十分诧异。

“同学，这头上的包是怎么回事，脸着地了啊？还有你这黑眼圈……”看到单求胥一身是伤，医生不禁问了起来。

“没……没啥，嘿嘿嘿……”看到郝佳琪在一旁，单求胥不好意思地笑了起来。

"唉，鸟人也真是的，不就是组队打个球嘛，那么小气！"林昆不禁抱怨起来。

郝佳琪接着说："就是，我也不知道她哪来那么大的气！"

"行了，都别给我揣着明白装糊涂！郝佳琪，你整天和那陈喆走得那么近，人家能不急吗？"单求胥一语道破。

"可是我真的对他没感觉啊，一个整天就知道学习的书呆子，我才不喜欢呢！"面对单求胥的分析，郝佳琪不以为意。

"哎哎哎，这话你当着鸟人的面讲啊，跟我俩说有什么用。唉，女人之间的战争，就是那么随意，完全就是看心情啊！"说着，单求胥下床系起鞋带来。

听到这些，王元鹅不禁有些傻了，直到此时她才知道，原来郝佳琪并不喜欢陈喆。可是，他们俩为什么还整天腻在一起呢？王元鹅百思不得其解。

"老大，要不你就认个尿算了，班长真没啥好当的，牛二走了，鸟人也走了，咱们现在怎么打啊！到时候出丑的是大家，现在认尿是你自己，没人知道。"林昆打起退堂鼓来。

单求胥斩钉截铁地说："不行，虽然牛二走了，但是我们 TF4 的团队精神依旧还在。"

"对，胥胥，我支持你。"郝佳琪笑嘻嘻地往单求胥身边凑了凑。

"虽然班里同学不帮我们，那都是迫于陈喆的淫威。我知道大家想上体育课的心情，我向陈喆宣战的时候，大家都是支持我的，我不能辜负大家对我的信任。"

"可是这样下去的话，我们三对五，岂不是会输得很惨……"郝佳琪说出了自己心中的担心。

"一言既出，驷马难追！自己许下的诺言、承诺的目标，拼了命也要做到！我一定要奋战到底，正如鸟人说的，若你的生活是天空，那我肯定就是那只为梦想飞翔的鸟人，所以，我一定会加油的！"单求胥说得极为坦诚与认真，这让王元鹅很是感动。没想到，在单求胥影响着自己的同时，自己的只言片语也在影响着单求胥。

看到单求胥满怀深情，医生拍了拍单求胥的肩膀，说："嗯，好好加油吧！"

"走吧！回去继续练习！"单求胥系好鞋带，站起来，满怀信心。

"胥胥，要不改天再练吧？你浑身都是伤。"看着单求胥一瘸一拐，郝佳琪心疼地说。

"不行，留给我们的时间不多了……我没事儿，走吧！"说着，单求胥搂着二人转身朝门外走去。

三人转身方才发现，王元鹅不知何时早已眼圈红红地站在了那里。一时间，单求胥尴尬得不知道该说些什么才好。

"鸟人，我……我刚才……"单求胥摸着脑袋，努力想该说什么。

王元鹅低头看了看单求胥的脚，还有自己的脚，坚定地看着单求胥，问道："第三局比什么？"

"啊？"面对王元鹅的这个问题，单求胥颇感意外。

直到此时，四人方才破冰和解，大家忍不住对视着笑了起来。

第十二章　牛二的秘密

几天的训练下来，单求胥累得回到宿舍便躺在了床上，想起大家对牛福的不满，想到牛福隐瞒大家去勤工俭学的种种，单求胥辗转反侧。

看到牛福的床空空如也，单求胥忍不住拿出手机，打了过去。

“您好，您拨打的电话已停机。Sorry ,the number you dialed is out of service !”

“唉，白瞎了这个兄弟了……”听到电话里传来的语音，单求胥深深地叹了口气。

虽然自己上交了老班，但是单求胥之前送给自己的那个星形玻璃瓶在王元鹅的脑海中始终挥之不去，为此，王元鹅找了好久，却一直未曾找到。

这一天，王元鹅拉着林昆去逛商场，来到饰品店找了起来。

“您好，请问有什么可以帮您的？”看到二人找来找去，服务员赶紧迎了上来。

“哦，老板，你们这里有没有星星形状的玻璃瓶，里面装的是金色的沙子……”林昆跟服务员用力描述着。

“您说得是沙漏吗？”

“不是不是，就是很小的那种玻璃瓶……”

“不好意思，没有……”

“谢谢了。鸟人，都没有啊，我们回去吧。”

“好吧……”一路问下来都没找到，王元鹅只好拉着林昆，打算往回走。

看到二人失落的样子，店员赶紧走上来问：“您好，我想问一下，最近很流行这个吗？”

“嗯？”王元鹅和林昆转过头，有些疑惑地看着店员。

“哦，是这样的，刚才也有一个学生样子的男孩子过来问了，说的话都一模一样。我在想要是最近流行这个，我就去找货源……”店员赶紧解释道。

“男孩子？鹅姐，该不会是……”林昆立马就想起牛福来。

王元鹅想了想问道：“您说的男孩子是不是有一点胖？”

店员笑着说：“对的。”

林昆戳了戳王元鹅说：“鸟人，该不会是牛二吧？”

王元鹅疑惑地说：“他不是转学去外市了吗，要是回来，也应该通知我们啊。”

王元鹅想了想，又说：“你把手机拿出来，到牛二的空间找张照片出来。”

“哦……”说着，林昆赶紧掏出手机，找到了一张照片递给店员看。

“请问您说的是他吗？”王元鹅问。

“对，就是他。”店员几乎没怎么细看，一眼就认出来了。

牛福一声不吭地离开，这让王元鹅等人十分不解，甚至是愤怒。王元鹅怎么都没想到，那么多天过去了，牛福竟然还在这座城市。此时，王元鹅和林昆仿佛柯南附体，他们隐约觉得，如果真是牛福的话，那么，这其中肯定藏着不可告人的秘密。根据店员提供的消息，王元鹅和林昆赶紧朝着牛福离去的方向找了过去。

二人循着商场找了一遍，未能找到，又走到了大街上，漫无目的地找了起来。看着来来往往的人群，想要找到牛福简直如同大海捞针一般。

不过，有时候，有些相遇是冥冥中注定的。在一个书店门口，林昆发现了一个熟悉的身影。牛福呆呆地站在玻璃橱窗外，望着书店里面摆放的学习资料，犹豫了好一会儿之后，方才进去付款买了一本书，慌忙走开了。

看到牛福一个人怅然若失地走在街上，王元鹅让林昆尾随其后，自己则赶紧跑到了书店门外，打量了起来。

透过牛福所站的位置望去，王元鹅赫然发现了，刚才牛福所买走的书，正是《高考复习一百套测试卷》教辅资料。这让王元鹅十分意外，来不及多想，王元鹅看了看林昆，赶紧追了上去。

“哎，鸟人，你们女人不是有第六感吗，你觉得牛二回来是为了啥，该不是就为了买套复习资料吧？”林昆压低了帽檐，生怕被牛福认出来。

“不知道为什么，我总觉得牛二回来这件事情并不单纯，但是我又不知道问题出在哪里……”看到牛福不时地回头观望，消失在了一个小巷中，王元鹅赶紧拉着林昆跟了上去。

小巷的尽头是一片农村，王元鹅满头大汗地四处寻找着，林昆则背着包跟在了后面。

“都怪你！要不是你老打岔，能把一大活人给跟丢了？咱俩能走到这鸟不拉屎的破地方来？”看到牛福没了踪影，王元鹅不禁发起脾气来。

“鸟人，我真没看错，牛二确实往这儿走了。”

“放屁，我一看这地儿就不对，这摆明着就是一窑厂，烧砖头的，牛二来这儿干吗？他在外市上学，然后好不容易回来一趟就来这里？”

“谁还没个穷亲戚啊……”

“啊……烦死了……算了，回去吧。”王元鹅抬头看了看炎炎烈日，垂头丧气地往回走去。

“嗯嗯嗯，也对。牛二要是回来的话，按理说应该第一个先去找我们，怎么可能会来这里呢。莫非真是我看错了？”林昆嘀咕着，跟在王元鹅身后往回走去。

“牛二，你快点！这边活儿都快赶不上了！”

“好的好的，马上就来，马上就来！”

无比熟悉的声音掠过耳畔，王元鹅和林昆几乎同时停下脚步，愣在了那里。没错，刚才确实是包工头与牛福的声音。看样子，牛福应该是回来晚了。王元鹅和林昆二人对视了一下，从彼此无助的眼里，确信是牛福无疑。此时，二人神情严肃，犹如石像般愣在原地。风吹过王元鹅的头发，豆大的汗珠掉在地上，融进干燥的沙砾里。

牛二走后，王元鹅曾经无数次想象，久别后的重逢会是怎样。是在大学，还是在新概念作文大赛上，或者在工作后的商战博弈中？可以想象，转学去了省级重点中学的牛二，运气应该不会太差，但是此刻，王元鹅不愿再想下去……

“啊……哎呀……”牛福喊了一声，王元鹅和林昆赶紧回头望去。

牛福脖子上挂了一条毛巾，用力拉着人力地排车，车上满是未烧制的砖坯，上坡路的时候，牛福用力地拉着，汗珠不断地滑过通红的脸颊，落在了地上。假如时间能够倒退，王元鹅绝对不会选择在这个时候转身。

“这……”看到眼前的一切，林昆再也说不出话来。

烈日下，看着牛福扭曲变形的脸，回想起他为此编造的美丽谎言，王元鹅眼角的泪止不住地滑落下来。

牛二的速度显然慢了很多，中年模样的包工头走过来说：“牛二，你今天怎么回事儿？没吃饭是咋地，赶紧的！”

牛二用力拉着，可是地排车却慢慢地开始倒退，牛二没有压住车把，地排车翘起将牛二撅在了空中，牛二用力地想往下压，却无能为力，只能在半空中挣扎，那画面滑稽极了，也狼狈极了。

“哈哈哈，牛二，又底儿朝天了啊！”众人看过来不禁笑了起来。

“要不要过去帮一下他……”林昆着急地往前走去。

“走吧……”王元鹅抹了抹眼泪，拉着林昆转身走了回去。

直到此时，他才明白单求胥讲的那句话：男人为了面子，甚至可以付出生命！而牛福为了面子，甘愿在这里忍受着这非人的折磨。

沉重的心事在王元鹅心里怎么搁也搁不下，她来到了海边，穿着鞋，走在海浪里，任凭鞋子湿透。林昆拎着鞋子，沉默不语，跟在后面。

回到教室，王元鹅坐在位子上写起日记来，林昆则趴在桌子上心事重重。

“会不会是大人的世界太复杂，还是我太单纯，我总觉得自己活在谎言中，我被它们包围却无力戳穿。单求胥和牛福、林昆交往，只是为了完成他和父亲打的赌去美国；牛福委托班主任口口声声说转到了重点高中，可是为什么却在黑窑厂给人拉车？我甚至开始怀疑自己，开始怀疑奶奶说的话……我爸到底还能不能回来……”写着写着，王元鹅竟然止不住地忧伤了起来，看到牛福空空的课桌，她索性合上日记本，趴在桌子上睡了起来。

没多会儿，单求胥拿着球，和郝佳琪从外面走进来，看到王元鹅和林昆坐在教室，单求胥不禁冒火。

“喂，你俩咋回事儿，放我鸽子啊！说好了一起去练球，合着在教室享福呢？不抛弃，不放弃，TF4的团队精神这么快就抛在脑后了，还够不够哥们儿！哎，鸟人，别给我装大尾巴狼，说的就是你，答应了为啥不来，还有你，木棍儿，想不想混了！”单求胥情绪激动，像机关枪一样地说个没完，林昆见状，赶紧嘘声制止。

“嘘你个头，嘘什么嘘！”单求胥说着将篮球朝林昆扔了过去，“牛福不讲义气就罢了，你俩也这样！”

球从林昆身上弹开，打到了王元鹅的头上，王元鹅终于忍不住拍案而起。

“够了！”

单求胥被王元鹅突如其来的愤怒吓了一跳，二人相互对视，不知道该说什么好。

“棍儿，怎么，怎么个情况？”单求胥赶紧问。

面对林昆的解释，单求胥怎么也不相信。在他看来，这简直就是二人为了躲避训练而编造的借口。想到单求胥家的关系，林昆只好把他带到了窑厂一探究竟，或许他还能帮得上什么忙。

带着疑问，林昆带着单求胥还有郝佳琪二人，经由小胡同来到了窑厂，偷看了起来。可是三人蹲着看了半天，却没有找到牛二。

“哎，人呢？明明就在这里的啊。”林昆不禁纳闷起来。

“哈哈哈，行了，木棍儿，别演了，你这为了圆个谎，未免也太夸张了吧。算了算了，懒得跟你计较，回去了，回去了。”看到林昆认真而滑稽的样子，单求胥忍不住拍了一下林昆的头，哈哈大笑起来。

“老大，我真的没有骗你！”林昆一时间不知道该怎么和单求胥解释好。

“人呢？人呢？人在哪里？”

看到单求胥没有丝毫相信的意思，林昆气不过，朝砖窑走了过去。

“哎，来劲！”单求胥和郝佳琪无奈跟随。

“喂，你们几个毛头小子是干什么的！”林昆刚没走几步，便被包工头叫住了。包工头胡子茬儿花白，抽着烟，十分江湖。

林昆笑着说：“大叔，我们来找个人……”

“找人？我们这儿没学生，找人去别地儿找去！”看到几人穿着校服，包工头十分敏感。

“哦，是这样……我们一个朋友叫牛福，外号叫牛二……”林昆小心翼翼地解释着。

包工头打量着眼前几个人，凶巴巴地说：“没有这个人，你们找错地方了！”

“可是我明明……”看到对方不认账，林昆有些着急，毕竟包工头刚才喊的明明就是牛二。

“可是什么？我说了没这个人！别耽误我干活！”

看到包工头怒目圆瞪，林昆只好作罢。

“没有就没有呗，凶什么凶……木棍儿，咱们走……”单求胥小声嘟囔了几句，三人转身离开。

烈日当空，三人在商店门口喝着饮料解暑。

“我发誓，我明明看到牛二在这儿拉车的，还被撅到了天上……对了！他会不会请假回宿舍了，刚才见他状态不好……”

“行，木棍儿，你算是彻底惹到我了，我今天还真就陪你把戏演到底，你要是给我找不出牛二，我让你碎尸万段！”说完，单求胥拉着林昆朝窑厂走去，郝佳琪心事重重地跟在后面。在单求胥看来，在窑厂干这种活儿，根本不可能发生在牛二身上。

有了前车之鉴，三人便绕了老远方躲开包工头的视线。看到一排排破旧不堪的瓦房，三人鬼鬼祟祟地挨个工棚查看了起来。

林昆推开第一个工棚门，里面空荡荡的没有人，地上满是散落的酒瓶子。

单求胥捂着鼻子说：“这是人住的地方吗，木棍儿，如果牛二真在这里，我就倒着走给你看。”

“老大，你别急。”说着，林昆推开了第二个工棚门，一帮工人正光膀子喝酒，看到有陌生人闯入，纷纷回头盯着几人。

“不好意思，不好意思！”单求胥赶紧关门道歉。

眼看着林昆打开一间又一间宿舍，仍旧未能发现牛福的身影，单求胥拍了拍林昆的肩膀说：“棍儿，差不多行了，我已经原谅你了，咱们回去吧。”

正在林昆犹豫不决的时候，突然从前方传来一阵英语听力试题的声音。

“Excuse me? Can you tell me how much the shirt is? Yes, it's nine fifteen. 你将有五秒钟的时间将正确答案标在试卷上，衬衫的价格为……”

“九镑十五便士。”单求胥几乎随口说了出来，“开什么玩笑，在这种鬼地方也有人听英语？”

看到单求胥怀疑地看着自己，林昆肯定地点了点头。

门开着，三人走了进去，宿舍里虽然条件简陋，但是好在被打扫得比较干净。牛福躺在床上睡了过去，枕头旁的录音机里传出了英语听力试题。

看到牛福在床上打着呼噜，旁边是一套未做完的模拟卷，单求胥一动不动地愣在了那里。单求胥眼圈发红，双拳紧攥。牛福编造的谎言太过美好，而眼前的事实却太过残酷。

同王元鹅一样，单求胥也选择了一声不吭地转身走出去，将郝佳琪还有林昆远远地甩在了身后。

冯莹在讲台上踱步，众人听着录音机做着模拟卷。

“你将听到以下内容：Excuse me? Can you tell me how much the shirt is? Yes, it's nine fifteen. 你将有五秒钟的时间将正确答案标在试卷上……”

单求胥拿着笔，呆呆地看着眼前的试卷，心中的思绪早已翻江倒海。

“衬衫的价格为九镑十五便士，所以你选择B项……”

听到这里，单求胥再也不能淡定了，他放下手中的铅笔，走了出去。

室内篮球场，单求胥一个人拼命地打着，发泄着心中的懑闷，一个灌篮后，单求胥站在篮下。

“啊……”

单求胥拿着篮球大喊着，用力朝着地上摔下，篮球猛地被高高弹起卡在了屋顶。直到此时，单求胥方才满头大汗倒在地上。

如果说牛福去窑厂做兼职这件事深深地刺痛了单求胥。那么，刚才窑厂的一切让他无地自容。

躺在地上，看着屋顶被卡住的篮球，单求胥此刻的内心充满愧疚。牛福虽然能力有限，但是他渴望校园，渴望知识，哪怕身处砖厂，也未曾放下手中的课本，而自己呢，又在做什么？比自己优秀的人，比自己差的人，都在努力学习，而自己却无所事事……

面对心中如此多的困惑，单求胥有生以来第一次如此想见到父亲。

单父坐在办公室沙发上，听单求胥讲完所有的困惑和想法，陷入了沉思。

“一中果然是名校，短短几个月的时间，竟然能够让胥胥成长如此之多……”想到这里，单父开口说：“胥胥，你可要想清楚，你的压岁钱要是全部拿出来建立奖学金的话，你的资产可就是零了，从投资的角度来讲，是很不成熟的行为，我需要一个你这么做的理由。”

“我从小占据了最优质的教育资源，但是我并不认为学习对我来说有什么用。但是，这并不代表学习对别人没有用，父亲大人，我想用这笔钱帮助对知识有渴求的人。”

“我明白你的好心，可是你这样堂而皇之地拿钱去帮助别人，别人未必会感激你啊。”

“父亲大人，我没想过那么多，我只想帮助曾经帮助过我的朋友，仅此而已。”

“朋友……”看到单求胥一脸严肃，单父陷入了沉思。

事情的真相算是查明了，但是总需要去解决。几个人商量了一下，决定先去找李德亮问个究竟。单求胥、王元鹅和林昆三人一起来到了办公室，在讲完事情的前因后果之后，李德亮坐在那里陷入了沉思。

“离校手续确实是我陪着牛福同学办的，我只记得当时牛福同学抱着我，哭得很伤心……”说着，李德亮仔细回忆起那天的事情来。

牛福走的那天，李德亮亲自带着牛福和牛福妈一起来到了校长室，郝主任签完字后，最后需要毛校长确认。

郝主任拿着离校手续说：“牛福同学，转到那边后，一定要好好学习啊！”

“就是……别辜负了我还有全班同学的一片期望啊！”李德亮也送上了自己的嘱咐。

但是此时牛福拿着笔的手却颤抖了起来，签完字后，牛福的情绪有些波动。

李德亮叹了口气，说：“我总是说，关上门就是一家人，牛福，欢迎你随时回来，你永远都是8班的家人！”

虽然平日里没有少挨李德亮的批评，但是此刻，望着眼前宽厚的李德亮，牛福再也忍不住眼中的泪水，他抱着李德亮哇哇大哭了起来，这让李德亮颇感意外。

“李老师还是深得人心啊，学生舍不得你，这是做老师的荣耀。”看到牛福哭得特别伤心，郝主任忍不住有些嫉妒了。

看到牛福有些失态，牛福妈赶紧上前拉，却怎么也拉不开紧抱着李德亮的牛福。牛福妈只好跟众人道歉道：“不好意思啊，老师们，这孩子重感情，是有些舍不得了。”

“可以理解，可以理解……”郝主任点了点头。

当天发生的一切，放在现在来讲，一切都讲得通了。因为牛福要离开校园，所以才抱着自己哭得如此伤心。

“我当时并没有多想，毕竟转学这种情况很正常，如果真如你们所说，那么我觉得有必要上报学校，由学校出面解决。”李德亮思索再三，决定按程序走。

“老班，我们之所以跟你讲这件事情，就是不想把事情闹大，毕竟，一个人的自尊心是花多少钱都买不到的。若是上报了学校的话，我怕牛福是怎么也不会再回来了。”单求胥赶紧说出了自己的想法。

“这个我也理解，那你们觉得应该怎么做？”

见三人眼巴巴地看着自己，李德亮点了点头说：“那行，我先去试试吧。”

牛福换上衣服戴上手套，刚打算去换班，却发现李德亮提着很多水果赫然站在了门口。但是，面对李德亮的突然出现，牛福好像并不觉得惊讶。

“老班，你喝水。”牛福从床底下拿出一瓶矿泉水，递给李德亮。

“牛福同学，我真不喝了，都喝了三瓶了……”李德亮说明来意后，一直等着牛福表态，可是牛福却怎么也不肯多说一句。

“牛福同学，我知道你很想重回校园，所以我特地跟这儿的老板谈了很久，他这是违法使用童工。我说明来意后，他吓得跪地求饶，迫于我的压力呢，他也同意放你走。你放心，老板这儿，你不用害怕，不管他用什么手段威胁你。”

“老班，是我舅舅，老板是我舅舅……”

“哦，是这样……”李德亮略显尴尬，本来滔滔不绝的他，突然沉默了起来。李德亮本以为牛福不肯离开，是因为包工头的威慑。没想到，一切都是你情我愿。若是牛福被迫来这里的，还可以动用司法的力量，但是一切都是牛福自愿的，除非他自己愿意，否则，没人能够左右得了他，事情一下子变得复杂起来。

“老班，不好意思，我不是故意的……”看到李德亮沉默了下来，牛福有些愧疚，毕竟，李德亮是为了自己而来。

“牛福，我也不是有意说谎，我知道你家庭困难，但是国家有相应的政策啊。国家开辟了绿色通道，可以先上学，后交学费，到时候我也可以专门跟学校汇报，争取减免学费啊……”

“老班……我就想知道，你是怎么找到我的……”

“啊……”

回到学校后，李德亮便将事情的来龙去脉跟三人讲了一遍，得知牛福有意骗大家后，单求胥、王元鹅和林昆只是坐在那里，纷纷陷入了沉默。

“那他们肯定是违法使用童工啊……”单求胥突然想到了些什么。

“牛福的身份证可以证明他已经十八岁了，你们不也都十八岁了吗？还当自己是三四岁的小孩子啊。”李德亮一语惊醒梦中人，直到这时，大家才意识到，自己已经一夜之间悄然成年了。

“牛福同学并不是不想回来，只是迫于家庭的压力，还有自尊心的问题。我刚开始也以为是包工头故意隐瞒事实，后来才知道，是牛福怕有人找他，故意让他舅这么说的。”说完，李德亮无可奈何地叹了口气。

“老班，那你就告诉他我们发现的事了啊？”单求胥紧张地问道。

“肯定没有，我说我亲戚在保险公司上班，办保险的时候我刚好看到的。因为窑厂工作比较危险，所以包工头基本上都会为员工买保险，我就这么给说过去了。”

“明明很喜欢校园，为何还不回来呢？”王元鹅百思不得其解。

“大鹅，你不懂，男人的面子有时候比啥都重要。”林昆此时倒是比大家都明白了。

看到事情陷入了僵局，一筹莫展，单求胥站起来说：“让我去试试！”

单求胥心想，既然包工头是牛福的舅舅，那么自己去找过牛福的事早晚都会被牛福知道。既然如此，还不如直接找到牛福说明情况，劝其回来。虽然不是最好的方法，但是也是没办法的办法了。

看到一帮人胡搅蛮缠，包工头知道他们是牛福的朋友，也只能由着他们去了。牛福拉着车，来往于砖机和砖窑之间，单求胥、林昆还有王元鹅便一直跟在后面，帮忙来来回回地推着。

看到三人没有要走的意思，牛福只好冷冰冰地说：“我已经跟老班讲得很清楚了，你们回吧！”

“牛二，我知道你家里困难，我也知道你过得很辛苦，难道你忘了我们的团队精神了吗？Never give up 啊！”说出这些话之后，单求胥觉得很不合适，同样的话在学校的时候说让人热血沸腾，但是此刻，却显得苍白无力了起来。

“我没有忘，你们回吧，我只是不喜欢枯燥的课堂而已。”说着，牛福拿着脖子上的毛巾，擦了擦脸上的汗。

“牛福！何必骗自己呢？你要是不喜欢，干吗还留着那些课本，为什么还要去买复习资料呢？”王元鹅着急地说。

“大鹅，就我这成绩，考不上大学的……”说着，牛福又擦了擦脸上的汗。

“考不考得上大学，现在说了不算。再说了，还有一段时间才高考呢。”林昆说。

“对啊，我们的学习成绩都很差啊，鸟人也很差啊，但是我们都在进步嘛。”单求胥说。

“你平时不是最恨陈喆吗？你回来，我们 TF4 肯定能打败他们啊！”林昆说。

“对啊！只要我们努力，一切都会好起来的，一定不要放弃啊，牛二！”单求胥说。

众人推着车，走到了上坡的路上，听他们说完，牛福转过头，看着几人，松开了手，车因为惯性往下溜，众人用力推都刹不住。

“哎，哎哎……牛福，你别松手啊，快、快拉住啊！”王元鹅害怕地喊了起来。

“牛二，你疯啦，你想把我们仨都轧死啊，赶紧拉住！”林昆也吓得够呛。

单求胥知道牛福的意思，什么话也没说，只是奋力地将车往上推着。眼看着车越溜越快，离自己越来越远，牛福快步走上前，一把将车拉住。

“你们真以为努力了就会有结果吗？别天真了，你们挡不住溜下去的车，但是我必须可以！成王败寇，弱肉强食，这才是现实！你们回吧！要下雨了，我得赶紧干活了！”

牛福用力拉着地排车跑起来，将众人甩在了后面。三人眼巴巴地看着牛福远去，却不知道该做些什么。

“成王败寇，弱肉强食，这才是现实！”听到牛福嘴里的这句话，单求胥想起了之前李德亮说过的同样的话。

“你要特色是吧？《蜀道难》，你学了不下五六遍了吧，你背过了吗？你要是能倒着背下来，清华北大任你选，这才叫特色！”

想必牛福的这句话应该是从李德亮这里来的吧。天空很快阴了下来，闷热的空气让人有些喘不过气来。看着牛福满是大汗的背影，单求胥鼓足勇气，往前走了一步，大声地喊了起来。

“难道蜀，白李。嗟咨长望西身侧，天青上于难，难之道蜀。家还早如不，乐云虽城锦。麻如人杀，血吮牙磨；蛇长避夕，虎猛避朝。豺与狼为化，亲匪或守所。开莫夫万，关当夫一，嵬崔而嵘峥阁剑！”

雨慢慢落下，王元鹅缓缓抬头，吃惊地望向单求胥，牛福也停下了车，愣在了那里。原来，单求胥真的在倒背课文《蜀道难》。

雷声轰鸣，暴雨如注，包工头喊着“大家赶紧将砖坯盖好”。一时间，众人纷纷离去，只有单求胥、王元鹅、牛福和林昆四人站在那里一动不动。

“天青上于难，难之道蜀！哉高乎危，巇吁噫！”单求胥几乎是一口气将《蜀道难》倒着背了下来，这简直令人难以置信。

王元鹅不敢相信，林昆不敢相信，牛福更不敢相信。但是，单求胥做到了！

所有工人都在工棚下躲雨，看着几个年轻人愣在那里，牛福的舅舅从口袋里拿出了一支烟，点燃，等待着。

“兄弟，回来一起战斗吧！”单求胥几乎带着哭腔，嘶哑着喊了出来。

“同桌，回来吧！”

“牛福，我们需要你！”

“牛二！ Never give in, never give up! 不抛弃，不放弃！”单求胥大声地喊着。

“不抛弃，不放弃！不抛弃，不放弃！”单求胥、王元鹅和林昆三人，在雨里奋力地喊着，牛福只是静静地站在那里，此刻的他，内心在痛苦地挣扎着。

伴随着一阵耀眼的阳光，黑压压的乌云被阳光撕开了一道口子。

“太阳雨，有意思，看来这是天意了。”牛福的舅舅将抽完的烟蒂扔在了地上。看着三个年轻人在雨中一直喊着，牛福的舅舅清了清嗓子，也跟着喊了起来。

“不抛弃，不放弃！不抛弃，不放弃！”牛福舅舅的声音浑厚而有力量，众工友见状，也一起为牛福喊了起来。

“不抛弃，不放弃！不抛弃，不放弃！”

伴随着众人的鼓舞，牛福站在那里，流下滚烫的眼泪。他默默地俯下身子，奋力地拉着车子，朝着前方的泥泞走去。

第十三章　班长争霸赛

看着牛福消失在太阳雨里，大家也都觉得尽力了。毕竟，有些时候，人生的路还是需要自己一步步走下去的，任何人都代替不了你，哪怕半步。

约定赛球的日子很快就到了。为此，单求胥专门请了体育老师扈极硬来做裁判。得知单求胥和陈喆即将兑现诺言，为班长的位置一决高下，班里所有人都早早地来到了篮球场，期待着这一精彩时刻的到来。

众人围坐在一边，以陈喆为代表的五人组，对战单求胥为首的四人组。

单求胥在准备室才将自己设计的队服交给众人，直到大家穿出来的时候才发现，TF4团队的球服号码全都是带小数点的。

王元鹅是TF4.1，郝佳琪是TF4.2，林昆是TF4.4，单求胥自然是TF4.0。虽然TF4团队缺一人，但是单求胥想得很清楚，宁缺毋滥，这次挑战，只要尽力了就好，至于结果早就已经变得不重要了。

“什么鬼球服，号码还带小数点的？”看着对方的红色球服，陈喆不禁皱了皱眉头。

陈喆的战神队身着黄色球服，队员分别是：猴子、老沙、老朱和老白，队长是陈喆。

单求胥心想，陈喆越看越像一个拿着锡杖的唐僧，其余四人分别是孙猴子、猪八戒、沙僧和白龙马。

既然对方是一个古装团队，那么自己的团队成员应该是：单求胥是红脸关羽，拿着大刀，捋着胡子；林昆是娘版张飞，满脸胡子却干瘦如鸡，咋咋呼呼，虚张声势；王元鹅是东方不败，人狠话不多；郝佳琪则是林黛玉，实力不强，但是关键时刻能扭转乾坤。

扈极硬在中间讲着各种比赛规则，TF4则纷纷看向门口，期望着奇迹出现，可是牛福却没有来。

“关二哥，卧龙先生能来吗？”林昆问道。

“飞飞，你放心，他能来，我已三顾茅庐了，他若不来，以后我不许他上香拜我关某！”说完，单求胥捋了捋胡须，目光坚毅地看着陈喆。

陈喆则坐在地上念经，徒儿四人站在身后摆好了造型。

“哼，垂死挣扎，等着出丑吧，善了个哉的！”面对单求胥的杂牌军，陈喆脸上露出了极为自信的笑容。

“各就各位，预备！”扈极硬吹响哨子的同时，将篮球抛向了空中。

单求胥手扶大刀用力跳起，陈喆战队的孙猴子同时一个筋斗云翻了上去。

陈喆战队果然实力雄厚，关云长刚要取球，就被猴子以身高优势一把抢过去。关羽将大刀一震，生气地吼道：“飞飞，防守！”

孙猴子将球传给了唐僧，唐僧手拿锡杖，拍球走过林黛玉面前。林黛玉禁不起唐僧的推搡，应声倒地。

唐僧所向披靡，一路杀过去，没人防守，看到东方不败在一边，唐僧故意绕了一圈走过去，在东方不败面前显摆。

唐僧努力显摆，东方不败却无力阻拦，眼看着唐僧没有要走的意思，东方不败索性叉腰看着唐僧表演起来。

看到关羽和张飞冲了过来，唐僧赶紧知趣地朝篮筐底下奔去。

张飞耍阴招伸脚，将唐僧绊倒，唐僧扭头看向扈极硬，扈极硬没有吹哨。

唐僧嚷嚷道：“老师，他犯规！”

扈极硬说：“没看到，比赛继续！”

“快快，进攻，飞飞，传球，传球！”看到张飞拿到了球，关羽赶紧喊了起来。

张飞赶紧将球传给关二哥，但是面前有唐僧师徒四人前来阻挡。

“飞飞，传给东方不败！”关羽大喊。

“咦……呀……”东方不败应声飞起。

张飞用力将球传过去，东方不败接住球后快速跑到了篮下。

“好样的，东方不败，上篮！”关羽大喊。

东方不败定睛看了看篮下，奋力跳起，眼看球要进篮筐，孙猴子一跃而起，将球夺了过去。

“悟空，好样的！”唐僧见状，赶紧活动了起来。

“唉，篮板球，我们的漏洞所在！”说完，关羽赶紧追了上去。

孙猴子将球传给唐僧，唐僧拿着锡杖直奔篮筐底下，三步上篮，球进，分数变为2比0，众人欢呼。

唐僧对着众人低头来了一句：“阿弥陀佛……”

TF4在同战神队的第一回合中处于下风，实力相差非常明显。毕竟，TF4还差一员大将。

“我曾经无数次幻想能够逃离枯燥的课堂，我幻想停电，幻想放假，幻想老师生病，幻想恐怖分子袭击，我甚至幻想地震海啸能将学校淹没，而此刻，我却只想重回校园，那个监狱一般的地方……”外面雷声滚滚，牛福在工地宿舍里看着球服，思索着，此时的他，内心无比挣扎。

“同学们，一定要珍惜宝贵的在校时间！你们所浪费的今天，是昨天死去的人奢望的明天；你们所厌恶的现在，是未来的你回不去的曾经！加油，努力，奋斗！”李德亮的教诲言犹在耳，只是直到此刻，牛福才真正明白这些话的意义。

“单求胥可以倒背《蜀道难》，为何我不可以？”心中的渴望让牛福终于喊了出来。

牛福拿着球服跑到门口，大喊：“我想上学，我要上学！”

雨下得更大了，雷声隆隆，牛福拿着球衣奔跑在泥泞的路上。

比赛进入白热化阶段，猴子拿着棍棒打向郝佳琪，郝佳琪倒地不起；老朱同林昆对抗，将林昆一屁股怼出去几米远；陈喆对着王元鹅念经，王元鹅头痛欲裂……

单求胥满头大汗，拿球回头看。此时，比分已经是 10 比 0，看着老白犹如一匹脱缰野马，朝自己冲了过来，单求胥赶紧往侧方跑去。

可是战神队的配合如此紧密，老白一头将单求胥撞倒，单求胥应声倒地，球甩到了后面，被老沙接住，一个腾空而起，老沙将球灌篮。

伴随着众人鼓掌，比分已经拉大到 12 比 0，TF4 纷纷躺倒在地上。

扈极硬走上前去大喊：“距离比赛结束还有三分钟，TF4 团队已经落后取经团队 12 分！”

陈喆微笑着，从单求胥身上嚣张地踏了过去。单求胥无力反抗，垂头丧气地躺在了那里。

“难道就这样输了吗？”单求胥心里想着。

“喂，姓单的！干吗躺在那里，还有三分钟呢，想就这样认输了吗！”看到单求胥萎靡不振，陈喆大喊着。

单求胥仿佛有些灰心了，两眼直直地看着房顶，依然躺在那里。

“喂！给我起来，比赛还没有结束呢！抬头看看你的队友，给我起来！起来啊！”陈喆在一边用力地喊着，虽然陈喆是想看到单求胥输，但是陈喆却从未想过自己的对手如此不堪一击。和强者比赛才是他想要的，哪怕是精神上的强者。

郝佳琪、王元鹅和林昆看着躺在地上的单求胥，单求胥身心俱疲，他在想，是否还要继续比下去，毕竟只有三分钟了，分数悬殊太大了。

伴随着“嘎吱”一声响，门被推开，门外的雨声哗哗作响。一双脚有力地出现在了门口，顺着滴水的衣服看上去，牛福浑身湿透，化身诸葛亮，拿着羽毛扇出现在大家面前。

“诸葛孔明！”林昆兴奋地喊道。

“是卧龙先生？”单求胥慌忙从地上爬起。

“裁判，暂停！”王元鹅赶紧朝扈极硬大喊。

看到牛福回来，班里众人一片诧异。扈极硬赶紧吹哨，喊道：“TF4 队要求暂停！”

牛福走到四人面前，伸出了手说：“Never give in ,never give up!”

众人纷纷把手按了上去大喊：“Never give up!”

眼看还有三分钟就要结束比赛了，牛福突然杀出来，让陈喆有点担心。

“兄弟们，还有三分钟了，胜利就在眼前，来！”陈喆伸出手，众人将手放了过去。

战神队众人喊道："加油！"

牛福回归，众人蹲在那里研究了起来。听到哨声，众人赶紧摆好了造型。

看到诸葛孔明微笑着摇着扇子，陈喆战队不禁紧张了起来。

扈极硬中场发球，猴子起跳抢球，刚要转身，便被牛福用羽扇在眼前晃了一下。

猴子还愣在那里，球便已经到了牛福手中。陈喆拦住牛福，牛福假装拍球状，但球已经传到了单求胥手里，单求胥趁众人不备，一口气跑到篮下投篮。

终于，TF4 队进了第一球。众人欢呼了起来，单求胥将大刀杵在地上，捋着胡子，英气勃发。

记分牌翻过 2 分，2 比 12。

陈喆流着汗，看向记分牌，心中掠过一丝不祥的感觉。陈喆发球给老白，老白刚运球到对方篮下。王元鹅喊着就从侧后方冲了过来，老白侧后方是盲区，他吓得将手里的球掉在了地上，王元鹅迅速接过球。单求胥已经站在对方三分线下捋着胡子等待着，王元鹅用力将球扔到单求胥那里。陈喆众人赶紧往回跑，可是为时已晚，单求胥拿着球，不慌不忙地倒着将球扔进了篮筐。

诸葛孔明的加入让 TF4 起死回生。众人沸腾了起来，记分牌翻过，5 比 12。

陈喆擦了擦汗，有些慌乱了起来。毕竟对方完全改变了章法，一时间难以捉摸，而战神队的套路却早已被 TF4 掌握。

老朱拿着球，闯到对方篮下，郝佳琪压着嘴唇卖弄风骚，老朱完全看傻，只是嘿嘿嘿地傻笑，殊不知球已经被郝佳琪运走了。

"八戒！干吗呢！"陈喆着急地大喊。

直到此时，老朱方才缓过神来，但是球已经到了王元鹅手里。王元鹅快跑几步，传给了单求胥，单求胥又是一个三分跳投。

单求胥自信而又充满表演色彩的投篮让众人欢笑不止，伴随着一阵雷鸣般的掌声，记分牌翻过——8 比 12。

扈极硬看了看手表大喊："还有九十秒！"

看到手下几人都被套路，陈喆亲自运球。陈喆带球过人，将单求胥抛在身后，朝篮下走去，牛福则早已在篮下等候。

陈喆用力跳起，牛福猛地一跃，拍了一下陈喆的胳膊，球在篮筐上打了个转，便落了下来。

"鸟人，接着！"牛福将篮球抢过朝着王元鹅扔了过去。

"传给我，传过来！"看到牛福没有把球传给自己，单求胥十分着急。

王元鹅接过球后，并没有听单求胥的叫嚷，而是慢慢地停在那里，闭上了眼睛。

"坏了，鸟人该不会是要投篮吧！"单求胥心想着，赶紧朝篮下跑去。

按理说，离篮筐越近，进球的概率就会越高，可是王元鹅却深吸一口气，边运球边往后退，一直退到三分线外很远。

见陈喆等人一起朝着自己包抄过去，王元鹅后撤一步，用力将球扔了出去。

整个篮球场都安静了下来，众人抬头看着篮球慢慢地在空中划过。王元鹅如释重负地落回地上，安静地看着球朝着篮筐飞去。时间紧迫，若是错失一球，结果将会截然不同，单求胥站在篮下，心都快跳到嗓子眼了。

“耶……”伴随着众人的欢腾，球准确无误地穿过篮筐，甚至没有发出一丝撞击的声音。

“好样的，鸟人！”单求胥忍不住大喊了起来。

“鸟人，鸟人！”林昆激动地喊了起来。

“鸟人，鸟人！”整个球场上回响着激动的呐喊。

记分牌翻过——11 比 12。

扈极硬大喊：“还有六十秒！”

看到比分在短短几分钟内被追上来，陈喆擦了擦汗，大喊道：“兄弟们，跟他们拼了！”

“拼了……”战神队众人大喊。

陈喆运球，单求胥阻挡，陈喆一个转身运球时，不小心将单求胥的衣服扯了一下，伴随着裤子的“刺啦”一声，单求胥大呼不妙。

“糟了糟了，裤带断了！”单求胥双腿叉在那里，头疼不已。

陈喆很快便绕过郝佳琪、王元鹅、牛福三人的重重封锁，只有林昆挡在了面前。

“小样儿，你也能挡得住我？”陈喆不屑地看着瘦弱的林昆。

“谁试谁知道！”林昆信心十足。

陈喆注视着林昆，运着球走了过去，林昆突然转头看向窗外，张大了嘴巴，在他的影响下，其他人也纷纷看了过去。

“哎呀，啊，天哪！”林昆大喊着，惊恐万分。

陈喆忍不住转头看去，林昆趁机将球夺到了手里。

“蛋哥，接球！”林昆大喊着，将球扔给了单求胥。

扈极硬看着手表大喊着：“还有十五秒！”

“不要啊！”球飞过来，单求胥接过球，“坏了坏了，我该怎么投啊，最后一球了，决不能出半点差错啊！”单求胥心想着，可是自己的裤带断了，若是动一下，后果不堪设想。

扈极硬大喊：“还有十秒钟！”

“十、九、八、七……”众人看着大屏幕的秒数喊了起来。

看到单求胥站在那儿不动，林昆大喊：“投啊，快投啊！”

“快投……”王元鹅、牛福、郝佳琪纷纷朝着单求胥喊了起来。

可是单求胥依旧还在犹豫着，眼看着陈喆等人冲了过来，单求胥一咬牙一跺脚，松开捏着裤子的手，双手托球，用力跳起，将球朝着篮筐投了过去。

“五、四、三……”

伴随着众人期待的眼神，球在空中划出一道美丽的弧线，就在最后一秒，球准确无误地钻进了篮筐里。

扈极硬吹哨大喊："时间到！"

记分牌翻过，最终比分为 13 比 12，众人沸腾，单求胥激动地跳了起来。

"Yes! Yes! Yes! 我们赢了，我们赢啦，我们……赢啦……"从一开始，单求胥便想，能够坚持下来就不错了，他从来没想过，这场比赛会赢。

伴随着单求胥激动的呐喊，腰上的裤子却早已滑落在了脚上。单求胥全然不知，激动地跑过去想拥抱众队友，郝佳琪看到后捂脸跑开，王元鹅则盯着看了看后，抬头看着单求胥，一脸无奈。

原来，单求胥的内裤上写着"期末必胜"，这让陈喆看后差点惊掉了下巴。

单求胥张开双手，激动地冲向了观众台，看着众女生捂着脸跑开，被胜利冲晕头脑的单求胥根本没有意识到裤子的问题，直到他迈步的时候才猛然发现。

他赶紧提起裤子，不好意思地朝着众人尴尬地笑着。

"我们胜利了，没错，一种强烈的成就感涌过全身，在这一刻，我明白了什么是团队，什么是'Team Fighting 4'！"单求胥压抑了太久，迟到的胜利让他的眼泪夺眶而出，模糊了这个世界。

伴随着胜利的喜悦，牛福背着书包又一次站在了讲台上，出现在了大家面前。

"牛福同学，麻烦你把门关一下。"

看到牛福把门关好，李德亮笑着说："同学们，关上这扇门，我们就是……"

"一家人！"众人深知李德亮的套路。

"对！正所谓一日同学百日恩，上次牛福同学之所以让我代为告别，就是希望有一天能够说动父母，让他再次回到 8 班这个家来，功夫不负有心人，牛福同学如愿以偿！我提议，让我们用最热烈的掌声，欢迎牛福同学回家！"

掌声四起，牛福站在门口，远远地望去，单求胥、王元鹅、林昆早已激动得站了起来，迎接他的归来。

终于，牛福回到了班集体中。单求胥相信，此刻的牛福一定不再是之前的他了，经历了窑厂繁重的体力劳动后，他一定会越发珍惜这来之不易的课堂生活，而自己也是一样……单求胥从未体验到赢得挑战会如此令人振奋，他好像体会到了什么是集体，什么是真正的友谊。此时的单求胥，甚至已经迫不及待地想赢得期末考试的胜利了。

为了解决牛福的学费问题，李德亮特意嘱咐陈喆，将牛福叫到办公室来。看到牛福敲门而入，李德亮赶紧从抽屉里拿出了一个信封。

"牛福同学，这是学校的助学基金，希望你能够珍惜这个机会，再接再厉。"

牛福缓缓接过信封点了点头说："嗯，我会的！"

"还有，从今天起一直到高考结束，学校将会减免你的所有学费。"

“谢谢老班！”

“回去吧……”

放学后，单求胥故意等到最后一个离开。看到人都走光了，单求胥方才小心地将怀里的星星瓶又放回到了同桌王元鹅的桌洞里。王元鹅还是喜欢这个礼物的，要不然她也不会去找那么久。当然，这一切都是林昆告诉他的。

王元鹅回到教室的时候，桌子上却多了一个苹果。苹果不偏不倚，刚好放到了桌子中间，王元鹅拿起看时，却发现苹果下面压了一张折叠好的小纸条。

王元鹅看了看陈喆的位子，心想：“该不会是吉吉哥给我的吧？不管了，看看再说。”

王元鹅打开纸条，上面写了：“午饭后来楼顶！”

很明显，王元鹅来早了，因为大家还在吃饭，此时的楼顶空无一人。

“人呢，该不会是单求胥故意涮我的吧？”王元鹅心想着，远处便传来了郝佳琪的声音。

“胥胥，你到底看没看我给你写的纸条？”

“我真没看，琪琪啊，有什么事儿你就现在说呗，干吗非拉我到这里来。”

“坏了，果真是郝佳琪写给单求胥的纸条，不行，我得躲起来。”王元鹅心想着，赶紧躲在了里面的墙拐角。

说话间，郝佳琪便拉着单求胥的衣服一起走了过来。

“胥胥，你看，比赛你也赢了，你是不是要兑现承诺了。”

“承诺，什么承诺？”

“哎呀，你真讨厌，你不是说要和我一起留学去美国嘛！”

“哦，这个啊，不急不急，我这不是还没找到三个真心朋友呢吗，我爸那里不好过关啊！”

“牛福、林昆还有我不就够了吗？”

“拉倒吧，就你，能通过我爸的测谎仪？打死我我也不信！”

看到二人商量出国的事情，王元鹅心里不禁暗自骂道：“这对狗男女，果然有猫腻！”

郝佳琪想了想说：“那你可以找王元鹅啊，我看她这次挺帮你的，而且，我隐约觉得，她对你有好感！”

“我呸，就算……”王元鹅听完不禁一阵恶心，话说到一半，刚好被单求胥接了过去。

“就算全世界的男人都死了，鸟人也不会看上我的，你可拉倒吧！”对待这个问题，单求胥从来不会怀疑。

王元鹅忍不住笑了，没错，王元鹅心里就是这么想的。

“也还好吧，我倒觉得她对你没那么反感。”郝佳琪说。

“她知道我和我爸打赌的这事儿，她不和牛福、林昆他们告密，我就烧高香了，更别说让她帮忙了。”

“那你也不能一拖再拖啊，万一哪天王元鹅告诉了他们俩，你岂不是要在国内高考了。”郝佳琪早已从她爸那里知道，单求胥的父亲压根就没打算让单求胥出国，高考报名费都交了，但是她又不敢说破，只好各种提示。

“不会的，你放心吧，他们俩我搞得定。”

听到这里，王元鹅不禁气得咬牙切齿地想：“太过分了，果然伪君子比真小人更可恨！”

“你别以为你拿自己的零花钱给牛福当助学金，他就会感激你。胥胥，穷人有时候会做出一些出格的事情的，上次班里丢钱大家都说是牛福偷的呢。”

“琪琪，不是你想的那样。”

听二人说到这里，王元鹅再也忍不住，走了出来。

“喂！穷人怎么了，穷人招你惹你了，穷人就该做那些偷鸡摸狗的事情吗？虽然你穿着光鲜，我却看到了你贫穷而又廉价的思想，哼！”

看到王元鹅生气地走了出来，二人傻眼。王元鹅愤怒地朝单求胥看去，单求胥眼神躲闪。

“为了达到目的，不择手段，你不比别人强到哪儿去！利用林昆和牛福，你根本不配拥有友谊，还竞争班长，就算你赢了比赛，你也没资格领导班级！”说完，王元鹅愤怒地转身离开。

看到王元鹅走远，单求胥着急地喊：“哎……喂！根本不是你想的那样好不好！”

王元鹅愤怒地走远，只留下了一脸无奈的单求胥。

“胥胥，刚才的话王元鹅都听见了，她该不会真去告密吧，那你得赶在她前面啊！”

“唉……”

面对眼前的误会，单求胥心里一团糟，不知道该怎么证明自己才好。

上课铃声响起，单求胥和郝佳琪一前一后走进教室，王元鹅抬头看着二人一脸愤怒。看到牛福和林昆二人一直在打闹嬉笑，单求胥方才松了口气。

单求胥和牛、林二人打招呼坐下，王元鹅又一次将仙人球放在了桌子中间。看着眼前的王元鹅，像是一点即着的火药桶，单求胥心里也十分没底。郝佳琪担心地回头，望着单求胥，单求胥点了点头。

单求胥背着书包，戴着墨镜，走在商场里，郝佳琪、牛福、林昆也戴着墨镜，穿着拉风地跟在后面。见到单求胥，服务员纷纷鞠躬。

“只要是这个商场里面的东西，还喜欢什么，随便拿。”单求胥一副地主的口气。

“那怎么好意思呢，蛋哥，你已经送我们衣服了，毕竟无功不受禄嘛。”牛福手里拿的全是吃的。

“就是，君子求财，取之有道嘛。”林昆笑嘻嘻地说。

单求胥看了看一胳膊购物袋的林昆，林昆不禁有些尴尬。

“你们帮我赢得了球赛，这算是立了大功了，还喜欢什么，尽管取。”说着，单求胥在一个摊位前拿了两顶帽子，戴在了二人头上。

“蛋哥，你是没看陈喆最近的状态，就和霜打的茄子似的，整天垂头丧气的。”牛福说，“还有啊，他为了赢得期末考试连牙都不刷了，蚊子都能被熏死，唉！”

郝佳琪听了哈哈大笑了起来，单求胥则一脸严肃，满怀心事的样子。

四人走进单父办公室，单父显得十分意外。

看到来的还是同一拨人，单父笑着说：“胥胥，最近也没听到你在学校的消息了，看来是开始融入新的班集体了啊。”

“是呢，不仅如此，单求胥还和班长打赌，要做班里的班长呢。”郝佳琪赶紧抢先说了起来。

“对对对，为此，我们专门打了比赛。”林昆说。

“哦，那看样子是你们赢了？”单父笑道。

“嗯嗯嗯！”众人纷纷点头。

单父端详着众人的球服说：“看得出来，都统一服装了，那肯定是一个团队了，掏粪4，这名字有点怪。”

“父亲大人！那叫 Team Fighting 4，不懂别乱说！”

“好好好，胥胥，你跟我来。”

这一次，单父并没有检验朋友们的真诚，而是直接将单求胥带到了会议室。老季将单求胥身上带上测谎仪，单父坐在对面说：“胥胥，你现在后悔还来得及。”

“没什么后悔的，来吧。”单求胥面无表情，异常冷静。

“那位牛福同学就是你用压岁钱帮助的同学吧？”

“嗯，你怎么知道？”显然，肯定有人跟单父讲了什么。

单求胥看了看老季，老季将手里的信封推到了单求胥面前。

单求胥疑惑地问：“什么意思？”

“胥胥，你们班主任都跟我讲了，他将你的钱退了回来。他说他是班主任，对这件事负直接责任。”

“什么？那资助牛福的钱……”单父的一席话让单求胥十分意外。

“没错，李老师一再坚持，并恳求我不要告诉你们，但是我觉得父子之间还是要坦诚。”

单父经常教育单求胥“无私的人最伟大”，就在那么一瞬间，单求胥对李德亮刮目相看。

“好了，那我们开始吧。”单求胥说这话的时候，显然有所考虑。

“胥胥，既然心里还没下定主意，为何还要勉强自己呢？”

单父说完，单求胥叹了口气，将头盔摘下，放到了桌子上。

“你是我从小看着长大的，你的心思我能看得出来。”单父语重心长。

“那又能怎样？从小到大你看出了多少事情，可你又管过我几回？有话你就直说吧！”单求胥的逆反心理一下子被单父激了起来。

“好，你这次测试还是没有通过。”

“为什么？你当初说的是，找到能够真心对我的朋友，没有说我真心对他们，不是吗？”

“就算是这样，你也还是没有过关。”

面对单父的决定，单求胥不禁一愣。虽然单父说得没错，但是，又会是谁告诉他的呢？

“可是他们三个都还没有测试呢，你凭什么这么说？”

“因为有人已经告诉过我了……不用测了……”

单求胥双拳紧攥，愤怒地离席而去，他担心的事情还是发生了。

“单总，这样做会不会不太好啊，我看胥胥的情绪很不稳定。”看到单总安静地坐在那里，老季不禁担心地提醒道。

“老季啊，兵不厌诈。这叫三十六计之离间计。真正的朋友，是不会相互怀疑的。我看得出来，胥胥是有些动摇了。”单父说完，嘴角露出了一丝神秘的微笑。

第十四章　战火重燃

虽然单求胥没有足够的证据来证明是王元鹅告的密，但是自己同郝佳琪在楼顶的对话刚被王元鹅知道，单父就否定了自己。况且，之前签协议的时候，单父还递了一张名片给王元鹅，傻子都会知道，这事儿，除了王元鹅，根本不可能是别人做的。单求胥坐在位子上，修理起王元鹅的仙人球来，直到将仙人球身上所有的刺都拔光了，单求胥的愤怒还不曾消减半分。

“来了，来了……”伴随着林昆一阵嘀咕，王元鹅和平时一样从外面走了进来。

众人议论纷纷，林昆则指着黑板，提示着王元鹅。王元鹅抬头看去，才发现黑板上画着一只鹅被吊在树上。

想都不用想，除了极品同桌单求胥，没人会做这些幼稚的事情，王元鹅拿起黑板擦，生气地擦了起来。

王元鹅回到座位上，打算找单求胥问个究竟。谁承想，单求胥用绳子绑住王元鹅的凳子腿，待到王元鹅要坐下时，一拉绳子，王元鹅便坐到了地上。

“你干什么？”王元鹅从地上爬起来，大声问道。

“不干什么！”单求胥自带三分气。

“姓单的，你跟我讲清楚，我招你惹你了！”

“你做了什么，你自己心里清楚！”

“自己屁股还没擦干净呢，反倒打我一耙了，气死我了！”听到单求胥在楼顶跟郝佳琪讲的那些话，王元鹅的气还没消呢，反倒被单求胥又欺负起来。

“你给我出来，单挑！”王元鹅气不打一处来，挽了挽袖子，薅着单求胥走了出去。

“哎哎哎……”单求胥没有证据证明是王元鹅告的密，气势很快就被王元鹅给压了下去。

看到王元鹅拽着单求胥走出教室，牛福咽了口唾沫说：“鸟人路子挺野啊！”

林昆也感慨道：“这招放得实在是太亮了！”

就这样，单求胥一路被王元鹅拽着，一直拉到了楼顶。

“你给我放手，别以为你手劲儿大，我就不敢把你怎么样，你给我放开！”单求胥一边走一边说着，可是王元鹅暴脾气上来，根本就不理会。

王元鹅将单求胥拉到楼顶墙根处，方才一把将单求胥推到墙上，松开了手。

“说吧！”王元鹅抱着双臂，瞪着单求胥。

“说……说啥？”

“说说你跟我宣战的理由！”

“理由？你自己心里清楚……”单求胥自知理亏，甚至语气都弱了很多。

“我清楚？我清楚的话，我还问你啊！”王元鹅一脚踢在单求胥屁股上。

“鸟人，你给我老实点，敢踢本少爷，还想不想混了！”

“踢你怎么了，我还就踢了，怎么了！”王元鹅说着又补了两脚，看到单求胥要急眼，王元鹅指着单求胥的鼻子尖说，“不想混了，怎么着？”

“你别乱来……”面对王元鹅的蛮横，单求胥完全被压制住了。

王元鹅愤怒地喊道：“我乱来？你出卖兄弟，背信弃义！换作以前，我早都修理你了！让你好好活到现在，是因为你帮了牛福！姓单的，我没打死你就算你命好！”王元鹅将一旁的凳子用力摔在墙上，凳子腿断成两半。

单求胥严重低估了王元鹅的实力，看到眼前的王元鹅活像个大姐大，单求胥不禁有些后怕。眼前这些十分江湖的套路，全是王元鹅看小说学来的，没想到，才用了没几下，单求胥便被镇住了。

“我……我没有出卖他们，我就是想出国而已，招你惹你了……”

“你是没招我惹我，可是牛二还有木棍儿也是我的朋友，我不能眼睁睁看着他们被你这种小人利用！”

“那你就打电话和我爸打小报告，害我在我爸面前下不了台？”

“什么？欺骗他们也就罢了，还敢污蔑本大小姐，我、我打死你！”王元鹅气得团团转，找了半截凳子腿。

“鸟人，你别乱来！”单求胥吓得浑身发抖。

“乱来？你知不知道，那仙人球是吉吉国王送给我的！你一而再，再而三地拔刺，我今天非得把你身上的刺给拔干净不可！”王元鹅举起凳子腿，朝着单求胥佯装打去，单求胥赶紧拿手去挡。

“咳咳！”伴随着一阵咳嗽声，二人却愕然地发现，毛校长和郝主任已经站在了身后。

就这样，二人被请到了校长室。郝主任将凳子腿摆在了桌子上，二人站在桌子前面，毛校长拿起凳子腿看了又看。

“我和郝主任正在对学校的卫生情况做一个检查，没想到检查到楼顶，看到了这个，解释下吧。”毛校长将凳子腿放回了桌子上，看着二人。

“毛校长，这是误会！”单求胥赶紧解释。

“误会？”

“对，是误会，表面上看，我俩好像是在打架……”

“那事实呢？”

“事实上，呃，事实是……”单求胥抓耳挠腮，一时语塞，因为事实上他们也是在打架嘛。

“校长，事实上，是我俩正在排练话剧呢。”王元鹅赶紧接上了话茬。

“啊，哦，对，是话剧！”单求胥赶紧附和。

“嗯，这个急转弯够烧脑，接着说。”毛校长不紧不慢地看着二人。

王元鹅看的小说极多，对此张口就来，道：“《西游记》里面有一幕是孙悟空大闹天宫，刚才我俩演的是孙悟空从炼丹炉里出来之后，找玉帝算账的那段，嘻嘻嘻……”

“哦，要是我没猜错的话，下一句话单求胥同学是不是应该喊什么台词了啊？”毛校长悠悠地道。

王元鹅赶紧笑着说：“啊，对！单求胥应该喊‘快去请如来佛祖’……”

“可是我明明记得当时单求胥说的是，‘鸟人，你别乱来！’”毛校长不依不饶。

“嘿嘿嘿，毛校长，我俩做了些创新，其实台词是……”

“其实台词是‘泼猴，你别乱来’，然后王元鹅就打我了，我趴在桌子底下才喊的‘快去请如来佛祖’。这样一来能够增加我塑造的人物的性格。”

“对对对！”王元鹅附和着，心想：没想到这货脑子转得还挺快。

看到单求胥无缝衔接，王元鹅心里也总算舒了一口气。

“那照你俩这么说，我这如来是不是出现早了？”毛校长说完，举起自己的手看了看。

“嗯嗯嗯……”听毛校长说完，二人尴尬对视后连忙点头。

尽管王元鹅还有单求胥说了很多，尽管二人在办公室表现得如同兄弟一般友好，但是二人还是被罚站通报了。

“训导处报告，训导处报告，高三 8 班单求胥同学、王元鹅同学采用过激的言行排练话剧，造成不好的影响，特此警告，特此警告！”郝主任的通报简直就是所有差生的噩梦。

王元鹅还有单求胥头顶书本，站在楼门口罚站，听到广播后，众人赶紧赶过来围观。看到王元鹅也站在那里，一帮女生甚至窃窃私语了起来。

上课铃声响起，众人散开，李德亮拿着课本从二人身边路过，欲语还休。

“让我说你俩什么好！”看到二人嬉皮笑脸，李德亮便赶紧走了。

见人都走光了，王元鹅便从口袋里掏出了一本迷你小说看了起来。

“哎，鸟人，我真服你，刚才那么多人围观，我脸都红了，你愣是脸不变色心不跳啊！”

“我心里没鬼啊，做了亏心事当然怕见人了！”

“来劲，我这回不跟你计较，毕竟没证据嘛，等到时候我人赃并获，让你不见棺材不落泪！唉，我就是想出国呼吸一下自由的空气，探求真知，这有错吗？”

“真想探求真知，哪儿探求不了？你看我，想看小说，随时随地，你们那些都是找借口。虽然赢了球赛，但是得成绩过硬才能当班长啊，某些人！”

“学习并不是人生的全部嘛，胜败乃兵家常事……”

“哟，学会谦虚了啊？尽管学习不是人生的全部，但是你连人生的一部分都无法征服，还出国呢，去哪儿都够呛！真正的勇士敢于直面惨淡的人生，敢于正视淋漓的鲜血，你这学期T恤衫都没怎么穿吧，净穿羽绒服了。”

“哎，鸟人，我给你脸了是吧，别以为你是女的我就……”看到王元鹅说话放肆起来，单求胥走上前去扬起了拳头。

“怎么着？”王元鹅铁骨铮铮，一副死猪不怕开水烫的样子。

“哟，这是哪一回，让我想想……三打白骨精对吗？”未等单求胥开口，毛校长不知何时又站在了旁边，宛如一个幽灵般神出鬼没。

王元鹅赶紧将小说收起，扶着头顶上的书，二人尴尬地笑着点头。

一连几节课站下来，单求胥和王元鹅累得一屁股坐在了位子上。直到看到冯莹一脸黑线带着一股妖风走到讲台上，王元鹅方才猛然惊醒。

“翻到课本第17页，Unit3:Life in the future。上节课，我布置的作业都拿出来让我检查！”冯莹将课本往桌子上一摔，审视着众人。

“糟了，糟了糟了，本打算上节课写的，光罚站，忘了写了，怎么办，怎么办啊！”王元鹅着急地看着四周翻弄书本的同学。

“哎，鸟人，怎么？没写啊！哈哈哈，没想到你也有今天啊！”看到王元鹅焦急地挠着头，单求胥幸灾乐祸道。

冯莹并没有挨个检查，只是看到不自信的同学抽查了起来。即使这样，也是百发百中，屡试不爽。看到单求胥在台下嬉皮笑脸，冯莹径直走了过来。

冯莹本来想抽查单求胥，但是看到坐在外面的王元鹅，桌子上空空如也，不禁问道：“作业本呢？”

王元鹅脸上十分挂不住，低头不语。

“操场，三圈！跑完再回来上课！”冯莹说着，指向了门外。

“冯老师，我俩是被罚站，没来得及写，能不能课后补上啊？”看到王元鹅受到了处罚，单求胥赶紧求情。

“我的课上，没有例外！三圈！速度！还有谁没写，给我站起来！”

看到众人回头看向自己，王元鹅羞愧极了，只得站起来往外走去。单求胥随手将作业本合上，站起来走了出去。

扈极硬站在操场边给二人加油鼓劲，单求胥则一脸兴奋地跑来跑去。在他看来，以前净是体育课改上英语课了，现在终于可以在英语课出来上回体育课。

“二位！还有两圈儿啊，你们冯老师让我监督，抓紧了！别磨洋工，跑完赶紧回去上课！”扈极硬故意朝着二人大喊，教学楼上甚至都听得一清二楚。

“哎，鸟人，上课时间被罚是什么感觉？作为女生是不是特不好意思啊，哈哈哈……”单求胥跑到王元鹅前面，倒着跑，调侃起王元鹅来。

“真是丢死人了，作业竟然只有咱俩没做，你还笑，你还好意思笑！”王元鹅脸皮薄，看到单求胥冷嘲热讽，竟有些沮丧了起来。

“嗐，没做完就没做完呗，有什么啊，习惯了就好。”

“要是以前，我甘愿受罚，可这次我真不是故意的嘛。”

“哎，听你这意思，合着我是故意的啊？没啥，不用放在心上啊，我这不陪着你呢。”

“你不在乎，我在乎！老师会怎么看我，大家会怎么看我！”王元鹅说着说着哭了起来。

“嗐，这种事儿没啥难为情的，习惯了就好了，真搞不懂你，全校通报都没羞没臊的，没写个作业就哭成这样。”

“都怪你！你个扫把星，自己没写，害得我也忘了。”

看着王元鹅一脸埋怨，单求胥跑到前面，停了下来，说：“喂！”

“干什么！别挡着我！”

“我写了！”

看着单求胥一脸认真，王元鹅心里为之一惊。

“那你为什么……”

“陪你呗，反正英语课也挺无聊的，保持队形，跟上！”单求胥说着，便往前跑去。

看到单求胥故意扭着屁股逗自己，王元鹅擦了擦眼泪，破涕为笑，追了上去。虽然王元鹅明知道眼前的单求胥是个不折不扣出卖友情的浑蛋，但不知道为什么，此刻王元鹅却对他恨不起来。

三圈很快就跑完了，为了不让王元鹅怀疑自己，单求胥故意拿出了作业，放到了王元鹅眼前。

“My mind began to wander,what job would I do?My motivation increased as I thought of the wonderful world of the future...”

冯莹在黑板上念着，二人却在台下开起小差来。

“这是你写的吗？”在王元鹅看来，单求胥的英文作业字迹工整娟秀，简直可以称之为书法作品。

看着王元鹅一脸怀疑的表情，单求胥随手拿过本子，写了“Goose,I jump,you jump”，单求胥将写完的英文递过去，王元鹅不得不将桌子底下情不自禁竖起的大拇指用另一只手压了下去。

看到王元鹅一脸佩服的表情，单求胥一脸得意地坏笑。眼前一个黑影闪过，冯莹已经站在了二人面前。

“Goose,I jump,you jump!”冯莹拿起作业本念完，指着外面说，“操场，三圈！Now!”

就这样，单求胥和王元鹅又一次被罚。只不过这次，单求胥却没了刚才的雅兴，变得疲惫不堪了起来，毕竟一节课跑六圈还是蛮辛苦的。

看着扈极硬在一边监督，单求胥索性跑过去贿赂了起来。

“喂，鸟人！过来吧！”

看到单求胥给扈极硬捏着肩膀，王元鹅笑着朝单求胥走去。此刻，单求胥一本正经的样子甚至让王元鹅有些害怕。一个被全市五所高中联合拒收的渣男，竟然有板有眼地同陈喆 PK 了起来，而最令王元鹅害怕的就是，他没准真的可以赢。青春真的很奇怪，仿若一夜春风，让人骤变。

操场上的单求胥激情四射，摇头晃脑地在台上领操，他用最魔性的动作重新定义了广播体操。不，那简直不是广播体操，可以说是舞蹈。

“哎，老李啊，你说这个单求胥，真是有想法！我看了那么多年的广播体操，愣是让他做出了墨尔本鬼步舞的感觉，还掺杂了一点摇滚与朋克风，简直就是灵魂舞者啊！”扈极硬和李德亮站在一边，不解地看着。

“唉，我还能说什么，中二呗！”李德亮一声叹息，一脸愁容。

“对了，老李，运动会马上就来了，成绩上来讲，你已经甩脱了倒数第一的帽子了，但是体育成绩你可一直都是千年老末啊！如果说，这回体育成绩你再拿个优秀，年终奖可不是翻一番那么简单啊！”

“真的假的？”听到年终奖，李德亮两眼直冒火星。

“你没看细则啊？回头自己研究研究去。”

“我是想扬眉吐气，一雪前耻，可是鱼和熊掌不可兼得啊，毕竟体能训练是需要耗费大量时间的。”

“想成功，先发疯，头脑简单往前冲！我算是看出来了，你就是一练武奇才，压根就不能按章法出牌。”

“那你的意思是？”

“不惜一切办法，调动大家的积极性。渴望，渴望才是力量！懂不懂？”

李德亮看着在台上做操的单求胥，似懂非懂地点了点头。

在众人疑惑的目光中，李德亮在黑板上写下了“生命在于运动”几个字，满脸堆笑地看着班里的学生。

“同学们，关上这扇门，我们就是？”

“一家人……”面对李德亮的套路，众人只好无奈地配合。

“对！很对！别没精打采的啊，一个个的！大家不都爱上体育课嘛，运动会马上就要到了，大家应该踊跃报名啊！”

“嘁……”众人摇头唏嘘了起来。

“我平时霸课，那是为了提高成绩，实属无奈。在此，我郑重承诺，只要我们班得了第一名，从今往后的体育课，我保证体育老师不再无缘无故地生病。”

“嘁……”众人又是一顿唏嘘。

“体育课，本来就是应该上的好吧！”林昆一脸嫌弃。

“单求胥，我看你广播体操做得那么起劲儿，你不打算报个五千米啥的？”看到众人不理会自己，李德亮把目光投向了单求胥，毕竟单求胥是体育委员。

“老班，我没时间啊！做操那会儿是放飞自我，这会儿我还得忙着学习呢！”单求胥笑着婉拒。

“猴子，你平日里篮球打得最欢，不跳个高啥的？”李德亮笑着问。

“跳了也赢不了，赢了也没啥意思，不够折腾的。”猴子一副事不关己的样子。

“陈喆，你是班长，不做个表率？”看了一圈儿，李德亮终于把希望落到了陈喆这里。

“老班，我是想去，但是体育不是我的强项啊，我四肢不发达啊……”陈喆微笑着讲完，转身看了看角落里的单求胥。

看到大家纷纷推诿，李德亮亮了亮嗓子说：“同学们，这是我们家的集体荣誉，自己家的事情，大家要上心才行啊！我们不但要参加，而且要勇夺第一！”

面对李德亮的慷慨陈词，众人全都低下了头，假装做起作业来。

在王元鹅看来，李德亮简直就是无病呻吟。正所谓养兵千日，方能用兵一时，又想马儿跑，还想马儿不吃草，平日里不让大家运动，这会儿需要了，装起大尾巴狼来了。

“行！装聋作哑是吧！平时没见你们学习这么用功，现在这会儿，一个个都正儿八经起来了，真把这儿当自己家了，说不参加就不参加啊！”看到众人软硬不吃，李德亮只好说，“看来不使出我的终极大杀招是不行了！”

此言一出，众人纷纷抬头看，李德亮从腰里面拿出了拍卖锤，笑着说：“报名参加的同学，均可获得价值五十元的纪念礼品一份。此外，若是赢得项目第一名，我个人出资奖励两百元。”

“老班，五柳先生不为五斗米折腰，这可都是你上课的时候教我们的啊！”单求胥调皮地说道。

“对，虽然这五斗米不算多，但也耗费了我近一个月的工资啊！我之所以牺牲自我，就是为了培养大家的集体荣誉感，毕竟关上门就是一家人嘛，作为集体的一分子，就应该肩负一份责任，我牺牲自我，在所不惜！”李德亮慷慨陈词。

“套路，满满的套路，贫贱不能移，富贵不能淫，威武不能屈，这么粗暴的手段，我是绝对不会放在眼里的，哼！”单求胥心想着低下头，看起书来。

“好，第一个项目！拔河，价低者得，两百起拍！”李德亮信心十足。

大家面面相觑，却无人报名。其实并不是大家不想得这奖金，只是李德亮的信用值实在是太低了。万一到时候发两百块的测试题，那岂不是亏大了。

“报名费五十，奖励两百，这也太小瞧我们了，谁会为二百五去卖命啊！”单求胥心想着摇了摇头。

“两百我来！”牛福的一声报价打破了班级的宁静。

李德亮赶紧喊道："两百一次！"

"牛二，你干吗？"单求胥赶紧问道。

"干，好歹是一个月的生活费嘛，嘿嘿嘿……"

"两百第二次！赶紧啊，同志们，两百块啊，能买多少包辣条，能充多少Q币啊！"李德亮在台上煽风点火。

"两百三次！牛福同学中标！"李德亮说完，转身将牛福的名字写在黑板上。

看到大家都持观望态度，李德亮心想，得来点真格的才行，要不然进展太缓慢了。

李德亮写完后转身从口袋里掏出一百块钱拍在桌子上说："牛福同学，这是一百块钱的定金，你现在先拿去，赢了再补另外一百。"

在众人艳羡的目光中，牛福走上讲台，拿着钱嘿嘿地笑了，一时间台下人群骚动了起来。

"这样就被收买了，唉，牛二啊牛二，估计就你好骗，上老班当了啊！"看到牛福被收买，单求胥直摇头。

"第二项，女子4×4，两百起拍，开始！"看到形势大好，李德亮乘胜追击。

"我来！"未等众人观望，王元鹅站了起来。

"不会吧！"单求胥张大了嘴巴，仰头看着王元鹅。

"看什么看，我一直想买一本《辞海》，我凭劳动所得，不丢人！"面对单求胥的不屑，王元鹅振振有词。

"得了吧，还《辞海》呢，你是想买小说了吧！"单求胥并不这么认为。

"自己动手，丰衣足食，我愿意！"

"两百第一次，两百第二次，两百第三次，成交！"

看到王元鹅走上讲台，高兴地拿着一百块回到座位坐下，台下的人都议论了起来，李德亮甚至能够听到有些同学在考虑选哪个项目。

看到王元鹅高兴的样子，单求胥酸溜溜地说："唉，人穷志短啊，这样就被收买了。"

"有钱难买我乐意！"面对单求胥的讽刺，王元鹅丝毫不在意。

"男子4X4继续竞拍，开始！"

"我来！"

李德亮话音还未落，单求胥便举着手站了起来。王元鹅惊讶地张大了嘴巴，抬头看着单求胥，单求胥则一脸贱笑。

看到大家纷纷踊跃参加，李德亮隐隐感觉，一场战火正在以燎原之势熊熊燃烧了起来。

第十五章 伸向老班的黑手

李德亮的物质刺激计划取得了巨大的成功，在他的刺激下，几乎每个同学都报名参加了项目。如此一来，且不说能拿到什么奖，最起码也能够一扫“一中病夫”的阴霾。就在李德亮为自己的计划得意之时，殊不知昔日结下恩怨的人，已将一只黑手悄然伸向了他。

“本台消息，七年前，一起涉黑凶杀案轰动全市。经过警方的不懈努力，案件现终于告破，真凶已被缉拿归案。原嫌疑人李广东，外号‘东哥’，当年自动顶包入狱，现已被判无罪释放。据悉，李广东系我市一中学生，曾经学习成绩优秀，后因违反校规被开除……”李德亮手里拿着拍卖锤子，得意地走在校园里，去还给小卖部老板的时候，却被电视上播放的新闻吓得变了脸色。

画面中李广东低着头，光头锃亮，从监狱释放。前来迎接的小弟站满了门口，上车之前，李广东特意朝着摄像机镜头狠狠地看了一眼，李德亮不寒而栗。从那一刻起，李德亮便知道，麻烦很快就要到了。

李广东被放出来之后的第一站便来到了一中，作为一中的“扛把子”，吴长鸣首当其冲。其实，这也是吴长鸣自找的。李广东进门就遇到了吴长鸣，当他问到谁是一中的“扛把子”的时候，吴长鸣自吹自擂地说是自己。然后，吴长鸣就被揍了。

面对眼前一群西装革履的正规军，吴长鸣显然不是对手。见到自己撞到了枪口上，吴长鸣吓得赶紧作揖求饶。李广东坐在阿呆、阿瓜身上，跟班六子则站在一旁。

“哥，我错了！哥，六哥……”吴长鸣虽然不认识李广东，但是六子却是附近有名的混混。

“知道就好，东哥是一中的老校友，这么多年了，没人敢在校园里造次，你给我老老实实的，听见没！”六子说完，狠狠地踹了吴长鸣一脚。

“听见了，听见了！”

东哥戴着墨镜，锃亮的光头，脑勺背后贴着创可贴，他摸了摸头皮问道：“出来混，最重要的是什么，知道吗？”

吴长鸣想了想害怕地说：“应该是‘义气’二字。”

“对！为了这两个字，我在里面待了七年……不过，现在我出来了。七年里，我想了很多，我想念我的母校一中，所以，我不允许任何人在这儿做‘扛把子’，你可懂得？”

“懂懂懂！”吴长鸣赶紧点头。

“我还想念我曾经的班主任，你要帮我找到他，好吗？”

“好好好……东哥，您的班主任是？”

“李德亮！”

放学之后，看到李德亮从门口出来，六子笑嘻嘻地走过去递上了一支烟问道：“请问您是李德亮老师吗？”

看到对方有礼有节，李德亮说：“我是，您找我有什么事儿？”

烟还没到嘴边，六子便撤了回来，转头对身后的几个弟兄说：“给我上！”

众人对李德亮上来就是一顿拳打脚踢，李德亮赶紧捂住脸大喊道：“别打我脸，别打我脸！”

在李德亮看来，作为班主任，得罪几个差生也无可厚非，只要脸上不受伤，回教室还照样上课。但是，眼下，这明显不是学生的花拳绣腿，一个个下手极为专业。

六子一根烟抽完，众人打得也差不多了，六子吹了个口哨走到李德亮面前说：“李老师，这是东哥让我送给您的见面礼，请您务必收下，哈哈哈！”

六子说完扬长而去，原来，这就是李广东所说的对曾经班主任的想念。

校医院的护士小心地给李德亮上着药，扈极硬则郁闷地站在一旁。

“李广东？你是说，咱们刚来一中工作那会儿，被开除的全校第一名李广东？”扈极硬仿佛有些不太相信，毕竟已经过去了太多年了。

“没错，那是我教的第一届学生，唉……”

“你说这学生也真是，那么多年过去了，还记你的仇呢。”

“为了江湖义气，顶包坐牢七年。七年啊！人生能有几个七年？一步错，步步错。当年他是块好材料，毁在我手里可惜了，我也该打，这错在我。”

“也不能这么说，做老师的，哪个不盼望着学生好？”

“不说了，不说了……一日为师，终身为父。我教的学生，我该负责到底。”

“都这时候了，还嘴硬！你把他当学生，他把你当老师了没？”

“硬硬，还记得你、我和莹莹当年来到学校的第一个教师节吗？”

“当然记得！”

谈起当年往事，李德亮的脸上不禁又有了光彩。

跟着回忆，李德亮又回到了很久以前，他刚开始参加工作的青春岁月。李德亮、扈极硬、冯莹三人，挤在筒子楼里的教师宿舍里，桌子上摆着黄瓜和花生米还有啤酒，大家席地而坐，几杯酒后，都有些微醺。

“I think that as a teacher, a people's teacher, we should be responsible for the cause of education, and the patriotism ,the love,the passion for the education is our ultimate dream!”李德亮满怀深情地念了一段英文。

“啥意思啊，冯老师，你帮忙给翻译一下。”扈极硬英语水平不好，显得有些急躁。

冯莹咬了一口黄瓜，拿着啤酒站了起来，目视前方，充满激情地说：“我觉得作为一名人民教师，应该视天下为己任！先天下之忧而忧，后天下之乐而乐！春风化雨，有教无类，唯教育事业与爱不可辜负！”

“哎呀，好！莹莹，你翻译得太好了，还是你文学功底强啊！”李德亮激动地鼓掌。

冯莹坐下，笑着说：“哈哈哈，过奖了，还是李老师英文水平精湛啊！”

“哎，我真就纳闷了！亮亮，就说你吧，英语是最好的，偏偏回母校教语文，莹莹，你主修的是汉语言文学吧？文传系一姐，偏偏回这小地方来教英语。”

“拉倒吧！硬硬，你还不是吉他高手，好好的一头长发剪掉了，音乐不玩，搞起体育了。”冯莹话语中带着几分醉意。

“身体和灵魂，总得有一个在路上。你们是思想育人，但是身体一样不能倒下，一样是投身祖国的教育事业。来，干了！”

三人碰杯后一饮而尽，相互对视傻笑后，一齐醉倒在了地上。

伤口处理好后，李德亮看了看，脸没事儿，便拿着课本重返课堂。

“老师好！”混混吴长鸣与李德亮迎面走过，便行了个礼。

“嗯，你好。”李德亮走出几步停住，转身叫住了吴长鸣，“长鸣，你等会儿！”

“李老师，我姓吴，你也可以叫我鸣人。”吴长鸣紧张地笑着。

“吴同学，听说你这儿能买消息啊？”

“啊？这您都知道了啊！”吴长鸣大吃一惊。

“什么叫知道了，我这伤就是因为你。你要是不说我从小门出，我能这样？不仗义啊，你不仗义！”

“李老师，我已经很仗义了。东哥让我带话给您，我思索再三后，还是没打算告诉您。小门那事儿，是人都知道啊。您怎么知道就是我说的呢？”吴长鸣一脸无辜。

“哟，盗亦有道啊！”

“李老师，毫不客气地说，是这样的。毕竟，我在您身上做了不少生意……”

“你！我……”李德亮欲辩忘言，索性转身就走。

李德亮想了想，还是忍不住转身，问：“鸣人，李广东让你带什么话了？”

吴长鸣清了清嗓子大喊道：“He said,he 已经 back!”

“李老师，不好意思，听说您是英语专业的，我这是表示尊重。学艺不精，不好意思！李广东说，他已经回来了，让我转告您。”看到李德亮的表情像吃了苍蝇一样，吴长鸣连忙道歉。

李广东是铁了心要和李德亮过不去，为了全面搞垮李德亮，他私下里安排了六子调查并拍照取证。为此，李德亮晚上开夜车，还有在培训机构兼职的一系列业余活动，全被李广东掌握并举报到了纪委和检察院。按李广东的话来说，这也是反腐的一部分。

很快，毛校长就接到了来自纪委的电话。因为事关重大，所以毛校长赶紧将李德亮还有冯莹喊到了校长室里。

“李老师，有人实名举报，说你开夜车，做兼职，这是真的吗？”毛校长开门见山。

“毛校长，有是有，可那是我利用周末节假日的业余时间开的车，况且乘客也都是同小区的熟人啊！”

“那去培训机构做兼职的事情呢？”

“兼职？没那回事儿，我就是将我的教学改革的想法提供给他们，也没有收取任何费用。”听到这里，李德亮不禁觉得对手并不简单，对自己十分了解。

“李老师，你说的这些我会派人去调查，但是上面已经来电话了，调查期间，你暂时停课，由冯莹老师代替你。”

“毛校长……”

“事已至此，不必说了。你是一名党员，应该知道中央反腐倡廉的意志与决心。”

“我……”

面对立场问题，谁也没得商量，就这样，李德亮被停了课，冯莹也责无旁贷地接受了毛校长的安排。

消息刚传到班里立马就炸了锅，正所谓山中无老虎，猴子称大王。下课铃声响起，牛福、林昆就朝王元鹅那里凑了过去。

“哎，听说李德亮家里出了事，所以才让英语老师来帮忙上课的。”林昆说。

“那这回估计老班要有些天才能回来了。”牛福说。

“怎么地，看你们这架势是要干大事啊？”王元鹅不屑地瞅了瞅几个人。

单求胥将笔往桌子上一拍，说：“走，今晚我请客！”

“晚上请，吃什么？”王元鹅一脸疑问。

夜幕悄然降临，放学后，四个人便悄悄地朝操场边溜去。直到到了墙根，王元鹅才大呼上当。

“浑蛋，我不去，放开我，浑蛋！”林昆和牛福拉着王元鹅，单求胥在底下用书包托着，往墙上爬。

看到王元鹅被拉到了墙头上还不消停，单求胥用书包拍了下王元鹅的屁股，说：“喂，你小点声，别让查夜的老师发现了。”

“放开我！浑蛋！”

单求胥着急地爬上墙头一把捂住王元鹅的嘴说：“喂，要死啊，大半夜叫这么大声！”

“说好的是出去吃东西，没想到你们竟然要去通宵上网！我不去！”王元鹅一脸愤怒。

“高中三年，一定要出去玩一次通宵，要不然，你会后悔的。”单求胥说着，戳了一下王元鹅的头。

“才不会，口口声声说要考第一的人，还这么不务正业！”

“哎，注意措辞，我是去查学习资料。”

“鬼才信你！”

在单求胥的胁迫下，四人手拉手，一起走在学校的院墙上。

“干什么的？”一道手电筒光扫过，保安吹着哨子便跑了过来。

“坏了坏了，手拉紧，一起跳！”单求胥赶紧拉住了王元鹅的手，“I jump,we jump! 三，二，一，跳！”

四人齐刷刷从墙头跳下，在背后硕大圆月的映衬下，活像《功夫熊猫》里的盖世大侠。

四人齐刷刷地对着网管亮出身份证，那种感觉爽极了。平日里大家偷偷摸摸地上网习惯了，十八岁一过，有一种小三转正的感觉。牛福和林昆坐下就玩起游戏来，单求胥更是打打杀杀地喊个不停。

“哎，单求胥。”看到单求胥没反应，王元鹅打了单求胥一下。

单求胥摘下耳机，拿起饮料喝了一口，问道：“干吗？”

“我问一下，开机键在哪儿啊？”

听王元鹅说完，单求胥猛地喷了王元鹅一脸，他连忙用纸巾给王元鹅擦脸说：“不好意思，不好意思，忙活一晚上了都，你竟然还没开机？果然是好学生啊！我给开，我给开！”

“人家第一次来网吧嘛，电脑开机键和学校机房里的都不一样，我哪知道怎么开。”王元鹅夺过单求胥手里的纸巾，气愤地擦着脸。

“我的姐，不必解释了。啵，开了，我先上个厕所，差点被你吓尿裤子。”单求胥说着，起身朝着厕所走去。

“我也去，老大，等我！”牛福说着，摘下耳机跟了过去。

电脑终于开了，王元鹅打开音乐，听起了歌。这个时候，单求胥的位子上却悄悄地坐过来一位戴墨镜的中年人。

“你好，这里已经有人坐了。”王元鹅摘下耳机，提示道。

“我只坐一会儿……”中年人脸上有一道长长的刀疤，一动不动地盯着王元鹅。虽然中年男人没有怎么样，但是强大的气场却吓得王元鹅不敢说话。

“王元鹅，你看我头像厉害吗？”林昆说着，站了起来，看到中年人后，吓得赶紧坐了下来。

此时，王元鹅的腿上已经被中年人抵了一把刀，王元鹅只好说：“不看！”

中年人手上戴了一枚金色的龙头戒指，看到林昆一直给自己发抖动窗口，中年男人示意王元鹅，打开林昆的 QQ 发送消息。

“林昆，稳住，别吱声，他有刀！”王元鹅赶紧发了过去。

“真假？”

看到林昆的回复，王元鹅十分无奈地看着中年男人，笑了笑，然后回复了林昆一大串省略号。

很快，一队全副武装的武警端着枪冲了进来。待到众人走到王元鹅身边时，中年男人早已换上了单求胥的衣服，坐在那儿看起了电影《无间道》。

QQ闪动，林昆发来消息问：“警察来了，要不要报警？”

“不要，他拿刀抵着我呢！”虽然中年男人已经将刀收起，但是不知道为什么，王元鹅还是这么回复了。

单求胥的QQ发来消息，王元鹅小心地瞥了一眼，中年男人装得十分轻松自如，王元鹅打开消息。

“王元鹅，谢谢你！”

“你怎么知道我的名字，你受伤了吗？”

“你对面的同学刚刚这样叫你。我很好，谢谢！”

武警队长收到命令后，迅速撤出了网吧，单求胥也刚好从厕所回来。

看到一队荷枪实弹的人跑了出去，单求胥惊叹道：“哇，网吧也可以打真人CS啊，帅呆了！”

王元鹅只是抬头看了单求胥一眼，中年男人便已经离开了，只留下了QQ上闪动的头像和一枚金色的龙头戒指。王元鹅赶紧将戒指攥到手里，打开了闪动的头像。

“小鹅，谢谢你，江湖再见！”

“小鹅？他怎么知道！”看到中年男人给自己留的消息，王元鹅站起来追了出去。此时，中年男人却早已消失在了来来往往流动的灯火中，王元鹅站在网吧门口，看了看手里的龙头戒指，一脸茫然地朝着路的尽头望去。

可能是王元鹅太希望见到父亲了，中年男人给了王元鹅一种很特别的感觉。而此时的中年男人，却坐在了马路对面的车里，包扎着身上流血的伤口。

单求胥正在拿纸巾擦拭自己的座位，看到王元鹅回来，赶紧关切地问：“哎，鸟人，刚才是不是有个逃犯坐在我这里了？你看，我的衣服上全是血。”

“这人肯定是个杀人犯，手里还有枪呢！”林昆说。

“血，难道他受伤了吗？”

“喂，鸟人，你这么关心，他该不会是你爸吧？哈哈哈……”单求胥说着笑了起来。

“要死啊，活腻了是不是！”王元鹅说了单求胥一句，便心事重重地坐了下来。

“哎，谁把我游戏关了啊！”

王元鹅看去，单求胥屏幕上放着电影《无间道》，梁朝伟举枪瞄准刘德华。

梁朝伟说：“对不起，我是警察！”

经过了一夜的折腾，四人均熬得够呛，一个个顶着“熊猫眼”走过校外的巷口。

“打死我，我都不会再去通宵了，困死了，感觉身体都被掏空了！”王元鹅困得差点睁不开眼睛。

“没错，但是好在也学了不少东西。我敢肯定，我爸看过《无间道》，而且不止一遍。套路，全都是套路。”单求胥有气无力地说道。

“啊，哦，哎呀，别打我脸……哎呀……”

远处传来一阵熟悉的声音，众人驻足听了听，林昆说：“这不是老班的声音吗？”

牛福点了点头说：“没错，没错。”

四人循声而去，终于在一个墙角找到了李德亮。李德亮躺在地上，被六子带着的一群人殴打，无力还手。

“没想到啊，老班也有今天。”单求胥叹息着摇了摇头。

“快去帮忙啊！”王元鹅有些着急。

“嗐，帮什么忙，他们四五个人就够了好吧。”单求胥不紧不慢地看着。

“哎，你们到底有没有集体荣誉感？刚才上网的钱是谁的，还不是老班的奖励金！”看到几人见死不救，王元鹅愤愤不平。

“那可不一样，这是运动会奖励金，是我自己凭本事挣的。”单求胥有理有据地狡辩着。

“运动会还没开始呢，你凭什么本事！尿蛋！”看着单求胥没有要出手相救的意思，王元鹅生气地朝着众人冲了过去。

“你们快住手！”王元鹅大吼一声。

“唉，就不能让他们多打会儿再过去。”单求胥抱怨着跑了过去。

看到眼前多了几个毛头小子，众人停了下来，李德亮在地上疼得动弹不得。

“干什么的？”六子问道。

“大白天的，你们凭什么打人？”王元鹅大声质问。

“谁规定大白天就不能打人了？我闭上眼睛就是天黑，你管得着吗？哎，你谁啊？”六子嚣张而又不耐烦。

“我是他的学生！不管怎么着，你打人就不对！”

听王元鹅说完，六子冷笑着说：“给你三秒钟的时间，赶紧走，要不然我连你们一块打！”

“喂，兄弟，给个面子，都是出来混的！”看到六子桀骜不驯，单求胥开了腔。

“哟！我认出来了，你就是那个在商场给人擦鞋的公子哥吧，我在报纸上见过你。”六子看了看单求胥，笑了起来。

“兄弟，你们肯定误会了。”单求胥说。

“误会？公子哥，这是我们老大的私事，没你说话的份儿！”

看到六子知道单求胥的身份，林昆不禁狐假虎威，恐吓道：“他爸是首富，你们要是不走，要你们好看！”

“嘁，有钱就了不起啊？还不是一样，屁股不干净！”六子不屑一顾。

“喂，她爸可不是一般人，你们最好老实点！”看到单求胥震慑不到他们，牛福把王元鹅搬了出来。

“啊……对，出来混，讲究点！”王元鹅有点尴尬，扯了扯牛福的袖子。

听牛福这么一说，六子倒是严肃了起来。他走到王元鹅面前，打量了打量，问道：“不一般？”

牛福信心十足地说：“王元鹅，你把你爸的名字报给他们听，吓死他！”

“说来听听，没准我真就吓跑了呢！哈哈哈！”六子嚣张地仰天大笑。

“王天笑！”王元鹅不得已，只好死马当活马医。

“哈哈哈，我好怕啊！王天笑是谁？我好像并不认识。”

王元鹅手上戴着龙头戒指，紧张地摸了又摸，六子看到后，一把抓过王元鹅的手，认真看了看。

“这戒指哪来的？”六子有些大惊失色。

“这是我爸给我的，怎么了？”王元鹅一脸诧异。

“行！算你狠！今天算是先饶了你们，别让我看见你。不然，见你一回打你一回！走！”六子赶紧招呼众人溜走了，留下了目瞪口呆的几个人。

“喂，为什么跑啊？回来啊！打我啊！来啊！”看到众人落荒而逃，林昆嚣张地跳了起来。

王元鹅赶紧扶起倒在地上的李德亮，李德亮起身拍了拍身上的尘土，往周围看了看。

“他们都走了？”李德亮声音低沉，有些沮丧。

“嗯，都走了，老班。”牛福说。

“都给我站好！你们几个，给我严肃点！”方才还有气无力的李德亮，顷刻之间便神采奕奕了起来，这让四人大跌眼镜。

“老实交代！昨晚干什么去了？”

李德亮当然知道四人是去通宵上网了，训斥一番过后，看到时间还早，李德亮便将四人带到了教职工食堂吃起早餐来。熬了一宿的四人，来到教职工食堂，点了一大堆早餐，狼吞虎咽地吃了起来。

“你们几个，趁我不在，偷偷溜出去上网，反了天了！”李德亮看着四人吃着，依旧不停地训斥。

单求胥喝了一口滚烫的小米粥说：“老班，差不多就行了。再说了，刚才要是没有我们，你还躺在地上呢。”

“一码归一码，我这不是请你们吃早餐了嘛！回头一人两千字检查！点这么多！剩下一点饭菜，再加一份反省！”

王元鹅笑着说：“老班，我们去上网，其实是查学习资料来着。”

“哟，我很久都没有听到这么清新脱俗的上网理由了。资料呢？查到了吗？”

“查到了……”众人以为王元鹅开玩笑，没想到，王元鹅真从书包里掏出一个笔记本。

李德亮半信半疑地接过本子翻了翻，本子上记录了英语还有语文的翻译解释，单求胥、牛福、林昆纷纷朝着王元鹅竖起大拇指。

“嗯，《归去来兮辞》解析，王元鹅，我真是没看错你啊！”李德亮看着，眉开眼笑了起来。

“老班，那些人是谁啊？”看到李德亮心情好了很多，王元鹅吃了一口油条，小心地问了起来。

李德亮本可以保持沉默，但是停课才几天，他便坐立难安，枯燥到不行，此刻的他只想找人说说话。众人同李德亮一起坐在了楼顶。听李德亮说完，众人大吃一惊。

“什么？原来你是被你的学生举报的？就是那个李广东？”单求胥吃惊地问。

“还是你第一届的学生？”对此，王元鹅也很意外。

“为什么啊？”看到李德亮叹息着点了点头，众人不解地问。

“这得从我刚来一中那年说起了……”李德亮索性往后一躺，看着天上飘过的淡淡的云彩，思绪重新回到了刚参加工作的那年。

第十六章　黑老大是怎样炼成的

当年李德亮大学毕业，怀揣教育理想，被分配到了一中。广阔天地，大有作为，李德亮满怀信心，走进班级，一眼便看到了坐在教室中间的李广东。

"Stand up!" 虽然眼前这个班主任十分年轻，甚至有些像学生，但是李广东还是立马站了起来。

"Good afternoon, teacher!" 众人虽然不确定眼前这位小伙子到底是不是英语老师，但是却很认可李广东这个班长，纷纷站了起来。

"Good days, everybody, sit down!" 看着班里的每一个同学，李德亮眼中闪烁着智慧的光芒，迸发着青春的激情。

李德亮认为，中国传统的填鸭式课堂太过于死板，于是初生牛犊不怕虎的他，不顾校长的反对，开始了教学课程改革。李德亮的改革富有激情，甚至是癫狂。疯狂的英语教学实验，让这群年轻的孩子们兴奋不已，甚至有些上瘾。

"Good, better, best!" 李德亮声情并茂地在黑板前领读，从牙齿到眼睛再到眉毛，李德亮的每一个细胞都投入到了英语教学中。

众人学着李德亮，大声朗读："Good, better, best!"

"Everybody, look at me, passions, vigorous, understand?" 李德亮风风火火地走上讲台，手里拿着凳子腿，"嘭嘭嘭"敲着黑板。

看到众人摇头，李德亮把头一横，神经质般地跳了起来，活脱脱一个精神病患者。

"逼我说中文！我们是初升的太阳！激情、活力拿出来！读英语的时候，要像高尔基扑在面包上一样！来，跟我读！要稳、准、狠！"说到这里，李德亮拿着凳子腿假装面包，像恶狗一样地啃着。

李德亮的教学，不，可以说是表演，夸张而不做作，大家仿佛看了一场电影，从头到尾目不转睛。学习一下子变得轻松了起来，班里几乎没有人睡觉，为啥？因为李德亮的分贝实在是太大了，要么你跟随他的思路学习，要么你将会度日如年。

"Good, better, best!" 李德亮跳着叫着。

"Good, better, best!" 众人跟着疯狂地念着。

"Very good! Next, bad, worse, worst!"

“Bad, worse, worst!”看到李德亮在讲台上忘我的神态，李广东微笑着跟着卖力地喊了下去。

李德亮的改革获得了很大的成功，班里的英语成绩从年级倒数第一，一跃成为年级第一。到了学期末，甚至冲上了全市第一，声名大噪的李德亮更加自信了起来。

听到这里，众人方才如梦初醒。原来，自己的语文竟然是英语老师教的！

由于李德亮的教学方法太过激进，很多老师跟他提意见，包括当时也是语文教师的郝主任。

当时，身为语文老师的冯莹，带着几个女老师还有郝主任，一起讨伐李德亮。李德亮被众人围住，他坐在中间，丝毫不惧，甚至还很得意。

“老李，你上课动静能不能小点？一个个读英语和饿狼似的，让我们邻班还上不上课了？”因为冯莹和李德亮是同学，所以冯莹最先开了口。

“Never give up!”面对众人的指责，李德亮翻来覆去就这一句。

冯莹听完直接生气地转身走了。

看到众人都愣在那里，李德亮站起来说：“都没听明白是吧，问冯老师去。”

讲到这里，众人方才恍然大悟。

“哦，原来‘不给上’是从你这来的。”单求胥一脸惊讶地看着李德亮。

“听谁说的？冯老师现在连这个也教你们？”李德亮也是一脸惊诧。

“不是不是，我瞎琢磨的。那后来呢？”单求胥赶紧问道。

“唉！历史惊人地相似啊！后来不知道是谁，一封举报信交到了市教委，市教委就打电话下来了。”李德亮看着天，长叹了一口气。

面对毛校长的指责，年轻的李德亮一脸不服气，站在那里。

“你还是不服气，是不是？”毛校长厉声厉色地问。

“学校不是以成绩论英雄吗？我教的班级从倒数第一到正数第一，我不认为我的教育方式有什么问题！”

“现在的学生正处于青春叛逆期，你这样张扬个性的教学方式太过偏激，很容易助长学生们的叛逆心理！”

“毛校长，填鸭式教学才容易助长学生的叛逆心理，时代在召唤，我们需要做出调整！”

“李德亮，你这是什么态度？上次你带着学生去电影院看电影，这是什么教学方法！”

“《泰坦尼克号》是课本里固有的内容，我花自己的钱包场，是体验式教学，把课堂搬到电影院，目的是教会学生学英语啊！毛校长！”

“自己掏钱也不行！一中建校几十年了，我就没见过你这样的老师！”看到李德亮执迷不悟，毛校长十分愤怒。

“像您这样的校长，我见多了！”李德亮一副死猪不怕开水烫的样子。

“你你你……”毛校长气得扶着桌子，浑身发抖。

“毛校长，您消消气。李老师刚来，还年轻，您让他回回味儿。”郝主任赶紧放下课本走过来，给校长捶背倒水。

“要么就踏踏实实地教学生，要么就去扫厕所！”毛校长狠狠地说。

“扫就扫！”李德亮看不惯郝主任的阿谀奉承，转身走开。

“哎！你看看，你这是什么态度！”

听李德亮讲到这里，众人方才发现，原来，当年的李德亮也是个刺儿头。按李德亮的话讲，谁都年轻过。

面对学校的处分，李德亮心灰意冷，他索性一心一意地打扫起厕所来。郝主任却接管了李德亮的班级。郝主任属于温和派，讲起课来更是中规中矩。面对郝主任枯燥无味、面无表情的讲课，众人仿佛突然从夏天来到了冬天，极为不适应，甚至是抵触。很快，班里就出了事。

李德亮带着卫生工具，正在刷厕所，郝主任急急忙忙来到厕所求救。

“老李啊，你快回去吧！班里学生我管不了啊！”

“我已经不是班主任了，回去干吗？再说了，你们那么有一套，怎么就管不了了！”李德亮憋着劲儿就是不搭不理。

“别的不说，班长李广东带头闹事啊！一上英语课，就把我关门外了，我怎么管啊！”郝主任十分无奈。

“什么？竟然有这种事情？”听到这里，李德亮拿着扫把，急匆匆地赶去了教室。

果然，教室的门被李广东反锁了。李德亮在教室门口，示意李广东开门，李广东看到李德亮，开心地走了过来。

“老班，你可回来了！”李广东看到李德亮十分开心。

可是让众人意外的是，李德亮戴着胶皮手套，二话不说，上去就是一巴掌。

“胡来！你这是干吗？”李德亮愤怒地训斥道。

李广东自认为出于好意，没想到却不被理解，生气地说：“郝老师一点能力都没有！他就是照本宣科，一点学习的乐趣都没有，我们希望你能回来！对不对？”

“对！李老师，回来吧！”面对李广东的倡议，众人纷纷响应。

“不行！这是校方的决定，你我都得服从！”李德亮斩钉截铁道。

“可是，学校这样对你不公平！我们要为你讨回公道！”

李德亮二话不说“啪”的一巴掌又甩了过去，说道：“胡闹！谁要你讨公道！给我好好学习！马上就要高考了，谁也别给我瞎胡闹，都回去坐下！”

李广东眼圈红红地看着李德亮，站在那里一动不动，无声地抗议着李德亮。无奈之下，李德亮只好扛着李广东，将他放回了座位。

“好了！上课！”李德亮走出教室，捡起立在门口的扫把，刚一转身，眼泪就忍不住落了下来。

“那个时候的我，也是年轻，当时我要是和校长认个错，换个方式就好了，也不至于让李广东走上叛逆的道路。”讲到这里，李德亮叹息了起来。

“什么意思？他该不会是因此就不学习了吧？”王元鹅担心地问道。

“是这样的，从此以后，李广东就专门和老师对着干，上课也不认真了。班里很多同学受他影响，成绩也是一落千丈。”

“老班，这也不是你的错啊！”看到李德亮十分难过，王元鹅赶紧安慰了起来。

“其实……是我的错。”李德亮想了很久，方才接着说了下去，“风波过去后，李广东曾经单独找过我……”

李德亮正在清扫着厕所，李广东悄悄地走进来，关上了门。

“李广东，上课时间，你跑出来干吗？”

“老班，我要跟你说个事儿。”

“什么事儿，神神秘秘的？”

“老班，写信举报你的人是郝老师。”

听李广东说完，李德亮手里的扫把都落在了地上，李德亮慌乱捡起来，紧张地说：“别胡说，郝老师不是那样的人。”

“是真的。我去办公室的时候，他让我倒垃圾，我在垃圾桶里发现了这个！”

李德亮接过李广东手里的草稿信，上面写了举报信三个字。

“乱来！你回去认真学习吧！”李德亮看了几个字，意识到问题，赶紧把信扔在了装满污水的桶里。

“老班！”看到李德亮还是选择退缩，李广东几近哀求。

“别喊我老班，我已经不是你们的班主任了。”李德亮只顾埋头拖着地。

“老班，你为什么这样？你有什么不敢面对的？”李广东有些激动了起来。

“我没有什么不敢面对的，你别不务正业了，回去吧！”

“我不务正业？我做这些，还你清白不对吗！”

“不对！不对！不对！”李德亮彻底被李广东激怒，气愤不已，“作为学生，第一要务就是学习！你不该怀疑你的班主任，不管是我还是郝老师；你更不该带头不学习，你是我见过的最不听话的学生，给我回去！”

看着李德亮翻脸不认人，李广东眼圈红红的，转身摔门离开。李德亮是言不由衷的，看着水桶里的举报信，他蹲在地上呜呜哭了起来。

“我真后悔，真的！早知道李广东现在会这样，我当初就不应该说那些话。其实，其实我心里想说的不是那样的。是我太偏激、太年轻了。没想到，那一个转身，竟是李广东校园生活的永别。”想到这里，李德亮还是忍不住掉下了眼泪。

被李德亮拒绝后，李广东回到教室，生着闷气。郝老师依旧打着哈欠，死气沉沉地念着课本，大家几乎都要睡过去。

“大家看到 Unit3: Be a honest man。来，班长起来读一遍。”

李广东站起来，看着郝主任，一声不吭。

“念课文。嗯，念吧！”

“老师，你是一个诚实的男人吗？”

李广东这么一讲，大家纷纷精神了起来，郝主任也立马清醒了许多。

“Yes, I am. 广东啊，怎么了这是？”

“那我问你，匿名举报信，是不是你写的？为何接手我们班的人是你？”李广东这么一说，大家纷纷质疑了起来，毕竟这一切好像有些太巧合了。

“李广东！你太过分了！你可是班长，怎么能够说出这样的话！”面对李广东的质疑，郝主任不禁斥责了起来。

看到郝主任在讲台上虚张声势，李广东将课本一摔，朝讲台走去。

“李广东！你要干吗？”

“就这样，李广东用自己的方式表达了心中的愤怒。李广东打了郝主任，然后也就被开除了。这都是我的错！我的错！他从此对我怀恨在心，他认为是我抛弃了班级，抛弃了他。临走前，我还在校门口遇到了他。”

李德亮在校门口清除牛皮癣广告，看到李广东拿着书包走了出来，手里的小水桶落在了地上，而李广东则轻蔑地朝着李德亮笑了笑。

“训导处报告，训导处报告，高三 8 班李广东同学，目无师长，出言不逊，严重违反校规校纪，经学校研究决定，给予开除处分，特此警告！”

校园里很快响起了广播，李德亮大喊着：“广东啊，你不该啊！你傻啊！马上就要高考了，你怎么可以这样放弃！呜呜呜……”李德亮说着，趴在地上呜咽了起来，毕竟李广东是自己班里最优秀的学生。

“老班！你记好了！是你放弃了我们，这是你的错！你的错！”望着悔恨万分的李德亮，李广东转身便走了。

“为了缓解紧张情绪，学校后来派扈极硬兼任了高三 8 班的班主任，扈极硬的个性比我稳当，比郝主任活泼，事情就这么稳定下来了……”

“大家看好了，如果这道题解不出来，那么怎么解决呢？我在这个点上放一个 P，连接这个 P，哎，就通了！”扈极硬拿着数学课本，在黑板上画着图，众人忍不住笑了出来。

“后来听说李广东也转了几次学，转学后就跟一些不三不四的人混到了一起，再后来就误入歧途了。”李德亮说到这里，沉默了起来。

“那举报信到底是不是郝主任写的呢？”王元鹅忍不住打破了沉默，追问了下去。

“不知道……错既在我，又何必去追究别人的责任呢。后来我将举报信从水桶里捞了出来，一直挂在我身后墙上的相框里，勉励自己。后来再开学时，我就选了语文，我就是想让校长看看，我的教学方法是正确的，这和我的专业无关。”

“都过去那么多年了，他为何还和你过不去呢？”林昆问。

“他认为自己走到今天，所有错误的根源都在于我，我也确实有着不可推脱的责任。但是花有重开日，人无再少年，一个好学生就这么白瞎了。”

“冤冤相报何时了，老班，这根本就不是你的责任。路，总归是自己选择的。”对此，牛福意味深长地道。

“话虽这么说，可是，这么多年过去了，这件事在我心里一直是个坎儿啊！”

“没想到老班也有仗义的一面，有那么一瞬间，我真的很想为他做点事。”单求胥心想着，不禁对李德亮刮目相看。

“那这么说，这次举报你的人肯定也是他了。”王元鹅说。

“嗯，照片都是他拍的。我知道他还恨我，现在我怎么解释都是徒劳。”

“总不会一直让你停课吧，这不重蹈历史的覆辙嘛！”王元鹅有些气愤。

“没办法，只要李广东那边不消停，我这边的工作也不好开展。”

“那我去找他，让他撤销举报！”王元鹅说着，豪气顿生。

“都是些亡命之徒，别去招惹他们，出了校门，就是两个世界的人了！倒是你，王元鹅，你真是黑老大的女儿吗？他们看到你咋都吓跑了？”说到这里，李德亮方才想起这事儿来。

“不会，不会，我爸自打我记事儿开始就离家出走了，只留下了一句话，说让我好好学习，考上大学那天，他就来找我。我估计他可能，可能早都……”面对李德亮还有众人，王元鹅也不想再撒谎了，毕竟自己的老底大家也都探清楚了。

“单求胥，你性格有点张扬，有些像他，你可千万别学李广东啊！”

“不会，老班，我没那么正直。”单求胥说完，嘿嘿嘿地笑了起来。

王元鹅看了看手里的龙头戒指，中年男人的面孔一直在她脑海中挥之不去。此刻，王元鹅脑海中突然闪过一个很强烈的念头，她想找到这个中年男人，问个明白。

获得消息最快的途径，莫过于找吴长鸣了。看到王元鹅脖子里挂着双节棍，吴长鸣转身就走。

王元鹅一个跟头从吴长鸣头顶翻过，站在了几人面前。

“好鸟不挡路！”吴长鸣舔了舔手里的雪糕。

王元鹅拿出五十块钱，在混混面前晃了晃，问道：“李广东在哪儿？”

长鸣一把接过钱，看了看，装在了口袋里，说：“你一介女流，问这个干吗？”

“我打！啊……”看到吴长鸣不以为意，王元鹅用力将手里的双节棍一甩，将吴长鸣手里的雪糕打掉半截。

看到王元鹅的实力后，吴长鸣赶紧说：“女侠，我不知道东哥在哪儿，我只知道他的手下六哥在哪儿！”

“不知道还收那么多钱？给我！”

“女侠，别急！老大的出入我们肯定看不到，但是我听说南城一家 KTV 是他们的老巢，六哥也经常在那里出入，你先去找，找不到我再退款！”

“我打！啊……”王元鹅说着，将吴长鸣手里另一半雪糕打在了地上。

说干就干，王元鹅打上车，就朝着南城 KTV 奔去。

六子在门口拿个苹果，和吧台小妹逗乐，王元鹅看到后，径直走了过去。

“我找你们老大。”王元鹅语气平静。

“哟，长志气了啊，都找上门来了！你谁啊？今天早晨是给你面子，你还没完没了了！”六子不以为意，丝毫不把王元鹅放在眼里。

“我说了，我要找你们老大！”王元鹅提高了嗓门。

“行了，差不多得了！还拿双节棍，吓唬谁呢？哪儿凉快哪儿待着去！我有双节棍，哼哼哈嘿！”六子边说笑边拿苹果比画着，逗着吧台小妹，“要不要，要不要？”

吧台小妹笑着说：“六哥，你真讨厌！一个苹果诱惑了我一晚上了。”

看到二人旁若无人地调情，王元鹅拿出双节棍，甩了过去。

“我打！”伴随着王元鹅的一声吼，六子手里的苹果便被打碎在了地上。

看到来者不善，六子只好带着王元鹅朝 KTV 深处走去。南城 KTV 很大，六子在里面绕了很久，王元鹅也得以看见 KTV 里面红男绿女们的各种乱象。穿过层层廊道，二人方才来到了一间浴室门口，门口有两个穿西装戴墨镜的壮汉在站岗。

六子回头看了看王元鹅说：“姑娘，可别怪我没提醒你，这道门，好进不好出啊！”

“少废话！”

“行！有种！”

六子示意壮汉将门打开。二人拉开门，六子一把将王元鹅推了进去。

澡堂子里雾气腾腾，泡着的清一色全是赤膊文身的男人，王元鹅吓傻，双节棍“咣啷”一声掉落在了地上，所有人瞬间安静了，回头朝门口看了过来。

李广东背对着门口坐在中间，锃亮的光头下面，满背都是关二爷刺青，后脑勺上贴着一个标志性的创可贴。

“东哥，有人找你……”六子的声音回荡在澡堂子里，众人安静下来，只听到水滴声。

王元鹅吓得腿直哆嗦，她刚打算转身走，门却在六子的示意下，被死死地关上了。

东哥深吸了一口气说：“来的是什么朋友啊？”

第十七章　可怕的敌人

李广东身上围着浴巾，叼着烟，转过身来，狠狠地看向王元鹅。

“六子，哪位朋友要找我啊？”李广东目光凌厉，六子赶紧低下了头。

“老大，是这位姑娘。”王元鹅吓得瑟瑟发抖，六子说着，将王元鹅往里推了过去。

“从哪儿来？”

“我……我是一中的学生，我来找你打听个人。”

“一中的学生，你们班主任是谁？”

“李德亮。”

“原来是师妹，不急，有话慢慢讲。”李广东看了看四周，摆了摆手，众人离开。

看到墙根处只剩下两排保镖站在那里，王元鹅鼓足了勇气，说：“我父亲从小就离开了，村里人都说他死了，但是我奶奶一直说他还活着，还说他不是一般人。我想问问你，认不认识他。”

“你父亲叫什么名字？”

“王天笑。”

“王天笑？”李广东将手里的烟狠狠地掐灭在了另一个手掌心，站起来朝王元鹅走去。

“你认识他？”看到李广东的反应，王元鹅眼中掠过一丝期待。

“放在十几年前，没人不认识他，但是……”李广东陷入了沉思。

“那他现在怎么样，在哪里？”

“哼！王天笑是那个时候了不起的大人物。他本人，我也没见过，据说江湖上是人都要敬他三分。”

“这么说，他还活着？”

“你们村里的人说得没错，在一场交易中，王天笑被手下出卖，中枪后被抛进了江，连个全尸都没找到。当年我刚被学校抛弃，行走江湖听说的第一件大事就是他！”李广东说着，走到了王元鹅面前。

“不可能！他一定还活着！”听到王天笑确实已死的消息，王元鹅心里十分不甘。

李广东围着王元鹅仔细看了看，看到王元鹅手上的龙头戒指，问：“你这戒指哪里来的？”

“我……我在路上捡的。”

“在哪里捡的？”

“在河边……”

看到王元鹅眼神躲闪，语气不定，李广东认真地说：“可别怪我没提醒你，要是遇到这个人，一定要躲得远远的，否则你会死得很惨。这个戒指的主人可是个杀人不眨眼的亡命徒！”

夜深了，王元鹅一个人走在街上，惆怅不已。王元鹅十分后悔，她觉得自己不应该来找李广东，这样父亲也许就还活着。

“这个人是谁，真如李广东所说，是个亡命徒吗？可为什么他给我的感觉是那么亲近。”街上一对父女从王元鹅身边走过。看着手上的龙头戒指，王元鹅黯然神伤。

第二天，冯莹拎着一台录音机走进了教室。

“马上就要开运动会了，你们班主任李德亮老师让我带话给各位，大家听好了。”冯莹说完按下播放键，里面传出了李德亮的声音。

“同学们！我想死你们了！我不在的这段时间里，大家一定不要给我搞事情！运动会马上就要到了，想想你们还未到手的一百块吧！要是不努力赢得比赛，那就想想你们已经花掉的一百块吧！加油！努力！我永远与你们在一起！”

“啊……唉……”伴随着众人的唏嘘声，大家才明白，班主任这是欲擒故纵！几乎所有同学的钱都已经花完了，现在他们除了努力夺冠，别无选择。班会一开完，众人纷纷朝着操场跑去。

“老班这招真够阴的，害得我又去报了个跳远和 4 × 4。”林昆边跑边说。

“报那么多干吗？”牛福问。

“老班那一百块钱，到手我就花了，我要是拿不了第一，还得还给他，我哪来的钱补这个窟窿啊，索性还是玩命干吧！”林昆一副吃亏上当的样子。

想到这里，林昆一咬牙便冲到前面去了，单求胥转头看向身后的王元鹅，问道：“哎，你那一百块钱咋花的？”

“我没花！以为都和你似的！”

“我不差钱，我为集体荣誉而战！哎，我最近看见老班，新伤添旧伤的，老这么被人欺负下去，也不是办法啊！”单求胥说着，递给王元鹅一瓶汽水。

“你不是要当班长吗，你去把这事儿解决了，我第一个把票投给你。”王元鹅不屑地说。

“什么语气！哎，鸟人，你该不会是以为我不敢吧？”

“你敢吗？”

“嘿嘿，我是不敢，那是因为我爹是守法公民啊，我爹要是……”还未等单求胥说完，王元鹅已经攥着拳头伸到了单求胥眼前。

“要是怎么着？”王元鹅恶狠狠地问。

“没……没啥！”要是换作以前，单求胥肯定不把王元鹅当回事儿，但是自打王元鹅用父亲王天笑的大名将六子吓跑后，单求胥便收敛了很多。

“哎，我还真就去找毛校长问了。校长说，这事儿如果查出来是谁也好处理，但就是怕李广东一直纠缠，毕竟警察也不能一天二十四小时看着老班。”单求胥认真地说。

“那李广东要是这么一直纠缠下去，老班这边岂不是会很糟糕。”牛福担心地说。

“嗯，可以这么讲。”

“那我们就从李广东身上下手！”王元鹅眼睛一横，用力将手里的饮料罐捏扁。

看到王元鹅大哥般的眼神，单求胥、牛福、林昆不禁呆呆地咽了口唾沫。

为了帮助李德亮洗清责任、重返班级，更为了了解李广东的底细，王元鹅作为总指挥，精心策划了整个行动。

“知己知彼，百战不殆！第一步，先从当年李广东的学籍档案入手，郝主任那里有学籍档案室的钥匙，决胜的关键在于郝佳琪。单求胥，这事儿就交给你了。”

“啊，为啥？”单求胥一脸诧异。

“她不是喜欢你吗？你俩本来也是一丘之貉，狼狈为奸！”王元鹅说着说着不禁心生恨意。

“喂，什么一丘之貉，什么狼狈为奸？哎，鸟人，你……”

“行了，老大，你就用一下你的美男计吧！”看到单求胥一脸不情愿，牛福、林昆二人赶紧打圆场。

郝佳琪对于单求胥简直没有免疫力，单求胥只是在楼顶讨好了一下郝佳琪，郝佳琪就心甘情愿了。

档案到手，单求胥一脸得意地享受着王元鹅给他买的饮料。王元鹅手里拿着李广东的档案看了起来。

“天哪！他竟然曾经复读过一年！”

单求胥正喝着饮料，听到这里，不禁一口喷了出去。

“真的吗？我看看，我看看！”林昆赶紧凑了过去。

“我学习那么差，都没复读过，嘁！”牛福不屑地说。

“唉……一群土鳖！才复读了一年而已，我要是告诉他们我复读了五年，他们岂不是要去死？”单求胥看着天空，摇了摇头。

“天哪！这档案简直了！拿奖拿到手软的人啊！唉，没想到当年的李广东这么优秀！”看到档案里各种大赛一等奖的复印件，王元鹅不禁唏嘘感慨。

“下一步呢？”单求胥问道。

“啊？哦，下一步啊……”王元鹅歪着头想了想，说，“下一步！”

王元鹅攥紧拳头，发现手里没东西，一把将单求胥的易拉罐拿过来，恶狠狠地攥瘪，咬牙切齿地说：“下一步，是举报信！举报信被老班从水桶里捞出来后，为了励志，挂到了办公室的墙上。君子报仇十年不晚！我个人认为应该保留证据，我们必须将举报信拿下，到手后这将会是一条重要的线索。”

王元鹅在地上画着沙盘图，指挥着众人的行动。

“为了确保万无一失，我设计了三道关卡，分别为楼门口、楼梯口、办公室门口，遇到情况，分别发出信号。”王元鹅说完，看了看牛福和林昆。

林昆将手指放进嘴里，吹了一记响亮的口哨。牛福把手指放到嘴里使劲吹吹不响，只得学了自己最拿手的羊叫“咩咩咩”。

见众人惊讶地看着自己，牛福说：“叫牛二不一定非得会牛叫吧！”

计划完毕，四人分头行动了起来。

“好了没？我早说找个开锁师傅，你不听，非得跟我玩什么特工装十三！”看到单求胥将耳朵贴在门上，捣鼓了半天，还是没有结果，王元鹅站在旁边，看了看手表，发起牢骚来。

“你别嚷嚷，马上就好了。”铁丝在锁孔内来回转动，单求胥认真听着锁内的“咔吧咔吧”声。

林昆依旧若无其事地看着书，郝主任陪同毛校长检查完毕，一起走了进来，林昆吓得赶紧转身面壁。看着二人走上楼梯，林昆方才松了口气。一声口哨代表安全，林昆转过身刚想通风报信，却发现郝主任回过头，朝自己走了过来。

“在这儿干吗呢？”郝主任严肃地问道。

“郝主任，这里安静，我学会儿英语。”

“这么爱学习，书都拿反了！”郝主任说着，将林昆手里的书本正了过来。

“我、我故意的，嘿嘿嘿……”林昆一时间不知道该怎么说才好。

“郝佳琪最近学习怎么样，有没有和什么不三不四的人来往啊？”郝主任醉翁之意不在酒。

“没有，绝对没有，她最近可正常了。郝主任，您放心吧！”

“嗯，那就好，那就好。”郝主任笑着指了指林昆，方才朝楼上走去。

直到此时，林昆方才用力地吹出了口哨，可是，此时毛校长却早已冲到了第二道关卡——牛福这里来。

“喂！都十多分钟了，你到底搞不搞得定？”王元鹅忍不住轻轻踢了单求胥一脚。

“你别着急啊！你以为这是好莱坞大片里面，几个镜头就能搞定啊，这得需要耐心才行。”

“我去你的耐心！会开锁的都开了十次了，你是不是给我装？”王元鹅说着想拧单求胥的耳朵，可是单求胥戴着丝袜，死活拧不到。

“我就纳闷了，这把破锁，一脚都能踹开，怎么就那么费劲！”王元鹅生气地走上前去，用力来回拧了一把门把手。结果，门竟然打开了！

“门……没关啊……”单求胥咽了口唾沫，抬头看着王元鹅。

“校长好！”看到毛校长不知何时毫无防备地站在了身边，牛福一头冷汗，赶紧大声打招呼。

“校长？”听到牛福的信号，单求胥犹如惊弓之鸟，情急之下，王元鹅一脚将单求胥踹进办公室，将门带上，不紧不慢地走到窗边看起书来。

毛校长走到了李德亮办公室门口，往里瞅了瞅，单求胥则紧紧地贴在门后，抬头往上瞅着。毛校长推了推门，推不动，便转身朝着窗边走去。

“死林昆！早干吗去了，现在才来信号！”听到林昆在楼下不停地吹着口哨，王元鹅气不打一处来。她用余光紧张地看着毛校长的一举一动，生怕被毛校长活捉第二回。

“王元鹅同学。”看到王元鹅若无其事地在窗边看书，毛校长笑着打招呼。

“哦，毛校长好！”王元鹅假装没看到的样子，吓了一跳。

“学英语啊？”

“嗯嗯嗯！”

“该不会是在排话剧吧？”毛校长说着，狡黠地看向了四周，好在走廊里空荡荡的，只有王元鹅一个人。

“没有没有！毛校长，您可真会开玩笑。”

“没有就好。”毛校长说着，又走到李德亮办公室门口，往里瞅了瞅。

“别开门！别开门！别开门！”王元鹅紧张地看着，心里暗自喊着。

毛校长突然回头，幸好王元鹅反应快，迅速地将头埋在了课本里，要不然一定会被毛校长发现点什么。

“那你好好学吧，李德亮不在，你们可千万要争口气。”

“好的，校长！”

看到毛校长这回真走了，王元鹅方才松了口气。牛福赶紧凑了过来。

“好险！老大呢？”牛福着急地问。

“在里面呢！门压根就没关！”王元鹅一脸嫌弃。

“不会吧，该不会……”直到牛福提示，王元鹅方才反应过来。

未等牛福说完，李德亮迷迷瞪瞪地从办公室开门走了出来。

“啊！”牛福和王元鹅忍不住吓得喊了出来。

“你俩站这儿喊什么呢，有事儿进来说。”李德亮左右打望了一圈儿，打了个哈欠。

王元鹅一脸惊诧，支支吾吾地不知道该怎么往下接话才好，待到转头看时，却发现牛福早已溜之大吉了。

“没……没啥，老班，那我继续背书了。”王元鹅紧张地说。

“唉……睡个午觉都不让睡好，一个个的，都在楼道里嚷嚷啥。”

看着李德亮关门，转身将门反锁了起来，王元鹅赶紧一溜烟跑走了。

三人一口气跑到了操场边上，才停了下来，喘着粗气，心有余悸地看向办公楼，生怕李德亮追过来。

“到底怎么了啊，快跟我讲讲啊！”看到二人一言不发，林昆有些着急了起来。

“你个天杀的！怎么不早吹口哨？”王元鹅说着，一把掐住林昆的脖子薅了过来。

“鹅姐，手下留情！我是想早点吹啊，可是郝主任在一边，我吹不起来啊！咳咳咳，鹅姐……”

“唉，老大进了狼窝了，老班躺在办公室睡觉呢。”牛福一脸无奈。

王元鹅一把松开林昆，林昆惊讶地喊：“啊？那岂不是很惨！”

王元鹅擦了擦汗，冷静地想了想，说：“没关系，到现在还没逃回来，就说明事情还有转机。不入虎穴，焉得虎子！走！同志们，杀回去！”

“不行啊，有前车之鉴了。上次偷星星的时候，就已经遭过一次了，我得赶紧去找吴长鸣。”

“偷星星？什么星星？”王元鹅问道。

“没……没啥，不说了，我先去……哎，鹅姐，鹅姐饶命！”未等林昆说完，王元鹅就一把将林昆按在了手里。

“快说！我只给你三十秒的时间解释！”

“上次老大将星星送给你，你上缴给班主任，然后老大又去偷，差点被老班的臭脚熏死在办公室，我去给救出来的！”林昆闭着眼，一股脑儿地将星星的事情说了出来，中间连气都没喘一口，活像一个脱口秀主持人，听得王元鹅和牛福目瞪口呆。

单求胥看到李德亮醒来，如惊弓之鸟，无处躲藏，只好连滚带爬地躲在了李德亮的桌子底下。单单就李德亮的一双鞋放在那里，就足以让单求胥眼泪直流，呕吐八回。

李德亮回到座位躺下，却怎么也睡不着。他索性坐起来，看着往届毕业生相册喃喃道：“唉，不让我教课，也不让我扫厕所，还不如让我一头撞死在豆腐上算了！”

单求胥在桌子底下憋得脸通红，怀里抱着举报信的相框，墙上已经空空如也。若是有紫外线分析仪的话，摆在单求胥面前的李德亮的脚，应该显示最高等级的能量。此时，单求胥只好祈祷着林昆赶紧来救自己，要不然他估计要惨死在李德亮的桌子底下了。

“春风化雨，有教无类！说得好听，考上的学生一步登天，各奔前程，考不上的呢？唉……人生如此啊，也无风雨也无晴……”李德亮边说边搓了搓脚。单求胥只得使劲儿眨眼，泪水哗哗地流了下来。

有了前车之鉴，林昆赶紧带着吴长鸣还有跟班阿呆、阿瓜，蹑手蹑脚地来到门口。

“鸣人，老大就在里面。这可是我的全部家当了，你们无论如何也要救他出来啊！”

吴长鸣拿过林昆手里的钱，拍了拍林昆的肩膀，小声说：“兄弟，你放心，人不能两次踏入同一条河流，我决不允许我的客户躺倒在同一个地方两次！”

“那你打算怎么办？”

“先过去探探虚实再说。”吴长鸣说完，给了阿呆一个眼色，阿呆走过去慢慢拧了拧门把手，摇了摇头。

“关上了？”吴长鸣低头沉思。

“那怎么办啊？再不快点，我估计老大就要阵亡了！”林昆焦急万分。

“把鞋脱下来，以毒攻毒吧！”吴长鸣说完，看着阿瓜。

“老大，不能再脱了，你都扔了我两双鞋了，培养一双臭鞋不容易啊！”阿瓜显然有些不情愿。

“这回我给你买还不行吗！”吴长鸣说着，就去动手捞鞋。

“你每次都说给我买，每次都没买！”阿瓜赶紧将脚捂住。

“球鞋不是你想买，想买就能买！别废话，赶紧的！”

“这不就结了！”看到二人僵持不下，林昆伸手将长鸣手里的钱抽出二十，递给了阿瓜。

阿瓜笑嘻嘻地接过钱，把鞋脱了下来。众人赶紧屏住呼吸。吴长鸣指了指打开的窗子，阿瓜赶紧扔了进去，众人赶紧四散而逃。

如果说李德亮的鞋子是炸弹级，能够毒死一只鸡的话，那么阿瓜的鞋子应该是核弹级，能够杀死一头大象。鞋子落到了李德亮的脚底下，李德亮立马打起了喷嚏。单求胥一口气没上来，差点口吐白沫翻白眼。

“谁啊这是！是谁？阿嚏，阿——嚏，别让我逮住！”李德亮说着，穿好鞋，用笔叉起鞋子，扔了出去。

众人躲在墙根处，看到鞋子被扔出来，纷纷又跑了回来。

“这么狠？再来！袜子也加上！”

阿瓜赶紧脱下鞋子和袜子，众人早已躲得远远的。这次的威力，别说一头大象，就是一群猛犸也都得颤抖。

“哎呀……哎呀，辣眼睛……谁啊这是……”鞋子和袜子落在了李德亮的办公桌上，李德亮止不住地打着喷嚏，捂着眼睛便朝洗手间跑去。

“中招了，快！捞人！”看到李德亮离开办公室，众人赶紧跑进办公室，从屋里将满嘴白沫的单求胥拖了出来。

单求胥死死地抱着相框躺在床上，眼睛又红又肿，嘴巴上挂了两根香肠，活像《东成西就》里的梁朝伟。

“太狠了！木棍儿，我认你，在关键时刻，你再次舍生取义！”单求胥红肿的香肠嘴唇配上滑稽的语气，众人忍不住笑了起来。

“笑什么笑！两次行动，都是我来，凭什么啊！”单求胥将头生气地扭向一边。

“因为你要当班长啊！”王元鹅立马回道。

单求胥想了想，只好点头道：“好吧！”

“虽然这次九死一生，但是行动依旧取得了成功，嗷！”单求胥说着，将相框递给了王元鹅。

王元鹅接过相框，看了看，说："牛二，你拿着去复印店复印几份，我怕一不小心弄坏了。"

"嗯，好。"牛二说着，将相框接了过去，看了起来。

"哎！小心点啊，还得还回去呢！"看到单求胥满脸肿成那样子，众人又忍不住笑了起来。

四人朝外坐在楼顶，一人拿着一份举报信复印件，认真地看着。

"这么有劲道的字迹，可惜了郝主任的一表人才。"单求胥说。

"兵不厌诈，他要是不这样，怎么能当上主任呢，是不？"林昆好像比谁都明白一样。

"在没掌握充分的证据之前，你们千万不要乱说话，其实郝主任看起来并不坏，至少没老班坏吧？"面对王元鹅不失偏颇的评价，众人也没什么异议。

"那下一步该怎么办？"单求胥问道。

"下一步，一定要取得郝主任的真迹！"王元鹅斩钉截铁地说。

"怎么取，难不成你让郝主任写举报信三个字啊？嘁！"面对王元鹅的自信，单求胥一脸不屑。

"兵者，诡道也。我写了首藏头诗，你到时候拿给郝佳琪，让郝主任照着写一遍不就是了。这样一来，人证物证俱在，真凶自然水落石出。"

牛福、林昆听完纷纷笑着点头。

见三人一脸坏笑地看着自己，单求胥一脸不服气地问："喂，为什么每次都是我？"

三人异口同声地回道："因为你要当班长啊！"

看着单求胥风风火火地离开后，三人不约而同地仰天大笑了起来。没错，渴望！渴望才是力量！

对于郝佳琪而言，单求胥不拒绝她已经算是最大的追求了，特别是知道单求胥是单氏集团接班人还要出国留学之后，郝佳琪更是赴汤蹈火，单求胥只需要稍微朝郝佳琪笑一笑，郝佳琪甚至都能为单求胥去死。

为了让郝主任亲笔写下"举报信"这三个字，得到藏头诗的郝佳琪，按照计划回到家，拿起毛笔练起字来。

"呵！太阳打西边出来了？都开始练字了，我看看写的什么。"郝主任不禁好奇地走上前去，念了起来。

"查溪非故林，举世莫知真。报恩为豪侠，信是故时人。好诗！琪琪啊，这是谁人所作？"郝主任似懂非懂。

"好像是宋朝的一个女词人，怎么样？"

"还行，不过缺点火候，来，我给你露两手。"看到郝佳琪主动学习，郝主任不禁手痒痒。

郝主任拿过毛笔，挥毫泼墨写了一幅，郝佳琪看傻了。

"哎呀，不好意思，献丑了！"看到郝佳琪吃惊的表情，郝主任笑了起来。

“爸，何止是献丑啊？简直太丑了！”郝佳琪一脸嫌弃。

“我那是长时间不练的缘故，你知道的，我钢笔字比毛笔字好。”

“谁信！”

“哎，我还真就给你露两手看看！”

郝主任随手掏出口袋里的笔，在纸上写了起来。果然，郝主任的硬笔书法很有造诣，十分清秀，郝主任写完后，得意地点了点头。

“怎么样？”

“哎呀，老爸的字最棒了！我收藏了啊！”郝佳琪拿到字后，开心地回到了屋里。

第二天，单求胥拿着纸条，在几人面前得意地显摆了起来。

“可以啊，怎么办到的？”牛福不禁有些吃惊。

“老大，郝佳琪果然为了你连亲爹都坑啊，真是服了！你到底是用了什么手段，没吃亏吧？”林昆说着，给单求胥使眼色。

“说什么呢！我是仰慕郝主任的硬笔书法，才让郝佳琪求字的好吧？”单求胥说得义正词严。

“就这么简单？”林昆一副打死都不信的样子。

“嘿嘿嘿，当然没这么简单，我还磨了块心形石头送给她。”单求胥说完，不禁不好意思地笑了起来。

“行了！别嘚瑟了，赶紧忙正事儿了！”王元鹅说着，一把夺过纸条，认真看了起来。

“是不是郝主任写的啊？”单求胥问。

“这还用问？明摆着就是两码事儿，郝主任的字根本就比不上这个好吧，举报人的字迹刚劲有力，很有原则，而郝主任呢，我就不说了。”王元鹅说完，将郝主任的字又塞回了单求胥手里。

“那就说明举报人不是郝主任了？”众人十分意外。

“按目前掌握的证据来看，可以这么断定。”案情进入僵局，王元鹅不禁叹了口气。

“那学校这么多老师，该怎么查才好？”牛福一脸愁容。

“唉，忙活了那么久，白干！干脆我写一封举报信给教委，说有人陷害李德亮得了。”单求胥也十分失落。

“我知道了！”王元鹅激动地一把抓住单求胥的大腿，单求胥疼得龇牙咧嘴，赶紧用力把王元鹅掰开。

“知道了怎么不抓自己啊！疼，你知不知道！”单求胥赶紧揉自己的腿。

看到王元鹅朝远处走去，单求胥大喊：“你知道什么了？”

王元鹅终于知道了李广东为何那么多年来不能释然，她更知道了老班为何那么多年来心怀愧疚。这一次，王元鹅下决心要帮李德亮查个水落石出。

第十八章　停车场里的罪恶

四人风风火火地直接杀向了南城李广东的老巢，看着一群人杀气腾腾地驶出了后院，王元鹅赶紧叫了辆出租车，跟在了后面。王元鹅浑身是胆，一副兴奋的样子，活像是公安局长。林昆害怕地抓住牛福的腿，牛福则紧紧抓住了单求胥的腿，单求胥无腿可抓，只好紧紧地抓住车门把。

李广东坐在车内，戴着墨镜，面色十分沉重。众保镖的手都揣在了西装里，随时准备作战。

车在一家废旧停车场门口停下来，李广东下车后，左右张望了一下，便携众随从浩浩荡荡地走了进去。

四人爬到墙头才发现，偌大个院子里，堆满了报废汽车，一排油桶伫立在墙边熊熊燃烧着，火光照耀下，李广东坐在长桌的西边，对面则是另一派的老大飞哥。阵势如此浩大，活脱脱一帮意大利黑手党在进行交易。王元鹅四人悄悄地从墙头爬下，缓缓地朝着场地中间爬去。

“我要的货带来了吗？”李广东声音低沉，显得十分有底气。

“当然！我要的钱带来了吗？”对方老大虽然长得很威猛，但是声音却很细小，活脱脱一个娘炮。

李广东给手下打了个手势，六子便将手提箱拎到了对面，打开来，里面全是百元大钞，足足有上百万。

对方老大示意左右，随从便拿了一袋白色的晶体递了过去。李广东笑着拿出匕首，用力地按压晶体，压成粉末，然后用手指蘸了舔了舔。

“果然是上等品，很纯！”验货之后，李广东的精神显得有些亢奋了起来。

“李广东果然不是好鸟，他刚从狱里出来，就开始做毒品生意！”王元鹅戳了戳单求胥，愤怒地说。

“看起来和黑帮电影里一模一样，好吓人啊！”牛福的声音仿佛都有些颤抖。

“怎么办啊？要不要马上报警？”林昆也慌张了起来。

“现在对方人多势众，我们几个人过去肯定不行。”单求胥故作镇定。

“那怎么办，总不能看着他们坏事做尽吧？”王元鹅着急地说。

“这样，鸟人，你偷偷出去打电话报警，我和牛二、木棍儿想想办法尽量拖延他们。”

“那好！”王元鹅说着，便偷偷摸摸地撤了出去。

看到王元鹅安全地溜走，三人面面相觑。

牛福担心地问：“老大，该怎么办？”

单求胥说：“我也不知道……”

“我晕，要不我们也走吧。”林昆说着，往后退缩了起来。

单求胥也正有此意，毕竟，面对眼前这么多强大的对手，根本就不能犯任何错误，要不然，很容易小命不保。

“等会儿。”单求胥摸着油桶，准备后退，看到满手黏糊糊的，单求胥小声喊住二人，心里已经有了自己的主意。

“我的计划是，王元鹅报警之后，时间肯定来不及了，万一对方要撤，我就点燃汽油，放火围堵他们。”单求胥说完后，三人一人拿了一桶油，慢慢地围着院子墙根撒了起来。

“飞哥，我要的可是配方。”谈判仍在继续着，李广东笑着说。

“唉，广东啊，我当然知道。要不是缺钱，我是死活不会把这配方给你的，都在这箱子里了。”

李广东看了看飞哥手里的箱子，爽快地说：“成交！”

“等会儿！”看到六子想拿箱子，飞哥看着李广东，哈哈大笑了起来。

“飞哥，你该不会是坐地起价吧？”看到飞哥不说话，李广东心里暗骂道：“早就听说老鬼是个黑吃黑的老手，今天果然要跟我玩儿这一套！”

“广东，掌握了配方，产品就可以大量生产，我考虑了一下，这个不过分！”飞哥说着，伸出了一只手。

“行！那就再给你加五个！”李广东倒也爽快。

“什么意思！五十个？”看到飞哥依旧笑着摇了摇头，李广东一拍桌子，愤怒地站了起来。

单求胥倒完汽油，回到原地，从口袋里拿出打火机，伺机等待。李广东猛地一拍桌子，却将牛福、林昆二人吓得屁股撞屁股，摔倒在地上。

“谁？”听到有声响，六子拔枪冲了过去。

飞哥嗖地站了起来，双方剑拔弩张，纷纷拔枪指着对方。

“把人带上来！”李广东气愤地大喊。

“广东，我一再强调，做生意要讲原则，没想到你还是信不过我！”看到有意外情况，飞哥十分敏感。

李广东看了看牛福、林昆二人笑着说：“飞哥，这两个人，我也不认识，该不会是你信不过兄弟我吧？”

看到李广东的手指微微一动，六子一枪托将二人打晕在了地上。

此时飞哥的手下悄悄地凑上来，跟飞哥讲了几句。飞哥笑了笑，说："带上来！"

"是，带上来！"手下朝着门口喊去。

看到飞哥手下从门口押着王元鹅走了进去，单求胥大伤脑筋，没一会儿，只剩下自己在战斗了。

"李广东，你违法犯罪，不务正业，我已经报警了！"王元鹅还没到跟前，就朝李广东气愤地喊了起来。

"广东，这是怎么回事儿，他俩你不认识，她你应该认识吧？"飞哥质问道。

"飞哥，一切都是误会，你听我解释。"李广东摸了摸锃亮的光头，长叹一口气。

"不必说了！警察都要来了，有什么好解释的！"飞哥翻脸不认人，一副小人嘴脸。

"那好，改日我登门跟你道歉。事出有变，大家就先撤了吧。不过，那女孩你得给我。"李广东说着朝飞哥走去，众人把枪指向了王元鹅还有李广东。

"坏了，坏了！要出人命了！"看到眼前的阵势，单求胥焦急万分。

很快，远处传来了警笛声，众人慌乱了起来。

"广东，你果然辜负了我，警察都来了，你还有什么话可说？你不仁，那可就别怪我不义了！"飞哥一脸失望。

眼看着飞哥要撕票，单求胥赶紧点燃了汽油，众人瞬间被包围在火海中。

"里面的人听着！你们已经被包围了！"单求胥大声喊着。

"飞哥，对方有备而来，赶快撤吧！"警笛声越来越响，手下赶紧从门口跑了进来。飞哥怒气冲冲地看着对方，不得已将王元鹅推到李广东面前仓皇而逃。

"为什么？为什么做违法的事！"王元鹅大声地问道。

"不是你想的那样，你走吧！"李广东说完，将绑在王元鹅手上的绳子解了开来。

"老大，快走吧，来不及了！"六子喊道。

"既然你没做什么违法的事情，为何还要逃跑？"王元鹅依旧不依不饶。

警察陆续赶到，看到熊熊燃烧的火势，消防车也呼啸着赶了过来。手下的人十分慌张，李广东刚要转身走，却被王元鹅一把拉住。

"你给我解释清楚！"

看到王元鹅一副誓不罢休的样子，李广东只好说："六子，带着兄弟们先撤了！"

李广东转身一把甩开王元鹅的手，狠狠地说："我警告过你，以后离我远点！"

"放开那个女孩！""轰"的一声，油桶爆炸，漫天的火光伴随着碎片四散开来，单求胥从火中走了出来。

王元鹅还有李广东有些诧异地看向单求胥。此时的单求胥正义凛然，活像个英雄救美的超级男一号。可惜，帅不过三秒，单求胥一脚踏在爆炸落下的一把锄头上，自己被打晕在了地上。

"里面的人听着，你们已经被包围了，请放下武器！"警察用喇叭大声地喊着。

“你走吧，我不跟你较劲！”李广东奋力甩下王元鹅，同时落在地上一包晶体状的货。

“我较劲？你是在跟自己较劲吧！我没混过什么社会，但是我知道，你作为老大，就应该讲义气！自己做过的事情，敢不敢承认？”

李广东走了几步，转身看着王元鹅，轻蔑地说：“笑话，为了义气，我七年大牢都坐了，我有什么不敢承认的？”李广东说完，便笑着往前方走去。

“好一个义气，那我问你，你当年为什么伪造举报信？”

听到这里，李广东停住脚步，愣在了那里。警察很快举着枪冲了过来，但是李广东脸上丝毫没有惧色。

“什么举报信？我不知道你在说什么。”

“你认为李德亮是个好老师，对吗？我相信当年你也很爱戴他吧！既然想让他重新做回班主任，实话实说就好了啊！为何要伪造举报信诬陷郝主任呢？”

“我没有诬陷他，就是他写了举报信！要不然他也不会代替李德亮，成为我们班主任，更成不了年级主任！”听到这里，李广东愤怒地转身，拔枪指着王元鹅。

“那你应该有证据啊！即使是你想的那样，你也应该报复郝主任才对啊！你为何对李德亮耿耿于怀呢？”

“我恨他！我恨李德亮抛弃我们！抛弃整个班级！”李广东指着王元鹅，一步步往前走着，王元鹅步步后退。

“如果不是迫不得已，谁会离开自己心爱的班级？谁会忍心离开自己的孩子呢？我看得出来，你不是坏人，可是为什么让自己陷入这个是非的江湖中去呢！既然这个人那么重要，为何不尝试着去沟通去理解呢？好歹李德亮老师还在，可是……可是我的父亲却已经不在了，呜呜呜……”王元鹅说着说着哭了起来，警察已经拿枪将李广东包围了起来。

“李广东，你已经被包围了，请你放下枪，保障人质安全！”警察朝着李广东喊话。看到李广东愣在那里没反应，指挥官拿起对讲机问道：“狙击手就绪了吗？”

“一号位准备就绪！”

“二号位准备就绪！”

“三号位准备就绪！”

三个狙击手荷枪实弹，在不同的方位瞄准了李广东锃亮的脑袋。

王元鹅赶紧从口袋里拿出举报信，举到了李广东面前，说：“这是你当年给他写的举报信，李老师一直挂在自己的办公室。他早就知道是你写的，可是他一直没有拆穿你，为的是什么，你明白吗？”

看到举报信，李广东眼中闪烁着泪花。

“一号位瞄准确认完毕，请指示！”

看到二人站在火中对话，警察继续喊道：“李广东，你已经被包围了，请你放下枪，保障人质安全！”

“哈哈哈，幼稚！我竟然在和一个中学生谈人生，笑话！”面对眼前的过往，李广东坚硬的内心显然起了波澜。

“开枪！”

伴随着“砰”的一声枪响，子弹擦过二人中间，打到了油桶上，油桶爆炸，火光四起。

“报告首长，风速不稳，请求再次执行任务！”

“等一下！警察叔叔，不要开枪！”王元鹅转身护着李广东，朝着外面喊去。

“你口口声声说不会原谅他，事实上，你是没有原谅你自己！既然你能拿得起，那为何现在还放不下？最可怕的敌人恐怕不是别人，应该是我们自己吧！回到正常社会中，做一个真正的男人吧！你的家庭需要你，不要再让亲人遭受如我一般的痛苦了！”

王元鹅一把抓住李广东的枪，李广东也被王元鹅歇斯底里般的控诉触动了。他慢慢地松开了手，枪被王元鹅接了过去。危机排除，警察赶紧围了上去，将李广东铐上带走，王元鹅却蹲在了地上泣不成声。

牛福、林昆二人大眼瞪小眼，谁也不想拆穿装晕的事实，但是，单求胥却是真晕过去了。

第二天，单求胥、王元鹅、林昆、牛福四人早早来到警察局，警员看到王元鹅等人，连忙过来打招呼。

“警察叔叔，我就想来问问昨天抓的那个——”

“哦，李广东是吧，已经放了。”

“啥？放了？”听到警员这么说，四人惊讶不已。

“对啊。”

“什么情况？一个持枪交易毒品的惯犯，你们竟然给放了，还有没有王法了！”单求胥着急地问道。

“哎，你怎么说话呢！”

看到气氛紧张了起来，王元鹅赶紧说：“你们都住嘴！警察叔叔，我就是想问一下，昨天他们明明在贩毒啊，我们都看得一清二楚。还有，你们也看到了，他还拿枪，怎么这么快就放了呢？”

“哦，都是误会。经过我们调查，这个李广东啊，并没有贩毒。”

“不会啊，我都看到他们吸食白色粉末了！”

“你们说的是不是这个？”警员说着，从抽屉里拿出了一小袋白色晶体。

“对对对！”单求胥连连点头。

“这个啊，是岩盐，是用作烤肉的。我们检测过了，的确不是什么毒品。”

原来，李广东一直喜欢做饭，出狱后就琢磨着想开一家烧烤店。刚好这个叫飞哥的有一家店要转让，于是两人就谈好了价钱做了个生意。

打烊过后，李广东还有飞哥两个人对坐在烤肉桌旁，翻烤着肉片，一人一把枪放在红酒杯边。

“飞哥，这可是你的心血，你舍得吗？”李广东笑着问道。

“唉，没办法，需要点钱做别的生意，回回血。”飞哥拿着刀子切了一块带血的牛肉放到了烤肉架上。

“飞哥，你该不会是想黑我吧？”李广东说着，喝了一口红酒。

“广东，你这是哪里话！你我知根知底，你也是年轻有为，把我的店铺盘下来才一个月，就把这肉煎得有声有色。我老了，没用了！”飞哥拿着筷子，将肉反复在烤盘上翻了几下，烤肉发出“刺刺刺”的声音。

“但是再怎么样，我也烤不出飞哥的手艺来。飞哥，你这烤肉肯定有秘方吧？”

飞哥一愣，笑着说：“正经生意，没什么秘方。”

“我出双倍价钱，配方一并卖给我，时间地点另行通知。”李广东切了一块生牛肉，带血往嘴巴送去。

飞哥迅速拿起枪指着李广东，李广东夹着带血的肉片，筷子停在嘴边。但是，几乎是同时，李广东的另一只手，已经将手枪指在了飞哥的太阳穴上。

“那么多年了，身手依旧不俗！”飞哥的嘴角挤出一丝笑容。

“只为给兄弟们讨口饭吃，还请飞哥多多关照！”

飞哥扣动扳机，枪口喷出蓝色火焰，牛排在火上发出“刺啦刺啦”的声音。

“牛排，我只吃三分熟。”李广东将枪收回放到桌子上，将肉片放到嘴里。

“哈哈哈哈……”

二人相视一笑，拿起了酒杯。

原来，做餐饮的都有秘诀，李广东想花高价把飞哥的秘方也买了。飞哥烤肉的秘方就在于用的是上等的岩盐，所以味道出奇好。现在吃饭讲究情调，李广东专门设计了枪式喷枪，将骨肉相连烤不熟的地方再次炙烤，这样会增加烤肉的口感。

“啊，原来是这样。”听警员说完，众人连连点头。

“搞得这么兴师动众，都堪比好莱坞大片了。”单求胥听了直摇头。

警员笑着说：“形式上是有些让人不理解，不过双方约定的地点是李广东自己的废旧车场，所以没有扰民。我们也没有理由去干涉，毕竟都是正规的买卖。”

“啊？那爆炸损坏的油桶什么的，不都是损失？”王元鹅担心地问。

“哦，对此李广东表示不予追究。”

面对警员的完整解释，四人也无话可说了。走出警察局后，单求胥垂头丧气地说：“唉，我本来想可以登报上电视成为英雄的，没承想，一切全都是误会。”

虽然其他小伙伴没有说话，但是心里也是无比认同。四人一大早就来到了警察局找李广东，李广东却一大早来到了学校，找到了李德亮。

李广东戴着口罩，拎着果篮，在校门口伺机等待，等李德亮发现之时，他却已经没法躲避了。看着空旷的校门口，李德亮只好压低了帽檐打算溜过去。

“请问，您是李德亮老师吗？”看到来人低着头，李广东迎了上去。

“我不是，你认错人了。”李德亮故意换了声调。

虽然李德亮把头低得很低，但是李广东还是认出了他。李广东长叹一口气，说：“李老师，我是来给您送果篮的。”

“我不是李德亮，我也没订果篮，你认错人了。”李德亮打算疾步走开，李广东上前一步，堵住了去路。

“是福不是祸，是祸躲不过，行！又要打我是吧？来吧，别打我脸就行！”看到自己被认出来，李德亮索性破罐子破摔，抱着头趴在了地上。

李广东并没有出手打人，而是深深地鞠了一躬，说道：“老班，对不起！”

李德亮没有一丝一毫的心理准备，冷不丁地从地上弹了起来。

“怎么了，广东？你……你别这样。我承认我之前不是一个好老师，但是当时并不是我本意啊！”李德亮说着，朝着四周看了过去。

“老班，我今天是专程向您道歉的。”李广东的态度认真而又诚恳。

“可是……这……为什么啊？”李德亮百思不得其解。

“说实话，以前我恨你，我恨你抛弃了班级，抛弃了我，我恨你面对问题时只会选择退缩。从那以后，我每年开学和毕业时都要准时找人揍你，却没有看到哪怕一个你的学生出手相助，这说明了什么？这说明从那以后，你的教育是失败的！你只教会了他们学习，却没有教会他们做人的道理！”李广东一股脑儿地将自己心中的不快吐了出来，李德亮则有些感慨，将头瞥向了一边。

“昨天，我的一笔生意被几个年轻人给毁了。当她说出是你的学生，为了你而来的时候，我被感动了。”

“什么？难道是？”李德亮大吃一惊。

“没错！我虽然输了眼前这笔买卖，但是，你的学生却赢得了人生。我觉得从那一刻起，你成功了。”

面对眼前的这些，李德亮却没有一丝一毫的心理准备，听李广东说完，李德亮的眼泪竟然不自觉地从脸颊滑落。

李广东摸了摸头皮，感慨地说：“高中三年，很多人只关心我们的成绩排名。总有人说你变了，但是却从来没人问过，我们在这三年里经历过什么！过得好不好，活得累不累？虽然你打骂过我，但是在我心里，你依旧是我的好老师。老班，举报信是我伪造的，请接受我迟来的道歉，对不起！”

李广东将果篮奉上，摘下口罩，深深地鞠了一躬后，阔步流星地转身走了。

李德亮拿着果篮，愣在了那里许久，泣不成声。

回到办公室没多久，李德亮便从校长室接到了举报人撤销举报的通知。这一切，都来得太突然。得知有人去找李广东，摆平了自己心里多年的坎儿，李德亮想都没想，就把王元鹅四人喊到了办公室里。

“跟我说说，你们的脸都怎么了！”看到四人脸上的疤痕，李德亮十分愤怒。

王元鹅支支吾吾地说：“不小心摔的……”

“不小心摔的？嗯，这理由还挺随意，你们四个一起商量着摔的，对吧！”李德亮说着说着，嗓门高了起来。

“我的举报信呢？”李德亮指着身后的墙质问四人，“赶紧给我拿出来！这可是我全部的精神支柱，这些年来，我受的所有委屈，都指望和它一起度过了，谁要是给我碰掉一个角，我跟谁没完！”

“哦……”王元鹅说着，将举报信从口袋里掏出来，却发现字迹完全模糊，已经成为碎片。

“My God!”李德亮目瞪口呆，嘴角抽搐地说不出话来。

“哎呀，哎呀……坏了坏了！”王元鹅说着，将碎片扔到了地上。

“哎呀……哎呀，哎呀……”李德亮脚一软，手扶着头差点昏倒，林昆、牛福赶紧扶着他坐下。

“等会儿，等会儿！”

王元鹅赶紧从另外一个口袋掏出来一个塑料袋，说：“老班，在这儿呢！”

“My precious! My God! 你们知不知道，这是我教学改革生涯中的第一印记，以后退休了写传记，将会是我执教生涯中举足轻重的一章！”李德亮噌地一下站了起来，看到举报信完好无损，李德亮小心地拿了一本字典，将举报信夹到了里面。

“昨天晚上的事情，我不提，你们是不打算坦白了吧？”看到眼前的四人，李德亮将字典狠狠地摔在了桌子上。

“没、没有……”王元鹅也有些紧张了起来。

“老班，事情的责任在我，我负责！”看到李德亮兴师问罪，单求胥站了出来。

“单求胥，你甭给我逞能！你们谁都跑不了，我都已经知道了！”李德亮拍着桌子，瞪着四人，怒不可遏。

“幼稚！幼稚！你们知不知道——”

“你们知不知道，我有多感动啊！”四人神情紧张地等待着暴风骤雨的来临，可是李德亮画风突转笑了起来，四人不禁面面相觑。

“教育，一直以来都是以人为本。李广东是我心里的一个结，TF4，感谢你们，感谢你们为我解开这个结，来！”

“耶！”

李德亮说着，激动地伸出了手，打算同四人击掌为盟。正在李德亮不知道该先和谁击掌的时候，四人却不约而同地拍在了李德亮的脸上。

伴随着李德亮扭曲变形的脸，办公楼里传出了四人如拖拉机般的笑声。

第十九章　疯狂运动会

冯莹拿着语文课本，在黑板上写着《逍遥游》，众人低头看课本，李德亮悄无声息地站在了门口。

“北冥有鱼，其名为鲲，鲲之大……”冯莹读了起来。

“鲲之大，一锅炖不下！化而为鸟，其名为鹏！”李德亮笑着接着读了下去。

“李老师，你回来了！”冯莹惊讶地抬头。

“嗯！”李德亮笑着点了点头，冯莹便也下了讲台，笑着站到了一边，众人抬头看去，纷纷鼓掌。

“鹏之大，需要两个烧烤架！一个秘制，一个麻辣！来瓶雪花，运动会我们勇闯天涯！”李德亮话一讲完，众人欢呼雀跃了起来。

“同学们！运动会马上就要开始了，大家准备好了吗？”

“准备好了！”众人大声喊道。

“I can't hear!”李德亮伸出耳朵，假装没听见的样子。

“Never give in, never give up!”众人一起将班级口号喊了出来。

“Today! let's fight for freedom, for one hundred!”李德亮拿起桌子上的尺子，朝天竖起大喊了出来，仿佛《勇敢的心》里面的印第安男主角梅尔·吉布森。英雄归来，整个班级沸腾了起来。

众人勤学苦练，终于迎来了这一天。领导一番讲话过后，运动会便如火如荼地开始了。作为校园广播台的代表，郝佳琪还有陈喆在主席台负责念加油稿，每个班级都会将自己写的加油稿递过来。每念到一条，所在班级都会加零点一分。当然稿子的选择也是几位同学一起决定的。

“运动健儿们，你们的每一次冲刺，都扣动着我们的心弦；你们的每一次跨越，都吸引着我们的视线；你们的每一次起跳，都绷紧着我们的神经！我们为你呐喊！我们为你自豪！我们为你疯狂！”郝佳琪念完稿子，交给了记分员，投稿的同学已经在下面排起了长队，陈喆接过之后，摇了摇头，扔掉了一条，然后又开始筛选起来。

因为一百块钱的奖励金刺激，高三8班的成绩还是取得了很大进步。

跳高的场地，猴子还没有开始跳就胜负立见了，在众选手中，猴子的身高明显高于其他班级的选手，鹤立鸡群。

“下一个！杨小猴！”裁判员终于喊到了猴子这里。

别的选手都是后退很远助跑，为了显示自己的实力，猴子只是站在原地，轻轻一跃，便毫无疑问地获得了第一名。

“第一块金牌已经诞生！获奖者是高三8班杨小猴！加油吧，运动健儿们，拼搏无限精彩，英雄舍我其谁！”陈喆接过裁判手里的纸条，激动得不行，赶紧交给郝佳琪念了起来。

看到班里众人纷纷欢呼了起来，李德亮淡定地扶了扶眼镜，脸上绽放了得意的笑容。

三千米就要开始了，王元鹅已经身着运动装，站在了赛道上。

扈极硬拿着发令枪喊道：“预备……”

“啪！”枪声响起，在众人的加油呐喊声中，王元鹅奋力地奔跑了起来。超强的体能让王元鹅一飞冲天，以绝对的优势将对手甩出去很远。看到这里，李德亮不知道从哪里搞来一面鼓，激动地敲着呐喊加油。

“这么快！这是女人吗？”单求胥惊讶到不行。

林昆推了单求胥一把，说：“什么男人女人的，真是的，赶紧准备去吧，男子三千米快要开始了！”

王元鹅以绝对优势冲过了终点，一时间，高三8班鼓声冲天。

“好消息！好消息！高三8班又诞生一枚三千米金牌！健儿们，加油吧！”

“两块金牌了，有点意外啊！”扈极硬说着转头看向了李德亮。

“单求胥他们呢，怎么还没来消息？”郝佳琪关上播音话筒，喝了口水，小声嘀咕了起来。

“谁知道啊，等会儿看看吧。”陈喆说完便又筛选了起来。

眼看着单求胥要以绝对的优势跑到终点，牛福、林昆二人拿着连根带泥的月季花站在终点等待。不过，保安很快便赶了过来，二人赶紧开溜。

“加油！谁跑了第一，我就嫁给谁！”人生的跑道上，你总会遇到一些牛鬼蛇神，分分钟让你怀疑你自己。眼看着就要冲线了，一个胖妞拿着鲜花在终点线处大喊大叫了起来。

单求胥听到后，迟疑地慢了下来，后面的选手很快便赶了上来。

“快跑啊！加油，快跑！我要嫁给第一名！”看到众人停滞不前，胖妞抱着花着急地大喊。

众人面面相觑，纷纷停在原地踏步。看到大家不往前走，拉线的同学索性往运动员这边凑了上来。眼看着终点线就要到自己身上了，单求胥赶紧跑着往后倒退，众人见状纷纷往后退。

“加油，加油！”胖妞犹如噩梦般地大喊着。

眼看着大家越退越快，拉线的同学干脆小跑了起来。单求胥一不小心被一块石子绊倒在地，等他坐起来后，终点线已经卡在了自己脖子上。

“帅！哥！”未等单求胥回过神，胖妞就已经扑了过来。

看到胖妞下一步就要踩到香蕉皮，单求胥惊恐地大喊：“不……要……啊……”

可是一切都迟了，胖妞脚底一滑，鲜花飞到了天上，单求胥被死死地压在了胖妞身下。

“高一入学的时候我就说过，我一定要嫁给第一名的！”胖妞搂着单求胥动情地说着。

“原来，并不是所有的成绩都等于成功……”单求胥有气无力地被压在地上，生无可恋。

“鹅姐，下一个是女子 4 × 4 接力吧，你要是赢了，就是四百块了啊！”林昆帮王元鹅揉起肩膀，竟有些兴奋了起来。

“少废话！”王元鹅用力揉了揉小腿，做着热身运动。

“王元鹅，我看你的体力刚才透支得太厉害，要不然换位同学上吧？”李德亮担心地说。

“老班，我没事儿。”

“老班，班上的小玲刚才急性肠胃炎呕吐不止！马上就是女生 4 × 4 了，小玲根本没法上场，该怎么办啊？”一个女同学慌慌张张地跑了过来。

“送去医院了吗？”

“已经在校医院了，没大问题，不过就是不能再参赛了。”

“那还有没有别的女同学可以参加？”

“有倒是有，但是基础都很差，这样的话，我们很难有把握赢。”

“贵在参与，都这时候了，别想赢不赢的事了。”

“可是赢不了的话，还得还你一百块钱呢！”本来火急火燎的一件事，女生这么一讲，现场众人差点笑了起来。

“呃……我，这……友谊第一，比赛第二！你们尽管跑，跑不赢我、我也……也不……不要了，不要了！”虽然李德亮心里有一万个不情愿，但是班里那么多同学看着自己，李德亮很揪心地被迫大方了一回。

“等会儿，一百块钱给我，我来！”林昆自告奋勇。

“你去给我找身女生的衣服。”就在众人还没缓过味儿来的时候，林昆便拉着女孩，走向体育器材室换衣服去了。林昆戴上了假发，从更衣室出来后，牛福几乎看呆了。此时的林昆亦正亦邪，亦男亦女，衣服一换，连牛福都没认出来。

“死鬼，看什么看！”见牛福色眯眯地看着自己，林昆朝着牛福打了一下，“讨厌！你觉得能认出来不？”

“打死也不会认出你来啊！”

赛道上，众女生虎背熊腰等待接力，比赛马上就要开始了，高三 8 班的选手却还没来，这下可急坏了王元鹅。直到看到牛福带着一个身材姣好的妙龄少女走了过来，王元鹅方才从嘴里狠狠地吐出了俩字儿：“天呢……”

看着林昆缓缓走到了赛道上，领跑第一棒，谁也没有见过眼前这个美少女，但是众多选手中，谁也没把林昆看在眼里，毕竟林昆的身板太弱不禁风了。

伴随着枪响，林昆手握接力棒，飞一般地蹿了出去。瘦死的骆驼比马大，林昆再怎么瘦弱也是男生，其他几名女生虽然极具实力，但是依旧被林昆轻松超越。微风中，林昆长发飘飘，短裙惹得众男生目不转睛，大气都不敢喘一口。

直到跑了一大半儿，高三 8 班的同学还未缓过神来。

“牛福，那美女是谁啊？”看到牛福一个人在那儿兴奋地喊加油，李德亮纳闷地问道。

“是林昆啊，老班！”

李德亮的表情像是吃了一大口榴梿，刚开始表情极为痛苦，后面又极为享受。

他拿起鼓槌边敲边喊着：“高三 8 班，加油！高三 8 班，加油！”

“同学，好样的！你知不知道，你很有可能打破了我校女子 4×4 校史上的单圈最快纪录！同学，你哪个班的？”林昆第一棒拉开的绝对优势，比王元鹅还要夸张，面对突然杀出来的一匹黑马，扈极硬兴奋万分。

看着扈极硬激动地往自己脸上凑，林昆低着头害羞地朝着体育器材室跑去。

“哎，哎！同学你等会儿，你骨骼惊奇，我一定会让你进我的体育队的！”面对体育奇才，扈极硬难掩喜悦之情。

“扈极硬已经盯上你了，他朝这边走过来了，咱不能去体育器材室了。”牛福拿着衣服跟着跑了过去。

“那去哪儿？”

“保险起见，回教室吧。”

二人回头看去，果然，扈极硬将秒表交给冯莹，朝着二人小跑着追了过来。

第二棒和第三棒的竞争十分激烈，眼看着就被后面的同学反超了过来，王元鹅接棒后奋起直追，往终点冲刺过去。

“最后一圈了，看来第一稳操胜券了啊！大家喊起来！”看到王元鹅很快在中间的时候反超了其他选手，李德亮擦了擦汗，号叫了起来。

王元鹅飞速奔跑着，但是在最后冲刺阶段，速度逐渐慢了下来，毕竟已经跑过三千米了，王元鹅的体力透支得厉害。看到王元鹅突然崴了一下脚，摔倒在地，单求胥心里咯噔一下，赶紧跑了过去。

王元鹅从地上爬起来，疼痛万分，她只得慢慢挪动着脚步。看到后面的选手慢慢追赶上来，王元鹅着急不已，但是疼痛却让她快不起来。

“鸟人，怎么了？”单求胥跑到内圈，着急地问道。

“我脚崴了！”王元鹅疼得一头大汗。

“要不就算了吧，身体第一，比赛第二！”

“不行！不能因为我而让班级丢了这块金牌！”王元鹅的态度十分坚定。

“都啥时候了，还在乎这个！下来！我扶你去医务室！”单求胥说着，打算上跑道扶王元鹅。

“闪开！这是大家努力的成果，我不能放弃！”王元鹅忍痛将单求胥推开，一瘸一拐地朝着终点跑去。

“还有几十米了，那你忍着点！”

身边的队员很快超过了王元鹅，王元鹅急得满脸通红，汗珠不断地滴了下来。

“加油，鸟人，加油！”单求胥在一边为王元鹅加油打气。

“加油！加油！”众选手冲过终点，回头看到王元鹅一瘸一拐地朝着终点线冲来，纷纷为她呐喊加油。

整个操场的人都被王元鹅的精神感动，呐喊声响彻天际。王元鹅抬头看着大家，留下了感动的泪水。

“加油，加油！”

李德亮也带领着班级同学，站在终点线，拿着水和毛巾等待。王元鹅抬头看太阳，视线有些恍惚，眼前的终点线变得模糊了起来。终于在撞线的瞬间，王元鹅晕倒了。

“我一定要赢，一定，一定……”单求胥背起王元鹅，朝着医务室跑去，王元鹅趴在单求胥背上，恍惚间睁开眼，又闭了上去。

王元鹅很快便躺在床上安静地睡了过去，阳光照射进来，打在了王元鹅的脸上。窗外隐约传来运动员的叫喊声，单求胥趴在床前，认真看了起来。

“我认真地看着眼前的同桌，她仿佛突然间变了一个人，虽然才过去不到一年，但她已不再是刚认识那会儿的丑小鸭了。”单求胥心想着，嘴角露出了甜蜜的笑容。

“我宣布，本次运动会，奖牌数第一名是，高三 8 班！李德亮老师的班级！第二名是高二 11 班徐顺来老师的班级，第三名是高二 2 班韩玉杰老师的班级，至此，本届运动会圆满落下帷幕！”毛校长在闭幕式上刚一讲完，李德亮就在台下激动得热泪盈眶。

“赢了，我们赢了！同学们，我们赢了！”

牛福和林昆对视了一眼，众人冲上去将李德亮抬起来，扔在了空中。只不过，最后一扔之后，众人纷纷四散开来，只留下了停在半空中惊恐而又凌乱的老班。

“同学们，那么多年了，我们班一直都是‘一中病夫’，是你们为我找回了这项荣誉，我在这里谢谢大家！”望着墙上挂着的“运动会第一名”金色的奖牌，李德亮拄着拐，脑袋缠着绷带，在讲台上激动不已。

看到李德亮走到门口关门，众人不禁又捏了一把汗。

“关上这扇门，我们就是一家人了。今天我要兑现我的承诺，参与的每位同学都可以领取价值五十元的《高考模拟 100 套》大礼包一份。”

“唉……”李德亮果然还是和往常一样鸡贼。

“班长一会儿去我办公室领取。接下来就要期末考试了，希望家人们再接再厉，再创佳绩！”

看到李德亮又一次提到“家人”二字，大家顿觉，接下来准没好事儿。

看到众人眼巴巴地看着自己，李德亮笑脸陡变，大声问道：“昨天谁扔我的，都给我出来！一人跑十圈！反了你们了！”

第二十章　奶奶进城

运动会的奖金一到手，王元鹅就买了一大堆水果，去了医院。原来奶奶的肚子疼得厉害，舅舅连夜将奶奶送到了附近的医院，因为家里忙不过来，所以舅舅便通知王元鹅先来照看。

“小鹅，以后那些水果什么的，少买点。你现在是长身体的时候，留着钱多照顾下自己。”奶奶躺在病床上，笑着接过苹果，吃了起来。

“奶奶，我没事儿，这都是我自己挣来的，运动会我得了两项第一，长跑还有标枪，奖金有四百块呢。”

“是嘛，那敢情好。小鹅，要不你回学校，我让你二舅来照顾我，别耽误你上课。”

“奶奶，您放心，我没事儿，我这不把课本都带来了嘛，我哪儿也不去，就在这儿陪着您。”王元鹅说着，打开课本温习了起来。

“没啥大的毛病，我自己啊，能行。”

“您就别逞能了，要是早听我的，来做次体检，还用得着等肚子痛那么多天！”

“嗐，就是肠胃炎。你二舅也真是的，干吗通知你啊。我老了，没什么可折腾的了，你还年轻，所做的每一件事都足以改变你的一生，所以……”

“所以，我要好好学习，因为只有知识才能改变自己的命运。奶奶，这话您都说了十几年了，给，水不烫了，喝吧。”王元鹅说着，拿起杯子吹了吹热水，递到了奶奶嘴边。

“知道就好。”

直到晚上放学，单求胥也没能等到王元鹅回来。

看到单求胥心猿意马、东张西望地看着，牛福走上前说：“老大，差不多了吧，都快要熄灯了。”

“你先走，我再等会儿，这道题还没做完呢。”

“她一下午了都没回来，不会真是家里出事了吧？”看到王元鹅一天都没露面，单求胥不禁担心了起来。

“哎！你们鬼鬼祟祟的，干吗呢？”看到牛福、林昆二人挨个座位拧女生的杯子，单求胥不解地问。

“林昆喜欢谁，就拧人家杯子，这样女生拧不开的时候，就会找他帮忙。”牛福笑嘻嘻地说。

“嘁！幼稚！那都是女生惯用的套路，你们可千万不要信以为真。来借我老干妈加餐的时候，无论我拧得多紧，她们都能轻而易举地把盖子打开。”

“好像也是……”听单求胥这么一讲，牛福若有所思。

“老大，那你的意思是，我明天该去买瓶老干妈了？”林昆弱智地问道。

“别明天了，你现在就去买得了！”

“站着说话不嫌腰疼！牛二，咱们走！让他自己在这儿磨洋工吧！”林昆说着，便拉着牛福走了。

看到二人关门离开，单求胥悄悄从王元鹅桌洞里拿出杯子，用力拧紧，得意地笑着放了回去。

“宋美文女士对吧？”护士笑着小声地问。

看到王元鹅一嘴哈喇子，趴在床边睡了过去，奶奶嘘声示意。

“这是今天上午的第一次注射，如果有什么不适的话，随时按铃。化验报告今天上午应该就能出来了。”

“好的，谢谢。”

因为头一天运动会实在是太累了，直到隔壁床的小孩子把王元鹅捏醒，王元鹅方才看到外面的太阳已经升得老高了。

“啊！糟了糟了，要迟到了，我的闹钟咋没响呢？”王元鹅一擦嘴上的哈喇子，慌慌张张地收拾了起来。

“响了，响了一早上了，我看你睡得香又给你关上了。”奶奶笑着放下了王元鹅的课本。

“哎呀，奶奶，您真是的，我得赶紧回学校了啊！”

“路上注意安全！”

“知道了！”王元鹅慌忙地收拾好东西，便飞奔了出去。

众人早读，单求胥望着桌子上的仙人球发呆，李德亮偷偷地拿着相机，慢慢地从后门窥视。李德亮的一举一动极为小心，甚至连最后一排的探子们也没能发现。

李德亮得意地调好焦点，正准备按下快门。王元鹅风风火火地从后面跑过来，大声喊道：“老班早！”

班里众人收到信号后，立马慌乱了起来，读书声提高了三倍，即使这样，都不能掩盖众人毁尸灭迹的动静。

“哎，王元鹅，你……”看到已经暴露，李德亮颇为无奈，“你能不能别吱声！”

王元鹅风风火火地走进教室坐下，满头大汗。

“嘿嘿，等着求我吧，哈哈哈……”看到王元鹅拿出桌洞里的水杯拧了一下，没拧开，单求胥不禁有些小得意。

听到“咕咚咕咚”的喝水声，单求胥转头看时，却发现王元鹅已经将杯子里的最后一滴水喝完。单求胥拿过桌子上的盖子，看了看，忍不住说道：“不会吧……”

“无事献殷勤，非奸即盗！最可疑的是，你还支走了木棍儿。说吧，有什么事求我？”单求胥吃着雪糕还有零食，牛福在一边捏着肩膀，笑嘻嘻地伺候着。

“老大，我写了一封信，你帮我琢磨琢磨。”

“哼！信？我看是情书吧。”

“就算是吧，嘿嘿嘿……”

“哎，牛二，都这时候了，你还有心思想这些？”

“嗐！情书也是命题作文嘛，只是题目换作了感情而已。”

单求胥说着，接过了信纸，一股芳香随之飘来。单求胥闻了闻，摇了摇头，说：“桂花香味的，直接 pass！”

“为啥？”

“Romantic，浪漫！懂吗？桂花的花语是崇高、美好、光荣和荣誉。你应该用薰衣草，因为薰衣草代表了一种爱的承诺。”

“专业啊！老大！”功夫一出手，就知道有没有，单求胥区区几句话，便已经让牛福佩服不已了。

“牛二，我能念出来吗？”

牛福四处张望了一下，看到没人后，便笑嘻嘻地说：“当然可以，就是别太大声，嘿嘿嘿……”

“啊！汝仿佛兮若轻云之蔽月，飘摇兮若流风之回雪。”单求胥念了一句，往下大概看了看，吃惊地问道：“文言文？”

“是！”

“可以啊，牛二！没想到你还挺闷骚，情书就是越难懂越好，你得让她猜，猜来猜去猜不透最好。”

“这么多道道儿呢？”

“那是！”单求胥说完，继续念了下去，“远而望之，皎若太阳升朝霞；迫而察之，灼若芙蕖出渌波。肩若削成，腰如约素。延颈秀项，皓质呈露。丹唇外朗，皓齿内鲜，明眸善睐，仪静体闲！”

“老大,小点声,别让人听见。”看到单求胥越读越起劲,声音越来越高,牛福赶紧提示。

“牛二，你这写得也太有文采了吧？”

“什么文采，那是语文课本里曹植写的《洛神赋》好吧，孤陋寡闻！”未等牛福说话，路过的一女孩忍不住说了出来。

见女孩说完不屑地看了二人一眼便走了，单求胥十分没有面子，不禁拍打了两下牛二。

“不诚实！哪有写情书用抄古文的？还是路人皆知的课文！”

“我是觉得曹植这牛吹得高雅，我就抄来了……”

“你一定得避开传统的套路，什么第一眼看到你，我就喜欢上你了啊之类的语句，尽量不用。”

“那用啥？”

单求胥抬头想了半天，缓缓地说：“用英语吧，英语难懂点儿。”

牛福没有那心思，更没有那才华，所以求爷爷告奶奶地央求单求胥帮忙写。单求胥想了想，也觉得不是什么难事儿，就应了下来。趁着众人出去做课间操的空儿，单求胥奋笔疾书，写了一封自认为完美的英文情书。

“我估计这封情书应该是前无古人后无来者的一封了，我头一次把英文写得这么认真。”看着手里的情书，单求胥十分满意地放下，起身便去了厕所。

“昨天英语老师安排的作文，现在要上交了啊！大家都准备好！”众人做操回来，陈喆开始收起英语作业来。

“单求胥的呢？”

“在那儿呢，自己拿。”王元鹅指了指桌子上的英文情书，当然，除了单求胥，谁也不知道那是情书。

“连名字都没写？”陈喆拿到手里大概一看，拿起王元鹅的笔，写下了单求胥的名字。

“还有没交的吗？没有了的话，那我就交给英语老师了。”陈喆走到讲台上数了数，看到没人答话，便赶紧走了出去。

“哎，我写的英语呢？”回到座位上的单求胥，找来找去，纳闷地自言自语道。

“交上去了。”王元鹅想都没想，就说了出来。

“什么，交什么上去了？”

“上节课布置的英语作业，陈喆收作业的时候帮你交上去了啊。”

“My God! No! 陈喆，不要啊！”听王元鹅说完，单求胥猛地一拍桌子，抓狂大喊着冲了出去。

“神经病！”王元鹅无奈地摇了摇头。

单求胥以十万火急的速度追赶而去，心想应该能在半路上遇到陈喆，没想到，一直追到了英语办公室门口，才发现陈喆从办公室关门走了出来。

单求胥简直有些不敢相信自己的眼睛，自己几乎和陈喆前后脚出的门，此时的自己已经气喘吁吁了，而陈喆却脸不变色心不跳，甚至连大气都不曾喘一口。

“陈喆……作……作文呢？”单求胥满脸通红，着急地问道。

“哦，你不用担心，我已经给你交上去了。”

“谁让你帮我交的啊？”

“我是课代表，当然要收你的作业啊。”

“唉！摊上事儿了！摊上大事儿了！你先别走！”

“又咋了？”

“你有没有把我的作业插后面去？”

“最后一个收的你的，当然排第一个啊。”

“咱俩前后脚出门，我飞一样跑着来的，你是会乾坤大挪移吗，大哥？”看到错误已经无法挽回，单求胥靠在墙上滑落，瘫坐在了地上。

回到教室后，单求胥紧张地握着拳头，等待着一场暴风雨的来临。

单求胥的耳朵仿佛被放大了一万倍，英语老师刚踏入走廊，单求胥便听到了刺耳的高跟鞋声。

“希望不要死得太惨……”单求胥心里祈祷着。

“上节课，我安排写作文，有的同学写得很好，但是也有部分同学错得很明显。”冯莹走到讲台上，将课本一放，环视四周，单求胥赶紧用课本挡住自己的脸。

“压根就不是一码事儿好吧，唉……”

“有些人的作文就连基本的语法都是错误的，问题很严重，存在 Chinglish 现象。”

“什么啊？那是我为牛福的英文水平量身定制的，故意 Chinglish 的好不好！”单求胥越发紧张了起来。

“这节课，我们就拿同学们的作文做一个分析。”

单求胥慢慢将眼睛从课本上露出来，看向讲台，看到冯莹环视四周，单求胥迅速地又将头埋进了课本里。

“别喊我！别喊我！别喊我，别喊我……”单求胥心里暗自祈祷着。

“陈喆。”

“I'm here.”

听到冯莹没有喊自己，单求胥长舒一口气，仿佛犹太人逃过了纳粹的大屠杀。

“Clean the blackboard.”

“什么？”原来，冯莹并不是喊陈喆读作文，而是擦黑板。

“单求胥！”冯莹终于喊了起来。

单求胥使劲儿将头埋在了课本里，希望能够蒙混过关，可是冯莹已经站在他的桌边。

“单求胥？”冯莹低下头朝着单求胥的耳朵喊去。

“I'm...I'm here.”事到眼前，单求胥只得硬着头皮站了起来。

“把你的作文读一下。”冯莹说着，将英语作业交到了单求胥手里。

“冯老师，我写得不好，可以不读吗？”

“那我来读好了。”

“哎，算了，还是我来吧。”单求胥十分不情愿地接过了自己一手炮制的英文情书，看到众人期待的眼神，单求胥只得硬着头皮读了起来。

“Dear Wang little girl!”

“等会儿，Wang little girl 是啥意思？”单求胥才刚读完半句，冯莹就发问了。

单求胥无奈地说：“王小丫。”

“王小丫？那不是我喜欢的女孩吗，老大念的不会是情书吧？”单求胥说完，看了看牛福，牛福好像明白了些什么。

众人狂笑，单求胥不禁有些难为情。

冯莹敲了敲黑板擦说：“Go on!”

“From see you first eye, I shit love you!”单求胥看了看情书，无奈地读了下去。

“翻译一下！”冯莹说道。

“自从看到你的第一眼开始，我便爱上了你……”

听到单求胥的翻译，众人又狂笑不止，冯莹在黑板上写下了“Fall in love with sb.”。

“爱上某人，正确的表达应该是？”冯莹指着黑板问道。

“Fall in love with sb.!”众人看着黑板念了起来。

“正确的翻译应该是：From the first moment I saw you, I fell in love with you. Go on!”

“Maybe you do not know me, no matter, one see clock emotion is pop!”

冯莹看了看单求胥，示意单求胥继续翻译。

“也许你不认识我，没有关系，一见钟情也很流行！”

“Maybe you don't know me, but that's OK, I believe in love at first sight. Believe in，相信。”冯莹说着在黑板上写了下来。

看到黑板上的“Fall in love with sb.”，李德亮拿着黑板擦擦掉说：“同学们，我一再强调，千万不要早恋，你们现在谈的，以后都是别人的老婆。”

林昆戳了戳牛福说：“哎，别人的老婆呢，想想就很刺激！”

“咚咚咚”，奶奶敲门，李德亮朝门口看了过去。

“我找小鹅。”奶奶站在门口，礼貌地笑着。

“奶奶？”单求胥、牛福、林昆、王元鹅四人几乎异口同声地喊着站了起来，王元鹅看了看三人，自己赶紧跑了出去。

“啥时候也成了你们奶奶了，嘁！”陈喆回头，有些诧异地看着三人。

“奶奶，您想见我打个电话不就行了，天都这么晚了，您一个人出来我二舅知不知道？”二人溜达着，来到湖边坐了下来。

“知道知道。小鹅，我就是想来学校看看你。”

“您一个人在外面多危险，万一遇到坏人怎么办？”

“遇到坏人？遇到坏人我就躺下不起来，看谁敢动我。”

听奶奶这么一讲，王元鹅笑了起来。湖面上倒映着教学楼的灯火，奶奶静静地看着若有所思。

“小鹅，外面真的很吵，一进校门，整个世界仿佛都安静下来了。”

“那是您没早晨的时候来，早晨的时候早读可吵了！”

“小鹅，你现在已经十八岁了，有些事情是时候告诉你了。”

“我早都是大人了呢，奶奶，您就说吧。”

“你的脾气啊，和你爸一模一样，天笑年轻的时候就是倔。你爸离家出走那么多年，一直没有同家里联系过，村里人都说这个人已经不在了，但是我总觉得你爸还在……”

“奶奶，那我爸到底还在不在，他还会回来吗？”这既是王元鹅想听又是她害怕知道的结果。

“唉……我也不知道。”

“那……”王元鹅想了想，是不是奶奶骗自己，好让自己不受别人欺负，但是看着奶奶饱经沧桑的脸，王元鹅不忍心再问下去。

“我知道你想问什么，以前你在学校一直受人欺负，受尽了委屈，我也帮不上忙，所以就委托吉吉照顾你。但是……”

“奶奶，奶奶，您怎么来了？”陈喆打断了二人的谈话，拿了王元鹅的杯子走了过来。

“说曹操，曹操到。小吉吉，过来我看看，都长这么高啦？”

“奶奶，好多年都没见您了，您喝水。”陈喆说着将水杯递到了奶奶跟前。

“过来，坐下吧。”多年没见陈喆，奶奶亲切地招呼着。

单求胥、林昆、牛福三人跑得气喘吁吁，手里拿着水杯，站在远处看着。

“不愧是班长，真会钻空子！”牛福感慨地说。

“可是我们刚一下课就跑来了啊，陈喆是怎么过来的？你看他面不改色心不跳的，早知道跑那么快，运动会上咋不去跑步啊！”林昆愤愤不平。

“我一度怀疑陈喆是外星人！交英语作业的速度堪称乾坤大挪移，还能 PK 我一个月不洗澡不刷牙的纪录！试问，除了外星人，谁会有这种能力？最关键的就是，这么长时间以来，我从来没有见他上过厕所！”单求胥振振有词。

“有道理！”二人听单求胥这么一讲，好像确实是这么回事儿。

天才围棋选手柯洁对战阿尔法狗都输了，自己要是对战外星人，会有胜算吗？单求胥不禁觉得，自己的对手越来越强大了。眼看着期末考试快要来临，单求胥说什么也要一探究竟。哪怕是失败了，也得知道自己的对手到底什么来路。

第二十一章　真假外星人

虽然牛福和林昆一再强调，陈喆根本不是外星人，但是单求胥依旧还是想验明正身。林昆负责下药，牛福负责将厕所的门反锁，一切准备就绪，三人赶紧躲到了其中的一个坑里，守株待兔地小心观望起来。

陈喆喝了含有泻药的水，憋得面色发紫，火速赶来。看到男厕所里的门都被锁了起来，陈喆不禁对着厕所门一阵乱踢。

“里面有人吗？”陈喆大喊道。

“怎么回事儿啊，人都没有，为什么关厕所门啊！”看到没回应，陈喆一脸埋怨地蹲下，挨个从头瞅到尾。

“看来是有情况啊。”单求胥小声地说。

“听这架势，十万火急啊。”林昆得意地笑了起来。

“看来外星人也有憋不住的时候。”牛福幸灾乐祸。

陈喆一路看过来，却发现其中一个隔间里有三双脚。

“啊！”陈喆吓得大喊一声，跑了出去。伴随着“轰”的一声，天花板上甚至落下了尘土。三人极度怀疑是不是发生了地震，慌忙打开门跑了出来。

“这什么味儿啊，也太臭了！”林昆掸了掸身上的尘土，捂起了鼻子。

“这得憋了多少天，陈喆太毒了！”牛福也有些忍受不住。

“只要不是外星人就好，如此一来，我期末考试信心十足啊！”单求胥说着捂着鼻子找了起来，可是三人找来找去，却怎么也没能找到证据。

一番确认后，三人面面相觑，单求胥紧张得额头都出了汗。

“怎么会？我刚才明明就听到。”牛福纳闷地说。

“问题是，味道还在啊，总不会自己拉完，打包带走了吧？”林昆也是万分不解。

因为没看到陈喆拉的屎，所以目前为止，陈喆还是外星人。单求胥沉默不语，长叹了一口气，失落地走出厕所。

科学就是在证伪的路上愈挫愈勇的探索旅程，单求胥调整了心态，重新振作了起来，打算再战下一回合。

“大家把上次安排的英语作文准备一下！”陈喆说完，便走到讲台下收起了作业，单求胥目不转睛地盯着陈喆的屁股，这让陈喆惶恐不已。

单求胥看了看牛福、林昆，三人点头示意，走了出去。

第二回合就是，验证陈喆在交作业的路上如何超越极限的。为此，单求胥布下了天罗地网，只要陈喆不是乾坤大挪移，单求胥就有绝对的信心超过他！

林昆拿着秒表，站在楼门口，吃着香蕉。单求胥走过，二人微笑着对视了一眼。

整座楼有三个楼梯，中间的主楼梯，还有两边的侧楼梯，为了避免正面和陈喆发生冲突，单求胥打算以最快的速度走侧楼梯，超越陈喆。只要单求胥到之前，陈喆没进办公室门，就算赢了。

看到陈喆踏上楼梯的第一层，林昆按下秒表的同时，吹响了口哨，单求胥发了疯似的往楼下跑了起来。

“哎呀……”伴随着陈喆的一声喊叫，林昆再去看时，却发现陈喆早已不见了踪影。

“人呢？不会是消失了吧！”林昆一脸疑惑。

“谁啊？是谁扔的香蕉皮！缺德啊！”陈喆脚踩香蕉皮，一个趔趄，从楼顶一直滚到了楼下，看到手里的作业没事儿，陈喆爬起来，疼得龇牙咧嘴。

单求胥舍命从楼梯口跑下，牛福按下了秒表。

“多少？”单求胥大声问道。

“12 秒 91。老大，你已经追平了英国选手科林·杰克逊的世界纪录，陈喆还在追过来的路上，加油！”

看着单求胥跑出教学楼，牛福一脸兴奋。牛福刚一转身，陈喆便“嗖”的一声跑了过去，牛福赶紧按下了计时器。

“15 秒 13，蛮快的嘛！”

单求胥抬头看了看办公楼，气喘吁吁。

“12 秒 91，我还能再超越自己吗？”单求胥心想着，一回头，发现陈喆追了上来，“妈呀！这么快！”

单求胥擦了擦汗，气喘吁吁地跑到了英语办公室门口，看到走廊里没人，又看了看空空的楼道，单求胥不禁长舒一口气。

“事实证明，爱拼才会赢，我终于拼尽全力证明了我自己，我可以！”单求胥笑着靠在了墙上，心想终于赢了陈喆一回。

“单求胥，你在这儿干吗呢，作业没交吗？”陈喆交完作业，从办公室走了出来。

“啊，鬼啊……”听到陈喆的声音，单求胥满脑袋回声，大叫一声，倒在了地上。

三人坐在楼顶，一人一瓶汽水，单求胥一脸茫然，牛福拿着纸笔计算着。

“老大，你下教学楼的速度远超过陈喆，奔跑到办公楼门口的时候也是领先，唯一的问题就出在了上办公楼这段路上。”牛福说。

“老大，你确定你上楼的速度没有锐减？”林昆问道。

“我确定！我把吃奶的劲儿都使上了！我明明看到楼道里没人，但是陈喆是怎么先于我到达办公室的呢？”单求胥十分不解。

“这样一来的话，陈喆的平均速度就能超过 12 秒 88 了啊！”牛福计算完后吃惊地讲。

“不可能！肯定有问题！”单求胥肯定地说。

“陈喆该不会真是……”林昆吃惊地说。

“但我还是不信。老大，要不我们再战一局？”牛福不服气地说。

“我看还是算了吧，要是真外星人的话，他会杀掉我们灭口的，没准陈喆现在就在窃听我们的谈话呢！”单求胥长叹一口气，转身往教室走去。

“冯老师，等会儿！”看到冯莹正往楼梯口走，李德亮从远处小跑着过来。

“什么事？”

“哦，没事儿，那边新装了部电梯，前天开通的，你穿高跟鞋就不用走楼梯了。”

“哦，谢谢！”冯莹朝着李德亮指的方向看了看，果然众人在那里等电梯。没错，电梯就是陈喆超越单求胥的秘诀。

单求胥担心的事还是发生了，当他睁开眼的时候，却发现自己已经躺在了手术台上，四肢被控制住动弹不得。

“你们是谁？你们要干吗？”看到围着的一群稀奇古怪的生物，单求胥惊恐地大喊了起来。

对方七嘴八舌地议论着，但是都说着叽里呱啦让人听不懂的话。

“你们说什么鸟语，我听不懂！放开我！”单求胥挣扎着呐喊着。

陈喆拉下口罩，面目奇异无比，他用力将自己的面孔变回人形，看着单求胥，说：“我是来自斯坦博星球的人，你已经发现了我的行踪，我要解剖你的大脑，将这段记忆删除。”

陈喆拉上口罩，拿起手术刀，示意动手。单求胥死死挣扎。

“浑蛋！你果然是外星人，为什么来我们班，为什么参加高考？”

看到单求胥大喊大叫个不停，陈喆示意大家停止，无奈地拉下口罩，说：“高考是魔鬼，能够战胜魔鬼的人才是强者！像你这样的人，注定是 loser！开始吧！”

看到陈喆的刀子慢慢落下，单求胥大喊：“我是强者！我是强者！救命啊！”

“我是强者，我是强者……”单求胥猛地从床上坐起来，满头大汗。

漆黑的宿舍里，牛福鼾声依旧，林昆抱着布娃娃在沉睡。原来，一切都是梦。单求胥擦了擦汗，长叹一口气，躺了下来，但是他又猛地坐起来，看了看陈喆的床铺。

“人呢？他该不会是去斯坦博星球汇报情况了吧？”

单求胥下床，拿着脸盆，小心翼翼地往外走去。

“Rising to a challenge. Not many people have the chance of being a pioneer and experiencing a real-life adventure. But those who will go to live in this new undersea city will be able to do just that.”

“厕所有人，谁会半夜两点在厕所读英语？该不会是……不对不对，都规定不能成仙了！那应该是……也不对，也规定了不许有鬼的！不管了，看看再说……”单求胥看了看手表，拿着脸盆循声而去。

此时的陈喆拿着英语课本，在厕所里努力地念着英语：“Personal space is important for healthy living. But getting enough of it has been a problem ever since the population grew too large for the available land .”

“这么拼，都不用睡觉的？”单求胥心想着。

伴随着冲水声，陈喆从厕所隔间里走出来，继续读了起来。

“冲水了，哈哈！原来他不是外星人！”单求胥不禁一阵得意。

“We hope that this information is enough for you to decide to see!”陈喆有些困，打开放在地上的风油精，抹了抹太阳穴，接着念了下去。

一只老鼠不知不觉地爬到了单求胥的脚边，单求胥低头看，大喊一声：“妈呀！”

“谁？”陈喆猛地被吓了一跳，神经质地看向了门口，单求胥夺路而逃。

陈喆回到宿舍打开灯，悄悄地走到了单求胥床前。单求胥装作熟睡的样子，虽然鞋子没有脱掉，但是陈喆并没有发现。看到不是单求胥，陈喆方才放心地回到床上，躺下睡了起来。

不一会儿，陈喆就起了鼾声，单求胥小心翼翼地下床，走到陈喆面前。陈喆突然嘟囔着背起英语来：“Rising to a challenge. Not many people have the chance of being a pioneer and experiencing a real-life adventure.”

看到陈喆睡着觉都在背英语，单求胥感慨万分。原来，陈喆并不是外星人，他的诀窍只是私下里努力用功而已。怪不得陈喆不愿上体育课，晚上这么拼命，白天肯定累得不行。虽然单求胥不知道陈喆如何在上楼的时候超过了自己，但他知道，陈喆肯定付出了比自己、比任何人更多的努力。原来，很多看似轻松潇洒的瞬间，是需要背后付出无数汗水与努力的。

此时此刻，在单求胥眼中，陈喆已经不再是外星人，他将是自己学习上的对手和榜样。看着陈喆手里抓住的书本掉在了地上，单求胥小心翼翼地拿起，放到了陈喆枕头边。

第二天早晨，陈喆正准备开教室门，却发现门没锁。陈喆抬头看了看表上的时间，是六点半，不禁喃喃道：“难道昨天晚上我又忘记关门了？”

“Rising to a challenge. Not many people have the chance of being a pioneer and experiencing a real-life adventure.”单求胥坐在最后一排，突然大声地读起了英语，陈喆冷不防被吓倒在地上。

在单求胥看来，真正的期末之战才刚刚开始。单求胥暗下决心，在出国之前，一定要让陈喆输得心服口服。陈喆站起来，擦了擦汗，慢慢走到单求胥跟前。

“哥就让你看看什么是实力，你熬一晚上没背下来，哥现在已经背熟了！”单求胥心想着，将课本扣在桌子上，得意地背了起来：“Personal space is important for healthy living. But getting enough of it has been a problem ever since the population grew too large for the available land...”

陈喆看了看单求胥，认真地说：“喂！奶奶病了，你知道吗？”

“什么？”单求胥惊讶地看着陈喆。

“就住在附近的人民医院，昨天她是顺便过来的，你有空去看看她吧。”陈喆说完，叹了口气。

“奶奶的状况一直很好，这么大年纪了来住院，该不会是什么很严重的病吧。”单求胥提着一个果篮，坐在公交车最后一排，若有所思地看着窗外。邻座的小偷用刀片将单求胥的口袋轻轻划破，偷走了手机和钱包。对此，单求胥全然不察。

“请问宋美文在哪个房间？”看到护士在那里整理报告，单求胥走上前去，客气地问了起来。

“你是？”

“哦，她是我奶奶。”

“怎么当孙子的，都住院那么多天了才来，来了还不知道房间号！”

“我……”

“你什么你，平时不多照顾老人，人都快没了，才来献孝心！”

“什么？”

“别在这儿跟我装不知情，你这种人我见多了，这是检查报告，赶紧拿去103病房！”未等单求胥说话，护士就劈头盖脸地说了单求胥一顿。

看着单求胥呆呆地朝着病房走去，另外一个护士小声地说：“你真牛！第一天上班，就冲病人家属吼。”

“管他是谁呢！我就看不惯这种人，网上一个个都是孝子！真病了，没个能陪在跟前的！”

“行了，别让护士长看到，要不然会被处分呢。”

原来护士是新来的，初生牛犊不怕虎，单求胥就这样撞枪口上了。单求胥拿着检查报告，走了几步，方才翻看起来。

“什么，脑癌？”单求胥吓得果篮掉在了地上，水果散落一地。

“怎么会？”单求胥心想着，赶紧蹲下捡拾水果，裤子顺着被小偷划破的地方撕破了一道口子，单求胥的脑海一阵蜂鸣。

奶奶躺在床上看书，旁边放着王元鹅采来的野花，还有西红柿。单求胥站在门口好一阵子，心情方才平复下来。

“奶奶，您好！”

“单同学，你怎么来了？”

“奶奶，您快躺下！”

“来就来吧，还买什么水果。”

“也没啥好带的。”

单求胥笑着，往旁边凳子上一坐，“刺啦”一声，裤裆沿着被小偷划开的口子彻底撕开。

“这是怎么了？”奶奶疑惑地问。

“哦，可能是来的路上被贼划破了。没事儿，回头我再换一条。”直到此时，单求胥方才意识到自己被扒手偷了，但是他的心思却全都在奶奶的病情上。

“拿过来，我给你补一补。”

“不用了奶奶，我回头再去学工部申请，买一条新的就行了。”

“那怎么行！”奶奶生气地按了按床头的呼叫器，护士很快就帮忙找了针线过来。

奶奶坐在窗前的阳光下缝着裤子，一针一线，单求胥则穿着奶奶的衣服，在一旁吃着水果，读着王元鹅落下的日记。

“你们年轻人啊，太浮躁！什么东西坏了，第一件想到的事情就是换啊扔啊！在我们那个年代，第一件想到的事情就是修补。物件如此，感情亦是如此。”

“嗯嗯，奶奶说得对。奶奶，这是王元鹅写的吗？”

“可不是嘛，每次写了小说都让我看，还说以后要拍成电影。”

“这写得是不是有点太曲折离奇了？还有，我极度怀疑，里面男一号的原型就是陈喆，还有那个奸贼，都直接写了我的名字，唉……”

“我是觉得单求胥这个人物设置上呢，有点争议，但是就故事本身来讲，还是蛮感人的。”

“奶奶，上次去您家，我没好意思问，王元鹅一直都说，自己的父亲不是一般人。她妈妈呢，怎么从未听人提起过？”

听单求胥这么问，奶奶叹了口气说：“小鹅这孩子命苦，原本给她起的名字叫王嫒娥，取自‘嫒娥耀采’这个典故。嫒娥代表了女子风华正茂、光彩照人的意思，可是嫒娥的妈妈生下她后就走了。孩子命苦怕不好养活，就把嫒娥改成了元鹅！”

“哦，原来是这样。”

“听小鹅说，你爸妈都很有本事，从小应该是在蜜罐里泡大的吧？”

“也不完全是，他们在我读高二的时候离婚了……”

“高二？是去年吗？”

“不是，是几年前的事儿了……”

“那你爸妈这感情，也得补一补了。呶，给你。”

奶奶的话意味深长，单求胥缓缓接过了裤子。

单求胥回到教室后，并没有及时将日记还给王元鹅，而是小心地看了起来。让他没想到的是，平日里大大咧咧的女汉子，在日记本里竟然也有着另外一番细腻美好的世界。

王元鹅值日，在讲台上拖地的时候，不小心溅了一手脏水，她将拖把放到讲台，走到了位子上拿纸巾，单求胥做贼似的迅速将王元鹅的日记掩藏了起来。

看到单求胥紧张兮兮的样子，王元鹅正琢磨，冯莹却风风火火地从外面走上了讲台。伴随着“咕咚”一声，冯莹一不留神被拖把绊倒在了讲台上。

“糟了！”王元鹅眼看着冯莹滑倒在地上，把废水桶撞出去老远，整个班级都安静了下来。

冯莹生气地从地上爬起来，满脸是脏水，头发湿漉漉地贴在额头，但是她依旧压低了声音，轻描淡写地问道：“是谁干的，是谁？”

暴风雨来临前的宁静，把众人都吓得够呛。因为，这么多年，冯莹几乎从未这么冷静过。

“是我！”看到王元鹅战战兢兢地打算举手，单求胥缓缓站了起来。

“我就知道是你！单球蛋，你跟我来办公室！”冯莹怒不可遏，气冲冲地走出去。

自己犯了错却又一次被单求胥拯救，王元鹅有些担心，就来到了英语办公室门外看了起来。

“你知不知道，你五年前已经被一中开除，学校为什么还是决定再次收留你？”冯莹有些歇斯底里。

“我不在乎，我也不想知道。”单求胥一副无药可救的样子。

“那是因为你之前是全校前十名的优等生，还是试验班的班长！为什么你现在会变成这样？你是怎么了？五年过去了，我带的学生都大学毕业了，为什么我再次见到你，你还是在读高中！别的老师没办法，惯着你，我却不能！”

“你开心就好。”

“屡教不改，无可救药！你知不知道我这么多年辛辛苦苦是为了谁！”

听到二人的对话，王元鹅扒着窗户，简直有些不敢相信。若不是这些话亲口从英语老师口中讲出，王元鹅打死都不会相信，单求胥竟然被一中开除过一次。听到这里，王元鹅仿佛看到了另一个李广东。坐在自己右手边，整天朝夕相处的同桌单求胥，一下子变得神秘而又陌生了起来，仿佛一个外星人一般难以捉摸。

看到单求胥从办公室出来时一脸无所谓的样子，王元鹅担心地一直跟到了小卖部。

“看什么看，我脸上有字啊！”单求胥忍不住回头，对着王元鹅发起牢骚来。

“没、没有……”王元鹅本以为单求胥没有发现自己，她扒着货架，紧张地说，“单求胥，谢谢你啊！你本来可以不用帮我顶罪的。”

“没什么，朋友嘛，相互帮助也是应该的。”

“朋友，什么时候我们已经成为朋友了？”一直被王元鹅定义为死对头的单求胥突然这么讲，王元鹅顿觉有些不适应。

“喂，除了朋友，有谁这么帮过你？”单求胥一脸不爽。

“那好，就算是吧。你想吃什么，随便挑好了，我请客。”

“这么大方，那我就不客气了。”听王元鹅这么说，单求胥不禁眉开眼笑了起来。

“哎，那也不要太夸张了嘛！”

“嘁！就知道你会怕，我只要一根雪糕好了。”单求胥说道，从冰箱里拿出了一根雪糕含在了嘴里，“不能这么便宜了你，我得给牛二和木棍儿带一根。”

也不知道从什么时候开始，王元鹅便感觉单求胥变得怪怪的，有时候他好像也没有之前那么招人讨厌了。

熄灯铃响起，王元鹅身着黑色衣服，鬼鬼祟祟地徘徊在档案室门口。很快，郝佳琪拿着小手电走了过来。

“王元鹅，我可是看在陈喆的面子上才答应帮你的，你快点！”郝佳琪将钥匙递到王元鹅手里，一脸不屑。

“嗯嗯嗯。”王元鹅笑着接过钥匙，拿着手电筒，快速走向档案室门口。开门前，王元鹅转身看着郝佳琪，说：“郝佳琪——”

“嗯？”

“谢谢你！”

“哎呀，快点吧！我也想看看胥胥这个老男人到底是什么来历呢！”

王元鹅深吸一口气，将档案室的门锁打开，朝着秘密深处走了进去。

第二十二章　我想静静

“单求胥，高一以全班第一名的成绩考入我校，而后文理分科进入理科班，后成绩优异进入尖子班，先后获得市奥赛数学、物理冠军……”

“天哪！不会吧！这是我认识的那个单求胥吗？可是照片上明明是他啊！”王元鹅几乎有些不相信自己的眼睛。

翻到最后，一张学籍处分报告掉落在了地上，王元鹅捡起，认真看了起来。

“因为早恋而产生叛逆心理……不会吧！原来球蛋不是 gay！”王元鹅关上手电筒，沉思了片刻，接着看了下去，“班主任点评：爱上了同桌怡静，二人约定去美国，后单求胥未能赴约，怡静飞机失联，单求胥产生叛逆心理，自甘堕落……”

“原来是这样！”直到此时，王元鹅总算是搞明白了，单求胥是为情所困。王元鹅看了看班主任的签字，上面竟然写着冯莹！

“什么？球蛋当时的班主任竟然是冯老师？天哪！怪不得他来的第一天就怼冯莹，怪不得冯莹今天发这么大的火。”一切的一切，都在今天迎刃而解。

就在这时，一只手突然拍在王元鹅肩膀上，王元鹅吓得大喊：“啊，鬼啊！”

“嘘，是我，找到了吗？”郝佳琪用力地捂住了王元鹅的嘴。

“嗯嗯嗯……”王元鹅说着，将档案递给了郝佳琪。

放学铃声响起，众人纷纷离开，只剩下单求胥还有王元鹅。

“喂，鸟人，今天为什么这么用功？”看到王元鹅趴在那里一动不动，单求胥笑着问。

“啊……哦……我要写小说，要你管啊！”

“为什么这么紧张兮兮的？走之前记得关灯。”单求胥走到门口，将灯关掉。

“喂，要死啊！”

“走啦！鸟人！”

听到单求胥越跑越远的脚步声，王元鹅将单求胥的日记从桌洞里小心翼翼地拿了出来。

宿舍里，王元鹅趴在被窝里，开着手电筒，看着日记本上的密码锁，屡次失败打不开。

“520？”王元鹅想着，试了一次又一次，可是每次都是失败。

王元鹅探出头来，看着天上的星星，仔细回想了起来。想到当初在家里玩的爱情大魔咒，王元鹅猛地意识到，密码有可能和怡静有关。

“该不会是这个吧……单求胥减去怡静，二十四画减去二十二画，二！”王元鹅脑子里画一个大大的二字，“该不会是三个二吧？”

“这也太二了吧！”看到锁“咔吧”一下打开，王元鹅不禁对单求胥充满想象力的密码佩服到五体投地。

“好美啊！真的好美！这难道就是传说中的怡静吗？”王元鹅小心地打开日记本的封面，却发现封面上是一个无比漂亮的女孩子的照片。

“这样会不会不太好啊？这不是变态偷窥狂吗，不行不行！不能这样做！”王元鹅赶紧关上日记本，从被子里伸出头来，做着激烈的思想斗争。虽然嘴上这么说着，王元鹅却不自觉地又看了起来。

单求胥的日记堪比一本小说，整个就是一部学霸的校园恋爱史。

历史总是惊人的相似，当时作为班主任的冯莹，也是遵循了按照成绩排位子的规则。当时的单求胥还是一个羞涩的小男孩，怡静总是像大姐姐一样帮助单求胥，情窦初开的年纪有谁会不喜欢怡静这样的学霸美女？所以，单求胥化真情为动力，努力学习，终于坐到了怡静的身边，达成了成为同桌的心愿。

怡静的目标是斯坦福，为了追随所爱之人的脚步，单求胥也决心出国留学。后来二人为了共同的目标开始努力奋斗，除了睡觉不在一起，二人天天都在一起冲刺着。

单求胥的父母离异，母亲身在美国，因为单父担心自己仅有的希望也被单求胥母亲夺走，所以单父以安全为由拒绝单求胥出国留学，不过，这一切都无法磨灭单求胥要出国的决心，二人索性约定时间偷偷离开。

秋风中，怡静背着书包，戴着渔夫帽，在校外徘徊了很久之后方才离开。她哪知道，此时的单求胥却早已被单父锁在了家里。待到单求胥摆脱父亲的控制赶到机场的时候，却发现为时已晚。更为糟糕的是，怡静所坐的航班失联，至今生死不明！从那以后，单求胥性情大变，彻底变了一个人。原来，单求胥竟然有这么令人难以释怀的曾经，怪不得王元鹅觉得单求胥骨子里还是个善良的人。想到单求胥帮过牛福，帮过林昆，甚至帮过自己那么多次，王元鹅暗自决定，也要帮助单求胥走出这段阴影。

为了让单求胥心服口服，王元鹅特意选择了拔河比赛的方式。王元鹅换上了钉鞋，将绳索绑在了身上。为了防止绳子被打开，王元鹅特意用锁锁了起来。

“喂！鸟人！没事干吗约会本少爷，知不知道本少爷的时间很紧张啊！”看到王元鹅背着一捆绳子站在操场，单求胥一脸诧异地走了过来。

“单求胥，同桌那么久，是时候做个了结了！”

“啊？了结，你想干吗？”看到王元鹅一本正经的样子，单求胥纳闷地问道。

“还记不记得你跟你父亲打的赌？你不要以为每次你不成功都是我告的密。”

“难道不是吗？嘁！”

“当然不是！上回运动会，我欠你一次人情，今天我要跟你拔河比赛，你要是能赢了我，我就同意帮你。”

“真的假的？你该不会是有什么阴谋吧？”看到王元鹅同自己实力悬殊，单求胥不禁有些怀疑。不过考虑到王元鹅能帮自己，单求胥还是决定一试。

“少废话，快点绑上！”

单求胥半信半疑，将绳索绑在自己身上，王元鹅也给他上了锁。

“喂！拔河比赛有规定上锁吗？这也太夸张了吧！”

“我是怕你食言放弃。”

“嘁，说得像你能赢似的！来吧！”单求胥说完，便弯下腰做好了准备。

“单求胥，要是我赢了，你得答应我一件事情。”

“傻瓜，你不可能会赢的，说吧，什么事？”

“你得答应我不要去美国。好，一二三，开始！”未等单求胥反应过来，王元鹅便赶紧将绳索努力地拉向一边。单求胥哈哈笑着，稍微移动，就将王元鹅拉了回来。

“喂，鸟人！我去不去美国关你屁事啊！还搞什么比赛，你输定了嘛！”

王元鹅拼了命地扒住地往前走，单求胥开始被一点点拉动。眼看着王元鹅来真的，单求胥用力一拉，将王元鹅拉倒在地上，但是王元鹅依旧死命不放，手脚并用往前走了起来。

“喂！鸟人，你干吗？哪根神经不对？”看到情况有些不对，单求胥大声质问了起来。

雷声隆隆，天上很快落起雨来，单求胥想解开绳索，却无奈被锁住，此时的王元鹅却依旧死命抵抗着。

“鸟人！你不要跟我犯驴，我告诉你！”单求胥擦着满脸的雨水，气愤地大喊。

“愿赌服输，我是不会输的！”王元鹅趴在地上，浑身沾满了泥水。

单求胥慢慢地拉着绳子，走到王元鹅身边，将王元鹅扶起来，大声训斥道：“喂！你知不知道你在干吗？”

“单求胥，你为什么这样！为什么让自己变成这个样子，为什么去美国找一个已经不存在的人！”王元鹅朝着单求胥大声喊去。

埋藏在心底的秘密被王元鹅重新提起，单求胥完全愣住了。他猛地将王元鹅推开，异常气愤地说：“关你什么事！你凭什么看我的日记，不要以为你是我同桌就可以乱来！”

“单求胥，如果时间再重来一次，怡静还是会去美国！她还是会乘坐那趟航班！如果时间再重来一次，她还是会在校门口等你！可是，这一切都过去了啊！你之所以选择复读了五年高中，是想永远活在那个年纪、那段回忆里，对不对！”

“给我打开，打开！”听到王元鹅说起这些，单求胥暴躁地撕扯着身上的绳索。

看到王元鹅一直摇头，单求胥转身离开，王元鹅被拽倒在地上拖着走。即使这样，仍然压制不住单求胥心中的怒火。

单求胥走着走着，走不动，回头看时，却发现王元鹅抓住了操场上的一棵草。单求胥又愤怒地回来，喊道：“给我打开！”

“你不答应我，我就不松手！”王元鹅死死坚持。

单求胥扭头，用力地往前走去。王元鹅趴在地上，连人带草被拔了出来。单求胥犹如一头猛兽一般，不顾王元鹅的死活，就这样拖着她走下去。雨越下越大，直到单求胥再也拖不动了，方才回头看。

“单求胥，你帮助牛福、林昆，帮助我，说明你很在乎别人，你那么爱一个不存在的人，为何现在却偏偏不爱你自己！”王元鹅紧紧地抱住了一根柱子，看着单求胥哭了起来。

王元鹅的眼睛红红的，手上也在流血，单求胥慢慢走过去，将王元鹅扶起来。

“对不起！我不该让你在我面前哭！”

“我没有哭，浑蛋！”王元鹅嘴上说着，却抹了抹和着雨水流下来的眼泪。

“为什么，为什么不能放下过去，做一个真正的自己！为什么不去解开自己心里的那个结，让它越系越紧！”

王元鹅说着，从口袋里掏出钥匙，递给单求胥说：“钥匙就在这里，只要你想解开，随时都可以重新开始啊！”

单求胥的嘴角抽动着，哭了起来，他缓缓接过钥匙，流着泪，转身将钥匙奋力扔到前面的湖里。

“哎……”

“你以为我不想吗？可静静就是这把钥匙！告诉我，我现在该怎么解开！”单求胥激动地问道。

看着深深的湖水，看到眼前痛哭的单求胥，王元鹅毅然跳进了湖里。王元鹅的勇敢彻底将单求胥震住了，他停止了哭泣，愣在了那里。

“只要你肯，只要你不放弃，像我这样找，总会找到的！”王元鹅朝着湖中心越走越深，没过胸口的时候，绳子被绷紧。

王元鹅回头看时，单求胥已经不在，绳子却被绑在了栏杆上。

单求胥一个人坐在位子上，浑身湿透。他缓缓地打开紧攥的手，原来，手里的两把钥匙并没有被单求胥扔掉，他只是做了一个假动作而已。看着王元鹅空空的座位，单求胥一阵自责。

雨过天晴，王元鹅一声不响地换好衣服，回到教室坐了下来。微风吹过二人，世界仿佛都安静了下来。单求胥用余光瞥王元鹅，此时，她的脸上慈善而又宁静。单求胥多么希望时间可以在这一刻停止，可是，担心的事情还是发生了。

李德亮急急忙忙走进教室，说：“王元鹅，你出来一下，快！”

看到李德亮焦急的神色，王元鹅赶紧跑了出去。单求胥知道肯定是奶奶出事了，很快就追了上去。此时的王元鹅，并不知道奶奶得癌症的消息，单求胥不敢去想，失去了最重要的亲人，王元鹅以后该怎么办才好。

坐在出租车上，奶奶的话在单求胥内心泛起阵阵波澜。

“奶奶，你知不知道你的病……”单求胥拿着病历欲言又止。

“我知道，来住院那天我就猜到了。毕竟，人总归有这么一天。”奶奶显得十分平静。

“那您打算怎么办？”

“我想去旅游，人生最后的路程，我不想在病床上度过。”

“可是……”

“没什么可是，如果像植物一样地躺在病床上，被插上各种管子，苟延残喘，那人活着还有什么意义呢？人们往往都是病了，才会想起珍惜身体，可是却没有想过，这一天终究还是会来。正因为没想过我们该如何面对，所以大部分人才会慌乱甚至感到恐惧。”

“那您不遗憾吗？”

“只要想清楚了，就没什么遗憾了，我想给自己的生命留下最后的尊严。”

单求胥曾见过很多大人物，但是听完奶奶的一席话，单求胥认为，奶奶才是真正热爱生活的大艺术家。

车水马龙，风云变幻，单求胥静静地陪着王元鹅，来到了市医院。看到奶奶床上空空，王元鹅不禁趴在床上哭了起来。

“您好，这是病人离开的时候留下的信。”护士走到跟前，将信递到了王元鹅手中。

王元鹅抹了抹眼泪接过信，坐在床上看了起来。

“小鹅，当你看到这封信的时候，我已经背上行囊去远行了，你不要担心，我比任何人更了解自己。”王元鹅看完，趴在了床上，恸哭了起来，单求胥拿起床上的信，看了下去。

“生命的旅程正如同你读的这高中三年，有开学就有毕业。我不想在毕业的时候，被别人绑在床上，任凭自己的身体被切割摆布。我爱我自己，我更爱这个世界。我走后，你一定要好好学习，千万不要自暴自弃！如果你们十八岁的躯壳里装的是八十岁的旧思想，那你们留着青春还有什么用呢？好好学习！无论何时，我都会在远方想你！”

王元鹅坐在楼顶，手里拿着信，呆呆地望向远方。单求胥则一声不吭地在身后远远地看着。

“看着鸟人孤独的背影，我好想过去给她一个拥抱，虽然我有父母，但是我却无比了解她此刻孤独无助的感受。”单求胥心想着叹了口气。

“爸！你在哪里……”王元鹅站起身，朝着远方的云用力喊去。

奶奶走后，王元鹅便一蹶不振了起来。她回到教室后，就趴在桌子上睡觉，一睡就是很多天。单求胥看着只能叹气，却也帮不上什么忙。

这一天，王元鹅没有来教室，却在单求胥、牛福、林昆三人桌子上留了纸条。众人打开纸条看，却写着王元鹅请客吃饭的消息。众人忧心忡忡地来到了牛福请客吃饭的老地方，却看到王元鹅早已一个人坐在那里等了很久。

老板见众人来了，赶紧过来招呼。酒菜上好后，一言未发的王元鹅倒上了一杯啤酒，一饮而尽。

“明天我就要走了，各位保重！”

“什么意思？鸟人，你不打算参加高考了？”单求胥紧张地问。

“高考？千军万马过独木桥，我有洁癖，不想去挤。”王元鹅笑着说道，眼角却流下了晶莹的泪。

“鹅姐，你不是要当作家吗？”林昆着急地问道。

“作家？写着人世间重复的故事，没意思。”王元鹅苦笑一声仰头喝下了第二杯酒。

“大鹅，我知道你很伤心，但是在这个关键时刻，我们不能够轻易放弃啊！”牛福着急地说。

“奶奶是我最爱的人，我曾经发过誓，我只为她读大学。我问你，誓言能够打破吗？”王元鹅说完，喝下了第三杯酒。

单求胥刚要说话，王元鹅便一头倒在桌子上。

“您点的三串儿腰子！”老板说着，将烧烤放在了桌子上。

“蛋哥，怎么办？”牛福问。

“吃完喝完，回学校……”看着眼前的鸟人，单求胥真不知道该怎么帮她，只好拿起一串腰子吃了起来。

王元鹅坐在出租车后排中间，靠在单求胥肩膀上睡了过去，林昆靠在王元鹅身上睡着，牛福也坐在前排打起了呼噜。一个颠簸，单求胥从梦中醒来。看着肩膀上的王元鹅，单求胥的心跳不禁有些快了起来。

“她的梦一定很美丽，或许正和奶奶在一起吧。同第一次在老家看到的她相比，眼前的鸟人真的是很不一样了。”单求胥小心地看着王元鹅，将手轻轻地放在了王元鹅的肩膀上。

“我本以为，我会在离开这个城市之前，治愈她内心的伤痛，可是我错了。她竭尽全力想帮我推平我心中的那道坎儿，此刻的我，却不知道能够为她做点什么。”单求胥低头看了看王元鹅，王元鹅迷迷瞪瞪地趴在单求胥的怀里，“我明天就要离开这个城市了。我走之后，她会离开校园吗？这个年纪，不读书的话，踏入社会又能做些什么呢……”

看着前方迷离的灯火，单求胥长长地叹了口气。单父同单求胥的合同上也写的是一年期，可是不知不觉地，就这么过来了。单父终于答应兑现承诺，将单求胥送到美国去。

“师傅……可不可以，开慢点。”想到这里，单求胥又将王元鹅往怀里揽了揽。

第二天，临走之前，单求胥特意要求老季先回趟学校。看到王元鹅空空的位子，单求胥心想：“才三杯酒而已，不会是现在都没醒吧？再不来，我就要去机场了。”

如同牛福的离去一样，单求胥并没有打算告诉林昆和牛福。因为他害怕离别时的伤感，他更害怕自己突然反悔再次回来。

“单总，少爷该不会又出什么事吧？”单父在一中校门口踱步，老季站在一边担心地说。

“老季，你不了解他。要是平时，我都担心他会搞事情，唯独去美国这件事，我敢肯定，他不会骗我。”

“少爷真是痴情的种啊，若不是因为怡静，他怕是早都大学毕业了……”

“是啊，当年我之所以不让他同怡静一起去美国，就是怕年轻人意气用事，出国后学不到什么。弄不好，反而因为早恋影响学业。唉……没承想，弄巧成拙了。”

“单总，这也不能怪您，谁知道怡静的飞机会失联呢。”

“后天是怡静的生日，我估计，这应该是他急着今天就去美国的一个心结吧。”

单父说着，猛抽了一口烟，低头看了看手表。

在单求胥焦急的等待中，王元鹅终于也背着书包走了进来。单求胥一本正经地假装看着书，王元鹅却二话不说，收拾起课本来。

“鸟人，你干吗？”看到王元鹅来真的，单求胥不禁担心地问了起来。

“我已经和老班说好了。来，帮我收拾一下。”王元鹅的冷静甚至让单求胥都有些害怕。

单求胥一把夺过王元鹅的书包，按住桌子上的书本，说：“马上就要高考了，你不能拿自己的前途开玩笑！”

“你管得着吗？我愿意！你这不都马上要出国了吗，搁我这儿装什么装！”面对单求胥的阻拦，王元鹅只是冷笑了一声。

“我那是为了我爱的人！”

“我也是为了我爱的人！”王元鹅眼圈红红的，盯着单求胥。

众人回头看，单求胥只得松手。一想到奶奶，王元鹅伤心地流下了眼泪。

“我知道，你发誓为了奶奶好好学习，可是奶奶虽然不在身边了，并不代表她希望你退学啊！”

“那你为什么去美国，是为了学习吗？”

“我……”

“己所不欲，勿施于人。把日记给我吧！”

“你怎么知道……”

“我不会跟你计较的，给我吧！”

单求胥不好意思地从书本底下拿出日记，递给王元鹅。

“鸟人，为什么那么倔强呢？发过的誓就不能够改变了吗？”

“不能！奶奶是这个世界上最爱我的人，你能了解我现在的感受吗？我需要一个让我坚持下去的理由，你能懂吗？”王元鹅蹲在地上，呜呜哭了起来。

林昆赶紧帮忙，收拾起散落满地的书本。单求胥无计可施，鼓足勇气，走上了讲台。

“鸟人，既然你决意要走，那就让我唱首歌给你听吧！”

众人唏嘘不已，因为在浅尔岛的时候，大家已经领教过单求胥的歌声了。谁都不愿再听第二次，但是唯独王元鹅知道，单求胥想要干什么。

“这……能行吗？上次都唱成那样了……”林昆一脸尴尬。

“不知道……”牛福摇了摇头，捂上了耳朵。

王元鹅被林昆扶起，坐在位子上，红着眼，看着单求胥，心想："傻瓜，何必为我在众人面前出丑呢！"

月光映照你的脸

过去的事情浮现在眼前

不是不想再见面

在梦里经常看到你的脸

在眼前

你的脸

经过多少岁月不变的容颜

在从前那个夏天

回忆青涩瞬间

你灿烂美好永远的笑脸

让所有人都大吃一惊的是，单求胥的声音一改往日，清澈如天籁。单求胥唱得专业而又深情，让班里所有人都听傻了。

"怎么会，怎么会这样……"王元鹅心里想着。

单求胥唱得太过深情，流下了激动的眼泪。班里安静极了，过了很久，才响起雷鸣般的掌声。

看到王元鹅吃惊地看着自己，单求胥激动地说："鸟人，这首歌，是我写给她的。那次之后，我发誓永不再唱。但是，我真的很想让你留下来，留在这个班级，参加高考。誓言是为了让我们更好地活着，而不是遭受更大的痛苦。我希望你能够振作起来！若你的生活是天空，愿你还是那只为梦想飞翔的鸟人。Never give up! 鸟人，留下来！"

"留下来，留下来！"牛福不禁跟着单求胥呐喊了起来。

"留下来，留下来……"众人拍着桌子，激动地喊了起来。

看到单求胥为自己打破曾经对怡静的誓言，王元鹅趴在了桌子上，哭了起来。

单求胥看了看手表，毅然决然地走了出去。就在走出教室门口的那一刹那，单求胥再次回头看向了那个角落。那个自己不再回来的角落，还有那个让自己难忘的女孩。

"我们走吧！"单求胥眼圈红红地一头扎进了车里。

车子启动，载着单求胥的种种不舍，缓缓离开了一中。一路上，单求胥看到来来往往的行人，回想起在一中所经历的种种，让他心里久久不能平静。

"单先生，飞机马上起飞，请您尽快关闭手机。"飞机即将起飞，看到单求胥拨打电话，空姐赶紧走了过来。

"好的。"电话接通后，单求胥赶紧问道，"父亲大人，临走之前，我只想问你，你安插在我身边的眼线是不是王元鹅？”

“胥胥，飞机快起飞了吧，都这时候了，你怎么还问这些？”

“这对我来说很重要，请告诉我真相！”

“我不能告诉你是谁，但是我可以告诉你，不是她，我曾经尝试贿赂她，可是都被她拒绝了。”

“也就是说，我每次带人回家，之所以没有经过测试，并不是王元鹅告密？”

“她从来没给我打过电话，胥胥，她很正直！你让季叔去给她奶奶修的柴房，暑假过后，她都一分钱不少地将钱还给了我。看到一张张零用钱，我对这个女孩也是刮目相看。胥胥，你有一个好同桌。”

伴随着飞机引擎的轰鸣，单求胥的心情久久不能平静。

王元鹅根本没有同李德亮讲退学的事情。毕竟，李德亮怎么可能同意班里前三名的人在高考前夕退学呢？看到众人的挽留，王元鹅平复了心情，决定留下来。毕竟，父亲说过，高考结束后会在考场外面等自己。可是，单求胥却还是走了，一声不吭地悄悄溜走了。王元鹅一个人走在操场上，抬头看到飞机飞过头顶，捋了捋被风吹乱的头发。

“虽然这话我不想说，但是单求胥的父亲刚刚打来电话，单求胥同学已经留学美国了。在这里，他让我代他同大家告别，他很感谢和家人们在一起的日子，希望大家在毕业的时候会记得他。”李德亮说着，朝单求胥的位子看去，此时上面只放了一盆王元鹅的仙人球。

看到单求胥空空的座位，王元鹅怅然若失。

“好了，大家认真上自习吧！”李德亮说完，便关门走了出去。

郝佳琪则十分懊恼，毕竟，两人当初说好要一起去美国的，此时单求胥却一个人先走了。

想到期末考试没有什么对手了，陈喆得意地回头看向了单求胥的座位。

“陈喆，看剑！”

一只黑板擦朝陈喆的桌子飞来，打在了陈喆脸上，陈喆满脸白面。

“喂！比赛还没结束呢！我要继续跟你宣战，奋斗到底！”单求胥拖着行李箱，不知何时站在了讲台上。

看着单求胥自信而爽朗地朝自己走来，王元鹅激动地捂嘴笑了，她仿佛又看到当年单求胥第一次朝自己走来时的样子。王元鹅知道，单求胥已经放下了怡静，放下了以前，用一个崭新的自己拥抱了明天！王元鹅仿佛看到了一个崭新的同桌，正向自己走来！

单求胥坐下，紧紧地握住了王元鹅的手，王元鹅吃惊地瞪大了眼睛。

“浑蛋，你竟然敢碰我！”王元鹅站起来，给了单求胥一拳，单求胥一个趔趄，倒在了桌子底下，除了王元鹅一如既往的鼻孔，单求胥分明看到了桌子上的仙人球又一次朝着自己落了下来……

第二十三章　单导的潜规则

单求胥本以为，帅气的回归能够换来王元鹅的一丝感激，没想到，正如同入学第一天一样，单求胥又一次遭受了来自仙人球的虐待。

“别动，别动，最后一根了！”护士说着，便用力将最后一根刺从单求胥帅气的脸上拔了下来。

“啊……”单求胥痛得大叫了起来，“这鸟人，可真够狠的，每次都用仙人球，我只不过是不小心碰到了她的手而已！”

“老大，你不是都出国了吗，怎么又回来了？”牛福不解地问。

“就是啊……都不带吭一声的……”林昆一脸埋怨。

“就在飞机即将起飞的前一分钟，我想了想，我又不是 loser，干吗要出国。”

“嘁，你不是说国内的空气不自由吗？”林昆直接没给单求胥好脸。

“可是这里文化气息浓郁啊！五千年的华夏文明，岂是几百年历史的西方国家所能媲美的。”

“你不是说这里扼杀个性吗？”看到单求胥性情大变，牛福也忍不住问了起来。

“你依旧是牛二，对不对？他也依旧是木棍儿，对不对？而我依旧是单求胥嘛！请问，真正的个性能被扼杀掉吗？不能！”

“诡辩，说啥的都是你！不是说飞机上了跑道，就不能下来了吗，你是怎么做到的？”林昆问。

“《演员的自我修养》，看过吗？”单求胥得意地问。

林昆想了想说：“我只知道老班他妈妈看过！”

“哪壶不开提哪壶！我告诉你，我有一个想法，不仅能让鸟人主动跟我赔礼道歉，而且她还得巴结我。”

“老大，你没事儿吧？”牛福、林昆忍不住笑了起来。

“鸟人之前写了一个故事，我想帮助她拍成电影。”看到二人打死不信的样子，单求胥得意地说。

“拍成电影？那可就太好了，我简直不敢相信！”王元鹅说着，把汽水打开，插上吸管，递到了单求胥嘴边。

“那有啥不信的？求信院线就是我家的。”单求胥头上缠着绷带，一脸得意。

“求信院线？天哪！那也是你们家的啊！那我岂不是一步登天要做编剧了！”王元鹅有些激动了起来。

听到这里，林昆赶紧跑到单求胥身后，捏起了肩膀，牛福则拿起单求胥的腿，捶了起来。

“哎，老大，能不能让我也演个角色啊，我肯为艺术献身。”林昆说。

“我不要台词，演个尸体就成。”牛福更是直截了当。

“这都是小事儿！哎，鸟人，你写的这个《烽火卡农》，可不可以把反一号的名字改一改？”单求胥喝完，咂巴了一下嘴，导演派头十足。

“我又没写你‘单求胥’三个字，我写的是‘单球蛋’。”王元鹅狡辩道。

“那不是一回事儿吗？”

“怎么了，你终于承认自己的外号了啊？”

“才没有，你要是改了，我赞助你出版。”

“真的假的？这还不简单，不就改个名字嘛！”

“等会儿，我还没说完呢！你得把反一号改成陈喆，把男一号改成我才成。”单求胥深得装腔作势的精髓，看到王元鹅妥协，有些得寸进尺起来。

“喊，得了吧！现实中篡权不成，来我小说里撒什么野！想当男一号，还顺带诋毁吉吉国王，想得美！”王元鹅一脸不情愿。

“哎！那就没办法了，一部旷世奇作，就因为作者的执迷不悟，就此雪藏！”单求胥站起身来，一瘸一拐地走远。王元鹅气愤地看着。

单求胥脑袋缠着绷带，坐在座位上。陈喆暗自转头看，二人刚好对上了眼。

“喊，反一号，等着吧！”单求胥挤眉弄眼，得意地喝着饮料。

“搞什么，用这种眼神看着我，感觉怪怪的……”单求胥炙热的眼神让陈喆心里直发毛。

为了当一回编剧，王元鹅可是煞费苦心，请客吃饭自然少不了。

“就请我吃这个？”看着王元鹅端过来的菜，单求胥斜着眼看了看。

“这个就不错了，我送给你的东西，你别不珍惜！”看到单求胥挑三拣四，王元鹅怒目圆瞪。

“什么东西？”单求胥纳闷地问道。

“脸！”王元鹅大声喊了出来。

“名字都改了吗？”单求胥接过王元鹅手里的剧本问道。

“改了改了……”

单求胥打开剧本，念了起来：“故事发生在民国，女一号小娥是大家闺秀，也是整个大学里最美丽的女孩子……啧啧啧……”单求胥看着王元鹅，摇了摇头。

“找死啊！继续！”王元鹅拿起筷子，吓唬着单求胥。

“男一号土蛋则是流浪儿，被钢琴教师收养后参军……”读到这里，单求胥忍不住质疑道，“喂！为什么我的名字这么土？”

“流浪儿嘛，土点好养活！再说了，不土一点能衬托出后面的高雅吗？”

“得，说啥你都有理！”

单求胥往下读着剧本，众人跟随着，一同来到了王元鹅所构思的民国年代里。

单求胥饰演的土蛋，身着军装，在礼堂上面弹琴。王元鹅饰演的小娥，则穿着民国学生装，抱着书本，在台下着迷地听着。一曲完毕，土蛋向众人鞠躬，小娥则转身走了出去。虽然土蛋并没有看到小娥的样子，但就是那么短暂的一瞬，小娥美丽的背影让土蛋心动不已。

“他刚才弹得真好啊，你知道弹的是什么吗？”林昆饰演的路人甲问。

“钢琴啊……”牛福饰演的路人乙呆呆地答道。

土蛋跟随着众人，走到礼堂门口，左右张望，却未能看到小娥的身影。

小娥比较害羞，不敢直接表白，于是打听到土蛋家的地址，假装去学钢琴，以接近土蛋。

“你是军人吗，为什么老穿着军装？”小娥问。

土蛋笑着说：“我虽然不是军人，但是我的梦想就是奔赴战场，为国效力。”

小娥捂着嘴笑了起来，因为小娥的心思不在学琴上面，所以遭到了土蛋的一再责骂。

“不对不对！不是这样的，看好了！”土蛋一脸严肃地教小娥学弹钢琴，小娥则笑嘻嘻地看着土蛋。

“就你这种态度，怎么可能学会！钢琴是这么弹的吗？不对，不对！走点心好不好？”

面对土蛋的责备，小娥心里很委屈，可是她还是一直跟随土蛋，希望有一天他能明白自己的心意。

终于有一天，土蛋站起身，扣上琴盖，对小娥说：“你走吧，你真的不适合弹钢琴，而且你也不喜欢弹钢琴。我不喜欢不用心的人，你走吧！”

“是不是我把钢琴学好了，你就喜欢我了？”小娥就这样眼泪汪汪地离开了。

很多事情只有失去后才会珍惜，没有小娥在的日子里，土蛋发现失去了很多快乐，原来他已经不知不觉地爱上了这个女孩。

回到家后的小娥发了疯似的学起了钢琴，半年里，她每天都在琴房度过。饿了就让用人送饭，困了就趴着睡会儿，因为她想练成之后，再去找心爱的人。

土蛋一天天都在等着小娥的到来，但是，突然有一天，他不能再等了，他准备写一首歌，作为向小娥求婚的礼物。土蛋弹了几段钢琴，有些心浮气躁，看着小娥的照片，土蛋发着呆。终于，他悟到了爱的真谛，拿起笔写了起来。但是，当土蛋完成三分之一的时候，战争爆发，他就被召去打仗了。

面对长官递给他的肩章，土蛋看了看自己写的曲子，戴上帽子，转身走了出去。

此时，小娥也学好了钢琴，高兴地来到了土蛋家。可是一切都只差那么一步，二人就这样错过了。

“我等你回来！”看着土蛋站在开走的卡车上，小娥大喊着追了上去。

战场上的日子多是九死一生，每当挺不过去的时候，土蛋都会想到小娥，想到她弹琴的那段日子。壕沟里，土蛋满脸是灰，战友陆续在炮火中倒下。看到战友横尸荒野，土蛋拉响手雷，扔出战壕。

“胜利永远属于我们，同志们，跟他们拼了！”就在冲锋的时候，土蛋中枪倒下了，对小娥强烈的爱却让土蛋又活了下来。

时光一去不再回，往事只能回味。在战地医院的日子里，土蛋完成了曲子剩下的三分之二创作。土蛋的音乐还一度给众多战士带去了希望。

面对战地缺乏麻醉药的情况，土蛋只好用口琴吹着大家难忘的曲子，来缓解战士们的疼痛。

读到这里，单求胥喝了一口饮料，不禁向王元鹅竖起大拇指。

“男一号写得不错，不过，这都快结束了，反一号应该登场了吧？”

“你别急啊，马上了，你接着看。”王元鹅一脸得意。

看到陈喆端着餐盘坐到了对面，单求胥看了一眼陈喆，翻了一页，念了起来。

这期间，村长的儿子陈喆看上了小娥，于是托人去提亲，但是均被拒绝。用人拿进来的贵重礼物，都被小娥从窗户扔了出去。陈喆身着西装，人模狗样地站在路边，一脸愁容。陈喆很清楚小娥心里的那个人其实是土蛋，所以他便叫人从前线运回一具碎尸，说那就是土蛋。但是土蛋的父亲拒绝承认，他不相信自己的儿子会战死沙场。小娥看到后伤心至极，趴在尸体上哭了三天三夜。站在暗处的陈喆看到小娥心如死灰，不禁笑了起来。

两个月后，战争告一段落。众军人站成一排，长官亲自为土蛋颁发了奖章。看到胸前的荣耀，土蛋心想，一定要将这枚军功章作为求婚礼物，送到小娥手里。

土蛋手拿鲜花，高兴地朝小娥家走去，却发现陈喆跪在门口哭泣。造化弄人，他还是晚来了一步，小娥已经在前一晚割腕自杀了。看到陈喆胸前的白花，土蛋手中鲜红的玫瑰掉落在了地上。土蛋不能接受这个事实，他发疯似的追问着每一个人小娥葬在哪里，可是没有人告诉他。

看着陈喆哭着跪在地上摇头，土蛋愤怒地同陈喆扭打了起来。

土蛋强忍着心中的悲恸，召集了镇上所有人，坐在钢琴前，忍着泪水，把他写完的歌献给了自己最爱的女人。众人坐在台下聆听，如诉如泣的琴声让陈喆哭成了泪人。看到土蛋如此深情，小娥的父亲站在台下也流下了激动的眼泪。

单求胥看着看着，眼眶不禁湿润了起来。因为，在去美国的飞机上，背景音乐播放的就是乔治·温斯顿的《卡农》。

单求胥拿着稿子，动情地看着，王元鹅坐在一边，又开了一瓶饮料，递了过去。

“喂！我听说制作人都是省钱的主儿，你这啥事儿没办呢，饮料都蹭了我两瓶了！”王元鹅一脸不情愿。

“我没潜规则你就不错了，你知足吧！”

“你敢！小心我让你断子绝孙！”

“拉倒吧！你想被潜也得我愿意才行！哎，我问你，为什么土蛋一直都穿军装呢？”

“因为我爸是军人啊！”王元鹅一脸自豪。

“你爸不是大人物吗？”

“那是后来，他之前是军人。喂，单总，这事儿到底能成吗？”

“我觉得只要男一号名字不换，反一号名字不换，肯定能成，只是时间早晚的问题。”

“什么意思，你不会涮我吧？”

“怎么会，你知不知道，一部电影的筹备期要一到三年呢。马上就要高考了，你肯定没时间忙这个了。”

“那你的意思是，我这汽水都白请了？”

“没有啊，我把剧本发给我父亲大人了，他们公司有文学部，会开会讨论的。”

“哦……哎，我跟你商量个事儿！”

“啥事儿？”单求胥说着擦了擦眼角的泪。

“能不能把反一号的名字改了？”

“没商量，这种坏人，必须叫陈喆！”

“这样不太好吧？改不了名的话，改个姓也行啊，我看就不叫陈喆了，叫宋喆吧，要不张喆也行。”

“不行！什么喆都不行！必须叫陈喆！”在反一号的名字问题上，单求胥十分坚持。

“来劲！”看到单求胥丝毫不让步的样子，王元鹅只好作罢。

“哎，哥儿几个，今晚去我家，帮我个忙。”

看到单求胥支支吾吾的，林昆赶紧问道：“啥事儿啊，老大？”

“我没去美国这事儿，我爸还不知道，你们陪我回去解释一下。”

三人听完目瞪口呆。这么大的事儿，单求胥竟然是擅作主张回来的！看到王元鹅和林昆悄悄站起身来打算溜走，单求胥一把又将二人拉了回来。

单父从抽屉里拿出了一张合影，上面是自己、董梅和单求胥小时候的全家福照片。

“也不知道这臭小子到了没有，也不给我回个电话！”想到这里，单父拿出手机，反复检查手机短信。看到董梅的未接电话，单父犹豫再三，拨了过去。

“您好，您拨打的电话正忙，请稍候再拨……”

“唉，女人啊，这么多年了，我终究还是活在你的黑名单里。”单父挂掉电话，拿起相册，摇了摇头，笑了起来。

老季刚一走出电梯，就愣住了。

“哎，你……”

未等老季说完，一个酒瓶从脑勺后面敲了过来，老季当即晕倒在了地上。

单父手里拿着西装，漫步在马路上。他并没有开车，周围楼宇密布，阑珊的灯火让他显得格外的孤独。

“很多人都以为，拥有一家大的集团便是成功人士，可是这些却都是牺牲了我的家庭所换来的。今天是我的生日，我的家人却都没能够在我身边，我认为，这才是人生最大的失败。”看到街边喝酒的男男女女，单父心中不免有几分失落。

洒水车路过，播放着生日快乐歌。单父被喷了一身。

“谢谢，谢谢你们！”单父转身，朝着工人们喊去。

“唉，啥时候停电了，保姆呢？”单父打开房门，换上拖鞋，开灯的时候，却发现灯坏了。

“砰砰砰”，伴随着三声礼花弹响，单父吓到不行。

“谁，干什么的？”

“祝你生日快乐，祝你生日快乐，祝你生日快乐，祝你生日快乐。”单求胥戴着马头套，从厨房推着蛋糕出来。牛福、林昆、王元鹅也戴着头套，跟随在后面。

牛福、林昆赶紧走上前，扶起倒在地上的单父。单求胥笑着摘下头套，微笑着看着单父。

“你、你不是……”单父手指着单求胥，激动得有些说不出话来。

“对！我本来应该是到美国了，但是我突然觉得就这么走了，那岂不是属于钻合同的漏洞吗？胜之不武啊！所以，我特地回来，再次向您证明我自己。”

看到单求胥还在耍酷，王元鹅赶紧说：“行了，别贫了，蜡烛都快灭了。”

“父亲大人，生日快乐！”单求胥说着，将蛋糕推到了单父跟前。

看到单求胥终于长大了，单父忍不住泪流满面，哽咽着吹灭了蜡烛。

“许个愿吧。”单求胥说。

“哦哦，我希望……”

王元鹅赶紧打断单父，说：“叔叔，许愿是不能说出来的，说出来就不准了。”

“嗯！”牛福、林昆纷纷点头表示赞许。

单父一脸疑惑，单求胥也点了点头，单父双手合十，许下了自己的心愿。

“好了没？”单求胥迫不及待地问道。

“好……”“了”字还没说出口，单求胥便一下子将整个蛋糕拍在了单父脸上。

“耶！”牛福、林昆二人赶紧又放起了礼花炮。

单父扒拉开一脸的奶油，无可奈何地看着大家，大家哈哈大笑，笑作一团。

“一直以来，我从不认为自己是一个商人，但是对不起，我还是用商人的思维去衡量了你们的友谊，我自罚一杯。”单父说着，举起了酒杯，一饮而尽。

“父亲大人，我打算参加高考。”

单求胥的这句话差点把单父呛到，单父紧张地说：“胥胥……”

“我有信心！”单求胥知道单父会说什么，提前回答了出来。

“有信心！有信心！”单父迟疑地看着单求胥，氛围一度尴尬了起来，王元鹅带头拍手活跃气氛。

“有信心！有信心！”牛福、林昆也跟着喊了起来。

单父考虑了一会儿，说：“那好，那我就提前祝你们金榜题名！”

众人喝完第二杯，单父夹菜吃了一口。王元鹅的头有点晕。

“嗯，这是，这是王嫂的手艺啊，对了，王嫂去哪里了？”直到此时，单父才想起来问。

“哎呀，糟了，糟了，忘了这茬儿了！”单求胥赶紧带着众人，来到了储藏室。老季还有王嫂被捆在地上，堵上了嘴，二人苦苦挣扎。

直到此时，单求胥才支支吾吾地说：“我不是没出国嘛，刚好在公司门口遇到了季叔，怕他着急给您通风报信，就把他绑回来了，嘿嘿……”

“那王嫂呢？”

未等单求胥开口，王嫂赶紧说：“我做完饭，看到他们把老季五花大绑，抬了进来，我就想给您打电话，刚拨您办公室的电话，他们就把我放倒了！不过，也挺刺激的，就当演习了，以后啊，再遇到此类情况，我就知道该怎么做了！”

“叔，季叔和王嫂都是我放倒的，嘿嘿。”王元鹅自告奋勇。

“挺好！既然都在了，来，先干了这杯！”单父显得十分开心。

“哎，别！”想到单父和王元鹅都是三杯倒，单求胥赶紧制止，可是为时已晚。单父和王元鹅二人喝完，相互笑了笑，一起晕倒在了桌子上。

也不知道睡了多久，王元鹅方才被渴醒。王元鹅起身看时，却发现自己睡在陌生的卧室。

“糟了，这是哪里？”王元鹅紧张地看向床头，却看到了单求胥的照片。

“什么？单求胥！浑蛋！我昨天晚上竟然睡在这个浑蛋的床上！”王元鹅下意识地看了看自己的衣服。

“坏了坏了，还给我换了衣服！该不会真潜规则我了吧！”王元鹅赶紧翻看床单，发现床单上有红色血迹。

“啊——”王元鹅不禁失声大喊了起来。

单求胥睡眼蒙眬，一脸平静与无奈地端着茶水走过来说：“行了，既然醒了就别喊了。”

“你你你……”王元鹅指着单求胥，一脸愤怒。

“我我我……”单求胥一脸不屑。

“你昨晚干了什么？”

“嘁，问你自己啊，死抓着我不放。”

“什么？浑蛋，我问你，这床上的血是怎么回事儿？”

“唉，真麻烦，洗衣服就算了，一会儿我还得换洗床单。”单求胥不为所动，从床头上抽了一点卫生纸，塞到了鼻孔里。

“你个浑蛋！我打死你！”王元鹅气急败坏，攥紧拳头，朝着单求胥挥了过去。

单求胥一把抓住王元鹅的手，指着自己的鼻子，说：“打过了！”

“啊？”

“昨晚你喝醉了，吐了我一身，我让王嫂给你换的衣服。充电器在床头上，我过来取，刚动了一下你的手，你一拳就过来了，唉！”

看到王元鹅还是没转过弯儿来，单求胥指着床单上的血迹，说：“我的，我的鼻血！”

单求胥说完，将王元鹅的手甩到了一边，大爷似的坐在了椅子上。王元鹅挠了挠头，不好意思地笑了笑。

“不好意思啊……我、我昨晚喝多了……”

“嘁，喝多了。酒量不好就别逞能嘛，三杯倒！”单求胥说着转身走了出去。

陈喆输了同单求胥的篮球赛，只剩下了期末考试。看着单求胥杀气腾腾地回来，本来不正常的陈喆，变得更不正常了，经常做出一些令人匪夷所思的举动。

比如，他经常回头观望单求胥的一举一动，而且频率越来越高。这让班里的所有同学一度怀疑，陈喆是不是喜欢上了单求胥。这也不是没道理的，毕竟，恨到极致就是爱嘛。

而陈喆的各种不自信，却让单求胥深深地喜欢上了。因为单求胥发现，自从自己识破了陈喆的深夜学习法之后，他感觉整个人都充满了自信。每每看到自己的对手陈喆被 PK 下去的时候，心底就有着无限的幸福感。没错，单求胥的幸福，就是建立在陈喆的痛苦之上的。

看着越来越用功的单求胥，想到郝佳琪告诉自己的单求胥的可怕过往，陈喆晚上更是睡不着了。听到单求胥熟睡了过去，他悄悄从被窝里钻出来，关掉小手电，蹑手蹑脚地走下了床。

“还好还好，果然是睡过去了，终于有机会比你多学点了。哼！想跟我斗！”看到单求胥在被窝里一动不动地沉睡了过去，陈喆拿起课本，小声地朝着门外走了出去。

“当你们在沉睡的时候，我还在学习！我不是王者，谁是王者？”陈喆说着，大摇大摆地朝着厕所走去。

“《逍遥游》，庄周。北冥有鱼，其名为鲲。鲲之大，一锅炖不下；化而为鸟，其名为鹏。鹏之大，需要两个烧烤架！一个秘制，一个麻辣，来瓶雪花，期末考试我勇闯天涯！”

听到厕所里传来了读书声，陈喆心想，除了自己，谁会在半夜这个时候在厕所读语文呢？

陈喆疑神疑鬼地朝厕所走去，待他小心翼翼地探出头去看时，并发现厕所没有人。

“难道是我出现幻觉了？”陈喆自言自语，大摇大摆地走进厕所，全然不知单求胥已经躲在了门后。

看到陈喆装腔作势，刚想读英语，单求胥果断出击。

“鹏！鹏之徙于南冥也，水击三千里，抟扶摇而上者九万里，去以六月息者也。”单求胥故意将“鹏”字加重，嗷嗷读了起来。

陈喆冷不丁地被吓倒在地，想到宿舍里有一个单求胥，眼前还有一个，陈喆差点被吓哭，手指着宿舍说："啊，单求胥，你你你……宿舍里面，你……"

"行了，我是外星人，来自斯坦博，你知道了，就小点声，别打扰我学习！"单求胥说完，继续读了起来，"野马也，尘埃也，生物之以息相吹也。天之苍苍，其正色邪？"

其实，这一切都是单求胥的攻心战。但是陈喆的确看到单求胥睡在宿舍里，没错，睡在单求胥被窝里的是替身，一个充气娃娃。

楼顶，单求胥站在那里，大有舍我其谁的气势。

"老大，明天就期末考试了，你有把握吗？"牛福问道。

"必须有把握！毛主席说过，战略上要藐视敌人，战术上要重视敌人！我已经做好了充分的思想准备，准备让陈喆也穿一回羽绒服！"

"对了，老大，我给你买的充气娃娃怎么样，昨晚有没有蒙混过关？"林昆赶紧问。

"勉强凑合，棍儿，我不是告诉你了吗，买的时候一定要注意生产日期。"

"生产日期咋了，这个又没有保质期。"林昆不解地答道。

"这不是保质期的事儿，你们不懂，谈女朋友是要看星座的好吗？"

听单求胥说完，牛福、林昆二人跑到墙根旁边，撞起墙来。

第二十四章　意乱情迷

期末考试如期而至，为此监考老师全副武装，同众考生斗智斗勇。

毛校长和郝主任端着蛋糕突然出现在考场，郝主任在门口将蜡烛点燃，二人唱着就走了进来。

“祝你生日快乐，祝你生日快乐……”看到众考生抬头看，毛校长示意众人一起唱。

“祝你生日快乐，祝你生日快乐！”众考生不明所以，也一同拍着手唱了起来。

看到郝主任将蛋糕端到了李德亮眼前，众人鼓掌，李德亮许愿，吹灭了蜡烛。

“毛校长，我……”李德亮有些激动得语无伦次。

“校长，这……”扈枢硬一头雾水。

“李老师，你来一中教学十多年了。十多年来，你兢兢业业，从未迟到早退，不遗余力地推进教育改革，为祖国的教育事业作出了巨大的贡献！今天是你的生日，我决定将这份感动带到考场。同学们，请掏出你们的手机，为我们拍张合影，见证这个幸福的时刻吧！”毛校长说完，同李德亮一起托着蛋糕，站在了台前。

众人被毛校长深情的话语所感动，纷纷掏出手机拍照。

毛校长脸色一变，对郝主任说道：“都看清楚了吗？把拍照的手机都没收上来！”

郝主任点了点头，便走下去，将众人的手机没收，众人此时方才大呼上当。

“李老师，心理素质很高嘛。”面对李德亮的演技，毛校长不禁夸赞起来。

“毛校长，时刻头脑清醒，时刻准备战斗！”李德亮张口即来。

“你们认真监考，郝主任，下一个教室。”毛校长说着，便招呼郝主任出去了。

“好！”郝主任更是满载而归。

“至于吗，抓作弊都开始演戏了。”单求胥也是被这阵势吓傻，看到陈喆正在盯着自己，单求胥赶紧低头做起题来。

林昆拉起裤子，抄大腿内侧的小抄，扈枢硬走过来，林昆赶紧假装抠着指甲，殊不知指甲盖上也是密密麻麻的微刻版小抄。

牛福将前面同学的假发套麻利地摘了下来，抄袭光头上写好的小抄。猴子则瞅着墙上的名人名言发呆。李德亮仔细观察之后，从外面拿了湿抹布，将墙上的名人名言擦了一遍，众人哀叹惋惜。不仅如此，李德亮还挨个拿着同学的手擦了一遍，众同学目瞪口呆。

陈喆偷偷掏出手机，编辑答案，发送给郝佳琪，王元鹅看到二人的小动作，一脸不屑。

“都不要跟我耍小聪明，你们现在玩儿的都是我当年玩儿剩下的，老实点儿！”李德亮一脸得意地走上讲台。

看到林昆小动作频繁，李德亮走过去，将林昆桌洞里的小抄悉数收走，林昆无奈，待到李德亮搜查下一份的时候，林昆将胳膊上的创可贴撕开，打开了折叠在里面的小纸条抄了起来。

铃声响起，单求胥、林昆、牛福三人相约走入厕所。

“蛋哥，怎么样？”牛福问。

“有把握吗？”林昆问。

“志在必得，你们就等着陈喆穿羽绒服吧！”单求胥一脸自信。

“那他输了的话，岂不是要把班长的位子让给你了？”牛福笑着说。

“到时候，你可得多和老班打小报告，搞死他！”林昆说。

“你们这样龌龊的想法，怎么能服众？我要是打小报告的话，岂不是就和他一样当汉奸了吗！”单求胥显得十分不屑，“我会端掉他的宝座，称霸教室中间，让他求生不得求死不能，哈哈哈！”

单求胥正笑着，陈喆从里面冲水，一声不吭地走了出来。

陈喆拿着作业走进办公室，看到李德亮不在，便将作业本放到了桌子上。

“是期末考试卷吗，不是在阅卷室吗？老班怎么拿回来批了？”陈喆想着，便翻看了一下自己的卷子

“125分，和我预测得差不多，单求胥的卷子哪儿去了？”陈喆翻到单求胥的，看了看，还没有批改，但是大概扫了那么一眼，陈喆就觉得惊讶，“怎么可能，单求胥的卷子怎么会准确率这么高？”

看到四下无人，陈喆拿起桌子上的笔将B改成D，将D改成B，放好后，赶紧走了出去。

扈极硬一脸愁容地坐在楼顶，李德亮着急地坐在一边，问道：“老扈，到底怎么了，你倒是说啊！我正批着卷子呢！”

“批啥卷子，你批卷子不去阅卷室，在办公室干吗？”

“嗐，这不阅卷室的空调坏了嘛，还有卡机，先借给英语教研组用了，语文组的选择题少，就让带回来手批了。”

“唉……”扈极硬像是吃了败仗一般，颓废极了。

“别唉声叹气的了，你和冯老师又咋了？”

“老李，你说我俩合适吗？”

“合适啊，非常合适！你们一个教语文，一个教数学，绝配嘛！”

“那是以前，现在我教体育，她却教英语。你说我俩是不是缘分尽了？”

“这女人吧，年纪大了，就容易自以为是。你得打击她的嚣张气焰，这样吧，我帮你

策划一个英雄救美，包你抱得美人归。”

“英雄救美？我读书少，你可别骗我。”

“童叟无欺，概不赊账！”李德亮说着，拍了拍扈极硬的肩膀。

看着李德亮伸手，扈极硬极不情愿地掏出一百。看着李德亮不收手，扈极硬又掏出了一百。

“我的计划是这样的，冯莹晚上回得晚，会路过校外的一条黑胡同，到时候，我派人假扮歹徒抢劫，你趁机英雄救美。”李德亮说着，便同扈极硬来到了校外胡同口。

二人等了半天，不见人来，扈极硬担心地问：“老李啊，你找的谁啊，靠谱吗？”

“就是我之前那学生，李广东的手下。”

“跟人讲清楚没？别把莹莹打坏了！”

“特意嘱咐了，让他挑几个软脚虾，完事儿还送你俩一顿免费的烤肉大餐。”李德亮说着，有些得意了起来。

“这事儿靠谱！我这两百块没白花！哎，来了来了，你那边的人呢？”扈极硬听到有饭吃，心情大好。

“从学校门口跟过来的，指定在后面呢。”

“那要是认错了咋整？”

“有暗号，天王盖地虎！来了来了！”

为了增加效果，李德亮特意去车棚把冯莹的自行车放了气，还加了把锁。冯莹只好拎着包，穿着高跟鞋走回去。寂静的小巷里，冯莹高跟鞋的声音显得格外刺耳。不一会儿，后面出现了三个小混混。

六子看了看冯莹，大喊一声：“站住！”

“你们干吗？”看到面前的三人，冯莹面不变色心不跳，语气极为平静。

“深更半夜的，你说要干吗？借点钱花花，顺便劫个色！哈哈哈……”六子极尽所能地虚张声势。

扈极硬在一边看着说：“你还别说，装得挺像。”

“废话，专业的。”李德亮搂着扈极硬，在墙角认真地看了下去。

“钱在包里面，自己过来拿！”冯莹将手提包放到了地上，后退了几步。

“啥？这就投降了？都不挣扎一下？那我怎么英雄救美？”扈极硬有些着急。

“哟，不按套路出牌啊！挺识相，上！”

六子跟班前去蹲下拿包，冯莹猛地一脚，将混混踹翻在地，踩在跟班的身上跳起，朝着六子还有剩下一人飞踹了过去。

扈极硬想要出去救场，被李德亮拉住，看到对方来者不善，六子三人赶紧跑了。

“都被打趴下了，我怎么英雄救美啊！”扈极硬有些着急。

“是没法救了，不过，莹莹啥时候练的功夫啊？这不按套路出牌啊！”李德亮极为诧异。

“这身手，我都打不过，以后结了婚还得了啊？唉，我先撤了。”扈极硬也是第一次见冯莹有如此身手，不禁懊恼地离开了。

“哎哎，别走啊！还有一顿烧烤呢！”看到扈极硬早都溜之大吉了，李德亮心想，要不自己也撤了吧。

看到众人被打跑，冯莹瞅了下四周，确认安全后，方才将包捡起来。

“站住！”

“哟，喊救兵来了！”看到从拐角走出来一壮汉，冯莹笑道。

李德亮刚要转身走，看到又有人走出来，急得团团转。

“不会吧！广东没说安排两拨人啊？这不会是真的吧！老扈，哎……”李德亮回头看时，却发现扈极硬早已不见了人影。

“什么救兵不救兵的，废话少说！有钱掏钱，没钱……脱衣服……”看到冯莹有几分姿色，歹徒淫笑着从腰里亮出了寒光闪闪的尖刀。

“糟了！糟了糟了！”李德亮赶紧打开手机准备报警，却发现手机已经没电关机了。

“你别过来啊！你过来我可就喊人了！”看到来者不善，冯莹也有些慌了起来。

“喊人？”歹徒将刀一甩，插到了旁边的木质电线杆上，又从腰间拔出来一把，“想喊可以，等会儿喊！要不然死得快点，哈哈哈！”

“钱在包里，你自己去取，我先走了！”冯莹将包扔在地上很远处，歹徒却径直朝着冯莹走过去，将冯莹逼到了墙角。

“不急，钱早晚都是我的！”

歹徒拿着尖刀，抵着冯莹的脖子，手里另一把刀拔出来，挑断了冯莹的衣服。看到情况危急，李德亮抹了抹头上的汗，转身跑开。

冯莹紧靠着墙，觉得脖子里落下了沙砾，便抬头看去。没想到李德亮站在墙头上，抱着石头打算往下砸，冯莹直摇头。

歹徒看到笑着说：“害怕了，你现在可以叫了，等会儿，想叫也叫不出来了！”

冯莹激烈地摇头，李德亮左右瞄准。

“叫啊！来，我喊一、二、三！”

“啊……”李德亮抱着石头跳了下来，歹徒机敏地一闪，李德亮便重重地摔在了地上，痛得爬不起来。

“呵！英雄救美啊！就你这德行，摔得不轻吧！来，起来，给我起来！”歹徒用力地踹了李德亮几脚，李德亮痛得趴在地上动弹不得。

“天王盖地虎！”李德亮尝试着对暗号。

“你个二百五，我先了结了你！”歹徒说着，薅着李德亮的头发，举起刀来。

“大侠饶命，大侠饶命！钱我这儿有，你先放她走！”李德亮见状不好，赶紧求饶。

“这么快就尿了？”冯莹心想着，有些惊讶地看着李德亮。

歹徒接过李德亮手里的钱包，扔向了一边，说："来吧！我喊一二三，你来句遗言。"

"可恶！"冯莹搬起石头，砸向了歹徒，将其放倒在了地上。

二人报警之后很是尴尬，想到李广东免费提供了一顿晚餐，李德亮就带着冯莹去了李广东的地盘：重来烤肉店。

看着冯莹拿着棉球，给李德亮擦拭脸上的瘀青，李广东远远地看着，忍不住问道："不是说好了，是扈老师过来吗，这咋还整到自己碗里去了？"

"老大，你是不知道，这妞太狠了，招招下死手！"六子戴着帽子心有余悸。

"那个歹徒处理了没？"

"已经送到警察局了。"

"行了，你先休息去吧，别让冯老师给认出来，回头查一下歹徒的来路。"

"哎，知道了。"六子压了压帽檐，转身走开了。

看着冯莹紧贴着自己擦拭着伤口，李德亮有些难为情地说："不用了，没事儿……"

"没事儿？大半夜的，你爬墙上干啥？"冯莹一把揪起了李德亮的耳朵，问了起来。

"哎……我、我查学生上网！"

"不跟你一般见识！给我老实点儿！"冯莹说着，看了看店里面来来往往的服务员，"这家店是不是你那学生开的，挺酷的，名字还叫重来，这个有意思。"

"是啊。"

"李老师，今晚谢谢你。"冯莹将嘴巴凑在了李德亮耳边，温柔地说了起来。

"冯老师……你千万不要多想，我真就是恰巧遇到。这事儿换作谁都会出手相助的，特别是硬硬。对了，你把电话给我，我给他打电话，让他过来。"看到夜色温柔，李德亮马上紧张了起来。

"让他过来干吗啊！你慌什么？大学那会儿你就这样，一做错事就慌慌张张的。"

"没、没……我没慌张，我挺好的……"看着端上来的心形摆盘，李德亮尴尬地问，"莹莹，你啥时候学的功夫啊，挺吓人的。"

"哦，出国那会儿，想到没人保护，就学了点拳脚功夫防身。"

"那你以后要是结了婚，不会有家暴倾向吧？"

冯莹想了想说："那也说不准，没准有人就喜欢受虐啊。"

冯莹从包里拿出李德亮扔在地上的钱包，当着李德亮的面，打开看了起来。钱包里只有一百块钱，还有一张李德亮同扈极硬和冯莹三人年轻时候的合影。

"这么多年了，这照片你还留着呢？"

"没钱换钱包，就随手放里面去了，莹莹，还给我吧。"

"亮亮，你说有些事情还能重来吗？"

李德亮接过冯莹手里的钱包，冯莹拿起手枪点火，然后放到唇边吹了一下。

看到冯莹风情万种的样子，李德亮吓得赶紧起身说："冯老师，不早了，我有事先回去了！”

成绩很快就下来了，看到众人围着张贴栏看，单求胥信心满满地走了过去。这次，单求胥并没有从底下往上看，而是直接从第一名看了起来。

“第一名是，陈喆！郝佳琪依旧名列第二，王元鹅第三……我呢？”单求胥挨着成绩单往下看去。

“怎么会，我明明觉得没问题的啊……”看到后面，单求胥的心都凉了下来。

林昆赶紧说：“蛋哥，你真的好厉害，竟然考到了十三名！”

牛福戳了戳林昆，大家方才看到，陈喆正拿着羽绒服站在一边。

单求胥怒气冲冲地走了过去，巴不得立马揍陈喆一顿。

“蛋哥，你不要冲动！”牛福小跑着在后面劝说。

“怎么着？是不是很不服气啊！别担心，慢慢来嘛！呶，我帮你从教室拿过来了。”面对愤怒的单求胥，陈喆显得春风得意极了。

单求胥青筋暴起，强忍着心中怒火，接过了陈喆手中的羽绒服，穿上便走了。

“虚惊一场，早知道我就不给他改卷子了，反正他也成不了什么气候。”看到单求胥离开，陈喆也是吓了一跳。

单求胥穿着羽绒服走了一圈儿，最后来到了校长室，看到毛校长在批改工作日记，单求胥呆呆地走了进去，甚至报告都没有打。

“单同学，你这是……”毛校长抬头，看到单求胥眼圈红红地站在自己跟前，不知道要做什么。

单求胥“咕咚”一声坐在了地上，抱住毛校长的腿，便哇哇大哭了起来。看到单求胥的架势，毛校长也不知道该说什么，只好一声不吭地看着单求胥。单求胥哭完，什么话也没说，擦了擦眼泪，起身便走了出去。

单求胥走到门口，停住，想了想，转身看着校长，问：“毛校长，高考只录取一部分学生，那就代表着，另一部分学生考不上。如果我努力了，也没有考上大学，那么高考，对于我、对于没考上的学生来说，又有什么意义呢？”

“这……”毛校长一时语塞。单求胥看了半天，便转身走开了。沉重的话题让毛校长一个人站在窗前思考了起来。

单求胥努力了很久，本以为可以取得很大的进步，却没想到，依旧是在原地徘徊。他失落地走进了银行，打算取钱，突然看到银行里面有人持刀抢劫。

“都蹲下，老实点，谁动我就杀了她！”劫匪长相俊俏，满脸是血，拿着刀子抵在了女人质的脖子上，呵斥着众人。

“唉……人倒霉了什么事情都遇得到。”看到众人吓得蹲在了地上，单求胥无奈地蹲了下去。

“告诉我，为什么背叛我！”劫匪朝着女人大喊。

“阿雄，我没有背叛你，我们不合适……”女人哭着央求。

“你看上他哪一点了，我今天就要杀了你！”

“你不能杀我……”

“为什么？为什么！”

看到二人之间的对话，单求胥心想：“该不会想说怀了他的孩子吧？”

“因为我已经怀了他的孩子！”女人如泣如诉。

“呃，这么狗血的剧情我都能遇得到。”单求胥抱着头，瞥了二人一眼。

“什么？那我一定杀了你！”劫匪大怒。

“阿雄，我们是不能在一起的，你知不知道……你知不知道……”女人欲言又止。

“知道什么？你说，你说啊！”劫匪失去了理智，狂吼着。

单求胥心想：“该不会是同父异母的兄妹吧？”

“因为我们是同父异母的亲兄妹啊！呜呜呜……”女人哭诉了起来。

“什么！我实在受不了了，太狗血了。”单求胥甚至愤怒了起来。

劫匪仿佛受到了触动，大喊道：“不，这不可能！”

看到劫匪将刀垂了下来，放松了警惕，单求胥瞅准机会，腾空而起，一脚将劫匪踹倒在地上。

远处房间内的导演戴着耳机看监视器，看到单求胥打人，不禁站起来，问道：“怎么回事儿，这是，这是谁请的演员？副导演！”

“导演，什么事？”副导演拿着本子，赶紧走了过来。

一边的王制片斥责道：“这人是不是你找的？给我轰走！轰走！会不会演戏啊，乱来！”

副导演一头雾水，连连点头说：“好的，王制片！”

看到单求胥捡起刀，指着劫匪，导演赶紧说：“等会儿，看看再说。”

银行大厅里，单求胥迅速拿过地上的刀，指着劫匪，劫匪摘下头套，问：“你是谁啊？”

单求胥不由分说，照着身为男一号的劫匪，上来就是一拳，道：“我是谁不重要，你知不知道，你这样做会对别人造成多大的影响！”

劫匪看到自己嘴角都留了血，不禁有些无语地说：“哎，我说你是不是有……”

未等劫匪爬起来说完，单求胥上来又是一脚，众群演蹲在那里纷纷看傻了。

“都蹲着干吗？懦夫！快报警啊！你们这些胆小鬼，见义勇为的精神哪里去了，快报警！”单求胥怒斥众人。

半路杀出个程咬金，劫匪赶紧示弱道：“兄弟，你这样演戏，我压力很大！”

“大你个头！我努力了那么久，都没考过别人，你知不知道我压力有多大！”

“考试？兄弟……”直到此时，劫匪才意识到，单求胥可能误入片场了。

“别喊我兄弟！兄弟都是假的！”单求胥情绪激动，酷酷地拿着刀，指着劫匪。憋了一天的话，终于说了出来，感情得到释放的一刹那，单求胥的眼泪忍不住流了下来。

一架摄影机从隐藏的小门口缓缓地推出来，绕着单求胥转了一圈，擦过刀，推到了单求胥的脸上。

导演摘下耳机大喊：“咔！”

众群演纷纷站起来，摄影师给单求胥竖起了大拇指，众人纷纷鼓掌，只留下了一脸茫然的单求胥。

导演笑着说：“王制片，这个演员很有戏！你回头面试一下，我想给他个角色。”

王制片一脸不情愿地说：“都把我的男一号打成这样了，你还……”

导演说：“男一号仗着自己是小鲜肉，在剧组横行霸道那么多天了，是该有人打一打了，上保险了吗？”

“上了啊，最贵的！”

“那不就结了！戏！戏最重要！演员连点儿最基本的修养都没有，我让他哭了多少回了，一滴眼泪都没掉出来，你看人家，说来就来！”

就这样，单求胥意外地成了一名特约演员，待遇一下子就比群演高了很多。导演和制片人商量了之后，决定给单求胥加一段戏重新演绎。

伴随着场记的一声打板，单求胥重新开始了刚才的那段戏。

女人为难地说：“阿雄，我们是不能在一起的，你知不知道！”

“为什么？为什么！”劫匪戴着头套质问。

“因为我们是同父异母的亲兄妹啊！”女人质哭诉了起来。

“静静，你不要讲了，这是不可能的，我爱了你那么多年！”劫匪一往情深地看着女人质。

导演示意副导演，副导演一把将单求胥推了进去。

“姐！我找你找得好辛苦。”劫匪还有女人质看着单求胥，单求胥趴在地上，慢慢地爬了过去，“姐，你知不知道，你为了阿雄离家出走的这段日子里，父亲已经……已经过世了，呜呜呜……”

导演摘下耳机大喊：“咔！”

副导演赶紧跑过来问道：“怎么了，导演？”

“感情，感情不到位！不饱满！我需要眼泪，眼泪懂吗？赶紧的，调一下戏！”

“好的，导演，您稍等一分钟！”

副导演说着，跑到单求胥身边，小声地问：“肯为艺术献身吗？”

单求胥点了点头说：“肯！”

副导演猛地朝着单求胥的裆部踢了一脚，单求胥的表情十分痛苦，眼泪马上就要流出来了。

导演喊道：“ACTION!”

“阿雄，我们是不能在一起的，你知不知道！”

“为什么？为什么！”

“因为我们是同父异母的亲兄妹啊！”

“静静，你不要讲了！这是不可能的！我爱了你那么多年……”

导演示意副导演，副导演未将单求胥推进去，单求胥就已经泪流满面地自己进去了。

“姐……姐啊！呜呜呜……我找你找得好辛苦啊，呜呜呜……”单求胥满目泪水，导演不禁伸出了大拇指。

此时，单求胥从地上颤颤巍巍地站起来，说：“静静，你知不知道，这么多年，你为了他离开，我想你想得有多苦，呜呜呜……”副导演踢的一脚实在是太狠了，单求胥不得不又跪在地上，抱着女人质的腿，歇斯底里地哭了起来。

王制片在旁边问道：“是不是台词不对啊？他俩都不知道怎么往下接了。”

“嘘，演员的自我修养很好，状态不错，允许即兴表演。摄影师，跟上！推特写！”导演显然对单求胥的真情流露十分满意。

看到单求胥趴在地上痛哭流涕，摄影师将镜头慢慢地推了上去。

“静静，他是谁？”虽然没有按照台词走，劫匪还是自己编了下去。

“他……他是你的亲弟弟啊！”女人质更是脑洞大开。

“静静！你知不知道！你离开我那么多年，我每天都在想你！为了你，我想死的心都有了，呜呜呜……”单求胥哭得痛彻心扉、撕心裂肺，他将多年来对静静的思念，伴随着考试的失意，一下子发泄了出来。

“咔！太感人了！这才是戏！这才叫演员！”导演泪流满面，擦着鼻涕走了出来。

单求胥从地上颤颤巍巍地站起来，腿直哆嗦，此时的他心如死灰。导演一把握住单求胥的手，说：“你让我重新想起了斯坦尼斯拉夫斯基，这才是真正的表演，向你致敬！”

导演异常激动，摄影师一脸严肃地走了过来，说：“导演，有个事儿……”

“什么事儿，不挺好的吗？”

“那什么……我……我忘了按录制开关了。”

此话一出，众人目瞪口呆，导演扭头就朝着监视器走去。

副导演走上前去，小心地问道：“兄弟，你这身体还能再献一次吗？”

单求胥停止了哭泣，被问得目瞪口呆，两腿直发抖。

俗话说，祸不单行，单求胥这边的心情还未平复。单求胥的母亲董梅就气势汹汹地从美国回来了。董梅性格火暴，人称董小姐，同单父离婚之后，便独自去了美国，闯出了一番事业。跟随董小姐一起回来的，还有一个单求胥朝思暮想的故人，那就是怡静。

第二十五章　噩梦使者董小姐

“第一名，陈喆！”

单求胥依旧穿着红色的羽绒服呆呆地站在那里，陈喆看了看，往教室中间不屑地走去。

“嘁！神气什么，不就坐中间吗，谁稀罕，还是我最角落的位置有安全感啊，空气清新，风景无限！”单求胥心想着。

看到陈喆走到了中间，李德亮打算接着往下念，万万没想到的是，陈喆却径直朝着单求胥的位子走了过去。

“什么情况！”单求胥不禁睁大了眼睛。

“搞什么啊！陈喆怎么会这样！”郝佳琪不禁一脸诧异。

“天哪！吉吉国王竟然这么主动！好激动！”王元鹅一脸花痴的样子。

李德亮忍不住问道：“陈喆，你这是干吗？”

“老班，我觉得您说得一点都没错。有教无类，我坐在这里，一是想鼓励成绩差的同学，不要因为座次而放弃自己。同时，作为班长，我会更好地监督某些上课爱做小动作的同学。”陈喆说得有礼有节。

“你……”李德亮本想说什么，但是考虑到陈喆和单求胥的班长争夺战，便也继续念了下去，“第二名，郝佳琪！”

郝佳琪更是不知道哪根神经不对，径直朝着王元鹅的位置走去。不只是王元鹅，就连陈喆也是一脸惊讶，众人目瞪口呆。陈喆走过来的目的，是为了给单求胥一个下马威，而郝佳琪的目的也很直接，那就是为了抄作业，毕竟，出国需要一份漂亮的成绩单。

王元鹅气得咬牙切齿，单求胥则幸灾乐祸了起来。

“郝佳琪，你怎么回事儿，你去那里监督谁？”李德亮纳闷地直挠头。

郝佳琪不紧不慢地说：“老班，高中三年了，我一直都坐在中间，我也想尝试着用不同的角度看待这高中三年，还有这个讲台。”

“搞事情，你们就给我搞事情吧！第三名，王元鹅！”

自己的位子被占，没办法，王元鹅一脸怒气地坐在了郝佳琪的位子上。众人坐好，单求胥坐在了教室中间，回头看着陈喆偷笑。偷鸡不成蚀把米，陈喆一脸不甘心。

看到教室里奇怪的座次，李德亮训斥道：“一个个的，年纪也不小了，都成熟点，抓紧学习吧！”

“哎！”看到王元鹅坐在自己前面，单求胥拿笔戳了一下王元鹅。

“干吗？”王元鹅转过头不耐烦地问。

“没想到吧，我也能坐到这里来，嘿嘿嘿……”

“这有什么了不起的……”王元鹅一脸不屑。

董小姐回国的第一站就直奔单氏集团。主管肖露远远看到董小姐带人走了进来，一度认为自己看走了眼，多次确认后，肖露赶紧给单总通风报信。

“单总，怎么了？”看到单父慌张的样子，老季不禁问道。

“老季啊，赶紧赶紧！梅梅，梅梅回来了！”

“什么！”老季也被吓得不轻，赶紧帮着打扫了起来。

“我西装呢，还有领带！快找人来收拾下办公室，快！”

董小姐不紧不慢地走在商场里面，俨然一副旧主人的样子，霸气外露地检查着每一个柜台。怡静跟在旁边，成熟而世故。

看到两个服务员在香水柜台说笑，董梅转身就走了过去。

“欢迎光临！”服务员赶紧迎了上来。

董小姐径直走近服务员，闻了闻，笑着问道：“榴梿酥好吃吗？”

“啊？”看到对方气场强大，服务员吓得捂紧了嘴巴，因为他确实吃了榴梿酥。

“明明卖的是香水，那么就应该知道，不要吃味道太重的东西！”董小姐毫不留情地批评着服务员，“怡静，记下这位员工的工号！”

“好的，董总。”怡静说完，对着服务员的工号拍了一张照片。

“这人是谁啊？”服务员慌张地问道。

“我也不知道啊。”

董小姐傲慢地走开，留下众人一脸惊诧。

董小姐一路杀到单父的办公室，从包里拿出一双白手套，摸了一下门，看到白手套没有丝毫变黑，方才笑着敲了敲门。

“咳咳——”

“哎呀，梅梅！”

见董小姐变了脸色，单父赶紧改口说：“董小姐，你啥时候回来的，怎么也不说一声。”

“单雄信，你少给我来这套，胥胥呢？”

“在学校备考呢，别站着啊，快，请坐！”

“不必了！怡静，你在下面等我，我二十分钟后下来。”

“谁，怡静？”直到此时，单父才注意起跟在董小姐身边的这位助理。

“单总您好！我就是胥胥的同班同学兼同桌怡静，现在是董总的助理。”怡静同单父大方地打招呼。

“你……你不是……不是航班失联了吗，怎么……”一个已经死去的人突然活了过来，而且还活在了董小姐身边，单父十分诧异。

“你先下去吧，我来解释……”

“好的。”怡静笑着点头，关门走了出去。

董小姐看了单父一会儿，径直走了过去，手插进了单父的腰里，凑近单父的嘴边闻了闻。

“脱了吧。”董小姐的口气平淡而又坚定。

“梅梅，你想干吗，我有点紧张！”

“别紧张，刚才不是装得挺冷静的吗。西装都穿了一天了，连点体温都没有，我没猜错的话，十分钟前，这个办公室应该是另外一番模样吧？”

“哎哟，我还以为你要干吗呢，梅梅，还是你了解……”

“坐下！”未等单父说完，董小姐便严厉了起来。

“哦……”单父条件反射般地坐在了椅子上。

董小姐看了看手表，说：“你还有十分钟的时间。”

“刚才那个怡静，五年前不是已经失联了吗，也就是因为她，胥胥才叛逆起来的啊！”

“没错，我承认，当初是我的错，我应该听从你的建议，让胥胥和怡静一起去美国。但是，我当时怕胥胥情窦初开，感情用事，所以，就私下里联系上了静静，并伪造了一份报纸，寄给了你们父子俩。我是希望胥胥能够以学业为重，彻底断了他的那点念想。”

“可是……既然你这么想，为何现在非让他出国呢？”

“别打断我说话！”董小姐强势而凌厉。

“哦。”

“当初不让他出国是因为胥胥学习好，希望他能够在国内读完高中，打好基础。现在让他出国，是因为我觉得胥胥的高中不能再读了！你只顾着忙事业，对胥胥不管不问，再这么下去，董氏集团的班谁来接？”

“梅梅，这可不行！胥胥是一定要进单氏集团的，你那是时尚圈，不适合胥胥！”

“那是因为他跟的人不对，你早几年送胥胥出来，我早都把他培养出来了！你看静静，刚去美国的时候，就是一村姑，现在连你都认不出她来了。我这次回来，没别的目的，就是打算亲自带胥胥走！”

“梅梅，你看能不能再商量商量，胥胥刚刚决定踏踏实实参加高考。”

“单雄信！你说这话就不紧张了啊！胥胥怎么可能会参加高考？人生没有回头路，从今往后，我不能让胥胥的轨迹出现半点差池！告诉我，胥胥现在在哪个高中？”

“我不能告诉你！梅梅，胥胥长大了，我们能不能尊重一下他自己的意见？”

“时间到了，我走了！”董小姐走到门口，停了下来，转头说，“对了，工号 235 号员工，你可以开除了。”

看着董小姐嚣张地离开，老季赶紧走了进来。虽然见面只是短短的一会儿，但是已经让单父显得十分疲惫。

“单总，没事吧？”老季关心地问道。

“没事儿，没事儿。老季，我没记错的话，当年梅梅寄回来的报纸上的日期是今天吧？”单父低头扶着桌子，陷入了头痛的思绪中。

“没错，是今天。当时少爷在家哭了一整天，也就是从那天开始，你俩之间起了矛盾。”

“唉，高中阶段收获的，将会是人生中最纯洁的友谊。现在胥胥刚刚走上正轨，我不能让梅梅还有那个静静再一次破坏了他的青春！”

“静静？她不是已经死了吗？”老季有些疑惑地问道。

王元鹅坐在教室中间，正在认真地做题，单求胥一次又一次地戳了起来。王元鹅将笔往桌子上愤怒地一拍，转头骂道：“要死啊！你要是再敢戳我一次，我打爆你的头！”

“不是，我有事儿。”单求胥一脸认真。

“放！”

“你说我今天右眼皮咋老跳呢，是不是这儿风水不太好？”

“单求胥，你敢再无聊点吗？”王元鹅无奈地转了过去。

“哎哎，我说的是真的。”看到王元鹅不理会自己，单求胥无奈地撕了一张白纸片，贴在了眼皮上。

“老季，我记得胥胥是在高三8班。”单父走到教室门口，抽着雪茄，戴着墨镜看了起来。

“没错，单总，是8班。”

“可是我将最后三排挨个儿瞅了半天，都没看到他啊！”

“要不再问问，没准他出去了呢？”

单父的打扮成功地吸引了班里同学的注意，而此时的单求胥，正在埋头做着题，王元鹅转身扔了一块橡皮，喊道：“喂，你爸来了！”

“别闹！他这辈子就没来学校看过我。”单求胥将橡皮拿起，笑嘻嘻地递了过来。

单求胥话音刚落，门口就传来了敲门声：“我找单求胥……”

单父和单求胥走在校园路上，老季推着购物车，在后面跟随。因为是第一次来学校看单求胥，所以单父也不知道该说什么好。

看到老季推着购物车在身后跟随，单求胥转头说：“季叔，你把这些零食推到班里分了吧。”

“哦，好！”

老季转身走开，单父同单求胥也在路边的宣传栏停了下来。

“找我什么事？”单求胥问道。

“没事，我就是来看看你。”

二人看着宣传栏不说话，气氛一度冷却了下来。单父却无意间看到了宣传栏上的优秀学生里面贴着单求胥的照片。

“胥胥，没想到你进步得这么快！看到你坐在教室中间的位置，我真的很激动！”

“没啥大不了的，我以前一直都坐那里的，只是你没看过而已。”

“关于静静的事情……你真的放下了吗？”

“没事的话，我先回去了。”看到单父从来不到学校看自己，来了第一次，就问这些，单求胥一脸冷漠，转身离开了。

“这小子，真的是长大了，终于不再坑爹了。”看着单求胥转身走远，单父又凑近了宣传栏，开心地咧着嘴笑了起来。

单求胥心情极为沉重地走回教室，没想到刚一走到讲台上，众人便鼓起掌来。单求胥一愣，看到众人手里拿的全是零食，方才释然。

回到座位上，单求胥拿出了自己的日记本看了看，此时他的心情再也难以平复。

“来就来吧，还非得打着我的旗号过来，算什么嘛！这么多年了，什么时候想起关心我来了，可笑！”单求胥想着想着，忍不住哭了起来。

王元鹅听到哭声，并没有回头，小心地用镜子看着单求胥。他正将头埋在胳膊里，肩膀猛烈地起伏着。

从脚踹单求胥到亲自买了零食来学校看望，看到单父的改变，一度让王元鹅怀念起自己的父亲，想起了自己离家出走至今生死未卜的奶奶，王元鹅的心情更加沉重了起来。

晚上放学后，单求胥一个人来到了教学楼楼顶，却发现一个黑影坐在那里。微风吹起，长发飘飘。单求胥不禁吓得大喊：“啊，鬼啊……”

“喂！喊什么喊，要死啊！”

听到是王元鹅的声音，单求胥方才小心翼翼地走近。

“大半夜的，跑这里来干吗？”

“想不开要跳楼，怎么着，你陪我啊？”王元鹅一脸不屑。

“陪你还是算了，本少爷还要做集团继承人呢。不过，我可以先给你烧点纸钱。”单求胥说着，从书包里拿出纸钱，还有几个苹果摆在了地上。

“你真带纸钱来啊，别吓我好不好！”王元鹅吓得跳了起来，走到跟前，才发现中间摆放着的是怡静的照片。

王元鹅指着问道：“这这这……”

“这什么这！你们都吃了我的零食了，我送朋友礼物不行啊！”单求胥一脸不屑。

“今天……今天是你朋友的生日啊？”

“不是，是我们约定去美国的日子。还有，这是那天的报纸。”

王元鹅接过报纸，看了起来。单求胥则拿出日记本，看了又看。最后还是忍痛，将日记一张一张地撕掉，扔进了火里。

“哎！干吗烧掉啊？”王元鹅一脸疑惑。

“留着人也不能复活。鸟人，我不想做装在套子里的人，是时候说再见了。”单求胥说着，从王元鹅手里拿过报纸，转手扔到了火里面。

“哎，这么多年过去了，你就没去过怡静家里，再核实一下，万一后来又找到了呢！”

“唉……我当然去过……”

刚开始接到消息的时候，单求胥也不能接受。为此，他专门找到了怡静的家人去求证。但是，令他伤心的是，怡静的家人确认了女儿飞机失事的消息，并且告诫单求胥，不要再来打扰。也就是从那以后，单求胥心如死灰，一蹶不振了起来。

看到单求胥的悲伤过往，王元鹅不禁假装开心地鼓励道：“过去的，就让它过去吧！”

看着眼前的王元鹅，单求胥笑着说：“鸟人，谢谢你！”

“谢我？谢我干吗，我又没做什么……”

“我本想考上班里第一名之后再谢你，没想到还是没能考过陈喆……”

“他底子好，毕竟你都五年没怎么学习了，忘都忘干净了。”

“好吧，郝佳琪抢了你的位子，你是不是特不甘心？”

“哪有，才不会！”王元鹅说着，竟有些羞涩了起来。

“鸟人，我可告诉你，陈喆之所以坐在我的位子上，并不是因为喜欢你，你一定要搞清楚，他这是在赤裸裸地报复我，懂吗？”

王元鹅摇了摇头，说：“不懂……”

“那你就给我装懂！”

“我就是不明白，吉吉国王怎么会喜欢和郝佳琪那样的女孩在一起，他以前不是那样的人。”

“以前？以前静静就是我的全世界，可是后来我发现不是。人啊，总是会随着时间发生改变的！”

“哎，单求胥，我问你啊。假如，我说的是假如啊！要是静静突然有一天出现在你面前，你还会动心吗？”

“开什么玩笑？我堂堂七尺男儿，拿得起，放得下，过去的终究会过去！哪怕静静明天就站在我面前，我眼皮也不会眨半下！”单求胥假装很不在乎的样子。

“吹，你就接着吹吧！”

“以前我对高中三年没有认真对待，是时候真正重新开始了，从这一刻起，我要续写我的学霸生涯！哎，要不你也把陈喆的照片拿来烧了，一起重新开始。”

“别开玩笑，我和你能一样吗？我以后还要做他的王后呢！”

“你就等着吧，这次周考，我一定让你的国王穿上新的羽绒服冬装的！”

看着眼前假装很轻松潇洒的单求胥，王元鹅知道，单求胥是在用自己的方式同过去道别，而自己，却始终还是一个装在套子里的人。

车停在校门口，董小姐下车，摘下墨镜，纳闷地问道：“一中？我记得当年胥胥就是被一中最先开除的，他怎么可能又回到了这里？”

怡静笑着说："董总，很多时候，人会兜兜转转不自觉地就回到了原点。"

"你确定吗？"

"我确定，昨天我亲眼看到单总的车开进了这所学校，我也亲自同他的班主任咨询过了。"

"嗯，你俩这么多年没见了，胥胥肯定会大吃一惊的，你去吧。"

董小姐去了校长室，而怡静则先来到了班里，此时班里众人正在晨读，牛福、林昆依旧在后面做小动作，但是很快就被陈喆制止。此时的怡静，怀着不安的心情，深吸一口气，贴到了后窗上看了起来。

林昆看到有人，赶紧咳嗽，众人高声朗读，按部就班了起来。

"谁啊你就咳嗽？"牛福问道。

"我也不认识，是一个美女。"林昆说。

怡静走到前门，敲了敲门，众人抬头看傻，读书声戛然而止，只有单求胥还在念着《陈情表》。

"郡县逼迫，催臣上道；州司临门，急于星火。臣欲奉诏奔驰，则刘病日笃……"

"我找单求胥。"怡静穿着打扮活像超模，充满着光彩。

"日有所思，夜有所梦啊，唉……"单求胥朝门口抬头看了几秒，继续念了下去，"欲苟顺私情，则告诉不许：臣之进退，实为狼狈……"

"怎么会……静静不是已经……"王元鹅看过怡静的照片，虽然眼前的人风采迷人，但是王元鹅还是一眼认出了她。

众人看着单求胥，王元鹅回头将单求胥的书本拿开，提醒他。

"喂，鸟人！能不能让我在梦里踏实地学点知识！"

"是静静。"王元鹅小声地提醒道。

"是又怎么样？反正这是梦里，不奇怪！把书给我！"

看到单求胥一脸不屑，王元鹅拿起圆规，扎了单求胥一下，单求胥的手臂上立马冒出了血。

"哎呀，疼！这难道是，梦中梦？"

"梦你个头！"单求胥拿起书本，打算继续念，王元鹅着急地拿起单求胥的胳膊，狠咬了一口。

"胥胥……"怡静在门口笑着，喊了起来。

"静静……"伴随着一声熟悉而又陌生的声音，单求胥疼得龇牙咧嘴，猛地站了起来。看到怡静后，两眼发黑，晕倒在地上。

下课后，王元鹅小心翼翼地走到楼下去看，却发现单求胥拉着怡静的手，已经哭成了泪人。

"我虽然不知道二人之间经历了什么，但是，单求胥的梦想照进了现实，生活从此不会再平静了。不过，静静真的好美啊！”看着情绪失控的单求胥，王元鹅心想。

“静静，你知不知道，你就是我的全世界，呜呜呜……”单求胥哭得像个孩子。

“知道，知道……”怡静温柔地安抚着他。

“我什么都能放下，就是放不下你，呜呜呜……”

“我这不是想让你好好学习嘛！”

“以前静静就是我的全世界，可是后来我发现不是。我堂堂七尺男儿，拿得起，放得下，过去的终究会过去！哪怕静静明天就站在我面前，我眼皮也不会眨半下！”王元鹅回想起前一天晚上，单求胥还气冲云天，而眼前的单求胥却被突如其来的一切击打得溃不成军。

董小姐擦过王元鹅的肩膀，走到了单求胥身边，单求胥吓得立马变得一本正经了起来。

“母亲大人，您什么时候回来的？”单求胥赶紧抹了抹眼泪，脸色骤变。

“连单求胥在她面前都成了小绵羊，杀气真是够重的！”王元鹅在一旁看得目瞪口呆。

“我昨天回来的，这是怎么回事儿？”

“我，没事儿，有点低血糖……”

“大变活人啊，刚才还可怜兮兮的，一见到他妈就和没事儿人似的，唉，男人啊！”王元鹅不禁直摇头。

“收拾一下。明天跟我回美国！”董小姐的脸上几乎看不到一丝笑容。

“什么？”王元鹅和单求胥几乎同一时间喊了出来，董小姐回头看时，王元鹅已经不见人影。

王元鹅一口气跑到操场，才喘着粗气停了下来，看着身后的教学楼，王元鹅心想：“幸好我跑得快，要不然，估计会被老妖婆吃掉！”

在单求胥的推荐下，单求胥带着董小姐还有怡静来到了李广东的重来烤肉店。夜幕降临，回想起几年来的往事，单求胥仿佛变得更加脆弱了起来。看到董小姐离开，单求胥一改严肃的表情，笑了起来。服务员端上了一瓶白酒，并点上了桌子上的蜡烛，关上了周围的灯。

“那么多年了还是一张臭脸，我就是听不惯她那句话，‘我都是为了你好’，从小到大总是打着为我好的幌子！让我做一切我不喜欢做的事情！”单求胥一边收拾着刀叉，一边吐槽着董小姐。

怡静端起酒杯，和单求胥碰了一下，抿了一小口红酒，只是笑着听着。

“她要是能有个女人的样子，我爸也不至于和她闹离婚！静静，你知道吗？前天就是我爸的生日，她竟然连一个电话都没有打！”说到动情处，单求胥竟忍不住落泪，怡静只是安静地递过了纸巾。

看到单求胥吐槽吐得差不多了，怡静方才说：“董总是事业型的女人，毕竟，经济独立了才能够更好地掌握话语权，她也有她的难处。”

“是啊，我爸有他的难处，我妈也有她的难处，你有你的难处，全世界就我没有……”

单求胥说着，自己闷了一口酒，生气地看着窗外。

“胥胥，对不起，我去了美国后，无依无靠的，董总第一时间亲自派人去接了我。这些年，多亏她的照顾，我才有今天。”

“静静，你知不知道，为了去美国，我和我爸斗争了多久？唉，算了不说了！来，干了！”

“胥胥，你慢点！”

单求胥感慨完，将酒一饮而尽。怡静的手机响了，她看了下信息：“我在楼下，要上来接你吗？”

怡静笑着说：“胥胥，你稍等一下，我去一下洗手间。”

看着怡静朝着洗手间走去，单求胥心想：“知性大方，以后若是能够和静静一起上下班，真是不枉我为她堕落了这些年了。”

白人老外开着跑车在楼下，怡静左顾右盼，看了看，跑了过去，二人亲吻拥抱了起来。

“Bill, why are you here?”怡静有些埋怨地问道。

“I'm worried that the kid is in a bad way for you!”比尔担心地说。

“How could this happen? He's just a student now.”

原来比尔是怡静在美国的男朋友，这次偷偷地跟随怡静来到了中国。比尔担心单求胥会做一些出格的事情，所以急匆匆地赶了过来。

单父联系不上单求胥，就来到了学校，王元鹅还有牛福、林昆三人决定分头寻找。不巧的是，眼前的这一幕，竟然全让王元鹅看见了。

“天哪！那是谁，为什么他们两个人那么亲密？算了，多一事不如少一事，我还是不掺和了，万一老妖婆在上面，就不好对付了！”看到眼前的这一幕，王元鹅不知道怎么处理才好。

“中国有句俗话，情人相见分外眼红……”比尔用着不太标准的普通话说了出来。

“OK, I took you. You should be careful to go back. Don't let anyone see you.”

二人拥抱接吻后，比尔上车开车走了。

“不行，我得上去看看，万一单求胥喝醉了，被那静静动了什么手脚怎么办？我得帮帮他。”王元鹅想到这里，偷偷摸摸地朝着楼上走去。

怡静走过来坐下，笑了笑，说：“Sorry，正好公司有点事。”

“没事儿，静静，我想问你个事情，你谈男朋友了没？”

“没、没有啊！胥胥，倒是你，在学校该不会是交了女朋友吧？我都看到女生咬你了。”

“那是我哥们儿，嗐，男人婆，当兄弟处的。”

“来！胥胥，为你即将前往美国干杯！”

单求胥举起酒杯，仰着头猛喝了一口。看到王元鹅从外面走进来，单求胥猛地喷酒，高浓度的白酒喷过蜡烛，火焰被引燃，火舌喷出老长，怡静麻利地仰身躲过。

王元鹅看傻，单求胥示意王元鹅赶紧藏一边去。幸好怡静回头看时，没有发现躲在钢琴边上的王元鹅。

“静静，刚才好功夫啊，啥时候学的？”单求胥赶紧转移话题。

“还说我呢！胥胥，你啥时候去杂技团了，连喷火都会了。”

“不好意思，我刚才呛到了。”

“死球蛋！刚刚下定决心参加高考，转眼就忘干净了，真是没骨气，重色轻友！看他那股得意的劲儿，我真恨不得马上拆穿他们！”王元鹅一边走，一边气愤到不行。

“鹅姐，找到单求胥了没？”牛福、林昆迎面走了过来。

“没找到，重色轻友的王八蛋！”

牛福、林昆对视了一眼，林昆笑着说：“鹅姐，你消消气，是不是看人家美女漂亮，你嫉妒啊？”

“我嫉妒？我嫉妒个屁！不就是胸比我大点，脸上抹了点粉嘛！我告诉你俩，等哪天姐化了妆，吓死你们！”

“那还是算了，我还想多活两天，毕竟这个世界还有很多未知的美好。”林昆刚一说完，王元鹅上来就是轻轻的一拳。

“臭男人，都一个德行！”王元鹅说着，便甩开膀子走了。

牛福、林昆二人随后就赶到了楼上，看到单求胥正在和怡静谈笑风生，二人也终于明白了王元鹅的怒火到底来自何处。

单求胥已经喝得很多了，几次三番过后，单求胥终于借着酒劲说：“静静，我……我喜欢你。”

单求胥说完，便趴倒在了桌子上，醉了过去。怡静走到桌子对面，碰了碰单求胥，单求胥却早已烂醉如泥，没了一点反应。

“要不要过去搭把手啊，都表白了，那以后都得叫大嫂了啊！”牛福着急地说。

“有道理，反正早晚都得认识。”

看到单求胥醉倒在桌子上，牛福、林昆刚准备走过去帮忙，却发现怡静打起了电话。

“Honey,where are you?”怡静显得有些无奈，“Here's a drunk, can you come and help me?”怡静说着，将桌子上的红酒拿起，一饮而尽，“OK, all right, love you.”

看到怡静叫了外援，林昆拉住牛福，说：“别急，先看看大嫂怎么处理，刚才她已经打了电话了，万一单总过来了，咱们岂不是下手有点早了。”

“也对，帮人得帮对时候才行。”

牛福和林昆远远地坐在窗口那里等着，结果让二人大跌眼镜的是，比尔一上来就和怡静拥抱了起来。

“Are you all right, baby?”比尔说着，亲了亲怡静的脸颊。

“I'm fine. This boy is drunk. Please send him back to hotel.”同单求胥讲了那么久，怡静显得非常疲惫。

"OK, I knew it would be. Give me a kiss!"

看到比尔又索吻，怡静机警地看了看牛福、林昆二人，有所顾忌。待到比尔回头看二人时，林昆和牛福已经抱着吻了起来，当然他们是假接吻，二人中间隔了厚厚的卫生纸，只是从后面看不到而已。

看到如此火辣的情景，比尔抱着怡静吻了起来。二人架着单求胥快速走下楼，路过林昆的时候，比尔还故意抛了个媚眼，甩下了一张名片。如此情景，看得牛福、林昆二人目瞪口呆。

比尔扶着单求胥走到门口，结果单求胥一屁股坐在了门槛上，怡静让比尔小心点。二人将单求胥扶到跑车的后座上，又当着单求胥的面，拥抱亲吻了起来，不仅如此，比尔还捏了怡静的屁股。看到车开走，林昆吃惊地按下了暂停录制的按钮。

牛福咽了口唾沫问："木棍儿，你确定都录下来了，对吧？"

林昆点了点头说："嗯。"

第二十六章　杀死比尔

酒醉之后，单求胥睡得一塌糊涂，发生了什么统统不记得了，只是在门口摔的一跤，让他的屁股隐隐作痛。想到自己马上就要去美国了，单求胥也将众人叫到了餐馆这里，请大家吃顿散伙饭。

自从牛福千挑万选定了这家餐馆后，众人的聚餐都改到了这里。一来是好吃，二来还是因为实惠，毕竟敞开吃的话，光王元鹅的饭量就已经很可怕了。

“哎，鸟人，你说这是不是天意？我头一天还说了静静的事儿，第二天她就突然出现在我面前了。幸福来得太突然了，我突然觉得，我又年轻了。”

“拉倒吧你，幸福来得太突然，小心冲昏了头脑！”王元鹅不屑一顾地夹起一个鸡腿，吃了起来。

“你们啊！一个个都是吃不着葡萄说葡萄酸！”

林昆看了看牛福，说：“老大，昨晚你没事儿吧？”

“没事儿，就是喝了点酒。唉，喝多了，啥都忘了。哎哟……”单求胥疼得龇牙咧嘴。

王元鹅奇怪地问：“怎么了？”

单求胥捂着屁股说：“没啥，就是屁股有点疼。”

三人夹起菜，刚打算吃，菜齐刷刷地掉在了碗里。

单求胥笑着说：“赶紧吃吧，吃完这顿饭，我就要去美国了。”

三人刚夹起打算吃，菜又一次齐刷刷地掉在了碗里。三人面面相觑，王元鹅顿觉单求胥头上绿油油了起来。

“你们咋了？”看到三人沉默不语，单求胥赶紧问道。

三人依旧沉默不语，毕竟，这种事情让人怎么开口呢？喜欢五年的人失而复得，高兴劲儿还没过去呢，就要接受被绿的现实。想到这里，三人你看我，我看你，纷纷选择了低头不语。

看到众人的反应，单求胥将筷子一摔，放到桌子上，说：“是！我是承诺过要打败陈喆，冲刺高考，走上人生巅峰，可是，计划赶不上变化快嘛，嘿嘿嘿。”

牛福脚踩林昆，林昆又踩王元鹅，王元鹅反过来又踩牛福。

无奈之下，牛福最先开口问道：“那我们的 TF4 怎么办，我们的团队精神呢，你当着全班同学的面说，要挑战班长的位子这事儿，怎么办？”

“你们都别着急，这事儿，我来的时候都跟静静和我妈商量好了，等考完这次周考，我打败了陈喆再走。一来呢，兑现这个承诺；二来呢，也能好好享受一下高考前猪狗不如的日子。”

“老大，你该不会是‘冲冠一怒为红颜’吧？你可得查清楚了，毕竟你俩都那么多年没见了。”牛福担心地说。

“这个你放心。静静啊，不是你们想象的那种人。昨晚我问了，她没交男朋友。”单求胥胸有成竹。

“老大，你就这么确定？”林昆问道。

“废话！你是不知道我俩的关系。当年我爸妈都各自忙事业，没人管我，静静算是主动接近我，并教会我奋进的那个人。我对她的感情啊，不亚于鸟人对陈喆，嘿嘿！”

看着单求胥自我陶醉的样子，王元鹅忍不住说：“单求胥，就还有几个月的事儿了，你就不能高考完了再去美国吗？”

“唉，我也想，但是静静非让我跟她一起回去，要不然就跟我划清界限。我寻思了一下，终究是要在一起工作的，倒不如从了她算了。”

看着单求胥满脸幸福的表情，谁都不忍心就这样拆穿他的美梦。但是，这终究是梦啊，梦总会有醒的那天的，大家大眼瞪小眼，只有低头吃饭的份儿了。

吃饭回来，王元鹅、牛福和林昆三人坐在操场边上，商量了起来。

“我觉得，还是赶紧告诉老大比较好，毕竟大家是一个team，就他蒙在鼓里，太残忍了。他要是去了美国，发现了真相，不得伤心死！”牛福担心地说。

“但是，眼看就要高考了，他就是知道了真相，不去美国，也好不到哪儿去。与其这样，还不如留个好名声呢。”林昆说得也不无道理。

“唉，老班说的一点都没错，老大现在谈的，那都是别人的老婆。”牛福一说完，大家忍不住笑了起来。

“解铃还须系铃人，我打算单独找那个静静谈谈，若是她能松口，先哄着单求胥参加高考，一切都好办。高考结束后，还有两三个月呢，够让他伤心堕落的了。”王元鹅说。

“你看怡静那副高冷范儿，你能hold住她吗？”林昆问。

“我这不还有你们嘛，毕竟大家是一个team嘛！”王元鹅说着，将二人搂着脖子拉了过来。

在王元鹅的安排下，林昆扮演女生，和王元鹅一起面见怡静，而牛福则伺机听从安排。对于一个阅历丰富的海归怡静来说，眼前的未出校门的两个学生显然不值得放在眼里。

“你们怎么知道的我的号码？”怡静喝了一口咖啡，问道。

“这你就不用管了。”王元鹅假装很老到的样子。

“哦，我记起来了，你是那天在班里咬单求胥胳膊的那个女孩吧。”

“没错，是我。单求胥是我哥们儿，我今天来，是想帮哥们儿了解点情况。”

“我现在是董氏集团CEO董小姐的秘书，工作很忙，要不是你们说单求胥在这里，我都不会来。”怡静看了看手表，拿起镜子，补起妆来，“我大概还有二十分钟的时间，你们有什么话就赶紧说吧！”

看到怡静臭美，王元鹅努了努嘴说：“当年你说走就走了，现在为什么要回来？”

“哈哈哈，毕业了，想回来就回来了。胥胥就是太傻太天真了，当初要是跟我一起去美国的话，现在没准都是副总裁了呢。”

“你既然不喜欢他，为何要骗他呢？”王元鹅直奔主题。

“这位同学，你乱说什么呢？我和胥胥可是青梅竹马，你懂吗！初恋刻骨铭心，那是最初的美好。”怡静显得十分镇定。

王元鹅看了一眼林昆，林昆掏出手机将录制的短片拿给怡静看。怡静收拾起化妆品，脸色骤变。

“既然大家的时间都很宝贵，那我就开门见山了！你应该认识视频里面的人吧！”王元鹅冷酷地说道。

“行！你们说吧，要多少钱？”

林昆憋着嗓子问：“你能给多少钱，咳咳——讨厌，你能给多少钱呀？”

听到林昆娘娘腔，王元鹅不禁一阵反胃。怡静想了想，就伸出了五指。

“五百块啊！太少了点吧，我做直播都不止这点呢！五千块，那也未免掉了您的身份不是！”

看着怡静一直笑着摇头，林昆有些惊讶地说：“五万块啊！您没开玩笑吧，随手一拍就值五万块？”

怡静笑着说：“要不说你们是学生，没见过世面，我给你们五十万，但是我需要这份视频被彻底删除！”

听到对方出价五十万，林昆兴奋不已，赶紧在桌子底下踢王元鹅。王元鹅气不打一处来，狠踩了林昆一脚。

“静静小姐，我搞不懂为何这份视频值这么多钱，但是我觉得，为了单求胥的安全着想，应该给他的父母看一下吧？”王元鹅显然不吃这一套。

果然是个狠角色，怡静心想着，笑了笑说：“看不出来啊，你相貌平平，还挺会谈生意。OK，都到这个份儿上了，我也就没什么好隐瞒的了，单求胥的母亲是我的boss，她给我下的任务就是要将单求胥带回美国，继承家业。”

“可是据我所知，他父亲这边也有家业需要他继承……”王元鹅打断了怡静。

“哈哈哈……说了你们也不懂。单氏集团的股份早已被董总悄然买于毂中，想收购单氏集团，那只是分分钟的事情，只是董总还留有一丝情分罢了。”看到王元鹅一本正经的样子，怡静不禁笑了起来。

“照你这么说，董总将单求胥拉到美国去，早晚都是要吞并单氏集团了？”王元鹅同林昆二人对视了一眼，显然非常吃惊。

“是的，你很聪明。要不说嘛，女人啊，都是狠角色。谁要是得罪了她，早晚都得遭到报复的。”

“那开车接你的这个帅哥是你男朋友了？”林昆终于憋不住问了起来。

“是的。每个人都有自己的私人空间，我虽然是说了谎，欺骗了胥胥，但是我也有我的苦衷，毕竟大家都要吃饭。好了，事情的真相就是这样了，最后一口价，我给你们两个五百万封口费，这事儿就当没发生过，怎么样？”看到二人十分难缠，怡静也是下了血本。

“别做梦了——”未等林昆说完，王元鹅狠狠地踩了林昆一脚，林昆看了看王元鹅，接着说，“别做梦了！你以为我们是三岁的小孩子吗？”

“这个世界上任何东西都是有价码的，只不过有的时候价码不够高，所以才会给人们高尚的错觉！你们不必急着回答我，三天后，还是在这里，我现场转账给你们。要现金也行，不过我就是怕不安全。时间到了，我先走了！”怡静拎着包走了，林昆一把薅下头套，挠痒痒。

“大鹅，你踩我干吗？”林昆不解地问。

“我还没问你呢，你倒是先喊冤了，你踢我干吗？”

“我踢你是提醒你，五万块钱买这视频，值！”

“我踩你也是提醒你，五百万买这视频，更值！”

“也对哦，五百万啊，我们一人可以分得二百五十万呢！”林昆恍然大悟。

“牛福呢？有难同当你知道吗，应该要六百万，一人两百万！”王元鹅愤愤不平。

“对哦！鸟人，我们这么做会不会太不仗义了？不过这董小姐也太狠了，竟然对自己的亲夫下手！”

“唉，说是这么说，虽然我刚才……确实动了私心，但我还是觉得，这钱咱们不能要。”

“那你刚才踩我，到底想干吗？”

“知道什么是理性与感性吗，我确实非常想要这笔钱。有了这笔钱，我就可以到处旅游到处流浪，我就可以出版自己的小说。但是理性的小人告诉我，我一定不可以这么做，因为以后我肯定会后悔的。”王元鹅认真地说。

“也对。”

“不！其实我现在就后悔了！”从不缺钱花的林昆，其实对此并没有什么概念，王元鹅对此则完全不同。

回到学校后，王元鹅、牛福、林昆三人又聚到操场边，商量了起来。

听林昆添油加醋地叙述完，牛福竖起大拇指，吃惊地说：“我真佩服你俩，竟然经受得住金钱的考验！”

“那是！”

看到林昆得意扬扬的样子，王元鹅赶紧打断说：“差不多就行了，《智取威虎山》，看过吗？”

“天王盖地虎！”牛福猛地站起来。

“宝塔镇河妖！”林昆附和道。

王元鹅拿着小石头，在地上画着说：“堡垒最容易从内部击破。那个老外叫啥名字？”

林昆掏出名片，看了看，说：“Bill…”

王元鹅在Bill上面画了个叉，将石头狠狠地扔在地上，说：“Kill Bill!”

在王元鹅看来，怡静很有钱，也很强势，那么比尔必定是小白脸。可以断定，他吃的喝的花的费用都来自怡静。所以，三人觉得，抓住比尔的死穴，就能找到怡静的死穴。

既然比尔喜欢林昆，那么王元鹅决定，就以林昆为诱饵，引狼入室。为此，三人专门去了一家情趣酒店，布下了重重陷阱。看到一女二男走进了房间，走廊里的小情侣吓得三观尽毁。

进入房间之后，第一步，装好摄像头；第二步，投其所好，打扮诱饵。为此，王元鹅从女同学那里借了不少衣服。

王元鹅和牛福坐在一边的沙发上，林昆从洗手间换完衣服出来，整个一个日本女仆，牛福捂着嘴笑着点头，王元鹅则使劲儿摇头。

从女仆到欧美情趣，再到各种动漫人物，林昆一次次变换着角色，王元鹅和牛福看了，却始终摇头。林昆累得不行，最终换了一身女警装扮，走了出来。审美疲劳的二人，不禁觉得眼前一亮，赶紧伸出了大拇指。

万事俱备，只待猎物上钩。听到门铃响，林昆赶紧示意二人藏起来，王元鹅藏到了衣橱里，牛福太胖，挤不进去，索性就藏在了床底下。

比尔根据林昆发来的暧昧消息，急不可耐地赶到了宾馆门外，一遍遍地按着门铃。

看到二人藏好后，林昆风骚地说：“Coming!”

林昆一打开门，就把比尔的眼珠子给吸住了，比尔笑着喊道：“Wow,sweety!”

比尔进门，林昆机警地往门外瞅了瞅，比尔顺势捏了一把林昆的屁股。

“My English is not good,bad,very bad,can you speak Chinese?”林昆用蹩脚的英语交流起来。

“哦，当然，不过我的中文不标准，我叫比尔，你叫什么名字？”

“我可喘口气了，我叫棍儿，Stick。”

“What, dick?”

林昆从旁边拿起了一根橡胶棍子，指了指说：“不是，是Stick!”

“哦，我明白了，嘿嘿嘿……”比尔笑着，开始眉目传情，林昆不禁有点紧张了起来。

“比尔，我想问你，静静和你什么关系，那天我看见你们……”林昆说着，将两根手指头对在了一起。

“我和静静是男女朋友关系，你和那个胖子是什么关系？”

“我们？我们也是男女朋友关系。”

“坏了坏了，鸟人肯定想多了！”听林昆这么说完，躲在床底的牛福不禁担心了起来。

“啥？他俩咋还成了男女朋友了，难不成林昆也……”王元鹅赶紧摇了摇头，毕竟想想那画面太辣眼睛。

“那我们扯平了。”比尔说着，朝林昆凑了过来。

“等会儿，扯不平！你知不知道静静和那个男生是什么关系？”看到比尔欲行不轨，林昆赶紧制止。

“我当然知道，他们是初恋情侣。他的母亲希望能够用美人计将他带回美国。”

“你爱静静吗，你来找我，对她会不会不公平？”

“我那是逢场作戏，静静喜欢这样，我需要钱，大家各取所需，何乐而不为呢？”

“死木棍儿，问得这么详细，该不会是想从了吧？”王元鹅心想。

“哎呀，别这么严肃嘛。要不我给你讲个笑话吧。”看到林昆十分紧张，比尔不禁笑了起来。

“啊？你还会讲中文笑话？”想到王元鹅和牛福的笑点很低，林昆觉得有些危险，不过，谅他也讲不出什么好笑的故事来。

“说一对夫妇去离婚，然后登记的就问，为什么离婚？她的丈夫就说，我昨晚回去讲了一个笑话，她没笑。登记员就说，你们至于吗，一个笑话而已。”比尔一边讲笑话，一边脱衣服。

林昆说：“就是，肯定不好笑。”

比尔将外套往旁边一扔，甩到了沙发上，脱着鞋说：“然后丈夫说，她没笑不要紧，问题是床底下有人笑了，哈哈哈……”

“哈哈哈……”牛福还是没忍住，从床底下笑着滚了出来，王元鹅将柜子门一推，笑着举起了手机。

看到王元鹅按下了快门，林昆赶紧搔首弄姿地死贴了上去。

“做人要厚道！你们这是欺诈，是仙人跳！”比尔赶紧穿上衣服，牛福则抢先一步，将衣服抱在了怀里。

“不，其实我是卧底。”林昆用玩具手枪风骚地指向了比尔。

牛福从床头和床尾取出手机，在比尔面前显摆，说：“全拍下来了，看你还想说啥？”

“出来混，总是要还的！牛二，资料保存好。我看看，画质清不清晰。”王元鹅笑着凑了过来。

“好嘞！”牛福打开手机，却发现没有按录制按钮，二人面面相觑。

“我要告你们！”比尔十分气愤。

“告吧告吧！静静已经给我二百五十万了，我不差律师费，问题是，你刚才说的话做的事，要是让静静知道了的话，恐怕就……啧啧啧……”林昆说着，嚣张地掏出玩具枪，放在嘴唇上吹了一口。

“棍儿！”牛福朝着林昆挤眉弄眼。

看到王元鹅的嘴角朝着老外，林昆心想：“什么意思？莫非让我搞定他？”

“我又没把你怎么样，你们等着吧！我会让我的律师来跟你们谈的！”比尔强作镇定。

林昆将枪指着比尔的头，说：“事到如今，还敢嘴硬？牛二，打电话给静静！Now!”

“哦哦哦！”可是牛福手机里根本就没存怡静的电话。眼看着形势危急，牛福只能扮猪吃老虎了。

牛福随便按了单求胥的号码，拨了出去，按下了免提。

“嘟——嘟——”众人紧张地看着手机。

“OK，我认输！”比尔终于败下阵来。

牛福和王元鹅也大喘一口气，王元鹅看了一眼牛福，牛福将怀里的衣服朝着比尔扔了过去。

“说吧！你们要多少钱？”比尔穿着衣服，像霜打的茄子。

“我们不要钱，你去找静静，说服她，让单求胥高考后再走，这事儿就算一笔勾销！”王元鹅说完，摇了摇手机。

比尔穿完裤子，坐在沙发上，看到地上的鞋子，思考了片刻，说：“我试试吧。”

洲际酒店总统套房里，董小姐端着咖啡站在窗边，若有所思地看着楼下的世界。

“董总。”怡静敲门而入。

“事情办得怎么样了？”董小姐头也不回地望着窗外。

“胥胥答应我一起回美国了。只不过，他要这周末考完试才行。”

“为何？”

“因为他想在成绩上打败他们班的班长，赢得大家的尊敬。”

“唉，他到底还是长大了，懂得为荣誉而战了。”

看到怡静站在那里没有退下，董总忍不住回头问：“还有什么事情吗？”

“哦，没有。我就是想问一下，收购单氏集团方案的事情。”

“你先做着吧，到时候再说。”

怡静看了看董小姐，欲言又止，走了出去。

为了迎战周末的考试，坐在教室中间的单求胥格外认真。

单求胥戳了一下王元鹅，说：“鸟人，你看这道题怎么做？”

“在这儿放一个P，加一条辅助线。”王元鹅回头扫了一眼，用笔比画了一下。

“哦，懂了懂了！”

“有时候，我们满怀深情地对待着这个世界，期望能够用真诚对抗来自这个世界的恶意，但是事实往往并非如此。”看着单求胥一脸认真的样子，王元鹅一声叹息。

周末的考试如期而至，面对考卷上的众多难题，单求胥终于施展了一把，信心满满地做完，第一个交上了卷子。看到单求胥提前交卷，面带微笑地给自己来了一个飞吻，陈喆眉头紧皱，抓耳挠腮地在草稿纸上算了起来。

比尔不辱使命，很快就将王元鹅三人喊了出来。

“怎么样了？”王元鹅着急地问。

“不行啊，静静说，这是董总下的死命令，要么单求胥回美国，要么就动用商业手段搞垮单氏集团。”比尔说完，喝了一口咖啡。

“你别耍花招啊，别怪我不客气！”林昆吓唬道。

“童叟无欺，绝无虚言！”

见比尔不像是骗人的样子，王元鹅不禁叹了口气。

“可以把我的视频资料删掉了吗？”比尔弱弱地问。

“唉，压根就没有。”林昆幽幽地吐出这么一句。

“What?”比尔十分惊讶。

“哦，那天我忘了按录制按钮了，所以……”看到比尔一副打死都不信的样子，牛福又重复了一遍。

“Oh, my god!”比尔抢过牛福的手机，查看过后，表示很头痛。

见众人围在宣传栏看成绩，单求胥徘徊了很久才鼓起勇气走了过去。这次，单求胥小心地从倒数第一往上看去，一个个熟悉的名字划过眼前，越往上看，单求胥的呼吸越急促。

王元鹅、林昆、牛福三人静静地站在一边等待着，单求胥一声不吭地从人群中走出来。看到三人后，单求胥一脸沉重地挨个抱了起来，抱到王元鹅这里的时候，单求胥竟忍不住大哭了起来。

“哭什么啊，这点小事儿算啥啊？失败了并不可怕，可怕的是失去信心，姐看好你啊！对自己要有信心！等你过几天就会发现，这没啥大不了的。”王元鹅好心地安慰着。

单求胥一直在哭，不说话。众人却眼睁睁地看着陈喆呜呜呜地坐在路边哭了起来。

牛福不解地问：“什么情况，陈喆咋还哭了？”

“我过去看看。”林昆赶紧跑到了陈喆那里询问，陈喆使着小性子不听劝。

“行了行了！差不多得了！赶紧给我松开，别拿着失败当幌子占我便宜，乖啊，没事儿！”王元鹅想用力推开单求胥，却被单求胥抱得死死的。王元鹅一脸生无可恋的表情。

“陈喆哭是因为……因为没考第一……”林昆有些不敢相信。

“啊？哦，我觉得我这次发挥得虽然一般，第一该不会是我吧？”王元鹅说。

“第一不是你……”林昆说。

“那是谁？郝佳琪可是千年老二啊，谁都知道她是抄的啊。”王元鹅纳闷地问道。

“是老大！鹅姐，第一名是他，单求胥！”林昆说着指了指。

“什——么——”王元鹅听完，大吼一声，猛地把单求胥推开。

“浑蛋，考了第一还占我便宜！你都赢了，哭什么？”王元鹅怒不可遏。

单求胥一声不吭地抹着眼泪，自己走开了。众人一度认为，单求胥应该是喜极而泣。但是，很多年以后王元鹅才知道，那是一种孤独，一种不舍，达成目标就意味着失去了目标。而去美国，就意味着失去了眼前拥有的一切。

单求胥一个人呆呆地站在楼顶，望着眼前熟悉的校园，他不再觉得是监狱，甚至是青春的乐园。有梦想终究是好的，万一实现了呢？虽然自己一度无可救药，可还是走到了今天。人生总是如此，为你关上一扇门的时候，同时也为你打开了一扇窗。纵然有万分不舍，单求胥心想，是时候该离开了！

第二十七章　谁的帽子没绿过

陈喆终于输了一回。在他看来，单求胥是不可能在成绩上胜过自己的，但单求胥还是做到了，这对陈喆打击至深。课间操时，教室空空，陈喆穿着红色的羽绒服，坐到教室最后一排，呆呆地望着教室中间的位子，长吁短叹了起来。

一阵手机的震动声打断了陈喆的思绪，听到有电话响动，陈喆四处寻找了起来。最终，陈喆发现了被挖了洞的字典里，林昆的手机正在里面充着电。

“厉害！《肖申克的救赎》啊！”看到林昆的字典，陈喆吃惊不已。看到电话一直响个不停，陈喆赶紧按下了接听键。

“喂！”陈喆一本正经，东张西望了起来。

“您好，女士。”电话那边传来了一个客气的女客服的声音。

“我是先生！”陈喆不禁火大了起来。

“您好，先生。请问是您本人在使用本机吗？”

“我接的电话，难道不是我在使用，是鬼在跟你说话啊！你的语文是英语老师教的吗？”

“先生，非常抱歉，是这样的，我们有一个免费赠送流量的活动……”

“行了，别扯淡了！你费那么大劲给我打电话，就为了送我点东西？想给我下套儿，你嫩了点！”陈喆挂掉电话，将手机生气地扔到了桌子上。

看到桌子上的手机，陈喆忍不住又拿起翻看了起来。相册里，陈喆看到了单求胥醉酒的视频，大吃一惊。

“这不就是那天来找单求胥的美女吗？怎么会这样！”看到怡静和比尔搂抱的画面，陈喆吓得东张西望，“天助我也！哼！单求胥，你不仁就别怪我不义！”随后，陈喆将视频上传到了网上，小心地将林昆桌子上的书本整理好，开心地坐回了原位。

“这张卡，里面有一千万的额度。今天，本少爷高兴，想吃什么，随便拿！就是把整个商店都搬空，我也付得起。”单求胥得了第一，大方地请众人吃零食。

“真的假的？”看到单求胥手里的黑卡，牛福不禁有些怀疑。

“老大，你这么有钱，够低调的啊！”林昆笑嘻嘻地说。

“那是，运通黑卡，全球顶级的信用卡，关键时刻能调动直升机的！”单求胥十分开心，不禁洋洋洒洒地说了起来。

“得了吧！还直升机呢，也不知道是谁在荒岛上吃了一个月的海鲜。”看到单求胥的嘚瑟劲儿，王元鹅忍不住泼冷水。

“老板，买一支雪糕，刷卡。”看到王元鹅不信的样子，单求胥现身说法。

“就要一支啊？”老板问道。

“你先刷卡，别的一会儿再说。”

老板接过卡，刷完。单求胥的手机很快就响了起来，单求胥将手机拿出来，朝着牛福晃了晃，递过去。

牛福笑着接过手机，打开短信念了起来：“尊敬的客户，您尾号 0628 的信用卡账户今日消费一元，信用额度，个十百千万十万百万……”

看着牛福数了一遍又一遍，王元鹅和林昆忍不住凑了过来，单求胥舔着雪糕一脸神气。

“啊，天哪！九百八十万八千六百五十四块八！”牛福吃惊地看着林昆和王元鹅。二人不信，纷纷将手机拿过去数了起来。

“昔日龌龊不足夸，今朝放荡思无涯；春风得意马蹄疾，一日看尽长安花！”

单求胥拿着雪糕，在王元鹅面前摇头晃脑地说了起来。吟到最后一句的时候，单求胥猛地朝着王元鹅的鼻尖一指，雪糕滑脱，甩在了王元鹅脸上，王元鹅愤怒地把雪糕从脸上拿下来，把单求胥吓得够呛。

“没错！昔日龌龊，今朝放荡。我、我打死你！”王元鹅说着，朝单求胥追着打去。

单求胥将书本收拾到书包里，准备走人。王元鹅、牛福、林昆站在那里帮忙。

“单求胥，你真的决定不参加高考了啊，就还有几个月了。”王元鹅小声地说。

“考不考都一样，我的实力都摆在这儿了。这个，送你了。”单求胥说着，将桌子上的小玩意儿放到了王元鹅手里。

“那你真就这么走了啊？”王元鹅一脸着急的神色。

“我们会很想你的！”牛福说。

“就是就是！”林昆说着，将拎着的书包放在了空空的桌面上。

“你们放心，安心地去挤高考独木桥，挤完来找我玩儿，机票我报销！”单求胥挨个拍了拍三人的肩膀。

“老大，有件事儿我想跟你说。”看到林昆想告诉单求胥真相，王元鹅用力踩了林昆一脚。

“啥事儿？”

“没……没事儿……”

“要不，一会儿上完语文课再走吧。”王元鹅说得十分认真。

“嗯，也行。”单求胥想了想，又从书包里拿出了语文课本，坐在了座位上。

李德亮刚在校长那里开完会，会议的主题就是多媒体教学方法的普及问题。想到自己马上要上语文，李德亮想，干脆就来一次新颖的。

“这节课，我们讲的是《滕王阁序》。”像往常一样，李德亮在黑板上写下题目，单求胥则认真地享受着在一中的最后一节课。

李德亮转头看向大家，同学们一副死气沉沉的样子。黑板上写着：距高考还有 100 天。

“同学们，快高考了，是不是压力很大？”

“是！”众人异口同声。

“那好，我嗓子不太好，今天就不讲了。班里的电视一次都没用过，这节课，我们就上网搜一段《滕王阁序》的视频看一下，怎么样？”

“好！”想到能看网络视频，大家自然开心。

李德亮打开网站正找着，首页上突然弹出一个小窗，李德亮念道：“学生醉酒疑被色诱？”

李德亮摇了摇头，说：“看看，看看！中学生不能饮酒，顺便给你们上一堂教育课！要不要点开？”

“要！”反正只要不是和学习有关的，大家都会积极响应。

李德亮说着，点开了视频，画面中出现了怡静搀扶单求胥的画面。

林昆赶紧看向牛福问：“牛二，怎么回事啊？”

牛福茫然地说：“我也不知道啊！”

单求胥认真地看着，戳了戳王元鹅，说：“哎，鸟人，你看那人像不像我？”

王元鹅头也不回，不知道该如何回答，看着怡静和比尔亲吻，自己躺在了跑车里，单求胥猛地站了起来。

“单求胥，你干吗？坐下看，别挡着后面同学！”李德亮还未反应过来，单求胥便愤怒地冲出了教室。

直到此时，李德亮才猛然发现问题，赶紧将视频关掉。看到现场尴尬的氛围，李德亮咳嗽了几声，说：“安全教育课，周一班会再讲，大家先自行预习。”

李德亮说完，便赶紧追了出去。王元鹅、牛福和林昆也跟着冲了出去。陈喆冲了一半，停在了讲台上，想了想，又撤了回去。

单求胥跑在人群拥挤的马路上，刚才的画面不断在脑海中浮现。这让单求胥无法接受，他甚至不敢相信那就是自己，可事实就是如此。想到五年前，自己同静静在一起的点点滴滴，想到二人共同许下的诺言，想到自己得知静静失踪后的各种崩溃，再想到几天来恍如梦境般的重逢，单求胥再也控制不住自己，大喊着朝着海里冲去。单求胥歇斯底里地朝着大海怒吼着，狂叫着。想到自己被公然戴了绿帽子，单求胥闭眼倒在了海里。

李德亮赶紧打电话通知单父，众人分头寻找，却怎么也找不到。眼下，大家都为单求胥的安全担心不已。

王元鹅将牛福和林昆喊到楼顶，大声质问道：“林昆，你老实告诉我，到底是不是你传的？”

“鹅姐，我用我的性别发誓，真的不是我啊！”林昆十分委屈。

“那就奇怪了，视频明明只在你的手机里。”

“我也不知道啊！我一直放在教室充电的，而且是藏在字典里面，按理说应该不会被发现啊！”林昆急得差点要哭了起来。

“鹅姐，你说老大被戴了绿帽子，会不会去杀人灭口啊？”牛福担心地问。

“他不会。”王元鹅想了想说，“走吧，去重来烤肉店看看。”

三人急急忙忙来到烤肉店楼下，却发现门已锁，已经打烊了。

“都打烊了，老大能去哪里呢？”牛福喘着粗气问。

“会不会回家了啊？”

“不可能！”王元鹅抬头看了看漆黑的二楼，三人只得转身走了。

看到三人走远，李广东拿起喷枪，将桌子上的蜡烛点亮。单求胥坐在对面，呆若木鸡。

“要不是我去海边进货，你真就打算淹死自己？”李广东认真地问，看到单求胥不说话，李广东接着说，“看开点，兄弟，初恋本就是用来回忆的。”

“可是她为什么要骗我？”单求胥气得浑身发抖，说话仿佛都没了力气。

李广东拿着喷枪，在烤肉上烤了一个“6”，问道：“这是几？”

“9。”单求胥想都没想就说了出来。

“但是在我这里却是6。在你看来，她是骗了你，但是在那个老外面前，她就是在为爱牺牲。”

李广东说完，将半生不熟的烤肉夹起，放到了单求胥的碗里。单求胥若有所悟地抬头看了看李广东。

“吃了。”

单求胥半信半疑地将烤肉放进了嘴里，嚼了起来。生熟相间的牛肉片让单求胥五味杂陈，艰难地咽了下去。

“一块肉经过火焰的炙烤之后，只能是在最恰当的时间才会有最好的口感，火候大了或小了，所有的美好便不复存在。这，就是爱情。中学时代的爱情本就是无花之果，无根之木，曾经拥有过就可以了，你若是非得继续下去，那只能和这块烤肉一样难以下咽了。”李广东说着，举起了酒杯。

看着眼前的烤肉，单求胥喝了一杯酒，又夹起一片生肉，放进了嘴里，嚼着，眼泪止不住地掉了下来。

一顿酒肉之后，单求胥的身体暖了起来。虽然很难过，但是至少他没有想死的念头了。单求胥一个人踉踉跄跄地走在胡同里，孤独的背影被拉长，白龙马尾随了过来。

“别动，打劫！”

单求胥停住，长叹了一口气，无奈地说：“白龙马，说吧，需要多少钱？”

白龙马将黑色头套摘下来，问道："这都能被你认出来？我玩的就是刺激，不图钱。"

"唉，明明做贼，却干着演员的勾当，人啊，就是犯贱。"

"兄弟，听你这话，我感觉你有心事啊。"白龙马不但不生气，反而询问了起来。

"白龙马，你人并不坏，为什么做这些事情呢？"单求胥说着，叹了口气，靠在墙上蹲了下去。白龙马将刀收回，别在自己腰里，也蹲了下来。

"可以啊，连生死都置之度外了。据我多年经验，你肯定是失恋了吧？"白龙马说着，凑到单求胥跟前，闻了闻，"喝了多少酒啊这是！"

"白龙马，是不是你最爱的人往往是最容易欺骗你的人？"

"算是吧。兄弟，不是我说你，何必当真呢？中学时代的爱情本来就是用来回忆的，什么'山无棱，天地合，乃敢与君绝'，那都是吹牛呢！谁信谁真傻！再说了，就凭你这颜值，随便一招手，女人不到处都是吗！"

"喂，白龙马，你打劫能不能严肃点？老黑呢，他最近在干吗？"

"嗐，初恋女友找上门，旧情复燃，他正躲着呢。"

"哼……哈哈哈……"单求胥听着，苦笑了起来。

"哎，严肃地说，马上要高考了，你不能在这个时候掉链子啊！"

单求胥白了一眼白龙马，说："作为贼来讲，你不觉得自己管得太多了吗？"

"兄弟，我看好你！这么多年了，我打劫的那都是些渣子生，要么就是拿无知当个性，要么就是挥霍青春，我觉得你很可能是唯一一个被我打劫过两次，而且还会考上大学的人。"白龙马一脸认真。

"呵呵，白龙马，你不用这么瞧得起我，钱包在这里，你拿走吧。"单求胥说着，就将钱包扔给了白龙马。

"哎哎，别睡啊，你在这儿耽误我做生意！"

看着单求胥带着几分醉意顺势趴在地上睡了过去，白龙马给老黑拨通了电话："老黑，你帮我个忙。"

"我正忙着呢，老白，你自己先想办法吧！"

看到老黑挂了电话，老白无奈地摇了摇头。他使劲拖单求胥，却怎么也拖不动。待他喊来人帮忙的时候，却发现单求胥已经不在原地了。着急的老白四处寻找未果，只好作罢。

混混吴长鸣眼圈发黑，走到班级门口，看了看王元鹅，赶紧挥了挥手。王元鹅着急地跑了出去。

"陈喆呢？位子咋空着了？"吴长鸣看到陈喆的位子空着，不禁问了起来。

"那是单求胥的位子。"

"怪不得，我正要说这事儿呢，他这会儿正在操场发酒疯呢，你们快去看看吧！"

"啊？"

"你小心点，我就是拉他一下，看把我的眼睛打的！"

“谢谢！”王元鹅说着，从口袋里掏出五十块钱，递到吴长鸣手里，跑了出去。

吴长鸣大喊道：“哎，大鹅，我不是来跟你要钱的！都出了这么大的事儿了，这钱我不能要！”

王元鹅跑到操场才发现，此时的单求胥正抱着篮球架呼呼地睡着，旁边是一摊呕吐物。

“死球蛋，没出息！快起来！”王元鹅使劲儿拉着倒在地上的单求胥。

“别管我！让我再睡会儿！”

任凭王元鹅怎么拽单求胥，单求胥死躺在地上纹丝不动，而此时怡静和董小姐正从远处走过来。

“糟了糟了！静静现在肯定不知道昨天发生的事情！”王元鹅心想着，赶紧蹲下小声地说：“单求胥，你妈来了！快起来！你妈和怡静一起来了！”

“哼，骗子！女人都是骗子！给我起开，我要睡觉！”

“单！求！胥！”董小姐厉声厉色地喊了起来。

按照称呼的等级来看的话，直呼姓名算是最高级了。单求胥本能地从地上爬了起来，一副紧张的样子。

“妈，您怎么来了？”前一秒还昏昏沉沉的单求胥，这一刻无比清醒了起来。

“我来给你办理退学手续！”董小姐强忍着怒火。

“胥胥，你怎么了，谁欺负你了？”

怡静赶紧走上前去，搀扶单求胥。看到怡静若无其事的样子，单求胥用力将怡静甩到一边，怡静应声摔倒在了地上。单求胥看着怡静，只觉得无比的恶心。

而怡静也是做贼心虚，眼神有些躲闪了起来。

看着倒在地上的怡静，董小姐心想：“才一天的时间就变了个人，看来是有什么事情发生了。”

董小姐看了看单求胥，又看了看王元鹅，不禁围着王元鹅打量了起来。

看到从地上爬起来的怡静，单求胥一把搂过王元鹅，紧紧地箍住，说：“这是我女朋友！”

单求胥的一番举动，彻底将怡静还有董小姐惊呆，当然还有王元鹅。

“喂，搞什么？松开我，松开我啊！”王元鹅一脸惊恐地看着单求胥，小声地跟单求胥说着。但是任凭王元鹅怎么挣扎，都被单求胥死死搂住。

看到单求胥一脸严肃，王元鹅心想：“王八蛋，又要乱来！”

“哈哈哈！胥胥，你这玩笑开得太好笑了！静静你不觉得好笑吗？哈哈哈……”董小姐突然大笑了起来，怡静也配合着董小姐强颜欢笑。

王元鹅十分尴尬，心想：“老妖婆！笑什么笑？难道我配不上你儿子吗，我呸！”

王元鹅仇视狂笑的二人，挣扎的手也不禁放了下来。未等王元鹅缓过神来，单求胥猛地将王元鹅放倒，斜抱着吻了起来。王元鹅猝不及防，瞳孔放大，整个人都蒙掉。

董小姐彻底惊呆了，手中的提包“啪”的一下掉在地上，怡静也惊讶地捂住了嘴巴。

单求胥同王元鹅深情一吻，然后将王元鹅缓缓地扶了起来，阳光下的初吻，让王元鹅有些眩晕。

“混账！”未等王元鹅回过神来，董总一巴掌便扇在了单求胥的脸上，“少在我面前演戏，单家怎么可能要这种来路不正的女孩子！”

“什么？来路不正！她是我的同桌，我喜欢她怎么了！”面对董小姐的话，单求胥觉得十分不可理喻。

“这位同学，请问你家里是做什么产业的？”

“我爸是……”面对董小姐的挑衅，王元鹅气愤不已，话到嘴边却停住了。

“是谁？说啊，是李刚吗，哈哈哈！笑话！婚姻讲究门当户对，你家里有什么产业？”董小姐咄咄逼人。

“我爸不是李刚，我家也没什么产业。”面对眼前的老妖婆，王元鹅语气平静。

“哦，原来是一个乳臭未干的黄毛野丫头。胥胥，你的口味变得也太特别了吧！”

“曾经有那么一刻，我无比羡慕单求胥的优越家庭，但是直到我见到了眼前这个称之为母亲的人，我却深深地为单求胥的处境感到无比同情。”王元鹅心里想着，愤怒地看着董小姐。

“妈！你可不可以不要这样！”看到董小姐尖酸刻薄，单求胥也看不下去了。

“哪样？你喜欢的人不是静静吗，我把她带来了，你们以后是要一起接管集团的！”

“妈！你是把她带来了，可是她的心却没带来！”

“浑蛋，竟然利用我，还夺走了我的初吻。我的反射弧会不会有点长了，看着眼前的老妖婆，我真恨不得马上扇她两巴掌！”直到此时，王元鹅方才反应过来。

“怡静，这是怎么回事？刚才我就看你不对劲！”听单求胥说完，董小姐质问了起来。

“董总，对不起。”怡静恨不得将头低到地上。

董小姐笑了笑说：“就算是静静犯了错误，那你就给这种女孩可乘之机吗？胥胥，不要逞强了！告诉我，她有没有占你便宜？”

“天哪！天底下怎么会有这种女人，我实在是忍不了了，是可忍，孰不可忍！”听董小姐说完，王元鹅心想着，攥紧了拳头。

“有又怎么样，没有又怎么样？反正他是我女朋友，你们回去吧！美国，我是铁定不去了！”单求胥的态度十分坚定。

“你刚才说什么？”王元鹅气冲冲地走到单求胥正面，愤怒地问道。

“我说美国我不去了，我要和你一起参加高考！”

“不是这句，前面的！”

“你没占我便宜，反正你是我女朋……”

未等“友”字说出口，王元鹅拉过单求胥的领子，猛地给了单求胥一拳，单求胥冷不防地被打倒在地。

董小姐还有怡静看傻了，王元鹅打完单求胥，转身竖起食指，对着怡静摇了摇，潇洒地走开。

“胥胥，你没事儿吧？胥胥！疯丫头！你给我站住！我要起诉你，你等着吧！”

董小姐慌乱地将嘴角有血的单求胥扶起。

单求胥只能看着王元鹅远去的背影，却没能够看到王元鹅转身后留下的泪。

“董总，你听好了！虽然她的家里没有草原，但是我依旧爱着这匹野马。你回吧，我跟我的父亲大人，挺！好！的！”单求胥说完，朝着二人竖起了中指，转身追了过去。

董小姐气得跺脚，转而愤怒地看向怡静。

“董总，求求你给我个机会！并购方案我已经做好了，我保证，我保证万无一失！”

董小姐举起手来，打算打怡静，到了半空中，却停了下来，说道：“既然你们父子俩合起伙来给我难堪，就不要怪我不客气了！”

王元鹅气冲冲地回到教室，陈喆正脱了羽绒服晾在一边，看到单求胥跟在后面，他赶紧又穿了上去。

“什么情况？一夜没回来，都有黑眼圈了？”看到单求胥右眼圈发黑，陈喆一头雾水。

王元鹅坐在位子上，肩膀一高一低喘着粗气，就像个一点就着的爆竹。单求胥写了纸条扔给王元鹅，王元鹅看都不看，直接用手推到了地上。单求胥一连扔了十几个纸条，王元鹅都不理会，单求胥不禁有些着急了起来。

看到同桌的桌洞里有自拍杆，单求胥在纸上写了“对不起”三个大字，吊着，伸到了王元鹅面前。

王元鹅心烦意乱，将纸拨开，单求胥一再骚扰，王元鹅拍案而起，大吼道：“你够了没有，你能不能给我点尊重？”

“怎么，怎么了？”单求胥一脸无辜的样子。

看到王元鹅的反常举动，班里同学纷纷看去。单求胥的气势弱了下来，王元鹅大吼道：“凭什么？凭什么把我卷入你的绿帽子里面，凭什么！”

“鸟人，我真喜欢你，我早都觉得静静变了。”看到众人惊愕，单求胥壮了壮胆，当众表白了出来，众人更是唏嘘不已。

“你再说一遍？”王元鹅愤怒地看着单求胥。

“我说我早觉得静静变了。”

“上一句！”

“鸟人，我真喜欢……”

王元鹅猛地一拳揍上去，单求胥又一次被揍倒在桌子底下。看到表白大戏成了全武行，牛福、林昆二人紧张地站了起来。

陈喆擦了擦汗，站起来，想出去喊班主任。王元鹅指着陈喆的鼻子尖大吼道：“给我回去！”

陈喆只好灰溜溜地回到座位上，坐了下来。单求胥从桌子底下爬上来，擦了擦嘴角，两只眼睛被王元鹅揍得全部变黑了。

“你可不可以对自己认真些？”王元鹅怒骂，“明明还喜欢静静，为何一直压抑自己的情感，说违心的话欺骗自己呢？”

“你以为我不想吗……”单求胥嘴角流血，他吐了一口在地上，有些无助地看着眼前暴怒的王元鹅。

“想就去做啊！拿得起，放不下，你这算男人吗？”

“哼，想就去做……”单求胥从桌子里掏出王元鹅日记本，翻开念了起来，“吉吉国王穿上羽绒服了，好替他担心啊！唉，不过他真的很帅呢。”

王元鹅一把夺过单求胥手里的日记本，气愤地问道：“浑蛋！你凭什么偷看我的日记？”

“你刚才说的啊，喜欢就去做啊！为了陈喆来到一中，就是为了在日记本里暗恋三年吗？”单求胥一副死战到底的样子。

众人看向陈喆，纷纷议论了起来。陈喆局促不安，不住地擦汗。

“王八蛋！我愿意，你管不着！”王元鹅一下显得被动了。

“我戴绿帽子了，没错，我戴了！你以为你没戴吗？你这样的暗恋有意义吗？”

“王八蛋，我……我打死你！”王元鹅气急败坏地拿起桌子上的仙人球，朝着单求胥扔过去。

如果此时的画面能定格，那一定是飞奔的仙人球隔开了王元鹅狰狞的脸还有单求胥惊恐的眼。

单求胥一直认为，王元鹅喜欢仙人球，是因为仙人球的花语是坚强。直到今天他才明白，这根本就不是坚强，这简直就是可怕！不，比可怕还严重！

单求胥破罐子破摔，躺在校医院的床上，头扎绷带，露出两个被王元鹅打青的“熊猫眼”。

看着单求胥为自己买的绿帽子，牛福、林昆纷纷表示不能理解。

面对二人的质疑，单求胥这么回答：“鸟人不是说，我拿得起放不下吗？我还真就放不下给她看！哎，棍儿，是不是我没把你掰折了，你心里不舒坦啊？视频是从你这儿泄露的，你赶紧给我查清楚是谁给我上传的，要不然有你好看！”

“老大，我查过了，这人用我的手机、我的账号上传的，我真不知道到底是谁啊！”林昆小心翼翼地说道。

“那就继续查！”单求胥吃着香蕉，笑了笑，“我偷看了王元鹅的日记，陈喆啊，原来是红绿色盲。你们把这个绿帽子送过去，他这么爱装帅的人，肯定要戴。”

“老大，你真决定留下来高考啊，不是一时冲动吧？”牛福看到床头包装精美的礼盒，无奈地摇了摇头。

“等着吧！哥的目标是清华北大！还愣着干吗，赶紧去送啊！”原本心有犹豫的单求胥，经历了绿帽子风波后，心里算是彻底踏实了下来。眼下，他不愿再去想什么静静，更不愿去想什么美国，他只想安安稳稳地上完最后几个月的课，然后参加高考。

当年，董梅和单雄信离婚，单雄信念着情分，偷偷地将董梅的股份保留了下来。这也导致了一场商场上的《农夫和蛇》的故事。董梅为了收购单氏集团，不惜一切代价，各方面阻拦单氏集团的欧洲并购计划。除此之外，董梅还利用自己是单氏集团股东的身份，私下里将公司的各个股东说服，将单雄信剔除单氏集团。面对众多股东，董梅软硬兼施，需要钱的就砸钱，需要女人的就送女人。更为致命的是，她更是一手掌握了众股东贪污腐败的信息，在反腐的高压态势下，众股东不得不听从于她。而单雄信自认为，自己一手打下的江山，劳苦功高，董梅再怎么贿赂，也掀不起什么大风大浪。但是面对董事会上背叛自己的众人，还是大出单雄信所料，除了老季，所有股东都沦陷了。

看到众人举手表态，董小姐笑着说："好了，结果已经出来了，老季，你宣布结果吧！"

老季的脸色极为难看，单父看了看老季，点了点头。

"根据股东大会表决，决意将单雄信的股份稀释，单雄信也不再担任单氏集团 CEO 职务。"

单雄信趴在窗台上失魂落魄，心有不甘，董梅从身边无情地走过。

"董小姐，这就是你这次回来的真正目的吧？"

"不，单氏集团股价暴跌，于我来讲毫无意义！"

"那你为什么这么做？"

"你觉得对我来说，你重要还是单氏集团重要？"董梅悠悠地问道。

"单氏集团重要。"

"再想想。"

"我重要？"

董小姐微笑着看着单父，单父有些失落地说："还是单氏集团重要。"

"不，对我来讲，都不重要！没有你在单氏集团，对我来说很重要！"董小姐转身离去，只留下落魄的单父目瞪口呆地站在窗前。

陈喆自打穿上羽绒服，就编造各种理由不去上课间操。看到众人已走，陈喆赶紧脱下羽绒服，用毛巾擦汗。看到桌洞里摆着一个礼物，陈喆激动地打开看。

"吉吉哥，这么热的天，看你穿羽绒服好辛苦哦！我看单求胥戴了一顶帽子，特意去买了一款一样的，成绩输给他，气势上不能输给他哦！么么哒！"

看到信上没有落款，陈喆心花怒放。

"嘿嘿嘿，这该不会是王元鹅送我的吧？应该不是，她不是那种人。难道是琪琪？嗯，还蛮帅的。"陈喆笑着，亲了一下信纸，将帽子戴在了头上。为此，陈喆从桌洞里拿着小镜子，骚里骚气地照了起来。

既然全校都知道单求胥被绿了，单求胥索性就戴着绿帽子在台上领起操来。

看到别人指指点点，王元鹅愤怒地说："哗众取宠，不知廉耻！"

单求胥的风骚举动，引起了吴长鸣等人的嫉妒。看到单求胥只因为一顶帽子就风头出尽，吴长鸣也赶紧走出校门买了一顶。对，要的就是哗众取宠的拉风效果。

楼道里吵吵嚷嚷，听到大家做完操回来，陈喆赶紧穿好羽绒服，戴上帽子，拿起书，装模作样地站在楼道里等待大家。

红色的羽绒服搭配绿色的帽子，陈喆的打扮让众女生尖叫不已，众男生也是佩服地直竖大拇指。

"果然效果很赞。"看到大家惊讶的反应，陈喆心里美滋滋的。

单求胥走进教室，故意装作很吃惊的样子，陈喆看到后更是扬扬自得。

郝佳琪回到座位上，看了看陈喆，一脸无奈。

"琪琪，谢谢你！"

"谢我，谢我啥？"

"这帽子难道不是你送的吗？"陈喆一脸微笑。

"没有啊，我啥时候送你帽子了？"

"哦。"

"吉吉，你干吗非要和单求胥比呢？"郝佳琪沉默了片刻，还是忍不住说了出来。

"君子一言，驷马难追！今天是最后一天了，你就等着看吧，这周周考我就要把我的位子给夺回来！"

郝佳琪叹了口气，摇了摇头，看起小说来。知道帽子不是郝佳琪送的，陈喆便将目光转向教室，挨个女生排除了起来。

领操的时候，单求胥算是一战成名。不过很快，陈喆的红色羽绒服搭配绿帽子，又在食堂迅速蹿红，众人纷纷围观，不断有女生前来合影。

这么隆重的时刻，吴长鸣自然不能落下，他也戴着绿帽子大摇大摆地朝着单求胥和陈喆走了过来。陈喆看到冤家，吓得赶紧走，但是被吴长鸣喝止住。

"陈吉吉，你等会儿！单球蛋，你也别走！"

吴长鸣把手机给阿呆，将二人拉到一起说："来，有缘相聚，不如大家一起合个影吧！"

看到一群人围了上来，如同见到了大明星一般，三人纷纷摆出了最自信最跩的表情。阿呆按下快门后，众人纷纷拿出手机拍照。吴长鸣拿过手机，三人看到画面上自己的样子，虚荣心都得到了极大的满足。

李德亮拿着一份报纸走了过来，众人四散开来。

"单求胥，你看看这个。"李德亮的表情极为严肃。

单求胥整蛊陈喆大获成功，心里不禁暗自高兴，看到眼前的报纸，单求胥的笑脸立马僵住了，报纸上头版头条写着：董小姐回国收购第一战，单雄信痛失单氏集团！

单求胥赶紧起身飞奔了出去。望着意犹未尽的陈喆，李德亮叹了口气，问道："陈喆，你有什么好得意的？戴了顶绿帽子就很张扬自我了？”

李德亮说完，摇了摇头就走了，留下了呆若木鸡的陈喆。

单求胥走进商场，服务员看到他，已经不再喊少爷了，这是董小姐的硬性规定。商场办公室，怡静坐在原本肖露的位子训话，肖露等人站在了一边。怡静看到单求胥后，有些本能地站了起来。看到怡静鸠占鹊巢，单求胥愤怒地离开。

单求胥走到单父办公室门外，看到董小姐在里面对着几位股东训话，单求胥推门而入。

“我爸呢，为什么你坐在这里？”

董小姐示意几位股东先出去，自己喝了杯水，慢慢地说：“胥胥，失败者不配坐在这里，你爸经营公司不善，被股东大会否决了。”

“你知不知道，你俩分开以后，单氏集团就是他的命！他会疯掉的！”

“是吗？他当年若是这么想，就不会抛下我们娘俩不管了！胥胥，你什么时候想通了，提前跟我讲，没准我一开心就把公司还给他了。”

“我不管你们年轻的时候到底怎样，反正你现在就是蓄意报复，我决不会向你的暴力屈服的，我爸也是！”

看到怎么也联系不上单父，单求胥只好找到了单父唯一的亲信老季这里。老季带着单求胥来到海边，聊起二人之间的往事来。

“董小姐当初认为，单总为了事业不顾家庭，所以积怨已久，但是她真的误会了，单总是在为集团、为你们的家庭努力着。”老季说完，摇了摇头。

“那我爸到底有没有做对不起我妈的事情？”

“唉，女人啊，永远都是多疑的动物。你爸手机里那些电话，都是正常的客户交往。毕竟，做生意，你没有理由拒绝任何异性客户。”

“那董小姐为何这么做？她这是赤裸裸的报复啊！”

“话虽这么说，但是单氏集团确实存在问题，你爸对于底下的人太过信任了。董总虽无情，但却能够懂得每个人的痛点在哪里。”

“那我妈的痛点在哪里呢？”

“唉，我也不知道。”

看到眼前的大海，单求胥觉得整个世界都抛弃了他，想到一向坚强的父亲也被打垮，单求胥的心理防线猝不及防地迅速崩塌了。

第二十八章　爱到极致方成恨

单父失踪后，董小姐也不遗余力地追查着。可是单父如同人间蒸发一样，谁也未能发现踪迹。虽然董小姐口口声声说着让单求胥出国，但是看到单求胥留下来参加高考的决心，董小姐心里也暗自做好了打算。既然当年静静能作为绊脚石，让单求胥沉沦五年，那么这一次，她肯定不会再让王元鹅耽误单求胥，哪怕一分钟的时间。

“那个黄毛丫头的底细查得怎么样了？”董小姐问道。

“董总，已经查清楚了！王元鹅的母亲早亡，父亲当过兵，后来成了了不起的大人物，在一次火拼中中枪去世！”怡静已然被董小姐原谅，竭尽所能地做着董小姐交代的事情。

“她家里有什么产业？”

“除了几间农舍，没有产业，之前与一个八十岁的奶奶相依为命，而且目前得知，奶奶也得了癌症去世了。”

“区区一个农家柴火妞，有什么本事让胥胥如此这般……”董小姐百思不得其解。

“萝卜青菜各有所爱，可能是……”

“哼！好一个萝卜青菜各有所爱！静静，美国有一个鬼才导演，叫昆汀·塔伦蒂诺，你知道吗？”

“董总，我不太懂电影。”

“他拍了一部电影叫《杀死比尔》，你应该很熟悉吧？”

听到董总已经查明了自己的底细，怡静吓得手中的文件散落到了地上。

“董总，比尔和我只是普通朋友，您不要误会！”

“误会？我从来没有误会过任何人！静静，我跟你讲过，欲成大事者，爱情皆可抛，你现在只想这些卿卿我我的小调调，我怎能委以重任？”

“董总，我错了，回头我就同比尔划清界限！”

“你明白就好！要不是我几次劝你悬崖勒马，恐怕你早都成为洗衣做饭的家庭妇女了。忍辱才能负重！记住，欲成大事者，爱情皆可抛！”

董小姐知道了自己的恋情，那结果只有两种，她要么辞职，要么分手。但是，眼下怡静却做着艰难的选择。

“等着吧，总有一天，你会为之付出代价的！”怡静心想着，一边收拾着材料，一边掉眼泪。

单求胥的成长让李德亮看在眼里记在心里，为此，他专门将单求胥叫到了办公室。

“单求胥，考试成绩出来了，我一直没有调位子，主要原因就是，我想问问你，你和陈喆打赌当班长的事情，你是怎么想的？”

“老班，让陈喆去当班长吧，我觉得自己还是不够稳定，不足以领导班级。”

“你真就甘心？”

“不甘心，但是我清楚地知道，光凭义气和冲动是管理不好团队的。上次篮球赛我就看出来了，虽然大家都恨陈喆，但是大家依旧没有选择帮我。”

“这只能说明，陈喆做了那么多年班长，有一定的威信啊。”

“不，这更说明，我的威信远不足以超越陈喆，难以胜任班长。”

“可是……”单求胥的成绩得了第一，性格也阳光而正直，李德亮显然有心扶持单求胥坐上班长的位子。

“老班，别说了。他们口口声声说要我继承家族事业，我也认为我会做集团的领导人，可是到今天，我才发现，我连一个班级都领导不了，我觉得自己好可笑！”

望着逐渐成熟的单求胥，李德亮叹了口气说：“行，那我尊重你的选择。”

李德亮一脸严肃地来到了班里，见李德亮板着脸，众人也捏了把汗。

“太过分了！我从事教育工作那么多年，头一回见到这样的学生！”李德亮把黑板擦摔在讲桌上，又蹦又跳。

“单求胥！你给我站起来！”看到李德亮暴跳如雷，单求胥一脸平静地站了起来。

“你知不知道！”李德亮用手指着单求胥说，“你又点燃了我心中的那团火！”说到这里，李德亮的情绪激动了起来，“教育改革，那就是有教无类，春风化雨，你今天获得的第一名，就是我们祖国素质教育的见证！从学渣到学霸，从角落到中央，这是你的成长，也是我的骄傲，掌声！”

众人鼓掌，陈喆心里十分不是滋味，单求胥依旧面无表情地站在那里。

“老规矩，出去选座位！”

李德亮一声令下，众人又一次站在了外面，等待着成绩单的审阅。

“本次模拟考试的第一名，单！求！胥！”李德亮格外强调地念了出来。

伴随着众人的掌声、陈喆的鄙夷，单求胥径直朝着角落的位置走去，坐了下来。

“哎！单求胥，你怎么……”面对单求胥的选择，李德亮又一次头疼了起来。在李德亮看来，靠窗角落的位置仿佛有毒，让学习成绩好的一而再，再而三地往那里凑。

“老班，我视力太好，不想坐中间，近了伤眼睛。”单求胥十分平静地说。

“行！你就给我搞事情吧！第二名，王元鹅！”

王元鹅走到中央的位置，犹豫了一下，单求胥还有陈喆双目紧瞪，仿佛一场暗战。

“坐坐坐坐……”陈喆心里暗自念着。

“别坐别坐，别坐别坐……”单求胥心里暗自想着。

王元鹅坐下后，陈喆暗自高兴，忍不住贱笑了起来。可是王元鹅从桌洞里拿出书包，又站起来走到了后面，陈喆脸上的笑容顿时僵了起来。看到王元鹅径直朝自己走来，单求胥高兴地伸出两个手指，说：“Yes, I want you !”

就这样，陈喆如愿以偿地又坐回了教室中间的位置，单求胥和王元鹅也坐回了最后排靠窗的位置。

体育课上，众人列队做准备活动，扈极硬对大家深情地说：“同学们，好好珍惜眼前的体育课吧！等到学校通知停课，到时候你们想出来撒野也没机会了！”

“嘁……”面对扈极硬肉麻的表白，众人不以为然。

“不信拉倒！来！一二三四，二二三四，三二三四，四二三四。好，停！”众人正纳闷，好好地活动着怎么停下来了，顺着扈极硬的视线望去，众人才发现，冯莹从远处走了过来。扈极硬亮了亮嗓门，大声喊道：“咳咳咳，曾经有一堂体育课摆在我面前，我没有珍惜！等到失去后，才后悔莫及！假如，我再给你们一次机会，你们会对体育课说什么？”

“我喜欢你！”众人都知道扈极硬对冯莹的心思，异口同声地喊了出来。

冯莹走近，听到众口表白，差点没站稳，扈极硬见状更是来劲。

“如果在这前面加一个期限的话，我期望是？”

“三年！”众人喊完，扈极硬脚跟差点没站稳，冯莹路过笑了起来。

“怎么能就三年呢？应该是一万年！生命在于运动，都给我跑四圈再说！”

众人不情愿地跑圈，扈极硬看了看远去的冯莹，擦了擦额头上的汗。

扈极硬的话一语成谶。体育课刚结束，李德亮便急匆匆地赶到教室，说：“同学们，接到年级主任的通知，因为高考临近，高三年级所有的体育课都被取消，改为文化课，所以呢，下次体育课，我们要改一下课程表，上语文。”

“老班，为什么取消啊？”单求胥问。

“高考高考！争分夺秒啊！看看黑板上的倒计时，还有几天了，你还有心思琢磨这个！”

“可是我们本来压力就很大了，要是再取消了体育课，岂不是给我们更大的压力吗？”

“就是，对啊……”单求胥刚一说完，众人纷纷议论了起来。

“高考是你们这辈子最后一次不拼颜值的相对公平的竞争，为了打赢这场战争，我们要不惜一切！”李德亮说完，拍了拍手，众人也跟着拍手。

“努力！”啪啪，“奋斗！”啪啪啪，“对了，再来一个爱的鼓励，一二，一二三，一二三四，一二！”

众人在李德亮的带领下，有节奏地拍着手，单求胥则看着桌子底下的篮球发呆。

“篮球啊篮球，我是不会放弃你的！”单求胥心想着，长叹了一口气。

商店里，单求胥买了一大堆零食，王元鹅拿着饮料，跟在后面排队。

"鸟人，买的啥？我帮你付了。"单求胥大方地说。

"不用！"看到单求胥嬉皮笑脸，王元鹅一脸冷漠。

"嗐，客气啥，一日同桌百日恩嘛，一家人，一家人啊！"

"谁跟你是一家人？真把学校当你家啊！"

单求胥说着，将银行卡递给老板，老板刷了后，吱吱直响。

"同学，余额不足。"老板试了两次，均未成功。

"不可能啊！这个是运通黑卡，额度是一千万的，你再试试。"

老板无奈地又刷了一次，卡机又响了起来："确实是余额不足，要不你再换一张试试。"

"真的假的，你机器没坏吧？"单求胥从未怀疑过自己的卡有问题。

老板从口袋里拿出自己的银行卡，刷了一下，道："呶，看清楚了，卡机没坏。"

单求胥从口袋里掏出另外一张信用卡，刷卡机还是响了起来。一时间，单求胥有些尴尬了起来。

"不好意思，这张还是余额不足。"老板十分无奈。

王元鹅笑着说："哟！出问题了啊，赶紧派直升机来解决啊！"

"不应该啊，怎么会……难道父亲大人这边已经困难到这种地步了吗？"

看到单求胥下不了台，王元鹅索性一起付了款。王元鹅将一大兜零食递到了单求胥手里，说："呶，拿着，回头还我就好。"

单求胥惴惴不安地抱着零食，走到门口，看了看报纸。报纸的头版上赫然写着：董小姐发力改革，单氏集团股东遭到大洗牌！

看到董小姐又出手，单求胥打击巨大，头晕目眩，零食掉落在地上。

众股东很快便遭到了董小姐的讨伐。利益受损后，大家纷纷找上了单雄信的旧部老季。众人围坐等待，议论纷纷，看到老季从远处走来，纷纷站了起来。

"季总，你可算来了！你是不知道，这个董小姐来者不善啊，是个狠角色。她收购单氏集团没多久，就对我们下死手了！"股东纷纷抱怨了起来。

"唉，都怪我们被眼前的利益冲昏了头脑，签合同的时候谁都没注意股份稀释的问题。这个董总虽然和单总曾经是夫妻，但是人品比单总差得也太远了！"

"最毒莫过妇人心啊，唯女子与小人难养也！"

看到众人一肚子苦水，老季笑道："呵！这个时候了，想起单总的好来了？当初表决的时候，你们那股嚣张劲儿呢？"

众人一下子沉默了下来，一位代表为难地说："季总，我们错了！我们现在只想找到单总出来挽救大局啊！"

"对啊！我们错了，让单总出山吧！"众人纷纷附和。

老季叹了口气，说："唉，我又何尝不想找到单总呢？可是他就像人间蒸发了一样，联系不上啊！"

“啊……这……这可怎么办啊，唉……”众人唉声叹气，一片颓废。

“喂，哪位？”老季的电话响起，他赶紧接听。

“季叔，我是王元鹅。”

看到自己的父母互相残杀，单求胥躺在床上，心如死灰。老季接到电话后，赶紧赶了过来。

看到单求胥躺在床上，打着葡萄糖，老季赶紧问道：“怎么了，怎么回事儿？”

王元鹅说：“我也不知道，昨天看到报纸后他就晕倒了，到现在一直闭着眼，不吃不喝，也不跟任何人讲话。”

“什么报纸？”

“季叔，在这儿呢。”牛福说着，将报纸递了过去。

“什么？这是真的！怪不得股东们急得团团转，刚开始我还有点不相信！”

“少爷，单总给我发过信息，他说他很好，让我们不要担心。他还特地嘱咐我，一定不要让你知道家里的事情，怕你分心。你放心，有我老季在，不怕她董小姐！”老季放下报纸，心里大概也有了数。

“季叔……呜呜呜……”听到老季暖心的话语，单求胥睁开眼，抱着老季哇哇哭起来。

“没事儿啊，没事儿！”老季示意三人先出去，私下里同单求胥聊了起来。

“静静骗我就罢了，我妈也骗我。为什么？呜呜呜……”单求胥伤心地问道。

“有些时候，说谎也是迫不得已的啊，大家都有各自的难处。”

“我妈这是想把我爸给整死，为什么？为什么！他们不是夫妻吗？为什么曾经相爱的人会反目成仇，为什么会这样？为什么！呜呜呜——”

面对单求胥的质疑，老季长叹一口气，说：“这个世界上，没有无缘无故的爱，更没有无缘无故的恨啊。我在想，她之所以把你爸往死里整，那肯定是因为心里还爱着对方吧。”

从老季的口中，单求胥终于知道了董小姐与单父之间的矛盾所在。年轻的时候，单父为了单氏集团，几乎拼了命。公司 A 轮融资的关键时刻，他几乎每天都在办公室过夜。为此，董小姐理解，也毫无怨言。直到后来，董小姐的母亲病危。单雄信知道，没有大事发生，董梅是不会给他电话的，但是会议实在是太重要了，他只能挂断。那天的会议很成功，公司得到了股东们的认可，得到了一笔很关键的资金。公司发展壮大了，二人也离婚了。也就是那天，董小姐同单雄信结下了不共戴天之仇，董小姐把击垮单雄信视为生命的事业。没想到这么多年来，董小姐还是复仇成功了。

老季说完后，便走了出来，留下单求胥一个人静静地思考着。看到王元鹅、牛福、林昆三人靠着墙，老季走了过来。

“季叔……”三人打着招呼。

“唉，穷也罢，富也罢，家家有本难念的经啊。”老季说完，同三人笑了起来。

“季叔，您刚才的意思是说，董小姐是因为爱才这么做的？”王元鹅忍不住问了起来。

“少爷睡了，我们找个地方聊吧。”

老季带着三人来到了商店，三人手里拿着红牛，齐刷刷地看着老季喝着娃哈哈AD钙奶，十分不解。

看到三人奇怪的眼神，老季笑着说：“经营一家大公司，压力超乎想象的大，所以总需要个方式来减压。我的减压方式呢，就是喝这个。小时候没怎么喝过，看别人喝眼馋，心里就有个结，所以……”

“嗯嗯嗯，这个挺好喝的。”牛福赶紧接上了话。不过，老季的解释也让众人觉得合情合理，甚至有些亲切。

“季叔，我不明白，既然心里还爱着彼此，为何还要彼此伤害呢？”王元鹅问。

“这个世界并不复杂，复杂的是人心。等你们踏入社会后，一切就变得复杂了，珍惜眼前单纯而美好的高中生活吧！”

“珍惜有啥用，学校又不让早恋。”林昆喃喃道。

老季听完，严肃地看着林昆，说：“两个问题：第一，高中并不代表着早恋，高中代表的是你们的青春；第二，只要你暗恋过、喜欢过一个人，那已经很美好了，没必要非得开花结果，再说，也没啥结果。”

“那还有啥劲，我还不如干点别的。”林昆说。

“所以，你搞不了对象，你可以搞好学习啊。”老季拍了拍林昆的肩膀，又喝了起来。

“我也想搞好学习，可是搞不动，也搞不懂啊！”牛福一脸愁容。

“全力以赴吧！这样，你到我这个年纪才不会后悔。”老季笑着说。

王元鹅想了想，问道：“季叔，你的高中时代怎么过的，有遗憾吗？”

“遗憾？大了去了！首先，我后悔我没有去拼搏，去学习，这导致了日后的起点比别人低很多。日本曾经对年龄六十多岁的老人做过调查，让他们列举出这辈子最遗憾的事情，排在第一位的就是，高中时代没有拼了命地去努力过。青春易逝，只有拼搏了，这辈子才不会后悔。”

“那排在第二位的呢？”

“排在第二位的，是没有认真地爱过一个人。无论什么时候，遇到喜欢的人，就应该认真对待。我当初也是暗恋我们班里的一个女孩，暗恋她的人很多。但是很多人通过暗恋奋力地去学习，成为更好的自己，我却堕落了。”

“那您现在还想着她吗？”

“哈哈哈，想又有什么用。我们青春里犯下的错，这辈子都无法弥补了。你们一定要记住，你高中时爱上的那个人，将会是你这辈子最爱的人。”

“为什么呢？”王元鹅大有打破砂锅问到底的意思。

“这段感情，没有小学的无知、初中的懵懂、大学的利益、社会的现实，它有的只是我们内心最真实的感觉。老板，再来一瓶！”老季就以这样委婉的方式结束了同众人的谈话。

王元鹅笑着看着老季，觉得老季应该是一位了不起的艺术家，虽然他喝的是AD钙奶，但是他却品出了酒的味道。王元鹅看出了老季对青春的遗憾，也知道了董小姐与单总之间的爱恨与纠缠。但是在王元鹅看来，既然还有爱，那么应该就还有救。

被初恋还有亲妈骗了之后的单求胥心如死灰，一躺就是一个星期，茶饭不思。高考越来越近，看着如此堕落消沉的单求胥，王元鹅、牛福和林昆决定为他做点事。

三人想来想去，还是决定从比尔入手，因为了解董小姐的并非单求胥，而是怡静。想知道董小姐的弱点，就必须得知道怡静的弱点才好。比尔又被“杀”了一次。

“其实你们都知道，我和静静只是逢场作戏而已。即使我爱她，她也不会因为我放弃半点事业上的事情。董小姐是一个狠角色，静静跟着她学了很多东西。”比尔平静地说道。

“既然知道是戏，为何还要演下去呢？”王元鹅不解地问。

“你看满大街的情侣，你以为他们不知道自己在逢场作戏吗？未必，各取所需罢了。”

“我不关心那些，我只想知道静静的弱点在哪里？”

“弱点我真没发现，她是个女强人。但是有一点，她喜欢中学生主题派对。我想她虽然和我在一起了，但是心里未必能够放得下单公子吧。毕竟，她的事业是踩着单公子上去的，所以中学生主题派对应该就是她的一个心结吧。”

找到了怡静的软肋之后，三人便决定去一次club。为了迎合派对主题，三人专门穿着学生装，害怕地走了进去。

成人的世界让三人大开眼界，灯红酒绿之下，每个人尽情地舞蹈着放纵着。

看到怡静穿着学生装，拿着酒在舞池慢摇，王元鹅喝了一杯烈酒，走了上去。

牛福、林昆将众人拨开，围成一圈，只留王元鹅还有怡静在圈里面。怡静看到王元鹅一愣，捂着嘴笑了起来。王元鹅二话不说，便跳了起来。看到二人斗舞，众人沸腾，DJ也配合着二人的舞步打起了碟。

既然是学生主题派对，怡静怎么可能赢得过身为学生的王元鹅呢？最后王元鹅胜出，怡静甘拜下风地朝着王元鹅竖起了大拇指。

门外，怡静扶着墙狂吐，王元鹅拍打着说：“牛二，你去买瓶水。”

“牛二？我不喝牛二！不喝了！”怡静满脸通红，一副醉态。

“何必喝那么多酒呢，唉！”王元鹅十分不解。

“你不懂，你知道做好一份工作的压力有多大吗？”怡静靠墙斜着眼看着王元鹅。

“那也不能伤害自己的身体啊！”

“身体？身体算个屁！你没成功之前，身体健康有什么用？斗舞是我输了，你说吧，要多少钱？”

“并不是所有的人都是冲着钱去的，我只想问你，为什么董小姐对单总下死手？”看到怡静可怜的样子，王元鹅也发不起火来，平心静气地说了下去。

“为什么？你知道我今晚为什么穿校服吗？”

看到王元鹅摇了摇头，怡静说：“胥胥是第一个让我动真心的人，但是我们却永远也不可能了。同样，单总之于董小姐，也是如此。”

“我真的搞不懂，为何非得为赋新词强说愁呢，喜欢不可以正常地去表白吗？”

“你太单纯了！喜欢是放肆，而爱是克制。有些事情，过去了就真的再也回不去了。”

“你喜欢 cosplay 找青春，那董小姐喜欢什么啊？”林昆忍不住问道。

“董小姐喜欢权力，还有钱！”

“我是说她有什么爱好吗？”林昆追问道。

“你们去公司后门等她，自己问吧，我真不知道。”

“哎。”

怡静醉倒在地，林昆想追问，被王元鹅拉住。

“水来了！”牛福拿着矿泉水跑了过来。

看到倒在地上的怡静，王元鹅想了想，说：“牛二，麻烦你背她去酒店吧。”

“那、那我还回来不？”

“想什么呢你！”王元鹅和林昆大声呵斥了起来。

“嘿嘿嘿，我就是开个玩笑。”

三人来到了单氏集团的大楼后门，四周很空旷，除了眼前的三个垃圾桶，其他的什么都没有。

“鹅姐，你真打算钻到垃圾桶里面去啊？”牛福怀疑地问。

“就是啊，万一静静是骗咱们的呢。再说，这垃圾桶也太……”林昆也是十分不情愿。

“一个醉酒的人是不会说假话的，而且她还是个女人。”王元鹅对此信心十足。

“我们爬墙上躲起来也行啊！”牛福为难地说，毕竟垃圾桶对他的身板来说，确实有些苛刻了。

“要不我们一人去一头，远远地看着不就是了。”林昆说。

“为了球蛋，我们别无选择！牛二，你昨晚有功，今天你去把风，羊叫就算了，你一会儿还是吹口哨吧。”

王元鹅说完，就将林昆塞到了垃圾桶里，自己也钻了进去。二人进去之后就发现有很大的问题。

“鸟人，你说奇不奇怪，这垃圾桶里面比我们家的碗都干净，还有香水的味道呢！”林昆把脸贴在垃圾桶壁上，隔着垃圾桶向王元鹅喊话，说完还闻了闻自己身上。

王元鹅闻了闻说：“确实挺奇怪的，应该是刚摆过来的吧。”

牛福在电梯口左顾右盼，看到董总戴墨镜从电梯出来，牛福使劲儿朝着门外吹了口哨，董小姐转头看时，牛福不禁有些尴尬地学起了羊叫。

“咩咩咩……”牛福边学着边朝正门走去。

“莫名其妙！小小年纪不学好，调戏起我来了！”董小姐说完，自恋地对着反光的电梯照了照，朝着后门走去。

董小姐走到楼门口，四处望了望，看到四下无人后，便朝着垃圾桶走去，二人赶紧将盖子盖紧。

“糟了，是不是被发现了！”林昆的第一反应就是该如何逃跑。

“不会吧，这反侦察意识也太强了吧？明明什么破绽也没有啊！”王元鹅心想。

董小姐走到垃圾桶边，径直打开了最后一个垃圾桶，从里面拎出了一台折叠单车，骑车走远。

虚惊一场之后，三人站在路边，看着消失在路口的董小姐目瞪口呆。

“原来垃圾桶只是个掩人耳目的摆设？”王元鹅惊讶地说。

“我就说呢，垃圾桶里香香的还这么干净，人家都不想出来了呢！”林昆说完，闻了闻自己的衣服。

“原来静静所说的董小姐的弱点就是垃圾桶？”牛福不解地问。

“是自行车！”面对牛福的呆头呆脑，王元鹅和林昆几乎同时喊了出来。

“咩咩咩……”看到二人朝自己翻白眼，牛福只好用羊叫来缓解尴尬。

“一个女人能够做到上市公司老总的位子，肯定压力巨大。比尔减压的方式是找花美男，静静的方式是回忆青春，老季的方式是喝 AD 钙奶，如此看来，董小姐的方式就是骑单车了。”王元鹅分析道。

“骑个自行车不是很正常吗，这算什么减压啊？”牛福纳闷地问道。

“你懂啥？平时出入都坐豪车的人，骑个自行车要顶着很大压力的，她可是时尚女魔头，万一被人看见，没准会大做文章呢！”林昆认真地说。

“林昆说得没错。”王元鹅深表赞同，“既然董小姐的弱点在于自行车，那么这自行车里肯定有文章！走，回头找单求胥问个究竟。”

单求胥虽然没什么病，但是依旧躺在校医院的病床上不愿起来，看着电视上放着《非诚勿扰》，女嘉宾说：“我宁可坐在宝马车里哭，也不会坐在自行车后面笑的！”单求胥无奈地笑了。

“单求胥，你得振作起来啊！要不然怎么救你爸，怎么和坏人做斗争呢？”王元鹅鼓励道。

“就是就是！”牛福、林昆二人随声附和。

“单求胥，你家里有自行车吗？”单求胥不予理会，侧过身便要睡觉，“根据我的调查，如果没猜错的话，董小姐之所以有骑单车的爱好，应该就是为了缅怀他们未发达之前，董小姐坐在单总自行车后面笑的日子。”

“你说什么？”听到王元鹅喃喃自语，单求胥猛地坐了起来。

得知王元鹅有了对策，单求胥赶紧回到家，翻箱倒柜地找了起来。看到单求胥屋里从小到大收藏的杂七杂八的宝贝，活像一个杂货店，三人站在那里目瞪口呆。

“你们说得没错，我记得小时候爸妈结婚纪念日，他们还说那辆自行车的事儿了。”

单求胥隐约记得，四五岁大的时候，父亲的事业刚刚起步，二人的结婚纪念日过得很是隆重与煽情的。

“梅梅，感谢你能够照顾好这个家，让我安心地投入到事业中去。今天是我们的结婚纪念日，我买了辆汽车给你，你以后不用日晒雨淋了。”

“阿信，我不需要腰缠万贯，我只需要你把事业做好，更好地照顾我们娘俩，相比这辆汽车，我更怀念当年我们骑着那辆二八大杠的日子。”

烛光晚餐下，单求胥不懂卿卿我我的感情，只是死命吃着桌上的饭菜。

看到单求胥一脸兴奋地翻着柜子，牛福气愤地说：“明明刚才那会儿还在床上半死不活的，这会儿和没事儿人似的。”

“就是，你没事儿还不早点起来，害我们瞎担心这么久！”林昆也抱怨了起来。

“鸟人，我觉得你说得对，手心手背都是肉，我要是找到了那辆自行车的话，没准这事儿就能解决了。”

“问题是那么多年过去了，怎么找你家那辆二八大杠啊？”王元鹅一脸无奈。

“找到了！嘿嘿……”单求胥拿出一个相册，三人赶紧围了上去。

翻开第一页，有一张单求胥抱着小时候的王元鹅的照片，而这张照片正是单求胥第一次去奶奶家看到的那张。原来，王元鹅身后的小男孩正是单求胥自己。也就是从那时起，单求胥便对王元鹅另眼相看了起来。虽然不知道自己同王元鹅有什么渊源，但是单求胥总觉得久别后的重逢便是缘分了。趁人不注意，单求胥赶紧将照片插到了底下，藏了起来。

在三人的唏嘘声中，单求胥终于从众多老照片中找到了一张父母年轻时候的合影。照片上二人穿着绿色军装，在天安门前，单父推着车，董小姐坐在前面横梁上笑。

“呶，这就是他们年轻那会儿的自行车。”单求胥将照片取出，递到了王元鹅手里。

“没想到你妈年轻的时候还挺美。”王元鹅看了看，摇了摇头，说，“可惜啊。”

“那照理说，你妈刚才应该骑二八大杠才是啊！”牛福想都没想就脱口而出。

“亏你想得出来。这年头，都成古董了好吧！去哪儿买二八大杠去？”林昆说。

“这车子上有一个号，找到这个号，就能找到了。”王元鹅指着车牌说。

“我去拿放大镜。”单求胥跑出去拿放大镜，王元鹅拿过相册来看，隐藏在最底下的二人合影滑落在地上，可是众人都没留意。

“当年自行车都是一车一号的，上面的号肯定是独一无二的。给，找到这个就有希望！”单求胥说着，将放大镜递了过去。看到地上落下的合影照片，单求胥赶紧放到了屁股底下。

“我觉得悬，有点大海捞针的感觉。”牛福摇着头说。

“找不着可以复制一辆嘛，为的就是让董小姐想起当年的感情。”林昆说。

“没错，一二十年过去了，去找一辆卖掉的二手自行车比登天还难，到时候看看复制一个。你们赶紧记下来，号码是784533……”王元鹅拿着放大镜看，单求胥拿着笔记了下来。

“784533？怎么这么耳熟呢？”王元鹅歪着头想着，突然猛地转头看向了单求胥，单求胥也恍然大悟。

“啊……”二人大眼瞪小眼，异口同声地喊了出来。

“怎么了？”牛福、林昆赶紧问道。

“啊！啊啊啊……”想到这辆784533自行车就躺在王元鹅家院子里，单求胥扶着王元鹅的肩膀，激动地摇了起来。

第二十九章　二八大杠上的初心

得知自己家的二八大杠自行车就在王元鹅家里，单求胥喜出望外。如此一来，拯救父母的计划就有了眉目。老季开着车，王元鹅坐在前排指路，汽车颠簸着，将后排三人颠了起来，这让单求胥想起了坐拉猪车时的情景。

“你说……这世上真有这么巧的事儿？”老季开着车，忍不住问了起来。

“也不一定，没准那车牌是批量生产的，毕竟那是我爸的第一辆车。”王元鹅一口否定自家的车是单求胥家的那辆。

“对对对！或许我爸那辆是套牌，不是或许，是肯定！鸟人，你放心，我就借你家的车用用。”单求胥赶紧附和，生怕王元鹅反悔。

汽车停住，众人走进院子，奶奶已经不在了，只有一辆二八大杠自行车安静地躺在墙角。

众人走上前去，老季摸了摸自行车，叹了口气，说：“这要真是当年那辆，我估计单总和董小姐都会流泪的，毕竟这承载的是他们的初心啊！”

“鸟人，用完了我就给你送回来。”看着院子里的杂草，王元鹅触景生情，单求胥搂着王元鹅的肩膀晃了晃。

“你先别得意得太早，你爸现在在哪儿，还没人知道呢。”王元鹅显然是一副不配合的态度，因为她实在不愿相信，自家的自行车是从单求胥家买来的二手车这个事实。

老季看了看单求胥和王元鹅，若有所思。

单父背着包走到海边小屋前，看到屋檐下坐着一位老奶奶，旁边是行李包还有一条黄狗。

“老人家，您一个人旅行吗？”单父看到老奶奶的样子，不禁关心地问了起来。

“算是吧，本来是我自己一个人的，结果遇到了这条流浪狗，我看它孤单，就收养了它。人生就像旅程，我就剩下这最后一段了，想安静安静。”奶奶笑着摸了摸身边的黑狗，“年轻人，你这是打算要去哪里？”

“唉，我也不知道，我之前走得挺好的，可是走到现在也不知道怎么回事儿，人生就乱成一团了。”

“我看得出来，你有心事，是事业上的还是家庭上的？”

“都有吧。”

“一个巴掌拍不响，得意时做事，失意时反思。”奶奶认真地说。

“嗯，当年我们用两百块钱创业，最困难的时候把家里仅有的二八大杠自行车都给卖了，那是她家里给的嫁妆，后来汽车也有了，企业也做大了，反而成了仇家了，呵呵。”

奶奶从书包里拿出一个小面包，递了过去，说：“饿了吧，先吃点东西吧。”

“谢谢！”单父接过，一小口一小口地吃了起来。

“人生，就好比这潮起潮落的一天。我看你年纪不大，按照时间来讲，算是中午时候的太阳，光景还好着呢，不像我，已经是垂暮之年喽！”

“您一个人出来旅行，家里人不惦记吗？”单父担心地问道。

“很多年前，我儿子就下落不明了，要是算下来，年龄应该和你差不多。年轻人，不瞒你说，你在惆怅自己的处境，但是我，却是被判了死刑的人，我得了癌症，时间不多啦。”

看到一脸轻松、面带微笑的奶奶，单父大吃一惊。

“总有人在抱怨眼前的苦难，但是很少有人看到眼前的幸福。我发现早晨的太阳特别美，一切都充满了希望。”奶奶说着，将手里的球往前方扔了过去，老黄狗噌地摇着尾巴蹿了出去。

“那您打算下一站去哪里？”单父有些担心地问道。

“该去的地方都去过了，有些累了。本想就在这儿等死算了，但是想想对这户人家又不公平。”

“您在这儿待了多久了？”

“没几天，但是我看了，这房子应该是很久没人来了，里面都布满尘土了。”

单父将面包一口吞进肚子里，说：“老有所养，看似简单，却成了无比困难的事情！当年我的老母亲去世，我却忙于工作，都没能回去看她几眼。”

“嗐，当父母的哪会计较这些，你自己干好了，比什么都强。”

“这里是我和我前妻经常来度假的地方，可是工作忙起来之后，便再也没来过。老人家，既然您喜欢这里，我看您就别走了，住在这儿吧。”单父说完，从口袋里掏出钥匙，将门打开。

奶奶吃惊地走到屋里，看到屋里墙上挂着单父和董小姐的合影，问道：“这是？”

“嗯。”看到奶奶一脸惊讶的表情，单父微笑着点了点头。

老季将自行车放在后备厢后，五人便开车往回走。

“痛点都找到了，现在关键就在于剧本了。王元鹅，这次的编剧任务就委托给你了。”老季胸有成竹地说。

“编剧？那我呢！”林昆赶紧问道。

老季回头看了看林昆，说：“嗯，你的摄影技术不错，就当摄影师。到时候把整个故事录下来，好做个见证。”

“那、那我呢？”牛福问。

“你身体好，负责道具吧，简称道哥。到时候你就负责搬运自行车还有小的道具之类的。”

“Dog？那不是狗哥了吗，哈哈哈……”牛福说着，自嘲起来。众人也跟着笑了起来。

老季看着单求胥认真地说：“少爷，你就负责男一号了，能不能打动人，就看你的演技了。”

“嗯，我一定要让这两个人都认识到自己的错误。”单求胥信心满满。

“编剧、摄影、男一都有了，那导演是谁啊？”牛福纳闷地问道。

老季拿出墨镜戴上，咳嗽了两声，众人纷纷喊道：“季导好！”

看着拉猪车摇摇晃晃地从对面开过来，后排三人赶紧将头伸出车窗，大声地喊了起来，王元鹅则一脸不解与不屑。

在老季的导演下，单氏集团的众股东集体缺席了董小姐召开的股东大会，任凭董小姐怎么威吓利诱都无济于事。除此之外，众股东为了自己的利益，集体在单氏集团的门口摇旗呐喊，示威了起来，这样火爆的场面，一度引来了众媒体争相报道。

“本台消息，董氏集团一举击溃单氏集团，收购案后，内部风云再起。原单氏集团股东的股份均被稀释，董小姐此举意在击溃单氏集团的管理架构，重新洗牌。不料，激怒股东罢工抵抗……”记者站在众人面前，紧张地报道着。

董小姐刚从电梯口出来，众股东便围了上去。怡静在前面开路，二人冲着镜头，艰难地往前走。

“姓董的！还我们股份，还我们公司！”

“老妖婆！你不会有好下场的，还我们血汗钱！”

“你把单总赶到哪里去了，还我们单总！”

众股东围着董小姐，情绪失控。怡静奋力阻挡众人，万般无奈之下，董小姐只得退回了办公室。

奶奶走进屋里，单父打开电视，电视机里面出现了董小姐被股东围攻的情况。看到董小姐被众股东围困，单父叹了口气，问道：“老人家，这里有两个房间，您要是不嫌弃的话，就住这里吧。”

奶奶实在是太爱海边这所小房子了，面对眼前这个慈眉善目的年轻人，奶奶想了想，笑着说：“那我可以帮你打扫卫生和做饭。”

单父笑了笑说：“不用的。”

“不，一定要！我虽然没钱，但是也不能占你的便宜。年轻人，你叫什么名字？”

“叫我阿信吧。”

“阿信，叫我文姐吧。”奶奶说着，伸出了手。

看到眼前的奶奶，单雄信有一种莫名的亲近感。有老人和黄狗做伴，心里的烦恼立马消散了大半。

老季喝着AD钙奶，众人喝着红牛，王元鹅抱着双臂托着下巴思考着，单求胥则骑在自行车上来回蹬蹬转转。

“既然心中有恨，那么最好的方式应该就是将恨彻底释放出来。”王元鹅说完，老季点了点头。

在老季和众股东们的配合下，一连几天，股东们都聚集在单氏集团楼下静坐示威。

“董总，事情不好了，国际各大媒体已经关注到我们了！受此影响，我们的股票市值一夜间蒸发了几十亿美金，再这样下去，恐怕……”怡静把一沓报纸递到了跟前。

“我知道了，你先出去吧！”

“好的。”

清一色的负面新闻，这让董小姐压力倍增。办公室的两部电话同时响起，董小姐正在想先接哪部的时候，手机也响起来。

“董总，您赶快从后门先撤吧，大量媒体已经赶过来了，场面已经控制不住了！”

董小姐挂掉电话，拿起衣服，打算往外走。可是为时已晚，媒体已经赶来，一群记者围着董小姐，“咔嚓咔嚓”拍个没完，闪光灯一度让董小姐睁不开眼睛。

“董总您好，外界都称您是董小姐，请问您对情怀是怎么看待的呢？”

“董总，请问您对公司的股东及老员工下手清洗，是出于什么样的心态呢？”

“集团深陷股价下跌危机中，请问您对此有何思考和动作呢？”

“听说您是为了报复您的前夫故意而为之，请问是这样吗？”

面对众人七嘴八舌的提问，董总怒吼道：“Shut up!”

众人立马被董小姐的河东狮吼震住，鸦雀无声。

“明天我会在公司召开新闻发布会，有什么问题届时再问吧！”董小姐说完，回到办公室，关上了门。看到众媒体渐渐散去，董小姐咬牙切齿地说：“单雄信，就是倾家荡产，我也要证明你是错的！”

看着桌子底下单雄信的保险箱，董小姐拿起电话，呵斥道：“找个能开锁的人，把我办公室的保险箱打开！”

“这里面放的是什么？是小三的照片，还是私藏的财产？单雄信，我一定要彻底打垮你！”董小姐愤怒到了极点，一下子瘫在了椅子上。

奶奶坐在门口的躺椅上，摸着老黄狗，看着海晒太阳，单总则胡子拉碴地在电脑旁边做着笔记。看到公司内部群里众人议论纷纷，单总打开了直播，画面中众记者涌入了单氏集团，董小姐难以应对。

“为什么现在才打算开发布会，反应太慢了，唉！”

门外传来鼾声，单总拿起薄毛毯，给奶奶盖上，看向了远方。

众人围坐在重来烤肉店，商讨着下一步的作战计划。

“少爷，作为本戏的导演，我还是得问你一句，你想好了吗？”

“我想好了，钱没了可以再赚，感情没了，那就什么都没了。我妈是个要强的女人。这几年，事业上的成功让她冲昏了头脑，只有真正的挫败，才会让她明白，陪在她身边的人会是谁。”

“那单总啥时候出场，联系好了吗？”林昆问。

“单总这人很执拗，他要是不想让你联系上，你找遍全世界也不会找到的。但是我相信，他不会抛下我们不管的。这段日子，单氏集团和董氏集团的股票一直在跌，估计董小姐也快受不了了。”

新闻发布会现场，各路媒体都已经准备好。王元鹅、牛福、林昆等人穿着职业西装混入了现场。看到王元鹅女扮男装的样子，单求胥直想笑。

老季接过股东手里的话筒，轻轻吹了两下。

“好用！到时候直接可以切换到喇叭，频道不一样，自己人操作的。”股东凑过来，得意地说。

“嗯，你终于算是做了件正经事儿。”老季说着，将话筒关掉，装进了口袋里。

发布会开始，董小姐在后台拿着准备好的发言稿，着急地准备着。看到怡静一切准备就绪，董小姐方才气定神闲地走入会场。董小姐本以为自己面对的会是怡静安排的群众演员，让她万万没想到的是，一张大网已经悄然铺开。怡静多年来积攒的恩怨，即将变为仇恨传回到董小姐这里。

“各位领导、来宾、媒体朋友们，大家上午好……”董小姐话音刚落，牛福、林昆二人便条件反射地鼓起了掌，众人回头看去，二人赶紧埋头。

“搞什么呢你俩，这是危机公关，以为这是答谢会呢！”单求胥说着，戳了二人一下。

“对对对，不好意思！不好意思！”牛福、林昆赶紧道歉。

“感谢各位百忙之中抽出时间，前来参加董氏集团每季度一次的对外发布会。正如大家所闻，最近市场上有一些片面之词，对我公司的正常运营产生了一些影响。为此，我在此澄清，董氏集团及所收购的单氏集团均没有出现任何财务及管理方面的问题。面对竞争对手的诋毁，我们会动用法律武器，坚决维护公司的利益。好，下面是提问时间。”董小姐不紧不慢地念着稿子，在她看来，这只不过是自己精心安排的一场戏而已。

“董总您好，坊间传闻，您收购单氏集团是出于对单雄信的报复，请问属实吗？”记者接过话筒，提问了起来。

记者是找来的演员，正按照董小姐稿件上的问题一字不差地提问着。董小姐看了看稿子，微微一笑，说：“我觉得这个问题有些可笑，单氏集团存在着管理上的巨大漏洞，我们收购单氏集团走的是公开透明合法的程序，这是纯粹的商业上的往来，无关风月。”

“但是当年您同单雄信婚姻破裂，离开单氏集团前往美国发展之时，却对媒体说，有朝一日，一定收购单氏集团，请问这怎么解释？”另一位演员按照次序提问了起来。

“当年我说的是气话，现在是在商言商。这个世界本来就这么大，下一位。”

怡静在后面的调音室里密切观察着会场里的一举一动，自己安排下的亲信回头看了看，怡静点了点头。

“董总，您在商界以精干强势著称，大家都叫您董小姐。当年与单氏集团分道扬镳之后，单总也公开表示，您是一匹野马，正在奔向更大的草原，请问您对单总怎么看？”

“各位，我觉得大家的问题有些跑偏了，大家好像更关心的是我的私人生活。”记者问完，董小姐看了看稿件，记者并没有按照约定的问题来问。

“因为这关系到您对公司管理的态度问题，去年上半年，美联航华裔乘客遭到强行拖拽，事发之后，美联航 CEO 的错误处理方式使公司股票暴跌数十亿美金，您对单氏集团前任 CEO 单雄信的看法，很大程度上决定了公司的股票走向。”怡静安插的记者更是不依不饶地问了下去。

“对的，没错。”记者的提问得到了更多群众演员的喧闹与支持，当然，这一切都在怡静的掌握之中。

“众所周知，中国是一个人情社会。我是中国人，自然是更看重感情的。”看到提问的人已经偏离了稿件，董小姐索性将稿件翻过去，扣在桌子上，脱稿说了起来。

单求胥听着，一脸不屑，愤怒地站了起来，质问道：“请问董总，如果您这么看重感情，为何还在上周的股东大会上私下买通众股东，用手段将单总排挤出局？”

单求胥的提问让众人十分意外，不光是董小姐，连怡静也是始料未及，记者纷纷对着单求胥拍起照来。

“胥胥？他怎么会在这里！”董小姐心想着，有些慌乱了起来。

“我想当着众多媒体的面，问董总一句，您到底对单氏集团 CEO 单雄信怎么看待，感情在您这里真的是排在前面的吗？”单求胥依旧不依不饶地追问道。

“感情在我这里当然是排在第一位的。诸位，虽然外部的一些不实报道对公司的股票产生了影响，但是我们还是在努力地挽回损失，今天董氏集团的股票已经开始回升了……”董小姐的话显得有些语无伦次了起来。

“我个人认为，股票的回升应该和董氏集团计划更换 CEO 的新闻有关。董小姐，对此您怎么看？”看到董小姐逻辑混乱，记者使出了撒手锏。

“记者同志，我不明白你的话是什么意思！”董小姐一头雾水。

“这是今天早晨的《华尔街日报》，上面刊登了董氏集团股东大会关于更换 CEO 的议题情况，看来董总您真的是太忙了！”记者说着，亮出了报纸。

“什么，更换 CEO？”单求胥的脑子“嗡”的一声，觉得大事不好。

“这……这怎么会……”怡静导演的这场戏，显然也超出了老季的想象。

怡静冷酷地看着局促不安的董小姐，暗笑道：“你这么冷血，更换是早晚的事儿，到时候 CEO 的位子就是我的了。对不住了！董小姐！”

“季导，这下可该怎么办啊？”林昆着急地问道。

“这应该是出了内鬼了！单总这个时候要能出现就好了，要不然董氏集团可真就危在旦夕了！”王元鹅焦急地看向了后门。

众多路人站在十字路口观看，议论纷纷。原来，这一切早已被怡静安排手下直播到了各个户外媒体上。

“公司秉承高效的管理模式，为股东负责，任何个人感情的问题，都不会影响公司管理层的决策……”面对突如其来的状况，董小姐心慌了起来。

“董总，请正面回答我的问题！”

“胥胥，事情有些失控了，看来董小姐身边有内鬼！现在唯一的办法只能等单总出来救场了，你再给他打一次电话试试！”半路杀出个程咬金，老季也是慌了神。

“董总，请正面回答我！”面对记者的提问，众媒体的闪光灯一阵狂闪，董小姐支支吾吾，说不出话来。

看到有人直播，按照拍摄的角度，众人看去，赫然发现，怡静正冷酷地看着一切。

“天哪！怎么可能，怎么可能会是怡静！”王元鹅惊讶地说道。

“唉，人生如戏啊！编剧老师，看来有人要硬改剧本啊，你想想办法。”老季无奈地感慨了起来，没想到董总身边的人竟然是最危险的人。

王元鹅眉头紧锁，一时间也没什么主意。

“唉，走吧！”看到场面无法收拾，老季不禁站起来，打算带众人离开。

单求胥刚一起身，便被人按回了座位上，单求胥转头望去，身后的人怀里抱着一束玫瑰花，单求胥睁大眼睛大声喊了出来：“爸！”

看着众人欣喜的表情，单总压低声音说：“叫父亲大人。”

“单总，是单总！”王元鹅高兴地说道。

单总示意大家安静坐下，低声问道：“能控制音响吗？”

老季从怀里掏出话筒，说：“嗯，话筒在这儿。走的是B频道，任何人都干预不了。单总，靠您了！”

看到董小姐被众记者问得晕头转向没了头绪，单总接过老季手里的话筒，大声喊道：“放开那个女孩，让我来！”

“是单总。没错，是单总。太好了……”沉着有力的声音再次响起，众股东纷纷躁动了起来。

单总一句话将怡静所有安插的记者吓了个够呛，众人噤声。在董小姐惊讶的眼神中，单总摘下帽子，怀抱玫瑰花，朝着董小姐慢慢地走去。

调音室里，怡静着急地问：“怎么回事儿？怎么多出一个线路？给我关掉！”

“怡总，我也不知道，不受控制了啊！”调音师手忙脚乱地调着按钮。怡静气得直跺脚。

面对突然改写的剧情，怡静变得慌乱了起来。

单总走到舞台中间，遥望董小姐，说：“正如大家所看到的，董氏集团是一个为股东、为客户利益着想的公司。今天，我们之所以在这儿召开发布会，就是想对大家澄清事实，同时也想让大家看到，董总确实是一个做任何事情都不会掺杂个人情感的 leader。单氏集团确实在管理上存在着诸多漏洞，董小姐曾一再劝阻我，但是我依旧我行我素。可以说，董小姐挽救了危在旦夕的单氏集团，给集团的管理层带来了新的理念与新的血液。”

此话一出，众人议论纷纷。看到单总一再为董小姐说话，王元鹅更是不解。单父不计恩仇的救场，让单求胥感觉到了一种侠骨柔情，这让他对父亲刮目相看。

“这些天，我把自己关了起来，我认真地反思了公司管理的每一处细节，对比董氏集团所引进的国际上最为先进的经营理念，我甘拜下风。取人之长，补己之短，中国的企业想做大做强，就必须将自己放到国际的舞台上去，这是经济全球化的时代，我们不能置身事外。”单总的讲话铿锵有力，感染震撼了现场的每一个人。

在老季的带领下，众人纷纷鼓起掌来。

“关于刚才记者们所问的问题，我就不正面回答了，毕竟，这是一个江湖。大家可能有所不知，二十二年前的今天，我创业失败，一贫如洗，我咬牙卖掉了家里仅有的一辆自行车，同董总创办了这家公司。这一天在我的心里，比任何一天都要重要！心若在，梦就在，大不了从头再来！今天，我们可能会遭受到各种质疑，但是在我心里，董总依旧是我的初心，董小姐依旧是我的董小姐！”单总说完，单膝下跪，将玫瑰花奉上。在深情的音乐声中，在众人的呐喊声中，董小姐流下了激动的眼泪。

“唉……女人终究是女人，我本以为董小姐百毒不侵。没想到，在真爱面前，她还是流泪了。”看到董小姐一副楚楚动人的样子，王元鹅简直不敢相信。

“赶紧买股票，准涨！”众人如梦初醒，纷纷掏出手机，买起了股票。

发布会结束，老季众人便已经悄悄安排下一场重头大戏了，董小姐同单总站在楼顶，这是他俩一贯的对话地点，如同《无间道》。

“多少年过去了，你的演技还是那么浮夸。”董总动情地说。

“所以我当不了主角了？”单总依旧风趣幽默。

“阿信，谢谢你。”二人对立而站，董小姐有些煽情了起来。

“梅梅，应该的，当年要不是你的鼓励，我也走不到今天。”看到董小姐的心情有所缓和，单总接着说，“梅梅，有些话我不知当讲不当讲……”

“这儿没外人，你说吧。”

“我承认我的管理存在很大的问题，但是你难道不觉得，感情比金钱更重要吗？”

“阿信，我之所以严格要求身边的每一个人，是不希望他们沦为感情的奴隶。无论男人女人，财务自由了，才是真正的自由！”

“感情的奴隶。有谁能够跳出事情本身去看待这个世界呢？梅梅，摆脱了感情的奴隶，又何尝不是沦为了金钱的奴隶呢？”

“你不必说了！你的仗义相助，我会记得，回头我会认真清理身边的内鬼的。”董小姐打断了单总的讲话，变得冷酷了起来。

“内鬼是永远清理不完的，调整一下自己吧，真正的鬼，是在你心里！”

单总说完头也不回地离开，留下了董小姐一个人站在风中，任凭头发被微风吹乱。

老季等人安排就绪，在单氏集团的后门等待着。看到单总从门里走了出来，单求胥便哭着扑了上去。

“爸！你还好吧，爸！”

“傻孩子，哭什么……”看到单求胥撕心裂肺地哭泣，单父不禁为之触动。

“爸，我妈凭什么这么欺负你？你为什么还要帮她？”

“男儿有泪不轻弹，别哭。”单父说着，却忍不住哽咽了起来。

王元鹅给牛福一个眼神，牛福赶紧朝着门口走去。单求胥还有单父二人相互安抚着，情绪平静了下来。

“单总，您刚才这一束花，到现在已经价值百亿美金了！才一个小时的工夫，董氏集团还有单氏集团的股票已经翻了几倍！”老季说着，递过了手机。

“嗯，这个企业如同我的孩子一般，任何人都不能毁掉它。”

“单总，那您打算什么时候回来？”老季问。

“回来？还能回来吗？老季啊，人生不是吃烤肉，每次都可以重来的。”

单父回头看了看单氏集团大楼，长叹一声，说：“我的心死了，不想再折腾了，梅梅做得挺好，让她去管吧！”

“单求胥猜得果然没错，刚才单总确实是在演戏，只有此刻的他才是最真实的。这个世界上，能伤害我们的其实只有我们最爱的那个人。”王元鹅心里暗想着。

“单总，您还是再考虑一下吧！”老季苦苦挽回。

单总本打算说什么，但是王元鹅赶紧打断说：“单总，能给我们讲讲您和董小姐创业的故事吗？”

单总本打算严词拒绝老季，看到王元鹅一本正经地问起，便也笑着点了点头。

回到办公室的董小姐一脸茫然，此刻的她，刚刚经历了亲信背叛，又上演了血浓于水的救场大戏，她不知道此刻的自己到底还该不该坚持下去。

看到桌子上的保险箱正在被工作人员强制切割打开，董总慢慢地打开了保险箱。这个保险箱是她搜查单总办公室的战利品，在她看来，这里必定藏着不为人知的秘密。

董小姐用力打开保险箱后，一个木匣子滑落到了地上。同时从木匣子里掉出来的，是一把系着红绳的铜钥匙，这正是当年那辆“784533”的钥匙啊！董总拿起钥匙，身体不住地颤抖了起来，此刻的她再也不能控制自己的感情，号啕大哭。

单总坐在垃圾桶上，跟王元鹅还有众人讲述着自己当年二八大杠的故事。

当年单雄信从部队退伍回家，新婚伊始，家徒四壁，他决定创业。虽然当时的条件极为艰苦，但是好在董梅在身边无私地帮助他，他才一次次地跌倒又爬起来。

但是，一次生意上的失败彻底击垮了单雄信的自信，面对着总是吃亏的买卖，单雄信失落极了。而这个时候，董梅总是走过来一把握住他的手。

“梅梅，生意做赔了。”一瓶二锅头摆在桌子上，单雄信醉意阑珊。

“没事儿，阿信，不是还有彩礼钱吗，拿去再试一回。”董梅用心鼓励着。

“也被我投进去了。唉，梅梅，你说我是不是该踏踏实实地在家种地啊？”

“阿信，你不要这么想，我相信你的眼光，那些小商小贩坑了你不要紧，你肯定是做大事的人！”

“可是我确实一直都在失败啊，家里一分钱都没有了，怕是再也折腾不起了。”单雄信说着，又喝了一杯二锅头。

董梅夺下单雄信手里的酒杯，说：“阿信，要不你明天把家里的自行车卖了吧！”

“那怎么能行？那可是你带过来的嫁妆！”单雄信连连摇头。

“找个踏实人家，只要你肯努力，等你成功了，我们再去买回来。”董梅语重心长。

“梅梅，车不能卖！有你这句话，我这辈子都知足了！”

城中村破旧房屋里的烛光下，一对年轻的夫妻双手紧握，感动而又炙热的眼神贯穿了单雄信的整个创业时代。

董梅知道单雄信拉不下男人的面子，她第二天就偷偷把自行车给卖了。当时董梅起得很早，她以为熟睡的单雄信并不知道，其实单雄信一整晚都没有睡。天刚蒙蒙亮，看到钥匙躺在枕头边上，董梅悄悄拿起钥匙，走了出去。而这把钥匙，被单雄信紧紧握在手里整整一个晚上。听到董梅带着单求胥推车出门，单雄信再也忍不住，坐在床边抱头痛哭了起来。

直到后来，单雄信才知道，梅梅在公园里等了很久一直舍不得卖。为此，她把价格要得甚至比新车还要高。

看到董梅坐在那里，拿着钥匙，一直舍不得卖，王天笑站起来，问道：“大妹子，我看你是遇到难处了吧？”

董总尴尬地笑了笑，摸了摸单求胥的头。

王天笑说：“没事儿，总会过去的。我啊，退伍之后做点小买卖，走街串巷啥都干，正好缺一辆车，你要是不嫌弃，我两百块买了。”

董梅却吃惊地说：“大哥，这车不值两百。”

“怎么不值？我看值！呶，你数数。”王天笑说完，便将口袋里所有的钱都递到了董梅手里。王天笑心里知道，一辆新车的价格也不过一百八十块钱，他是看出了董小姐的难处。一个女人，若不是逼不得已，怎么会带着孩子出来卖车呢。

王天笑检查着自行车，却发现锁上的钥匙不见了。其实他早都发现钥匙被董梅紧紧地握在手里。董梅之所以把钥匙留下，其实是想留个念想。对此，王天笑并没有计较。

“这样，这车牌号我记下了，784533，你也记好了，算我租的。等你啥时候有钱了，再去找我要。我叫王天笑，你去团结村打听打听，都知道我。”

面对素昧平生的陌生人，董梅搂着尚未懂事的单求胥，流下了感动的眼泪。看到单求胥懂事可爱地和王元鹅玩得很开心，王天笑还特意让附近照相馆的朋友为两个孩子拍了张合影。而这张合影，正是单求胥第一次去王元鹅家里看到的那张。当然，单雄信只知道董梅把车卖了，但是他并不知道买家是谁。多年辗转，流落多少人家未曾可知。

“后来公司办成了，我们也搬了新家，梅梅才把这件事情告诉我，784533，那辆车就是我的初心，我的梦想！”讲到这里，单雄信从口袋里掏出一根烟，狠狠地嘬了起来。

“那后来呢，您后来为什么没有去找那辆车？”王元鹅着急地问。

“后来……一忙就是十几年，生活再也不是从前的样子了。A 轮 B 轮，融资上市，唉，我真的怀念当时一穷二白的日子。人生，只有真情做伴，才可能活得潇潇洒洒啊！”

“那要是单车能找到的话，你们还能重来吗？”

看到王元鹅一脸天真地问着自己，单父笑了笑，说：“十多年了，自行车不可能找到了，我们也不可能重来了……”

“可是您说，那是您的初心和梦想啊！”

“初心？呵呵……人生若只如初见，何事秋风悲画扇。等闲变却故人心，却道故人心易变。”单父的眼神如同嘴里喷出的烟雾，迷茫而又无助。

老季看了看时间，同王元鹅对视着点了点头。

“单总，您打开您坐的这个垃圾桶看一下吧，或许事情并没有您想得那么糟。”王元鹅说完，单父若有所思地看向了垃圾桶。

单总拿出了垃圾桶里的单车，疑惑地看着大家。

单求胥走上前说：“这是我妈下班的时候骑的，她怕被人看见，所以就偷偷地藏在了这里。”

“怎么可能，她那种人——不会，你们不要骗我了。”正如单总自己所讲，自行车是二人的初心，他不相信董小姐会骑自行车上下班。

“刚开始我们也不信，后来我们才发现她心里还有您，她回来就是为了报复您。”林昆说着，将手机里的视频拿给单父看。

“没有爱就没有恨，只有爱之深，才会有恨之切啊！单总，单氏集团需要你！”老季动情地说。

牛福躲在墙角，看到董小姐走出了电梯口，就按下了音箱的播放键。董小姐戴着墨镜，围着头巾，头也不抬地走向了单氏集团的后门。音乐响起，众人纷纷回头看了起来。看到董小姐站在门口，单雄信打算转身走。

老季拿着对讲机喊道：“各部门准备，电影《重来》最后一场。Action!”

看到牛福推着二八大杠自行车缓缓走出，单雄信和董小姐纷纷停住了脚步，愣在了那里。

自行车上绑着大红花，像极了二人刚结婚那天。

“784533？”看到牛福推过来的自行车，单雄信的眼神闪耀了起来。

“784533。”董小姐摘下墨镜，眼睛又红又肿地走向了面前的自行车。

虽然十多年已经过去了，但是，眼前承载着二人初心的自行车，他们怎么可能会忘记？

单雄信浑身颤抖地走向自行车，想抚摸却又觉得触不可及。他激动地摸了摸自行车前面的牌照，蹲在地上，像个孩子一样号啕大哭了起来。

单雄信摩挲着眼前的自行车，如同自己的初恋爱人一般，看到车上生锈的锁，单雄信鼻涕横流，用力锁了上去。

“哎！”自行车没有钥匙，王元鹅不禁着急地打算上前，却被老季拦了下来。

“可是……”

“解铃还须系铃人。”老季自信地看着王元鹅，点了点头。

董小姐将自己的奢侈品包包还有眼镜围巾随手扔到了垃圾桶，慢慢地走向了单雄信。

当年二人结婚的情景宛如就在眼前，董小姐仿佛看到了那年鞭炮齐鸣，众人撺掇单雄信掀开她红盖头的情景。

而董梅在红盖头底下看到单雄信颤颤巍巍的手，一把拉了过去，将系着红绳的自行车钥匙放到了单雄信的手里。

历史仿佛又一次重演，董小姐将伏在地上的单雄信扶起，缓缓地拉过单雄信的手，将自己手里的钥匙放到了单雄信的手里。

二人深情对视，仿佛穿越了时光，回到了结婚的那天，奋斗的那些年。董小姐一把搂过单雄信，抱在怀里，轻轻地说：“阿信，咱们重来吧。”

单雄信哽咽着说：“嗯，呜呜呜……”

众人看了看牛福，牛福从书包里拿出一大串鞭炮，摆在地上，点了起来。

第三十章　闹鬼事件

在王元鹅的策划、老季的导演下，单雄信与董小姐重新找回了初心，回到原点，一场没有硝烟的商战风波就此平息了。王元鹅也总算圆了自己的编剧梦，看到单总骑车载着董小姐远去，王元鹅心想：这个世界上最珍贵的爱情，或许就是，当我抬头，你就在我的右手边。

怡静的篡权计划并未能得逞，虽然董小姐并没有说什么，但是她很快就递交了辞职报告，经理助理的位子又重新回到了肖露那里。

比尔开着宝马车，载着怡静驶往机场。怡静坐在后座上，哭得像个泪人。而被二人抛在身后的，却是董小姐坐在二八大杠自行车后面爽朗的笑声。看着董小姐紧紧地拥抱着单雄信，怡静哭着摇下了车窗。一朵朵白云从天上飘过，或许，直到落魄时，每个人才懂得倾听自己内心的声音吧。

奶奶一个人坐在屋外看着报纸，老黄狗安静地趴在一边，陪伴着。单雄信还有董小姐二人推着自行车走了过来。

“文姐！”单雄信高兴地打着招呼，脸上写满了幸福。

“阿信，你忙完了啊？”奶奶摘下眼镜，看着二人。

“忙完了，这就是我跟您说的董梅，我俩这几天已经悄悄领证复婚了，打算孩子高考结束后再办婚礼。”

“文姐您好，感谢您老人家前段时间对阿信的照顾。”董小姐客气地走上前去，同奶奶握了握手。

奶奶笑着说：“嗐，都是他照顾我，能收留我这垂死之人，我就非常感激了。领证？领证了好！”

“您最近身体还好吧？”单雄信担心地问。

“感觉还行，没什么异样，阿信，你刚才说孩子要高考了对吧？”

“对，还有两个月。”

“这车有些年头了吧，我家也有一辆。”奶奶说完，端详着单雄信身后的二八大杠。

“是啊，十几年了，孩子们帮我找回来的。”单雄信说着，深情地看向了自行车。

“不说了，回屋吧，我让你们尝尝我的新手艺。”看着二人高兴地走进爱巢，奶奶回头望着自行车，心想也不知道小鹅一个人过得怎么样。

生物实验室里，王元鹅正专注地看着生物老师提纯 DNA。

“同学们，这就是 DNA，也就是基因。科学研究发现，每个人的容貌性格都被写在了基因里。除此之外，我个人还觉得，很多人生故事也蕴含在每一个小小的基因代码中。”

生物老师从基因讲到了人生，甚至上升到了哲学，众人认真地听着生物老师滔滔不绝的演讲，唯独陈喆觉得，除了知识点，一切都索然无味。

从医院出走后，奶奶本以为自己很快就会同这个世界告别，没想到，身体一直没有垮下去。想到王元鹅还有两个月就高考，奶奶穿着单总买的休闲装，拎着一袋子零食，戴着鸭舌帽和口罩，走在了校园的小道上。

“要高考了，我本不应该来这里的，但是我担心自己熬不过这俩月了，临走之前，我得再看看小鹅这孩子。”奶奶边想边小心翼翼地朝着高三 8 班走去。

奶奶像做贼一样地东瞅西看，看到教室空无一人，奶奶推门走了进去。

“奇怪，都去哪儿了？”

“嗯，仙人球，没错了，一看就知道是小鹅的位子。”看到窗台上的仙人球，奶奶摘下口罩，径直走向了最后一排。

奶奶走到王元鹅的位子上，将零食放到了王元鹅的桌洞里，慢慢地坐了下来。坐在教室最后面的角落，看着周围的一切，奶奶不禁感慨万千。

“这是一个多么美好的时代啊！物质丰富，世界和平，祖国强盛，人们心怀梦想。唉，这才是真真正正最幸福的一代啊！”

奶奶抬头看向黑板，才发现上面写着：实验楼 S5221 上生物实验课。

“实验楼？怪不得，我得去看看。”奶奶走到讲台上，看了看黑板，拿起粉笔写下了“到此一游”四个字，满意地走了。

奶奶透不过气，收起了口罩，她压低了鸭舌帽，一路走到实验室门后，看了起来。此时的王元鹅正在认真地记笔记，严格地来说，是记录生物老师的哲学语录。

看到王元鹅瘦弱的背影，奶奶激动地流下了热泪。

“好的，同学们，大家休息十分钟，马上回来！”铃声响起，众人纷纷往外走，奶奶赶紧找个地方藏了起来。

众人纷纷出去透气，看到陈喆一个人坐在那里认真地整理笔记，生物老师推了推眼镜，说：“对了，陈喆，你把这个烧杯放回去，再拿几个新的过来。”

“好的。”陈喆合上笔记本，拿着用过的烧杯走了出去。

“回来了也没见好好学习！嘁！”看到楼道里牛福和林昆嬉笑打闹，陈喆心里一阵鄙夷。没错，正如生物老师所讲，很多东西都是刻在基因里的，牛福回来之后，并不是不想学，只是他的长处真的就没在学习上。无论牛福怎么用功，注意力从未超过十分钟。时间就这样一天天过去，牛福和林昆哪怕拼上了小命，也换不回陈喆几节课复习所得来的分数。但是，天生我材必有用，林昆有表演的艺术细胞，而牛福的平衡能力极好，不管头顶放上几层桌椅板凳罚站，牛福宛若平衡大师，都能够稳若泰山地站上几节课。

陈喆拿着烧杯，来到器材室，打开器材室的门，人体骨架模型的手臂摆来摆去。

“难道有人来过？”看到窗户紧闭，陈喆一阵心虚。

“喂，有人吗，谁在？”陈喆走了走，将骨架的胳膊稳了稳，将烧杯放到了桌子上。

“烧杯、烧杯、烧杯……烧杯在哪里呢？”陈喆找了半天，却没有发现烧杯，“不会是在柜子里吧？”

奶奶站在柜子里，惴惴不安地看着陈喆朝自己走来，陈喆猛地打开柜子，奶奶一动不动地微笑着看着陈喆。陈喆赶紧没事儿似的关上了门，慢慢地转身走了出去。

“鬼啊……”陈喆走到门口，哭喊着朝着教室跑去。

看到陈喆屁滚尿流地跑回教室，众人纷纷围了上来，生物老师一脸诧异。

“老师，器材室……器材室，闹鬼！”陈喆脸色发白，语无伦次。

生物老师却不紧不慢地说：“陈喆，那是人体骨骼模型，你不必害怕，这个世界上是没有鬼的。”

“怎么会！明明听家里人说，奶奶得了绝症在老家都下葬了，但是，刚才我一定没看错啊！”陈喆想了想又说，“老师，我说的不是骨架，不信你跟我来。”

看到陈喆的手直抖，生物老师想了想，说：“胆儿大的男生，来几个壮壮胆！”

牛福、林昆好奇地跟着走了出去。看到单求胥坐那儿一动不动，王元鹅不屑地瞅了两眼，无奈之下，胆小的单求胥只得走了出去。

众人拿着凳子腿、扫把、酒精灯灯架全副武装，小心翼翼地往器材室里面走去。

生物老师走在最后面，心想：“当年这栋楼战时是当过停尸房，一些诡异的传说也大都发生在晚上，大白天的，应该不会闹鬼吧？”

众人走进器材室，发现屋子里空空如也，生物老师问道：“陈喆，鬼在哪里？”

陈喆捂着眼，战战兢兢地指了指柜子，说：“在那里面！”

“咳咳，哪位同学过去看一下？”生物老师看了看众人。

“老师，我来吧，我觉得只要不做亏心事，没什么好怕的。”牛福自告奋勇，走上前，慢慢地将门打开，众人扭着头都不敢看，直到柜子打开，大家才发现柜子里是空的。

牛福转头说：“老师，是空的！”

生物老师长舒一口气，说：“陈喆，是空的啊！你会不会是压力太大，产生幻觉了？”

“唉，没劲。”林昆说着，瞅了陈喆一眼。

“不会啊，刚刚我明明……”陈喆走到柜子前，打开检查，转头一看，却发现奶奶躲在门后朝着自己笑。

陈喆捂着嘴恐惧地喊：“啊，鬼啊……”

“在哪里？陈喆，你说鬼在哪里啊？”生物老师问道，看到陈喆滑稽的表情，众人忍不住笑了起来。

陈喆面对着柜子不敢转头，手用力地指着身后，说："在门后，在门后！"

众人有些害怕地慢慢转头，却发现门后也是啥都没有。

"陈喆同学，你不是爱开玩笑的人啊，会不会临近高考，压力太大了？还是看什么恐怖小说了？"生物老师疑惑地问。

"不是，我，没有……老师，我刚才真的看见了，我没说谎啊。"事实面前，陈喆百口莫辩。

"没关系，压力大是可以理解的，以后不要看些不健康的东西。好了，大家回去上课吧！"生物老师说完，众人便唉声叹气地走了出去。

陈喆惴惴不安地上完生物课，这一度让陈喆不敢回头看向身后的窗户。回到教室后，王元鹅一摸桌洞，却发现了满桌洞的零食。

"喂，你给我买零食了？"王元鹅一脸不屑地问道。

"我有病啊，给你买零食？"单求胥一脸很无语的样子。

"你要是有病，我有药！我的编剧费付了吗，不值这些零食吗？"

"用金钱来衡量艺术作品，就是对艺术的一种玷污！"

"得了吧。这个社会，不知道有多少人巴不得你玷污呢！"王元鹅说着，拿起了自己最爱吃的"好多鱼"，开心地吃了起来。

看到陈喆坐在教室中间的位子上，拿着小镜子不断看向后门的窗户，瑟瑟发抖，单求胥心里也嘀咕了起来："奇怪……虽然我没有看到，但是刚才的确是感觉有人站在我身后……"

"都是我喜欢吃的零食啊，不是单球蛋的话，会是谁呢？"王元鹅心想着，看向陈喆，摇了摇头。

看到牛福擦着黑板，王元鹅问道："单球蛋，你看到了没，到此一游。哎，你说，该不会真的是我奶奶回来看我了吧？"

单求胥板着脸说："能严肃点吗？奶奶不是已经在老家入土为安了吗？"

"那是衣冠冢，我一直觉得奶奶还活着，不，她一定还活着！"

"对，没错，你奶奶还活着，你爸也还活着，赶紧吃你的吧。"单求胥说着，从王元鹅的手里拿了一块饼干放到了自己嘴里。

陈喆翻开课本，念道："这个世界是物质的！没错！但是刚才我确实看到了啊，难道是幻觉？唉！"

陈喆看着黑板上的"到此一游"，叹了口气，回头看了看后门，奶奶的脸又一次贴在了后门玻璃窗上。

"啊……"陈喆双手抱头，头痛欲裂地喊了起来，活像孙悟空被唐僧念了紧箍咒。班里瞬间安静了下来，众人目瞪口呆地看着陈喆，恨不得赶紧将他送到精神病院。

“喂，陈喆！你喊什么喊，上瘾了是吧！不做亏心事，大白天的怕什么鬼叫门！”单求胥朝着陈喆埋怨道。

“就是啊！什么情况啊？”班里的同学也是议论纷纷。

“我看到了，我看到了……”陈喆指着后窗，捂着嘴欲言又止。

“陈喆，你看到什么了，你倒是说啊！”王元鹅忍不住问了起来。

“大鹅，我看到奶奶了！”

面对陈喆一脸惊恐的样子，王元鹅咀嚼的嘴巴顿时停了下来。看到陈喆指向了教室后门，王元鹅赶紧跑了出去。当然，此时的奶奶早已心满意足地离开了。

心中的伤口又一次被陈喆无意间揭开，王元鹅失落极了。愤懑无比的王元鹅只好来到了海边，望着海滩上稀稀落落的人群。单求胥在不远处紧紧跟着，生怕王元鹅想不开。

看到一只寄居蟹奋力地找着合适的贝壳，王元鹅蹲下，认真地看了起来。

“这个陈喆，哪壶不开提哪壶，神经兮兮的！我看他就是题魔攻心，走火入魔了！”单求胥在一旁骂道。

“单求胥，你别跟着我了，我没事儿，我就是想来散散心。”王元鹅边说着，边挑了一个很好的贝壳，放到了寄居蟹身边。

“我也是。”

“是你个头啊！你散什么心？等着下次考试穿羽绒服吧你！”看到寄居蟹没有钻进贝壳，王元鹅生气地喊了起来。

“喊！穿就穿，你以为我会怕吗？”单求胥不甘示弱。

“不过，你的进步让我刮目相看。唉……Is life always this hard or is it just when you're a student?”王元鹅引用了电影《这个杀手不太冷》里面的经典台词。

单求胥模仿电影里的男主角，笑着回答道：“Always like this!”

王元鹅捡起地上的石头，朝着远方扔去，但是她却没有发现，弯腰的瞬间，奶奶却戴着口罩与二人擦肩而过。

王元鹅看着奶奶的背影停下了脚步，单求胥问道：“怎么不走了？”

循着王元鹅看去的地方，单求胥分明发现了扈极硬与肖露走在了一起，二人不但说说笑笑，肖露更是从包里拿出了一个苹果，递给了扈极硬。

“那不是，那不是……”看到扈极硬笑得谄媚，单求胥不禁惊讶得说不出话来。

陈喆一个人在教室做着功课，突然，头顶上的灯晃了起来，灯光开始闪烁，陈喆紧张地转头看了看四周。看到四周没人，陈喆擦了擦汗，继续做起题来。

灯突然全部灭掉，陈喆小心翼翼地打开手电筒，走到门口，按下开关，看到灯亮，陈喆松了口气。

“虚惊一场，肯定又是长鸣他们搞的鬼！”陈喆心想着，摇了摇头，转身往回走。

就在陈喆刚一回头的瞬间，奶奶披头散发站在面前，伸手朝陈喆扑去。

“啊……鬼啊……”陈喆猛地从床上坐了起来，大喊着从梦境中惊醒。

“有病啊！”单求胥、牛福、林昆半夜被吵醒，不住地抱怨着。

看到别的宿舍的灯纷纷亮起，整座宿舍楼都被陈喆惊扰得鸡犬不宁。

“Love makes man grow up or sink down. 爱情，要么让人成熟，要么让人堕落。sink down，堕落，记下来啊。”冯莹在黑板上写着，众人低头记录，唯独单求胥和王元鹅二人呆呆地盯着冯莹。

生活总是最好的编剧。看着眼前还蒙在鼓里的冯莹，想到扈极硬的背叛，王元鹅仿佛看到了冯莹头上有一顶巨大的绿帽子。虽然冯莹的脾气是火爆了一些，但是此刻，王元鹅和单求胥都越发对她同情了起来。

第三十一章　恋恋风尘

面对冯莹的感情危机，王元鹅还有单求胥在楼顶正商量着怎么处理，却听到扈极硬大喊着从楼下走了上来，王元鹅赶紧拉着单求胥在拐角处躲了起来。

“莹莹，你别走那么快啊！莹莹，你可不可以给我个机会！我辛辛苦苦追求了你这么久，就算是石头也都得被感化了！”扈极硬追得满头大汗，一脸慌张。

“硬硬，你是好人。”冯莹不紧不慢地说。

“你是说我丑？”扈极硬诧异地问道。

“没有。硬硬，咱俩不合适。”

“哪儿不合适啊，我觉得挺合适的啊！”

“抓着我的手。”冯莹说着，便将扈极硬的手搭在自己的手腕上，冯莹一个高抬腿，将脚搭在了扈极硬肩膀上，眼看着冯莹的嘴巴逼近扈极硬，王元鹅和单求胥不禁为二人捏了一把汗。

扈极硬紧张地问道：“莹莹，你要干吗？莹莹，我觉得画风转变得有点快，莹莹……”

“感受到了吗？”冯莹在扈极硬嘴边停了下来。

“啊？感受什么？”扈极硬一脸茫然。

“我的脉搏！”

扈极硬摇了摇头说：“没、没有……”

“所以说，咱们还是做哥们儿吧，我对你真的没有心动的感觉。”

“但是，我……我有……”面对冯莹的拒绝，扈极硬鼓足勇气，支支吾吾地说了出来。

“你是在机场等一艘船，你知道吗？”

“我知道，宇宙飞船。”

冯莹无奈地捋了捋头发，转身走了，扈极硬喊道：“喂，你是不是还在等李德亮？”

冯莹停住顿了顿，本想说什么，可还是离开了。

为了搞清楚扈极硬、肖露还有冯莹之间的关系，单求胥和王元鹅专门将扈极硬请到了重来烤肉店。单求胥开门见山地讲明来意，问二人的关系。听到肖露的名字从单求胥嘴里说出来，扈极硬完全没有思想准备，柠檬水差点喷到了二人身上。

“你们认识肖露？这事儿你们没告诉别人吧，特别是你们冯老师！”扈极硬着急地说。

单求胥拿着喷枪，指着扈极硬，说：“现在是没有，但也保不准我们哪天会不小心说出去。扈哥，多一点真诚，少一点套路，为何脚踏两只船？”

“我告诉你们！我可从来没有脚踏两只船！”扈极硬一脸严肃。

“那昨天你在海边和肖露干吗呢？”王元鹅气愤地问道。

“喷枪放下，有话好好说，有话好好说，事情有点复杂，我得慢慢理一理。”

扈极硬不紧不慢地吃了一口烤肉，喝了半杯红酒后，才将筷子放下，环顾四周，说：“我昨天约冯老师去海边看烟花，结果，冯老师放了我鸽子，我却意外地发现了在海边散步的肖露。我也很意外，就聊了几句，但是她防备心很强，几乎没怎么聊自己的私人话题。”

“那你们怎么认识的？”王元鹅问。

“嗐，其实啊，肖露、冯莹、李德亮我们四个都是大学同学。”

“什么？”扈极硬此话一出，单求胥和王元鹅都惊呆了。

“吃啊，边吃边说，要不都烤煳了。”扈极硬说着，夹了一块烤肉，放到了王元鹅碗里。

原来，几人不但是师范大学的同学，男女分别还是室友。扈极硬从大学时代便喜欢上了冯莹，由于自己害羞胆小，便拉着兄弟李德亮作陪，一起追求。同所有狗血电视剧一样，一来二去的骚扰并没有让冯莹喜欢上扈极硬，冯莹反而喜欢上了李德亮。

那个白衣飘飘的年代，为了彰显自己与众不同的艺术气质，扈极硬和李德亮都留着一头长发。为了追求冯莹，热爱音乐的扈极硬煞费苦心。这一天，扈极硬披头散发，穿着无袖皮夹克，抱着一束鲜花站在楼下。众女生不禁纷纷围观了起来，没多会儿，李德亮方才急急忙忙地拿着二胡赶了过来。

“阿亮，你怎么才来啊？”扈极硬一脸不悦。

“音乐系的乐器被借没了，我专门跑到门口跟要饭大爷借的，用完了还得还回去呢！”李德亮跑得满头大汗，将二胡用腿夹紧，嘴里含着皮筋，将散着的头发扎起。

“这个你能拉吗？”看着李德亮几乎包浆挂瓷的二胡，扈极硬一脸嫌弃。

“中西合璧，没问题。赶紧念吧，我来翻译。”李德亮说完，便调了调音，直接拉起了二胡版的《卡农》。

“Love makes man grow up or sink down!”

“爱情，要么让人成熟，要么让人堕落！”

因为冯莹读的是英文系，所以扈极硬专门用英文写的情书，为了避免被拒绝的尴尬，扈极硬特意让李德亮翻译成中文。如此一来，即使是失败，路人也不知道到底是谁在表白。兄弟有难，两肋插刀，但是为了不至于太丢脸，李德亮不仅和大爷借了二胡，更是将圆框墨镜也借了过来。就这样，扈极硬一句英文，李德亮一句中文，二人在女生宿舍楼下表白了起来。很快，整个宿舍楼的女生都纷纷探头出来观望，路上更是围满了看热闹的人。

此时，冯莹正在宿舍里做题。肖露刚洗完头擦干，看着楼下的二人，赶紧说：“冯莹，快来看，下面有人对你表白呢！”

“你怎么知道是我，没准是跟你表白呢？”冯莹头也不抬地继续做着题。

“怎么会，扈极硬喜欢你这事儿全班都知道啊！”肖露说着，又看了一眼二人，“哎，你说这俩人一唱一和的，到底是谁在表白啊？”

“无聊。”冯莹不为所动，继续做着试题。

看到冯莹没有出来，扈极硬使出了浑身的劲儿，念了出来：“I acted like it wasn't a big deal, when really it was breaking my heart!”

李德亮陶醉地拉着二胡翻译道：“我装作一切都无所谓，虽然我已心力交瘁！”

“Sometimes I miss you so much that I can hardly stand it!”

“有时候我好想你，想到无法承受！”

“When you really love something when you will find language how fragile and limp. Text and feeling always have the estrangement!”

“当你真正爱一样东西的时候，你就会发现语言是多么脆弱和无力。文字与感觉永远有隔阂！”

“When I'm with you, time stands still!”

“当我们在一起，时间都静止了！”

“If you do not leave, I will in life and death!”

“莹莹，你若不离不弃，我必生死相依！”

一首念完，众人纷纷鼓掌，但是冯莹还是迟迟没有出来。整个女生宿舍楼都为之轰动，纷纷探出头，看看到底是哪个女孩。

“阿亮，怎么办？”看到肖露笑着指着里面，扈极硬尴尬极了。

李德亮拉着二胡，不紧不慢地说：“阿硬，不要慌，再念一遍。”

“啊！”扈极硬大喊一声，准备从头再念一遍的时候，冯莹端起肖露刚洗完头的一盆水，泼了下去。

李德亮机灵地往后躲闪而过，扈极硬用手抹了抹满脸的洗发水泡沫，一脸无奈地看向了李德亮。李德亮则看热闹不嫌事儿大，贱笑着拉得更起劲了。

又一盆水下来，泼到了李德亮头上。因为李德亮翻译得太过优美，甚至超过了扈极硬的英文版本，李德亮的才华不禁让冯莹刮目相看，二人眼神不禁有些躲闪了起来。

“哪儿凉快哪儿待着去！”冯莹甩下了一句话，转身回到了屋里。

“哎，莹莹，回个话啊！”扈极硬着急地喊道。

冯莹重新返回阳台，大声喊道：“Never give up!”

扈极硬闻了闻头发上的洗发香，陶醉地说：“阿亮，冯莹的意思是不是让我坚持不放弃啊？”

李德亮摘下墨镜，放在衣服上，擦了擦，说：“算是吧。”

说到这里，扈极硬喝了一口红酒，甜蜜地笑了起来。

王元鹅吃着烤肉，着急地问道："那你俩到底谁喜欢冯老师啊？"

"刚开始我认为只有我自己喜欢，后来我才发现，原来全校男同学都喜欢。"

"为啥？"对此，单求胥十分不解。

"冯莹知性大方，温柔善良，勤奋好学，简单地说，那就是校花。"扈极硬的眼神中流露出了幸福的光芒。

单求胥和王元鹅对视了一眼，二人撇了撇嘴，摇了摇头，继续吃了起来。谁也没想到，一个校花经过了岁月的洗礼后，竟然成了学生心中的"灭绝师太"。不过，话又说回来，谁又没年轻过呢？

"阿亮，你快点！"扈极硬抱着鲜花和吉他，满头大汗。

李德亮拿着二胡跟在后面，说："就没见你去图书馆这么积极！这天儿，满头大汗的！"

"满头大汗好啊，到时候一盆水下来，刚好凉快。"

二人说着，又来到了冯莹楼下，没想到，有人捷足先登。一队人马，拿着吉他、小号、萨克斯、锣鼓、二胡在那里聒噪了起来，最为夸张的是一位叫张明的同学，吹箫吹得十分浮夸起劲。

"一、二、三！"鼓手敲着鼓打着点儿，众人抬头朝着楼上大喊，"冯莹，我喜欢你！"

让众人没想到的是，众人的表白引来了整座女生宿舍楼的嫉妒和反感，整个宿舍楼的女生都端了一盆水泼了下来。瞬间，众人淹没在了倾注而下的瀑布洪流中。你以为众男生惨了？错！这就是众人的目的，炎炎夏日，有清凉的"瀑布"冲澡，张明甚至直接把洗发膏打在了头上，等待下一次的"洪水"冲击。看到有这等便宜可赚，李德亮脱掉背心，开心地跑进人群中，朝着楼上大喊了起来。

后来，扈极硬收到了冯莹写来的纸条，邀请扈极硬参加社团的篝火晚会。同时，纸条上，冯莹也轻描淡写地邀请李德亮，因为扈极硬怕李德亮坏事儿，所以就没有叫他。可是令所有人都没想到的是，李德亮也收到了邀请纸条，只是，邀请的内容并不是篝火晚会，而是……

"阿亮，今晚我想去后山看流星雨，你可不可以搭好帐篷等我呀？"看到隽秀的字迹，李德亮笃定是冯莹所写，但是他的内心却又深深地自责了起来。毕竟，冯莹是自己好兄弟扈极硬最开始追求的女孩。虽然自己早已被这个暴脾气的女孩所征服，但是李德亮却选择将这份爱深深地埋藏在了心底。经过了激烈的思想斗争后，李德亮摘下了蚊帐，一声不响地朝着后山走去。

学校的后山上，除了约会的情侣，几乎没人敢深夜来到这里。李德亮虽然胆小，但是心中的那股说不出来的力量让他忘却了一切。李德亮傻傻地等在后山路边的岩石上，搭好蚊帐，点上了蜡烛，精心地布置了一番。冯莹是海边长大的孩子，为了满足冯莹的心愿，李德亮特意穿上了沙滩裤，抱着吉他等待着。

"陪你去看流星雨落在这地球上，让你的泪落在我肩膀，要你相信我的爱只肯为你勇敢，你会看见幸福的所在……”李德亮反复吟唱着《流星雨》，一心想着将最好的状态放到自己大学以来的第一次约会上。

“莹莹看见了应该会很惊讶吧，嘻嘻……”李德亮自我陶醉地躺在地上，抬头看着漫天的星辰，不知不觉地，慢慢睡了过去。

扈极硬精心打扮了一番，来到了山顶，同冯莹一起参加了社团的篝火晚会。看到李德亮没有来，冯莹只是轻轻地问了一句，便同众人在音乐声中跳起了兔子舞。活动举办得很成功，扈极硬也很开心，唯独冯莹却闷闷不乐。

活动越往后，众人越放肆了起来。看到此景，冯莹生气地离席而去，扈极硬则紧紧地跟在了冯莹身后。

“阿硬，今晚阿亮怎么没来啊，我不是让你喊他一起的吗？”冯莹闷闷不乐地朝着山下走去。

“啊？哦……他啊，有事儿，对，有事儿。”

冯莹不顾漆黑的山路，径直往山下走去，走了一段后，二人方才发现路边随风飘摆的白色蚊帐。

“哎，阿硬，前面怎么有蚊帐啊？会不会是鬼啊？”冯莹停住了脚步。

扈极硬吓得躲在冯莹身后，战战兢兢地说：“莹莹，你别怕，要相信科学，动物不能成精，妖魔鬼怪也是不存在的！”看到扈极硬浑身上下吓得瑟瑟发抖，冯莹叹了口气，说：“过去看看吧。”

扈极硬紧紧地拉住冯莹，说：“莹莹，要不……等大家来了再说吧。”

冯莹白了扈极硬一眼，甩开扈极硬，独自一人走了过去。伴随着“咚咚咚”的心跳声，冯莹走近，却发现李德亮躺在那里已经睡着了。

“阿亮？”冯莹小心地走到了蚊帐边上，蚊帐里的蜡烛已经燃烧殆尽，冯莹不明白为什么李德亮会在路边这番打扮，只好摇着李德亮说道：“阿亮，快醒醒！”

“啥？阿亮……”听到冯莹喊李德亮，扈极硬心中更是疑惑不已。

李德亮抱着吉他，正在梦中与冯莹翩翩起舞，听到冯莹喊自己，李德亮睁开双眼。冯莹头发低垂，双眸在烛光的映射下闪闪发光，李德亮一度认为自己是在梦中梦。

看到冯莹用力将自己扶起，李德亮方才揉了揉眼睛，温柔地说道：“莹莹，你怎么才来啊，我都等了你一宿了。”

“啊，什么？等、等我？等我干吗啊？”冯莹十分不解。

“嘘，别说话。”李德亮眼中充满爱意，全然没有发现站在一边的扈极硬。

陪你去看流星雨落在这地球上

让你的泪落在我肩膀

要你相信我的爱只肯为你勇敢

你会看见幸福的所在
伤感若太多
心丢给我保护
疲倦的烟火
我会替你都赶走
灿烂的言语
只能点缀感情
如果我沉默
因为我真的爱你

天空中几颗流星划过，看到李德亮动情地忘我地弹着唱着，冯莹捂着嘴笑了起来，眼神中分明闪烁着亮晶晶的东西。

李德亮背对着马路，全然不察社团众人已经悄悄地围在了身后。李德亮依旧自我陶醉地弹着唱着，唱到动情处，李德亮甚至将头撒娇地靠在了冯莹的肩膀上。人群中有人忍不住笑了起来，紧接着，大家纷纷笑了起来。

直到此时，李德亮方才猛然惊醒回头。看到身后那么多人围观，李德亮手忙脚乱，不小心将蜡烛打翻，蚊帐很快被点燃。借着风势，李德亮精心布置的爱巢燃起了熊熊大火。

"怎么……莹莹……"李德亮的沙滩裤燃烧着，却惊讶得说不出话来。

伴随着众人的哈哈大笑，扈极硬头痛地走到了一边，肖露却从人群中走了出来，说："莹莹，你喊李德亮来怎么不早说啊。"

"我……"一时间，冯莹语塞了起来。

看到扈极硬在人群中躲闪，李德亮支支吾吾地说："阿硬……你……这……"

望着众人的嘲笑，还有熊熊燃烧的蚊帐，李德亮拍了拍身上的火苗，转头朝着山下走去。

说到这里，扈极硬一仰头，将杯里的红酒一饮而尽。此时，扈极硬绯红的脸上分明带了几分醉意，单求胥和王元鹅只是静静地听着。

"打那以后，李德亮就像变了个人，沉默寡言，一直到大学毕业。后来，学校将他分配到一中之后，谁也没想到，李德亮将所有的委屈都释放到了学生身上，李德亮教起学生来毫不含糊，把所有能想象到的改革方案，统统走了一遍。"扈极硬说着，夹起一块焦煳的肉片，嚼着说，"他要是浪漫起来，谁都招架不住。"

"冯老师为什么会给老班写那样的纸条呢？"单求胥忍不住问道。

"那事儿我也觉得奇怪，只不过，我当时理亏，也没再问。"扈极硬苦笑了起来。

"那你昨天和肖露到底是怎么回事儿？"王元鹅着急地问道。

"嗐，肖露也喜欢李德亮，只是后来我们才知道。唉，你说冯莹怎么就不能和肖露一样，做一个正儿八经的女人呢？"扈极硬说着，又喝了起来。

李德亮当着众人的面被戏耍，颜面丢尽，一时间想不开，出去喝闷酒，扈极硬怕李德亮寻短见，就尾随着跟了出去。

找了很久，扈极硬方才在一家酒吧找到了醉意阑珊的李德亮。看到李德亮自己一个人在吧台喝酒，扈极硬坐下，也开了一瓶。

“都喝成这样了，有钱买单吗？老板，他这是第几瓶了啊？”扈极硬问道。

“几瓶？就这一瓶都一宿了！”吧台老板白了二人一眼。

“阿亮，来之前你是不是又去天桥底下撸串喝扎啤了？你咋不叫上我啊！”

“你……管得着吗！”因为酒吧的酒贵，所以去酒吧前，李德亮先去烧烤摊喝饱了才来。看到扈极硬假装自来熟，李德亮冷眼漠视。

扈极硬也看出来了，李德亮就是成心想堕落。看到李德亮失落的眼神，扈极硬也没拦着，毕竟发泄出来比较安全。

“阿硬啊，你说这同样一瓶酒，放天桥底下和这里，咋就差别那么大呢？”李德亮说着，将空酒瓶对准扈极硬的脑袋，比画了起来。

“阿亮，你冷静点！差不多得了！”扈极硬说着，将李德亮手里的空酒瓶夺了下来。

“不……不管了，喝吧。大学四年难得醉一回！”

看到李德亮醉眼迷离，一半老徐娘走了过来，搂着李德亮，风骚地说：“帅哥，要服务吗？”

“不要不要，都半老徐娘了，还来这些！”扈极硬赶紧驱赶。

“等会儿！半老徐娘咋了？人家风韵犹存，你会不会说话？能聊天吗！滚犊子！”

看到正直的李德亮一反常态，扈极硬目瞪口呆，半老徐娘趴在李德亮耳朵边耳语道：“帅哥，能，肯定能，不就是聊天吗，要不要我们母女俩一起聊啊？”

李德亮看着半老徐娘，吃惊地说：“这……这都能行。”

“阿亮，色字头上一把刀，那都是骗人的，你别听她瞎忽悠！”

“你再说一句，信不信我削你，信不信？你……你别管我！”李德亮说着，便同半老徐娘朝着酒吧后门走去。

“什么？想不到老班竟然是这种人！”听到这里，王元鹅十分吃惊。

“嗐，他就是扮猪吃老虎，我就知道他当时是跟我赌气呢。”扈极硬带着醉意，摆了摆手。

李德亮跟随着半老徐娘走街串巷，终于在一个亮着粉色灯光的胡同停了下来。

“到……到了吗？”李德亮问。

“帅哥，到了到了！”

“你这黑灯瞎火的，能聊天吗？”

“能，当然能！”

“你不是说……母女俩吗……”

半老徐娘笑了笑说："帅哥，你着什么急啊，你先坐这儿，马上来！"

"唉，没想到我为人师表，思想竟然沦落到如此地步！为了气扈极硬，我竟做出如此不齿之事，惭愧，惭愧啊！"看到半老徐娘朝着小黑屋走去，李德亮无奈地坐在门口的沙发上，微闭着眼睛，心想。

只见半老徐娘开门，朝屋里喊："妈，快起来，有客人来了！"

李德亮猛地从沙发上弹了起来，闻风而逃，那速度，不亚于百米冠军。

"哎！帅哥！别跑啊，我阅历不够，你不是想聊天吗！"徐娘大喊着。

"哈哈哈哈……"单求胥拍着桌子，用尽了全身力气大笑着。王元鹅则抱着单求胥的胳膊，笑出了眼泪。

得知李德亮与冯莹之间的情愫，单求胥、王元鹅索性写了一封匿名举报信，将李德亮与冯莹的感情问题报告了毛校长。很快，毛校长第一时间将冯莹叫到了办公室里。

"冯老师，最近接到同学举报，说是你上课时脾气暴躁，一定程度上，反映出你生活上肯定会有烦恼啊，不知可不可以跟我汇报一下。"毛校长不紧不慢地说。

"毛校长，我不知道您所说的同学是哪个班级的，我也不知道您要和我沟通生活上的烦恼是指什么？"面对毛校长的询问，冯莹甚至有些气愤。

"那，我就开门见山了。"毛校长走到门口，将门关上，单求胥等人趴在窗户上，认真听了起来。

"匿名举报信上说，你和李德亮老师之间有着感情上的来往，是不是？"毛校长一脸严肃地问道。

"毛校长，别人说有就有啊？我可从来没有将个人感情问题带到工作中来，作为上下级关系，我有权拒绝回答私人问题！"冯莹义正词严。

"行，关上门咱们就是一家人了。"毛校长笑着说道。

"呃，这就成一家人了？"单求胥努着嘴，摇了摇头。

"爸！你能不能别老这样？这是我的私生活，你能不能不要干预！"

冯莹话音未落，单求胥众人手一软，纷纷落到了地上。

"啥？不会吧，一家人都得叫爸爸？"单求胥一头冷汗地看着王元鹅。

"难不成，毛校长是冯老师的父亲？"王元鹅呆呆地说。

"在家我从来没像你妈一样唠叨过你吧？你年纪也不小了，该考虑考虑了！"毛校长愤愤不平。

"我自己的事情，我自己有数！"

"有数？有数都三十多了！你看看人家隔壁老王，孙子都抱上了！"

"毛校长，这是工作时间，我有权拒绝回答工作之外的事情！"冯莹将头执拗地撇向了窗外。

"唉……莹莹啊，我可告诉你，李德亮这人思想太偏激，极不稳定，你俩之间最好还是……”

“爸！没什么事儿的话，我要去上课了！”冯莹说完，转身走开，众人赶紧落荒而逃。

冯莹走到门口，顿了顿，回过头说：“还有，我劝你以后最好是把酒戒了吧。”

有了这些内幕消息，单求胥回到了单氏集团，将肖露叫到了单总的办公室。

“单氏集团经历了这场风波过后，又重新走上了正轨，肖主管，你觉得我以后能不能顺利地接管单氏集团？”单求胥坐在单总的位子上，跷着二郎腿问。

“能！肯定能！从上次的擦鞋事件，到这次的危机公关，少爷受到了国内外媒体的一致认可。在我心里，我一直都是把你当作接班人看待的。”肖露的回答也算不卑不亢。

“那你觉得，一个撒谎的人能不能够委以重任呢？”单求胥问。

“肯定不能！”肖露斩钉截铁地回答道。

“那好，我只问你一个问题，你考虑清楚再回答。”

“嗯。”

单求胥盯着肖露看了半天，气氛一下子变得十分诡异了起来。看到单求胥一副人小鬼大的样子，肖露淡定而从容。

“你……为什么假冒冯莹的笔迹，写小纸条给李德亮，骗他去后山露营？”单求胥紧紧盯着肖露的眼睛，问道。

肖露猝不及防，心理防线瞬间崩溃，手里的笔滑落在了地上。肖露的脑袋嗡嗡响，落下的笔撞击到地板上的声音回响在脑海。

第三十二章　喜欢吗，真的喜欢吗？

奶奶躺在门口的椅子上，看着《演员的自我修养》。老黄狗不知道何时叼来一只海蟹，在那里玩儿着。董小姐将小屋子从里到外热火朝天地收拾了个遍。看到奶奶在躺椅上睡了过去，她便走到奶奶屋里，拿出了一条毯子，打算给奶奶盖上。正在董小姐找毯子的时候，却在柜子里发现了奶奶的癌症报告单。单雄信看过后，不禁为奶奶担心了起来。

老黄狗看到螃蟹死了，摇着尾巴，将奶奶喊醒。奶奶带着老黄狗，在海边溜达了起来。

“文姐，您要不再去检查一下，这或许会对您后续的治疗有帮助。”单总跟在身后聊了起来。

“没啥好检查的，我现在觉得挺好。”看到老黄狗跑远，奶奶说着追了上去。

“文姐，我是觉得……”

“阿信，你觉得人为什么会死？”

“这个……”单总略微思考了一下说，“只要是生命，都会有终结的那一天嘛。”

“是啊，是生命都会有终结的这一天，殊不知，走是必然，其他的都是形式与过程而已。”

“话虽这么说，但是积极的治疗也是必不可少的啊！”

“一切皆有因果，该来的总会来，我只是选择坦然面对罢了。”

看到董小姐远远地站在门口，单总无奈地摇了摇头。

李德亮如往常一样，在黑板上写着《归去来兮辞》，“悟已往之不谏，知来者之可追”。

“哎，怎么还不来？”单求胥像热锅上的蚂蚁，不住地往门口看了又看。

“悟已往之不谏，知来者之可追。这句话是什么意思呢？”李德亮注视众人，众人赶紧低下头，唯独陈喆昂首挺胸。

“王元鹅，翻译一下。”

“咳咳，我终于觉悟到，错过了的人和事真的就永远错过了，永远都没有办法补救。我也明白了，未来依旧充满各种可能，我们仍然要有所追求。”

“好！王元鹅，我果然没看错你，翻译得太好了！同学们，谏，谏止，劝止的意思，这里指的是辞官归隐。好了，下一句，实迷途其未远，觉今是而昨非。”

看到陈喆一直举手，李德亮笑着问：“陈喆，你还有什么要补充的？”

“老班，追，是挽救、补救的意思，王元鹅翻译的是追求，我觉得这个考点很可能会考到，不想误导大家，所以就补充一下。”

“呃，陈喆同学讲得在理，但是翻译呢，讲求的是整体性的传情达意，王元鹅同学讲的呢，也不算错。”

“老班，怎么能不算错呢？ABCD必须只有一个答案，我觉得做学问就应该严谨，课本上第二十六页注释，第三行第五条，清清楚楚写了，追，就是补救的意思！”

“啊……嗯……对，陈喆同学说得有道理。大家用笔标注一下，这个确实是每年常考的知识点。”看到陈喆死读书、读死书，众人伤透脑筋。但是课堂之上，李德亮也不好计较些什么。

王元鹅摇着头，叹了口气，在课本上画了下来。单求胥看着手表，喃喃道：“按理说，应该要来了啊……”

“喂！你干吗呢？别交头接耳地吸引老班的注意，连累我呢不是！”王元鹅戳了一下单求胥。

单求胥一本正经地趴在王元鹅耳边，说：“我喊了肖露过来。”

见王元鹅赶紧收起小说，一本正经地盯着门口，单求胥得意地笑了起来。

“来，我们继续，下一句是实迷途其未远，觉今是而昨非。”李德亮继续在黑板上写着。

单求胥迅速举起了手，陈喆回头看了看，也不甘示弱，将手举得更高。众人纷纷把头缩在课桌上，牛福索性将头伸进了桌洞里。

李德亮看了一圈，笑着说：“单求胥，你来翻译一下。”

“幸好我迷失的路不是很远，我也终于发觉，现在的我是对的，而以前的我是错的。”单求胥有备而来。

“好！很有感触嘛！来，下一句。”李德亮正打算继续讲，特意回头看了一眼陈喆，陈喆也纳闷地回头看了看。

因为陈喆很是教条，而李德亮教文言文翻译，更想将文章的优美之处展现给大家，所以很多时候，李德亮并不想听陈喆那课本般的千篇一律的解释。

“舟遥遥以轻飏，风飘飘而吹衣。问征夫以前路，恨晨光之熹微。”李德亮写板书，肖露一改OL打扮，扎起了双马尾，清纯如女神般站在门口。

“对，说得很好，这是哪位同学啊，声线很特殊嘛。”李德亮只顾着写板书，写完朝着窗户一侧转身，看向了台下，全然没有发现站在门口的肖露。

“天哪，这是那个黄脸婆吗？女人的化妆术简直堪比整容啊！”看到眼前的肖露，王元鹅简直不敢相信，这就是自己暑假打工时看到的肖主管。

“哪位同学翻译一下啊？”看到众人纷纷抬头，李德亮放下书，笑着说，“哟，这是怎么了，都会啊？”

“船在水上轻轻漂荡，微风吹拂着我的衣裳……”

熟悉的声音再次响起，李德亮缓缓转身，微风吹过肖露的双马尾，李德亮眼前一片光亮，宛若回到了大学时代的那次约会。

其实，同冯莹一样，肖露很快也喜欢上了才华斐然的李德亮。所以，她便私下里约李德亮，来到了游船上。

李德亮费力地蹬着鸭子船，埋怨道："肖露，你不是说冯莹也会来吗？"

肖露笑着说："哦，她临时有事儿，就不来了。"

"既然这样，那我们往回蹬吧，走远了不好往回返了。"

李德亮说完，打算转向，肖露迅速出手，将李德亮的手按在方向盘上，说："没事儿，阿亮，我有的是力气。"

李德亮赶紧将手抽出，紧张地说："肖露啊，都是革命同志，你还是叫我李德亮吧！要是觉得我缺德，叫我李亮也行！"

肖露含情脉脉地转头，看了看四周，笑着说："阿亮，我喜欢……"

"看，飞机！"李德亮知道肖露要表白，大喊着指向了天空。

肖露好奇地抬头看向天空，李德亮纵身一跃，跳入了湖中，朝着岸边游了过去。

"哎！阿亮！你给我回来！"微风吹着肖露的双马尾，她着急地站在船上喊着。

往事如闪电般从眼前闪过，李德亮分明看到了大学时代的肖露，而且她就是那天鸭子船里的打扮。

看到李德亮惊呆，肖露接着翻译了下去："向行人打听前面的路，走过之后才后悔，未能坚持等到黎明的曙光。阿亮，我翻译得对吗？"看到李德亮愣在了那里，肖露笑着问。

"露……露，露露……"李德亮腿一软，扶着黑板便晕倒在地上，手中的粉笔在黑板上画出了一道长长的线条。

李德亮的血糖确实低，看到肖露后晕倒，也不算是偶然。看到多年老友突然出现，李德亮一时间也不知道该说什么才好。肖露只是拿着挂吊瓶的铁棍，陪李德亮走在了操场上。

"想不到那么多年来，我们一直都在同一座城市，这……这个世界真是太小了！"李德亮感慨道。

"这个世界真的很小，可是这座城市却太大了，大到我们从来都没遇到过。阿亮，你和冯莹的关系现在怎么样？"

"嗐，都是陈年往事了，她啊，现在正和扈极硬谈着呢。"

李德亮手腕上的针管连接着肖露手里的吊瓶，看到李德亮往人多的地方走，肖露不禁走在前面，将李德亮引向了教学楼的转角处。

此时，扈极硬和冯莹也在转角的另一边走着，扈极硬拿着雪糕，边吃着自己的边递给冯莹，说："莹莹，你试试看，这支雪糕里面绝对有你意想不到的惊喜。"

"惊喜？就你那手气，不是惊吓就见怪了！"冯莹刚下课，抱着课本径直往前走了起来。

"虽然以前雪糕上都是诅咒，但是我突然觉得，今天我的感觉特别好，总觉得要有什么大事发生，你就试试看呗！"

冯莹只顾着往前走，丝毫没有搭理扈极硬的意思，扈极硬只好边吃边追在后面。

“阿亮，其实我这次来，就是想告诉你一件事。”看到拐角处没有外人，肖露将铁棍往墙边一杵，裙摆随着风飘了起来，从包里拿出一个盒子。

“什……什么事？”李德亮走出拐角站在那里。

“阿亮，你和冯莹和好吧，她喜欢的是你。”

“都这么多年了，说这些——我俩不可能了。”李德亮接过礼物，笑着问道，“给我的啊？”

“悟已往之不谏，知来者之可追。一切，都还来得及！”

“晨光熹微，错过了就是错过了，我不会再想这事儿了。露露，你来找我，不会是专程跟我讲这些的吧？你呢，你怎么样了？”李德亮说着，晃了晃盒子，想听听里面到底装了什么。

冯莹和扈极硬走了过来，站在了李德亮的身后，看到站在对面的是肖露，二人不禁愣住了。扈极硬本想张口说话，却被冯莹制止了。李德亮只顾着听礼物盒里的动静，对于站在身后的二人并无察觉。

“李德亮，其实我找你就是想告诉你，当年，那晚约你去后山的纸条，是我写的，对不起！”虽然面对着冯莹和扈极硬二人，但是肖露依旧面色平静。

“什么？”扈极硬惊讶地喊了出来，嘴里的雪糕掉在地上。

陈年往事的谜底被揭开，三人纷纷呆在了那里。肖露微笑了一下，将铁棍递到了李德亮手里，转身就走了。

原来大学时代，让李德亮洋相出尽的真凶并不是冯莹，而是暗中喜欢着李德亮的肖露。这么多年的恩恩怨怨被化解，李德亮手里的礼物“咣啷”一声掉在了地上。

“哎，肖露，啥时候来的啊？上次在海边遇见你，你也不给我留个联系方式，来都来了，吃了饭再走呗！要不吃个雪糕也行啊！”扈极硬的反应也是快，其实他何尝不知道，冯莹心里还是喜欢李德亮。要不然，那晚的篝火晚会，他就不会不叫李德亮参加。眼看着一桩往事被重新定义，扈极硬敏锐地感觉，自己同冯莹的感情应该要到头了。想到这里，扈极硬飞快地追了上去。

“肖露，干吗走这么快？”扈极硬气喘吁吁地拦住肖露，递过去一支雪糕。

肖露笑着接过，说：“阿硬，你学的不是数学吗，怎么教体育了？我还以为刚才认错了。”

“我觉得我逻辑思维不行，学生们的成绩倒是没落下，但是没有什么可改进的地方。不像李德亮，他原来教英语，现在教语文，教得那是激情四射。我不想做应试教育的刽子手，就申请教了体育。”扈极硬说着，忍不住将目光瞥向了肖露，清晨的阳光将扈极硬照射得有些头昏脑涨了起来。

“怪不得总有人说，你的数学是体育老师教的呢，原来发源地在你这儿啊！”肖露打开雪糕包装，笑着舔了起来。

“没错，改教体育后，之前的学生都这么说。唉，三人成虎啊！”

肖露咯咯咯地笑着，咬了一口雪糕。肖露的皓齿红唇，在阳光的照射下晶莹发亮，扈极硬的心狂跳了起来。可是雪糕放在扈极硬手里太久了，加上刚才扈极硬猛烈的跑动，肖露才刚一口下去，整个雪糕便掉在地上。

扈极硬非常尴尬地说：“唉，我再去买一支。”

看到扈极硬转身离开，肖露赶紧说：“阿硬，不用了。”

“不行！你在这儿等着啊，我马上就回！”

“哎，真的不用了！”

看到扈极硬像兔子一样跑开，肖露无奈着拿着雪糕棒看了起来。看到雪糕棒上写着：“我喜欢你！”肖露笑了笑，转身走了。

大学时代，后山着火一事，李德亮刚开始一口咬定，扈极硬挖自己墙脚，因为冯莹约的是自己，但是根据自己对扈极硬的了解，加上扈极硬的百般解释，李德亮不得不承认，自己是被冯莹戏弄了。毕竟，最开始的时候，自己也是作为陪衬出现在冯莹面前的。为此，李德亮对冯莹怀恨在心，一直恨到现在。眼下，一切真相大白，冯莹叉着腰，看着李德亮，要不是李德亮打着吊瓶，冯莹巴不得马上上去扇几巴掌。

李德亮有些胆怯地说：“莹莹，要不……你赶紧去上课吧……”

冯莹气愤地问：“阿亮，你知道天空为什么是蓝色的吗？”

“因为大气折射阳光……”

“不！因为我！我希望它是蓝色的，它就是蓝色的了！”冯莹底气十足，“知道火为什么很热吗？也是因为我，我希望它是热的，它就热了！”

“知道为什么中国会有四季变化吗？”冯莹噘着嘴又问。

“因为你了……”看到形势如此，李德亮深得冯莹的套路。

“没错！知道你为什么出生吗？也是因为我！”

“啊？等等！莹莹，我没记错的话，我好像比你大三岁。”李德亮赶紧纠正道。

“知道‘迎接’这个词吗？彼得先于耶稣降临世间迎接他！”冯莹仿佛在积攒着能量，越说越气愤。

“哦。”此时，李德亮完全没了脾气，像只绵羊一样站在那里。

“什么？葡萄糖注射液？”冯莹看了看铁棍上的药瓶子，拔了下来，将李德亮手腕处的针管也拔下来，扔到了一边。

“莹莹，你要干吗？”李德亮战战兢兢地问道。

“准备好了吗？嗯？”冯莹说着，将怀里的书本扔在李德亮怀里，活动起筋骨来。

“莹莹，准备什么？”

“这么多年过去了，大学那会儿的恩怨，是不是该了结了？”

“莹莹，不……要……啊……”看着冯莹甩着膀子往后退了几步，李德亮惊恐地大喊了起来。

冯莹腾空而起，将这么多年的委屈与愤恨化作了一个回旋踢，猛地将李德亮踢飞出去老远。

李德亮被冯莹飞身一踹，差点没过去，躺在地上捂着胸口直翻白眼。冯莹拍了拍手，捡起地上的礼物，拆开看了看，里面装的原来是当年李德亮借二胡的时候，要饭大哥送给他的圆框墨镜。当年，李德亮布置好了帐篷，却被付诸一炬，掉落在地上的就是这副眼镜。后来李德亮还回去找，但最终还是没有找到。没想到，这么多年，眼镜一直在肖露这里。

扈极硬夸张地端着商店冰柜里的一筐子雪糕跑了回来，肖露却不见了人影。

“单氏集团？今天果然注定不平凡。”看到地上的名片，扈极硬捡了起来，看了看，高兴地笑了。

吴长鸣走到高三 8 班门口，看到没有老师在里面，便大喊道：“王元鹅，单求胥，操场有人找！”

竟然有人同时找他们俩，听到这里，王元鹅和单求胥挠了挠头，一同朝着操场走去。到了跟前，二人才发现，原来是单父和董小姐推着“784533”来到了学校。

“爸、妈，你俩咋来了？”看到二人重归于好，还一起来到了学校，单求胥赶紧跑了过去。

“我听你爸说，这辆车是在王元鹅家里找到的。”看到王元鹅转身要走，董小姐喊道，“王元鹅同学，麻烦你过来一下好吗？”

“什么情况？无事献殷勤，非奸即盗！这个老妖婆，我还是小心着点！”看到董小姐满脸堆笑，王元鹅起了一身鸡皮疙瘩。

“单叔叔，您好！”

“你好，大鹅同学。”单总微笑点头，看到王元鹅没有同自己打招呼的意思，董小姐只得笑着说下去。

“王元鹅，那么多年，还是要感谢你们家的妥善保存，我和胥胥他爸想了想，虽然依依不舍，但还是要物归原主。当然，如果你打算卖的话，多少钱我都可以买的。”

“我不卖，这是我爸的，我还等他回来骑着载我呢。”面对董小姐的笑，王元鹅面无表情。

“你爸？这会儿了，你爸还骑这个车吗？”董小姐吃惊地问道。

“我奶奶说了，我高考完那一天，我爸就会在考场外面等我。我怕他到时候认不出我来，这也算家里唯一的信物了。”王元鹅走上前去，接过自行车，看了又看，摸了又摸。

看到董小姐聊不下去，单父笑着说：“那好，其实我也很期待能够见到你的父亲，先好好准备考试吧。”

董小姐笑着说：“阿信，胥胥，我想和王元鹅单独聊聊。”

单父想了想，说：“那好，我们在食堂等你俩。今天，我请客。”

董小姐卖乖地说道：“王元鹅同学，带我参观一下你们的校园吧。”

看到单求胥一再给自己使眼色，王元鹅想了想，只好答应了下来。

为了让爸妈体验自己平日里的高中生活，单求胥特意点了自己平时吃的套餐。但是唯独给王元鹅点的那份，却是最豪华版本。

“我来晚了。”董小姐说着，坐了过来。

“妈，王元鹅呢，她怎么没来？”看到身后没人，单求胥张望了起来。

“哦，她去洗手间了，说一会儿过来。”董小姐说完，便动起了筷子，只是单父若有所思地看着。

单求胥将自己餐盘里的蛋夹起来，董小姐以为他是给自己夹的，打算去接，但是结果大跌眼镜，单求胥径直将蛋放到了王元鹅的碗里。

看到董小姐诧异的目光，单求胥笑着说：“王元鹅平时没少受我欺负，要不是她的鼓励，我也走不到今天，嘿嘿嘿……”

“嗯，这话说得没毛病，王元鹅这孩子啊，虽然家境是差了点，但是心眼好，正直勇敢，是个好女孩。”单父说完，也将自己碗里的蛋夹到了王元鹅的碗里。

董小姐板着脸，将给王元鹅的蛋全部夹回了单求胥碗里，父子二人十分不解。

“梅梅，你这是干吗？别让人家同桌笑话！”

“王元鹅不来了！她被同学喊出去吃饭了！胥胥，我可提醒你，这可是高考的关键阶段，你可不要动男女私情！”才没几秒钟，董小姐便厉声厉色了起来。

“妈！什么叫男女私情，友情不是感情吗？”面对刚才董小姐的欺骗，单求胥闷闷不乐。

“男女授受不亲，还是要保持些距离比较好！当年要不是你对静静动真情，你这会儿早都大学毕业了！”

看到董小姐还是那么不近人情，单求胥将筷子往桌子上一拍，说：“你俩吃吧，我出去吃！”

“哎，你这什么态度？我这是为你好！”单求胥的顶撞让董小姐有些猝不及防。

“这孩子，不懂事！”单父连忙打圆场。

“你看看刚才他那极品同桌对我的态度，爱搭不理的！我看呢，胥胥都是被她教坏的！”董小姐愤愤不平。

“年轻人都这样。梅梅，你刚才没欺负人家姑娘吧？”单父小心翼翼地问。

“我欺负她干啥？反倒是她，把我劈头盖脸地说了一顿！”

“啥？她说你？小姑娘说你啥了？”单父忍不住乐了。

董小姐想说什么，但是叹了口气，说：“不说了，吃饭！”

单求胥心想，平日里大家很少吃饭，要是出去吃，为何不通知自己，还当着父母的面放自己鸽子。想到这里，单求胥便生气地走回了教室。看到牛福、林昆、王元鹅三人聚在一起吃着泡面，单求胥更是气不打一处来。

“喂，我好心请客，你骗我妈说出去吃饭，就是吃这个？”单求胥生气地嚷了起来。

“这个挺好的啊，蛋哥。”牛福说着，用吸管喝了一口泡面汤，十分享受的样子。

“就是就是，话说好久没吃过了呢。”林昆说完，也吸了一口。

单求胥气愤地说：“有没有搞错，你这也太不给面子了吧？还有，吃泡面放吸管干吗？”

“喝泡面汤啊，这样比较优雅。”牛福笑着，朝林昆递了个眼色。

“穷人家的孩子，哪有资格和单公子一起吃饭啊！”王元鹅面无表情，“还有，你妈给我买的这些零食，我不要，你留着自己吃好了！”

“哎，鸟人，放我鸽子，你还有理了是不？你哪根筋不对啊，我妈好心给你买的，不领情就罢了，还在这儿阴阳怪气的，莫名其妙！”

“莫名其妙？莫名其妙的是你！还有你妈！”王元鹅努力地压制着自己的情绪，“牛二，把老干妈给我来点！”

牛二拿起老干妈，往王元鹅的面里放了些，王元鹅大喊道：“多放点，不够辣！”

看到三人一反常态的举动，单求胥不禁小心地问道：“喂，我问你，是不是我妈跟你说了什么？”

“没说什么，吃饭呢，别打岔！”王元鹅说着，朝牛福、林昆笑了起来。

看到三人把泡面吃出了法餐的感觉，故意气自己，单求胥生气地朝着三人的桶里吐了口唾沫，自己从桌洞里拿出餐叉，享受地吃了起来。

王元鹅嘴里鼓鼓囊囊的，气愤地看着单求胥，想到董小姐对自己说的话，王元鹅生气地流下了眼泪。

“王元鹅，明人不说暗话，我知道你和单求胥是同桌，一日同桌百日恩，你们肯定感情深厚吧？”

听到董小姐阴阳怪气，加上之前单求胥当着董小姐的面吻自己，王元鹅解释道：“董总，压根不是您想的那样，上次是您误会了。”

“你先别打岔，让我把话讲完。我承认，当初是我的误判导致了胥胥的叛逆心理，但是问题的根本原因不是出自我，而是出自胥胥和异性同桌的关系处理上，倘若他能够正确认识早恋的危害性，那么静静就不会一而再，再而三地成为他的噩梦。”

“可是静静已经走了，您可以放心了。”

“梦中的静静确实已经离开了，但是眼前的静静又出现了。”

“啊？哈哈哈……董总，我想您是误会了，我和单求胥不可能……”看到董小姐将自己同静静相提并论，王元鹅忍不住笑了起来。

“王元鹅同学，我比你更了解我的儿子。我看得出来，他喜欢你。虽然你出身贫寒，无依无靠，但若是努力奋斗，还是能嫁个好人家的。这张卡里有三十万，够你大学毕业了，我希望现在开始，你断绝和胥胥之间的来往。”

董小姐说完，将卡放到了王元鹅的手上。王元鹅看了看，说：“三十万？董总，您儿子在您眼里就值三十万吗？”

董小姐被王元鹅的这句话问住了，她没有想到，面对巨款，眼前这个女孩竟然没有丝毫动摇，甚至都没眨一下眼。

“哈哈哈……果然是聪明女孩。说吧，你想要多少，我都给得起。”

“董总，单求胥跟我讲过，说他去过怡静的家，我猜您应该早一步去过了吧？而且，我没猜错的话，您给的筹码应该也不低于这个价吧。”

“没错，任何人都不能成为胥胥成长路上的绊脚石，于我来讲，无非就是钱而已。”

听完之后，王元鹅才猛然觉得，眼前的董小姐简直就是一个魔鬼。原来，她早就先于单求胥一步来到了怡静家里，用钱收买了怡静的父母。

“单氏集团也好，董氏集团也罢，胥胥是要继承家业的，我不希望你成为第二个静静。门不当户不对，你们也不可能有结果的。”董小姐撕下了友善的面具，露出了本来面目。

“董总，我想您是误会了，我虽然出身贫寒，但是我眼睛不瞎。钱多钱少，对我来讲，一无是处。我承认，我不讨厌单求胥，但是，我喜欢的，只是那个为梦想努力拼搏的人而已。”王元鹅说完，将卡扔在地上，骑上车走了，董小姐站在原地，气得不行。

单求胥拿着吸管，喝着面汤，得意地说：“争啊，怎么不争了？”

“为什么穷人吃个泡面都被人欺负，为什么！”王元鹅看着单求胥，边哭边大喊了出来。

“哎……怎么个情况啊？鸟人，你、你别哭啊！不就一桶泡面吗，至于吗，回头我送你一箱好了。”看到王元鹅伤心地哭了起来，单求胥愣愣地站了起来。

王元鹅抹着眼泪，委屈地说：“我只想吃桶穷人的泡面而已，你们富人为什么要欺负我！”

“怎么了这是……”看到伏在桌子上大哭不止的王元鹅，单求胥朝牛福、林昆小声地问了起来。

牛福、林昆长叹了口气，什么话也没说，起身便走了。

虽然谁也没有告诉单求胥王元鹅为什么哭，但是想了几节课后，单求胥大概也猜出了点什么，毕竟自己本身做得也不太对。为了表示歉意，单求胥特意嘱咐门口的面馆师傅，做一碗顶级的牛肉面。

王元鹅一脸不情愿地坐在那里。很快，师傅便端上来一碗牛肉面，上面不仅有大块的牛肉覆盖，还有众多美食作为搭配。面一上桌，连单求胥也不禁流出了口水。

“呶，同学，这是本店最奢华版的牛肉面了。我是用老母鸡熬的汤做底，光是熬的这汤都用了十五道名贵中药材。上等的小麦粉，筋道！加上大块牛肉，香肠、鸽子蛋，还有鲍鱼和海参。这碗面，可以说是我做过的顶级版本了，没有之一！”

听面馆师傅说完，单求胥弱弱地问：“多少钱？”

师傅擦了擦手笑着说：“没有三千块，没有一两千，只要一百九十八。”

“啥，这么贵？”牛福、林昆惊讶地说。

单求胥拍了拍二人，说：“懂什么啊，不贵不贵，值这个价了。”

“算你有良心！”王元鹅说着，将面碗拉到自己跟前，吃了起来。看到王元鹅吸溜地吃着，三人只能把口水大口大口地往肚子里咽。

“辣椒，给我加点辣椒。”王元鹅说着，辣得擦起鼻涕来。

“你这么能吃辣，该不会是从四川重庆被拐过来的吧？”单求胥说着，将辣椒面递了过去。

“少废话！”王元鹅说完，挖了一大勺，放到了碗里，整个碗都变成了红色。

看到王元鹅辣到跳，林昆说：“哎，我前几天看到一则新闻，说是一个男的，第一次吃火锅觉得不够辣，就怀疑自己是从四川重庆那边拐过来的，结果回去就上网查，没想到，还真查到了，自己果然是小时候被拐过来的。”

“嗯嗯嗯，我也看过。”牛福笑了起来。

“再胡说八道，可就别怪我不客气了啊！”王元鹅尽情地吃着，一扫之前的种种不快与阴霾。

看到王元鹅心情大好，单求胥打开手机录音功能，悄悄地放到了桌子上，问道：“王元鹅，这面，你喜欢吗？”

“喜欢啊！”王元鹅吃着面，自顾不暇。

“真的喜欢吗？”

“真的喜欢啊！”

听到这里，单求胥方才将手机满意地拿回，放到了口袋里。

单求胥回到了家里，将卧室的门反锁，趴在被窝里，打开手机录音录了起来。

“王元鹅，你喜欢我吗？真的喜欢吗？”

单求胥录完之后，反复地检查音质和感情，录了几遍，方从被窝里满头大汗地钻出来。打开电脑，插上手机，打开剪辑软件，录音被单求胥剪为了几段。

“王元鹅，你喜欢我吗？”

“喜欢啊！”

“真的喜欢吗？”

“真的喜欢啊！”

听着自己的劳动成果，单求胥露出了满意的笑容。一切剪辑完毕后，单求胥笑着将文件另存为“英语听力试题”，放到了U盘里。

回到学校，单求胥偷偷地将U盘用纸条包好了，放到了王元鹅的桌洞里。

“最近我新下载的英语听力原声带，送给你好好复习，明天好好考！加油！单求胥。”王元鹅看着纸条和U盘，努了努嘴，说：“喊，猫哭耗子假慈悲！”

“坏了坏了，我U盘忘带了！一会儿中午可怎么播音啊！怎么办，怎么办！”郝佳琪在那儿着急地翻着书包，旁边的女生也在一边帮忙找着。

王元鹅拿着手里的U盘，远远地看着，心想：“哼，绿茶婊，你也有今天！”

“郝佳琪，要不你就别去了吧。”女生安慰道。

“那怎么能行啊，要扣咱们班的量化分的！”郝佳琪着急地说。

“用手机不行吗？”

“不行啊！之前有一个班的同学用手机把机器给弄坏了，所以学校明令禁止了。”

“喏，借给你用，为班级的荣誉而战。”一个U盘摆在了郝佳琪的桌子上，郝佳琪抬头看去，却发现是王元鹅站在眼前。

“谢谢。”看到王元鹅一脸笑容，郝佳琪小心翼翼地收下了王元鹅带过来的U盘。

第三十三章　断发明志

自打单求胥将 U 盘交给王元鹅，心里便万分期待着，可是一直没有得到王元鹅的回复。因为广播台的电脑没有联网，所以郝佳琪火速赶到了校外，下载了合适的音乐后，跑到了校园广播台，将音乐全部复制到了电脑桌面上。一同剪切到桌面上的，还有英语听力试题。对，就是单求胥录制的那份"英语听力试题"。

放学铃声准时响起，郝佳琪按下播音开关，甜甜地念道："倾听花开的声音，感受青春的活力，这里是校园广播台……"

一场风波就这么过去了，而单求胥的心里却起了波澜。

看到一脸平静的王元鹅，单求胥忍不住问道："鸟人，我给你的 U 盘，你看到了没？"

"看到了啊，怎么了？"王元鹅一脸若无其事的样子。

"那你有时间听听呗。"

看到单求胥抓耳挠腮，眼神躲闪，王元鹅想了想，说："好啊。"

"听认真点，明天考试很有可能考呢。"

"知道了，啰里吧嗦的，真是！"王元鹅说完，便拿起书包走了出去。单求胥暗自开心。

"老大！你该不会是明天考试要放大招吧？"单求胥拐弯抹角的提示，却让牛福和林昆看在眼里记在了心里，看到王元鹅走远，二人赶紧凑了过来。

单求胥白了一眼二人，说："我有那么无聊吗？"

"你刚才不是说有听力试题吗？"林昆鸡贼地问道。

"没那回事儿，瞎听什么呢！"

"要是有的话，别忘了把选择题答案传给我啊！"林昆还是紧追不舍。

看到二人以为自己作弊，单求胥无奈地白了二人一眼。

想到单求胥一再强调，王元鹅便也带着 U 盘，来到了学校图书馆。但是，王元鹅打开 U 盘看的时候，却发现里面什么都没有。想到单求胥丑恶的嘴脸，王元鹅不禁意识到自己又被单求胥耍了。

为了迎接考试，单求胥早早地在考场等待着。当单求胥看到王元鹅扎着双马尾在门口出现的时候，心里乐得开了花，一直咧着嘴甜甜地笑着。

冯莹拿着英语卷子走着，看到郝主任后，忙说："郝主任，一会儿麻烦您到广播台播放一下听力试题。”

郝主任笑着说：“放心吧，高考模拟题嘛，我一会儿就去广播台。”

“麻烦您了。”冯莹说完，露出了迷人的微笑。

自打冯莹和李德亮冰释前嫌后，冯莹整个人都不再是“灭绝师太”了，爱情，让冰山般的冯莹开始慢慢融化了。

看到单求胥花痴似的看着自己一直笑，王元鹅浑身不自在。冯莹将卷子发到每个人手里，郝主任也来到了广播台，找到了桌面上的英语听力试题，准时打开了。

“听力考试现在开始，你将听到以下内容：Excuse me? Can you tell me how much the shirt is? Yes,it's nine fifteen. 你将有五秒钟的时间将正确答案标在试卷上……”

“这鸟人心理素质够强的啊，听了我给她的录音，竟然跟没事儿人似的？”单求胥看着卷子，心思早已飘到了九霄云外。

“衬衫的价格为……”

“九镑十五便士。”喇叭里飘来了单求胥再也熟悉不过的录音。

“所以你选择 B 项，并将其画在试卷上。现在你有五秒钟的时间……”

单求胥长吁一口气，翻开卷子，准备阅读第一题。但是令所有人惊讶的是，听力试题的声音戛然而止了。正在冯莹怀疑是不是郝主任违规操作了的时候，郝主任也站在操场上，抬头纳闷地看着喇叭。

很快，喇叭里就传来了声音，是单求胥的声音。

“现在你有五秒钟的时间，做好充分的心理准备听以下内容。”听到自己剪辑的表白录音从喇叭里传来，单求胥猛地站了起来。未等众人反应过来，喇叭里就传来了单求胥剪辑好的对话。

“王元鹅，你喜欢我吗？”

“喜欢啊！”

“真的喜欢吗？”

“真的喜欢啊！”

“如果你喜欢，那么明天就扎双马尾……”

伴随着喇叭里传来的崔健的《花房姑娘》，众人赶紧朝着王元鹅看去。果然，王元鹅扎了双马尾。

自打肖露扎着双马尾来到教室后，班里女同学掀起了一股扎双马尾的风潮。这一天，禁不住舍友的百般劝说，王元鹅也扎了一个双马尾。事情的真相就是如此这般狗血！面对如此高调的表白，让众人热血沸腾。班里炸了锅一样地吹着口哨，拍着桌子，王元鹅满脸通红，捂着嘴跑了出去。

《花房姑娘》一直响彻在校园，郝主任飞奔到广播台，及时将播放器关掉，重新打开邮箱下载了一份。

出了这么大的教学事故，很快，单求胥便被叫到了校长室。李德亮、郝主任、冯莹自然难辞其咎，一起站在了那里。

校长接过单求胥的手机，播放着单求胥剪辑好的音频。校长听完后，放下，语重心长地说："单求胥，你来到一中的这段时间里，从倒数第一考到了班级第一名。我相信这是你自己所付出的不懈努力换来的。但是眼前还有不到一个月就毕业考试了，不到两个月就高考了，你可不要重走老路啊！"

"毛校长，我……我就是闹着玩玩。"

"闹着玩玩也不行！你这样会造成很严重的影响！写份检查，回头课间操的时候在全校同学面前检讨！"出了这种事情，毛校长气得发抖。

听到这种处罚，单求胥长舒一口气，心想："学习好了就是不一样，要换作以前，罚站、跑圈、叫家长一样都不能少啊！"

"李德亮，我一再强调，对学生的思想动态要严格关注！不要老想着改革创新，要稳中求进！"毛校长狠狠地训斥道。

"嗯嗯，知道了，毛校长。"面对批评，李德亮只好低三下四地答应着。

单求胥垂头丧气地回到教室，却发现班里的女生都扎了双马尾，单求胥吓得满头大汗。

看到王元鹅不在，单求胥心里空落落的。

"老大，你真够牛的！"牛福说着，朝单求胥竖起了大拇指。

"简直前无古人，后无来者！佩服，佩服！"林昆说着，抱起了拳。

"唉，别提了！事情根本不是我想象得这样，鸟人去哪儿了？"

看到二人摇头，单求胥心想："按照鸟人的性格，不可能做这事儿啊，这到底是谁干的呢？"

王元鹅气冲冲地走进理发店，坐在位子上，说："老板，我要剪短发！"

老板正在给秃顶大叔理发，纳闷地问道："啊，为什么啊？"

"没有为什么，就是不想留了！"

老板看着眼前的秃顶大叔，摇了摇头，说："唉，得不到的永远在骚动，得到了的永远骚不动啊。"

秃顶大叔抬头看了看老板，老板尴尬地赔笑说："我不是那个意思，没说您。同学，你先等会儿啊，我得慢慢修一会儿。你说，这么长的头发剪短了，多可惜，可以烫个大波浪啥的。"

看到老板给秃顶大叔一根根地理发，王元鹅索性拿起剪子，将自己的头发齐耳剪断。

老板正小心翼翼地给秃顶大叔修剪横过整个脑袋的最长的一缕头发，看到王元鹅的举动，一哆嗦，咔嚓一剪刀落下，秃顶大叔仅有的一撮长点的头发掉在地上。

王元鹅将剪刀放下，便走了出去，老板再三表示歉意，秃顶大叔仍掐着老板的脖子，一副拼命三郎的架势。

姜果然还是老的辣。王元鹅之前还不赞同董小姐的看法，但是现如今看来，单求胥确实动了春心，而且是在极为关键的时刻，用很极端的方式。除了断发明志，王元鹅实在也想不出更好的办法。

陈喆擦着黑板，王元鹅轻轻地走了进来，喧闹的班级立马安静了下来。虽然王元鹅一头短发，但是在一帮长发女同学面前，依旧极为美丽。从未看到王元鹅剪短发的陈喆，惊得连黑板擦都掉在了地上。王元鹅从教室中间走过，阳光洒满了教室，窗帘飘飘，王元鹅的头发也飘了起来。

很快，全校大会上，单求胥作为早恋的典型在台上做了深刻的检讨。检讨完毕之后，单求胥并没有下去，而是站在了一边。

"按照大会的议程，下面有请优秀学生代表发言。"郝主任念完后，无奈地摇了摇头。

单求胥将检讨折叠，放到口袋里，掏出了另一份学习心得，走上台去念了起来。没错，早恋挨批的是单求胥，成绩进步优秀的也是他。单求胥刚一开口，全校同学全都哈哈大笑了起来。

在郝佳琪的主动解释下，广播表白的事件也算是弄了个清楚明白。因为都是无心之举，所以，谁都没有怪谁，事情就这么过去了。单求胥也没有再追问王元鹅，毕竟，王元鹅已经用行动回答了。

这周末是学校大休，王元鹅打算将二八大杠自行车骑回家。可是刚一走到自行车车棚前，单求胥猛地站了出来，吓了王元鹅一跳。

"单求胥，你干吗？"

"怕你的自行车丢了，给你上把锁。"

"喂！单球蛋，你太过分了吧，你这样我怎么骑回家？"看到自行车已经被单求胥上了十几把锁，王元鹅愤怒不已。

"骑回家？累不死你才怪，我这是为你好。"

"我呸！给我打开，快点！"

"哎，鸟人，我就纳闷了，你真就这么嫌弃我？把头发都剪了，至于吗？"

"我愿意！"

"那就是不给我面子了？"单求胥生气地说。

"嘁！"

"得，走吧，我送你回家。"

"不用你送，你把自行车给我打开！"

单求胥将手里的一串钥匙随手一扔，甩到了车棚顶上，假惺惺地说："哎呀，不小心，钥匙不见了。车在门口，走吧！"

单求胥说着，将王元鹅扛了起来，朝着停在一边的跑车走去。

"王八蛋！你放我下来，放我下来！"王元鹅大喊着，但是弱小的她怎么会是单求胥的对手呢？

单求胥像放麻袋一样将王元鹅丢到了跑车后座，未等王元鹅爬起来坐稳，单求胥便发动跑车开走了。

“浑蛋！你放我下去！”看到单求胥将车开得飞快，王元鹅大喊道，“你这是要去哪儿？”

“我跟你讲，我今天才知道，我爸前段时间藏哪里了。原来啊，他在海边偷偷买了一套度假小屋。那段时间，自己一人去那儿逍遥了。上次扈极硬和肖露在海边偶遇，正是因为肖露去给我爸送合同。难得周末休息，我带你去散散心。”

“王八蛋，我不去！放我下去！我不去！”

“家里又没人，你回去干吗？”

“你放我下去，我回去看我奶奶！”

单求胥猛踩刹车，王元鹅一个不防备，撞在了前面的座位上。单求胥摘下墨镜，转过身，说：“你别吓我，奶奶啥时候回来的？”

“浑蛋！疼死我了！”王元鹅捡起掉在车里的眼镜，揉了揉头，说，“快高考了，我要去墓地看看她。”

“唉，我本来想带你出来放松放松，没想到你还不领情。”单求胥长舒了一口气，考虑之后，很快将车调头往回开。

“浑蛋，你又要干吗？”

“带你回家。”

“你放我下去，我自己骑车回！”

单求胥猛踩油门，王元鹅坐不稳，只好又将安全带乖乖地系了起来。

在王元鹅的要求下，单求胥并没有花钱买鲜花，而是同王元鹅在山上采了一些野花，放到了奶奶坟前。看到刻着“宋美文之墓”的墓碑，王元鹅潸然泪下，跪在了坟前。

“奶奶，我们这个月底就要毕业考试了，过了下个月就要高考了，学习时间紧，到时候我就先不回来看您了，等我考完再来找您。”

单求胥远远地站在那里，陪着王元鹅，王元鹅跪在坟前说个不停，将最近一段时间以来在学校发生过的点点滴滴说了个遍。

王元鹅一直从中午说到下午，单求胥索性坐在地上，打起了盹。看到王元鹅瞅着自己，单求胥赶紧过去，将王元鹅扶起。王元鹅腿麻了，走不动路，单求胥二话不说，又将王元鹅扛在肩膀上，扔到了车上。

望着泪眼婆娑的王元鹅，单求胥问：“去哪儿？”

“我想去找吉吉哥。”

“什么？有没有搞错！”单求胥气愤不已。

“我们两个从小都是奶奶看着长大的，小时候我们俩闹别扭吵架，总是奶奶把我们俩哄好；后来我们俩长大了，奶奶上了年纪，身体不好，总是吉吉哥和我一起细心地照顾奶奶，所以我现在有点想他，想和他说说话。”

夕阳西下，看着后座上伤心不已的王元鹅，单求胥坐在车里想了想，开车朝着市里而去。

二人站在胡同里，看着别墅区小楼上的灯，单求胥忍不住说：“喂，你有没有搞错，你想你的吉吉哥，却让我陪你找他。我真是要疯了！”

“怎样？有意见啊！一个大男人，干吗那么小气。”

“好好好！是我小气！都来半天了，想见人家直接喊出来不就是了，在这儿偷偷摸摸的，跟做贼似的算什么！”

看到单求胥没好气地嚷了起来，王元鹅赶紧说：“嘘！你小点声，郝佳琪住隔壁的。”

“什么？郝佳琪住隔壁？哈哈哈，那你先忙，我去约郝佳琪了。”

单求胥说着，便从胡同走了出去，大喊道：“郝佳琪！郝佳琪在家吗？郝佳琪！”

“哎哎哎，你要死啊，快走！”

单求胥大声嚷嚷，引来了郝佳琪家的狗一顿大叫，看到有人开门，王元鹅赶紧拉着单求胥躲在墙角，捂住了单求胥的嘴。

“喂！干吗这么声张？被郝主任知道，你就死定了！”

“哦，差点忘了这茬儿了。喂，鸟人，你这么熟悉敌情，该不会是经常来这里思春吧？”单求胥说着笑了起来。

“哪有……才不是你想的那样。”王元鹅心虚地掩饰道。

“我真就纳闷了，陈喆有什么好，你就那么喜欢他？”看到王元鹅害羞的样子，单求胥一脸无奈。

“也还好了，谈不上喜不喜欢的，就是觉得吉吉哥学习好，人又帅，打篮球也蛮厉害的，哪个女生会不喜欢啊？”

“谁啊？咋咋呼呼的！再来骚扰，小心我把他的狗腿打断！”听到狗叫声，郝主任提着棒球棒骂了几句，又回到了屋里。

“好险！球蛋，刚才差点被你害了！我们走吧。”王元鹅长舒一口气。

单求胥趴在王元鹅头上，闭上眼睛，闻到了王元鹅头发上散发出的阵阵清香。

“喂！你干吗？”王元鹅抬头，看见单求胥闭着眼，纳闷地问道。

“哦，没、没啥。看来平时郝主任也不太清净啊，估计得罪了不少学生，要不然也不会这样。”单求胥一顿紧张，赶紧转移话题。

“那肯定是，哪个老师没培养过几个渣子生呢。”

二人说完，起身刚要走，却发现郝佳琪还有陈喆从胡同的另一边走了过来。

“啊，目标出现，快隐蔽！”王元鹅说完，赶紧拉着单求胥回到墙角躲了起来。

“吉吉，刚才补习课上，我差点都要睡过去了呢。”

“我觉得陈老师讲得还算不错，对于考试的技巧上还是很有一套的。我觉得，以后的考试中我将会有质的飞跃。”

“啊？我只顾着玩手机了，他都讲了什么啊。”

陈喆回头左顾右盼，看了看，说：“三长一短选最短，三短一长选最长，长短不一选择B，参差不齐就选D，同长为A，同短为C。”

“哎呀，这么复杂，我脑袋都晕了！”

“那是，这可是他的独家秘籍。”

陈喆说完，颇为得意，在一旁的王元鹅听了，却忍不住捂着嘴笑了起来。

“怪不得，这么实用的秘诀，看来这补习班不白上啊。”

看着一脸严肃的单求胥，王元鹅惊讶地问道：“喂，你该不会当真了吧？”

“吉吉，那天王元鹅进门的时候，我见你手里的黑板擦都掉了呢。”郝佳琪说着，装起了鹌鹑。

“哦，我、我是有些诧异。”陈喆支支吾吾地说。

“诧异什么？你该不会是喜欢上她了吧？”

“哪有！琪琪，你别多想，中学生要以学习为重。我之所以诧异，是因为我太了解王元鹅了。她但凡做了重大的决定，肯定会有所改变，改变越大，说明决定越大，当时看到她剪掉头发，我想肯定是有天大的事儿要发生了。”

“吉吉，你怎么这么了解她啊？”郝佳琪吃醋地问道。

“嗐，从小玩到大的发小，彼此都太了解了。”

“陈喆对鸟人如此了解，而我却对鸟人一无所知，难怪鸟人会喜欢他。”听陈喆说完，单求胥心里五味杂陈。

看到陈喆和郝佳琪在路口道别，单求胥趴在王元鹅头上，说：“喂，郝佳琪走开了，有什么想说的话可以去告诉他了。”

“可是……大晚上的不太好吧。”

看到陈喆往路口这边走，王元鹅还是犹豫不决，单求胥索性一把将王元鹅从墙角推了出去。陈喆正走着，突然看到王元鹅出现在眼前，不禁怔住。王元鹅回头看了看躲在墙角的单求胥，单求胥笑着，朝王元鹅摆了摆手。

“在我伸出手的那一刻，我大概明白了王元鹅讲的那句话。”单求胥突然想起了白天语文课上，王元鹅对“悟已往之不谏，知来者之可追”的解释。

课堂上，王元鹅当时说：“我终于觉悟到，错过了的人和事真的就永远错过了，永远都没有办法补救。我也明白了，未来依旧充满各种可能，我们仍然要去有所追求。”

陈喆机警地转身，看了看四周，纳闷地问道：“小鹅，你怎么在这儿？”

“哦，我……没……我就是刚好路过。”

“路过，这么晚了你要去哪儿？”陈喆纳闷地问道。

“我……我就是随便走走，对，随便走走。”王元鹅被单求胥猛地一推，猝不及防，在陈喆面前，王元鹅显得慌乱而不知所措。

“那要不去我家坐会儿吧？”陈喆笑着说。

“哦，好。”

王元鹅转头看了看，单求胥笑着点了点头，王元鹅便跟着陈喆进了院子。

单求胥一个人转身离开，坐在跑车上，心里不禁落寞而又伤感，回想起认识王元鹅之后一起经历的种种往事，单求胥苦笑了起来。

王元鹅跟着陈喆走进屋，陈喆接了一杯水，递了过来。

“吉吉哥，你爸妈呢？”王元鹅喝着水，紧张地看着屋里的摆设。

“爸妈出差去了，要不……你就在我家住一晚吧。”陈喆说着，抓住了王元鹅的手。

“不用了，吉吉哥，我先走了！”王元鹅甩开陈喆的手，害怕地跑了出去。

“浑蛋，果然自己一个人先走了！”看到单求胥早已离开了，王元鹅生气得直跺脚。

单求胥将车开到马路上，看到迎面驶来的一个大爷，他骑着二八大杠自行车载着大妈，二人说说笑笑开心极了。想到“784533”，想到自己小时候同王元鹅的合影，单求胥突然觉得，自己甚至比陈喆还要猥琐。此刻的他，已经不再将王元鹅当作一个同桌看待，更多的是自己的妹妹一般。从陈喆家到学校有那么远的路程，又是深夜，自己怎么能够将王元鹅一个人扔下不管呢？想到这里，单求胥猛地刹车，调头驶了回去。

然而，单求胥将车开回原地后，并没有看到王元鹅。看到陈喆家的灯关掉，单求胥黯然神伤。

“干吗这么慌乱，就算是在陈喆家过夜，他父母都在家，也不会出什么事。干吗这么自作多情！人家明明喜欢的是陈喆，这么晚了，她怎么会出来。”单求胥暗暗自责，踢了几脚马路牙子后，生气地上车离开了。

王元鹅走了很久才走到校外胡同，看到已经凌晨三点多，王元鹅重重地打了个哈欠。

“死球蛋，说好了一起回学校的，就这么溜了！”王元鹅大声地抱怨着，将眼前的易拉罐一脚踢出去老远。

但是，王元鹅没想到的是，一把锃亮的尖刀突然抵在了她的腰间。

“别动！”伴随着一个低沉的声音，王元鹅脑子“嗡”的一声，赶紧举起了双手，睡意全无。

第三十四章　一个合格的劫匪

冯莹武斗劫匪的事情，王元鹅也略有耳闻。只是直到此刻，王元鹅才觉得，抢劫之类的事情离自己真的并不遥远。

“别动，打个劫！”白龙马说着，绕到了王元鹅面前。

王元鹅盯着白龙马，看了足够一分钟，看到对方长得虽然黑，但是并不像是十恶不赦的大恶人，王元鹅试探性地问道：“大哥，你在学校旁边打劫，有市场吗？”

白龙马将刀往腰里一别，说：“我玩的就是刺激，不图钱！”

看到白龙马将刀收了起来，王元鹅心想，凭借自己的三脚猫功夫，虽说不能够将白龙马打倒在地，但是虚晃两下，逃跑还是没有问题。想到这里，王元鹅不禁胆子大了起来。

“不图钱你大半夜在这儿干吗？”

“这是我的工作，你能不能配合一下，严肃点？”白龙马说着，翻起了王元鹅的书包。

“看，飞碟！”王元鹅突然大叫着看向天空。

白龙马抬头看天空，没想到一只飞碟真的从头顶飞了过去。

“我打啊！”王元鹅抓住机会，飞起一脚朝着白龙马的命根子踢去，白龙马应声倒地。

倒在地上的白龙马一手指着天空，说：“快看，飞碟。”

“飞你个头！以后再让我看到你，我就对你不客气了！”王元鹅愤怒地说。

“真的有飞碟！”

“你省省吧，我是不会看的！明天我就会报告学校，快高考了，少在这儿扰乱军心！”

“快高考了，少出来浪啊！这么晚了还在这儿晃悠，怪我啊！”白龙马慢慢地扶墙爬了起来。

“管得着吗？这么晚了，学校大门还能进吗？”王元鹅挠了挠头，自言自语道。看到白龙马恢复了战斗力，王元鹅往后退了几步，跑着攀上了墙头，从墙头跳了下去。

“姐们儿，厉害！”看到王元鹅身轻如燕，白龙马忍不住喊了起来。

王元鹅一个人走在空空的操场上，篮球架安静地立在那里，回想起几日前单求胥在这里强吻自己，还有董小姐同自己讲的那些话，王元鹅不禁感慨不已。

看到球架下面有个篮球，王元鹅放下书包，拿起篮球朝着篮筐扔去。王元鹅的手劲儿实在是太大，篮球扔到篮板上，重重弹了回来。王元鹅边走边退，几次都没能投进。无奈之下，王元鹅直接退到了三分线以外。

“单求胥，是时候该和你做个了结了。”王元鹅低头拍了拍球，抬头朝着很远处的篮筐看了看，“若是进了，就离开，若是没进，就继续。”

王元鹅说完，随便一扔，皎洁的月光下，王元鹅站在球场上，看着篮球划过优美的弧线，球竟然在三分线外被王元鹅投进了！

“不会吧，这都能进？”

王元鹅嘟囔着，拿起球，再往后退了几步，奋力地扔了过去，令她没想到的是，球又进了！

“天哪，这也能行？”看着弹回来的篮球，王元鹅都傻了，“早知如此，篮球赛那会儿我还打什么啊，直接扔几下不就完事儿了？”

看到奇怪的篮球和篮筐，王元鹅索性走到了篮球场的另外一头，单手奋力地将球抛了出去。在抛出去的瞬间，王元鹅甚至都没有看篮筐，只是那么随手一扔。没错，邪门的事情又一次发生了，篮球准确无误地“唰”一声钻进了篮筐里。

“拜托！我只是做个决定而已，唉……”王元鹅无语地走到篮筐底下，拿起了书包，朝着宿舍走去。

白龙马费尽九牛二虎之力，爬墙头却怎么也爬不上去，摔倒在地的白龙马索性躺在了地上。星空下，一架飞船一闪而过。看着静美的星空，白龙马激动地拨通了老黑的电话。

“老黑，我刚才看到飞碟了！”

“唉……白龙马，都几点了啊，还打电话！”老黑一阵埋怨。

“老黑，高考快到了，我也要回国了，明天咱俩就去找校长吧。”

“Wonderful.”

说完，老黑便挂掉了电话，呼呼睡了过去。白龙马躺了一会儿，没有再看到飞碟，便也爬了起来。只是他刚一抬头，便发现一辆跑车迎面向自己快速驶来。

“Oh!”

市医院里，白龙马躺在病床上，绑着绷带，除胳膊有些脱臼以外，其他地方已无大碍。

看到毛校长还有李德亮都来了，单求胥不禁惊讶地说：“毛校长，老班，我没事儿，你们怎么来了？”

毛校长径直省略过单求胥，走到床前，问：“白老师，你没事儿吧？”

白龙马挣扎着坐起来，说：“没事儿，毛校长，都是误会。”

“什么？你们竟然认识？”看到二人之间的对话，单求胥一脸茫然。

李德亮站在一边赶紧解释说：“白老师是因为文化交流来到一中做心理辅导老师的，为了调查学生外出上网的问题，就别出心裁地设计了这种情景植入式调查方法。在统计数据的同时，顺便用实际行动开导了很多问题学生，有效地减少了学生爬墙出去上网的问题。不要以为你们每次出去上网我都不知道！”

“啥？”听李德亮讲完，单求胥还是有些不太相信自己的耳朵。

“白老师，为了防止学生们爬墙上网，你也是费心了啊！”毛校长安慰道。

“没有，校长您更辛苦。不过，经过我一年多的实战统计，学生基本上上网的次数少了很多。我也了解到了学生叛逆心理的一部分原因所在，回国前我打算找他们挨个儿谈话。”

“白老师，辛苦你了，明天就回心理咨询室正常上班吧。”

“好的，毛校长。”

听到白龙马和校长的谈话，单求胥一度认为，白龙马肯定联系到了国际大佬，摆平了毛校长，毛校长进而恐吓住了李德亮，作为帮凶。毛校长起身离开，同白龙马握手的时候，匕首“啪”的一声掉在了地上。

看到单求胥惊讶的表情，李德亮拿起刀，抓着单求胥的胳膊，刺了几下，单求胥吓得差点喊出来。直到此时，单求胥才知道，原来匕首是橡胶做的道具，并无杀伤力。看着李德亮还有毛校长远去的背影，单求胥认定，白龙马口中的老黑，绝对就是李德亮。曾经几次，他都觉得奇怪，现在回想起来，除了李德亮，也没几个人能给白老师起这么极品的中文名字，想这么奇葩的教学方式了。

王元鹅写了一张纸条，传给了林昆，看到纸条上写着给陈喆，林昆便帮忙递了过去。看到王元鹅的纸条被众人传递给陈喆，单求胥心里十分不爽。

陈喆打开纸条看了看，上面却写着：下课去楼顶。

陈喆回头看了看王元鹅，王元鹅点了点头，这让单求胥醋意大发，躁动不安了起来。

下课后，王元鹅早早地来到了楼顶，站在了那里。微风拂过王元鹅的短发，还有那一脸心事的脸颊。正如陈喆所说，此刻的王元鹅正在做着一个很大的决定。

“大鹅，昨晚……”看到只有王元鹅一个人，陈喆左顾右盼地走了过来。

“出来吧！”王元鹅打断了陈喆的话，头也不回地喊了起来。

“出来？什么出来？”陈喆一脸疑惑地转身，看向了身后。

“明人不做暗事，出来吧！”

陈喆左顾右盼，看了看，才发现单求胥从墙角走了出来。

“咳咳，学习压力太大，我……上来透透气。好巧，那你们忙，我先走了。”单求胥尴尬地说着，打算离开。

“单求胥，我有话要跟你们两个讲！”王元鹅喊住了单求胥，站在了二人中间，说，“马上就要高考了，天气也越来越热了，今天公布成绩后，不管你们两个谁输谁赢，都不要穿羽绒服了，好吗？”

“大鹅，你这是在帮他啊。这次，我的成绩指定是全班第一！”陈喆一副自信的样子。

“也未必吧，陈某人，跟我这儿嚣张什么，穿一次羽绒服没过瘾是吧？”单求胥忍不住嚷嚷了起来。

“是呢，不如某人穿了一个月来得爽吧！”

“那我就让你再补一个月！”

看到二人唇枪舌剑，王元鹅大喊一声，说：“好了！都什么时候了！”

“你试试看！”陈喆荷尔蒙大爆发，继续嚷了下去。

“信不信我让你满地找牙？”单求胥自然不甘示弱。

“我好怕啊！”

“谁丑谁先讲！”

果然，二人瞬间都闭上了嘴。王元鹅一把抓起单求胥的手，又抓起了陈喆的手，将两个人的手放到了一起，说：“都是一家人，想斗的话，就等填报志愿的时候再斗吧，你们的竞争对手还有很多，好吗？”

微风中，王元鹅楚楚动人，二人谁都没有再说话。

调座位如期而至，众人站在外面，李德亮拿着成绩单，在讲台喊道：“第一名，陈喆！”

陈喆骄傲地走到教室中间，看了看单求胥，坐在了教室中间的位子上。虽然陈喆考了第一，但是单求胥仍然不屑一顾。

“第二名，王元鹅！”

王元鹅看了看陈喆，又看了看单求胥，往前走了过去。

“愿赌服输，是时候做个了结了。”想到董小姐对自己说的话，想到单求胥对自己的表白，王元鹅并没有坐回角落，而是径直坐在了陈喆同桌的位子上。

众人看傻，李德亮也在心里纳闷道：“王元鹅怎么突然坐中间了，不过，学习好，坐在中间也没毛病。”

牛福拍着林昆的肩膀，说：“王元鹅疯了吧？”

“差不多，竟然和那种人坐一起！”林昆说着，直摇头。

“狗改不了吃屎，算我瞎了眼！”单求胥站在门口，心里凉了半截。

教学楼忽然停电，整个楼宇一片欢腾。陈喆趁机抓住了王元鹅的手，王元鹅奋力甩开，陈喆伺机再动的时候，王元鹅直接喊了起来。

“老班！”王元鹅站起来，陈喆方才收敛。

“怎么了，王元鹅？”

“要不等来电了再调位子吧？”

“也行，黑灯瞎火的，不太好。同学们，那就先各回各位，明天再调！”

王元鹅起身，径直走向了最后一排，让她没想到的是，面对即将来临的高考，陈喆也动起了歪心思。

“卖蜡烛了，卖蜡烛了，心形蜡烛，让学习更有情调！快来看啊！快来买！”很快，吴长鸣便带着阿呆、阿瓜来到教室门口，叫卖起来。

“给我来个心形蜡烛！”林昆率先跑了过去，牛福趁机浑水摸鱼，众人纷纷围了过去，哄抢了起来。

“哎，别抢！哎！谁啊这是！谁？还有没有素质了！”看到场面一度失控，吴长鸣赶紧大喊道，“兄弟们，这里生意不好做，快撤！”

王元鹅和单求胥静静地坐在那里，谁也没有开腔。

“喏，给你们个蜡烛。”林昆说着，递过来一个心形蜡烛，放在了中间。

前排点燃蜡烛，挨个传了过来，传到最后一排的时候，单求胥和王元鹅不约而同地一起去拿心形蜡烛，二人的手碰到了一起，触电似的又纷纷收了回来。

前排同学着急地说：“快点啊！都要滴蜡了！”

二人又一同伸手，短暂对视后，王元鹅低头停了下来。

“我来吧。”单求胥将蜡烛点燃，放在了桌子中间，红红的心形蜡烛跳动着，恰似二人此刻躁动不安的心。

单求胥想了想，写了张纸条，递给了王元鹅。王元鹅看后，又写上推了回去。

“为什么？”单求胥特意在后面画了一个大大的问号。

“我不想让别人误会我们之间有什么。”

“那么多年了，你终究还是放不下他。”

“你这么想，我也没办法。好好学习吧！”

“祝你们幸福！”

“神经病吧你！”看到单求胥的“祝你们幸福”，王元鹅将纸条生气地扔过去。

单求胥看了，什么话都没说就将纸条点燃，扔在了地上，黯然神伤地走了出去。

看到单求胥风风火火地带出一阵风，甚至将前排同学的蜡烛吹灭，牛福忍不住问道：“他干吗去了？”

林昆摇了摇头说：“不知道啊。”

单求胥走到学校办公楼的地下车库，打开自己跑车的后备厢，拿出了一个逆变器，还有一个电瓶，便关上了车门。

学校里，电工师傅仍旧在抢修着电路。眼看着教室里的蜡烛马上都要熄灭，王元鹅赶紧将蜡烛油用小刀刮一刮，又放了进去。

看到蜡烛慢慢熄灭，众人纷纷聊起天来，陈喆则拿着手电筒在那儿拼命地学着。能够利用别人不学习的时间学习，这差不多是让陈喆最兴奋的事情了。

单求胥拿着电瓶，走进班里，放到了讲台上，将黑板拉开，将电视机的插头接在了逆变器上面。神奇的是，电视竟然被打开了。

“哇！老大好厉害！”林昆说着，兴奋地站了起来。

“能开电视有什么用，网络又连不上！”看到大家全神贯注地看着电视，陈喆不屑地摇了摇头。

单求胥从口袋里掏出一个U盘，插在电视上，里面放着他最喜欢看的电影《泰坦尼克号》。单求胥打开电影，众人不约而同地鼓起掌来。

趁着电影刚开始的几分钟，单求胥解释道：“用逆变器将汽车电瓶里的直流电转化为交流电，可以打开电视。这是英文原版，希望大家可以借此锻炼一下口语。”

“好！”众人鼓掌，纷纷将桌子上的蜡烛吹灭。

陈喆拿着手电筒照来照去，大家怨声载道，无奈之下，陈喆只好关掉了手电筒，也看了起来。

单求胥坐回座位，看着电影播放着，教室里异常安静。单求胥侧头看向王元鹅欲言又止，王元鹅目不转睛地看着电视，悄悄地用余光瞥向了单求胥。

很快，学校下发了通知，因为电路抢修问题，晚上提前放学。林昆则拉着牛福跑去超市，买了很多零食饮料。

“棍儿，你买这么多零食干什么？”牛福纳闷地问道。

“老大发信息给我，说今晚请咱俩吃海鲜，让我买点吃的喝的。”

“今天晚上调位子，他该不会是受刺激了吧？自从上回遗落荒岛，回来后他不就发誓不吃海鲜了吗？”

“管他呢，万一是父母送来的呢。赶紧帮帮忙，海鲜凉了就不好吃了！”

宿舍里大家来来往往地洗漱着，单求胥趴在桌子上，看着心形蜡烛发呆，林昆和牛福拎着一大兜零食走了进来。

“酒买了吗？”单求胥赶紧问道。

“买了，害我专门跑了趟校外呢！累死了！老大，你看这些够不够？”林昆说着，将零食放到桌子上。

“嗯，差不多够了。”单求胥拿起来看了看，打开一包虾条，吃了起来。

“哎，老大，海鲜呢？不是说有海鲜盛宴吗，藏哪儿去了？”看到宿舍里空空如也，牛福忍不住问着，找了起来。

单求胥从床上枕头底下拿了两包海带丝，甩在了桌子上，说：“在这儿呢，我看了生产日期了，是前天刚生产的，很新鲜！”

单求胥说完，拿起一瓶易拉罐，爬到床上，躺下打开，就着虾条喝了起来。牛福和林昆二人拿起手里的海带丝，相互看了看，呆若木鸡。

第三十五章　毛校长的病

调位子结束后，王元鹅依旧还是选择和陈喆一桌，而单求胥的身边则换成了猴子。看到坐在教室中间的陈喆和王元鹅笑嘻嘻地沟通问题，单求胥醋意横生。

猴子戳了戳单求胥，问道："单求胥，这道题怎么做啊？"

"不会！自己看后面的解释！烦着呢！"

"还想着跟学霸一起提高点成绩呢，早知道我就不跟你一桌了啊！"看到单求胥无心学习，猴子摇了摇头，无奈地将习题册抽了回去。

因为还有几十天就要高考了，所以学校停了高三年级的体育课。为此，喜欢打篮球的单求胥如坐针毡，压力倍增。看到陈喆还有王元鹅坐在教室中间形影不离，连吃饭都要一起讨论问题，单求胥更是怒火中烧。

"你看他俩，都什么时候了，还卿卿我我，成何体统？"单求胥愤怒地说。

"老大，你就别操心了，我刚才路过都看到了，人家是在讨论数学题呢。"林昆说。

"老大，学习压力那么大，你还有心思想这些？"牛福附和道。

"不行！我们不能就这样死学下去，一点效率都没有！一根橡皮筋一直被抻着，也不是办法，要张弛有度才行啊！离高考还有七八周的时间，这七八周，让我不上网、不玩手机都可以，但是让我不上体育课、不打篮球，简直要了我的命啊！"单求胥抱怨道。

"那你还能咋样？让校长答应，让我们上体育课啊。"牛福说完，叹了口气。

"知己知彼，百战不殆！"

"老大，你该不会真要去找校长吧？"看到单求胥认真的样子，林昆担心地问道。

"我们别无选择，只有战斗！哪怕每周只上半节体育课都好啊！学校这摆明了就是一刀切！"

自从得知白龙马的身份之后，单求胥便认真地找白龙马聊了起来。目的嘛，无非就是想套套话，打听打听毛校长的消息。据白龙马所说，毛校长喜欢喝酒，但是家里管得严，这种事情一定会发生在放学之后，回家之前。所以，三人想抓住毛校长的小辫子，以此来谈判。

放学后，毛校长锁门走到了校门口，冯莹早已骑在车上等待。

"爸，我妈今天做了海鲜，你再不快点回家，都得凉了。"

“莹莹，你先回去吧，我一会儿和郝主任出去有点事。”

“什么事？爸，你该不会是又想偷着去喝酒吧？医生都警告你多少回了，你有高血压，不能喝酒！”

“我知道，我真有事，你先回吧。”看着冯莹一动不动，毛校长诚恳地说，“都快高考了，我找郝主任商量商量，怎么给学生做心理辅导。”

冯莹将手放到了毛校长的胸口，看到毛校长脸不变色心不跳，冯莹方才放心地说：“那你得跟我保证，绝不能喝酒！”

“你放心吧，快回去吧。”

郝主任将车开了过来，按了两下喇叭。

“郝主任都来了，莹莹，你就先回吧。”

“那好吧。”

毛校长走到郝主任车上坐下，看到冯莹骑车离开，方才大舒一口气。

“毛校长，去哪儿谈开会的事？”

“重来烤肉店。”

“烤肉店？”郝主任疑惑地问道。

“对！那里熟人少，我得喝点酒减减压，憋死我了！”

“好嘞！”

郝主任刚把车开走，冯莹就赶紧将自行车放在一边，拦了一辆出租车，跟了上去。单求胥三人自然也不落下，尾随了过去。

正在冯莹还在等红灯的时候，郝主任一脚油门，将后面的出租车甩在了屁股后面。

“还真给跟丢了，姑娘，怎么着？再去哪儿？”出租车司机紧急靠边，停了车。

“喂，妈，我把我爸给跟丢了。”电话响起，冯莹赶紧汇报敌情。

“你爸在重来烤肉店，你去把他给我拽回来！”

“啊，你怎么知道的？”

“我在他手机里装了跟踪软件。”

未等冯莹开口，师傅便将车调头，朝着重来烤肉店开去。

郝主任醉意微醺，给毛校长倒满酒说：“毛校长，白龙马昨天还找过我，说是高三学生压力太大，纷纷要求学校恢复体育课。”

“你怎么答复的？”

“这绝不可能啊！这种关键时刻，怎么能够掉链子呢？”

“唉，不是学校不想，只是，枪打出头鸟，全市高中都这样，谁又敢开这个口子呢？来！”

毛校长同郝主任碰杯，一饮而尽。郝主任只喝了半杯，看到毛校长喝完，赶紧将剩余半杯喝了下去。

冯莹下车后，本想上楼，却看到林昆从后面的车上下来，又被拽回了车里。

“林昆？他怎么会在这里？”冯莹想着，就朝三人走去。

“糟了，被发现了，快藏起来！”单求胥赶紧将二人的头按下，猫在了车里。

“单求胥？你们来这儿干吗？”看到三人猫在车里，冯莹问道。

“嘿嘿，冯老师，我们压力大，出来兜兜风。”单求胥尴尬地笑了起来。

此时的毛校长还有郝主任已经有些醉意了，烤肉放在那里，基本上没怎么动，花生米倒是点了一盘又一盘。

“毛校长，这不快毕业考试了吗，我不打算让琪琪参加高考了。”

“嗯，我都听说了，你打算送她出国。”

“毛校长，其实国外的月亮也不比国内圆，我就是想让她出去开开眼界，多见见世面。”

“高考是独木桥，你这是划船从桥底下过啊，哈哈哈。”

“毛校长，我敬您。”

“郝主任，慢点喝，这是第几杯了？”

郝主任想了半天说：“第二杯。”

“那还好，我不能超过三杯，要不然就醉了。”

郝主任指着头上仅有的一盏灯，说：“肯定不会，毛校长，等您啥时候把头顶上这两盏灯看成四盏了，那才是醉了。”

毛校长看了看头顶上唯一的一盏灯，又看了看郝主任，哈哈笑了。

待到冯莹急匆匆赶到楼上的时候，毛校长、郝主任二人早已齐刷刷地醉倒在了桌子上。

众人赶紧将二人抬到医院，郝主任很快就醒了酒，而毛校长则大醉不起，躺在了病床上。

“医生，有什么问题吗？”冯莹着急地问。

“你爸现在是短暂性的昏迷状态，以前就告诫过他，一定不能喝酒，这次是没有什么危险，但老这样下去，怕不是办法啊！”医生说完，摇了摇头。

“那郝主任呢？”

“郝主任身体健康，没有什么问题，就是酒量小了点。你爸年纪大了，平日里也要注意工作强度问题。我先出去了，有事儿喊我。”

“好的，谢谢！”

看到冯莹一脸失落的样子，单求胥纳闷地问道：“冯老师，毛校长既然身体不好，就应该让他戒酒才行啊。”

“你说得简单，有这么好戒吗？家里什么办法都用尽了，他还是想办法偷着喝。”

看到冯莹这么讲，单求胥认真地说：“那我也没啥过分的要求，我要是能把校长的酒给戒了的话，你让校长给我们恢复几节体育课就好。”

“这个不难。”冯莹脱口而出。

“此话当真？”

“当真就当真，谁怕谁啊！”想到单求胥古灵精怪，冯莹心想，或许可以死马当作活马医，说不准单求胥就能有什么手段，把问题解决了呢。

“让我认真想想看。”单求胥来回踱步，思考着。

“有了，大家听好了，我要导演的这场戏的名字叫作《时光倒流二十年》。”

单求胥的想法是，利用自己的关系，将大家组织到一起，演一场戏，让毛校长相信自己一觉睡了二十年，二十年后的种种，则是他最不愿看到的种种。只有这样，他才会无比后悔二十年前酗酒的自己，只有这样，他才能够下定决心戒酒。

长夜漫漫，说做就做。单求胥先是打电话给电视台的张叔，让他帮忙联系一下演播室，录一段事故现场的报道，然后安排众人深夜赶到了医院病房。一切排练结束，只等毛校长醒酒。

到了第二天早晨，毛校长终于睁开了眼，醒来的他却发现自己浑身上下都布满了仪器，安静的病房里，很多不知名的仪器吱吱地响着。

众人吃过外卖后，纷纷倒在了楼道里睡了过去，听到屋里有动静，单求胥赶紧将大家喊醒，一场大戏悄然上演。

“导演，开始了吗？”医生问道。

单求胥看着监控画面说：“Action!”

医生和护士戴好了口罩走了进去，看到毛校长自己坐在床上，二人的反应十分夸张，护士甚至将盘子掉在了地上。

“天哪，我没看错吧？”医生夸张地说。

“张主任，他真的醒了！天哪！”护士夸张地拉着医生的袖子。

“快！快去联系他的家人！顺便联系电视台，这将会是2038年度最激动人心的新闻！”

“嗯，嗯，绝对是！”

护士说着，赶紧走出门去，医生收拾好地上散落的药品，走到床头，调整了一下床的高度。毛校长则一脸诧异，浑然不知到底发生了什么。

“什么，2038年？”毛校长怀疑地看着医生。

“毛校长，我知道您现在肯定不知道到底发生了什么，因为您已经沉睡了整整二十年。”

“什么？”

“我先为您调整一下床的高度，这样合适吗？”

“合适，你刚才说什么？”

未等医生开口，护士又激动地走了进来，说：“张主任，我已经联系了病人家属了，他们非常激动，正在赶来的路上。电视台也是，他们要做专访。哦，这是病历。”

“好的。”

医生接过护士递过来的病历，看了看，说：“二十年前，您酒后驾车，出了车祸，后来就一直昏迷不醒，住在这里。我工作的第一天，就看到您躺在这里，已经过去整整二十年了，我的孩子马上都要高中毕业了。”

“可是我从来不开车，因为我没有驾照。”

“但是那天您喝醉了，执意要开车，您出车祸的时间是……”医生拿起病历，看了看，接着说了下去，“2018 年的高考前夕，现在是 2038 年高考前夕，看到您醒来，我真的不知道该说什么好。”

看到医生的反应，毛校长显然认真了起来，他想了想，赶紧问道：“我女儿呢？她当时在跟踪我，她怎么样了？”

“我现在不能回答您的问题，您的家属正在赶来的路上。”

“我想见我女儿！”毛校长显得有些激动，“我女儿怎么了？为什么不回答我！”

“毛校长，我真的不能回答您的问题。”

看到医生的表情严肃，毛校长意识到问题可能比想象得更加严重。

所有人围着监控器，看着屋里的一举一动。冯莹没想到，毛校长二十年后醒来的第一个问题就是找自己。深沉的父爱让冯莹泪流满面。

看到医生有苦难言，毛校长平复了一下心情问道：“学生们怎么样了，那一年的高考顺利吗？”

“毛校长，我这就去联系一下您的同事，为您了解一下这二十年间的情况，如果可以，您可以先看会儿电视。”医生说着，按下遥控器走了出去，电视上播放着众人连夜录制好的画面。

“早上好，这里是早间新闻播报，今天是 2038 年 4 月 14 日。昨天，著名企业家单求胥回到母校，为母校捐款，校长李德亮亲自接见，并做客本台。”电视机里传来了市电视台的采访新闻。

“什么？李德亮当了校长！”看到新闻，毛校长显得十分激动。

“感谢李校长当年对我们的栽培，要是没有您力排众议，推进教学改革，估计我也早就淹没在题海中了。”电视画面里，单求胥一身西装革履。

“也感谢单总，作为优秀校友，为母校增光添彩。母校的发展离不开校友们的支持，只是老校长，现在依旧还躺在医院病床上，他若是能看到这一幕就好了。”李德亮也是一改往日作风，说起话来，颇具领导风范。

女主持人笑着问道：“李校长，听说虽然已经过去二十年了，但是您一直对此事难以释怀，是这样的吗？”

“是的！我一直认为，下一届的校长理当由当时的郝主任接替，可是……”李德亮说着说着，竟然激动地哭了起来，这让毛校长更加深信不疑。

主持人递过一张纸巾，接着说：“看来李校长的情绪有些激动。是这样的，当年毛校长坚持酒后驾车操作失误，将郝主任撞伤在重来烤肉店门口，成为轰动当年的大事件，而毛校长本人也成了植物人。”

电视画面里出现了车祸现场的照片，照片上郝主任倒在车前，脸上血肉模糊，但是模样却还是清晰可见。

单求胥赶紧安慰道："李校长，毕竟大家当年都是迫于升学压力，要是能够适当放开一些活动，比如说体育课之类的，学生们就不会有这么大的压力，老师们也可以找到合适的方法排解，而不是通过喝酒。"

主持人紧接着说："所以单总这次出巨资，为学校增建了体育设施。"

"是的，生命在于运动，我希望大家能够健康地成长，其次才是学习。"

"什么，郝主任成植物人了？"看到新闻采访，毛校长的情绪十分激动，他捂着脸，抽泣了起来。

看到毛校长掩面而泣，站在外面观看的郝主任十分难为情，众人纷纷沉默了下来。

"医生，进！"单求胥紧紧地盯着显示器，如导演般指挥着一切。

"不好意思，毛校长，我需要问您一些问题，您还记得二十年前的事情吗？"看到毛校长的情绪难以自控，医生关上了电视。

"我不记得了。"毛校长几乎哽咽着说了出来，声音有些嘶哑。

"那您还记得昏迷前最后一件事是什么吗？"

"我只记得我在喝酒……"

"您虽然已经恢复知觉了，但是按照您现在的身体状况，不能再喝酒了。"

"不喝了，再也不喝了。"

紧接着，电视台的记者扛着摄影机走了进去。毛校长见状，赶紧抹了抹眼角的泪水，一脸悲伤地看着众人。

"医生您好，我是市电视台的记者，听说沉睡二十年的毛校长已经苏醒，这是真的吗？"

"是的，病人现在情绪不稳定，我希望你们一会儿再来采访。"医生假装阻止众人。

"毛校长您好，您的家人赶来之前，我只想问您一句，您有什么话打算跟家人讲吗？"记者说着，涌了过来。

"我对不起他们，我对不起郝主任，以后，我会戒酒……"

"那好，等会儿您家人过来，我再采访您。"记者正问着，便被医生推了出去。

很快，冯莹和李德亮急急忙忙走了进去，为此，二人专门化了老年妆。

"爸！您终于醒了，爸！"看到毛校长老泪纵横，冯莹"哇"的一声哭了出来。

"莹莹，我对不起你，对不起你妈，我就不该喝酒。"

看到来的人中没有老伴儿，毛校长心情沉重了起来，李德亮站在一边，十分拘束。

"你俩还是走到一块儿了……"毛校长停止了哭泣，看着李德亮，安静了下来。

"没、没有……"一时间，李德亮还难以入戏。

"什么没有，没有什么？"眼看着李德亮要穿帮，冯莹怒斥。

"有、有……校长，我……"李德亮支支吾吾的样子，更像是一个篡权夺位的小人，这更加让毛校长信服不已。

“李德亮，是谁推荐你当校长的？”毛校长缓缓地问道。

“郝主任走了之后，没人肯接这个烂摊子，大家推来推去，最后我就上了。”

“升学率怎么样？学生们没被你带坏吧？老师们还正儿八经地上课吗？”

“没、没有！升学率一直很好，老师们没变坏，是我变得正经了。”

“爸，现在你也醒了，咱们去警察局吧。”冯莹停止了哭泣，一脸悲伤。

“去警察局干吗？”毛校长猛地一惊。

李德亮不紧不慢地说：“因为您酒驾，还撞伤了郝主任，要去接受法律的制裁。”

“唉，莹莹，我对不起你，我对不起你们！”毛校长说完，悔恨万分，抱着冯莹呜呜哭了起来。

看到一场大戏即将落幕，单求胥转身说：“郝主任，到您了！”

郝主任没有化妆就走了进去，穿的还是昨晚喝酒时的那身衣服。

“毛校长……”郝主任说着，站在了毛校长的门口。

“妈呀，什么情况！你们看到了吗？”毛校长惊恐地指着郝主任，对冯莹和李德亮喊了起来。

“毛校长，您听我解释……”郝主任说着，便朝着毛校长床边走了过去。

“没什么好解释的！郝主任，你别过来！我再也不喝酒了，别过来！我不喝酒了，不喝了！”毛校长惊慌失措，惊恐地挥舞着手臂，阻挡郝主任走过来，留下悔恨的泪水。

眼看着毛校长就要被吓出心脏病来，单求胥在门外大喊一声：“咔！”

伴随着毛校长悔恨的泪水，一场大戏落下帷幕，众人很快被请到了毛校长办公室里。

“人生如梦啊，好一场人生如梦！”毛校长躺在椅子上，长叹一口气，脸上还挂着泪痕。

看到眼前站了一排人，毛校长站起来，在几个人面前走来走去，就刚才的戏回味点评了起来。

“先是悬念的开场，再是瞠目结舌的转折，最后是高潮迭起的大团圆结尾。紧张时让我惊心动魄，煽情时让我寸断肝肠，爱时让我热血沸腾，恨时让我咬牙切齿啊！告诉我，编剧是谁？”

众人往后退了一步，单求胥孤零零地站在了那里。

“我就知道是你！单求胥，你小子！说吧，目的是什么？”

单求胥笑着说：“毛校长，您身体不好，我们的目的就是想让您戒酒。”

“就这么简单？”

“对，就这么简单。嘿嘿嘿……”

“毛校长，我想问一下，您那会儿讲的话是不是真的？”冯莹赶紧追问了起来。

“大丈夫一言既出，驷马难追！那么多的见证者，还给我录了像，我说到做到！”毛校长将手一摆，显得十分痛苦。

"那好，毛校长，我有事想单独跟您汇报一下。"冯莹说完，看了看众人。

"好吧。"毛校长说完，一摆手，郝主任还有李德亮等人纷纷走了出去。

看到众人离开，单求胥绕了一圈儿后，悄悄地跑回后窗看了起来。

"爸，我觉得既然您的压力都很大，就应该考虑为学生做点事情，我希望您能考虑一下白龙马老师的建议，继续为学生开设体育课。"看到毛校长的戒酒决心前所未有，冯莹也在兑现着自己的承诺。

"你上你的课，管这件事情干什么，是不是李德亮让你找的我？"

"是又怎么样，不是又怎么样？作为老师，我们不能只顾学生的成绩吧，思想固然重要，但是您也不能钻牛角尖、搞一刀切吧！"

"你不必说了。"看到冯莹重提这个话题，毛校长不禁有些严肃了起来。

看到毛校长一脸固执，冯莹生气地说："这就是为什么我不愿意跟你姓，而跟我妈姓冯的原因！"

"莹莹，你这话是什么意思？"

冯莹气愤地说："你太自我、太固执了！"

"我这都是大局为重！"毛校长的火猛地蹿了上来。

"所以你就写举报信举报了李德亮，对吗！"冯莹不甘示弱，将埋藏在心底多年的秘密吼了出来。

"什么？"听到冯莹说出举报信事件的真相，毛校长显然怔住了。

原来，当年陷害李德亮的人并不是郝主任也不是李广东，竟然是毛校长。这一切，都是冯莹在毛校长的卧室打扫卫生的时候，从废纸篓发现的。

"什么？举报信是校长写的！这……这怎么会……"单求胥听完，整个人都傻了，他不敢相信眼前的事实。为了这个秘密，他和王元鹅还有牛福、林昆差点付出了生命的代价。然而事实的真相，竟然是德高望重的毛校长。单求胥从未想过，他更不愿去相信，一个忠于教育事业几十年的人，竟然会做出那样的事情！

"难道李德亮做得不对吗？为什么要扼杀一位有想法有成绩的老师，为什么？"冯莹愤怒地说道。

面对冯莹的突然指责，多年前的疮疤重新被揭开，一时间，毛校长竟然什么话也说不出来了。

看着接下来的体育课又要被改上自习课，装不下残酷现实的单求胥，伙同猴子一起逃课，来到了操场上。

此时此刻，单求胥心里的秘密不知道该跟谁讲。想起李德亮的宽容不计较，毛校长高大的形象竟然一下子显得卑微龌龊了起来。此刻的单求胥，只想将所有的愤怒发泄到篮球场上。

"单求胥，真的是太谢谢你了，我都问了一圈儿了，就你愿意陪我出来打篮球。"猴子说着，将球扔给了单求胥。

“嗐！我还得谢你呢，我也想来打篮球了。”

“早知道你这么仗义，我上次就不帮陈喆了。他脑子里整天就知道成绩分数，是个冰冷的人。”几天的同桌，让猴子对单求胥有了新的了解，特别是为了争取一节体育课，不惜找上校长这事儿，更是让猴子觉得单求胥十分讲义气。

“没办法，人家也有人家的苦衷，学习差的没分数可比，只能是这样。”单求胥倒是越来越学会了宽容，不再对陈喆恶语相向了。

“分数就是个屁！我爸妈就是死要面子，无论如何都花钱让我来读一中，说是一中升学率高，我就纳闷，升学率高又怎样？学习是自己的事情，想学的人，送到哪里都可以学，不想学的人，送到哪里都白扯！”猴子说着，愤怒地将篮球扔进了篮筐。

“唉，总有人说我们变了，但是从来没有人问过我们经历了什么。”

“我的爱好就是打篮球，篮球就是我的命，无论谁都不能阻止我！”

“可是眼下，体育课就被停上了。猴子，你这么大胆，敢出来打球，就不怕被学校抓典型啊？”

“怕！怕得要死！但是不能因为怕，就把自己的爱好丢了啊！你说的嘛，成绩不会跟随我们一辈子，但是爱好却会陪伴我们一生啊！再说，我就纳闷了，上体育课怎么就影响学习成绩了？”

“说得好，接着！”单求胥说着，将篮球扔到了猴子手里，偌大个操场，二人在那儿打篮球，十分惹眼。

冯莹的一番话，让毛校长颜面无存。看到冯莹离开，毛校长拿出柜子里的酒打算喝，想到刚才自己的保证，毛校长停顿了一下，用力将酒摔在了地上。

郝主任走了进来，刚好看见，尴尬地说：“毛校长，这……”

“郝主任，你来得正好，你是怎么给老师开的思想吹风会？马上就要高考了，还是不断有人因为体育课的问题给我添麻烦！”

“毛校长，我已经吹过风了啊……”

“吹得狠不狠，起没起到作用？不仅学生跟我闹，就连老师们也一起跟着瞎起哄！”

“毛校长，我接下来就找时间再吹一回。”

“没时间了！你马上召集所有体育老师，跟我去球场抓典型，我不管他学习是第几，家里什么关系，抓住了，立马开除！”

“好，我这就去！”看到毛校长满脸通红，郝主任只好点头答应。

第三十六章　喜欢科比的猴子

猴子是班里那种不怎么出众的男孩，平时上课也不会抢着回答问题，老师交代的作业会认真去做，班里的活动也准时参加。若不是因为学习的压力，和单求胥一起逃课出来打篮球，单求胥可能毕业后就忘了这么一个人的存在，哪怕现在猴子和单求胥是同桌。

“猴子，你这球技不错啊！我当初学篮球，那就是为了耍酷，你是为了啥？”单求胥说着，满头大汗地倒在了篮球场上，猴子将球一扔，也坐了过来。

“都快毕业了，我也不怕瞒着你。一方面，我想成为科比那样的篮球巨匠；另一方面，我是为了挣点生活费。”

“啥？”喜欢科比而打篮球的人都可以理解，但是挣生活费就让单求胥有些不解了。

“嘿嘿，你不懂。我啊，每次打球都是和别人打赌才来的，输了的就请吃饭，打的次数多了，吃饭的钱也就省下来了。”猴子说完笑了起来。

“怪不得天天见你吃烤串、麻辣烫，原来是这样。”

“是啊，自己动手，丰衣足食嘛！最可恨的是，我好不容易攒够了钱，买了个自己的篮球，没玩几次就被老班给没收了，唉！”

“去偷回来啊！”

“偷回来又有什么用，老班还不是一样没收？不怕贼偷，就怕贼惦记啊。”

“那你藏起来不就是了吗，藏厕所、藏树上、藏垃圾桶，别放教室和宿舍啊。”

猴子摇着头，斩钉截铁地说：“那不行！对于我来讲，篮球就是我的命，我的命怎么可能会放到那些地方！”

“得！你这个兄弟我交定了，今儿个午饭我请！”单求胥说着，站了起来，面对眼前这个将篮球视为生命的同桌，单求胥不禁肃然起敬。

“那不行！老规矩，谁输了谁来！”猴子不甘示弱。

“来吧！赌一场！”单求胥说着，跑过去拿起篮球，二人较量了起来。

操场一角，众体育老师拿着标枪还有警戒线站成一排，毛校长认真地说：“各位老师，高考马上来临，在体育课的问题上绝对不能因小失大，今天的任务大家都明白了吗？”

“明白了！”

“杀鸡取卵，不，杀鸡儆猴！原则问题，决不姑息！”

就这样，在毛校长的带领下，大家分头从操场的四个角慢慢地包抄了起来。

“快跑啊！郝主任又来抓人了！”很快，眼尖的学生便大喊着跑了起来，整个篮球场乱作一团，很多人将篮球扔掉，衣服都来不及拿便逃走了。

“猴子，我看毛校长也在那儿，要不咱们换地方？”单求胥着急地说。

猴子不紧不慢地将球投进说：“还有一个球，我可就赢了啊，怎么着，你怕了？”

“不是我怕，我是觉得咱们该跑了，下次再比啊！”

“不！真正的比赛从开始那一刻就不能放弃，比完再说！”也不知道为什么，在危险面前，猴子显示出了极为过人的勇气与淡定。

“猴子，你真有种！这个节骨眼儿上跟我斗狠，来吧！”看到猴子稳如泰山，单求胥自然不能认㞞。

很快，操场上被抓住的学生已经站成了一排，有的被清点确认后放走了，有的则被留了下来。看到众老师围了过来，单求胥和猴子激烈地争抢着，猴子趁单求胥分心，一把将球抢过来，来了一个大灌篮。

“猴子，好样的！”看到猴子跳起在空中划过的优美弧线，扈极硬忍不住鼓掌喝彩。看到毛校长瞅着自己，扈极硬赶紧低下头，围了上去。

胜败既定，二人满头大汗地蹲在地上，单求胥站起来，将猴子拉起来，说：“兄弟，真有你的，午饭我请！”

看到围在身边的老师们，猴子认真地说：“单求胥，人生就是比赛，只要开始，永不言弃！”

“说得好！这位同学，你是哪个班的？”听到猴子说完，毛校长不禁鼓起掌来。

“高三 8 班，杨小侯！”面对校长即将到来的惩罚，猴子面无惧色。

此刻，单求胥打心底佩服猴子刚正不阿的勇气。

很快，郝主任拿着毛校长的处罚文件，在广播台念了出来：“为了严肃校纪，今天中午抓到违规旷课的学生。学校对一部分同学进行了记过处理，对一些屡教不改的同学进行劝退处理！名单有：高三 2 班黄晓华，高三 10 班魏冉，高三 16 班陈少杰，高三 8 班杨小侯，高三 8 班单求胥，高三 17 班司洪卫，以上同学已被劝退！高考临近，望大家认真学习，不得旷课打球！”

面对处罚，猴子还有单求胥不约而同地收拾起桌子上的书本，众人纷纷回头看了过来。此时的单求胥仿佛关羽附体，在他看来，士可杀不可辱。哪怕高考就要到了，哪怕自己很舍不得这个班级，但也不能够低头。成绩很快就失去了意义，但是爱好却会陪伴自己一生。想到自己曾经说过的话影响了那么多人，自己有什么理由不去坚持呢？

单求胥从来没有想到，经历了那么多都不曾离开，学校反而到最后却因为一个篮球放弃了自己。但是有时候，人往往到最后才知道什么是需要坚持的，难道不是吗？单求胥和猴子二人走到讲台上，朝着大家深深地鞠了一躬。

王元鹅眼巴巴地看着单求胥，想说什么，但是又不知道该怎么开口。看到单求胥走到门口回头看了自己一眼，便默然离开了，王元鹅手里的铅笔猛地被自己掰断。面对离别，王元鹅还是没有勇气在教室中间站起来。

二人来到了楼顶，仿佛一切都没发生一样。猴子喝着饮料，看向了远方。

“猴子，其实最近这段时间发生的事情挺多的，我心里特挣扎、特迷茫，要不是今天中午的这场球赛，我都不知道自己到底该不该坚持下去。”

“人生最大的失败就是放弃了不该放弃的，坚持了不该坚持的。”

“不过你不用担心，冯老师都跟我讲了，学校只是做做样子，杀鸡儆猴，过几天我们还是照样能够回教室上课。”

“哼，杀鸡儆猴！唉……单求胥，我不想再回教室上课了。”

“那你打算回去怎么跟他们交代呢？”

“我不想给他们交代，我只想给自己一个交代。”猴子说着站了起来，“单求胥，是我连累了你。”

“没有，我也想出来打篮球的。对了，猴子，你平时好像不这样的。”

“平时没有勇气做自己，现在我想通了。就像你所说的，只有我选择成绩，而不是让成绩选择我。但是好像一切都晚了，我要提前离场了。”

“兄弟，一路顺风！”单求胥说着站了起来，拿着饮料，同猴子碰了杯。

“兄弟，谢谢你，我要去找我爸了。”

“你爸在哪儿，要不要我开车送你去？”

猴子什么话也没说，将瓶子里的饮料喝完，朝着单求胥笑了笑，张开双臂，纵身一跃，朝楼下飞去。

就在那一刹那，单求胥想伸手去抓，可是什么也没抓到，眼前的一片白光让单求胥感到眩晕。

毛校长愤怒地带着郝主任在学校到处检查着，发泄着心中的不满。猴子像一片枯叶一样飘落而下，径直落在了路过的毛校长等人面前，鲜血如同鸡冠花一样绽放在了地上。

救护车很快就把猴子带到了市医院的抢救室，郝主任、李德亮一起推着猴子往里走，单求胥在一边呜呜哭着，紧紧跟随。

“猴子，醒醒！猴子，我要请你吃午饭！呜呜呜……猴子，有种起来再比一场啊！呜呜呜……”单求胥一边抹着眼泪一边喊着，可是猴子却一直闭着眼，沉沉地睡着。

直到猴子从楼上纵身跃下的那一刻，单求胥才知道，原来猴子被抛弃了，可是，被家庭抛弃的，又何止猴子一个呢？

看到校长站在那里沉默不语，单求胥抹了抹眼泪，起身走了过去。

“毛校长，杀鸡儆猴对吧，你做到了！”

听单求胥说完，郝主任赶紧走过去，严肃地说：“单求胥，你冷静点！”

“你给我闪开！闪开！”单求胥大喊着，将郝主任甩到了一边，毛校长则坐在那里一言不发。

“学校总是喜欢用升学率、用高考状元来标榜自己多么优秀，但是那又有什么用？我们被强迫训练成一个个做题机器，为此，不惜放弃我们的爱好，甚至是牺牲我们的感情！毛校长，这就是你想要的教育成果吗？”

面对单求胥的质问，毛校长缓缓地说：“你回学校吧，学校已经撤销了你的退学申请。”

“哦？是吗！打算以此来封口吗！哼！多少人以为，猴子是因为父母离异，想不开才跳的楼，但是如果能够给他一个篮球，给他一堂体育课，他就不会选择跳下去，真正的刽子手从来都是杀人不用刀的。”

“单求胥，你什么意思？”面对单求胥的指责，毛校长诧异地问道。

“爱子之心，人皆有之，你醒来后的第一件事情就是问你女儿！但是你知不知道，有多少孩子正在高压的备考氛围中喘不过气来？”

“单求胥，你怎么能够把责任归咎到我身上！猴子想不开跳楼，难道和我有关系吗？”

“那就要看猴子自己对警察的供述了，你是希望他能醒来，还是希望他永远醒不来？”

毛校长彻底被单求胥的话激怒了，二人怒目圆瞪地对视着，郝主任赶紧将单求胥生拉硬拽地拖走。

单求胥走回教室，猴子跳楼的事情全校都传开了，班里有个别女生在哭。单求胥拿起粉笔，在黑板上写着：Never give in, never give up!

“同学们……猴子在跳楼前告诉我，人生就是比赛，只要开始，永不言弃！这是我们的班级口号，我希望大家可以用实际行动来为猴子打抱不平！体育课，任何时候都是要上的！有种的，就到操场罢课！”

单求胥说着，转身走了出去，牛福、林昆二人看了看，也走了出去。陈喆拿着纸笔，记录下出去的人的名单，王元鹅将陈喆的名单撕碎，走了出去。

“哎！”陈喆敢怒不敢言。

郝主任急急忙忙冲进校长室，说：“毛校长，单求胥带头罢课！”

“让他罢去吧！他不学并不代表别人不学，折腾折腾就回去了。”对此，毛校长不以为意。

从开始的晴空万里，到后来的雷雨交加，众人纷纷离开了，只剩下了单求胥、王元鹅、牛福还有林昆四人站在那里。毕竟，大家并没有单求胥那么愤怒。很多人只是表达一下自己心中的看法罢了，谁又想和校长过不去呢？

看到雨越下越大，单求胥说：“你们回去吧，这件事与你们无关！”

林昆看了看牛福、林昆和王元鹅，三人浑身湿透依旧岿然不动地站在那里，没有要走的意思。

“单求胥，我知道你心里委屈，我心里何尝不是如此？人在屋檐下，不得不低头。猴子已经脱离危险了，学校也已经撤销对你们的劝退处分了，快回去吧，啊！”李德亮为几人打着伞，苦口婆心地劝说着，但是四人依旧不为所动。

看到冯莹还有扈极硬打着伞过来，李德亮赶紧说：“莹莹，硬硬，你们来得正好，快劝劝他们。”

没想到，冯莹将雨伞扔到了一边，走到单求胥面前，默默地走进了队伍。

“Never give in, never give up! Give me five!”冯莹说着，伸出了手。

看到冯莹笑着点了点头，单求胥猛地走上前去，一把抱着冯莹哇哇哭了起来。

“老班！呜呜呜……”单求胥大哭着喊了出来，没错，单求胥之前的班主任就是冯莹。

“没事儿，别哭了，你不是一个人在战斗！”冯莹安抚着众人。

“莹莹，你！你这是要犯错误的啊！”李德亮无奈地说。

看到扈极硬也将伞扔到一边，走进了队伍里，李德亮生气地走开了。虽然白龙马很快就会在高考结束后离开一中，但是此时，他也闻讯从远处跑了过来。

众人正上着自习，吴长鸣浑身是水，跑了进来，大喊道：“号外号外！英语老师、体育老师还有白龙马老师也加入到抗议队伍中来了！”

雷声隆隆，众人议论纷纷。

“咳咳，大家安静！班主任说过了，学习为重！”陈喆赶紧站起来，提醒众人。

雷声轰隆隆，一股燥热的空气笼罩着整个班级，看到写字的自动铅笔芯一次次断掉，心烦意乱的郝佳琪拍案而起。

“都这时候了，还什么学习为重！大家想想，单求胥为我们班做了多少事情，他只是在为我们争取上体育课的权益而已！关键时刻，我们却退缩在这里，这根本就不叫集体，这根本就不是不抛弃、不放弃的精神，大家好自为之吧！”郝佳琪说完，便冲了出去，众人也纷纷又冲了出去。

吴长鸣站在门口，看到大家冲出去，冲着楼道大喊：“同志们！为了体育课，冲啊！”

就这样，不仅高三 8 班，别的班的同学也纷纷冲了出来，加入了抗议的人群。

“毛校长！”郝主任满头大汗地跑了进来。

“这么大的雨，大家是不是都回去了？”

“没有！冯老师加入了，学生们都出来了！”

“什么？”听到这里，毛校长赶紧放下茶杯走了出去。

看到事情在冯莹的带领下越搞越大，毛校长拿着喇叭喊了起来：“同学们！高考临近，我知道大家压力很大！我压力也很大！但是大家不要冲动，要理性，淋感冒了会耽误学习，大家先回去吧！”

“Never give up!”冯莹带头喊了起来，众人纷纷响应。

“Never give up! Never give up! Never give up!”

“同学们！一中一直自诩是一所自由开放的学校，为了教育事业的探索，我们也在不断付出着！在此，我听到了大家的呼声，也看到了大家对体育课的渴求！我在此郑重承诺，高三年级，正常开放体育课！有需求的同学可根据自身情况去运动，释放自身的压力！”看到冯莹站在那里同自己作对，毛校长生气地将郝主任打的伞拨到了地上。

看到校长终于妥协，单求胥的脸上方才露出了欣慰的笑容。

“我说话算话，大家赶紧散了吧！”毛校长说完，关掉了喇叭，摆手示意。

众人沸腾欢呼了起来，王元鹅转身，本想拉着单求胥的手，却被郝佳琪抢先一步拉过，跳跃欢呼了起来。

看到王元鹅有些失落，白龙马拉起王元鹅的手，问道：“We got it?”

王元鹅笑着说：“Yes! We got it!”

吴长鸣则兴奋地拉起陈喆的手，欢呼跳跃着。虽然陈喆一度有些不情愿，但是看到阿呆、阿瓜两位大护法在旁边，陈喆只好强颜欢笑。牛福激动地拥抱着班里的每一个同学，等到最后一个想拥抱王元鹅的时候，却发现王元鹅已经走远。

毕业考试将至，看到单求胥没有要出国的意思，郝佳琪也知难而退，主动将单求胥约了出来。看到郝佳琪手里拿着礼物站在楼顶，单求胥吹着口哨便走了过去。

“胥胥，送给你。”

“琪琪，无功不受禄，干吗送我礼物啊？”

“胥胥，我毕业考试结束后就打算出国了，先提前跟你道个别。”

单求胥接过礼物，想了想，笑着说：“琪琪，国外有什么好的？”

“讨厌！以前你不也打算出国吗？”

“以前是觉得国外的空气更自由，国外的月亮比国内圆啊！但是，经历了一些事情后，我才发现，真正的青春不在于学校，不在于城市，甚至不在于国内国外……”

“那在于什么？”

“朋友！琪琪，真正的友谊会让你爱上一座城市，爱上一间教室，甚至爱上学习；真正的友谊会让你克服重重困难，让自己变得更强大。”

“胥胥，其实我也不想去国外，只不过我没有你厉害，我对那些公式什么的并不感冒。”

“不感冒？不感冒你每次都考班里前几名。”

“哎呀！那都是我抄的！”想到自己即将离开，郝佳琪也没有什么好隐瞒的了。

“什么？不会吧！高中三年都这样？”郝佳琪抄陈喆的答案，单求胥早都知道了。只不过，他不相信郝佳琪每次都如此。

“差不多吧，反正都要出国，谁会在乎那冷冰冰的分数呢。胥胥，我们一起走吧？”

“不！人生就是比赛，只要开始，就决不言弃！琪琪，谢谢你！”单求胥看到墙后面的裙子角，突然一把将郝佳琪搂了过来，抱在怀里，郝佳琪立马傻眼。

“天哪！胥胥不会是要吻我吧？讨厌，这么突然……”眼看着单求胥的头低了下来，郝佳琪心里想着，幸福地闭上了眼睛。

看到墙角的裙子角慢慢地被拉了回去，单求胥方才放开郝佳琪说："走吧。"

"啊，这就走了啊？"

"对啊，我带你去吃绝版牛肉面。"单求胥知道王元鹅在角落里，才故意做出这些举动让她吃醋，谁让她选择了和陈喆坐在一起呢？想到这些，单求胥心中有一种报复的快感。

看着单求胥搂着郝佳琪走远，王元鹅方才从角落里一脸失落地走出来。

"好好笑，都做了决定了，干吗还跑来这里偷听人家讲话。唉……愿赌服输，王元鹅，加油！"王元鹅站在了楼顶的许愿墙旁，抬头看着许愿墙上密密麻麻的愿望，暗自给自己打气。

单求胥坐在角落的座位上，却看到王元鹅的位子上空着，眼看着陈喆回头张望，单求胥赶紧趴下假装睡起觉来。看到陈喆悄悄地将玫瑰花放到了王元鹅的桌洞里，单求胥气愤不已。

"搞什么？都这时候了，陈喆这种人怎么会动这心思。"单求胥心里想着。

王元鹅从外面失魂落魄地走进来，坐下，雨水让她的头发贴在了额头上，身上也淋了个半透。王元鹅捋了捋头发，摸向桌洞，打算拿水杯喝水，却看到了桌洞里的玫瑰花。王元鹅转头看向单求胥，单求胥赶紧趴在桌子上，假装睡了过去。

就这样，随着王元鹅和陈喆越走越近，王元鹅和单求胥之间的距离变得越来越远，心与心之间也产生了隔阂。

李德亮搬着箱子走进教室，将箱子里的巧克力、玫瑰花等倒在了桌子上，一脸愤怒地说："胆儿肥啊！啊？这个时候了还给我搞事情！"

李德亮将门关了，说："我曾经无数次说过，关上这扇门就是一家人！但是，依旧有害群之马，关键时刻，蛊惑人心！"

李德亮拿着巧克力，打开，递给了前排的同学，说："来，一人一颗，边吃边听着啊！"

"聪明，聪明啊！写情书都学会用笔名了！"李德亮拿着粉笔，在黑板上写着，"失眠的拼音是 SHIMIAN，睡眠的拼音是 SHUIMIAN，辗转反侧只因少了个 U。我想请问这位笔名为'中华绘图铅笔 2B'的同学是何方神圣，有本事给我站起来！"李德亮猛地一摔黑板擦，吓得陈喆一哆嗦，"还有这封，陌陌是谁？我给你三秒钟的时间考虑，要是不主动承认，我可就对笔迹了！关键时期，对待这种扰乱军心的老鼠屎，坚决零容忍！"

其实李德亮心里清楚得很，他只不过是敲山震虎而已。毕竟，马上都要高考了，找到谁身上，都会影响到学习。

看到没人站起来，李德亮愤怒地说："没有是吧！敢做不敢当啊？以后都给我……"

"是我！"李德亮还没说完，单求胥便站了起来。

王元鹅猛地回头看向单求胥，众人也惊讶不已。

"我就知道！单求胥，你给我出来！其他同学赶紧学习！"眼看着一场好戏又被单求胥演砸了，李德亮气得咬牙切齿。

单求胥得意地笑着，看着王元鹅走了出去。李德亮摔门出去，王元鹅有些担心地看向了门口。

"说吧！你是中华绘图铅笔 2B 还是陌陌？"李德亮质问道。

"有区别吗？"

"单！求！胥！你别以为考了班里前几名就可以为所欲为！"看着楼道里别的班级门口站着罚站的学生，单求胥一脸无所谓的样子。

"不要心存侥幸，为所欲为！你写给谁不好，偏偏把这些写给王元鹅？王元鹅是班里可以考上重点大学的培养对象，你知不知道！"

"知道了。"信本就不是单求胥写的，面对李德亮的质疑，单求胥一点儿感觉都没有。此刻的他，明知道是陈喆动了春心，但是他就是不想让陈喆这种人得逞。

"我就纳了闷了，陌陌倒也罢了，凭你的文学功底，你还起个'中华绘图铅笔 2B'，你怎么想的，啊？"

"因为那样可以一直握在手心啊。"

王元鹅手握着 2B 铅笔正在打草稿，听到这里，班里同学都忍不住笑了起来。

"我呸！回去给我写一万字检查！记叙文、说明文、议论文、应用文，分别！分别写一篇！"

得知陈喆干扰王元鹅学习，单求胥不禁戏弄起陈喆来。中午吃饭，陈喆端着餐盘，发现众人笑着看向自己，不禁觉得事情不对。饭吃到一半儿，陈喆摸了摸后背，才发现被贴了纸条。

看到纸条上写着"中华绘图铅笔 2B"，陈喆生气地想站起来，却发现屁股早已被胶水黏住。陈喆用力起身，无奈屁股后面的布料被粘在了凳子上，露出内裤。看到陈喆内裤上写着"高考必胜"，单求胥、牛福、林昆三人哈哈大笑了起来。

为了约单求胥来楼顶，陈喆故意模仿了王元鹅的笔迹，写了纸条给单求胥。单求胥看到后果然中招。单求胥刚一迈上楼顶，陈喆早已埋伏在门口，一把攥着单求胥的衣领，将单求胥按在了墙上。

看到陈喆满眼通红，充满怒火，单求胥不紧不慢地说："哟，原来是班长啊，找我什么事？"

"是不是你给我贴的小纸条？是不是你给我画的花脸？是不是你在我床底下放了臭豆腐？"

"是啊，怎么了？我敢做敢当！不像某些人，敢做不敢当啊！"

"单求胥！我和你无冤无仇，你为何一而再，再而三地和我过不去？"

"我就是看不惯某些成绩好的人，道德品质太差！"

"我道德品质差？我影响到你了吗，啊？我影响到你了吗！"陈喆说着，分明激动了起来。

“你没影响到我，你影响到王元鹅了！高考快到了，你收起你那点小心思，别打扰她学习！”单求胥说着，反手将陈喆按在了墙上。

“哦，原来是为了王元鹅啊？我就说呢！我动小心思怎么了，我愿意！我就是喜欢王元鹅，王元鹅也喜欢我，怎么着？你管得着吗！”陈喆说着，有些得意了起来。

“嘁，你就别做梦了，王元鹅会喜欢你？”

“怎么着，不信啊！上周末，我父母不在家，王元鹅就住的我家！怎么着，你说她喜不喜欢？”

“不可能！”看到陈喆一脸的奸诈笑容，单求胥犹如晴天霹雳，手松了起来。

“哟，吃醋了啊？像你这种人渣，就不配有人喜欢！”

“你再说一遍试试！”单求胥说着，激动地举起了拳头。

“怎么着？想打我啊！来，冲这儿打！我就喜欢你有勇无谋的样子！”

“打你？我怕脏了我的拳头！”眼看着自己就要中了陈喆的奸计，单求胥强忍着怒火，松开了陈喆。

“没办法，上次大意了，也是你运气好，让你得志了！不过，从今往后，你是甭想赢过我了！”陈喆整了整衣服，掸了掸身上的尘土。

“是吗？敢不敢再跟我赌一场大的？毕业考试，输的不要参加高考！”

看到陈喆有些犹豫，单求胥激将道：“怎么着？尿了啊！刚才不是挺狠的吗！哎，你尿的样子真的是好可笑哦！哈哈哈……”

“这可是你说的！你别反悔！”面对单求胥的羞辱，陈喆不禁认真了起来。

“决！不！反！悔！”单求胥怒目相对。

“那行！我再加一条，输了的，主动离开王元鹅，永远不要再联系！”

单求胥有些犹豫，陈喆反过来将单求胥压在了墙上，说：“怎么？舍不得啊！要不要这么儿女情长啊！”

看到陈喆咄咄逼人，单求胥几乎将嘴贴到了陈喆嘴边，说：“一、言、为、定！”

二人走后，躲在墙角的牛福长长松了口气，拿着石头在墙上刻着自己的愿望：开飞机。

同单求胥的又一轮巨赌之后，陈喆更是加大了学习的力度。当然，晚上厕所的灯光绝对不能放过。

“哎呀，又错了一道，罪过罪过……”陈喆说完，又在脸上贴了一张小纸条。就这样，每错一道题，陈喆就在脸上贴一张纸条，等到后半夜的时候，陈喆的脸上几乎贴满。吴长鸣睡眼惺忪地去厕所，迎面看到满脸白纸条的陈喆，吓得屁滚尿流。

“啊！僵尸啊！”

看到吴长鸣连滚带爬地回到宿舍，陈喆摇了摇头，说：“唉，我就喜欢吓唬这些半夜起夜还胆小的。”

陈喆说完，便转身继续看起书来。单求胥从厕所里悄悄地出来，手电筒打在脸上，站在陈喆背后。原来，单求胥早已先于陈喆一步来到了厕所，悄悄地做起了测试题。陈喆只顾着听听力，完全没有察觉，待到陈喆转过身，看到单求胥的脸的时候，他冷静地又转过了身。

陈喆故作镇定地走了几步，方才吓得将书一扔，大喊："啊！鬼啊！"

单求胥关上手电，捡起课本，摇了摇头说："唉，我就喜欢吓唬这些装神弄鬼还胆小的。"

很快，猴子就到了出院的时间，为了照顾猴子的情绪，郝主任特意叫了班上的几个同学一同前往。

猴子身上缠着绷带，抱着篮球，坐在轮椅上，见到猴子的样子，单求胥、牛福、林昆三人哈哈直笑，猴子也只是无奈地摇头。

郝主任拿着病历翻看着，走过来说："猴子啊，体检报告出来了，各项指标都很正常，下午就可以回学校了。你在这儿等着，我去办出院手续。"

猴子从轮椅上颤颤巍巍地站起来说："郝主任……"

"嗯？"

"我、我想转校。"

"为什么？一中可是全市排名第一的学校啊！"郝主任诧异地走了过来。

"郝主任，一中并不是全市第一，他只是在成绩方面厉害。在美术和音乐方面，三中才是第一。而在体育方面，二中更强。我喜欢篮球，篮球就是我的命！"

"你的意思是？"

"我想把我的命托付给二中。我想和单求胥一样，复读一年，篮球会让我成为更好的自己。"

"一中也有体育队啊，不值得你托付吗？"

猴子想了想，认真地说："不值得。"

郝主任安排妥当后，赶紧回到了学校，找到毛校长汇报了猴子的想法。

"转校？为什么？一中可是全市排名第一的学校啊！"毛校长听完，也是大吃一惊。

电话响起，毛校长赶紧接起："喂，市教委啊，您好您好！"

"毛校长，最近市里要组织选拔几个高三年级团队去参加国际友谊文化交流比赛，你这边看看，选一个班级，准备一下。"

"还有一个多月都要高考了啊！领导，这是不是不太合适？"

"全市高中都跟我说不太合适，那我这事儿还办不办了？"

"只是一中一直以来都是全市重点高中，我们市长也是优秀校友之一啊！临近高考了，我有些担待不起啊！"

"毛校长，这是政治任务！我只负责传达，执不执行，你自己看着办吧！"

"哎，领导……"

挂掉电话后，毛校长一声不吭地思考着，良久，毛校长终于开口问道："一中并不是全市第一。郝主任，你也这么认为吗？"

"角度不同嘛，结果自然就不同。毛校长，我认为这个可以理解。"

"十年前，一中在市属中学的排名是第八，全市排名第二十。我接管学校的这些年来，一举将一中追赶到第一名的位置，这有什么疑问吗？"毛校长说着，激动了起来，"猴子要转到二中？二中能和我们一中比吗？一中不值得托付吗？"毛校长愤怒地问道。

毛校长所有的疑问几乎和郝主任当初问的疑问一模一样，当郝主任将猴子说的话转述完后，毛校长站在窗前，心情久久不能平静。

第三十七章　爱我的人和我爱的人

当你是倒数第一名的时候，去追赶第一名，无疑是不可能的；当你身处中游的时候，去追赶第一名，还是有希望的；当你从倒数第一，成长为优等生，再去追赶第一名，那就容易多了。原因很简单，从倒数第一到第一，差的不仅仅是时间，还有心态和方法，但是从班级前几名追赶到第一名，只需要时间就足够了。

单求胥付出了比陈喆更多的时间，题海战术屡试不爽。终于，看着宣传栏张贴出的成绩单，单求胥仰天长啸了起来。让单求胥振奋的原因有两个，第一个就是自己终于如愿以偿地考了第一名，第二个就是由于陈喆心思不正，从第一名滑落到了第五名。

陈喆从未跌破班里前三名，看到眼前的成绩、单求胥的胜利，陈喆接受不了打击，蹲在那里哭了起来。王元鹡如愿以偿地考了第二名，而依靠陈喆答案的郝佳琪，也只能考到第六名。

陈喆成绩的大幅跳水引起了李德亮的高度重视，他赶紧将陈喆和白龙马喊到了语文办公室，一起研究了起来。

“陈喆，这次模考的成绩你也看到了，从班里的第一滑到了第五！第五啊，多么可怕的数字！从全校的第五，滑到了第五十！第五十啊，多么可怕！来，你给我个完美的解释，完美的解释！”

“老班，我……我前几天晚上在厕所被人吓着了，魂儿都掉了，最近一直没睡好。”陈喆支支吾吾地说。

“还有呢？”

“还、还有……还有就是那天我肚子不舒服。”

“然后呢？”

“事后我检查了一下卷子，发现几个基本的送分题，大意了，没选对。”

“没了？”

“没了。老班，我下次会好好注意的。”陈喆一脸委屈、可怜巴巴的样子。

“陈喆，你可是选送北大清华的苗子，可不能在这个时候给我出岔子！老黑，不，老白，该你了！”

李德亮说完，给白龙马递了一个眼色。他之所以将陈喆喊到这里来，就是因为白龙马作为心理学专家，有着洞察人心的技能。白龙马认真地做完记录后，围着陈喆转了起来，趁陈喆没防备，白龙马猛地趴到了陈喆面前。

“陈喆同学，我需要你认真地看着我的眼睛。”

陈喆一脸紧张地扶着身后的桌子，白龙马眼珠左转右转，陈喆不为所动。

“黑风怪，好了！”

“哎，你！”听到白龙马将自己的真实身份抖搂出来，李德亮有些着急。

白龙马赶紧更正说：“哦，李老师，好了！”

“哦，那行，陈喆，你先回去吧。这次毕业考试，就相当于一次高考模拟，给我好好准备，不许出现失误！”

“好……”

看到陈喆关门离开，李德亮看了看老白，赶紧问：“看出什么情况了吗？”

“他应该是早恋了。你在问他话的时候，他的眼球往右转了三次，说明他在撒谎。我是心理专家，面对我的行为有所准备，说明他已经意识到问题所在。”

“那怎么就看出早恋来了呢？”李德亮好奇地问道。

白龙马将笔伸到了李德亮眼前说：“爱一个人，眼神中会有光，哪怕再微弱，我也能够看得到。”

“真的假的？我读书少，你可别蒙我。老白，我可告诉你，我是相信你才让你调查的，这可是我们班最有希望读名校的学生，你可别瞎说。”

“李老师，你看着我。”

白龙马突然紧紧贴着李德亮，贴得很近，李德亮赶紧扶着桌子，手里甚至摸起了桌子上的墨水瓶以防不测。

二人四目相对，李德亮心想：“想考我？没门儿！好歹我也懂点儿心理学。”

“还挺有两下子，眼里够平静！我就不信你能憋得住！”看到李德亮心理素质极强，白龙心想着，将脸凑得更近了。

二人脸贴脸对峙，白龙马几乎将李德亮压在了桌子上，二人依旧难分胜负。

“李老师，这是你们班的语文试卷……”冯老师猛然闯入，将二人吓得不行。李德亮猛回头，没撑住，脚狠狠地勾住了白龙马的腿，白龙马失去重心直接朝着李德亮的嘴唇压了上去。

“流氓！”看到二人趴倒在了桌子底下，冯莹将卷子一扔，跑了出去。

“冯老师，不是你想的那样！哎，冯老师！”李德亮赶紧爬起来大喊，可是为时已晚。

白龙马笑着擦了擦嘴，从地上站起来，说：“李老师，我看出来了，你这辈子只爱过一个人。而且，我没猜错的话……”

“不必说了，白老师，你没猜错。不过，你这次搞得太浮夸了！我是跳进黄河也洗不清了！”李德亮说完，将散落的试卷收好，赶紧跑了出去。

看到李德亮拿着相机悄悄地拍摄照片，众人早已经习惯性地按兵不动，时间必须要在那一刻凝固，只要快门声响完，时间便被加快了一千倍，第二次快门声响起的时候，时间会再次凝固。如此一来，李德亮拍到了完美的不虚焦的作品，众人也完美地掩藏了宝贝，两不耽误。

看到李德亮将相机放到桌子上，单求胥甚至有些急不可耐了起来。因为，马上就要面临着调位子了。

“家人们，在经历了上周的三轮模拟考试之后，你们剩下的就只有两场考试了——毕业考试和高考。按照惯例，我们是要调位子的。”李德亮说完，笑了笑，“但是，从今天开始，策略就不一样了。还有三十八天就高考了，那些复杂的题目就别做了，多复习一下基础的、简单的，体育课想去折腾就去折腾，多吼两嗓子，多跑几圈儿，释放释放压力。”

“老班，今天不调，那什么时候调位子啊？”单求胥忍不住举起手问道。

李德亮说着，拿起桌子上的一张照片说：“不忘初心，方得始终！这张照片是你们高二文理分科后的第一张座次表。这次考试，无论考得好与坏，一并回归最初的美好！”

“啊？”面对李德亮的解释，有人欢喜有人愁。

“三年同窗，有人前进，有人退步。前进的，继续努力；后退的，好好反省自己！就这么着吧！”

“考第一有什么神气的，我还不是一样坐中间！”想到自己在教室中间的位子得以保留，陈喆得意地看向了单求胥，单求胥对此嗤之以鼻。

众人开始搬动书本回到原先的位子上，陈喆则帮王元鹅拿着仙人球，送到了单求胥这里。单求胥小心翼翼地接过，重新帮王元鹅放到了窗台上。

看到王元鹅搬着书本朝自己走来，单求胥又一次想起了老班当年说的那句话：“不要小瞧你们的同桌，每一次调座位，都足以改变你们一生。”

“我本以为，上一次王元鹅离开之后，我便再也无法和她同桌了，没想到，眼前的一切是那么美好。”众人纷纷搬动着，唯独单求胥一个人趴在桌子上微笑地看着前方。

“别动！”看到单求胥眼神中充满爱意，李德亮不知何时走到了单求胥眼前，“咔嚓”拍了一张特写。

看到李德亮紧贴在自己脸上盯着自己，单求胥紧张地问：“老班，你这是干啥？”

“啊，没事儿，你们继续。”

李德亮拿着手机走开，心想：“我这也没看出个啥来啊，老白不会是唬我的吧！”

同学们忙着高考冲刺，体育课也少了，扈极硬西装革履，拿着一束鲜花，对着名片上的地址，便找到了单氏集团的商场。

“哎，您好！我想问一下肖露肖经理在哪儿？”

“前面直走左转就是了。”

“哦，谢谢！”

“不客气。”

扈极硬拿着花，走到肖露办公室门口，却吃惊地看到张明拿着花从办公室里出来。看到保安跟在张明后面，扈极硬赶紧转身躲了起来。张明是他们大学时代的同学，就是当年楼下表白蹭水洗澡的众人中，打洗发膏的那位。面对张明的表白，肖露自然不会同意。

“张先生，请不要影响我们正常上班，谢谢！”保安在身后警告着，但是张明依旧疯狂炽热。

“露露！我相信我们上辈子不止擦肩五百次，请相信我！”

肖露走过扈极硬身边，扈极硬赶紧转身面壁，好在他没有被认出来。肖露走到前台，拉出了一长串账单，说：“张明，这仅仅是一星期之内追求者送给我的礼物，重复的太多，用不完。”

保安也从口袋里掏出一沓通讯记录，说：“张先生，这是所有追求过肖经理的男性的电话，你若不信可以打电话求证，你的名字将会出现在最后一页的最后一个。”

“我是一个女权主义者，我不想因为任何一段感情去伤害任何一个女人。我不想当第三者！你应该回到你的未婚妻莉莉身边，你可以在她那里得到真正的爱情，你明白吗？我们俩不合适！”

“未婚妻？这都能行？”听到这里，扈极硬不禁摇头。

面对眼前这些，张明依旧恬不知耻地笑着，看着肖露说：“露露，我好像比以前更接近你了。露露，我宁愿终身不娶，也要保持对你这份纯洁的柏拉图式的爱情！”

肖露目瞪口呆，朝着张明走过去，伸手就是一巴掌，反手又是一巴掌。“啪啪”的打脸声让整个商店里的人都惊呆了，扈极硬隔着几米远都能感觉到疼。即便如此，张明依旧贱兮兮地摸着脸，笑着说：“露露，你对我生气啊？”

“保安，不要让这个人靠近我！”肖露无语到崩溃，转身离开。

保安走上前去，拦住张明，说：“张先生，你才被打了两下而已，你要控制你自己。”

“我控制不了了，我要追随我的内心！”张明挣脱保安，扑向肖露，眼看着张明就要得逞，扈极硬关键时刻冲了过去。

张明抱着扈极硬一通猛亲，睁开眼时，才发现怀里抱的是扈极硬。

“硬硬？”看到扈极硬一手拿着花，一手抱着张明，肖露惊讶地喊了出来。

张明根本就不是体育老师扈极硬的对手，扈极硬将手指按得咔吧咔吧响，吓得张明瑟瑟发抖。

“看！飞碟！”未等张明反应过来，扈极硬一拳将张明打晕在地。

一场危机成功化解，看到扈极硬找上门来，肖露便礼貌地邀请他喝咖啡。

扈极硬紧张地搅拌着咖啡说：“露露，你现在的状态，跟我上次见你的时候相差蛮大的。”

肖露笑着说：“上次是学院风，这次是女王范儿。”

“女王范儿？这个好！嘿嘿……哎，对了，刚才那不是张明吗？大学那会儿我记得他追求冯莹来着。”

“是啊，当时所有人在下面蹭水洗澡，就他臭不要脸，还带了洗发膏和沐浴露去。后来一次聚会上我们偶然遇见，毕业后，他下海做了些小生意，赚了点儿小钱，不知道姓啥了，天天来骚扰我！”肖露说完，端起咖啡抿了一口。

“我看骚扰你的人还真不少啊！”

“男人吧，就是贱！你越是讨好他们，他们越是不理你，你越是对他们爱搭不理，他们反而对你没完没了。”

“有道理，有道理。”扈极硬说完，还不忘瞟了一眼肖露的脸色，“哎，那天怎么就着急走了？”

“我是去同之前的大学生活道别的，那么多年过去了，也是时候做个了结了。”

正所谓，王八看绿豆，一物降一物。面对霸道的肖露，扈极硬虽然大气都不敢喘一口，但是依旧享受极了。

“哎，你们还不走？明天就要毕业考试了，这么晚了，该回去休息了。”看到大多数人已经走了，单求胥连着打了好几个哈欠。

“你先走吧，我把这道题解出来再走。”牛福埋着头，认真做着题。

待到牛福把题做完，教室里早已空空如也。牛福看到桌洞里掉出了一张纸条，左顾右盼之后，看了起来。

“好好考试，么么哒！”纸条上的字迹十分秀气，一看就是女生所写，除了这句话，还画了一个大大的心。

牛福看了看，开心地亲了亲纸条，从桌洞里拿出一盒巧克力，放到了王元鹅的桌洞里。牛福转身走了几步后，又回头拿起王元鹅桌子上的杯子，用尽力气拧紧。

单求胥回到宿舍，看到牛福还有林昆已经躺下，不禁觉得奇怪。

“喂！今晚你们两个是怎么了，睡得那么早？”见二人没回话，单求胥掀开被窝，才发现里面是枕头。

“奇怪！都干吗去了？”单求胥一头雾水。

林昆和牛福奋力爬上了墙头，看着远处的宿舍楼，林昆抱怨地说：“牛二，你这大半夜的，喊我出去上网，发什么神经？明天还要毕业考试呢！”

“我今天去商店看了看，一个同学录竟然要五十块钱！我打算上网买一个，买完咱就回，不耽误明天考试。”

“你不会买个便宜的啊，便宜的才十几块钱。”

“我是想，过几天王元鹅生日，顺便送给她当生日礼物了，当然得买个好的。”

“来人了，快隐蔽！”二人刚要站起来，林昆看到墙根下有人影走了过来，赶紧拉着牛福趴在了墙头上。

“琪琪，都这么晚了，非喊我出来干吗啊？明天还要考试呢！”陈喆显得有些不情愿。

“吉吉，你怎么这样，自从王元鹅剪了头发，和你一桌后，你都不理我了！上次都不传答案给我，害得人家名次那么靠后！”郝佳琪一脸埋怨。

“我没给你答案，你不一样找别人要了吗？”

“吉吉，你好讨厌！我不找别人要，难不成要考班里倒数第一啊？”

“琪琪，我真的是很想帮你，但是这次真不行！考试时要屏蔽手机信号啊！”看到郝佳琪又想抄自己的答案，陈喆十分不耐烦。

“噔噔噔噔……”郝佳琪说着，从口袋里掏出一把钥匙，亮在了陈喆面前。

“这是什么啊？”

“这是考务室的钥匙，之前我爸喝醉了，我偷偷配了一把。”

“什么意思？琪琪，你这可是要犯原则性错误的！不行不行！打死我，我也不会去做这种事情的！”

“原则性错误你犯了又不是一回两回了。要不是因为你写举报信，食堂的电视机就不会被学校撤掉；要不是你连续写信给校长，体育课也不会被全部取消啊；要不是……”

“琪琪！打住，打住！”陈喆紧张地左顾右盼，赶紧往前凑了凑。

“陈喆，我早就知道你已经不喜欢我了，你现在喜欢的人是王元鹅，对吧？”

“哎，用词不恰当，是王元鹅喜欢我。”陈喆双手插在口袋里，十分得意。

“你和单求胥打赌的事情，我已经听说了。”

“什么？这都告诉你了？”陈喆显得十分吃惊。

“何止是我啊！单求胥都发到网上去了，全校的人都知道好吧！谁输了，谁就退出高考，而且，永远不和王元鹅联系。对吧？”

“什么？全校、全校的人都知道了？单求胥怎么可以如此张扬！”陈喆听完，不禁紧张得直冒汗，没想到单求胥如此较真。

“陈喆，你有把握能赢吗？要是你输了，你输得起吗？”

“这……”面对郝佳琪的质疑，陈喆一改嚣张的神色，紧张了起来。

“你需要赢，我只需要分数，考完试我就出国。天知地知，你知我知！”

“可是……可是学校有监控啊？”陈喆担心地问。

“最近学校为了迎接高考，监控调试，明天系统才正式打开。你好好想想吧！”

郝佳琪说完，将信封塞给了陈喆，转身走了。

陈喆打开一看，里面除了一把钥匙，还有厚厚的一沓现金。陈喆拿着钥匙左右为难，在墙根处来回走动，思考了良久。这些都被墙头上的牛福和林昆看在了眼里。

小小的网吧里众生百态，什么牛鬼蛇神都有。有老爷爷号叫着打《魔兽争霸》的，有满头绷带、浑身是伤的人喝着酒吃着菜看拳击视频的，也有挂着吊瓶搂在一起的男女，甚至有的人直接裹着被子生活在了那里。

牛福买完同学录，呆呆地愣在那里，满脑子都是郝佳琪同陈喆的对话。林昆并不知道单求胥和陈喆的赌约。牛福却深知即将到来的毕业考试，将会是单求胥和陈喆之间的决斗。既然是决斗，必然就会有一人倒下。

看着林昆热火朝天地和朋友聊着，牛福打开了单求胥的QQ空间，可是让他意外的是，牛福并没有在空间里看到单求胥和陈喆二人挑战的状态。莫非郝佳琪在骗陈喆？想到这里，牛福惴惴不安了起来。

半夜，牛福醒了过来，打算走的时候，却发现林昆趴在桌子上睡着了，牛福越想越不对劲儿，索性站起来，一个人走了回去。

回到学校后，牛福直奔考务室。看到考务室影影绰绰，牛福一步一步轻轻地走了过去。透过半开着的门缝儿，牛福发现，陈喆果然在考务室复印答案。复印机里露出了莹莹的绿光，陈喆则鬼鬼祟祟地复印了B卷后，轻轻放了回去并锁上。

"这是B卷，A卷在哪儿？A卷……在这儿呢！"陈喆喃喃地说着，小心地翻找着。

看到门上那把没有拔下来的钥匙，牛福悄悄地拔了下来离开了。门"嘎吱"一声被风吹开，陈喆听到动静，吓破胆，躲了起来。看到门被风吹来吹去，陈喆的心怦怦直跳。

"虚惊一场，原来是风。"陈喆拍了拍胸口，从口袋里掏出一张纸巾，擦了擦满脸的汗。直到此时，陈喆猛然意识到，钥匙没有在口袋里。

"笨死了！怎么能把钥匙放到门上呢！"想到这里，陈喆小心翼翼地朝门口走去。陈喆谨慎地伸出头左右看去，走廊里空空如也。直到此时，陈喆才放心地摸向了门把手。

"钥匙呢？我明明记得放在门上了。"看到门上没有，地上也没有，陈喆冷静地想了想，猛然惊醒，"糟了！有人来过！"

陈喆看了看复印机里的A卷答案，拿着手里的B卷答案，狂奔而逃。

陈喆一路狂奔回宿舍，为了掩人耳目，他在厕所里看了半天，才蹑手蹑脚地回到了宿舍，躺了下来。牛福则径直回到了班里，躺在最后排的桌子上睡到了天亮。

"紧急事件，紧急事件！各班班主任马上回到本班等候！"伴随着校园喇叭里一阵急促的广播，陈喆方才意识到，出大事儿了！

郝主任赶紧将考卷失窃的事情告知了毛校长。出了这么大的事情，毛校长只好立马着手解决，看情况再上报。为此，二人直奔教学楼，打算挨个班级检查。

"什么时候发生的事情？怎么会出现这种情况？"毛校长边走边质问道。

"昨晚我离开的时候，还是没问题的，今天一大早，保安才发现。"郝主任也是满头大汗。

"监控为什么不开？"

"昨天晚上设备一直在调试，电路也没完全恢复，所以为了稳妥起见，打算今天早晨再开。"

"郝主任，你知不知道，这事儿你我都要负主要责任！"

“是，毛校长。现在的情况是只有A套卷子失窃，B套未发现被窃痕迹。”

“有没有什么线索？”

“窃贼受到惊吓，地板上有尿液残留，从脚印来看，穿四十一码的鞋。”

“保留线索，抓住严惩！”

很快，郝主任从保安室调了一队人马，在毛校长的带领下走进了教学楼。

接到通知后，李德亮来到班里。眼看着就要开考了，李德亮看了看手表，也不知道发生了什么事情，只好在班里等待着。

“还有一个多小时，就要毕业考试了！临阵磨枪，不快也光！大家先看看书，一会儿郝主任还有校长过来……”李德亮还没说完，毛校长便风风火火地走了进来，看到身后郝主任的脸色，李德亮知趣地站在了一边。

王元鹅本打算喝水，但是从桌洞里却掏出了一张复印过的答案。王元鹅有些纳闷地看了看，又放了回去，牛福则趴在桌子上，暗自观察着。

未等李德亮打招呼，郝主任径直走到讲台前，说：“昨天晚上，考卷被盗！这是严重的犯罪行为！监控已经把这位同学拍下来了，为了不影响大家的前途，毛校长决定给这位同学自首的机会！他有十秒钟的时间考虑！”

“郝佳琪骗我？不是说没监控的吗！糟了，我只偷了B卷，现在自首的话，应该还能保住高考资格吧！”陈喆听完，不禁吓得有些瑟瑟发抖，面对严厉的郝主任，陈喆做着极为复杂的思想斗争。

看到班里没什么动静，李德亮笑着说：“毛校长，郝主任，不是我吹，这种事情，是万万不可能出现在我们班里的。我对班里的孩子们都很了解，关上这门都是一家人，没人会做那种事情。”

看到李德亮滔滔不绝，毛校长将手一摆，说：“李老师，你不必多说。”

“十、九、八……”郝主任大声地喊着，密切关注着班里的每一个人。

坐在教室中间的陈喆浑身发抖，头低到了桌面上，毛校长睿智的眼神快速扫描着班里最后排的差生。

“七、六、五……”

郝主任喊到这里的时候，陈喆真的被吓尿了，想到自己面临着被开除的可能，想到自己颜面无存，一股淡黄色的液体顺着凳子腿慢慢地流到了地上。看到陈喆战战兢兢，王元鹅突然意识到，陈喆一定是做了不该做的事情，而自己桌洞里的答案，也应该就是陈喆给自己的。

“四、三……”

眼看着郝主任就要念完，陈喆双手扶着桌子，抖得厉害，畏畏缩缩地打算站起来自首。

“二……”郝主任放慢了语速。

眼看十秒倒计时即将结束，李德亮笑着，不屑一顾地转身，打算走上讲台。

“老师，我知道是谁偷了卷子！”王元鹅蹭地一下站起来，令所有人吃惊不已。

陈喆所有的勇气瞬间被王元鹅的一声举报吓得魂飞魄散，他赶紧回过头嘘声示意王元鹅不要讲。

李德亮严肃地说：“王元鹅，这是一件很严重的事情，你给我想清楚，不要乱说话，快坐下！”

“是谁？”毛校长仿佛抓住了救命稻草，赶紧问了起来。

看到即将被举报，陈喆趴在桌子上吓得流下了眼泪。单求胥虽然对这一切都看在眼里，但是他根本不明白，到底发生了什么。

王元鹅想了几秒钟，缓缓答道：“是我，这是答案。”

看到王元鹅从桌洞里拿出答案，郝主任赶紧跑过去看了起来。面对眼前的事实，李德亮目瞪口呆。

“鸟人！什么情况？你怎么可能偷卷子！”单求胥拉着王元鹅的衣角，着急地问着。

“毛校长，这确实是本次考试 A 套卷子的答案。”直到此时，郝主任方才松了一口气。

“你知不知道，你这样做，前途就没了！”单求胥一直狠狠地拉着王元鹅的衣角，王元鹅强行把单求胥的手甩了下来。

看着王元鹅一动不动，单求胥生气地站起来，说：“卷子是我偷的，我放在王元鹅桌洞里的。她一个女孩子，怎么可能去偷东西！”

毛校长抬头看了看单求胥，说：“没错，从脚印来看，确实是个男生所为。”

望着高大的单求胥，郝主任心想：“还是校长老到，就这样顺水推舟了。”

“老师，你们都错了！”看到不明真相的王元鹅和单求胥为陈喆顶包，林昆刚要站起来，却被牛福按在了椅子上。

“老师，卷子是我偷的！”牛福死死地按住林昆，站起来说，“都别争了，卷子是我偷的，这是考务室的钥匙。”

直到此时，毛校长仿佛找到了自己想要的答案，什么话也没问，转身走了出去。

“毛校长，您听我解释！这孩子我了解，他绝对不可能做出这种事情！我敢用我的人格保证，这绝对是个误会！我用我的人格担保，绝不可能！毛校长！”看到事情已经坐实，李德亮赶紧追了出去，“郝主任，郝主任，您听我解释。”

毛校长头也不回地愤怒离开，牛福则尾随着郝主任出了门，李德亮又急又气地跟着三人离去，留下了一脸茫然的单求胥和王元鹅站在了那里。

“牛福同学，你不要怕，有什么事情我顶着，你实话实说，这到底是怎么回事？我不相信这是你做的事情！你告诉我，告诉我啊！”校长室里，李德亮急得团团转，在他看来，牛福身处砖厂也没忘记学习，他不可能犯这种错误。

“钥匙是我捡的，是我偷了卷子。”牛福翻来覆去，只有这几句话。

“牛福同学，我知道之前误会过你，我也不应该因为你成绩差而落井下石，但当时那是我逼不得已啊！今天，你放心，只要你实话实说，天塌下来我顶着！你告诉我，是谁？啊？”李德亮明知道是年轻人心里的仗义在作祟，但是除了追问，他也无可奈何。

“牛福同学，按照毛校长的意思，作开除处理。我们会对外宣称，卷子不慎掉落窗外，钥匙是从我这儿丢的，责任由我来扛。你若是没有异议，就签个字，按个手印吧。”郝主任说着，将处理文件递了过来。

“牛同学，你是怎么了？成绩差不能代表什么，我相信你的人品！老班也相信上次班里丢钱绝不会是你！你最近一直在进步，我看得到！你这样算是什么？让真凶逍遥法外，你来逞英雄吗？我不管是谁偷了卷子，哪怕是全校第一名，我也会将他绳之以法，你明不明白啊？”李德亮满眼通红，激动万分，他不想这么错过一个人品端正的好学生，虽然，他的成绩并不优秀。

“老班，我明白，卷子就是我偷的。郝主任，我签字。”无论李德亮怎么讲，牛福都平静地接过了这个雷。

看到牛福一脸认真地在处理文件上按了手印，李德亮终于忍不住哭着喊了出来：“牛福，你傻啊！你不该啊！”

李广东的坎儿算是过去了，李德亮不想在牛福身上重蹈覆辙，他想要的是公平，教育的公平，而不只是成绩。看到牛福被开除已成定局，李德亮趴在桌子上激动地哽咽了起来。

看到事情尘埃落定，毛校长果断地说：“马上换 B 套卷子，我向上面申请，考试推迟到下午举行。”

“好的，我这就去办。”郝主任拿着处理文件走了出去，留下了恸哭不已的李德亮，还有一脸淡然的牛福。

看到陈喆座位底下的一摊水，单求胥怒视王元鹅，问道：“值得吗？”

王元鹅沉思了片刻，从嘴里缓缓地挤出了两个字：“值得。”

单求胥走到讲台上，拎起污水桶，便倒在了陈喆身上，走了出去。陈喆泪眼婆娑，猝不及防，众人唏嘘不已。

“训导处报告，训导处报告，由于其他原因，原定今天上午的考试推迟到下午举行，请大家认真准备！”

单求胥在校园里找到了牛福，他跑到跟前，刚要说话，却被牛福制止了。此时的牛福宛如一个英雄，沉着而又冷静。

“单求胥，我早就知道你和陈喆打赌的事情。我之所以这么做，就是不希望王元鹅同陈喆那样的人交往，所以，我一定要你赢！”

“可是……”

“替我照顾好她，单求胥，我想静静。”

牛福说完，便转身朝着角落走去。为了不让牛福看到自己的眼泪，单求胥赶紧转过了身。牛福抬头看了看天空，一架飞机飞过蓝天，拉出一条白白的长线。

数学老师在黑板上写满了预测题，大家却安静地看着牛福走到座位上收拾东西。牛福收拾完书本，背起书包走到讲台上，回头看了看自己的位子。

郝佳琪第一个站了起来，慢慢地，班里所有人都站了起来。牛福深深地鞠了一躬，眼泪止不住滑落，他赶紧转过身，背对着大家。

"记下来了吗？我擦了啊！"看到数学老师在一边奋力地擦着黑板，牛福接过黑板擦，认真地擦了起来。

这是他最后一次在这间教室以学生的身份擦黑板了，牛福擦得格外认真。

直到擦到最后一道公式：$128\sqrt{e980}$，牛福用力擦掉了上面一半，停顿了几秒，哽咽了，泪水掉在了地上，溅起了粒粒粉尘。牛福放下黑板擦，夺门而出，只在黑板上留下了公式的下半部分：I love you。

王元鹅呆呆地看着黑板，不知道说什么才好，看到大家盯着黑板，数学老师赶紧用袖子将剩下的字擦掉。

牛福走到书摊前，将书全倒给了老奶奶。老奶奶放下《演员的自我修养》，看着牛福问："怎么，现在就放弃了？"

"没有，奶奶，我验上了飞行员，应该不算放弃吧？"牛福早已擦干泪水，朝着奶奶笑了起来。

"好样的！"奶奶朝牛福竖起了大拇指，牛福微笑着点头。

"奶奶……"

"嗯？"

"李德亮老师是我遇到过的最好的老师！"

"是吗？哈哈哈……"听到牛福这么讲，奶奶笑得合不拢嘴。

"嗯，您有一个好儿子，谢谢您！"牛福说完，深深地鞠了一躬，转身离开了。

公交车开过来，牛福头也不回地上车，坐在了窗边。此时，王元鹅、单求胥、林昆三人方才追了上来。三人拍打着车窗，大喊着。牛福则坐在那儿一动不动。见此情景，师傅索性踩下了油门。

"牛福，以后……以后常联系，听见了没？常联系，听见了没！"王元鹅不停地重复着。

车很快启动，众人被甩开，看到停下来的三人越来越远，牛福方才抱着书包号啕大哭了起来。

"牛福，再见。"望着远去的公交车，王元鹅歇斯底里地哭了起来。

回到教室，王元鹅拧了几次水杯，都没有拧开。直到此时，单求胥才知道，那一定是牛福拧紧的吧。

陈喆将单求胥叫到楼顶，低着头说："谢谢你。"

"谢我？谢我哪一样？没有揭发你做贼的事实吗？"单求胥满眼冷酷地望着陈喆。

"谢谢你泼我水，要不然大家都会知道……"

“哼！”单求胥听完，便不屑地转身走了。

陈喆知道，若不是单求胥给自己泼水，自己吓尿裤子的事就会被所有人知道。而单求胥的这一桶水，却让他既表达了愤怒，又让自己避免了尴尬。虽然主动道歉很没面子，但是陈喆却并不想因此让单求胥再次看扁。

下午的考试如期举行，语文卷子的最后一道附加题是：写出你最佩服的同学，并注明原因，20分。

想到这里，王元鹅写上了：牛福，燃烧自己，照亮别人。

郝佳琪如愿以偿地顺利考完了B卷，题目并不难做，考试结束后，郝佳琪再也没回到教室，直接出国了。

单求胥在车棚那里，坐在“784533”上面，王元鹅从远处走了过来。经历了这件事后，谁也不知道该说什么。

“鸟人，我……”

单求胥刚要说话，手机不停地响了起来，看到王元鹅一直盯着自己，单求胥接通并按了免提，放在了自行车后座上。

“我……唉，牛福真傻，真的，这事儿真不是他。胥胥，谢谢你。”郝佳琪的声音传来。

郝佳琪说完感谢就挂了电话，单求胥一句话也没有讲。想到郝佳琪坐收渔利，王元鹅气愤地问道：“你是不是早就知道郝佳琪要出国的事儿？”

单求胥沉默片刻，点头道：“是啊。”

“你是不是也早知道郝佳琪利用陈喆偷卷子的事儿？”王元鹅激动地问。

“我不知道。”

“你不知道为啥还泼陈喆水？”

“我泼他水是在帮他！”

王元鹅上去便扇了单求胥一巴掌，大骂道：“你浑蛋，你知不知道，你要是早告诉陈喆，他就不会偷卷子，牛福也不会走！”

“怨我？怨我啊！你怨我是不是！陈喆罪有应得，他压根就看不上你，你却处处维护他，你什么意思！”遭到王元鹅的误解，单求胥更是委屈万分。

“我愿意，我愿意！”王元鹅大喊了出来，仿佛向单求胥发泄着心中所有的不满。

“你知不知道？要不是牛福，你的前途就毁了！”

“我的前途早都毁了，关你什么事！”

“走的人本应该是陈喆！不是你，不是我，更不是牛福！你太傻了，被人卖了还帮人数钱！”

“我数钱我愿意，我就想知道我自己值多少钱，我愿意！”

看到王元鹅说出那些话，单求胥伤心地问：“那我算什么？啊！你告诉我，我算什么？”

王元鹅指着单求胥哭着说：“你就是一个渣滓，一个差生，一个烂人！你在我心里什么都不算！”

单求胥伤心无助。沉默片刻，单求胥鼓足勇气问道：“我就知道你还没放下他。我只问最后一句，从头到尾，我在你心里，到底有没有存在过？”

看到王元鹅一声不吭地转身离开，单求胥却无助地趴在自行车上哭了起来。

虽然经历了分分合合，二人最终又坐回到了一起。但是，眼前的一张桌子，却是二人心与心之间最遥远的距离。

有的人在明处，却吝惜着自己漂亮的羽毛；有的人在暗处，却为另一个人燃烧了整个自己。有人甘心为你将全世界的恶意都收下，就有人情愿将所有的善都送还给他。爱我的人和我爱的人，这大概就是青春吧。

第三十八章　进击的巨人

吴长鸣拿着圆规和削笔刀，在配电箱那里捣鼓着，阿呆站在一边，拿着砖头，阿瓜站在一边，拿着一兜子蜡烛。原来，每次停电都是吴长鸣所为。目的嘛，自然就是兜售蜡烛。在吴长鸣看来，这根本就不算是破坏，甚至有些英勇。因为，全校同学无时无刻不盼望着意外发生，以换取片刻的快乐。

“老大，换锁了？要不我用砖头砸开？”阿呆手拿砖头，在旁边跃跃欲试。

“看来是被电工给识破了啊！”吴长鸣累得满头大汗，依旧无果。

“老大，蜡烛白买了，看来这回生意做不成了。”阿瓜憨憨地说。

“也未必，去另一个电箱瞅瞅。”吴长鸣见配电箱打不开，悻悻而去。

监控画面上，吴长鸣正在另外一处费力地拆着配电箱。

保安站在一旁，说：“郝主任，就是这位同学，几次三番破坏学校供电系统，我们费了好大的劲儿才查出来。”

“怪不得学校老停电，附近有人在吗？”

“我们的人就在附近蹲守，随时可以实施抓捕。”

“收网！”

郝主任一声令下，保安拿起对讲机，喊道：“虎虎虎！”

吴长鸣满头大汗地捣鼓锁头，终于将锁打开，还没来得及跟手下吹牛，保安便冲了上来，将吴长鸣三人按倒在了地上。

很快，吴长鸣对拉闸断电的事实供认不讳，甚至有些不打自招，但是吴长鸣很讲义气，将阿呆、阿瓜撇得很开。郝主任上报毛校长后，直接将吴长鸣劝退了。

“郝主任，开除别人，喇叭里都广播一下，你就给我广播一下呗，就一下！一下下！”直到走到校门口，吴长鸣依旧在苦苦央求。

“长鸣啊，你撞枪口上了，现在是敏感时期，你回家先想清楚了，随时欢迎你回来复读！”

“得，算了！郝主任，大好前途等着我呢，我要去闯天下了！”

吴长鸣说着，伸出了手。郝主任笑着和他握了握手，说：“祝你成功！”

很快，市教委将国际文化交流比赛的邀请函发了过来。对此，毛校长依旧坚持。

“郝主任，我不去是表明一种态度，我想让他们知道，什么是最重要的。还有一个月就要高考了，一个个的都不务正业了？”毛校长一脸愤怒。

“毛校长，人在屋檐下，哪有不低头呢，派一个最差的班级去就是了。”郝主任安抚道。

“在教育这个问题上，我有做错过什么事情吗？不去！高考誓师大会准备得怎么样了？”

“已经准备好了。”看到毛校长跟自己过不去，郝主任也没有再说什么。

很快，高考誓师大会上，一年一度的表演大秀来了。每个人站在台上气宇轩昂，歇斯底里地喊出了自己心中的压抑，甚至是愤怒。当然，上台的都是各个班级的优等生。同单求胥、牛福、林昆等人不一样的是，他们将所有的时间都倾注到了学习上，唯一发泄的方式那就是成绩，还有这个宣誓的舞台。

第一次站在宣誓台上的李德亮激动万分，同其他老师不同，李德亮的誓词洋洋洒洒脱稿而出。

“在这个充满挑战、满载理想的季节，我们终于迎来了这一重要的时刻！我们横刀立马，我们辛勤耕耘！我们心无杂念，我们争分夺秒！我们永不言弃，我们笑对成败荣辱！有志者，事竟成，破釜沉舟，百二秦关终属楚！苦心人，天不负，卧薪尝胆，三千越甲可吞吴！长风破浪，直济沧海，成功折桂，舍我其谁！迎战高考，我必成功，迎战高考，我必成功！”

李德亮的肢体语言极具感染力，浑身上下每一个细胞都在跳动着。连单求胥都为之打动，激动地鼓起掌来。

“同学们！没有经过拼搏诠释的青春，只会是苍白的；没有经过奋斗考验的青春，注定是遗憾的。加油，同学们！加油，战友们！最后的胜利一定属于坚强的你，属于你的坚强！坚强！坚强！”李德亮说着，举起手挥舞了起来。

众人起立一起喊着：“坚强！坚强！坚……”

伴随着震耳欲聋的宣誓，一中彻底进入了高考倒计时，道路上的标语随处可见。越是到了紧要关头，毛校长的烦心事就越发多。

“毛校长您好，我是市教委阅卷处的老师，你们学校有一个叫牛福的同学吗？”

“您好，是的，怎么了？”毛校长接过电话，客气地问道。

“是这样的，因为你们是全市唯一考 B 套卷子的学校，B 套卷子相对 A 套卷子来讲更加考验学生的情商。其中语文卷最后一道附加题是‘写出你最佩服的同学，并注明原因’。但是奇怪的是，有一个班，卷子的答案几乎全部都写了‘牛福’这个名字。我们想麻烦贵校做一个专访了解一下，这位牛福同学为何让大家这么尊敬呢？”

“哦？这位同学已经犯错误被学校开除了。”

“什么？不可能吧！这么优秀的同学怎么会犯错误呢？毛校长，你们是不是弄错了？”

“呃……这个……”

“毛校长，一中虽贵为全市楷模，但成绩不是人生的全部，莫以教育之名抹杀了孩子们的前途啊！”

毛校长听完，放下电话，躺在了椅子上。回想起多年前李德亮的改革，联想到李广东的堕落，再想到单求胥，甚至连冯莹也公开站出来反对自己，听完市教委的忠言，毛校长陷入了沉思，久久无言。

“那么多人都在反对我，难道真的是我错了？”毛校长回头，看向墙上挂的字：初心不悔！

电话一个接一个打来，情况也一再改变着。想到李德亮的改革初心，想到市教委的殷切希望，毛校长将李德亮叫到了办公室，说明了自己的心意。

“什么？我没听错吧，毛校长！”李德亮吓得差点没站稳。

“李老师，你没听错。学校决定，让你们班参加一年一度的国际文化交流活动。”

“毛校长，您没开玩笑吧？高三8班可是年级第一的班啊！”

“李老师，我是认真的。”

李德亮用余光瞅了瞅两侧，悄悄对毛校长说：“毛校长，附近没有摄影机吧，是不是在录什么真人秀节目？”

“李老师，没有摄影机，只有你和我。”

“毛校长，还有一个月就高考了啊！这怎么能行呢？您这玩笑开大了啊！再说，您不是这样的人啊！”李德亮腿一软，扶着桌子又爬了起来。

毛校长走到李德亮面前看了看，走到门口，将门关上。

“李德亮，对不起！”毛校长说完，深深地朝着李德亮鞠了一躬。

“毛校长，您对我道歉是不是打算要做对不起我的事儿啊？”李德亮十分吃惊，甚至是惊吓和惶恐。

“其实多年来，我心里一直很愧疚，我自诩为教育的改革者与践行者，没想到却在偏执而又自我的道路上越行越远。”

“毛校长，我还是不明白，您走得远为什么要跟我道歉？”

“该死，话到嘴边却说不出口，我的勇气呢？”毛校长心里暗暗想着。

看到眼前一脸慌张的李德亮，毛校长缓缓舒了口气说：“当年有人写举报信举报你教育改革过度，我批评了你。”

“嗐，那也是应该的，现在回想起来，我确实造成了一定程度上不好的影响。”李德亮听完，松了半口气。

“你难道不恨这个人吗？”

李德亮挠了挠头说：“以前恨，恨得咬牙切齿，我巴不得把他千刀万剐！但是后来一想，若是没有当时的反思，也就不会有今天的我。我不但不恨他，反而心里更应该感谢他。”

“感谢倒不必了，你能明白我的良苦用心就好。”听李德亮说完，毛校长没想到李德亮竟有如此胸怀。

“什么？”李德亮一头雾水。

“举报信是我写的。李老师，对不起！”

直到毛校长说出这句话，李德亮方才明白刚才的鞠躬到底是什么意思。显然，李德亮并不能够接受这个事实，多年前的恩怨跃然眼前，李德亮只能呆呆地看着校长，一句话也说不出来。

毛校长感慨地说：“朝闻道，夕死可矣。我追求了那么多年的成绩，却到今天才明白你当初教育改革的意义。动物园里的老虎狮子可以被鞭子驯化得拥有技能，但那不是教育。教育的本质应该是教会学生拥有一颗正直而又善良的心！”

“毛校长，您说这些我都懂，但是眼下，我决不允许让我的学生冒这个险。”李德亮的语气平静而无情。

“李德亮，教育是伴随着时代而存在的。以前你想做教育的改革者与领头羊，不仅仅是我眼里容不下，更是当时的社会环境容不下的。眼下祖国正在复兴，我们的教育变得更加开放和包容，我希望你能够重返当年，做教育的改革者与弄潮儿。”毛校长慷慨陈词，语气激昂。

然而，李德亮还是平静地回复道：“毛校长，无论您怎么夸我，我都是不会去的。我说了，我不允许我的学生在这个时候冒这个险。”

毛校长没想到，这么多年过去了，李德亮依旧同当年一样食古不化、油盐不进。无奈，毛校长只好祭出了撒手锏。

“李老师，关上门就是一家人了。我想问问你，你知道冯莹为什么来到一中吗？”

“听学校的老师们讲，冯老师想出国留学但没考上，走后门来到一中的。”

“荒唐！我的女儿还用走后门？”毛校长打开身后的柜子，翻出了一个文件夹，递给了李德亮，“你当年毕业一走了之，莹莹并不知道你来到了一中，万念俱灰之下才打算出国。但是在飞机上，她看到了你教育改革的消息之后，毅然申请回到一中教学。”

看到当年的剪报还有冯莹的机票和护照摆在眼前，李德亮一脸诧异地看着毛校长，毛校长认真地点了点头。

当年毛校长千方百计将冯莹送出了国，想到冯莹终于实现了自己出国留学的梦想，毛校长嘴角泛起一阵阵微笑。但是，令他没想到的是，很快，冯莹便拉着行李箱直接来到了办公室，将报纸愤怒地摔在了桌子上。

“莹莹，你怎么回来了？飞机延误了吗？”毛校长十分诧异。

“爸！你为什么要骗我？我托你打听李德亮的消息，你一直说不知道，这是为什么？”

“莹莹，你听我解释……”

“没什么好解释的！中美两国国情不一样，出国没什么好学的。我只想立足于国内，同李德亮一样，做更有意义的教育实践与改革！”冯莹说完，将行李箱甩在了地上。

“毛莹，我警告你，别给我乱来！”毛校长勃然大怒。

“毛校长！您听清楚了，从今天起，我跟我妈姓，以后请叫我冯莹！”

“哎，你……”

冯莹愤怒地摔门而去，留下了无可奈何的毛校长。

听到这些，李德亮心里翻江倒海般难过。毛校长接着说：“她口口声声说是为了教育事业回来的，但是谁都知道，他是为了你啊！”

毛校长走到墙边，抬头看了看墙上的四个字，说：“初心不悔！每当我越行越远，这几个字时刻在提醒着我。前几天的体育课事件，我之所以答应学生，并不是因为有多少人在请愿，而是我看到了，那么多年过去了，莹莹仍旧为自己的初心而坚持着。我希望你也能够重拾初心，在众人面前表达出内心最真实的声音。高考固然很重要，但它不是人生的全部！我们高考前照样吃饭喝水，那么就一样可以上体育课参加比赛！”

毛校长慷慨激昂，等他转过身看的时候，却发现李德亮不知何时已经离开了。

看着毛校长滔滔不绝的背影，李德亮不忍打断，转身回到自己的办公室，反锁上门，躺在了椅子上。从刚开始工作到现在，往事一件件浮现在眼前。

“扈极硬，这样的学校才是我们施展改革想法的舞台啊！让我们大干一场吧，把我们改革的号角吹遍学校的每个角落！”

“嗯，每个角落！”

李德亮至今还清晰地记得，刚来一中时，对教育事业的期待。

可是想到后来，自己辛苦经营的班级被举报，想到李广东和牛福的离开，李德亮的眼泪忍不住划过眼角，狠狠地砸在了地上。他猛地站起来，走到身后，用力将书柜推到了另一边。同毛校长一样，李德亮的墙上也挂着一幅字：燃烧！

当年李德亮在路边遇到了一个江湖书法家，花了两百块钱买了这两个字。为此，他特意将冯莹和扈极硬喊了过来炫耀了一番。

“我挂这儿怎么样，二位老师？”

冯莹抬头看了看，说：“阿亮，你想说的是燃烧自己，照亮别人吧？”

“毛莹，你说得没错。”

“说什么呢，叫我冯莹。”

“好，冯莹，作为灵魂的工程师，我们一定要像蜡烛一样，燃烧自己，照亮别人！”

扈极硬想了半天，说：“阿亮，我倒觉得你是要玩火啊！”

李德亮站在椅子上，吃惊地回过头，看着扈极硬，说：“还是阿硬你了解我啊！作为教育的改革者与弄潮儿，要敢于打破旧的思路，探索新的教育理念与模式，我要将祖国的教育事业推向全球。不过，更主要的是，我五行缺火，这个，将会是我走向国际的见证！”

李德亮抹了抹眼泪，站在凳子上，拿着抹布，擦了又擦。

高考临近，虽然已经到了上体育课的时间，但是众人出去活动了一会儿后，便赶紧回到教室用功了起来。这次李德亮没有带相机，他缓缓地走到讲台上，写下了“初心”二字。看到老班反常的举动，众人议论纷纷。

“同学们，都放下手中的笔。这节课，我们认真讨论一下初心这个话题。”

单求胥疑惑地心想：“看样子是要搞事情啊！”

王元鹅也停下笔，纳闷地想：“这不像是老班的风格啊，他感觉变了一个人似的。”

“我想问一下诸位，你们的梦想是什么？陈喆，你先回答一下。”

“我的梦想，就是考上大学。”陈喆站起来，脱口而出。

“参加高考，考上大学，只是眼前的，更长远的呢？”

面对李德亮的追问，陈喆想了想，说：“那就是做这个社会的强者，事业上取得成功吧！”

“好！小夏，你的呢？”

“我啊？老班，我不好意思说……”

“没事儿，放心大胆地讲。”

“我的梦想就是找一个好老公，在家相夫教子。”小夏刚说完，众人便哈哈大笑了起来。

李德亮赶紧笑着说：“别笑，没什么好笑的！等你们以后就会明白，家庭也是一种事业。每年的高考状元，都是出自一个非常完整而又幸福的家庭，这很重要。王元鹅，你来说说看。”

“我啊？我的梦想就是当一名作家，鲁迅先生当年弃医从文，我是想通过文字来鼓励更多的人，勇敢地去追求自己的理想。”

“好！单求胥，你也来说一下吧。”

“老班，坦白地说，我来这所学校时的梦想就是想快点离开，越快越好！再到后来，我觉得，我得当老师，到时候，专门教老师们的孩子，当年我罚的站，抄的作业，一分不落地如数奉还！”

众人听完拍手叫好，李德亮只是尴尬地笑着。

“但是现在我才明白，我是炎黄子孙，我是龙的传人！我要为祖国做一些事情，让我们的国家变得更强大！”

“好！为中华之崛起而读书！”李德亮示意单求胥坐下，看到氛围轻松了下来，李德亮接着说，“今天，原谅我不能祝愿各位都梦想成真，因为梦想的实现是要付出代价的，但是我想请各位牢牢记住自己的梦想。”

“老班，你的梦想是什么？”单求胥调皮地问道。

“对啊，老班！”众人纷纷起哄。

“我啊，我的梦想是做一中的王牌教师。可是后来我发现我错了，教育应该面向社会，面向整个国家，甚至是世界。我很快发现，凭我一己之力，很难改变当下的教育现实。所以我的梦想是，能够带出一届最优秀的学生，带到世界的舞台上，让全球各国人民看到，我的学生，是最优秀的！同学们，我……”

李德亮哽咽着欲言又止，众人纷纷鼓掌。看到李德亮说不出口，冯莹离开后门，走上了讲台。

“莹莹……”李德亮眼圈红红的，眼泪在眼里直打转。

“还是我来讲吧！同学们，每年市里都会选派高三年级的学生参加国际文化交流比赛，比赛的内容是才艺展示。今年的名额非常有限，学校将仅有的机会给了我们班，希望大家踊跃参与。”

“冯老师，是什么时候，高考后吗？”陈喆马上问了起来。

“不，就现在，高考前一星期。”冯莹坦诚地说了出来。

“啊！不会吧。”众人纷纷议论了起来。

“疯了吧？我成绩不好的都不敢接受啊！”林昆自言自语道。

“这、这怎么可能？”王元鹅一脸尴尬地看着单求胥。

“怪不得老班今天如此反常。”单求胥听完，也是十分无奈。

看到班里的反应，冯莹敲了敲讲台，说：“我们只需要派一个团队参加就好，活动以自愿的原则，愿意参加的同学举手。”

面对着曾经的班主任冯莹，和现在的班主任李德亮，经历了猴子还有牛福的离开，单求胥早已看淡一切，他想都不想便举起了手。可是，令人尴尬的是，只有他自己一人举起了手。

看到众人的反应，李德亮笑着说：“单求胥，放下吧。同学们，我很明白此刻大家心里在想什么，我也不强求，想要参加的，下课后来我这儿报名吧。”

李德亮说完，塌着肩膀走了出去，冯莹刚要说话，被李德亮回头拉了出去。

走在校园里，李德亮接过冯莹手里的纸巾，擦了擦眼泪，说：“莹莹，谢谢你！”

“谢我什么？”

“没、没什么，就是谢谢。”李德亮说着，眼泪却又流了出来。

“莫名其妙！哎，我问你，你明明可以下死命令的，干吗搞得这么民主？”冯莹不解地问。

“我不想，我不想在他们青春的尾巴上留下不愉快的回忆。”李德亮意识到自己失态，强忍着情绪擦干了泪水。

“万一学生不参加，你怎么办？”

“我不知道，听天由命吧。”

李德亮一走，班里便炸了锅，大家纷纷讨论了起来。看到陈喆无动于衷，单求胥站起来喊道：“班长，班主任这事儿我觉得不能这么坐视不管吧？”

看到大家纷纷看向自己，陈喆无奈地说：“要不能怎样？马上就要高考了，哪有时间参加比赛啊！你是富二代，考不上可以回家继承家业，可我们不是啊，谁敢拿自己的前途开玩笑！”

“对啊，就是！”众人纷纷点头赞同了起来。

“前途！你还好意思跟我谈前途！”单求胥说着，愤怒地把笔丢了过去。要不是王元鹅拉着单求胥，单求胥巴不得立马冲过去，狠狠地将陈喆教训一顿。

“你想去，我不拦着！没有眼前的苟且，哪来诗和远方！”陈喆倒是没有丝毫让步的意思。单求胥又拍案而起，要不是众人跑过来压住单求胥，一场大战在所难免。

“别吵了！”看到众人嚷嚷个没完，王元鹅一拍桌子，走上了讲台。

“同学们！我们的口号是什么？不抛弃，不放弃！难道老班就不是我们班级的一分子吗？高中三年，我们班从倒数第一到正数第一，靠的是什么？仅仅是大家的自觉吗？”王元鹅说完，众人纷纷沉默了起来，陈喆依旧满脸的不服气。

“陈喆，你认为班主任为什么选你做班长，是因为你成绩好吗？”

“我……”陈喆哑口无言。

“你高一的时候，成绩在班里是第一名没错，但是在全校你却是一百名开外，老班之所以选你，是因为你在运动会的时候体现出的集体责任感。”

王元鹅说完，陈喆低头不语。

“小夏，还记得那年你生病了，班主任冒雨背着你去市医院吗？老沙，你难道忘了，你偷家里的钱，家里找到学校，班主任是怎么替你圆谎的？”

说到这里，众人纷纷低下头，王元鹅一脚将门狠狠地踹了过去，说：“关上这扇门，就是一家人！如果高中三年教会我们的，是在关键时刻抛弃家人，那么我宁可不要这样的青春！同学们，在我们即将奔赴战场之前，就请大家摸着自己的良心，为老班做最后一件事情，为我们的青春画上圆满的句号吧！”

虽然王元鹅说得非常在理，但是大家还是沉默着，毕竟，事关高考，人生的关键时刻，谁也不敢这么草率。

李德亮在操场上走来走去，始终没有勇气回到办公室。听到下课铃声响起，冯莹看着李德亮，说：“阿亮，回去吧，你不是说在办公室等大家吗？”

“才一会儿，不急。”

“阿亮，你是不是特别害怕没人站在办公室门口等你？”

“也不是……”

“那就回去勇敢面对！这也是对你辛苦三年的最好的检验，无论成功与否，我永远支持你！”

“莹莹，我怕，我真的好怕。呜呜呜……”李德亮突然趴在冯莹肩膀上，抹起眼泪来。冯莹拍打着李德亮的后背安慰着。原来，在最爱的人面前，任何人的心都可以变得如此脆弱。哪怕是李德亮，哪怕是面对自己的学生。

在冯莹的陪伴下，李德亮缓缓地走上楼梯，如他所料，楼道里他只看到了单求胥还有王元鹅站在那里，李德亮看向冯莹，勇敢地走了过去。

“王元鹅，单求胥，谢谢你们！”有了眼前三人的支持，李德亮心里也坚强了许多。

“老班，我们尽力了，希望你能理解。”王元鹅认真地说。

“我明白，你们能来，我就很感动了。”李德亮说完，转身趴在了墙上，哽咽了起来，“你们知不知道，我多么害怕没有一个人肯为我而战。谢谢你们，谢谢。”

王元鹅和单求胥对视了一眼，从背后拿出了一支玫瑰花，递过去，说：“老班，谢谢你的信任！”

“谢谢，谢谢，我们一起加油！”李德亮转身开门，突然愣在了那里，手里的花也掉在了地上。

看到李德亮慌慌张张地站不稳去抓门把手，冯莹赶紧走了过去，问：“怎么了？”

冯莹走过去才发现，高三8班，所有的学生早已站在了办公室里面，一人拿着一支玫瑰花站在那里。

“老班，谢谢你！”众人围上来，纷纷将花送到了李德亮的怀里。

“谢谢，谢谢你们，谢谢。”李德亮只顾着说谢谢，泪水模糊了他的双眼。

在众人的讨论中，大家一致认为，一定要选一个代表性的作品，而且最好还是全班同学都能够参与到其中的。陈喆作为学习上的班长没人怀疑，但是搞起文艺来，他知难而退，任务自然就落到了挑头的单求胥和王元鹅身上。

“我觉得作为文化交流，肯定不能选择《罗密欧与朱丽叶》这些，我想选择中国具有代表性的《美猴王》，西方也能够广为接受。”想到自己同单求胥打架被毛校长撞见的一幕，王元鹅突发奇想，“除了话剧的艺术性，我们更应该注重作品的趣味性，所以我想将排练的章节放到《大闹天宫》上面。”

“啊？可是那样会很难吧！”林昆担忧地说道。

“王元鹅，那么多道具服装，还要排练，这岂不是要花很多时间啊？”陈喆第一个站起来反对。

“拜托，家人们，这是我们高中最后的回忆了！最后的回忆，怎么能随随便便应付过去呢？”单求胥忍不住将陈喆怼了回去。

在众人的质疑声中，外卖送来了单求胥订的一箱汉堡，在美食面前，所有问题迎刃而解。

看到大家认真地推进着，冯莹感慨地说：“真没想到，单求胥越来越有责任和担当了。阿亮，你就真那么放心让他们自己去做？”

“坦白地讲，很不放心。但是我还是希望，他们青春最后的记忆，是由他们自己书写创造的，其实结果已经不再那么重要了，对吗？”

“嗯！”

冯莹看着眼前的李德亮，仿佛重新感受到了十几年前的那个意气风发留着长发的阿亮。想到即将到来的压力和挑战，冯莹伸出了手，二人击掌加油。

听到李德亮将演出的节目报了上来，郝主任也是大吃一惊。

“毛校长，没想到，李德亮越来越有责任和担当了，这么快就把节目敲定了。”

“是啊，想当年，他是我最看不惯的老师。这么多年过去了，不枉我对他的期望啊！”

“毛校长，您就真放心让他们去做啊？”

“坦白地讲，很不放心。但是我还是希望他们青春最后的记忆，是由他们自己去书写创造的，其实结果已经不再那么重要了，难道不是吗？”

“我明白，那接下来我就全力以赴，和市教委交代了。”望着毛校长坚定的眼神，郝主任赶紧走了出去。

想到这两天了却了自己心头多年来的一桩大事，毛校长长叹了一口气，坐在椅子上，端起茶呷了一口。没等毛校长休息，郝主任又拿着教委文件急匆匆走了进来。看到郝主任站在那里喘粗气，欲言又止，毛校长笑着问道：“郝主任，站了半天了也不说话，到底是什么事儿？”

“毛校长，有点难开口，您还是先坐稳了才好。”

“郝主任，你今天真是幽默得很啊！行，我配合你！”毛校长说着，坐正了，微笑着看着郝主任。

“毛校长，这回不管您同不同意，文化交流的事情，市教委都发文件来了。”

“我知道啊，以前不是发过了吗？”

“以前是邀请，这次有点不一样……”

“怎么个不一样法？”

“之前是参赛，这次是主办！”

“坏了！坏了坏了……”毛校长听完，确实大吃一惊，他紧紧地扶着桌子站起身，一时间竟不知所措。

毛校长赶紧接过郝主任手里的文件，正认真看着，没想到，整座办公楼突然停了电。看到窗外多所教学楼停了电，众多学生高兴地呼喊了起来，毛校长纳闷地问道：“郝主任，怎么回事？吴长鸣不是已经被开除了吗，这个时候了，怎么还会停电？”

“这……我马上去调查！”郝主任说完，紧张地走了出去。

阿呆将钳子递给阿瓜，说：“阿瓜，出来混，讲的是魄力。看到了吗，这才叫智慧，以前鸣人那套都弱爆了！鸣人走了，你以后就跟我混好了！”

“三哥厉害！”阿瓜憨憨地笑着。

“走你！”山中无老虎，猴子称大王。阿呆说完，大摇大摆地从总配电室离开了。阿呆走了几步，转身朝着摄像头竖起中指，直到走出了监控区域，方才摘下了头上的丝袜。

学校的楼顶上，中年男人戴着墨镜，点燃一支烟，猛嘬一口。这位中年男人正是当初王元鹅在网吧坐在自己身边的那位龙头戒指的主人，也是李广东嘴里声称的亡命徒。伴随着一声猫叫，保镖黑猫走了过来。

中年男人猛吐一口白烟问道："黑猫，口信儿带到了吗？"

中年男人的声音低沉，若不是在黑夜的楼顶，恐怕没几个人能够听得清。

"老大，带到了。"黑猫递过了一张照片，而照片上的男人正是李广东。

"找到这个人，一探虚实。"中年男人用舌头将要燃尽的烟头含进嘴里，伴随着"刺啦"一声，烟头被熄灭后，二人消失在了夜色里。

第三十九章　江湖话事人

中年男人吩咐完后，黑猫便打听着来到了重来烤肉店。看着来来往往的服务员虎背熊腰，满是文身，久混江湖的黑猫，握紧了手中的刀。

“您好，请问您想来点什么？”服务员笑着迎了上来。

黑猫看到服务员满手都是老茧，断定此人功夫了得，他故意将菜单抖落，服务员将菜单在落地之前迅速地拾了起来。如此机警的反应速度，着实让黑猫吓了一跳，更令黑猫害怕的是，在服务员弯腰的时候，他分明看到了服务员腰里的刀。

“我想找你们老板李广东。”黑猫见对方人多势众，态度无比平和了起来。

“哦，东哥不在。”

“长鸣，快点儿，刀拿来！”看到吴长鸣在黑猫面前傻站着，六子大喊了一声。

“哦，来了！”长鸣说着，从腰里掏出一把刀，转身就走，把黑猫吓出一身冷汗。

没错，吴长鸣辍学之后，换了很多份工作，如今慕名而来在重来烤肉店当了服务员。吴长鸣手上的老茧是干了一段时间的砖厂工磨出来的，而反应速度的问题，是吴长鸣经常在学校卖蜡烛，蜡烛一旦掉在地上，就会被人抢走，这是多年以来训练出来的结果。

中年男人看着阿呆和阿瓜戴着黑丝袜在配电室忙活着，凑了过去，问道：“是不是换锁了啊？”

“别吱声！”阿呆说完，随手打了一下阿瓜。

“呆哥，我没说话啊。”阿瓜一脸委屈。

二人回头看时，才发现中年男人脸上的伤疤，顿时吓得瑟瑟发抖。

“年纪轻轻，学什么不好？啊！自己去找老师自首，要不然有你们好看！”中年男人将二人的双手捆在一起，将头上的丝袜也系成了死扣，一脚将二人踢走。看着即将拧开的电线，中年男人将口香糖放在手上按着，用螺丝刀认真地安装了回去。

“老大，就是这里，离约定时间还有十分钟。”黑猫和中年男人站在校外小巷的拐角。

“你刚才说，烤肉店里的伙计都有刀？”

“是的。”

“一个烤肉店，人人都有刀，这不合情理啊。”

“我已经安排人去摸底了。”

“严打的关键时刻，千万不要惹出什么事情，以免打草惊蛇。人来了。”

看到李广东走在巷子里，二人意欲走出去，却发现后面有人跟随。

“小心有诈！”中年男人一把将黑猫拉了回来。

李广东走了几步，看到地上的影子，不禁停了下来。一把刀顶到了后腰上，李广东举起手来。

“半夜约我出来，敢问是哪路朋友？”李广东临危不乱。

“八年前的一场码头交易，我没猜错的话，当时你也在现场吧？”蒙面人看到李广东脑门上的创可贴，甚至没有确认身份，直接问了起来。

“坏了，敌人先我们一步了！”听到这里，中年男人长叹一口气。

“老大，看来有内奸！”黑猫说完，从一边包抄了过去。

李广东笑着说：“这位朋友，我不知道你在讲什么？”

“李广东，你是聪明人，好好想想，刀真的不长眼啊！哈哈哈哈！”蒙面人笑得更夸张。

“是，没错。我当时少不更事，跟随王天笑的手下，我至今后悔莫及。当年我是去了码头，可是我作为最小的小弟，压根就没听到一句交易内容！”感到刀尖的硬度，李广东敏锐地感觉到，对方是来真的。

“李广东，当年那笔交易出了内奸，现在有人要花钱买你的人头，你这么说，我很难做啊！”

“我说过了，我已经退出江湖了。朋友，你应该找错人了。”

“李广东，你是退出江湖了，可是最近，你接二连三地让手下寄信给纪委和检察院，是什么意思？听说，连你的班主任都没放过。兄弟，出来混，事情不能做得太绝啊！”

眼看着蒙面人要动手，中年男人走了出来，李广东和蒙面人一阵紧张。

“你是谁？”看到目标从一个变为两个，蒙面人拿刀指来指去，十分紧张。

“朋友，我想你要找的人，应该是我。”待到中年男人摘下墨镜，蒙面人吓得瑟瑟发抖，李广东也惊呆了。

“啊！你、你是！你是王天笑！”蒙面人刚要举刀，黑猫却早已拿刀指向了他的后腰。

“四海之内皆兄弟，既然认识我，那肯定都是老朋友了。和气生财，大家有话慢慢说嘛！”王元鹅的直觉没有错，之前的龙头戒指的主人就是自己的父亲王天笑。

“你、你不是早已经……”面对眼前的王天笑，蒙面人吓得有些说不出话来。

“没错，八年前，我是被人扔下了河。可是老天有眼，我捡了一条命回来。我和你一样，潜伏了这么多年，就是为了查出害我的人是谁。有人想花钱买他的脑袋，我出双倍，买你老大的脑袋！”

“王天笑，你别装了！大哥说问题就出在你身上，除了你，没人知道交易的时间地点！他那天做局，就是故意试探你，今天，也是，哈哈哈哈！”蒙面人说着，笑了起来。此时，另一个同伙从背后出来，拿刀顶向了王天笑。

“糟了，中计了！”王天笑暗自想着，赶紧用手指给黑猫打起摩斯密码。

蒙面人笑着说：“对不起了，老大，今晚，你和李广东都得死！”

众人彩排结束，议论纷纷地走下楼梯，单求胥还有王元鹅最后锁门，“嘭”的一声响，将王元鹅吓得一哆嗦。

“什么声音？”王元鹅赶紧看向了窗外，烟花绽放在了夜空，映照在王元鹅的眼眸中，一闪而过。

“嗐，是烟花。”单求胥说完，将门锁了起来。

“好美啊！青春大概就如同这烟花吧，有的人注定一闪而过，也不知道牛福现在怎么样了……”王元鹅竟不禁伤感了起来，“单求胥，牛福跟你联系过吗？”

“我一直给他打电话，就是没打通，发信息也没回过。”

“要不我们明天去他家看看吧？”

单求胥想了想说：“好。”

伴随着烟花炸响在天空，校外的小巷早已风平浪静，人也没了踪影。

李广东将蒙面人还有同伙装在麻袋里，交给了六子，六子很快便拖到了仓库里。酒菜摆上，白龙马看着眼前的喷火枪，连连称赞，黑猫更是看着笑而不语。

“前辈，我敬你！”李广东说着，端起酒一饮而尽。

黑猫有所警觉地看着周围，王天笑眼神淡然，伸手示意李广东坐下，自己端起酒，也一口喝了下去。

“在狱中的时候，我就听闻，江湖中有人自成帮派，来势汹涌，很多帮派都遭到了清洗。而这个帮派的老大谁也没见过，只知道他戴着龙头戒指，没想到，正是您。”李广东感慨万分。

“广东，看到你今天的成就，为你感到高兴。”王天笑说着，朝李广东举起了酒杯。

“白龙马，我敬你一杯，感谢你出手相助！”李广东说着，拿起了酒杯。

“不用客气，中非友谊源远流长嘛！”白龙马喝完，笑了起来。

“白先生，我有一事不明。当时已经很晚了，你为何出现？”直到此刻，王天笑依旧没有放松警惕。

“哦，是这样的，那里以前是我的地盘。高考一结束，我就要回国了，临走之前，就想去看一下我的实践基地，也就是你们在的那条胡同。没承想，遇到了一场大戏。”

原来，白龙马终于参透了学生爬墙的位置，他顺着墙根的痕迹，从校内爬上墙头，一路朝着胡同走了过去。看到众人拿刀僵持着，白龙马大喊着，一块砖头打了过去。黑猫还有王天笑见机，将两名对手制服。

李广东不解地问：“你怎么知道该砸谁呢？”

“嗐，这很简单，我当时就是看他戴着丝袜，比我还黑，所以就……”

“你是不是之前见过我？”看到白龙马的眼神有所躲闪，李广东笑着问了起来。

“好吧！在校的时候，没有人来找我咨询，只有王元鹅经常来找我，她有一段时间提起过你的事情，我就专门搜集了一下你的资料。”

听到白龙马提起王元鹅，王天笑放下筷子，问道：“王元鹅？有人在学校欺负她吗？”

“倒也谈不上欺负，她的家庭很特殊。她是孤儿，母亲因为难产去世了，父亲也死了。前段时间，仅有的奶奶也患癌症走了，所以我很是关心她。”

听到这里，王天笑的心里极为震惊，他手一抖，将桌子上的酒杯碰洒了。黑猫见状，赶紧帮忙扶正倒满。

“白先生，那你对王元鹅这位同学怎么评价？”王天笑不动声色地问着，丧母之痛，让他的声音有些许颤抖了起来。

白龙马放下筷子，认真地说：“她坚强、勇敢，也很善良，她是我遇到过的最美丽的女孩，没有之一。”

王天笑坐在海边公园的悬崖上，点燃了三支烟摆在了跟前。黑猫拿着刀，机警地站在一边。王天笑戴着墨镜，安静地听着海的声音。

虽然马上就要高考了，也面临着话剧的排练，但是王元鹅依旧坚持要去一趟牛福家。单求胥陪着王元鹅坐在公交车最后排，目瞪口呆地看着吴长鸣背着包在车上卖票。

“到站了，前门上后门下啊，先下后上！”看到公交车进站，众人拥挤在了车门口，吴长鸣熟练地大喊着，一副宇宙我最大的派头。

单求胥还有王元鹅走到后门下车，吴长鸣则抬头看天，假装不认识的样子，二人只好下了车。

“不是说社会是大学吗，你看他那嘚瑟劲儿！在高中那点德行，都到了大学了，一点儿都没改！”王元鹅有些无语。

单求胥则努了努嘴，说：“新生入学，没几个知道天高地厚的，贱人自有天收，由他去吧！”

牛福家住在城中村，一巷之隔便是两个世界。村里又脏又乱，有些房子更是破旧不堪。牛福家屋顶上晒着金黄色的玉米，用来喂养院子里的鸡鸭用。此时的牛福，正同妈妈往袋子里装着玉米。

“牛二，你哥说了，高考结束后就开始征兵工作，报名点就在家门口。幸亏你学习没多用功，好歹不用戴眼镜，要不然当兵还真是个问题。”牛福妈边劳动边说着。

“啊，还要等一个月啊！”

“一个月咋了，快得很！陪我多待几天怎么了？你这一走，指不定猴年马月能回趟家呢！”

“请问是牛福家吗？”王元鹅打听着，敲起门来。

看到单求胥和王元鹅二人在门口，牛福抬头看了一眼牛福妈。这个情景，牛福不知道跟牛福妈嘱咐了多少遍，今天，小伙伴们终于还是来了。

“请问牛福在家吗？”王元鹅不住地敲门喊着。

牛福妈爬下房顶，打开门，没个好气地喊道："敲什么呢？干吗的？"

"哦，您是牛福的妈妈吧？"因为之前见过，单求胥笑着走了上去。

"牛什么？"牛福妈皱着眉头问道。

"牛福。"单求胥笑着重复道。

"什么福？"牛福妈假装没听到的样子。

"我……"看到牛福妈故意不搭话，单求胥十分无奈。

"阿姨，我见过您，您去过我们学校，找过牛福。我是他的朋友，想来看看他。"王元鹅赶紧将单求胥推到一边，搭话这事儿，还是女生来才好。

没想到牛福妈将脸一板，说："你们找错人了，我不认识这个人！"

王元鹅吃惊地说："可是我亲眼见过您啊！"

"那可能是我失散多年的姐妹吧，我还忙着呢！你们去别处问问去吧！"

"哎，阿姨，这是我的电话和地址。要是牛福有什么困难，您让他打电话找我。"单求胥说着，写了一张纸条，塞到了牛福妈手里。

"说话听不懂啊，还是装不懂？你们找错人了！"牛福妈接过纸条，扔在地上，踩了两脚，生气地关上了门。然而此时，牛福就躲在墙后面，距离单求胥和王元鹅仅仅一墙之隔。若不是牛福屏住呼吸，这么安静的午后，王元鹅甚至都能听到。

王元鹅本想再敲门，却被单求胥拉住了。看着单求胥摇了摇头，王元鹅只好转身走了。二人拐过胡同后，悄悄地看着，没多会儿，牛福便打开门，四处望了望，将地上的纸条捡了起来。

回去的公交车上，单求胥和王元鹅坐在公交车上最前排，相视无语。吴长鸣站在二人身边，跷着二郎腿，十分不屑。

"牛福为什么拒绝见我们呢？我真搞不明白，是心中有苦，还是心中有恨呢？"单求胥脑中不停地想着。

看到牛福发来了短信，单求胥激动地打开，看了起来。

"单求胥，对不起！当初，你几次都没有通过你爸的测试，是因为我。我答应你爸做卧底，作为回报，你爸捐助了我学费。其实那些钱不是李德亮的，是你爸垫付给你的。我之所以决定离开，是希望你不要输给陈喆那种人，照顾好王元鹅，勿回！"

看到愁眉不展的王元鹅，单求胥深深地叹了一口气，将信息删掉了。原来，自己身边真的上演了《无间道》，而卧底就是牛福。此刻的单求胥并没有恨牛福。相反，他心里充满了感激，他感激牛福教会了自己成长，他感激牛福教会自己什么叫珍惜，他感激牛福曾经不离不弃的陪伴。直到此刻，单求胥突然明白，自打牛福妈将铁门关上的那一刻，牛福和自己将不再是一个世界的人。

公交车停站，一群混混走了上来，看到众人上车不给钱往里走，吴长鸣只好提示了起来："你好，请刷卡！"

"刷卡？刷什么卡？IC、IP还是IQ卡？"混混调侃着，众人纷纷笑了起来。

"大哥，不开玩笑，公交卡。"此时的吴长鸣变得不再嚣张，毕恭毕敬了起来。

"那我没卡怎么办？"

"那……那就交钱呗。"

"没钱！"

"大哥，这样不好吧，每天坐公交车都让我出钱，小弟不好做啊！"

混混转身，一把抓住吴长鸣的头发，恶狠狠地说："什么！我来保护你不受别人欺负，你连个公交车票钱都不肯掏？"

"以不买车票为目的的坐车就是耍流氓，今天你把之前的车费一并给我补了！"面对曾经的同学，吴长鸣豁了出去。

"哟，拜了新大哥是咋地？硬气了啊！我去你的！"流氓说着，狠狠地打了吴长鸣一拳，吴长鸣的嘴角血流不止。

"就算你打死我，我今天也得把票钱收了！"吴长鸣铁骨铮铮。

王元鹅一脸着急地想站起来，可是被单求胥拉住了。看到此景，混混笑着说："鸣人，今天挺有骨气啊！怎么，遇到熟人了啊？我让你有骨气！我让你有骨气！"

混混抓着吴长鸣的头发，狠狠地朝着座位撞去，单求胥忍无可忍，攥着拳头站起来，喊道："放开这个女孩，让我来！"

吴长鸣和混混撕扯到一起，混混刚要挥拳头，被单求胥一句话逗乐了，满车的人都笑了起来。

"哈哈哈……哈哈哈！女孩，他是女孩吗？"混混笑得差点直不起腰。

单求胥一把抓住混混的紧身上衣，说："他肯定不是，你是！我去你的！"

单求胥说完，攥紧拳头，猛地朝混混几人挥了过去。众人赶紧往车厢后面躲去。单求胥还有吴长鸣像是打了鸡血的斗士，大骂着同混混们打了起来。单求胥边打边骂着，骂着心中对牛福的不满，骂着对陈喆的种种鄙视，骂着对李德亮的种种质疑，骂着郝主任的种种软弱，骂着毛校长的种种独裁。单求胥越骂越起劲儿，几个混混根本不是对手。

"大哥，你打错人了！你喊的这些人我们都不认识啊！"几个混混连连招架不住，服软了起来。

"我打的就是你们！鸣人，把你的大玉螺旋丸使出来！"

"看招！"单求胥喊完，吴长鸣脱下鞋子，朝着众人劈头盖脸地挥了过去。

路边摊，为了庆祝要回来的公交车票钱，吴长鸣特意请单求胥还有王元鹅吃罐罐米线。滚烫的罐罐米线烫得吴长鸣和单求胥直吸溜，满脸是伤的二人相互看着竟然哈哈大笑了起来。

"都被打成这样了，还笑呢！"看到二人吃得欢，王元鹅一脸无奈。

"很久都没这么爽过了，解恨，过瘾！这有时候还真就得动手才能解恨，讲道理根本没啥用！”单求胥说着，又笑了起来。

看到单求胥和王元鹅二人一起出双入对，吴长鸣忍不住问道：“没错！哎，单球蛋，马上就要高考了，你们俩咋还跑出来了？干吗去了？不会是——”

“哎，打住！我倒是想，可也得人家愿意才行不是，嘿嘿嘿嘿……”单求胥说着，用肩膀靠了一下吴长鸣，二人奸笑起来。

“好好说人话！”王元鹅瞪了二人一眼。

“对了，长鸣，你怎么当售票员了？”单求胥问。

“何止售票员，我都换了八份工作了！对了，我还在东哥开的重来烤肉店干过一段时间呢。”

“那你咋不干了，你在他那儿，谁敢欺负你啊？”单求胥深知李广东义气深重。

“那倒也是，主要是他的烤肉太好吃了，我就忍不住吃了两片。”吴长鸣不好意思地说着，低下了头。

“管理这么严格，吃了两片就被开除？”王元鹅说完，怀疑地看向了吴长鸣。

其实，那是吴长鸣的一面之词。按照后厨的对账单，问题绝不止一两片肉那么简单，牛肉每个月少了八九十斤。

“八九十斤？那得多大的两片，一片都得四五十斤了！要我是东哥，我非打死你不可！”单求胥笑着比画了起来。

“也不是，主要是大家每次都是吃得精光，没什么剩下的，我就拿了点儿生的。”吴长鸣显得极为尴尬。

王元鹅斥责道：“这就是你的不对了，虽然你学习差，但是也不能干这种缺德的事儿啊。给一中丢脸！”

“没错！你吃那么多，我怎么也没见你胖啊？”单求胥纳闷地打量了起来，吴长鸣依旧瘦得跟个知了一样。

吴长鸣放下筷子，严肃而又认真地对二人说：“肉不是我自己吃的。”

在吴长鸣的带领下，单求胥还有王元鹅来到了吴长鸣租住的地方。门一打开，王元鹅抱着阿黄又亲又闹了起来，方才恍然大悟。

“原来你是为了它啊！”单求胥一眼就认出了，这只狗正是当年王元鹅在校门口捡到的那只。

“嗯，当年王元鹅把它挂在窗外，被李德亮没收，最后辗转到了我这里。我就一直养着它，到现在都快两年了。”吴长鸣说着，从口袋里拿出了吃剩下的骨头，放在了碗里。

“怪不得你老是给学校断电，卖蜡烛也是为了这个？”王元鹅问。

“对，就是想给它吃点好的狗粮，不都说，男孩要穷养，女孩要富养嘛。对了，跟你们说个事儿，最近江湖上好像不太平！”

“江湖上的事儿跟我们有啥关系？”单求胥不以为然。

“你忘了，之前东哥出来的第一件事儿就是暴打李德亮吗？我怕李德亮得罪的人太多，听说，这次出来了一个狠角色，我担心李老师的安全！”

“什么狠角色，总不至于把老班打死吧？”王元鹅摸着阿黄的头，笑着说。

“据说这个人是老江湖，身上背了好多条人命了，心狠手辣，很多大佬都败在他手下了！”

听到吴长鸣说得有鼻子有眼，单求胥认真地问道：“这些事儿你是从哪儿知道的？”

“我卖票的时候听他们讲的，不过这人很好认，他手上经常戴着一枚龙头戒指，见了躲远点走。”

“哦，知道了。”单求胥听完点了点头。

“龙头戒指？莫非……”王元鹅心想着，从地上缓缓地站了起来。

“长鸣，回去复读一年吧，我觉得你挺有才的，只是你心思用错了地方而已。”单求胥认真地说。

“拉倒吧！说好的就三年，三年之后又三年，还是算了吧！”看到阿黄吃着骨头不住地摇尾巴，吴长鸣叹了口气，蹲了下去。

看到路边商店挂着的报纸，单求胥赶紧走过去，拿着看了起来。

“昨夜在我市发生枪击案，传闻是昔日神秘大佬复出所为，江湖再掀腥风血雨……”看到头版上的醒目标题，王元鹅陷入了沉思。

“同学们，有且只有二十三天了！”李德亮将黑板上的倒计时擦掉，亲自写上了“23”。

“虽然最近我们抽出了一些的时间去排练话剧，但是学习方面也一定不能够放松。陈喆！”

“到！”

“作为班长，你要严格负责训练的时间。”

“明白！”

“单求胥！”

“有！”

“作为活动负责人，你也要积极努力地带领大家尽快进入状态。”

“保证完成任务！”

任何江湖恩怨放到这个时候都是小事儿了，单求胥一心组织着大家在自习课时间抓紧将话剧排练好，为此没少费心思。陈喆也是紧紧地卡着排练的时间，无论在礼堂还是在排练室，只要时间到了，大家都要准时回教室上课。所以，在二人的监督下，高考悄然有序地临近着。

夜深了，吴长鸣拖着疲惫的身体回到家，阿黄凑了上来。吴长鸣从书包里拿出鸡腿，自己咬了一口，将剩下的全放到了阿黄的碗里。看到阿黄摇着尾巴，开心地吃着，吴长鸣从床头上一摞崭新的书中随手拿了一本，才看了几眼，便呼呼睡了过去。没错，对吴长鸣来讲，看书比数绵羊有用太多。书，才是梦开始的地方。

王天笑坐在海边公园，手里拿着小时候王元鹅的照片，看了又看。他清晰地记得，当年这张照片的来历。

当年，自己拉了人生困境中的董梅一把后，董梅含泪拉过年幼的单求胥，说：“跪下，给恩人磕头！”

单求胥听话地跪在那里，给王天笑磕了几个头，王天笑赶紧扶起，说：“大妹子，可使不得！这么着吧，两个孩子玩得开心，也算有缘。前面有照相馆，是我朋友开的，我让他给俩孩子拍张照片吧。小鹅，你去喊你王叔过来拍照片。”

“好的，爸爸！”

这虽然不是王元鹅唯一的照片，但是这却是王天笑离家之前，给王元鹅拍的最后一张照片。人在江湖，身不由己，王天笑最后还是离开了团结村。王天笑一走便是二十年，王元鹅不认识他，母亲也溘然长逝了。每每想到这里，王天笑只好默默地戴上墨镜，任凭泪水滴落在地上。

待到最后一拨客人离去之后，六子方才将所有账目对完，收拾好。

“老大，那我先走了。”

“好的，早点回去休息。对了，六子，你把楼下门锁了吧。”

“嗯！”

看到众人纷纷打烊离开，李广东走在偌大的烤肉店里，一步一步地数了起来，走到中间的时候，李广东停了下来，他盯着桌子看了一会儿后，还是坐了下来。

“你一定要想清楚！这是一个无比艰巨的任务，因为我知道你已经退出江湖……”王天笑的话在李广东的脑海中一遍遍重复着。李广东四下又扫了一眼，确认无人后，他便从桌子底下摸出了一封信。信是王天笑之前给自己的，直到此时，李广东才下决心打开来看。

“什么?！”伴随着昏暗的灯光，李广东惊愕不已。看到信的内容，他吃惊地站了起来，听到楼顶有响动，李广东赶紧拿喷枪将信烧掉，小心翼翼地朝楼顶走去。

第四十章　快去请如来佛祖

自从决定排练《大闹天宫》话剧之后，演员经过了无数次人员的更换。到最后，单求胥从玉皇大帝降级为饰演孙悟空，而陈喆由孙悟空升级为饰演玉皇大帝，王元鹅从王母变为太白金星，林昆则饰演采摘仙桃的仙女……在单求胥的带领下，每个人都在积极地为班级作贡献。为了练好孙悟空的角色，单求胥一手拿着课本在路灯下背课文，一手拿着金箍棒练习着。

“古之学者必有师。师者，所以传道受业解惑也。人非生而知之者，孰能无惑？”单求胥说完，将课本放到“784533”后座上，然后耍起棍子来。可是单求胥学艺不精，老是打到头。

“我看六小龄童老师耍得挺好的啊，我怎么就老是打到头呢？”单求胥看着眼前的棍子直叹气，“这样，这样，还是这样？记得电视剧里，单手都耍得挺溜的啊。”单求胥慢慢琢磨了起来。

“喂！”王元鹅大喊着，从远处走了过来。

“鸟人，你怎么来了？”单求胥摸着头，笑了起来。

“我刚好路过，看到你想不开，就过来了。呶，水给你。”

“哦，谢谢，嘿嘿。”

看到单求胥喝水，王元鹅拿过棍子，随手尝试着耍了起来。没承想，王元鹅竟然猴精附体，耍得贼溜。

“不会吧，鸟人！这你都行？”单求胥惊讶不已。

“嗐，小时候没玩具，看了《西游记》，就自己琢磨着玩呗。”

“该不会又是你那吉吉哥教你的吧？”

“这倒不是，寡人自学成才。其实这个很简单，你应该注意手腕的力量，然后转动起来，类似于中国的太极。”王元鹅边说边示范给单求胥看。

“哎，你这么一说好像还真是……”单求胥接过王元鹅手里的金箍棒，转了起来。

“其实啊，我觉得这和转笔没啥区别，主要是，你得心静下来才行。别老想着高考的事儿，平常心就行了。”

“鹅姐，还是你了解我。不过现在我还真没担心高考的问题，我现在唯一担心的就是陈喆的问题。”

“我也看出来了，他当官儿当惯了，排练的时候觉得自己没有存在感。”

“这都无所谓，不认真排练就罢了，本来玉帝也没多少台词，我就怕到时候，万一上台了，他又搞出什么幺蛾子。”在单求胥看来，眼下陈喆过于平静，这反而让他觉得心里不安。

“应该不会吧？”

“但愿吧！”

单求胥拿起棍子，尝试着练了起来。看到自家的自行车上被加了电瓶，王元鹅吃惊地喊道：“这是啥？谁在我家的车上动了手脚！”

“嘿嘿……”单求胥不好意思地挠了挠头。

“嘿你个头！是不是你干的？”王元鹅一脸愤怒地大喊着。

“哎，鸟人，你别拆啊！我就是觉得，这辆车骑起来太笨重了，我想试试能不能改装一下，改成电动的。”

“这可是见我爸的信物，你不能给我瞎弄！弄坏了，我怎么找我爸去？”王元鹅说完，动手拆了起来。

“你放心，保证不损伤‘784533’的一个零件！哎，别动了，我都琢磨很久了，都快要完事儿了。”单求胥说着，笑嘻嘻地将王元鹅拉到了一边。

“我可跟你说，你给我小心点，弄坏了我要你小命！”王元鹅说完，便大摇大摆地转身走了。

“唉，本来想送给鸟人当毕业礼物的，没承想被发现了。不行，我得赶紧给弄明白了！”看着王元鹅走远，单求胥赶紧将书本和棍子放下，捣鼓起自行车来。

众人按照约定的时间，到达礼堂排练，唯独陈喆缺席。看到众人都不知陈喆的去向，单求胥赶紧和林昆分头去找。王元鹅怕闹出矛盾，悄悄地放下书本，跟在了后面。

“吉吉国王，大家都等你呢。”看到陈喆自己一人坐在教室中间做题，林昆捏着肩膀，撒起娇来。

“今天又没有我的戏份，我去了也没用，我一个人不在也没啥关系。你就别晃我了！”面对林昆的化骨绵掌，陈喆不以为意。

“你不在是没啥关系！”单求胥说完，将金箍棒猛地往地上一戳，走到了讲台上。

林昆和陈喆抬头看，发现王元鹅也跟了过来。

“你不在，我们依旧可以排练；你不在，这场话剧依旧能够正常演出。但是，你不在，高三 8 班就不能称之为一个集体！”

看到单求胥慷慨陈词，王元鹅还有林昆瞬间对单求胥刮目相看。单求胥一下子变了许多，成熟了许多。

“单求胥，少在我这儿装，该忙啥忙啥去，我要做题了！”

看到陈喆冥顽不灵，林昆索性将陈喆的书本拿了起来，陈喆顺势站了起来，着急地说：“哎，给我，棍儿！给我！别闹！”

“玉帝老儿！”单求胥大喝一声，“你是一班之长！理应对此事负责，如果你非要这样的话，那我可就不客气了！”

“不客气，你能拿我怎么着？”看到班里人少，陈喆也死皮赖脸了起来。

单求胥将金箍棒扔给王元鹅，气冲冲地朝着陈喆走过去，手指捏得咔吧咔吧响。

“单求胥，你、你想干吗？”

看到陈喆胆怯的样子，单求胥一把将陈喆扛了起来，朝着门外走去。

“哎，哎，单求胥，你别乱来！快放我下来！”

看到陈喆在单求胥的肩膀上，毫无反抗之力，林昆和王元鹅笑着跟了过去。

面对陈喆这种秀才，单求胥不得不用武夫的手段了，陈喆挣扎了一会儿，便没了力气。看到单求胥扛着陈喆穿过操场，李德亮纳闷地想：“这才几天时间，哥儿俩都好成这样了？”

单求胥扛着陈喆上楼，费尽力气，行动逐渐慢了下来。林昆、王元鹅小跑着，先一步走到礼堂，将大家动员了起来。

看到单求胥吃力地爬着楼梯，陈喆央求道：“单求胥，我求求你了，你这一圈下来，全校师生都在看我，我真丢不起这人了！你就放我下来吧，求你了！”

“哼，想得美！这时候想要脸了？我是不会让你跑掉的！”

“我不跑了还不行吗，你就放我下来吧！”

虽然陈喆一再央求，但是单求胥还是一步一挪地将陈喆扛到了礼堂门口。未等陈喆站稳，单求胥便一把将陈喆推了进去。

“想跟我斗，门儿都没有！”陈喆心想着，转身想往外走，但是此时身后却响起了热烈的掌声，陈喆转身往回看时，才发现众人早已列队站在那里，鼓起掌来。

单求胥擦了擦汗，走到门口喊道：“我们的口号是？”

“不抛弃，不放弃！”众人笑着附和道。

“那我们的班长是？”

“陈喆！陈喆！”

“对不起，对不起，我来晚了。”看到众人拍着手喊了起来，陈喆有些羞愧地低下了头，朝着舞台走去。

“下一场，赤脚大仙！”众人换好衣服，林昆喊完，捏着鼻子跑到了一边。

“赤脚大仙，你这是到哪儿去啊？”单求胥手拿金箍棒问道。

“王母相邀，去赴蟠桃盛会啊！”华仔像模像样地比画着。

“哦？老孙正是奉命去邀请各位大仙，玉帝有旨，请先到通明殿再一起赴宴。”

“咦，往年总是瑶池相见，怎么……”

“大仙，你不知道，今年改规矩了。”

“哦，哈哈哈！多谢相告，多谢相告！”华仔说着，便大摇大摆地走了下去。

“咔！”陈喆认真看着剧本，眼看一场结束，大喊了一声。

“好！”听到有人鼓掌，众人看去才发现毛校长、郝主任还有李德亮走了过来。

“好！演得很不错，同学们，明天的演出就全靠大家了！”毛校长一脸堆笑。

“什么？”听到毛校长这么一说，众人吓了一跳。

“不是说后天吗？”单求胥赶紧跳下舞台，跑了过来。

“刚刚接到通知，说活动有所调整，所以我就过来看看会场的布置情况。没想到，大家配合得非常好。李德亮，成绩斐然，值得鼓励啊！”毛校长依旧云淡风轻地讲着。

“是是是，这都是他们自己辛苦排练得来的。”李德亮尴尬地配合着毛校长演了下去。

“同学们，对明天的比赛有没有信心？”毛校长气宇轩昂。

“有……”众人微弱地哼了出来。

“看来底气不是很足啊，让我听到你们的呐喊！有没有？”

看到毛校长一副死皮赖脸的样子，单求胥心想：“废话，都没排练完，哪里来的信心？”

“到底有没有？”

“有……”纵然毛校长反复问着，众人的声音还是很微弱。

王元鹅戳了一下单求胥，说：“要不你去和校长说一下，一遍都还没排练完呢。”

“没事儿，这不还有一下午的时间呢嘛！”单求胥很不情愿过去。

“好，同学们，因为今天要布置会场，所以大家先回教室学习吧。”郝主任的话一说完，单求胥可算傻了眼。工人师傅们很快便进场，叮叮当当地工作了起来。无奈，大家只得打道回府了。

“单求胥，我觉得我有必要提醒你。你是不是该和老班还有校长沟通一下，后面的戏份我们都没有排练，只是对了对台词啊！”王元鹅拉着单求胥来到车棚，着急地说了起来。

“唉，我的鹅姐！你怎么就没看出来呢？你没看毛校长在演戏吗，你没看郝主任的表情，李德亮装疯卖傻？很明显，在我们学校举办，肯定是突然下达的命令，沟通了也没用！计划不如变化快，我们只能回教室大概走一遍了。”

“这可是国际文化交流比赛啊！万一演砸了怎么办？”

“都这个时候了，那也总比临时准备别的节目强啊！”看到王元鹅干着急，单求胥推着王元鹅说，“走吧，走吧！回教室排练吧！比萨我都定好了！”

看到单求胥推着王元鹅朝着教室走去，坐在车棚顶上的王天笑抽出一根烟，放到了嘴里。

黑猫拿出重来烤肉店的枪式火机，点燃说：“老大，你这么频繁地进出校园，会不会对我们的行动不利？”

“黑猫，这次行动九死一生。我……我只是想来这儿多看小鹅两眼。”

看到王元鹅甩着膀子往前走着，单求胥小心翼翼地跟在身后，二人对视后，抿着嘴笑了起来。

第二天一大早，老季将车开到了一中门口，看到学校门口的条幅上写着：欢迎各国代表来我校交流指导工作。

“老季，消息可靠吗？不是还有几天就高考了吗？”

“十分可靠！国际文化交流比赛就是在今天，胥胥他们已经为此排练很久了。”

单父想了想说：“走，去看看。”

礼堂里早已人声鼎沸，台上一支美国的摇滚乐队疯狂地摇头呐喊着，台下众人也纷纷响应着。当然，观众只有高一高二年级的同学。毛校长还有市里众领导坐在台下，兴致勃勃地看着。

舞台的后台准备室，高三8班全体同学一个比一个紧张，有的女生甚至脸色发白，头晕了起来。看到国外流行乐队的一流表演，陈喆直擦汗，单求胥拿着金箍棒的手也有些发抖。

“同学们！还有七天就要高考了！我们大家却选择站在这里，无论结果如何，这个选择都将会成为我们以后吹牛的资本，成为我们青春最难忘的回忆！”看到一边的盒饭都没动，李德亮走了过来，拍了拍单求胥的肩膀。

“对！”李德亮的演讲激情而又饱满，感染了众人。

“高考就如同这个舞台！无论何时，我们都要以平常心去面对！”李德亮说完，看向了单求胥，单求胥方才意识到李德亮的意思。

“没错！今天各位要一起努力，大家各司其职！不抛弃，不放弃！让我们为班集体的荣誉而战，为青春而战！”单求胥说完，走到中间，伸出了手，众人纷纷将手压了上去。

看到单求胥一身黄色的猴毛，李德亮笑着说：“单求胥，虽然你今天很黄很暴力，但是我们？”

众人纷纷笑着喊道：“很好很强大！一、二、三！加油！”

老季缓缓推开门，单父站在礼堂最后排看了起来。令单父十分意外的是，在人群的另一侧，王天笑还有黑猫也戴着墨镜站在了那里。虽然对方都戴着墨镜，但是王天笑脸上的伤疤却让单父一眼就认了出来。二人对视后愣了半天，王天笑朝着单总缓缓点头，单总激动地点头回应，继而看向了舞台。

报幕结束，玉皇大帝陈喆便接过太白金星王元鹅手里的仙丹葫芦，看了看，往桌子上一放，气愤地说：“大胆妖猴！盗吃仙丹，扰乱蟠桃盛会，罪不可赦！”

陈喆走到案台旁，坐下，缓缓地说：“李靖！”

“在！”

“速发十万天兵，布下天网，剿灭妖猴！”

“遵旨！”

李靖下台，单求胥在后台指挥着旁边的同学上场。鼓声响起，陈喆在殿前走来走去，气场十足，一副舍我其谁的样子。

"报……"很快一个小兵跑了进来，大喊道，"报！天王他……他招架不住了！"

"啊？"陈喆十分震惊，哆哆嗦嗦的，犹如偷卷子的那天，"十万天兵，都难以制服妖猴？"陈喆急得团团转，走到案台前，放下手中的兵符。

"众卿，还有哪路神兵可以去助战？"

"陛下，南海观世音菩萨来了！"

"快快迎进！"

陈喆说完，冯莹饰演的观音菩萨缓缓走了上来，冯莹的打扮极具仙气儿，惊呆了在座的众人。外国友人更是被冯莹的美貌所倾倒，纷纷躁动了起来。

冯莹缓缓地说："贫僧保举一员。"

"是哪一位？"陈喆颤抖着双手，问了起来。

"灌江口二郎真君。"

伴随着鼓声响起，李德亮饰演的二郎神同单求胥饰演的孙悟空乒乒乓乓打了起来。李德亮一上场，礼堂里顿时炸了锅，众人纷纷鼓掌呐喊，看到大家反应热烈，单求胥和李德亮除了规定的一些动作，索性不按套路，真刀真枪地耍了起来，原本一分钟的打斗，愣是让二人打了三分钟才尽兴。

眼看着就要超时了，陈喆赶紧将太白金星献上的金刚圈扔向了单求胥，单求胥虽然很不情愿，但还是无奈地应声倒地。

陈喆赶紧跑出来，大喊："速速将妖猴押赴斩妖台斩首！"

冯莹看了看单求胥，笑着说："贫僧告辞了！"

冯莹看了李德亮一眼，便走开了。王元鹅上前一步，说："陛下，那妖猴吃了蟠桃仙丹，已成为金刚之躯啊！不如将他放入八卦炉中，用文武之火煅烧之，七七四十九日，定将化为灰烬。"

陈喆想了想说："好！"

伴随着鼓声响起，单求胥被押下了台。

"学校真的是锻炼人的地方，胥胥已经成长了太多！"看着单求胥的表现，单父十分欣慰。

看到王元鹅的表演，此时的王天笑虽然戴着墨镜，但是分明也有两颗晶莹的泪珠顺着脸上的刀疤落了下来。

"陛下，不好了不好了！那妖猴打破丹炉，从南天门向蓬莱东路杀过来了！"林昆饰演的七仙女一上台，众人纷纷笑了。

"退下！"陈喆愤怒地站了起来，陈喆的愤怒并不是因为剧情需要，而是因为林昆说错了台词。

林昆意识到犯错，赶紧用夸张的表演掩饰着，撤到了后台，单求胥从台下人群中站起来，冲到舞台前面，大喊道："玉帝老儿，拿命来！"

单求胥刚说完，一个篮球从头顶上掉下来，将单求胥砸晕在了地上。看到突如其来的篮球，众人连忙往屋顶上看，纷纷以为屋顶上安排了工作人员故意而为之。

单求胥的气势实在是太足了，篮球打下来的时机也确实太巧了，看到如此滑稽的一幕，众人纷纷哄笑了起来。毕竟，大闹天宫那会儿，并没有篮球这个法器。

王元鹅紧张地看向台下，单求胥一动不动。直到此时，王元鹅才想起来，这个篮球正是之前排练时，看到有人开小差玩篮球，单求胥一生气扔到楼顶上的。

“坏了坏了！怎么办啊！”看到单求胥一直安静地躺在地上，没有起来的意思，表演一度中止，台下开始纷纷议论了起来。毛校长更是如坐针毡，起也不是，坐也不是。

单父有些纳闷地问道：“老季啊，《大闹天宫》里有这一出吗？”

老季想了想说：“应该是实验话剧吧，不按套路出牌，也是很正常的。”

“阿亮，怎么办，该不会出事了吧？”冯莹着急地问。

“不管了！去看看！”李德亮说着，便赶紧往前走了一步，因为太过心急，李德亮被固定背景的绳子绊了一跤，应声趴在了地上。好在众人及时将李德亮拉到后台，没人发现。但是众人亲手绘制的舞台背景却轰然倒塌，后台女生吓得尖叫了起来，台下众人有些躁动不安了。

因为是国际交流，看到意外频发，不仅是毛校长，连市领导的脸色都变得难看了起来。眼看着人命关天，毛校长决定救人要紧。

看到毛校长猛地站起来，打算宣布中止，王元鹅大喊了一声冲了出去。

“徒儿！”

“What?”因为王元鹅饰演的是太白金星，而孙悟空的师傅是菩提老祖，所以王元鹅这么一喊，很多外国友人也忍不住纳闷地问了起来。但是，鬼知道王元鹅接下来该演什么。

王元鹅大喊着，跑到单求胥身边，将单求胥抱在了怀里，看到单求胥没了呼吸，王元鹅一边掐着单求胥的人中，一边喊了起来。

“徒儿！我是菩提啊！你醒醒，徒儿！”王元鹅夸张的表演仿佛周星驰的《唐伯虎点秋香》里唐伯虎哭小强，“当年西牛贺洲，灵台方寸山，是我传授于你七十二般变化啊！徒儿，你不能死啊，徒儿！”

“徒儿！快醒醒！你不能死，快醒醒！”此时的单求胥依旧没反应，王元鹅说着说着，着急地趴在单求胥的身上大哭了起来。

王元鹅哭得十分伤心，整个会场全部安静了下来，而老外却十分认真地看了起来。

“This is very special!”老外说着，朝毛校长竖起了大拇指。

“Thank you.”此时的校长，根本没有心情接受外国友人的赞美，赶紧发短信给郝主任，吩咐他叫救护车。

陈喆见状大喊道：“妖猴伏法！二郎神，速速将妖猴拖下去！太白金星成分不单纯，取保候审！”

“遵命！”李德亮说完，赶紧将单求胥拖到了后台，王元鹅则走到了舞台上泣不成声。

“太白，我平日里待你不薄，没想到，你竟然和这妖猴有此等关系，你还有什么话可说？”看到主角退场，陈喆竟有些得意了起来。

冯莹赶紧走上去，说：“陛下，那妖猴变化多端，你切莫中其奸计！”

“菩萨，你的意思是？”

“我看，这太白未必是真！”

冯莹使眼色给王元鹅，王元鹅便赶紧退下了。

“眼看着就要大闹天宫了，单求胥不在怎么办啊！”看到台下众人还没有识破，王元鹅赶紧将单求胥的猴子衣服穿在身上，拿起金箍棒便冲了出去。

“啊！玉帝老儿，既然已被你识破，速速拿命来！”

看到王元鹅拿着棍子朝着自己扑来，陈喆吓得无处躲藏。

“拿命来！”王元鹅大喝着跳到了陈喆的桌子上，看到陈喆躲在桌子底下，王元鹅触景生情，想到陈喆三年来的种种，想到牛福的离去，王元鹅对着陈喆的屁股一脚踢了出去。

陈喆被桌子上的钉子勾住了戏服，“刺啦”一声，陈喆光着屁股大叫着，趴到了舞台上，内裤上写了四个大字：高考必胜！

“快！快去请如来佛祖！”看到众人哄笑，有的女生甚至捂上了眼睛，陈喆大喊。

大幕拉起，众人欢呼，老外站了起来，激动地鼓掌。

“Wonderful! It refreshed my opinion of Monkey King. He's got love, great!”老外朝着在座的领导激动地竖着大拇指。

单求胥被送到市医院后，下午一觉醒来，便恢复了意识。得知单求胥有惊无险，毛校长并未将意外上报给市领导。毕竟，所有人都将这场话剧当作了一场完美的表演。

夜幕降临，看到教室里的灯亮了起来，单求胥方才缓缓地来到教室。教室里还是昨天晚上排练时的样子，桌子摆在四周，众人围坐在一边，神情严肃。

“对不起，对不起，对不起，都是因为我的失误，所以才……”单求胥一个人站在中间，和大家不住地道歉。

林昆将灯关上，李德亮推着点燃蜡烛的蛋糕走了进来。

“祝你生日快乐，祝你生日快乐……”李德亮同大家一起唱着，将蛋糕推到了单求胥面前。

“生日？今天，难道不是我的生日吗？”看到蛋糕上写着单求胥的名字，王元鹅赶紧看了看电子表上的日历。

看到单求胥愣在那里，李德亮笑着说：“单求胥，蛋糕是你爸亲自送过来的，生日快乐！”

看到单求胥一脸自责与纳闷，众人纷纷笑着安慰了起来。

“今天好开心啊！”

“对啊，我们并不是为了得奖才表演这个话剧的。”

“单求胥被篮球打晕的那一刻，我真是笑坏了。”

“我也是，我也是……”

“陈喆最后结尾的时候也是没谁了。”

“不仅辣眼睛，而且还赢得了掌声。”

“今天真的很开心！”

“我也很开心！”

看到大家纷纷原谅了自己，单求胥方才缓了一口气。

李德亮拍了拍手，说：“如此一来，我们大家终于可以踏踏实实地准备一周后的高考了！”

看到众人对自己的感谢，单求胥眼眶红红的，激动地说不出话来。林昆赶紧搬了个凳子，让单求胥坐下，说：“喂，该许愿吹蜡烛了。”

单求胥坐下，许着愿。看到大家纷纷点头，王元鹅一下将单求胥的头按在了蛋糕里。看到一脸蛋糕的单求胥，众人纷纷笑了起来。

想到大家原谅自己，还为自己过生日，单求胥再也忍不住，哽咽着哭了起来。

李德亮走上前去安慰道：“单求胥，虽然我们没有得奖，但是并不代表我们没有努力过。高考如此，青春，不也是如此吗？来！单求胥，这是我亲自定做的，为你的努力点赞！”

李德亮说着，从口袋里拿出一枚奖牌，打算给单求胥戴上，单求胥抹了抹脸上的蛋糕和泪水，说：“老班，国歌，我要国歌！”

李德亮愣了一下，掏出了手机播放着。

“起来，不愿做奴隶的人们……”

众人肃穆，一起唱着国歌，单求胥站在讲台上。李德亮为其戴上了自制的努力奉献奖牌，单求胥朝着黑板上方的国旗热泪盈眶。

单父抹了抹眼泪，转身离开。老季递过一张纸条，纸条上写着：单雄信，校外小巷见！

第四十一章　码头风云

看到单雄信和老季从胡同另一端走了过来，王天笑从墙角跨出一步，站在了路中间。四人就在小巷的两端停了下来，对视着。

王天笑拿了一支烟放到嘴里，身后的黑猫赶紧拿火点燃。单雄信自然不甘示弱，从口袋里掏出了五号雪茄，老季用防风打火机点燃，单雄信嘴里吐出了一大口浓重的烟雾。

“好久不见！”王天笑猛吸了几口，将剩余的半截烟扔在了地上，狠狠地踩了下去。

“这么多年了，真没想到，你竟然还活着！”单雄信将雪茄递给老季，脱掉了外套。

王天笑哈哈大笑，看到单雄信挽了挽衣袖，朝着自己冲过来，黑猫打算上前却被王天笑拦住。眼看着单雄信越走越近，越走越急，王天笑将墨镜摘下来，小跑着迎了上去，胡同中间，二人腾空而起，伸出腿踢向了对方。

看到单雄信身手了得，老季大吃一惊。毕竟，跟随单雄信这么多年来，只见单雄信是集团老总，但是从未见过单雄信出过手。眼前这腾空一跃，让老季刮目相看。二人在地上扭打着，几招过后，王天笑便将单雄信锁死在地上，看到单雄信死活都不求饶，老季和黑猫赶紧凑了上去。

看着单雄信被锁住了胳膊，满脸通红，老季着急地问道：“单总，你没事儿吧？”

“你们都别过来，这是我们两个人之间的恩怨！”单雄信朝着老季大喊着。

“老不死的东西，我今天非宰了你不可！”王天笑说着，猛地朝着单雄信的嘴角打了过去。

单雄信吐了一口唾沫，说：“要死，我也得拉你垫背！”

看到王天笑用摩斯密码示意自己先去重来烤肉店安排饭局，黑猫方才笑着拉着老季先走了。

饭菜准备完毕后，二人刚坐在那里，便迅速拿起桌子上的喷枪，彼此指着对方的脑袋。服务员刚要上酒菜，被老季制止。

看到二人脸上都是汗珠，黑猫看了看手表，说：“老大，已经过去一个小时了。”

王天笑冷笑一声，说：“现在认输还来得及！”

“话说得也未免太早了点吧！”单雄信不甘示弱。

电话声响起，单雄信问道：“老季，帮我看一下是谁的电话。”

“单总，是董小姐的。”

老季一说完，单雄信赶紧拿着电话走了出去。看到单雄信拿着手机在远处，又是赔笑又是弯腰，王天笑直摇头。

等了好一阵子，单雄信方才擦了擦脸上的汗，说：“服务员，上菜！”

“单总，没想到你竟然是这种人。”王天笑不屑地瞅着单雄信。

“别跟我嬉皮笑脸的！”

“怎么着，妻管严同志，还想翻案是怎么的？”

看到黑猫还有老季都笑了，单雄信突然一拍桌子，大喊：“784533！”

王天笑本能地从座位上站起来，喊：“到！”

直到此时，黑猫还有老季才明白，原来单雄信和王天笑不但认识，而且还是战友。

单求胥走下楼，将脸上的蛋糕清理完，便一个人朝着车棚走了去。很快，王元鹅便走了过来。

“喊我来这儿干吗？”王元鹅一脸不屑。

“我听说，今天演戏的时候你哭了？”单求胥阴阳怪气地笑了起来。

“对啊！哭了又怎样，我们两个本来就是活动的发起人，你死了，我是害怕受到牵连！”

“蛋糕吃了吗？”

“没吃！怎么着？我救你一命，你以为一块蛋糕就能打发我了？嘁！”

单求胥从身后拿出了一只摇摆鹅玩具，放到了王元鹅面前，笑着说：“生日快乐！”

王元鹅惊讶地问道：“你……你怎么知道？”

“嗐，我之前不是偷看过你的日记嘛，咱俩是同一天生日，真的好巧！”

单求胥说着，就将摇摆鹅打开，放到了地上，摇摆鹅大摇大摆地在地上晃了起来。看到地上的礼物，王元鹅鼻子一酸，眼泪止不住地流了出来。

“怎么了？”

“我想回家，呜呜呜……”王元鹅蹲在地上，抱着摇摆鹅哭了起来，“我想回家，我想回家！奶奶……爸……你们都去哪里了，呜呜呜呜……”

看着哭得撕心裂肺的王元鹅，单求胥一时间不知道该怎么办才好，只好陪王元鹅一起蹲在地上。

夜深了，奶奶也早已睡了。王天笑抬头看了看身后的小屋，喝了一口红酒，说：“班长，想不到你还有这爱好。在海边买这么一个小屋，你手下美女如云，是不是有什么想法？”

单父呛了一口酒，严肃地说：“别开玩笑！里面住的是位婆婆！”

“哦？你妈？”

未等王天笑说完，单雄信便摇了摇头，说：“不是，流浪到我这儿了，我看她无家可归，就让她在这儿住下了。天笑，你不知道，我见到你那一刻，有多激动！要不是在礼堂，我都差点喊出声来！没想到这么多年，你还活着！”

"763092，你是不是巴不得我死了？"

"你这小子，就是贫！哎，你还记不记得当年，要不是你义气重出江湖，哪能轮得到你去当卧底。来，干了！"

二人将杯里的红酒一饮而尽，跟随着海浪声，一起回到了无悔的青春岁月。

王天笑和单雄信是同一届的警校新生，王天笑的编号是784533，单雄信的编号是763092，二人都很优秀。只不过，才入学没多久，二人便被教官单独选了出来。

"784533！"

"到！"

"763092！"

"有！"

二人从教官手里接过一个信封，有些迟疑地看了起来。

"这个信封里，是你们两个的证件。你们一定要记住，你们是一名人民警察，无论何时，你们的宗旨都是要为人民服务，记住了吗？"

"记住了！"

"这次的扫黑除恶行动，任务十分艰巨，你们一定要倍加小心！走吧！"看到稚气未脱的二人，教官有些哽咽地转过身，摆了摆手。

二人拎起行李箱，回头看了看警校，便离开了。

"我是没想到，你小子脑袋灵光，在社会上比我吃得开，我都吃不上饭了，还靠你接济。要不是你花钱买下了那辆自行车，我也不会有今天。"单雄信说着，拿起酒瓶，又给王天笑倒满。

"人生在世，谁还没有个难处？我当时也没钱，就是看到车牌号，冲着情怀去的。跟我来劲，上个车牌也是我的编号！"王天笑说着，点燃一支烟。

"天笑，你买自行车的那笔钱，我给你算到公司的股份里去了，股东大会至今也还留着你的位子。"

"算你还有良心！不过我不要，等这次任务完成，我也下海，到时候我不会比你差。"王天笑说完，仰头喝了一口。

"哎，又跟我来劲是吧！"

"我不是来劲，我就是不服输，任何事情别人能行，为什么我就不行？你单雄信能当班长，我也能！你单雄信能经商成功，那我为什么不能？"王天笑说完，仰头喝了起来。

"天笑，我就佩服你这犟驴脾气！"

王天笑将烟掐灭，扔到烟灰缸里，从口袋里拿出了一个信封，递了过去。

"什么？"单雄信赶紧放下酒杯，接了过去。

"这次的打黑计划，我只给了李广东，因为他手里掌握了犯罪集团的证据，本不想给你的，但是看你老骥伏枥，宝刀未老，或许能帮上什么忙。"

“你小子，扫黑除恶这样的好事儿，你也敢落下我？上次要不是因为我，你早都被害了！”

“上次码头要不是因为你，我早都脱身了！这辈子，你要是再跟我提这事儿，我跟你急！”王天笑一脸不悦。

“开什么玩笑，这……”单雄信打开信，看了看后，惊愕不已。

“不开玩笑，是真的，组织里有苍蝇，也有老虎！”

看到单雄信说完一饮而尽，王天笑说：“苍蝇老虎一直都有，我们要做的，就是还人民一个稳定的环境。为此，我无怨无悔！”

王天笑说完，也端起酒杯一饮而尽，站了起来。

“要不今晚就在这儿住吧。”

“不了，我有任务，该走了。你也该回家了，堵车这个借口，不是每次都能用的。”

“你小子！”看到奶奶屋里没亮灯，单雄信悄悄关上门，同王天笑一同离开了。

为了感谢单求胥送自己的生日礼物，第二天一大早，王元鹅便来到校门口的商店，对着架子上的仙人球看了一圈。

“老板，有没有稍微大点的？”

“这个真没有，都是拿回家自己养大的。”

“好吧。”

看到商店里没有合适的，王元鹅心里一边骂着单求胥，一边走向了另外一家。可是，王元鹅走到胡同转角的时候，却意外地看到了王天笑从拐角一闪而过。

“是他？”王天笑脸上的疤痕太扎眼了，王元鹅只是看了一秒钟，就认出了那个人。

“可别怪我没提醒你，要是遇到这个人，一定要躲得远远的，否则你会死得很惨。这个戒指的主人可是个杀人不眨眼的亡命徒！”回想起李广东曾经对自己说过的话，王元鹅心里不禁害怕了起来。但是对陌生男人的第六感，又强烈地促使着王元鹅不顾一切地跟了上去。

王天笑的反侦察能力极强，他只是从墨镜的反光中便看到了身后的王元鹅。看到王天笑消失在胡同拐角，王元鹅赶紧跟了上去，但是胡同里面早已没了人影。

“出来！我已经看到你了！再不出来可别怪我不客气了，三、二、一！”胡同里空空的，王元鹅着急地大喊着。

“好了好了，我出来了。”

待到王元鹅转身看时，却发现单求胥从身后墙角走了出来。看到王元鹅有了同伴，墙头上的王天笑嘴角微微一笑，转身离开了。

单求胥纳闷地问道：“哎，鸟人，你后脑勺上是不是长了眼睛，我隐蔽得这么好，你是怎么发现的？”

“发现你个头！大白天的，你不在教室复习，鬼鬼祟祟跟着我干吗？”王元鹅一脸愤怒。

“我……我就是恰好路过。”

“你自己信吗？”

“嘿嘿嘿……不信，我就是想看看，你打算给我买啥礼物。哎，这是啥？”看到墙根处有一封信，单求胥捡了起来，王元鹅则机警地抬头看了看四周。

二人回到教室，呆呆地坐在那里，桌子上摆着刚才捡到的那封信。

“大鹅，这要是真的，岂不是要像电影里面演的一样枪林弹雨啊？不过，我爸肯定喜欢！”

“喂，你能不能认真点！这个要是真的，我们得上交政府部门。”

“没准是假的呢，你想，那个人本来也不是什么好人，他还能扫黑除恶？”

“也未必，万一是自己人呢，或者说是卧底呢？”

“你以为这是《无间道》啊！”

“单求胥，上面说行动就在今晚，码头那里是不是很远啊，要不你陪我去？”

听王元鹅说完，单求胥张大嘴巴，问道：“什么？鸟人，你可想清楚！这不是什么拍片现场，更不是什么好玩的事情！”

“喂，你是不是男人？是不是男人！”

“我的姐，你该不会是真把这个当成拍戏了吧？这是要掉脑袋的！我看啊，还是赶紧报警吧！”

王元鹅看到单求胥退缩，便从口袋里掏出了一枚龙头戒指，递到了单求胥面前。

“这是什么？”

“这个是那天上网的时候，那个人给我的。我一直认为，他不是坏人，他当时还叫我小鹅。”

“打住！鸟人，你该不会真的认为，那就是你爸吧？”

“嗯。”

“我的天，我、我……”看到王元鹅认真了起来，单求胥一时间不知道该说什么好，“鸟人，没错！高考是要到了，你压力太大我也理解，但是，这也太离谱了吧？”单求胥说着，摸王元鹅的额头，转身走到门口又说，“走吧走吧，吃饭去了！”

“我爸说过，高考完了回来找我，他一定会来的。”

看到王元鹅略带哭腔，单求胥停住了脚步，看着台下的王元鹅。此时，王元鹅的脸上早已落下了两行清泪。

“我告诉过你多少次，做男人要有担当！你怎么可以让一个女孩子在你面前哭！”单父的话萦绕在单求胥脑海，看着眼前的王元鹅，单求胥深深地叹了口气。

“你们女生要不要这样，动不动就哭鼻子。”经过了那么多努力，单求胥本以为早已经抚平了王元鹅心中的伤口，没想到，到头来还是失败了。

“鸟人，你看看黑板！看看！还有五天就高考了，五天！万一出什么意外，我们怎么跟老班交代？我们就把信交给公安局，让他们处理不好吗？”

王元鹅什么话都不说，直接趴在桌子上哭了起来。

王天笑拿着一封信，来到学校，偷偷地夹在了自己家的二八大杠自行车后座上。

“小鹅，父亲有愧于你，等过了今晚，一切都该有个交代了。”王天笑俯下身子，看着眼前的“784533”，长舒了一口气。

黑猫开车来到当年交易的码头，王天笑坐在后面，久久沉默。

“老大，到了！”

王天笑长叹一口气，说：“黑猫，你听好，我留了一封信给我女儿，在那辆自行车上，如果我出什么意外，你到时候把一切都告诉她。”

“老大，不会出事儿的。”

“黑猫，这是命令！一招不慎，就会全盘皆输，你明白吗？”

“明白，那班长他……”

“你放心好了，我给了他错误的地址。”

“明白！”

单雄信认真打扮了一番，将车开到了一中校外的小胡同，虽然是参加黑帮交易，但是单雄信还是梳了油头，打了领带。

看到胡同里十分安静，单雄信喊道：“出来吧，我已经看到你了！”

看到胡同里依旧没有什么动静，单雄信摘下眼镜愤怒地喊道：“我耐心有限，别等我发火，三、二、一！”

听到背后有动静，单雄信慢慢转身，方才发现阿呆还有阿瓜举着手，从角落里走出来。

单总拿下眼镜，看了看二人，问道：“天王盖地虎？”

“全考985，是、是单总吗？”阿呆吓得问道。

看到对方暗号都对上了，单雄信纳闷地问：“其他人呢？”

“王总让我告诉您，让您先回家吃饭。”

“糟了，被天笑这小子给骗了！”单雄信赶紧上车，朝着码头开去。

王天笑潜伏多年，如今终于要收网，自然是准备充分。为了确保万无一失，他早就在几天前将附近的集装箱上安装了摄像头，还有信号传送装备。

而时隔多年，乌鸦和老鹰再次来到码头时，却都坐在了轮椅上。

看到两大帮派齐聚码头，王元鹅还有单求胥趴在集装箱顶，看得目瞪口呆。

“我没说错吧，果然有文章！”王元鹅不禁大开眼界。

“这真和电影似的，可惜了，手机不能录，要不然就被发现了，要是能拿DV拍下来就好了。”单求胥感慨道。

“导演，我带DV了，我来拍。”

二人正说着，林昆突然趴在了一边。林昆的出现差点将二人吓疯。

“你怎么来了！要死啊！”单求胥狠狠地骂着林昆。

林昆笑着说：“我看你俩最近鬼鬼祟祟的，准是要搞事情。真不够意思，都不喊我！”

“行了，小点声吧！你心也够大的！这回是玩真的！”王元鹅看着，赶紧将二人的头按了下去。

乌鸦看了看四周的环境，朝对面喊道：“老鹰，十几年了，你还是不肯放手！”

“老不死的，你不也是一样吗？这么大年纪，也该收手了！”

“收手？我何尝不想做一个好人！坐到轮椅上才明白，什么钱、名和利，都是狗屎！”

“乌鸦，社会在进步，生意不好做啊！十年前，你我还站在这儿互相抓内奸，今天可好，都坐轮椅了！”

“老鹰，当年你设计害死我的得力助手，这笔账到现在你都没给我个交代！”

“老不死的，你难道还在怀疑我？”

乌鸦拔掉针管，从轮椅上站了起来，拿出枪，颤颤巍巍地走向老鹰。

单求胥拍了拍林昆的肩膀，说：“快，快录下来，拔枪了！”

林昆赶紧打开DV，小心地按下了录制按钮。

乌鸦将枪顶到了老鹰头上，骂道：“我查了，警察里面根本就没有这个人！老鹰，我错信你了！”

老鹰也从轮椅上站起来，从腰间拔出枪，对准乌鸦，说：“我跟你合作了那么多年，给你带来了那么多利益，你竟然还在怀疑我！乌鸦，我对你失望极了！”

二人拔枪走到中间，相互指责着，谩骂着。

看到二人僵持不下，王天笑从一边走出来，说：“都别争了，是我喊的！”

全场瞬间安静了下来，原本指着对方的枪口，全都齐刷刷地对准了王天笑。

“是他，果然是他！”王元鹅激动地对单求胥说了起来。

“天笑，你没死？”老鹰吃惊地说道。

“天笑，是你吗？”乌鸦不禁有些激动了起来。

“是我！你们都别过来！”王天笑说。

未等王天笑说完，远处传来了警笛声。

“警察怎么又来了？”老鹰一脸无奈地朝着乌鸦骂去。

众人想逃跑，却发现海上也有海警的船只包围了过来。

乌鸦冷静地想了想，将枪指向了王天笑，说：“天笑，这么多年，我们一直在码头交易，从未出过问题，每次你来，交易就黄了。这次没有交易，警察也来了！为什么，为什么背叛我？”

王天笑笑了笑，从口袋里掏出警官证，说：“对不起，我是警察！”

王天笑说完，将手里的遥控器按下，周围的油桶爆炸，码头瞬间变为火海，众人纷纷抱头逃窜。

混乱中，乌鸦并没有躲藏，径直朝着王天笑开枪射了过去。子弹飞过，王天笑应声倒地。好在警察随后赶到，一番枪战过后，众人纷纷落网。

火光中，王元鹅缓缓朝着王天笑走了过去，王天笑趴在地上，动了几下，手捂着伤口，站了起来。

"小鹅？你怎么在这里，这里危险，快走开！"

熊熊烈火中，王元鹅呆愣在那里，直直地看着。

"快走开啊！傻了？"王天笑大吼着，"快躲起来！奶奶走了，我不想你出任何意外！"

"爸！"王元鹅终于忍不住激动的泪水，大哭着跑了过去。

这一声"爸"，王天笑等了太久。看到王元鹅认出了自己的身份，王天笑将王元鹅紧紧地搂在怀里，流下了男儿的热泪。

"爸！我就知道你没死，我就知道你还活着！呜呜呜……"

"棍儿，鸟人他爸果然是——"单求胥和林昆站在一边，呆若木鸡。

"老大，你可小心点，平时你欺负鹅姐最多。"林昆边录边酸酸地说。

"784533，你太过分了！"单雄信随后赶来，骂骂咧咧地朝着王天笑走去。

"父亲大人？"看到单雄信西装革履地走了过来，单求胥赶紧躲在了林昆身后。

但是让众人没想到的是，身后不知何时爬出来一个匪徒，拿枪指着单雄信，王天笑将王元鹅藏在身后，朝着匪徒大喊："别动，我是警察！"

未等单雄信回头，匪徒扣响了扳机，王天笑飞身扑去，将单雄信压在了身下。

"763092，我、我和你没完……"王天笑说完，便中弹倒在了地上。

第四十二章　当爱情遇上高考

“本台消息，昨夜，公安部破获了一起重大黑社会性质组织交易案件，同时涉及重大贪腐问题。据悉，相关人员已经全部受到控制，案件正在进一步审理过程中。”

电视里播放着昨夜警察抓捕的画面，王元鹅握着王天笑的手，在医院病床边守着。

“快看快看，那是我拍的，我拍的！”林昆激动地喊了起来。

“王叔，没想到您和我爸竟然是战友。”单求胥忍不住咧着嘴笑了起来。

“是啊，没想到你和小鹅也是战友。哦，不对，是同桌，哈哈哈……”一向严肃的王天笑，竟然开口笑了起来。

“唉，人生中最好的朋友就是学校的同桌，还有部队的战友，看来也是缘分啊！”单雄信感慨道。

“孽缘啊！要不是你报警，我用得着挨这一枪？”王天笑耿耿于怀。

“拉倒吧！要不是我报警，你就没机会躺在这儿说话了，你就知足吧！”

王天笑看了看单雄信，又看了看王元鹅，摇了摇头，说：“唉，不怕神一样的对手——”

“哎，你们笑什么笑，赶紧回学校准备高考去！”看到众人捂着嘴笑，单雄信将众人撵走。

“小鹅，回去安心考试。”

“嗯，我知道了，爸。”王元鹅说完，走了过来，凑到王天笑耳边小声嘀咕了起来，王天笑笑着点了点头。

“好，我答应你。”

看到王元鹅一蹦一跳地离开，单雄信忍不住问道：“说什么悄悄话呢，笑成这样？”

“贼，你管得着吗！”

李德亮走上讲台，将黑板上的“2”擦掉，改为“1”，距离高考还有一天。

“同学们，明天就要赶赴战场了，我就不给大家压力了。”李德亮说着，走到门口，将门关上，“关上这扇门，大家就是？”

“一家人了！”众人附和道。

“对！三年来，我们是团结的一家人，我们是奋斗的一家人，我们……”李德亮说着说着，竟然哽咽了起来。

看到李德亮动情落泪，众人纷纷起哄，李德亮抹了抹眼泪，笑着转过身，说：“不说了，考完试都给我回来！毕业典礼结束之前，一个都不准给我提前走，听到了没？”

“听到了。”

“书本一会儿都搬走，考场在三中，到时候有一个小时的车程，明天早晨操场集合，有专车送你们过去。都别给我掉链子！听到了没？”

“听到了！”

“虽然是最后一天了，但是也不能乱了规矩，看看这地上，这么脏！”众人笑嘻嘻地看着李德亮，期待李德亮的下半句。

“还真把这儿当成……”

“自己家了啊，哈哈哈……”未等李德亮说完，众人接了下去。

“真不想说你们，赶紧把自己座位旁边清理干净！”

众人纷纷低头清理，陈喆趁机朝王元鹅扔了一个纸团，王元鹅看了看陈喆，捡了起来。

陈喆将王元鹅喊到楼顶，为了防止别人偷听，陈喆特意走到转角处，查看了起来，确认无人后，方才走到王元鹅旁边，说：“王元鹅，谢谢你！”

“谢？谢我什么？”

“之前牛福的事儿——”

“哦，都过去那么久了，干吗还放在心上？”王元鹅早已不是之前喜欢陈喆的王元鹅了，她变得更加理性，更加冷静。

陈喆沉默了片刻，问道：“你当初为什么要帮我？”

“奶奶离开了，我当时本来也没打算参加高考……”

“可是你明明那么努力地学习，还考了班里第一名。”

“陈喆，奶奶走了之后，我就是孤儿了，就算考上了大学，我也没有信心去读，所以当时打算一毕业就出国打工去。之所以一直留在学校，是不想在青春的尾巴上留下遗憾。”

“我知道了。”面对王元鹅的回答，陈喆甚至有些失落。

“可是后来，我觉得，我不是一个人在战斗，我还有那么多好朋友，他们都在那么努力地帮助我，我没有理由放弃。”

看到陈喆沉默不语，王元鹅从身后拿出一封信，说：“麻烦你把这封信，四年后交给他……”

“为什么是四年？”陈喆接过来看了看，原来信是写给单求胥的。

“因为我不想在大学四年里打扰他，四年后我们毕业，可能会成为更好的自己吧。”

“可是……”

“你赢了。”未等陈喆开口，王元鹅打断了他，“你赢了毕业考试，所以按照赌约，单求胥应该不会再联系我了。”

“可是情况不一样了啊。”显然，陈喆并没有觉得违约是什么不得了的事情。

“不！人生就是比赛，只要开始，永不言弃！”

“但是你还是可以联系他的啊。”陈喆自知赢得并不算光彩，但是在王元鹅面前，还是要装出很大度的样子。

其实，王元鹅并不是真的不想这样，只是每每想起董小姐的话，王元鹅便无比清醒与理性了起来。

“董总，您儿子在您眼里就值三十万吗？”

“哈哈，我想是你搞错了，是你在我眼里只值三十万！单氏集团也好，董事集团也罢，胥胥是要继承家业的，我不希望你成为第二个静静。门不当户不对，你们也不可能有结果的。”

王元鹅深知，即使是真心相爱，以后嫁入豪门，并不是看起来那么简单的事情。她唯一能够做的，那就是让自己变成豪门。

“陈喆，你觉得大学四年，能够改变一个人的命运吗？”王元鹅认真地问道。

“能啊，高中三年就已经改变很多人的命运了，难道不是吗？”

“也对，我之所以不联系他，是想再次见面的时候，让他遇见更优秀的我。”

“万一他四年里……”

“不会的！我相信，只要两个人心有灵犀，应该能够跨越时间和未来吧！”

听王元鹅说完，陈喆感慨地想：“等着吧，四年后，我也会让你们遇到更优秀的陈喆！”

众人收拾完考场，每个人桌子上都光溜溜的。为了放松心情，王元鹅特意拿起了之前写的小说，看了起来。

“来来来！都别吵吵了啊，这节骨眼儿上，咋还说呢！”张明身穿西装，不知道什么时候站到了讲台上，气势十足地敲着黑板。

众人抬头看时，却发现，没人认识眼前这个人，见都没见过。张明却在黑板上迅速地写下了四个字：高考策略。从张明的字迹中可以发现，张明很有才华。

“你们坐好了啊，我简单说两句。”张明拍了拍手，叹了口气，说，“临阵磨枪，不快也光！一共四科，语文，古诗词鉴赏，不管什么题，生动、具体、形象，这三个词儿，你就给我往上套就行了。作文啊，不会写的，一定字迹工整！”

看到张明在上面有模有样地讲着，王元鹅忍不住问：“哎，这是谁啊？”

单求胥摇了摇头说：“我也不知道啊。”

“数学，平面向量啊，上面那个箭头啊，千万千万不要写反了。看好方向去审题，听见没？大题，你要是没思路，就放个P，连个辅助线，一下子就出来了。”

听到张明说得头头是道，陈喆赶紧慌乱地翻出纸笔，记录了起来。众人面面相觑，也纷纷拿出了本子，记了起来。

“英语啊，三长一短选最短，三短一长选最长，长短不一选择B，参差不齐就选D，同长为A，同短为C，都拿不准，那就选看着最不像答案的那个。”

“天哪！这秘诀都知道，就这样告诉大家了？我白交补习费了啊！”看到周围同学快速地记了下来，陈喆抱怨不迭。

“理综，物理大题就套公式，什么牛顿一二三定律啊，万有引力啥的啊，你就给我写，写上就能给你分。化学方程式啊，你一定要想办法配平了。生物，什么光合作用啊，有丝分裂啊，扩散作用啊，还有渗透作用啊，一定要认真地写。”

要不是三个白大褂医生跑了进来，估计张明都能说一整天。

“在这儿呢，快，抓回去！”三个医生说着，就跑到台上将张明控制住，众人一脸惊愕。

“我不回去！你们这些神经病，我不回去！”

看到张明死命挣扎，医生索性将张明扛了起来。这时候大家才发现，张明的裤子穿的是病号服。

“同学们，不好意思！他以前当过班主任，听说要高考了，就跑出来了。”医生不好意思地跟大家道歉。

“高考策略？同学们，我也是参加过高考的人，我也简单说两句。”

看到一个走了又来了一个，众人纷纷摇头。医生亮了亮自己胸前的证件，说：“大家放心，我是医生。我就不说大路边上的话了，我跟大家说点儿干货。”

王元鹅戳了戳单求胥，问道：“他该不会也是……”

“人家是医生，怎么可能！”单求胥一口否决。

“训导处报告，训导处报告！学校混进了几名附近二院的病人，大家看到了，立即上报！一定要注意安全！”

“没事儿，大家不要为我担心，我这次装的是医生。”“医生”笑了笑，赶紧从后门跑了出去，留下了担惊受怕的众人。

“明天就是一年一度的高考。届时，市里将会对考场附近戒严，希望来往的行人车辆不鸣笛、不喧闹，自动避开考场……”电视上播放着关于高考的消息，奶奶紧张地看着，咳嗽了几下。

看到手帕上有血丝，奶奶心想：“不行了，感觉要撑不住了，我明天一定要去学校看看小鹅！”

第二天，大家一大早便来到了操场集合。关键时刻，没有一个人掉队。

“都来齐了吗？没来的举手！”李德亮站在贴有“一中高考专用车高三 8 班”的大巴车前招呼着。

看到众人笑了，李德亮笑着说：“再次检查一下证件，到三中需要一个小时的时间。赶不上的，后果自负！”

一辆辆车开出校门，很多家长将来往的马路堵了个水泄不通，交通一度瘫痪。要不是警车开道，估计主要干道都会被堵死。奶奶焦急地挤在人群中，眼巴巴地瞅着来往的车辆。看到王元鹅坐在窗边，奶奶挥着手便追了上去。

“小鹅……”虽然奶奶已经一把年纪了，但是渴望见到王元鹅的力量让她健步如飞。

"奶奶？"此时的王元鹅也注意到了跟在车后面的老人。

奶奶毕竟年纪大了，还有病在身，一个趔趄让她大咳一口血，倒在了地上。汽车紧急刹车，王元鹅赶紧跑了下来。

"是奶奶，是奶奶！奶奶……"王元鹅着急地流着眼泪跑了下去，单求胥还有陈喆、林昆也惊愕地跑了下去。

王元鹅抱起奶奶，大喊："奶奶，快醒醒，奶奶！"

看到奶奶晕倒在地，李德亮赶紧走过来，说："王元鹅同学，关键时刻，你先坐车去考场，我送你奶奶去医院！"

"不行，我要送！我奶奶是癌症晚期，不到万不得已，她是不会来见我的，我不能放下她不管！"此刻的王元鹅无比坚持。

看到王元鹅哭着死不松手，李德亮只好跑上车，问道："有哪位同学愿意帮助王元鹅去医院？"

毕竟马上高考了，有谁会因为别人的奶奶放弃考试呢？看到众人噤声，李德亮只好又下了车。

"老班，我去！"单求胥走过来坚定地说。

"我也去！"林昆也走了过来。

"鸟人，让我来！"未等李德亮说话，单求胥便将奶奶背在了自己身上。

"单求胥，你不能去！医院在相反方向，现在又是早高峰堵车，你可是要考北大清华的啊！"李德亮终于顾不上情面，喊了出来。

"老班，人命关天！在亲情友情面前，我要是选择了漠视，那么，我宁可不去读清华北大！"单求胥在前面边跑边说，李德亮、林昆和王元鹅在身后小跑着追着，陈喆悄悄地溜回了车里。

"可是……"

"老班，你不用说了，你带着大家先走吧，我一会儿打车过来！"

"那你快点！只有一个小时的时间！"看到司机师傅狂按喇叭，李德亮只得上了车。

"知道了！"单求胥背起奶奶穿过拥挤的人群朝着学校跑去。

"奶奶，你醒醒，奶奶，呜呜呜……"王元鹅着急地跟在后面，眼泪止不住地流了出来。

"王元鹅，别哭了！前面堵车了，现在打车也没用，我们赶紧回学校！林昆，'784533'的钥匙在车棚顶上，你想办法先去取下来，快去！"单求胥冷静地指挥着。

王元鹅没有想到，奶奶真的没有死。看到昏倒在眼前的奶奶，王元鹅心如刀绞。自己的父亲刚找到，她不想现在就看到奶奶离自己而去，一家人总是要团圆的。

单求胥背着奶奶小跑着，阿呆戴着丝袜推着车跑了过来。

"蛋哥，车来了！"阿呆气喘吁吁。

"太好了，林昆呢？"

“我让阿瓜把他塞上车，去参加高考了。你放心，你俩也去吧，这里有我呢，别耽误了人生大事！”

“阿呆，谢谢你们，不过我不能走！来，搭把手！”单求胥说着，将奶奶慢慢地先放到了后座上。

单求胥将钥匙插进，深吸一口气，拧动了开关。

“Yes!”看到电机启动了起来，单求胥激动地大喊道。

拥挤不堪的马路上，单求胥骑着改装的“784533”，载着王元鹅还有奶奶，按着喇叭穿梭其中。

到了医院，单求胥直接将车骑进了医院门诊楼里。

“让开，快让开！医生，医生，有急救病人！”

医生赶紧跑过来，将奶奶放到了担架上抬走。王元鹅一直跟到急诊室门口才停下来。单求胥推着自行车，站在走廊尽头，远远地看着王元鹅，长舒了一口气。

“单求胥，你赶紧去参加高考吧，要不就来不及了！”

看到王元鹅着急的样子，单求胥看了看墙上的时钟，笑着说：“没关系，已经来不及了。”

“那怎么办啊！”

“九点开始，从这儿到三中至少要一个半小时，还是不堵车的情况下。不过，没关系，青春的尾巴，我觉得我已经抓住了。”

看到单求胥站在那里一直笑，王元鹅眼圈红红的，猛地跑过去，抱住他哭了起来。

“单求胥，谢谢你！呜呜呜……我好害怕，刚才我真的好怕！呜呜呜……”

“没事儿，没事儿啊，别哭了。”单求胥抱着王元鹅，轻轻地摸着她的头。

“原谅我！单求胥，原谅我一直误会你……”

“没事儿，没啥，高考年年都有，奶奶的生命可只有一次。”单求胥笑着安慰道，眼角却泛出了泪水。

“我真的好害怕，我怕再也见不到奶奶了。”

“大鹅，没事儿，没事儿啊。”

单求胥说着，用袖子擦了擦王元鹅满脸的泪水，说：“别哭了，都成大花脸了，一会儿让奶奶看见多不好！”

“嗯！”王元鹅哭着，点了点头。

医生走到护士台问了几句，看到护士指着自己，单求胥赶紧拍了拍王元鹅，站了起来。

“您好，请问您是宋美文的家属吗？”

“我是！”单求胥和王元鹅几乎同时喊了出来。

医生拿着病历翻了翻，说：“你们怎么才来？”

看到二人一脸惊愕的表情，医生说：“上次患者在我院检查，新来的护士工作不认真，将病人的病历打错了。”

“啊？”王元鹅赶紧停止了哭泣，用力擦了擦脸。

“当时同一天有两个叫宋美文的患者，另一位患者是位中年男教师，新来的护士把男女给写错了，所以二人的病历也就调换了。”

“也就是说奶奶没得癌症？”单求胥赶紧问。

“对，我们发现后及时联系，但是却发现上面所留的地址和电话都是假的。”

“肯定是奶奶故意的，那奶奶现在怎么样？刚才她还在吐血呢。”王元鹅破涕为笑，担心地问。

“我们刚对病人做了全面的体检，病人的身体状况良好。吐血是因为急性胃炎、胃溃疡导致，你们可以安心去参加高考了。”医生微笑着看着二人。

“太好了！太好了！”王元鹅听完，拉着单求胥的袖子，高兴地跳了起来。

看到二人大喊大叫，医生赶紧说：“嘘，小点声，不要影响病人休息！”

“嗯嗯嗯！”王元鹅擦了擦眼角激动的泪水，拉着单求胥，就朝着医院的楼顶跑去。此时，距离考试只有半个多小时。

楼顶晒满的白色床单随风飘荡，二人站在楼顶朝着蓝天大声呼喊着，直到喊累了，方才坐了下来。

“单求胥，你恨我吗？”王元鹅轻轻地问。

“我恨你啊！”

“啊？”听到单求胥这么讲，王元鹅有些惊讶地抬头看着他。

“我恨你为什么不早点出现，这样我就不用复读五年还毕不了业；我恨你太重友情、太讲义气，让我改变了那么多，甚至还改变了我父母之间的感情；我恨你这么懂得团结上进，让我理解了什么是合作共赢。我恨你，我对你恨之入骨！”

听单求胥说完，王元鹅长舒一口气，说：“还有半个小时，车队应该已经到达三中了吧？”

“应该是的。”单求胥说着，便躺了下来。

王元鹅突然捂着嘴笑了起来，单求胥纳闷地问：“你笑什么？”

“你还记不记得你去学校那天，我为什么绊你？”

“我哪知道，我本来耍酷耍得好好的，全都被你搞砸了！”

“那是因为你从直升机上扔了根雪糕棒下来，刚好贴在我脸上，所以我才绊的你，真没见过像你这么装的人！”

“我那会儿刚拿到直升机驾照，飞得快嘛，还好意思说。”

单求胥突然紧紧抓住了王元鹅的手，猛地坐起来，说：“有了！直升机就在附近！我打电话喊直升机过来，应该还能赶得上！”

“哈哈……有救了！”单求胥说着，激动地抱着王元鹅的额头狠狠地亲了一口。二人赶紧朝着楼下空地跑去。

第四十三章　青春散场

在王元鹅最需要帮助的时候，陈喆未能仗义相助，为此，陈喆深感内疚。但是，看到自己的对手单求胥就此与高考失之交臂，陈喆又颇感欣慰，复杂的情感让他在车上久久陷入沉思。

众人下车，在操场列队等待进入考场，有的人哭有的人笑，有的人在看书，还有的人在闹。

“也不知道他们怎么样了，奶奶有事儿没……”离开了单求胥和王元鹅，林昆心里惴惴不安。

伴随着巨大的螺旋桨的轰鸣声，众人赶紧抬头看去。和入学那天的场景一模一样，单求胥开着直升机，飞过众人，落到了操场上。众人纷纷朝着操场后方的空地看去。

单求胥和王元鹅二人戴着墨镜，从直升机上走下来，二人嚼着口香糖，威风凛凛、霸气十足地朝着队伍中间走去。众人议论纷纷，高三８班更是热血沸腾。

“太好了，一个都不能少！”李德亮擦了擦额头上的汗，激动地鼓起掌来。

高考果然是安检最高级，黑板上写着考场纪律，巡考老师拿着仪器走进来，挨个扫描确认。

每个人都各自在自己的考场认真地做起题来。经历了人生的大喜大悲之后，单求胥和王元鹅已经看淡了眼前的一切，做起题目来也是从容不迫；而陈喆的心情却是一波三折，抓耳挠腮了起来。

考场内众人挥汗如雨，考场外却有无数家长在门口等待着。王天笑还有单雄信二人笔直地站在那里，谁也不服谁。

看到王天笑西装笔挺戴着墨镜，单雄信不冷不热地说：“这天儿，这么穿不热？”

“热得很，但是我愿意。”

跟随单雄信的依旧是老季，但是跟随王天笑的却不那么简单了。自从王天笑一网端下盘踞已久的老鹰和乌鸦之后，组织上经过讨论，决定继续让王天笑干下去，剑指一只大老虎。王天笑本决定退出江湖，但是看到组织内的老虎肆意妄为、鱼肉百姓，还是沉默着答应了下来。

王元鹅为了壮胆，从小学开始，一路吹牛，吹到了高中毕业，为了圆自己曾经吹过的牛，她特意嘱咐王天笑，高考那天，一定要带些兄弟过来，为自己撑撑场面。

王天笑本不是张扬之人，为了圆女儿的梦想，便让黑猫组织了信得过的十几个兄弟来到学校门口。但是，江湖哪有不透风的墙，众小弟得知王天笑在校门口，纷纷倾巢出动，朝着学校赶去。为此，警察一度调动全市警力，在门口维持秩序。待到王天笑回头看时，却发现，兄弟们清一色的西装墨镜列队站在一边，足足有五百多人之巨。

看到对方人多气盛，单雄信干脆摘下墨镜，气愤地回到了车里。

铃声响起，监考老师严肃地说："各位同学，时间到，请立刻停止答题！"

一场结束，众人安静地收拾好考试用具，等待着监考老师收卷子，王元鹅信心满满地盖上笔盖。

休息了一会儿后，奶奶终于醒了过来，当窗外的阳光照射进来的时候，奶奶一度认为自己已经到了天堂。

"宋女士，作为本院的院长，给您的生活带来了困扰和精神上的痛苦，我深感抱歉，护士已经被我院开除，希望能够得到您的原谅！"院长亲自带人走到床前，献上了鲜花。

奶奶用力掐了一下院长，却看到院长一直保持着微笑："我只想问，那个得了癌症的中年男人，现在怎么样了？"

"哦，对方自从得知自己没有患癌之后，便不再有心理压力，前阵子，我们联系到他后，他来医院复检，发现肿瘤奇迹般地在缩小。我们在考虑，到底要不要将真相告诉他。"

"虽然救死扶伤是医生的天职，但是我只有一个要求，那就是不要告诉他患癌的事实。经历了眼前这些，我仿佛又得到了重生，我希望他也能够得到重生，依旧热爱这个世界。"奶奶的神情宁静而又安详。

"好的，你们都出去吧。如果您有什么需求，尽管告诉我们，我们将会一直为您提供免费的医疗服务。"看到奶奶闭目养神，院长告诉众人，从 VIP 病房中退了出来。

奶奶看着众人都走了，伸手示意院长过来。看到眼前露出标准微笑的院长，奶奶用力拧着院长的胳膊，直到院长实在忍受不住，痛得龇牙咧嘴，奶奶方才大呼："天哪，这不是天堂？"

院长满头大汗，痛苦地笑着说："不是啊！"

"谢谢！谢谢院长！"奶奶抓过院长的手，看了看表上的时间，"我想问一下，我的衣服哪里去了？"

"哦，昨天被您的孙女拿走去洗了。"

"昨天？那高考岂不是快要结束了？"

"下午五点钟结束，是这样的，在征求家人的同意后，我给您做了手术，可能是麻醉剂的缘故，您已经睡了一天了。"院长一边揉着胳膊，一边解释道。

"都最后一天了，我还没来得及去给小鹅加油呢。不过刚好，希望能够赶得及。"奶奶将院长支走，偷偷地溜了出去。

公交车靠站，看到穿着病号服的奶奶上车，吴长鸣赶紧扶着她，问：“奶奶，您这是去找王元鹅吧？”

“对啊。”奶奶摸了摸包，摸了摸口袋，着急地说，“坏了，我忘记带钱了！”

“没事儿奶奶，我帮您付。”吴长鸣说着，从兜里掏出一枚硬币投了进去。

时间一分一秒地过去，王元鹅竟然提前将最后的题目做完，看到还有十分钟的时间，王元鹅又赶紧检查了一遍。陈喆心情波动太大，反复斟酌着答案，改来又改去。单求胥则一副看破红尘的面孔，一直写到铃声响起。

王元鹅、单求胥、林昆三人在大厅相遇，对视了一眼，纷纷从口袋里掏出了墨镜，朝着校外走了出去。只不过，这回走在中间的不是单求胥，而是王元鹅。

“考完之后，不管做得如何，一定要昂首挺胸，大步流星地走出教室，有一种众人皆醉我独醒的感觉，不要回头，一定不能输了气势！”

三人深得精神病人的讲话精髓，雄赳赳气昂昂地甩着膀子，从学校走了出来。

看到有的考生在路边哭泣，有的则需要父母搀扶，有的欢呼雀跃，三人嘴角不自觉地上扬了起来。

虽然王元鹅曾经幻想，父亲会带一帮人来接自己，但是直到看到两排西装革履的人马从校门口一直列队到马路对面，她惊呆了，单求胥和林昆也完全乱了阵脚。

“黑猫！”

“有！”

“一起去接一下大小姐！”

“好！”

出来的考生纷纷绕道走，校门口被两队人马分开了一大片空地，如同电影节上的红毯，王天笑带领身后五百多号弟兄，朝着王元鹅走去。

“好帅，好帅哦！那是王元鹅的父亲吗？真是太厉害了！高中这三年，她也太低调了！”众人纷纷议论围观了起来。

“嘁，什么啊，都是虚张声势！”单雄信一脸不屑，但是话刚一说出口，就有十几个人瞪着眼围了上来，单雄信赶紧道歉。

陈喆从校门口哭哭啼啼地走了出来，看到眼前的阵势，吓得目瞪口呆。

眼看着王元鹅还有王天笑两拨人要会合，奶奶却穿着病号服，腾空一脚，大喊着踹了过来。

“你个不孝子！”伴随着一声大喊，王天笑被奶奶一脚踹翻在了地上，惊呆了王天笑，更是吓坏了众人。

“妈？”王天笑倒在地上，吃惊地看着，“妈？妈！我好想你！我还以为你不等我回来就走了，呜呜呜……”王天笑喜极而泣。

“行了！我还没跟你算账呢，你倒先觍着脸哭上了！男儿有泪不轻弹，留着以后再流吧！”

“嗯！”王天笑说完，擦了擦眼泪。

“老大，我们去哪里？”看到众人围观，黑猫赶紧问道。

“去叫大小姐。”

王天笑指着面前的王元鹅，示意黑猫。没想到，众人听到后，异口同声地弯腰喊道：“大小姐！”

看到门口如此阵势，王元鹅戴上墨镜，嘴角轻轻地上扬了起来。

高考终于结束了，王天笑同王元鹅还有奶奶短暂地相聚后，便将王元鹅送回了一中。

王元鹅特意去了花卉市场买了一盆巨大的仙人球，作为礼物送给单求胥。最后一天了，终于可以不穿校服了。王元鹅脚蹬短皮靴，身着牛仔短裤，戴着墨镜，活像电影《这个杀手不太冷》中的马婷达，风风火火地朝着教室走去。当然，后面跟随着一票西装革履的保镖，随时确保王元鹅的安全。

“好酷哦！”众人纷纷赞叹。

“太帅了！”单求胥正在打篮球，看到王元鹅朝自己走来，单求胥的眼睛都看直了。

“哎呀！”眼看着要走到单求胥跟前，王元鹅脚底一不小心，被台阶绊了一下，仙人球应声甩了出去。

“不！要！啊！”看着仙人球飞向空中，朝自己飞来，单求胥一脸惊恐。

“我不知道这辈子是和仙人球过不去，还是和王元鹅过不去。总之，我一度怀疑我这张帅气的脸，最终要毁在王元鹅手上。”单求胥无奈地想着。

护士给单求胥拔刺，看到王元鹅站在一边直笑，单求胥气愤地说：“笑！你还好意思笑，我跟你没完！”

“护士，我这样还能拍毕业照吗？”单求胥一脸忧伤。

“能啊，这样挺酷的，大家都会记得你啊！”

“对对对！”王元鹅赶紧附和着笑了起来。

就这样，单求胥拄着拐包着头，一动不动地站在后排。看到大家纷纷往王元鹅身后挤，摄影师不得不走上去，扒拉开，将位置匀好。

“准备好了，看这里，来，一！”

大家安静了下来，看向了镜头，单求胥看了一眼王元鹅，却发现陈喆站在了王元鹅身后。

“二！三！”

伴随着“咔嚓”一声，单求胥硬是施展了乾坤大挪移，站在王元鹅身后，照片上的陈喆硬被挤到了一边。

因为学校的礼堂检修，所以毕业典礼被安排在了学校操场上，毛校长、郝主任等人坐在主席台上，作为代表，单求胥在毕业典礼上发表感言。

“我要感谢学校，给了我一个学习的舞台！我要感谢老班，对我一直不曾放弃！我要感谢我的同学，他们教会我成长！谢谢你们，谢谢！”单求胥几乎从入学一直讲到了毕业，大大小小的事情说了个遍。

看到单求胥终于讲完，李德亮赶紧走上前去说：“感谢优秀毕业生代表单求胥同学的发言，下面让我们以热烈的掌声有请毛校长！”

天公不作美，毛校长刚走上台，就下起雨来，人群开始骚动了起来。

“知了声声，你们将青春挥洒在了一中的角角落落。从今天开始，你们不必再去担心成绩还有排名。”

毛校长刚讲了几句，雷声大作，雨越下越大，学生们四散开来，唯独毛校长依旧站在那里，坚持讲了下去。

“曾经有一位同学问过我，高考要是考不上，那么高中三年的意义是什么？很抱歉，我今天才给予回答。”

偌大的操场，只剩下了单求胥、王元鹅、林昆几人没有走，李德亮给毛校长打伞，被校长接过，收起来，放在了一边。

“高中三年，各种考试我们总不能逃避，考试的意义，其实我也不知道。”

看到毛校长不同以往的表达，众人纷纷躲在屋檐下议论了起来。

“学习什么的，我觉得也很老土！很无聊！但是，学校不就是这样一种地方吗？所以，努力拼搏是必要的；所以，就算是无聊，我们还是会来学校，还是会拼命地去学习去奋斗！只有这样，你们才算真正成人！那些毫不努力、不去拼搏而长大的人，即使获得了一些成就，那也是不值得信任的！”

看到毛校长浑身湿透依旧铿锵有力地站在那里发言，高三8班的同学又一个个都站了回来，众人也纷纷都回到了雨里。

“长大后，考第几名已经不再有意义，但是青春里的记忆因为你曾经的努力而变得更加美好而永恒！”

雨越下越大，众人纷纷激动地鼓掌，为毛校长发自肺腑的表达感动着。

“请原谅我不敢祝愿每一位毕业生都成功，都幸福。因为历史不幸地记载着，有人的成功，代价是丧失良知，有人的幸福，代价是损害他人。如何在诱惑和艰难中保持人性的尊严，赢得自己的尊重并非易事，却很值得。在即将走出一中，重新开启人生另一段旅程之时，我希望各位保护好自己的初心，保护好自己的梦想，为中华民族的复兴贡献自己的力量！无论你们以后将走到何方，你们都是一中学子，你们都是龙的传人！”

在众人热烈的鼓掌和呐喊中，雨过天晴，王元鹅也悄悄地坐上了王天笑的车。

“小鹅，真想好了，不再跟同学们打个招呼？”王天笑又一次问道。

王元鹅认真地想了想，说：“想好了，四年后再见吧！”

“黑猫，开车！”

黑猫将车启动，身后几十辆黑色轿车跟随着，缓缓驶离一中校园。

众人坐在教室里，唯独王元鹅的位子上空着，单求胥显得焦躁不安。李德亮站在讲台上，想说什么，却又开不了口。看到众人殷切的眼神，李德亮转过身去，面对着黑板，说了起来。

“高考结束了，大家……散了吧。”李德亮转身的那一刻，眼泪就已经滑落到了讲台，这一刻纵使有千万不舍，也只能含泪作别。

众人欢腾，将桌洞里的书本扔向了天空，伴随着众人的接力，整个楼里全都是书本，像洪水一般从楼上一直涌到了楼下。众人坐在书本上面，滑滑梯一样地哭喊着打闹着，顺流而下。

等到最后，单求胥也未能等到王元鹅。最后，他只好一个人抱着巨大的仙人球，孤独地走在操场上。

“鸟人就这么走了，连声招呼也没打，我从未想过，我的青春就这样遗憾地结束了。”走到校门口，上车前，单求胥又依依不舍地回头看向了学校。

“莹莹，速来学校礼堂！”看着李德亮发来的消息，冯莹赶紧朝着校礼堂走去。

礼堂里，修理完毕的几个电工师傅走了出来，舞台上只有一架钢琴摆在那里。

“又耍我，李德亮，你死定了！”冯莹生气地转身往外走去，可是刚走了没几步，礼堂便响起了钢琴声。冯莹再回头看时，却发现李广东坐在钢琴前弹奏了起来。

“广东？”伴随着《卡农》的音乐响起，冯莹愣住了。

“阿硬？”扈极硬也穿着保安服，弹着吉他走了出来。

扈极硬一脸大汗，因为他刚从肖露的商场兼职做保安回来，但是此刻，扈极硬却只顾忘情地弹着，仿佛眼前的一切都与自己无关了。

李德亮敞开大门，嘴里咬着一枝带泥的月季花，拉着二胡走了过来。

正如当年扈极硬拉着李德亮去冯莹宿舍楼下表白的时候一样，众人又凑到了一起，只不过，这次表白的主角变成了李德亮。

“Love makes man grow up or sink down!”扈极硬闭着眼睛，缓缓地背了出来。

“爱情，要么让人成熟，要么让人堕落！”李德亮深情地看着冯莹，翻译了出来。

“I acted like it wasn't a big deal, when really it was breaking my heart!”

“我装作一切都无所谓，虽然我已心力交瘁！”

“Sometimes I miss you so much that I can hardly stand it!”

“有时候我好想你，想到无法承受！”

“When you really love something when you will find language how fragile and limp. Text and feeling always have the estrangement!”

“当你真正爱一样东西的时候，你就会发现语言是多么脆弱和无力。文字与感觉永远有隔阂！”

扈极硬一边弹着吉他，一边重复着当年的文稿，李德亮边说边拉着二胡，同冯莹一起走到了舞台上。

“When I'm with you, time stands still!”

“当我们在一起，时间都静止了！”

“If you do not leave, I will in life and death!”

“莹莹，你若不离不弃，我必生死相依！”

李德亮单膝跪地将手中的花儿递过去，花朵中间有一枚闪闪发光的钻戒。冯莹捂着嘴，感动流泪。

扈极硬停止了弹吉他，趴在李广东肩膀上哭了起来。李广东轻拍扈极硬的肩膀，安慰着。毛校长站在门口，看了看，叹了口气，摇头走开了。就这样，李德亮精心策划了一场求婚，终于收获了那最初的爱情。

通知书下发的那天，单求胥亲自接过了李德亮手里的信封，看到李德亮微笑着朝自己点了点头，单求胥小心翼翼地打开，望着“清华大学”四个字，时光将单求胥带回到了当初他和李德亮针锋相对的课堂。

“你要特色是吧？《蜀道难》，你学了不下五六遍了吧，你背过了吗？你要是能倒着背下来，清华北大任你选，这才叫特色！”

看到通知书的那一刻，单求胥终于明白了，青春的代名词应该是努力！老班终究还是没有骗大家，单求胥如愿以偿地实现了自己连做梦都不敢想的目标，一切汗水和付出都是值得的！

“陈喆，你这是一本又是国家985高校，已经很厉害了。”看到陈喆拿着通知书蹲在地上号啕大哭，李德亮拍了拍陈喆的肩膀走了过去。

“为什么！为什么我不能去清华北大，为什么！呜呜呜……”

“贪心不足，老班，多亏听你的，我报了一个很好的专科。”林昆虽然考了个专科，但是好在知足常乐。

李德亮拍着林昆的肩膀，说：“记住！一流的学校有三流的学生，三流的学校也有一流的人才！从今往后，就不再是拼成绩的社会了，你们都要加油！”

自打那天后，大家便各奔东西了，陈喆考上了一所重点大学，林昆读了艺专，至于王元鹅和牛福后来去了哪里，谁也不知道。

第四十四章　谁不曾在机场等一艘船

牛福如愿以偿地通过征兵来到了部队，正所谓天生我材必有用，平日里在学校没有什么用武之地的牛福，来到了军营里，却如鱼得水了起来。他不仅当上了班长，而且在众人眼里那也是完美的存在。

看到牛福拿着电话，腻歪得不行，众舍友只好在后面排起了长队。

“小鹅，你不用担心我，我这儿挺好的！等你大学毕业，我就开着飞机来接你！”牛福用手捂着电话，生怕别人听到什么。

“喂，牛二，你打算发骚发到什么时候？就你有女朋友是咋地，我还得给我女朋友打呢！”看到牛福抱着电话打了整整一个小时，排在最后的舍友忍不住发起牢骚来。

“就是啊，快点啊！天天这样，还能不能行了！”众人纷纷怨声载道了起来。

“嗯，好！亲爱的，我先不跟你讲了啊，舍友催我了！你先去洗漱，一会儿他们打完了，我再给你打过去啊，么么哒！”牛福腻腻歪歪地挂掉了电话，满脸的幸福与满足。

“我真是服了你了，整天秀恩爱没下限，有意思吗？”

“当然有意思！我有女朋友，你们有吗，啊，有吗？”牛二嘚嘚瑟瑟地说着，拿着盆走了出去。

舍友关上门，悄悄地说：“哎，一会儿你打完，把电话线拔掉，看他还嘚瑟不！”

众人纷纷点头同意，牛福洗漱完，回来看到众人安安静静地躺在了床上。

“都打完了是吧？单身狗们，那我就不好意思了！我每天不和我女朋友聊几句，我就睡不踏实。”牛福说着，又走到了电话前坐了下来。

“聊吧，可劲儿聊！就你高中那点破事儿，都聊了几年了！”室友忍不住抱怨道，看到牛福拿起了电话，众人纷纷瞪起了眼睛。

“喂，小鹅，是我。久等了吧？嗯，我也刚洗漱完呢。没啥好担心的，离大学毕业不还有两年嘛，你放心就好，到时候我养你。你还记不记得高中那会儿写情书的事儿，那信根本不是单求胥写的，‘中华绘图铅笔 2B’是我。嘿嘿，那个陌陌我猜应该是陈喆……”

电话线明明已经被拔掉，可是牛福依旧在那儿甜蜜地聊着，原本打算看热闹的众人，一下子安静了下来，躺在床上，一声不吭地听了下去。从那以后，大家再也没有阻止过牛福打电话。原来，有些人只是看起来让人羡慕而已，其实大家的内心都是孤独的。

“编辑您好，我是之前投稿的那个，王元鹅。”王元鹅自己一个人坐在地下室的出租屋里，打着电话，虽然她已经大学毕业了，但是桌子上摆放的依旧还是一桶泡面，不变的是，泡面桶里还是插了一根吸管。

“哦，我记起来了。”对方慵懒而不耐烦。

“对对对，我发给您过故事梗概，您都看了吗？”

“看倒是看了，不商业啊。你都毕业一年多的人了，还这么自我陶醉，你严重忽略了社会现实，这种小说，我们是不会出版的。”

“不商业，那什么才是商业啊？”

“所谓商业，首先是悬念的开场，再就是瞠目结舌的转折，最后是高潮迭起的大团圆结尾，紧张时让人惊心动魄……”

对方滔滔不绝地讲着，王元鹅呆呆地听着，她仿佛记起了高中时代毛校长对大家导演的《时光倒流二十年》闹剧的总结。

“紧张时让我惊心动魄，煽情时让我寸断肝肠，爱的时候让我热血沸腾，恨的时候让我咬牙切齿啊！”

王元鹅至今记得毛校长不可思议的表情，听到这里，王元鹅将电话挂断，叹了口气，拿起吸管，吸了起来。

“姜还是老的辣，校长不愧是校长！”王元鹅心想着，看着桌子上的一摞小说稿，犹豫了半天，扔到了垃圾桶里。

同王元鹅一样，单求胥大学毕业后，为了不让别人说自己啃老，他拒绝了父母公司的邀请，执拗地在外独自打拼了起来，只希望能够凭借一己之力闯出一番事业，证明自己的实力。但是，生活总是如此，它让我们严重高估了自己的能力。

“高总您好！之前我给您做的策划案，您看了吗？”单求胥虽然住的条件好很多，但是办公桌上依旧是一桶泡面，泡面桶里依旧插着一根吸管。

“我看了，挺好的，但是我是不会付钱的。”

“啊，为、为什么？”

“因为你没有加水印。”对方说完，便将电话挂断了，再打过去的时候，对方已经将自己拉黑了。

“都什么人啊，没加水印是信任你！占我便宜还这么嚣张！”单求胥生气地挂掉电话，在本子上画了一道，看到本子上只剩下最后一个电话，单求胥放下电话，双手合十，看着窗外雾霾严重的天气，心里默念道：“老天保佑，再不行，明天的生活费都没了！”

单求胥拨通电话，小心翼翼地说道：“马总您好！马总，我是单求胥，上周给您做的企划案，您还满意吗？”

“还凑合吧，再改改，不改个一百遍，那能叫企划案吗？”

“是是是，但是我从新闻上看到，您已经用过了，而且招商也成功了，您不会想抵赖吧？”

“哦，你是谁？”

“我是单求胥，您公司那个招商企划案是我做的。”

“哦，不好意思，刚才是我搞错了，你的案子做得非常优秀。这样吧，明天下午，你来市里，我把钱给你结了。”

“哎，好嘞，谢谢马总，谢谢您！”

“那行，来了给我打电话。我有事儿，先挂了啊！”

“哎，好的。马总，谢谢马总，谢谢！”

“Yes!”单求胥打完电话，倒在了椅子上，长舒了一口气，因为第二天的午饭终于算是有着落了。虽然单求胥本可以和朋友还有父母借钱，但是固执的他硬是想通过自己的努力证明给所有人看。

第二天一大早，单求胥精神抖擞，穿着西装打好领带，坐在地铁上。在投下前往市区的五块钱的时候，单求胥真的就身无分文了，那五块钱是他最后的财产。

“您好，您拨打的电话已停机……”

单求胥焦急地在写字楼下打电话，电话未能接通，公司也人去楼空。单求胥拿着自己仅有的五块钱，从郊区赶到市中心，心想着能够在晚上吃一顿像样的大餐，却沦落到连回去的地铁票都买不起的境地。

“您好，能搭个顺风车吗？”单求胥从中午一直走到天黑，眼看着真的走不回家了，他只好在路边碰运气搭起车来。可是霓虹灯下，来往的司机没有一个肯停下，甚至有司机下车，以为单求胥碰瓷儿，施以拳脚。几次搭车未遂之后，单求胥失落地对着路灯狠狠地踢了几脚，靠在栏杆上坐了下去。

年轻的时候，人们往往将自己的失败归咎于人情冷淡还有社会不公，但是后来才发现，所有的困窘都是自己的能力不足以驾驭自己的野心而已。单求胥是如此，王元鹅也不例外。

直到此时，单求胥才深深地明白当年李德亮所说的那句话：“你们现在念的书就是以后数的钱，赶紧给我认真复习！”

也不知道什么时候，单求胥竟靠在了栏杆上睡了过去。直到有人将自己拍醒，单求胥才发现，早已到了深夜两点多。

一个人满身酒气地问道：“兄弟，会代驾吗？”

“滚一边去！我不是代驾！”单求胥十分愤怒，有一种被鄙视的感觉。

“我给钱。”

毕竟还是要吃饭的，毕竟还是要生存下去，单求胥将豪车停在小区门口，将后座熟睡的老板搬下了车。

“放下吧，保姆，赶紧扶上去！”醉汉的太太说完，转身就走了。

“哎……”单求胥着急地喊了出来。

太太从口袋里掏出一百块钱，头也不回地扔在了地上。看到地上的一百块钱，单求胥气愤地转身就走。士可杀，不可辱，直到此刻，单求胥才体会到王元鹅当年对富家子弟的仇恨。换作以前，单求胥怎么也不会要这一百块钱，甚至都会走上前去理论一番，但是此刻的他，走了两步，不得不咬着牙又停了下来，因为他太需要那一百块钱了。

听到小区里不知谁家养的鸡叫了起来，单求胥看了看手表，已经是凌晨五点多了。单求胥疲惫地找到了一个小吃摊，坐下，点了一份豆浆油条，吃了起来。

“姑娘，我不是没给你放瘦肉，只是瘦肉已经煮化了，看不大出来。”

“怎么就这碗化了？其他的怎么都有，十二块钱这么一碗，你还偷工减料，好不好意思啊！”一个打扮很职业的女孩说着说着哭了起来，众人纷纷看了过来。

老板怕影响不好，只好说：“好好好，算我怕了你了，我再免费送你一碗！”

“不就一碗瘦肉粥吗，不至于。”同是天涯沦落人，单求胥好心地站起来递过去一包纸巾。

女孩接过纸巾哭着说：“我不是哭这个，我难过的是，已经三十岁了，还因为一碗粥跟别人斤斤计较，这根本不是我想要的人生！我什么时候能不过这种日子啊，呜呜呜……”

女孩说完，站起来径直走了，包括单求胥在内的所有年轻人却都僵住了。是啊，毕业那么多年了，这根本就不是我想要的人生！这何尝不是每个为梦想打拼的人心中的潜台词呢？想到这里，单求胥再也吃不下去，他缓缓放下筷子，起身离开了。当然，一同离开的，还有在座的几个年轻人。

人年轻的时候，一定不要高估自己眼前的能力，但是更不要低估自己以后的潜力！从那碗皮蛋瘦肉粥开始，单求胥彻底改变了自己对生活的态度，也改变了自己以后的人生。凭借自己对电影的喜爱，单求胥从龙套开始，做到了摄影助理，再后来做到了摄影师，再后来做了制片人。等到单求胥有能力管理公司的时候，单雄信将旗下的求信院线以职业经理人的形式交付给了单求胥管理。

“感谢您收购我们的电影公司，我相信在中国人的带领下，这将会是新的开始！”一家日本院线的高管用蹩脚的中文同单求胥讲着。

签署完收购协议后，单求胥笑着说：“将中国文化通过电影的形式传播到全球各地，是我个人的一个梦，也是中国梦的一部分！”

合同签完，包括日本院线在内的全球十家院线，都囊括在了单求胥的公司下。单求胥终于完成了人生事业中的又一大胜利。

情到深处人孤独，一番推杯换盏后，单求胥带着醉意，一个人走在日本街头。望着街头来来往往的行人，单求胥在一个十字路口停了下来。

一个戴着马头面具的人，用日文唱着 Beyond 的《海阔天空》。单求胥站在那里听着，有所触动，便走过去接过卖艺人手里的话筒唱了起来。单求胥的日文很棒，为了表示尊重，单求胥先是用日语唱了起来。即使单求胥唱得很用力，很动情，很专业，但是依旧没有行人驻足去听。

“您好，请问我上次投稿的剧本通过了吗？”王元鹅来到了电影公司的前台，小心地用日语问着。

“您是王元鹅女士吧？”

“嗯！”王元鹅开心地点着头。

“非常抱歉！公司今天被收购了，之前说的拍摄《烽火卡农》的事情，被无限期搁置了。”

“哦，谢谢！”经历了那么多次拒稿之后，王元鹅早已学会了平心静气地面对生活给予的一切。

“不客气，收购我们公司的是你们中国的一家公司，你们真的很棒！”前台的日本小妹妹朝着王元鹅竖起了大拇指。

王元鹅抱着文稿失落地走在街头，风儿吹起了她那不长不短的头发。虽然在异国他乡，虽然相隔很远，但是单求胥一眼便认出了走在街上的王元鹅。王元鹅走得实在是太慢了，匆匆人群中，你不可能不注意到她。

单求胥将卖唱人的马头面具紧张地拿下，套在了自己头上。直到此时，单求胥才发现，唱歌的原来是一位秃顶的中年大叔。单求胥赶紧往眼前的吉他包里扔了一些钱，中年大叔也没有再说什么，继续弹起了吉他。微风将大叔的一缕头发吹起，像一杆旗帜飘扬在空中。

看到王元鹅走过来站在旁边，日本大叔难为情地点了点头，卖力地弹了起来。这大概是今天晚上的第一位客人吧。

看到眼前的王元鹅一脸愁容，单求胥继续用日文激动地唱着看着，但是眼前的王元鹅哪知道自己最爱的人，此时就在自己的右手边。

能够在国外听到祖国的歌曲，王元鹅触景生情，用粤语跟着唱了起来。

原谅我这一生不羁放纵爱自由
也会怕有一天会跌倒
背弃了理想
谁人都可以
哪会怕有一天只你共我

单求胥突然改用粤语唱了起来，没想到眼前的卖唱艺人竟然是中国人。王元鹅手中的稿子掉在了地上，瞬间泪奔，她蹲在地上泣不成声。

单求胥拿着话筒，走到王元鹅面前，帮王元鹅整理掉在地上的稿件，稿件的名字却写着《你在我的右手边》。

单求胥将王元鹅扶起来，王元鹅哭着问道：“你、你是中国人吗？”

“是的！我想我们欠彼此一个拥抱，龙的传人的拥抱！”

单求胥说着张开双臂，王元鹅紧紧地抱着眼前这个最熟悉的陌生人，哇哇大哭了起来。微风拂过秀发，单求胥仿佛又回到了那晚，陪王元鹅去陈喆家的场景。王元鹅头上那股淡淡的味道让他永生难忘。

“谢谢你！”王元鹅擦了擦眼泪，笑了一下，转身就走了。

就在王元鹅微笑的那一瞬间，单求胥甚至将以后孩子的名字都想好了。只是，此刻，却不是大家想要的重逢。

单求胥含泪唱完，将马头面具还给秃顶大叔，赶紧追了上去。但是此时，王元鹅却消失在了茫茫人海中。

“该死，为什么不要个名片呢！”

微风料峭吹酒醒，街头霓虹却相迎，谁怕？一蓑烟雨任平生。没错，二人就这样，又一次彼此错过了。

看到王元鹅当了作家之后，单求胥更是加快了自己进军影视的步伐。很快，就迎来了《烽火卡农》的电影发布会。而坐在一起的导演，正是单求胥当年误打误撞在银行拍戏的那位张导。

主持人笑着说：“单总，据我所知，这个剧本在您高中时期就已经有了雏形，对吗？”

单求胥笑着说：“是的，这是我在所收购的电影公司的剧本库里意外发现的，我当时觉得，一定要将这么美好的爱情故事展现给大家。”

“听说您同张导已经不是第一次合作了？”

单求胥看了看导演，笑着说：“对，我很欣赏张导对于创作上的认真与对艺术的见解。”

“众所周知，单总是钻石王老五。那么，我想问，您拍这个电影，是不是和您的爱情也有关系呢？”

“我想不只是我的爱情，也是大家心目中的爱情吧！我们年轻的时候，往往喜欢吹牛，我也和同学打了不少赌，其中有些现在想来都觉得好笑，但是唯独这个承诺，我不曾忘记！”

而此时的王元鹅，也完成了边打工边旅行的梦想，积累了足够多的素材，回到家中创作了起来。

“Yes! 终于完成了，你在我的右手边！”在修改完最后一个字的时候，王元鹅在屋里激动地跳着叫着。

很快，距离高中时代同陈喆赌下的十年之约就要到了。单求胥拉着行李箱，坐在了机场大厅里。看着来往的行人，单求胥感慨万分。虽然单求胥并不知道王元鹅是否会赴这十年之约，但是，此刻的他，心里只有一个愿望，那就是能够再次遇见她。

头等舱候机室，陈喆穿着光鲜，戴个耳机，像个大爷一样地躺在那里。

“我敢和你打赌，十年后，我压根记不住这些公式，但是我依旧会活得很好，最起码过得比你好！”单求胥站在讲台上，不服气地看着陈喆。

“行，那我就跟你赌定了，十年后的今天，我们再来一中，看看谁活得更好！”陈喆十分激动，立下了誓言。

往事历历在目，虽然单求胥这次回母校，并不是为了那个十年之约，但是此刻的他，却十分怀念，他想看看曾经的老师，看看曾经挥洒过青春的地方，还有那最初的梦想。

众人排队登机，单求胥站在那里排着长队，陈喆却戴着耳机，从头等舱检票口插队走过。看到陈喆的背影，单求胥忍不住摇了摇头。

“下面是机场广播，尊敬的王元鹅旅客，您乘坐的班机即将起飞，请听到广播后即刻到检票口检票登机！尊敬的王元鹅旅客，您乘坐的班机即将起飞，请听到广播后即刻到检票口检票登机！”

听到广播后，单求胥猛地回头，他多么希望，此刻王元鹅会出现在自己的视野里。但是，遗憾的是，四周来往的人群中并没有王元鹅的身影。单求胥拉着行李箱，径直走到了最后一个，等待着。

此时的王元鹅，却堵在了去机场的路上。看到司机一直按喇叭，王元鹅看了看手机，着急地说：“师傅，调头回去吧！”

“姑娘，不去机场了啊？”

“不去了，都是年轻时候的许诺了，谁还会在乎。”看到一架飞机划过了蓝色的天空，留下了一道长长的白线，王元鹅低下了头，紧紧握着单求胥送给自己的星星。

陈喆几乎和单求胥同时到达了一中门口，不一样的是，陈喆是学校的专车接送的，而单求胥是自己打车过来的。看到单求胥自己拿着行李箱，陈喆笑着摇了摇头。

二人刚见面，陈喆就迫不及待地将单求胥喊到了校图书馆。

“单求胥，真没想到，我们竟然是坐同一班飞机来的。哎，我怎么没在商务舱看见你啊？”

“我坐的是经济舱。”

“天哪，堂堂单总竟然要坐经济舱？你是不是疯了，下次我帮你办一张会员金卡，免费升舱！”

“那太谢谢了，有那钱的话，帮我捐给慈善组织吧。”单求胥笑着说。

“你不说我还忘了，我这次回母校，可不是为了当年的十年之约，我可不是那种小肚鸡肠的人！”陈喆极力辩解着。

“哦，是吗？”

“我这次要接管一个很大的私募基金，老板张慕水，你知道吗？名冠全球的资本大鳄，收购了好几家国外的大公司，据说和你我年龄相当，是个天才！”

“那你负责什么？”单求胥好奇地问。

“我当然负责管理整个基金了，明天就是签约仪式，所以在和 boss 申请后，我把这个仪式放到了一中来，让母校一同见证我的成长。”

“那还真是恭喜你了，能够取得如此大的成就。”

“也还凑合，哎，你带的什么表啊？”陈喆说着，将单求胥的手腕拉过看了起来。

“不用看了，几百块的国产表。”

“是不是啊，单总！劳力士也就三十万，要不这样，明天签完合同，我就送你一块好不好？”看到单求胥各方面不如自己，陈喆获得了极大的满足。

“为什么签了合同再送我呢？”

“哎，我不签合同哪来的钱呢？你不会傻到认为，我自己掏钱给你买吧，哈哈哈！”陈喆笑着，顺着书架一排排找了起来。

“陈喆，我一直以来有个疑问，当年班里丢钱，你还记得吗？”

“当然记得。”

“我一直在想，是谁回去拿了钱。”

“林昆啊，林昆回去拿的，我都看见了！”

“你看见了？”

“对啊，不瞒你说，当时我回教室取习题册，亲眼看到林昆拿的钱，我当时不想撕破脸，就没说，够意思吧？”

直到此时，丢钱的事情终于真相大白，果然是陈喆偷了那桌子上的钱，单求胥笑着说：“真够意思！陈喆，你认为张慕什么……”

“张慕水，大 boss！”

“对。你认为大 boss 看中了你什么，才让你接管这么大的私募基金？”

“能力啊！这个社会就这样，有奶就是娘，通过我的手段盘活了不少死盘啊！”谈到资金运作这块，陈喆更加自信起来，而事实也确如陈喆所说。

“不，我认为应该是善良！”单求胥反驳道。

“善良？我曾经也善良过，但是后来还不是一样被人欺负。后来我就发誓，让自己变得强大，欺负我的人，我都会让他们好看！”

“变得强大并不是要对方好看，而是帮助更多的人不受欺负。陈喆，还记得毕业典礼上校长说的话吗？”

“时过境迁，年轻人不要守旧嘛，要学会变通！你啊，就是吃在这个亏上，不谈这个了！”

“不知道还在不在……”陈喆说着，从眼前的书架上拿出一本书，翻了起来。

“果真还在！真是不敢相信，十年了，十年了，这封信竟然还在！呶！”陈喆说着，将信递到了单求胥手里。看到单求胥一脸疑惑，陈喆笑着说：“这是十年前，王元鹅写给你的信，她让我等你大学毕业就交给你。我忘了，今天突然想起来，你先慢慢看，我还有个局，先走了。”

看到陈喆得意地走开，单求胥找个凳子坐了下来，将信慢慢打开，看了起来。

“单求胥，对不起！不知道你会不会看到这封信，因为已经过去至少四年了吧……”见字如面，王元鹅的字迹让单求胥一下子回到了高三 8 班的那个角落里。

“一直以来，亲人的离去让我一度陷入悲痛中，是你让我重新鼓起勇气，重新面对。我本是一个作茧自缚的人，是你让我重新找回了自己。可是，牛福的离去让我突然明白，明天和意外，你永远不知道哪个会先来，但明天总会来，只是如果意外先来了，明天就不再是属于你我的明天。所以，即使我心里很不情愿，但是我也要一个人先走，因为我不想再做大学里的静静。之前我做了很多傻事，希望你能够原谅我。大学四年，我会完成我的梦想，四年后你也大学毕业，如果可以的话，请联系我。”

读到这里，单求胥赶紧拿出手机，拨打了过去，可是号码早已成了空号。单求胥再也控制不住心中的情感，激动落泪。

王元鹅回到房间吹头发，抽屉不小心掉下来，东西散落一地，王元鹅拿起以前的日记本，笑着翻了起来。看到很多年没有登录的 QQ，王元鹅想了想，打开，输入了密码。可是几次过后，都提示密码错误，无奈之下，王元鹅点开了找回密码的按钮。面对三个很久之前设置的密保问题，王元鹅笑着填了进去。第一个问题是，你的高中班主任是谁？毫无疑问是李德亮了；第二个问题是，你的同桌是谁？当然是单求胥了；第三个问题是，你的梦想是什么？前两个问题都填对了，可是直到第三个问题，王元鹅却怎么也记不起来。考大学、中彩票、当作家、去旅行，所有的梦想都被王元鹅写了个遍，可是依旧提示错误。王元鹅挠了挠头，闭上眼睛想了良久。在输入“单求胥”三个字的时候，她才发现，竟然通过了。

“唉，又是借钱的消息。单求胥，你能不能长点心，把密码设置得复杂点，浑蛋，大学时害我白白打钱给你！”看到单求胥的 QQ 发来的消息，王元鹅骂了起来。

“不行，不管你用不用 QQ，我一定要骗回来，否则我还真咽不下这口气！哼！”王元鹅越想越生气，直接将骗子信息复制一遍发了过去。

“我是王元鹅，我在外面遇到困难了，请速速汇款五百元到以下账号……不对，那么多年了，应该再加个零，五千元！哼！”

发完之后，王元鹅突然觉得自己超级无聊，没有赶上飞机的她，心里五味杂陈。她关掉电脑，做起瑜伽来。

王元鹅做着瑜伽，手机却很快来了消息。她漫不经心拿过手机看的时候，却吓了一跳：“什么情况啊，真给我汇钱过来了啊？”

没错，缘分就是这么奇怪，或许正如王元鹅当年所说的：“我相信，只要两个人心有灵犀，应该能够跨越时间和未来吧！”

当王元鹅登录 QQ 的时候，单求胥也在图书馆登录了自己很多年都没有登录过的 QQ 看了起来。单求胥可没有王元鹅那么天真，他看到后，沉思了很久，方才回复。

“我知道你是骗子，但是我还是打了钱给你。你可不可以不要说话，听我把话讲完。”

“死骗子，花样还挺多，我看你怎么演戏，想用这点小利益让我上钩，别忘了我是编剧！”王元鹅拿了一罐饮料，坐到电脑旁回复了一个“好”字。

看到对方收到钱后回复了自己，单求胥嘴角露出了一丝难过的微笑，继续打了下去。

“你知道吗？这么多年我一直都在等待你的来信，为什么毕业的时候不辞而别，为什么大学四年杳无音讯？还记得三年前的日本街头吗，那个唱《海阔天空》的人就是我。我多么希望能够抱紧你不放手，但是我却怕彼此尴尬。可是转眼间，你便不见了踪影，我又一次丢掉了你。还记得我承诺过给你拍的电影吗，你有去看吗？王元鹅，我恨你，我恨你！”

单求胥激动地敲着键盘，不能自已。

看到了这里，王元鹅手里的饮料掉在了地上，脑海中响起了当年医院楼顶单求胥对自己讲的话。

“王元鹅，我恨你！我恨你为什么不早点出现，这样我就不用复读五年还毕不了业；我恨你太重友情、太讲义气，让我改变了那么多，甚至还改变了我父母之间的感情；我恨你这么懂得团结上进，让我理解了什么是合作共赢。我恨你，我对你恨之入骨！”

“好了，骗子！感谢你听我说完，五千块钱送你了！再见！”

看到对方真的是单求胥，王元鹅捂着嘴，泣不成声。

“哼，骗子就是骗子！”看到对方久久没有回复，单求胥关上电脑，走出了图书馆。

“怎么不说话了？人呢，人去哪儿了？快回来啊！”

王元鹅赶紧擦了擦眼泪，打着字，问道：“你还在吗？单求胥，我是王元鹅！球蛋，我是鸟人啊！难道我们又要错过了吗？单球蛋，你快给我回来！”

看到对方的头像变为灰色，一直没有回复，王元鹅趴在床上哭了起来。这么多年，原来自己一直和单求胥错过。虽然有时那么远，有时却又那么近，但是单求胥真的不曾离开过自己。青春就是如此，谁不曾在机场等一艘船呢？只不过，有时候我们还是要相信，你终会在机场等到那艘船——爱的宇宙飞船。

第四十五章　让青春化茧为蝶

陈喆作为企业家选择这一天回到母校签约绝不是偶然，因为这一天正好是单求胥同他立下十年赌约的日子。君子报仇，十年不晚，陈喆深刻地阐释了这个观点。除此之外，陈喆更是决定，为母校捐款一百万，作为竞赛基金，助力母校发展。

单求胥来到了李德亮所在的班级，李德亮还是同往常一样，在教室里又蹦又跳地讲着。看到单求胥站在门口，李德亮腾空跳起，差点没落稳。

“年年岁岁花相似，岁岁年年人不同啊！真决定要回去了？明天陈喆的签约仪式，你不打算参加了？”听单求胥讲完，李德亮笑着问道。

“不参加了，公司事务繁忙，家里一个劲儿催相亲，跟催命似的！”

“那你来学校的目的，该不会是为了专程见我吧？”

“老班，这是我在法国谈生意的时候别人拍的照片。”单求胥笑了笑，从口袋里掏出一张照片递了过去，照片背景上，王元鹅一袭红裙，保镖跟在身后，前景正是单求胥。

“这、这不是王元鹅吗？”

单求胥点了点头，说：“这么多年来，我们一直都在错过，我就是想回来看看母校，顺便问问您，有没有她的消息。”

“这个真没有，我只听有些同学说，王元鹅成了作家，现在也是个有头有脸的人物了。但是她从来没有联系过我，不过你要是需要，我可以发动校友寻找。”

“不用了，老班，随缘吧。”

“那好，以后多回来看看！要不咱俩出去喝两盅？”

未等单求胥开口，李德亮的电话响起，看到是冯莹来电，李德亮吓得一哆嗦。看着李德亮卑躬屈膝接电话的样子，单求胥忍不住笑了起来。

“单求胥啊，真是不好意思，莹莹打电话来了，说肖露生了，让我赶紧去帮忙，我得三分钟之内赶过去！要不然……哎，单求胥，要不改天怎么样？咱俩喝两盅！”

“肖露生了？是谁的啊？”单求胥纳闷地问道。

“还能有谁，老扈的！已经倒计时了，我得赶紧走了啊！”李德亮说着，撒腿就跑。单求胥暖暖地笑了。

单求胥刚回到公司办公室，桌子上的座机就响了起来。单求胥挂掉，手机又响了起来。

“喂！母亲大人，还有完没完了？”单求胥接起来，忍不住抱怨道。

“没完！你都多大了？”董小姐怒不可遏地骂道。

“母亲大人，单身有罪吗？好歹您也是高知分子好吧！能不能想开点！”面对父母的逼婚，单求胥十分无奈。

“单身要是有罪的话，你都该判死刑了！而且是枪毙立即执行！”

“母亲大人，我都跟您说了多少遍了，我现在忙事业！”

“狗屁事业，你爸当年要是忙事业，现在这会儿压根就没你！今天晚上，你不能再拖了，必须得去相亲，这是你姑姑介绍的，据说去过很多国家，人也很靠谱！”

“靠谱？您见过吗？”

“没见过也靠谱！你给我去就是了！”

“好好好！我去还不行吗，我现在就去！”面对更年期的董小姐，单求胥仰天长叹。

母命难违，单求胥西装革履，开着敞篷跑车，朝着约会的地点开了过去。十字路口等红绿灯的时候，隔壁一辆摩托赛车追上来，停在了旁边。

“‘杀马特’少女，都什么年代了，还玩儿‘葬爱狂少’那一套！”

绿灯亮起，未等单求胥反应过来，对方却一个油门冲了出去。

“想超过我？没门儿！”看到一个女孩子超过自己，单求胥一脚油门追了上去。

“遇见？真有意思！”想到李广东的餐厅叫“重来”，单求胥笑了笑，走了进去。

“这次这么积极，来这么早啊？”看到单求胥款款走来，姑姑看了看手表，简直有些不敢相信。

“哦，怕路上堵车，就提前了会儿。”

“先点东西吧，一会儿姑娘就过来。”

看着姑姑一脸兴奋的样子，单求胥心想：“唉，给我介绍对象，都跟打了鸡血似的，不行，我得吓唬吓唬他们！”

“姑姑，您也知道，我现在哪有时间想这些个，其实啊，我也不瞒您了，我之所以这么大没找对象，是因为我有特殊癖好。”单求胥悄悄地说。

“癖好，什么癖好？”姑姑纳闷地问。

“我喜欢男的！”

“啥？”姑姑显然接受不了这种惊吓，大喊了出来。

“害怕了吧？害怕了以后就别老操这心了！您千万别跟我爸妈说，我这是第一个告诉您的。”看到姑姑一脸惊讶，单求胥得意地端起杯子喝了口水。

“哦，没事儿，我认识几个小伙子，下次介绍给你认识。”

听到姑姑的回复，单求胥差点没被水噎死。

王元鹅骑着摩托车，一个急刹车，停在了“遇见”门口。走进餐厅后，王元鹅摘下头盔。看到姑姑招手，“杀马特”少女在众人诧异的目光中走了过去。没错，为了阻止众多大妈为自己介绍对象，今天王元鹅在打扮上也是煞费苦心。

“来了来了，赶紧擦擦身上！快！”

单求胥只顾着低头擦着身上的水，待他抬头朝王元鹅看去时，一身雷死人的“杀马特”打扮让单求胥彻底惊呆了！

“小鹅，快来坐下！我给你们介绍一下，这就是我的外甥单求胥。”

未等姑姑说完，王元鹅就赶紧跑开，去了厕所。单求胥也赶紧离开了座位走了出去。

“哎，怎么个情况啊！这是怎么回事儿啊！”看到二人纷纷离席，姑姑一脸无奈。

“怎么会是他！哎呀，烦死了！单求胥，等我会儿，我们不能这样见面啊！等我会儿啊！等我卸完妆啊，单求胥！等我，单求胥！我们已经错过那么多年了，这次我一定不能让你再错过了啊！”王元鹅手忙脚乱地在洗手间卸着妆，哭了起来。

看到姑姑一直打电话给自己，王元鹅顾不上自己的形象，急急忙忙跑过来，但是此时单求胥已经不在了。

“走了！你们怎么个情况啊？小鹅，难不成你也喜欢女的啊？你来了也不打个招呼！”姑姑好心好意地说着。

王元鹅却伤心地哭着说：“单求胥，我不是故意的，我真的不是故意的，呜呜呜……”

“没事儿，这东西，看缘分，随缘吧！唉，白瞎了这么帅的小伙子了！”姑姑叹息着。

王元鹅坐在了单求胥的位子上，梨花带雨地哭了起来。音乐响起，林昆一身美女装扮，在弹奏着钢琴版的《卡农》。

王元鹅抬头看时，却发现单求胥正拿着一盆仙人球，朝自己走了过来。原来，林昆毕业后去了艺校，最后走入了演艺圈。最终，林昆还是选择动手术，做了女人。这家“遇见”餐厅，正是林昆开的。看到单求胥跑了出去，林昆便知道，此时二人最需要的音乐，应该就是那首乔治·温斯顿的《卡农》了。

“对不起，我刚才出去取了点东西。”单求胥笑着，将仙人球放在桌子上，王元鹅愣愣地看着单求胥。

“胥胥，你、你不是……你这是干吗？别耽误人家小姑娘！”看到单求胥满面春风，姑姑有些紧张地提醒着单求胥。

看到无论自己怎么掐怎么拧，单求胥没有要走的意思，姑姑只好笑着说：“呃，小鹅，我给你介绍下……”

王元鹅打断说：“不用介绍了。”

“不是，我想今天应该是误会了，我也不把你当外人。胥胥他，他有个特殊的癖好……”

未等姑姑说完，单求胥抱着王元鹅便吻了起来，为了验证二人接吻的真假，姑姑甚至凑到了跟前，研究了起来。看到二人吻得天昏地暗，姑姑只好冷着脸坐了回去，呆若木鸡。

二人吻了很久很久，仿佛在无声地诉说着这些年来的错过与思念。

看到眼前帅气的单求胥，王元鹅喜极而泣地问道：“你、你刚才干吗去了？就为了我送你那盆……”

未等王元鹅说完，单求胥拿起一张照片，递到了王元鹅眼前。原来，这正是自己小时候同王元鹅一起的合影。照片上，单求胥站在身后，抱着王元鹅，二人一脸天真。

“小鹅，还记得这张照片吗？我第一次去你家就看到了。”

“浑蛋！第一次去我家就偷拿我照片！”王元鹅伸手就给单求胥一巴掌，简直把发呆的姑姑吓了一跳。

单求胥摸着脸，笑着说：“不是，这张是我家的。我想告诉你，你后面的那个男孩是我。”

看到王元鹅一脸打死都不相信的表情，单求胥将自己小时候的全家福拿了出来，给王元鹅做对比。相信照片上的小男孩果然是单求胥的时候，王元鹅的眼泪汩汩流下。

“浑蛋，不早说！”看着眼前的单求胥脸上的红印，王元鹅愤怒地一巴掌抽了过去，又一把将单求胥抱过来，吻了起来。

此时的姑姑不只是看傻眼，简直受到了莫大的惊吓，坐在一边直擦汗。

看到林昆在大厅弹琴，机长牛福从航空公司下班走了过来。

“林妹妹，我今天在机场好像听到王元鹅……”

“嘘！”

未等牛福说完，林昆就弹着琴，用头指了指，牛福转头看去，才发现单求胥正在和王元鹅接吻。缘分就是这么奇妙，所有小伙伴们都在这一天，在“遇见”餐厅，遇见了！

唯独缺席的应该就是陈喆了。为了造势，陈喆邀请了诸多媒体，也斥资将校园装点了一番，条幅、花篮、标语，一样不少。

看到楼门口挂着“感谢陈喆总经理莅临母校”的条幅，陈喆五味杂陈。

“陈喆，领导都在里面等了，你说的大 boss，什么时候来啊？”李德亮忍不住问道。

“老班，你别着急，我再打电话催一催！”没错，快要签约了，陈喆的大 boss 张慕水却莫名失联了，这让陈喆头疼不已。

“那好，那我在上面等你，签约的时间马上就到了，你快点！”李德亮说完便离开了。

来到了林昆的地盘，当然是林昆做东。单求胥、王元鹅、牛福、林昆你看我，我看你，想说什么却又不知道该说什么好。大家的变化，实在是太大了。

“看够了吗？看够了就赶紧喝！”林昆说着，举起了酒杯。

“棍儿？”单求胥终于忍不住问了起来。

“哎呀，讨厌！叫人家林妹妹！”这种话，放到手术之后的林昆身上，不但不会让人觉得恶心，反而多了几分娇媚。

“咳咳，林妹妹，真没想到，你到最后玩儿了这么一出，还真就开了一家餐厅！这可是你当年的梦想啊！高！实在是高！”单求胥虽然不知道自己在说什么，但是他只能语无伦次地表达着自己的敬意。

“都别说我了，大家不都实现了自己的梦想吗，你看，你当了单总，牛福也开了飞机，对不对？来，干杯！为理想干杯！”

众人碰杯，一饮而尽。三杯酒下肚之后，众人便不再拘束了。

“我听老班说，你昨天回母校了，去干吗了？”林昆端着酒杯，走到单求胥身边问道。

“十年之约啊！”单求胥开玩笑地说。

“啊？陈喆还真去了啊？”牛福一脸诧异。

“嗐，何止啊，人家不仅去了，还带着一大笔订单，去搞了个签约仪式，一时风光无限！”

“嗯，没错，你们难道没看见吗？陈喆昨天晚上，在班级群里炒得沸沸扬扬的，说是有一个国际著名的大 boss 让他接管基金，叫什么张慕水。”林昆说完，喝了一杯，脸上泛起了红晕。

“对了，蛋哥，我记得从那碗皮蛋瘦肉粥之后，你说你就改了名字，对吧？跟你母亲姓啊，还是自己另起了啊？”林昆搂着单求胥，娇媚地问道。

“嗐，我当时就是不想让人认为我是富二代，全靠我父母，所以就索性全改了。”

“啊？那你叫董什么，还是单什么？”林昆赶紧问道。

“不好意思，这是我的名片。”单求胥说着，从口袋里掏出了几张名片，递给了大家。

众人纷纷拿出手机，扫描了二维码后，惊讶地看着单求胥。

王元鹅猛地站起来，问道：“什么！张慕水，你就是张慕水？”

“天哪！你就是著名的全球上市公司收购案的大 boss 张慕水？”牛福也忍不住喊了出来。

“嗯，张某不才，各位多多关照！我先干为敬！”单求胥站起来一饮而尽。

“天哪，单总，赶紧投资我。”林昆看着直摇头。

“张总，那你这会儿应该在学校和陈喆签合同啊？”牛福纳闷地问道。

“哎，说曹操曹操到！”未等单求胥开口，电话响了起来。

看到是陈喆的电话，单求胥接通按了免提。

“张先生，您好！”陈喆毕恭毕敬地说着，虽然没有看到其人，但是众人还是能够从语气中感到陈喆卑躬屈膝的样子。

“你好，陈总！”

“张先生，您说好了今天来签合同的，您大概什么时候到？”

“陈总，不好意思，我去不了了。”

“啊！为……为什么？”陈喆简直吓得半死。

“因为你昨天已经帮我买机票回来了，我现在正在和朋友吃饭，不好意思！”

单求胥挂掉了电话，众人哈哈大笑了起来。

林昆倒满酒笑着说：“蛋哥，你可真够坏的！”

“这下陈喆又丢脸丢大了！”牛福也忍不住笑了起来。

单求胥拿起手机说：“来来！合个影发给他，我怕他一时半会儿反应不过来。”

众人围着单求胥坐在一起，服务员拍下了大家毕业十年后的合影，单求胥发给陈喆后关机，和众人碰杯喝了起来。

被挂掉电话后，陈喆有点蒙，一时间不知所措，看到众人的合影后，陈喆方才恍然大悟。原来，单求胥回母校正是打算同自己签合同的，但是自己的傲慢与无知却亲手断送了自己的前程。陈喆赶紧打电话，打算跟单求胥解释，却发现对方已经关机，眼看着签约时间要到了，陈喆晕倒在地上。

“陈先生！陈先生！你醒醒！陈先生！”看到陈喆倒在了地上，吴长鸣赶紧走过来，将陈喆扶了起来。

“长鸣？怎么是你，你是？”看到眼前的人是吴长鸣，陈喆显得十分吃惊。

“哦，吉吉国王，我现在已经是一中的老师了。”

“啊？怎么会！”本来要晕倒的陈喆被吴长鸣这么一说，立马清醒了过来。

吴长鸣缓缓地笑着说：“高考结束后，单求胥突然找到我，他将自己高中做的所有笔记都给了我。”

没错，单求胥接到通知书后，第一个便去了吴长鸣那里。因为没有吴长鸣的电话，为此，单求胥一直等到了深夜。

“长鸣，回去吧！我复读了五年，还是考上了大学，给自己五年的时间，你一定能考上的！”说着，单求胥将自己的所有笔记递到了吴长鸣手中。

“考上又能怎样？”吴长鸣并没有接，转身开门走进了院子里。

“你难道没有梦想吗？”单求胥大声质问道。

“没有梦想，我现在连睡觉都不做梦了，怎么着？”

“如果没有梦，那就从现在开始，做一个吧！”

听单求胥说完，吴长鸣愣在了那里。

“如果没有梦，那就从现在开始，做一个吧！”吴长鸣笑着，跟陈喆重复了一遍，“就是他这句话，然后我就来复读了。”

“那……那单求胥毕业后，你们一直有联系吗？”陈喆问道。

“有联系啊，你看你背后这座科技楼，就是单求胥捐资建的啊！”

陈喆慌忙走到楼底下，看了看竣工牌，方才发现上面写着：鹅蛋科技孵化楼。

陈喆看完后又一次晕倒在地，只是这次他是真的晕倒了。陈喆本以为自己已经获得了很大的成就，所以自己买了跑车，住上了别墅，甚至还打算捐款一百万给母校。但是，他万万没有想到，获得如此大成就的单求胥却悄悄地改名换姓，深藏功与名。

“哎，吉吉国王，你怎么了？吉吉国王，你快醒醒啊！快，叫救护车！”看到陈喆昏迷不醒，吴长鸣赶紧朝着保安喊了起来。

众人纷纷讲述了自己毕业以来的点点滴滴。轮到王元鹅的时候，王元鹅却说："我就不啰唆了，我最近将我们高中那些年的事情写成了一本小说，名字叫作《你在我的右手边》。你们到时候看了，就知道我这些年的心路历程了。对了，我还打算改编成电影，你们觉得怎么样？"

"好！"众人纷纷鼓掌。

单求胥喝了一杯酒，说："王编剧，请让我来投资拍摄。"

林昆赶紧举手说："我去跑龙套，哪怕当个死尸也行！"

"我也去，我也去！"牛福也举着手起哄。

单求胥低下头，流下了感动的泪水，他努力缓了缓情绪，站起来笑着说："来，友谊万岁！为青春，干杯！"

"干杯！"众人说着一饮而尽。

兜兜转转，大家从原点又回到了原点。单求胥紧紧地握住了王元鹅的右手，生怕她再一次从自己身边溜走。王元鹅抬头看着单求胥，心想："这个世界上最珍贵的爱情，或许就是，当我抬头，你就在我的右手边。"

愿真爱不被辜负！愿青春化茧为蝶！愿你永远都在我的右手边！